Theresa Kern

Der Unendlichkeit so nah

D1996880

THERESA KERN

DER Unendlichkeit SO NAH

Roman

dtv

FSC
www.fsc.org
MIX
Papier | Fördert gute Waldnutzung
FSC® C014496

Originalausgabe 2025
© 2025 dtv Verlagsgesellschaft mbH & Co. KG, München
Umschlaggestaltung: Uɪberlin / Patrizia Di Stefano
Umschlagillustration: © Timeless Travels Company
Das Gedicht von Rainer Maria Rilke auf S. 7 wurde entnommen aus:
R. M. R., Die Gedichte, Insel Verlag, Frankfurt und Leipzig
Satz: Fotosatz Amann, Memmingen
Gesetzt aus der Aldus Nova
Druck und Bindung: GGP Media GmbH, Pößneck
Printed in Germany · ISBN 978-3-423-26401-3

Für Karoline,
danke für dein Vertrauen
und all die wunderbaren Gespräche

Die Nacht holt heimlich durch des Vorhangs Falten
aus deinem Haar vergessnen Sonnenschein.
Schau, ich will nichts, als deine Hände halten
und still und gut und voller Frieden sein.

Da wächst die Seele mir, bis sie in Scherben
den Alltag sprengt; sie wird so wunderweit:
An ihren morgenroten Molen sterben
die ersten Wellen der Unendlichkeit.

Rainer Maria Rilke

Prolog

Tief unter ihr brach sich das Meer an lavaschwarzen Felsen, spitze Drachenzähne, die in einer geschwungenen Linie aus dem schäumenden Wasser ragten. Wind zerzauste ihr Haar und trieb ihr den schweren, süßen Duft von Frangipani-Blüten und Jasmin aus den angrenzenden Gärten mit der Gischt entgegen. Sie fuhr sich mit der Zunge über die Lippen und schmeckte das Salz.

Im Traum war die Brandung über sie hinweggefegt und hatte sie unter sich begraben. Sie war hochgeschreckt, hatte nach Luft gerungen und minutenlang zum offenen Fenster gestarrt. Die Gardine, ein sich aufblähendes und wieder in sich zusammenfallendes Segel, schimmerte gespenstisch im fahlen Licht des Mondes. Emma hatte sich aus dem Bett geschält und das verschwitzte Nachthemd abgestreift – genauso wie vor zwei Wochen ihr altes Leben. Dann war sie in ihr Sommerkleid geschlüpft, barfuß durch die Terrassentür nach draußen und über das morgentaufeuchte Gras bis zum Tor gelaufen, vorbei am Observatorium und der Felsgrotte. Sie war immer noch vollkommen verzaubert von diesem Ort. Die Morgendämmerung fraß langsam Löcher in die Dunkelheit, und die längst erloschenen schmiedeeisernen Fackeln ragten grimmig wie Speere aus dem Boden, als wollten sie sich ihr in den Weg stellen. Sie verliehen der Gartenanlage etwas Archaisches, passend zu der exzentrischen Architektur eines Hauses, das sich amerikanischen Konventionen ebenso wenig beugen wollte wie seine Besitzerin. Fern am Himmel hing der Mond und schmiegte sich in die Samtfalten der Nacht, eine schimmernde Perle, die noch nicht dem Dämmerlicht des Tages weichen wollte. Die Weite des Meeres verschlug Emma den Atem und weckte eine tiefe Sehnsucht nach einer ganz anderen Unendlichkeit.

Was soll ich denn jetzt nur tun?

Tränen brannten in ihrer Kehle, dabei hatte sie sich geschworen, nicht zu heulen, schon gar nicht vor ihm, aber auch nicht später allein. Doch nun ging es auf einmal um so viel mehr als ihre verletzten Gefühle. Sie senkte den Blick auf den schmalen gewundenen Pfad zu ihren Füßen, der von Farnen, Hibiskus und Kletterpflanzen mit sternförmigen weißen Blüten gesäumt war und sich in Serpentinen zum Strand hinunterwand. Doch für die Schönheit hatte sie im Moment nichts übrig, sie sah nur den Abgrund und glaubte, auf der Klippe stehend zu ertrinken.

Plötzlich dachte sie an ihren Vater, daran, wie sie vor vielen Jahren eines Nachts aufs Land gefahren waren, um Sternschnuppen ohne die Lichtverschmutzung der Großstadt zu beobachten. Sie hatte gewusst, dass es nur Meteore waren, winzige Gesteins- oder Staubteilchen, die in der Erdatmosphäre verglühten, dennoch hatte er gesagt, sie solle sich etwas wünschen, und genau das war das Problem. Jeder wünschte sich damals was, schmiedete Pläne, hatte Ziele. Nur sie nicht. Obwohl alle Welt das Gegenteil von ihr erwartete.

»So schweigsam heute Nacht? Was ist los, Sternchen?«

Sternchen nannte er sie, seit er ihr das erste Mal die Sternbilder gezeigt und ihre Begeisterung für den nächtlichen Himmel und die unerforschten Welten anderer Planeten geweckt hatte.

»Ich weiß nicht … es ist nur … meine Freundinnen sehen alle ihr Leben wie eine Autobahn vor sich. Franzi will am Mozarteum in Salzburg studieren, Alina fängt eine Banklehre an, Steffi geht erst einmal als Au-pair für ein Jahr in die USA. Nur ich habe immer noch keinen blassen Schimmer, was ich nach dem Abi machen soll«, war es aus ihr herausgebrochen. »Ich habe einfach Angst, dass ich mich falsch entscheide.«

Sie hatte ihm natürlich verschwiegen, dass sie die Berufswünsche ihrer Klassenkameradinnen nur mitbekommen hatte, weil sie im Vorbeigehen Gesprächsfetzen aufgeschnappt hatte. Emma hatte seit dem Beginn ihrer Schulzeit keine richtigen Freundinnen gehabt, aber schon früh gelernt, dass es zielführender war, ihren Eltern vorzuspielen, dass alles in Ordnung war. Damit sie nicht wieder in tagelange Diskussionen darüber verfielen, wie sie ihre Tochter besser fördern könnten. Ein simpler Test in ihrer Grundschulzeit und ein anschließendes Gespräch mit der Klassenlehrerin waren in ihr Leben eingeschlagen wie ein Komet und hatten alles für sie verändert. Später hatte Emma sich oft gewünscht, sie hätte bei der Einschätzung ihrer sprachlichen und mathematischen Fähigkeiten mehr Fehler gemacht und die vierte Klasse nicht übersprungen.

Ihr Vater hatte gelacht und ihr wissend über den Kopf gestrichen.

»Bei deinen vielseitigen Interessen und Begabungen – was hast du denn anderes erwartet? Und welche Entscheidung richtig war, weiß man im Leben sowieso immer erst hinterher.«

»Wirklich hilfreich, Papa!«

»Kopf hoch. Lass dir ein bisschen mehr Zeit. Und denk immer daran: Antoine de Saint-Exupéry hat einmal gesagt, man soll nicht nur glatte Straßen gehen, sondern auch Wege, die noch niemand vor einem gegangen ist.«

»Um Neues zu entdecken?«

»Vermutlich. Und um Spuren in der Welt zu hinterlassen, nicht nur Staub.« Er hatte ihr zugezwinkert. »Ich bin überzeugt davon, dass dir das gelingen wird.«

Emma wusste, dass ihr Vater sie nur hatte motivieren wollen, aber die Erwartungen ihrer Eltern, anderer Verwandter und Lehrer hatten sie erdrückt. *»Leben ist Zeichnen ohne Radier-*

gummi«, hatte jemand in krakeliger Kugelschreiberschrift auf die Klotür neben den Umkleideräumen der Turnhalle geschrieben. *»Aber du kannst alles erreichen, wenn du nur fest genug an dich glaubst!«*

Na, klar! Sprüche wie diese weckten in ihr das Gefühl, bloß keine Fehler machen zu dürfen, nur keine falschen Wege zu gehen oder nicht fest genug an sich zu glauben.

Sie hatte sich schließlich gegen das von ihrem Klavierlehrer angepriesene Konservatorium und die Aussicht auf eine – wie er behauptete – sichere Karriere als aufsehenerregende Pianistin entschieden und stattdessen Geowissenschaften mit Schwerpunkt Klimaforschung studiert. Daran zu arbeiten, ihren blauen Planeten für zukünftige Menschengenerationen zu bewahren, erschien ihr wichtiger, als Konzertsäle mit ihrer Rachmaninoff-Interpretation zu füllen, sosehr sie das Klavierspiel auch liebte und ihre Mutter mit dieser Entscheidung bitter enttäuschte.

Und jetzt werde ich wieder einmal eine Enttäuschung für sie sein.

Emma drückte den Rücken durch und schluckte. *Reiß dich zusammen! Du bist nicht die Erste, der so etwas passiert ist.* Immerhin wusste sie, dass ihre Eltern sie unterstützen würden. Auf ihre Weise. Aber wollte sie das? Sie hatte endlich unabhängig sein und ihren eigenen Weg gehen wollen, sie stand so verdammt kurz davor! *Spuren hinterlassen* – das sagte sich leicht, wenn man nicht wusste, wie viel Ablehnung und Hindernisse denen entgegenschlugen, die den Mut aufbrachten, vorauszugehen. Den Forschern und Entdeckern. Den Neugierigen. All den Andersdenkenden. Emma strich eine Haarsträhne, die ihr ins Gesicht gefallen war, so energisch fort wie diese unnützen Gedanken und betrachtete die rosafarbenen Konturen, die an den dunklen Wolkensäumen aufblitzten. Und dann brach der bedeckte Himmel am Horizont mit einem Mal auf, orangerotes

Licht ergoss sich wie Feuer über das Meer und ließ die Seenebel zwischen den schwarzen Lavafelsen kurz in einem mystischen Farbspiel von Pink und Violett aufglimmen. In diesem Moment nahm Emma eine Bewegung im Sand wahr. Sie blinzelte, glaubte sich zu täuschen, trat einen Schritt näher an das Holzgeländer und beugte sich vor. Da! Schon wieder. Und nun begriff sie: Das waren gar keine Steine, sondern Meeresschildkröten! Mindestens ein halbes Dutzend! Am liebsten wäre sie auf der Stelle zu den sanften Riesen hinuntergeeilt. Aber die letzten Tage hatten sie gelehrt, dass mit den teils messerscharfen Lavasteinen an Hawaiis Küsten nicht zu spaßen war. Der Schnitt an der Fußsohle, den sie sich zugezogen hatte, war zum Glück nicht tief, aber noch nicht ganz verheilt. Sie wandte sich um und lief zurück, um ihre Sneakers zu holen. Das Haus ihrer Gastgeberin war aus dem Holz von Redwoods erbaut und glänzte kupfergolden im Sonnenaufgang. Emma zog die Terrassentür zum Wohnbereich auf und schlüpfte hinein. Während sie über den mit Teppichen ausgelegten Kalksteinboden zu ihrem Zimmer ging, sah sie aus dem Augenwinkel gerade noch rechtzeitig, wie Jazzpurr ihr vor die Füße flitzte. Sie keuchte erschrocken auf, wich dem kleinen, frechen Kater aus und stieß dabei mit dem Ellenbogen an einen Gegenstand auf dem Sideboard. Mit einem dumpfen Laut landete etwas auf dem Teppich, und Jazzpurr sprang fauchend zur Seite. Sein getigertes Fell sträubte sich, und die gelben Katzenaugen funkelten sie empört an.

»Oh nein! Komm her, das tut mir leid!« Emma streckte die Hand nach dem Kater aus, aber er schoss beleidigt an ihr vorbei und sauste durch die offene Terrassentür in den Garten. Seufzend betrachtete sie die Bescherung. Zum Glück war nicht die Vase auf dem Sideboard zu Bruch gegangen. Doch vor ihr auf dem Teppich lag eine Schatulle aus dunklem Wurzelholz, deren Inhalt sich über den Boden verstreut hatte. Emma kniete nieder, griff nach einem mit einer Seidenschleife zusammengehaltenen

Bündel Briefe und musste schmunzeln. Ob das Liebesbriefe an ihre Gastgeberin waren? Sie bezwang ihre Neugier. Das ging sie nun wirklich nichts an. Außerdem sollte sie sich beeilen, wenn sie nicht riskieren wollte, dass die Schildkröten sich ins Meer zurückzogen. Rasch klaubte sie eine Brosche, Spitzenhandschuhe, ein Seidentuch und ein paar vergilbte Schwarz-Weiß-Fotografien auf und legte sie zurück in das samtbezogene Innere des Kästchens. Furchtbar, wie gestellt diese Bilder früher waren. Eines der Fotos trug die Jahreszahl 1904. Mit ihren ernsten Mienen, in steife Kleidung mit hohem Kragen gepresst und in strenger Haltung strahlten die Menschen auf diesen Momentaufnahmen so viel Lebensfreude aus wie Wachsfiguren. Unmöglich, zu sagen, was sie empfanden. Aber war es heute wirklich anders? Inszenierte Instagram-Fotos und all die gezwungenen Lächeln, die sie selbst schon beim Fotografieren aufgesetzt hatte, kamen Emma in den Sinn. Gerade wollte sie den Deckel zuklappen, als ihr Blick auf ein Foto fiel, das unter den Couchtisch gesegelt war. Sie fischte es darunter hervor und legte es zu den anderen. Dann verharrte sie mitten in der Bewegung. Blinzelte. Schnappte nach Luft und konnte nicht glauben, was sie sah.

Unmöglich! Oder doch? Sie hob das Foto hoch und studierte es genauer, drehte es um und entdeckte den bekannten Stempel des Fotografen. Nein, sie hatte sich nicht getäuscht. Dieselbe Fotografie hatte sie erst vor Kurzem in den Händen gehalten. Bei ihren Eltern am Starnberger See. Aber wie kam ein Abzug des Fotos *ihrer Urgroßmutter* mehr als zwölftausend Kilometer entfernt nach Maui in das Haus einer Amerikanerin, die sie gerade erst zufällig kennengelernt hatte?

1

Emma

München, Juli 2022

Eine Stunde vor Feierabend und vor ihrem lang ersehnten Urlaub durchquerte Emma das Atrium, und das Herz klopfte ihr bis zum Hals. Durch die zahllosen Glaskuppeln, die sich wie Bienenwaben drei Stockwerke über ihr reihten, flutete die Sonne den Gang mit vanillefarbenem Licht. Einige wenige Drachenbäume und Birkenfeigen in quadratischen Blumenkübeln säumten ihren Weg, grüne Inseln zwischen kahlen weißen Wänden und Treppen, die sich aus anthrazitfarbenen Böden schraubten. Als sie die Tür zu ihrem Arbeitsplatz öffnete, brauchten ihre Augen einen Moment, um sich wieder an das gedämpfte Licht dahinter zu gewöhnen. Etwas war anders. Der mit Jalousien abgedunkelte Raum empfing sie nicht mit den verhaltenen Geräuschen wie sonst, dem Klacken von Tastaturen, gemurmelten Unterhaltungen, Lachen oder Telefonklingeln. Dabei hatte sie sich doch nur kurz einen Kaffee geholt. Während die Maschine die Bohnen gemahlen und dann zischend und dampfend den Becher befüllt hatte, hatte sie die Wartezeit genutzt, um die Mails auf ihrem Handy zu checken.

»Muss ja heute ein ganz besonderer Kaffee sein!« Marc war wie aus dem Nichts in der Teeküche aufgetaucht und hatte sich grinsend einen Porzellanbecher aus dem Schrank geholt. Einen Moment lang hatte Emma ihn verwirrt angeblinzelt. Dann waren ihre Wangen heiß geworden.

Er meint sicher das laute »Ja!«, das dir beim Lesen der Mail entwichen ist.

»Wir haben eben den besten Cappuccino nur hier in unserem Institut«, flötete sie und versuchte, das freudige Zittern in ihrer Stimme zu verbergen. Es war offensichtlich, dass Marc ihr das nicht abnahm.

»Die Automaten sind doch in allen Instituten dieselben.« Einen Moment lang verharrte sein neugieriger Blick auf ihr, aber da sie keine weiteren Erklärungen abgab, stellte er seinen Becher ins Ausgabefach und drückte am Bedienfeld herum. Emma nippte an ihrem Kaffee, versuchte sich zu beruhigen und nicht in einem fort selig zu lächeln. Sie brauchte jetzt einfach ein paar Minuten, um sich wieder zu sortieren, bevor sie zurück an ihren Arbeitsplatz ging. Das Blut rauschte ihr immer noch viel zu laut in den Ohren. Marc wirkte ein wenig zerstreut, als wäre er in Gedanken auch ganz woanders. Das war nicht ungewöhnlich. Wahrscheinlich dachte er gerade über sein aktuelles Forschungsprojekt nach. Überraschend war etwas anderes. Faltenlos gebügeltes weißes Hemd und dunkelblaue Chino? Hatte er heute einen Pressetermin und sich deshalb von Motto-Shirt und Jeans getrennt? Sogar die dunklen Locken standen nicht in alle Richtungen ab, sondern lagen mit Haargel gebändigt brav an und verdeckten seine Segelohren. Emma grinste in ihren Kaffeebecher.

»Warum bist du dann hier? Hat Rollin' Justin einen Kurzschluss gehabt und euch euren *exquisiten* Kaffee über die Tastatur geschüttet oder die Kekse zerbröselt?«

Rollin' Justin, ein humanoider Roboter, war von Marc und anderen Mitarbeitern im Institut für Robotik und Mechatronik natürlich nicht primär zum Getränkeservieren programmiert worden. Aber die Vorstellung, dass die Kollegen sich seither ständig von ihm bedienen ließen, war der Running Gag zwischen ihren Abteilungen. Emma wusste, warum Marc so oft ins

Erdbeobachtungszentrum kam und ahnte, warum er so schick aussah. Er hoffte darauf, ihre Kollegin Ronja zu treffen. Moment, hatten die sich nicht heute endlich zu einem Date verabredet?

»Justin kellnert schon lange nicht mehr, er wurde befördert«, erwiderte Marc hoheitsvoll. »Unser neuer Geheimagent bereitet sich gerade auf extraterrestrische Missionen vor.«

Manchmal beneidete sie ihn um seine Arbeit. Jedenfalls mehr als um das Getränk, das er sich da eben gebraut hatte. Wie brachte er das nur runter? Sie hob die Augenbrauen. »Er soll also demnächst wehrlosen Außerirdischen entkoffeinierten Milchkaffee mit zwei Extraportionen Zucker servieren?«

»Irgendwer muss den Marsianern doch die größten Errungenschaften unserer menschlichen Zivilisation nahebringen.«

Sie lachte, und er prostete ihr zu. Und auf einmal wusste sie nicht mehr, wohin mit all ihren überschäumenden Gefühlen seit dem Lesen der Mail, sie gab sich einen Ruck und verriet ihm ihren Inhalt. Marcs Mund klappte auf, und seine Augen wurden groß.

»Du verarschst mich doch gerade, Emma!«

Vielleicht hatte das Gespräch hinterher länger gedauert oder die Zeitwahrnehmung ist einfach anders, wenn man vor Glück wie auf Wolken schwebt. Emma sah sich im Lage-Raum des ZKI um. *Was um Himmels willen habe ich denn verpasst?* Leise schloss sie die Tür hinter sich. Die Luft schien geradezu von einem angespannten Knistern erfüllt zu sein, aufgeladen wie vor einem Gewitter, und die Augen ihrer Teammitglieder waren nicht wie üblich auf die zwei Monitore über ihren Schreibtischen geheftet, sondern auf ihre Abteilungsleiterin. Margit stand mit dem Rücken zu Emma vor den interaktiven Boards an der Wand und deutete mit dem Finger auf eine Landkarte. Neben ihr flimmerte eine Luftaufnahme von gewaltigen Wassermassen, die lawinengleich Ackerflächen und eine Brücke wegspülten, auf ein Dorf einstürzten und Häuser, Autos und Straßen in einem schlammig-braunen Strudel unter sich begruben. Emma spürte, wie das breite Lächeln, das immer noch ihre Lippen verzog, erlosch.

»Viele von euch haben in den letzten Wochen schon damit gerechnet, und gerade eben hat die Charta die Aktivierung auf Antrag der Vereinten Nationen freigegeben«, sagte Margit ernst, drehte sich um und traf ihren Blick. Während sie sich beeilte, ihren Platz zu erreichen, unterdrückte sie einen Fluch, weil der Kaffee durch die hastige Bewegung über den Rand des Porzellanbechers schwappte und sich nun heiß über das M von »Wissen für Morgen«, das darunterliegende Logo des Deutschen Luft- und Raumfahrtzentrums, und ihre Hand ergoss.

Ronja sah ihr schon mit angespannter Miene entgegen, raunte etwas von »Pakistan« und »bitte nicht ausgerechnet *heute* Rufbereitschaft«, als sie sich neben sie setzte und den Kaffee abstellte. Während Emma ein Taschentuch aus der Packung vom Schreibtisch zog und ihren Handrücken und den Becher abwischte, strich sich Margit eine blonde Haarsträhne hinter das Ohr – einziges Zeichen ihrer Nervosität – und fuhr mit ihrer ruhigen, sachlichen Stimme fort:

»Lasst alles, was nicht dringlich ist, liegen! Wir werden die nächsten Tage rund um die Uhr mit diesem Auftrag beschäftigt sein, um die notwendigen Karten und Informationspakete bereitzustellen. Die Hilfsorganisationen und Rettungskräfte brauchen schnellstmöglich einen Überblick über das gesamte Ausmaß der Zerstörung landesweit, vor allem genaue Angaben darüber, welche Schäden an der Infrastruktur entstanden sind. Sie wollen wissen, wo am dringendsten Hilfe benötigt wird, welche Straßen passierbar sind, wo Brücken zerstört sind und man Menschen nur mit Helikoptern evakuieren kann. Analysiert die Überflutungsdauer in den vergangenen Tagen, um abzuschätzen, wie weit das Hochwasser sich noch ausdehnen wird. Eine genaue Auflistung der angeforderten Daten könnt ihr dem Dossier der pakistanischen Bevölkerungsschutzbehörde entnehmen. Konzentriert euch bei der Auswertung der Satellitendaten auf den Süden des Landes, die Provinzen Sindh und Belutschistan«, sie deutete wieder auf die Karte, »dort gab es bislang viermal so viel Niederschlag wie sonst in der Monsun-Saison. Sie stehen zu großen Teilen unter Wasser, wir müssen daher von Millionen hilfsbedürftiger Menschen ausgehen.«

Durch Emmas Gedanken geisterten die Bilder aus den Fernsehnachrichten der vergangenen Wochen. Familien, die Stoffbündel mit ihren wenigen Habseligkeiten über dem Kopf trugen und in hüfthohem Wasser wateten, Kleinkinder auf den Schultern ihrer Väter. Grenzenlose Erschöpfung stand in den Gesichtern der Rettungshelfer. Die gewaltige Hitzewelle im Frühjahr hatte seit Juni für sintflutartige Regenfälle gesorgt. Viele Menschen waren nicht nur heimatlos. In den überfluteten Gebieten drohte der Ausbruch durch Wasser übertragbarer tödlicher Krankheiten wie Cholera, Denguefieber oder Malaria. Schon jetzt wurden schwindelerregende Zahlen von Toten und Vermissten genannt.

»Ist es nicht sterbenslangweilig, täglich Satellitenbilder und -daten zu archivieren?«, hatte Michael Emma in ihren ersten Wochen am Earth Observation Center gefragt. »Klingt für mich mehr nach einer reinen Bibliothekars-Arbeit als nach echter wissenschaftlicher Forschung. Ich finde, du vergeudest dein Talent.«

Der letzte Satz, ein Perpetuum mobile in ihrem Kopf, wie oft hatte sie ihn in ihrem Leben schon gehört? Dazu dieser herablassende Ton! Sie waren in ihrer gemeinsamen Zwei-Zimmer-Wohnung beim Frühstück gesessen, und Emmas Blick war unwillkürlich zu den langen Kurstabellen seines Handelsblatts auf dem Tisch geflogen.

»Die Aktienkurse täglich zu studieren, würde mich wesentlich schneller umbringen«, hatte sie trocken erwidert. »Außerdem *archivieren* wir nicht nur die Daten, sondern *analysieren* sie.«

Er hatte die Augenbrauen gehoben. »Versteh mich nicht falsch, ich weiß, dass Satelliten eine tolle Sache sind. Aber doch primär fürs Militär, das Fernsehen, die Kommunikation, Navigationssysteme und – wenn es nach Elon Musk und Greg Wyler geht – für ein künftiges Internet aus dem All. Unsere Anleger warten sehnsüchtig darauf, dass OneWeb und Starlink endlich an die Börse gehen.«

»Das ist alles, was du dir von der Raumfahrt erhoffst?«

Michael hatte die Schultern gezuckt. »Vielleicht lässt sich auch irgendwann mit Tourismus im All gut Geld verdienen. Millionäre, denen der private Heli-Flug über dem Himalaya keinen Kick mehr verspricht, gibt es scheinbar genug. Schau mich nicht so an, Emma! Du weißt, dass ich nichts davon halte, dass Unsummen Forschungsgelder in staubtrockenes Mondgestein oder rote Marswüsten gesteckt werden. Ich bin Realist, kein Fantast.«

»Das ist doch kurzsichtig! Selbst wenn du nicht daran glaubst, dass die Erkundung von Planeten in ferner Zukunft einmal das Überleben der Menschheit sichern könnte …«, Michael hatte die Augen verdreht, etwas von Science-Fiction gemurmelt und sich eine Gabel Rührei in den Mund geschoben. Sie ignorierte die Bemerkung und fuhr unbeirrt fort: »Dann sollte dich zumindest interessieren, was wir hier und jetzt durch unsere Forschung auf der Erde bewirken. Es ist wahnsinnig spannend, was wir durch die Aufnahmen aus dem Weltall alles erfahren. Im EOC berechnen wir beispielsweise, um wie viel Prozent in den vergangenen Jahrzehnten Eis in der Antarktis geschmolzen oder der Regenwald Ackerflächen gewichen ist. Wir geben Prognosen ab. Wo drohen durch den Klimawandel Dürren? In welchen Regionen breiten sich Waldbrände oder Überschwemmungen aus? Wir arbeiten mit Instituten weltweit zusammen an Lösungen.«

Auf seiner Stirn hatte sich eine Falte gebildet. »Klimakrise! Das ist doch reine Panikmache! Klimaänderungen hat es schon immer in der Vergangenheit gegeben. Und gegen mediterrane Temperaturen hier hab ich nichts einzuwenden.«

»Das ist jetzt nicht dein Ernst!« Emma hatte sich gewünscht, sie hätte sich verhört. Doch Michael war bereits mit einem Blick auf die Armbanduhr vom Tisch aufgestanden.

»Du willst dich jetzt hoffentlich nicht auch noch diesen Aktivisten anschließen, die Gemälde mit Kartoffelbrei bewerfen und sich auf der Straße festkleben?«

Sie atmete tief durch. »Natürlich nicht! Du weißt, dass ich von solchen Aktionen nichts halte. Trotzdem lassen sich der Klimawandel und seine Gefahren nicht einfach leugnen. Wenn du magst, kann ich dir gerne Untersuchungen zeigen, in denen …« Aber er hatte nur abgewunken, im Stehen seinen Kaffee ausgetrunken, sich über sie gebeugt und sie auf die Stirn geküsst.

»Nicht heute, Schatz, ich muss los. Lass uns ein andermal über deinen gerechten Kampf für unsere Erde reden.«

Sie hasste es, wenn er so mit ihr sprach. Wann hatte sich eigentlich dieser Ton in ihre Beziehung eingeschlichen? Oder hatte sie ihn früher einfach nur ignoriert? Weil sie so glücklich mit ihm gewesen war, blind von all der Aufmerksamkeit, die er ihr geschenkt hatte. *Ein andermal* war natürlich nie gekommen, nur ein Herummanövrieren um dieses und weitere Themen, in denen sie unterschiedlicher Meinung waren. An diese Seite von ihm würde sie sich nie gewöhnen. Aber es gab auch viele andere Momente, all die zärtlichen Stunden, Sonntage im Bett, den Duft seines Aftershaves, das leichte Kratzen seines Bartes auf ihrer Haut. Himmel, sie vermisste ihn. Michael hatte nur wenige Wochen nach diesem Gespräch die Stelle eines

Expatriates für ein Private-Equity- und Venture-Capital-Unternehmen in Washington angeboten bekommen. Das Sprungbrett für seine Karriere.

»Es sind doch nur drei Jahre. Wir skypen und können uns gegenseitig besuchen. Oder du begleitest mich einfach nach Washington. Hat das DLR nicht sogar eine Niederlassung dort?«

Emma hatte darüber nachgedacht. Aber ganz abgesehen davon, dass die Zweigstelle in Washington aktuell keine Jobs ausschrieb und in völlig anderen Bereichen tätig war, gefiel ihr der Job in Margits Team, sie wollte sich gar nichts Neues in den USA suchen. Seit sie im EOC das Zentrum für satellitengestützte Kriseninformation unterstützte, hatte sie das Gefühl, wirklich etwas in der Welt bewegen zu können. Sie arbeiteten hier in regem Austausch mit Organisationen verschiedener Länder, Kulturen und politischer Systeme zusammen, um Menschen in Krisen wie Naturkatastrophen zu helfen. Und Letztere nahmen aufgrund der Klimaveränderungen leider immer mehr zu. Es war faszinierend, was man alles erreichen konnte, wenn man einmal gemeinsam an einem Strang zog, ungeachtet der Spannungen zwischen ihren unterschiedlichen Ländern. Aber das war nicht der einzige Grund, warum sie in München blieb. Emma verbarg ein lang gehütetes Geheimnis, einen Wunsch, den sie tief in ihrem Herzen weiterverfolgt hatte, seit sie das erste Mal den Sternenhimmel mit ihrem Vater beobachtet hatte. Und nun könnte er sich tatsächlich schon bald erfüllen. Doch davon wusste Michael natürlich noch nichts. Selbst ihren Eltern hatte sie es nicht erzählt. Witzigerweise war Marc der Erste gewesen, der es heute erfahren hatte, obwohl er ihr gar nicht nahestand. Sie war so gespannt darauf, was Michael dazu sagen würde, wenn sie ihn nächste Woche besuchte. Zuletzt hatten sie Weihnachten zusammen verbracht. Das war schon ein halbes Jahr her, und sie freute sich auf ihre gemeinsame Zeit und den geplanten Roadtrip entlang der Ostküste.

»Und wenn ich zwei deiner Schichten ab Mitte August übernehme?«, riss Ronjas Stimme sie aus ihren Gedanken.

Emma sah auf. Die Worte hatten nicht ihr gegolten. Margit stellte offenbar gerade die Teams zusammen und verteilte die Aufgaben, aber da sie ab morgen vier Wochen Urlaub hatte, wurde Emma natürlich nicht eingeplant. Ronja versuchte verzweifelt, ihren Dienst mit anderen Mitarbeitern zu tauschen, doch jeder schien an diesem Abend schon etwas vorzuhaben. Sie hatte nicht damit gerechnet, ihren Bereitschaftsdienst absolvieren zu müssen, weil plötzliche Aktivierungen, bei denen ein Vierundzwanzig-Stunden-Einsatz gefordert wurde, im ZKI selten waren. Emma dachte an Marc in seinem schicken Outfit und wusste, warum ihre Kollegin gerade so verzweifelt war. Seit Tagen fieberte sie diesem ersten Date mit ihm entgegen. Er hatte ihr am Kaffeeautomaten erzählt, dass er Tickets für ein Konzert in der Olympiahalle besorgt und hinterher im Restaurant des Olympiaturms einen Tisch für ein Dinner über den Dächern der Stadt reserviert hatte. München bei Nacht. So romantisch hatte Emma den Robotik-Spezialisten gar nicht eingeschätzt. Ronja presste die Lippen aufeinander, und in ihrem Gesicht machte sich Enttäuschung breit, während sie auf die Aufgabenbeschreibung am Monitor starrte. Die ersten um sie herum packten schon ihre Sachen. *Langsam sollte ich mich auch mal auf den Weg machen.* Emma schaute auf die Uhr, dann wieder zu ihrer Arbeitskollegin und dachte an Marcs gute Laune und wie er sie beglückwünscht hatte. *Ach, verdammt!*

»Hey, ich übernehme deine Schicht heute«, hörte sie sich selbst zu ihrer Kollegin sagen. »Na los, mach dir mit Marc einen schönen Abend.«

Ronja wirbelte auf dem Sitz herum, und ihre kastanienbraunen Haare flogen ihr in die Stirn. »Aber du bist doch praktisch schon im Urlaub!«, rief sie ungläubig.

Sie zuckte die Schultern. »Die Überstunden heute Nacht halte ich noch durch.«

»Das würdest du für mich tun? Oh, mein Gott, das ist unheimlich lieb von dir! Ich revanchiere mich bei nächster Gelegenheit und backe dir einen Kuchen, sobald du aus den USA zurückkommst!« In ihre blauen Augen zog ein Glanz, der Emma ganz verlegen machte, während sie abwinkte.

»Es ist wirklich keine große Sache.«

Ronja zog plötzlich die Stirn in Falten. »Sag mal, werden deine Eltern nicht furchtbar sauer sein? Ich dachte, du sollst ihnen noch beim Umzug helfen, bevor du nach Washington fliegst?«

»Heute haben sie bestimmt nichts Weltbewegendes mehr vor, und es bleiben noch genügend Kartons morgen zum Auspacken übrig.«

Während sie zu Margit ging, um ihr mitzuteilen, dass sie Ronjas Schicht übernahm, dachte sie daran, dass es vermutlich sogar besser war, wenn sie ihre Eltern erst zum Frühstück traf und ihnen von der Mail erzählte. Ihre Mutter würde sonst die halbe Nacht kein Auge zumachen.

2

Elias

Makawao auf Maui, Hawaii, Juli 2022

Das blecherne Scheppern weckte ihn noch vor dem Morgengrauen. Es folgte ein Tippeln und Kratzen, das klang, als würden die Geräusche direkt von der Veranda kommen. Dazwischen mischte sich der flötende Gesang eines Sonnenvogels, und in der Ferne krähte Noahs Hahn. Elias stöhnte. Sein Wecker würde sicher gleich in das Konzert mit einstimmen. Gähnend tastete er nach dem Handy auf dem Nachttisch. Offenbar sah er viel zu zerknittert aus, denn die Gesichtserkennung ignorierte ihn geflissentlich, und gerade, als er den Entsperrungscode eingab, begann das Gerät zu vibrieren. Zeitgleich gab es einen unangenehmen schrillen Ton von sich. Seine Finger flogen sofort über das Display, um den Wecker abzustellen. Vor Jahren hatte seine Freundin, inzwischen Ex-Freundin, ihm eine Sinfonie von Mozart als Weckmelodie ausgesucht und behauptet, dass er so viel gelassener in den Tag starten könne. Seither hatte er den unwiderstehlichen Drang, sofort den Ton abzudrehen, sobald er dieses Stück im Radio hörte. Das kratzende Geräusch klang jetzt noch näher, als befände sich etwas direkt auf dem Fenstersims. Mungos? Oder nur einer dieser neugierigen Safranfinken, die sich morgens auf das Holzgeländer setzten und darauf warteten, dass er ihnen ein paar Körner aus der Blechdose zuwarf? Er schwang sich aus dem Bett und tappte barfuß über die Holzdielen zum Fenster. Mit einem entschlossenen Ruck riss er die Innenjalousie an der Kordel nach oben. Auf seinem Fenstersims, in der Dämmerung kaum wahrnehmbar, kauerte ein Reptil, vor Schreck in der Bewegung erstarrt, und musterte ihn reglos aus vorgewölbten Augen.

»Neo!«, stöhnte Elias und befestigte die Kordel in der Halterung, damit die Jalousien nicht wieder zurückfielen. »Was soll das? Jagst du etwa Insekten an meinem Fliegengitter?«

Als er vor knapp zwei Jahren nach der Trennung von Colleen in dieses Cottage mitten in einem Wald Mauis auf neunhundert Meter Höhe gezogen war, hatte das Chamäleon seinen Wunsch nach Einsamkeit ignoriert und ihn gleich am ersten Abend auf seiner Veranda besucht. Es war etwas größer als seine Hand, ein Männchen, was man an den drei kurzen Hörnern zwischen seinen Augen erkennen konnte. Eines von ihnen war ein wenig schief gewachsen, weshalb er sichergehen konnte, dass es immer derselbe Geselle war, der ihm regelmäßig einen Besuch abstattete. Elias hatte ihn Neo genannt, nach dem Science-Fiction-Filmhelden aus Matrix, denn bei ihrer ersten Begegnung war er von einem überhängenden Ast auf seine Veranda wie aus einer anderen Realität in sein Leben gefallen. Blitzschnell hatte er die dunkle Holzfärbung des Bodens angenommen und sich in einem seltsam wiegenden Moonwalk zum Tisch bewegt. Elias, der sich eben eine Flasche Rotwein und ein Glas aus der Küche geholt hatte, war an der Tür stehen geblieben, um den Überraschungsgast zu beobachten. Er hatte ihn dabei erwischt, wie er sich ein Stück Mango schnappte, das ihm vom Abendessen heruntergefallen sein musste, und sich dann auf den Rückweg machte. Bis zu diesem Zeitpunkt hatte Elias gar nicht gewusst, dass Reptilien nicht nur Insekten fraßen. Später hatte er nachgelesen, dass Chamäleons sich im Wiegeschritt bewegten, um potenzielle Feinde davon zu überzeugen, ein Blatt oder Gestrüpp im Wind zu beobachten und nicht ein anderes Tier und damit leckere Beute. Von diesem Tag an hatte Elias öfter ein Stück Obst für Neo am

Fuße der Veranda deponiert. Heute war er über seinen morgendlichen Besuch allerdings wenig erfreut.

»Seit wann stehst du denn auf Vogelfutter?« Elias betrachtete im Halbdunkel missmutig die Bescherung. Neo hatte die Blechdose mit den Körnern vom Fenstersims gestoßen, und ihr Inhalt verteilte sich über die halbe Veranda. Neo schien sein rechtes Auge schuldbewusst nach unten auf die Körner zu senken, während er ihn mit dem linken unentwegt fixierte. Der Anblick brachte Elias zum Grinsen. Die scharfen Augen eines Chamäleons konnten nicht nur unabhängig voneinander sehen, sondern sich dabei auch noch so verdrehen, dass sie ein Sichtfeld von mehr als 340 Grad erfassten. Für ihn, der sich mit der Entwicklung und dem Bau von gigantischen Teleskopen zur Weltraumerforschung befasste, war die Optik dieses kleinen Wesens ein wahres Wunderwerk der Natur. Er unterdrückte den Impuls, Neo zu streicheln, das mochten Reptilien nämlich gar nicht, und ging stattdessen ins Bad, um zu duschen.

Mit feuchtem Haar und einem Becher dampfenden Kaffees stand er wenig später barfuß auf der Veranda. Das Holz war angenehm kühl vom Morgentau. Neo hatte sich inzwischen verzogen, dafür flogen einige Finken, die sich über die Körner am Dielenboden hergemacht hatten, wie ein Schwarm gelber Schmetterlinge auf. Elias trank einen Schluck Kaffee und stützte sich auf das Geländer. Er war so froh, dem brodelnden Trubel der Stadt entkommen zu sein. In der Ferne konnte er das Murmeln des Baches vernehmen, der sein Grundstück von Noahs Farm trennte, und zwischen den Ästen tanzten letzte Nebelschleier. Jasmin-, Hibiskus- und Frangipani-Blüten, verschwenderisch ins grüne Meer getupft, sandten ihm ihren Duft. Durch die Höhenlage war es hier im Sommer angenehm warm, verglichen mit der Hitze unten an der Küste. Davor hatte er mit Colleen in Kahului, im Norden Mauis, gelebt, einer Küstenstadt, die zusammen mit einigen Vororten zum größten Ballungsraum der Insel angewachsen war. Sie hatte den Trubel am Campus, die Ausstellungen im nahe gelegenen Kulturzentrum und die gigantische Shopping Mall um die Ecke geliebt.

Er nicht.

Das Cottage, das er von Noah gemietet hatte, lag auf einem Hang. Von der Veranda aus sah man über ein Blätterdach von Palmen, Bananenstauden, Ohia- und Mangobäumen hinweg auf die tiefhängende Wolkendecke, Stratocumulus, aber für ihn zog gerade eine Flotte lilafarbener, langer polynesischer Kanus gemächlich am morgendlichen Himmel. Schon als Kind hatte es ihm Spaß gemacht, Wolkenformen zu erraten. Es gab eine Zeit, da hatte Colleen das wahnsinnig sexy gefunden. Er hatte sie auf der Hochzeit eines Freundes getroffen, sie war eine der Brautjungfern gewesen, er der Trauzeuge. Ein von den wohlhabenden Eltern der Braut mit Hochzeitsplanern für ihr einziges Töchterchen bis ins kleinste Detail durchorganisiertes Spektakel, das sicher sämtliche Liebesschmonzetten-Regisseure in Hollywood vor Neid hätte erblassen lassen. Colleen in einem grünen Kleid mit tiefem Rückenausschnitt, weiße Blüten und Muscheln im hochgesteckten schwarzen Haar und übersprühend vor guter Laune, hatte mit der Braut um die Wette gestrahlt und alle Blicke auf sich gezogen. Die Feier zog sich endlos hin, und Elias hatte sich nachts am Strand gefragt, ob es sehr blöd rüberkommen würde, wenn der Trauzeuge nun einen Abgang machen würde, als Colleen plötzlich neben ihm an der Bar stand. Mit dem Cocktailglas nach oben deutend hatte sie mit alkoholschwerer Zunge gefragt: »Jen meint, so ein Ring ist ein gutes Omen für das Brautpaar. Was meinst du?«

Elias, der insgeheim dieser Ehe maximal drei Jahre gab, hatte den Kopf in den Nacken gelegt und in den Nachthimmel gestarrt. Er erinnerte sich heute noch an den faszinierenden Anblick. Um den cremefarbenen Vollmond hatten sich Wolken wie ein schmaler Reif geschoben, ein Schauspiel, das nur wenige Sekunden anhielt, bevor sie weiterzogen.

»Der Mond hat sich einen Wolkenlei umgehängt und als Saturn verkleidet, damit ihn niemand auf dem kitschigsten Hochzeitsevent des Jahres wiedererkennt.« Es war ihm einfach so herausgerutscht.

Colleen hatte so sehr gelacht, dass sie einen Teil ihres Cocktails verschüttete. »Du bist doch der Ingenieur, der irgendwas mit Weltraum studiert hat, so wie der Bräutigam?«

»Luft- und Raumfahrttechnik und Maschinenbau. Warum? Willst du eine wissenschaftliche Erklärung für das Phänomen?«

»Bloß nicht! Ich dachte nur immer, Ingenieure haben keinen Sinn für ihre Umgebung und noch weniger Humor, sind nüchterne, fantasielose Kopfmenschen.«

»Voll von Zahlen, technischen Zeichnungen und Prototypen?«

»Unbedingt!« Sie hatte ihr Glas ausgetrunken und auf dem Stehtisch abgestellt. Einen Augenblick lang war er von ihrem aufwendigen Tattoo abgelenkt gewesen, einer kunstvoll verzierten Spirale, die bei den Maori für Neubeginn, Harmonie und Selbstverwirklichung stand und die sich von ihrem Handrücken über den Unterarm wand. Dann hatte er sich in ihrem intensiven Blick verfangen. Ihre Augen waren dunkel wie Lavasteine.

Der Schrei eines Hawaii-Bussards riss Elias aus seinen Erinnerungen an seine Ex. Jene Nacht hatte sich wie ein einziger unbeschwerter Traum angefühlt. Er hatte sich nicht vorstellen können, was eine Wahnsinnsfrau wie sie ausgerechnet an ihm fand. Ihr mitreißendes Lachen, ihre Berührungen, der Duft ihrer Haut, wie sie sich später in seinen Armen bewegt, ihn in sich aufgenommen und seine Küsse leidenschaftlich erwidert hatte, waren wie ein Fieberrausch gewesen. Tagelang war er vollkommen neben der Spur gewesen, und kurz darauf waren sie zusammengezogen. Sie hatte mit ihrem unstillbaren Lebenshunger und ihrer Fröhlichkeit sein ganzes Leben auf den Kopf gestellt, und er hatte alle Warnungen in den Wind geschlagen, dass sie doch unmöglich zusammenpassen konnten. Gegensätze zogen sich an, hatte er gedacht, und dass er der ruhige Pol in ihrem Leben sein würde. Derjenige, der sie erdete. Wie falsch er damit lag und dass Colleen etwas vor ihm verbarg, war ihm erst nach und nach klar geworden. Und selbst nachdem er es erkannt hatte, hatte er noch sehr lange gebraucht, bis er es endlich geschafft hatte, sich von ihr zu lösen.

Der Kaffee schmeckte plötzlich bitter. Elias stieß sich abrupt vom Geländer ab und ging zurück in die Küche, wo er sich am Herd French Toasts machte.

Eine Dreiviertelstunde später saß er im Jeep und fuhr über die langen Serpentinen des Haleakalā-Highways zu seinem Arbeitsplatz auf rund dreitausend Metern Höhe. Um diese Uhrzeit war die Straße wieder frei, alle, die sich den Sternenhimmel oder den Sonnenaufgang über dem Vulkankrater hatten ansehen wollen, waren bereits zwischen drei und sieben Uhr hinaufgefahren und hatten die Eintrittskarte zum Visitor Center Monate vorausgebucht. Entsprechend groß war jetzt der Gegenverkehr. Doch ihn winkte man durch, bevor er noch seinen Dienstausweis aus der Sonnenblende ziehen musste. Je höher Elias kam, desto mehr veränderte sich die Landschaft. Er schien direkt auf die Wolkendecke zuzusteuern, und von dem üppigen Grün des Regenwalds war nicht mehr viel zu sehen, scharf zeichnete sich in warmen Rot-, Gelb- und Brauntönen eine karge, marsartige Wüstenlandschaft mit bizarren Felsen vor ihm ab. Er sollte sich nach all der Zeit an diesen Anblick gewöhnt haben, aber Elias beeindruckte das *Haus der Sonne*, wie die Einheimischen den Krater nannten, immer noch, und er ging hier oft wandern. Es war ein interessanter Kontrast zu der Regenwaldgegend seines

Elternhauses. Er lächelte, als er daran dachte, wie er als Kind bei den Wasserfällen den Regenbogen einzufangen versucht hatte. Als hätte die Erinnerung an die Kindheit sie heraufbeschworen, klingelte sein Handy und auf dem Autodisplay erschien der Name seiner Mutter. Elias hob die Augenbrauen. Gewöhnlich rief sie ihn am Wochenende oder abends an, nicht vor der Arbeit. Er aktivierte die Freisprechanlage.

»Hi, Mom. Was ist passiert?«

»Guten Morgen! Warum? Bin ich etwa schon so klapprig, dass du befürchten musst, ich würde mit einem Rollator über die Klippen stürzen?«

Elias lachte und fühlte sich gleichzeitig ertappt. Seine Mutter lebte nach dem plötzlichen Herzinfarkttod seines Vaters vor drei Jahren allein, war Mitte sechzig, viel beschäftigt und sportlich fitter als so manche Vierzigjährige, aber genau das bereitete ihm Angst. Dad war immer der vernünftige, ausgleichende Part in der Familie gewesen. Becky Walsh dagegen hatte in ihrem Leben mehr waghalsige, spontane Entscheidungen getroffen als vermutlich der gesamte Jahrgang ihrer damaligen High School zusammen. In seiner Kindheit hatte er ihre verrückten Ideen geliebt. Statt Tupperpartys und Nachbarschafts-BBQs hatte es bei ihr Klettertouren, Kajakfahrten oder kleine Tauchexkursionen gegeben. An seiner oder Janes Geburtstagsfeier hatte Mom mit brennenden Teebeutelraketen, Cola-Fontänen mit Mentos und brodelnden Backpulver-Vulkanen für Aufregung gesorgt. Ihre unkonventionellen Experimente waren auch in der Hanā Elementary School, in der sie bis zu ihrer Pensionierung unterrichtet hatte, legendär gewesen.

»Du rufst mich doch nie vor der Arbeit an«, erklärte er und klappte die Blende herunter, weil ihn in der Kurve die Sonne in die Augen stach.

»Ich war heute schon früh auf.« Sie zögerte einen Moment, dann fuhr sie fort. »Elias, ich habe wieder von Judy geträumt.«

Ein Prickeln lief ihm über den Rücken.

»Das tut mir leid, Mom. Ich bin sicher, sie hätte nicht gewollt, dass du dich so lange Zeit mit ihrem Tod quälst.«

»Ja, ich weiß. Es ist auch schon eine halbe Ewigkeit her, dass ich so einen intensiven Traum von ihr hatte. Sie saß am Klavier und hat einfach wundervoll gespielt. Und dabei hat sie mich angesehen und mir zugelächelt. Sie … ich …« Ihre Stimme brach.

Er sagte nichts und wartete, bis sie sich wieder gesammelt hatte.

»Du fliegst doch nächste Woche nach Washington wegen der neuen Anhörung zum Bau des Thirty-Meter-Telescope.«

Dieser plötzliche Themenwechsel verwunderte ihn. »Ja. Und?«

»Ich würde dich gerne begleiten.«

Vor Überraschung kam Elias in der nächsten Kurve um ein Haar auf die Gegenspur. »Zur Anhörung? Was willst du denn da, Mom? Ich weiß gar nicht, ob die öffentlich ist und selbst wenn …«

»Doch nicht zur Anhörung!«, unterbrach sie ihn. »Arlington liegt ja praktisch nebenan, mit der U-Bahn brauche ich nicht mal eine Viertelstunde, und ich habe so ein Gefühl … ich würde einfach mal wieder gerne ihr Grab besuchen.«

Jetzt bekam er Gänsehaut. Elias seufzte und versuchte gar nicht erst, sie davon abzubringen. Er kannte seine Mutter gut genug. Was sie sich einmal in den Kopf setzte, konnte man ihr so gut wie nicht ausreden, schon gar nicht, wenn es um diese Geschichte ging.

»Okay, Mom. Ich werde nachher gleich mal schauen, ob ich noch einen Platz in der Maschine bekomme. Aber ich kann nicht garantieren, dass wir nebeneinandersitzen werden.«

»Ich bin schon ein großes Mädchen, Elias«, spottete sie.

Elias blickte hoch. Vor ihm erhob sich der Gipfel des

Haleakalā und auf dem nahe gelegenen Plateau gruppierten sich weiße und silbern glänzende Kuppeln. Sie reihten sich wie Perlen in der roten Vulkanlandschaft und schienen auf den Wolken, die wie ein Wasserfall über den Abhang wallten, zu schweben. Der Himmel strahlte bereits azurblau. Elias liebte den Anblick seines Arbeitsplatzes. Science City wurde der Komplex von Observatorien mit verschiedenen Teleskopen und anderen astronomischen Instrumenten genannt. Er diente als Forschungsstation der Universität von Hawaii, aber auch zur Weltraumüberwachung durch die Air Force. Es erfüllte ihn mit Stolz, hier am Bau und der Entwicklung des weltweit größten Sonnenteleskops mitgewirkt zu haben.

»Gibst du mir Bescheid, ob das Buchen geklappt hat?«

Die Stimme seiner Mutter riss ihn aus dem imposanten Anblick. »Natürlich. Ich ruf dich gleich an.«

»Danke. Mach's gut heute!«

»Du auch, und schieb bitte alle Gedanken an Judy und die anderen vorerst beiseite und heb sie dir für Arlington auf, versprochen?«

»Ich versuch's.«

Elias bog auf den Parkplatz, schaltete den Motor ab und atmete erst einmal durch. Sechsunddreißig Jahre war das jetzt her, aber so etwas vergisst man wohl sein Leben lang nicht. Wäre Judys Kollegin Christa an jenem eiskalten Januartag 1986 krank gewesen, hätten Elias und seine Schwester Jane niemals das Licht der Welt erblickt. Denn Mom wäre dann für sie eingesprungen und zusammen mit Judy gestorben.

3

Emma

München, Juli 2022

Rufbereitschaft? Aber du frühstückst dann wenigstens bei uns!«

Emma verdrehte die Augen und wünschte sich, bereits im Flugzeug auf dem Weg nach Washington zu sitzen.

»Mama, du weißt doch, ich …«

»Dann kannst du auch ausschlafen.« Ihre Mutter klang erwartungsgemäß enttäuscht, als Emma ihr von ihren Überstunden erzählte und dass sie heute nicht wie geplant zum Abendessen erscheinen würde. »Dabei habe ich extra deine Lieblingspizza gemacht! Du hättest mir von diesem Sondereinsatz wirklich früher erzählen können.«

Manchmal hatte sie das Gefühl, ihre Mutter hörte ihr gar nicht richtig zu. Emma verzichtete auf nochmalige Erklärungen. »Die kannst du mir doch auch morgen Abend noch warmmachen«, erwiderte sie stattdessen versöhnlich.

Ihre Mutter schnaubte. »Ich mach dir lieber eine frische. Emma, es ist ja schön, wie du dich für deine Kollegin einsetzt, aber pass auf, dass du nicht ausgenutzt wirst. Menschen wie dir passiert so etwas häufig.«

Menschen wie dir. Sie zählte innerlich bis zehn und schaffte es, die Erwiderung, die ihr auf der Zunge lag, hinunterzuschlucken. Genau diese Mischung aus Vorwürfen und Fürsorglichkeit machte sie wahnsinnig. Langsam war es dann auch mal gut.

»Ich muss jetzt Schluss machen. Morgen erzähle ich euch dafür eine Neuigkeit, die euch umhauen wird.«

»Wir haben auch eine kleine Überraschung«, erwiderte ihre Mutter geheimnisvoll.

Als der Wecker um sieben klingelte, plagten Emma starke Kopfschmerzen. Sie nahm ein Ibuprofen, duschte, verzichtete auf Make-up, schlüpfte in Jeans und T-Shirt und band sich die langen dunkelblonden Haare zu einem Pferdeschwanz, dann fuhr sie los.

Das kleine Stadthaus in der Nähe des Nymphenburger Schlosses in München, in dem ihre Eltern jahrzehntelang gewohnt und das sie von den Großeltern geerbt hatten, hatten sie vor zwei Monaten verkauft. Sie waren aufs Land in die Nähe des Starnberger Sees gezogen. Von den Arbeitern der Umzugsfirma waren die Möbel bereits aufgestellt und die nach Zimmern beschrifteten Kartons verteilt worden, aber Emma hatte versprochen, beim Auspacken und Einräumen in die Schränke zu helfen. Kaum war sie in dem neuen Zuhause ihrer Eltern angekommen, überfiel sie die *Überraschung,* von der ihre Mutter gesprochen hatte, schon im Eingangsbereich, und Emma stieß einen entzückten Schrei aus.

»Mama! Oh, mein Gott, ist das eurer?«, rief sie und ging in die Hocke, um einen um sie herumwuselnden und an ihren Händen knabbernden Hundewelpen zu streicheln. Er hatte dicke weiße Pfoten und einen kugelrunden rosa Welpenbauch. Das Rückenfell war schwarz, die kurzen Beinchen braun. Auch in seinem runden Gesicht fanden sich die drei Fellfarben wieder, ein weißer Streif zog sich von der dunklen Nase bis zur Stirn, und über den Augen lagen hellbraune Brauen, die in seiner Aufregung ständig in Bewegung waren. Emma schmolz dahin, kniete sich auf die rustikalen Fliesen und nahm den zappelnden Kerl auf den Schoß. Sein Fell war unglaublich weich, wie der Flaum von Küken.

»Na, ist unsere Überraschung gelungen?«, lachte ihre Mutter, die in die Diele geeilt war und neben ihr in die Hocke ging.

»Das kannst du laut sagen. Wie heißt er denn? Oder ist es eine sie?«

»Ein Bernersennen-Mädel, und du darfst ihr einen Namen geben. Wir haben sie gestern von unserer Nachbarin bekommen. Der erste Wurf von Petras Hündin.«

Na, so was! Und als sie früher einen Hund haben wollte, hatte es geheißen, die würden nur Dreck und Arbeit machen, und man könne nicht mehr in den Urlaub fahren. Emma schluckte ihren aufkeimenden Ärger hinunter, sah auf und lächelte ihren Vater an, der gerade zu ihnen trat.

»Hallo, Papa!« Sie ließ das Fellknäuel los und stand auf. Ein durchdringendes Piepen ertönte plötzlich aus dem Hausinneren.

»Der Eierkocher!« Hastig schob sich ihre Mutter an ihr vorbei und verschwand hinter einer Tür.

»Das war der Deal, den ich eingehen musste. *Wenn wir schon aufs Land ziehen, will ich auch einen Hund,* hat deine Mutter gesagt. Jetzt habe ich die Bescherung.« Er verdrehte die Augen, aber seine Mundwinkel zuckten belustigt.

»Und was macht ihr, wenn ihr in den Urlaub fahren wollt?«, konnte sich Emma nicht verkneifen.

»Na, da haben wir natürlich sofort an dich gedacht«, erklärte er. »Du wolltest doch immer einen Hund.«

»Was?« Meinte er das ernst? Sie dachte an ihre kleine Wohnung und daran, was Michael dazu sagen würde, wenn er wieder nach München zurückkam. Der ergriff doch schon vor winzigen Katzen auf der Straße die Flucht, weil er Angst hatte, sie könnten seine Anzughose vollhaaren, sobald sie an ihm vorüberstreifen. Was würde er erst zu dieser Sabberschnauze sagen?

Ihr Vater verzog keine Miene und ergänzte: »Du kannst dann auch hier wohnen.«

»Und jeden Tag eineinhalb Stunden einfach nach Oberpfaffenhofen fahren?«, fragte sie entgeistert. »Außerdem wird sie sich doch furchtbar einsam fühlen, bis ich nach Feierabend wiederkomme.«

»Sicher hat deine Chefin nichts dagegen, wenn du sie mitnimmst. Vielleicht suchen sie schon händeringend einen Hund, mit dem sie ihre KIs für anspruchsvolle Aufgaben wie Gassigehen und Hundekoteinsammeln programmieren können. Überleg doch mal, was das für ein Millionenmarkt wäre.«

In Emmas Kopf erschien ein humanoider Roboter, der von einem davonstürmenden Bernersennenhund an der Leine hinter sich her gezerrt und gegen einen Baum schlagend in seine Einzelteile gesprengt wurde. Marc würde ausflippen, wenn seinen KI-Babys was geschah. Bevor sie noch etwas erwidern konnte, knuffte ihre Mutter, die gerade aus der Küche zurückgekehrt war, ihn in die Seite. »Lass dich nicht wieder von ihm aufziehen! Wir verreisen entweder mit dem Bärchen oder geben sie zu Petra. Sie hat uns zugesichert, sie jederzeit in Pflege zu nehmen, wenn wir wegfahren.«

»Und was ist deine Überraschung? Hoffentlich nicht auch was Vierbeiniges«, entgegnete er.

»Das verrate ich euch beim Frühstück. Jetzt brauche ich erst mal einen Kaffee!«

Eine halbe Stunde später saßen sie in der gemütlichen Wohnküche aus hellem Ahornholz. An den Fenstern hingen noch keine Gardinen, aber auf den Fensterbänken standen bereits Mamas bunte Keramiktöpfe aus Spanien mit frischen Kräutern und auf dem Tisch eine Vase mit Pfingstrosen aus dem Garten. Emma hatte sie vor einer halben Ewigkeit mit Glasmalfarben dunkelblau mit gelben Sternen bemalt und ihr zum Muttertag geschenkt. Seither hütete ihre Mutter sie wie einen Schatz. Es waren diese Kleinigkeiten, die den Raum wohnlich machten und ihr das Gefühl von zuhause gaben, obwohl überall Kartons herumstanden. Emma legte das Messer, mit dem sie sich Honig auf das Brot geschmiert hatte, beiseite und holte tief Luft.

»Also, was ich euch sagen möchte, steht noch nicht hundertprozentig fest.« Sie sah in die erwartungsvollen Gesichter ihrer Eltern. Ihre Mutter strich sich eine Haarsträhne hinters Ohr. Sie hatte dieselben dunkelblonden Haare mit störrischer Naturwelle wie sie, aber ihre Mutter trug einen Bob, während Emmas Haar fast bis zur Taille reichte. Schon vor einer Weile hatte sie es schneiden lassen wollen, aber Michael war strikt dagegen gewesen.

»Kurze Haare stehen dir doch gar nicht«, hatte er behauptet. »Außerdem gefällst du mir mit langer Mähne viel besser.«

Sie konnte sich nicht erinnern, dass ihr Vater sich je eingemischt hatte, wenn ihre Mutter mit neuer Frisur nach Hause kam. Emma sah ihren Vater an. Ganz schön viel Grau hatte sich mittlerweile in sein schwarzes Haar gemischt. Seltsam, als Kind kamen einem die eigenen Eltern wie eine unveränderliche Konstante vor. Jetzt war es befremdend, sie langsam altern zu sehen.

Ihr Vater fasste ihren Blick offenbar falsch auf und verzog die Miene.

»Du willst dauerhaft nach Washington zu Michael ziehen?«, mutmaßte er, und obwohl er sich bemühte, neutral zu klingen, schwang ein bedauernder Unterton in seiner Stimme mit.

»Nein, nein, das ist es nicht. Aber wenn alles klappt und ich sehr viel Glück habe, könnte es sein, dass ich bei einer der nächsten Mondlandungen dabei bin.«

In die Stille hinein war nur das Ticken der Küchenuhr und das Zwitschern der Vögel im Garten zu hören. Ihre Mutter hatte den Mund geöffnet, aber brachte keinen Ton heraus.

»Sag das noch mal!« Die Miene ihres Vaters wechselte von Unglauben zu Begeisterung.

»Die Chancen stehen gut, dass ich zum Jahresende Astronautin bei der ESA werde.«

»Du nimmst uns auf den Arm, oder? Mein Sternchen wird wahrhaftig zu den Sternen fliegen!« Jetzt lachte er, klatschte in die Hände.

Ein warmes Glücksgefühl breitete sich in ihr aus. »Na ja, noch ist es nicht spruchreif. Und selbst wenn mich die Europäische Weltraumorganisation in ihr Astronautenprogramm aufnimmt, gibt es viele Astronauten und Bewerber für die Raumfahrtstarts. Nicht jeder schafft es, tatsächlich auf die internationale Weltraumstation, auf den Mond oder vielleicht sogar zum Mars zu fliegen.«

»Aber … wieso … und wie …?«, krächzte ihre Mutter fassungslos und umklammerte haltsuchend ihre Tasse.

»Vergangenes Jahr hat die ESA in einer Presseerklärung bekannt gegeben, dass sie vier bis sechs neue Berufsastronauten sucht. Das war für mich eine einmalige Chance. Bis zur nächsten Auswahl können zehn bis zwanzig Jahre vergehen.«

»Und da hast du dich einfach beworben und uns gar nichts gesagt? Oder wusste Michael Bescheid?«

Bevor Emma ihrer Mutter antworten konnte, mischte sich ihr Vater ein. »Jetzt lass sie doch erzählen, Moni, und komm ihr nicht gleich wieder mit Vorwürfen!«

Sie warf ihm einen verärgerten Blick zu. »Ich finde nur …«, in einer hilflosen Geste hob sie die Hände und ließ sie zurück in ihren Schoß fallen. »Das kommt so überraschend. Musst du denn nicht … keine Ahnung … Astrophysikerin sein, um Astronautin zu werden?«

Emma schüttelte den Kopf. »Nein. Und um deine Frage zu beantworten: Michael weiß auch noch nichts. Ich wollte erst einmal warten, ob ich nicht gleich in der Vorauswahl rausfliege, bevor ich euch alle in Aufregung versetze. Es haben sich nämlich europaweit mehr als zweiundzwanzigtausend Menschen beworben.«

»So viele?«, fragte ihr Vater beeindruckt. »Was muss man denen denn alles liefern bei der Bewerbung?«

»Ach, eigentlich nichts Besonders. Bewerbungsbogen, Motivationsschreiben, Berufserfahrung als Naturwissenschaftler, gute Sprachkenntnisse und ... na ja ... man muss natürlich fit und gesund sein.«

»Ich dachte immer, Astronauten wären Leistungssportler«, warf er ein.

»Nein, dann würden sie mich sogar ausschließen. Zu viel Muskelmasse, insbesondere ein zu großer Herzmuskel, führen im Weltraum zu Problemen wegen der Schwerelosigkeit.«

»Aber zu einem Flugmediziner musstest du schon«, vermutete er.

»Klar, aber das war alles kein Problem«, wiegelte Emma mit einem besorgten Seitenblick auf ihre Mutter ab.

»Und dann haben sie dich einfach so angenommen?«, fragte diese. Sie schien ihr Frühstück vollkommen vergessen zu haben und streichelte jetzt hektisch den Hund, der sich neben sie gesetzt hatte und vergeblich um mehr Aufmerksamkeit oder ein Häppchen vom Tisch bettelte.

»Im November habe ich erfahren, dass ich zu den sechs Prozent Bewerbern gehöre, die es tatsächlich in die zweite Phase geschafft haben.«

»Das hättest du uns an Weihnachten aber wirklich erzählen können!«

»Moni, bitte!«, stöhnte Emmas Vater.

»Ist doch wahr, Christian! Ich verstehe einfach nicht, warum sie laufend ein Geheimnis aus allem macht. Als ob wir sie nicht immer unterstützen würden. Mit ihrer Entscheidung, Geowissenschaften zu studieren, statt aufs Konservatorium zu gehen, war das damals auch so eine Geheimniskrämerei bis zum allerletzten Moment.«

Emma seufzte innerlich. Das würde sie ihr vermutlich bis an

ihr Lebensende vorhalten. Vor ihrem Abi hatte ihre Mutter überall herumposaunt, dass sie demnächst aufs Konservatorium gehen und mit ihrem Klavierspiel bald die berühmtesten Konzertsäle der Welt füllen würde. Hätte sie ihr an Weihnachten von ihrer Bewerbung erzählt, wüssten inzwischen nicht nur die nächsten Verwandten, sondern die gesamte Nachbarschaft inklusive Bäcker und Friseur Bescheid. Sie hatte sich zur Geheimhaltung über den Auswahlprozess verpflichten müssen. Die Weltraumorganisation mochte keine Bewerber mit einem übersteigerten Selbstdarstellungsbedürfnis, und auch Emma hasste unnötige Aufmerksamkeit. Vor allem hatte Michael nicht davon erfahren sollen, bevor die ganze Sache spruchreif war. Aber sie wollte nicht die Stimmung verderben und war froh, dass ihr Vater die Situation rettete, indem er fragte:

»Wie viele Phasen sind es denn? Hast du alle schon durchlaufen?«

»So gut wie. Dass ich auch die vierte Phase mit den psychologischen und psychometrischen Tests geschafft habe, habe ich erst gestern Abend erfahren. Jetzt stehen nur noch die Interviewrunden an. Bis dahin möchte ich euch bitten, niemandem davon zu erzählen.« Letzteres hatte sie demonstrativ in Richtung ihrer Mutter verkündet.

Die sah ein wenig bleich um die Nase aus, legte die Hand auf ihre und drückte sie. »Ich freu mich für dich! Wirklich! Aber ein bisschen mulmig ist mir bei dem Gedanken schon, dass du in den Weltraum fliegst. Ist schließlich kein ungefährlicher Job.«

»Ich weiß, Mama. Aber es gibt einen Haufen Sicherheitsvorkehrungen und strenge Protokolle, und die Technik ist inzwischen schon viel weiter als in den Anfangsjahren der Raumfahrt.«

»Was sind denn psychometrische Tests?«, wollte ihr Vater wissen.

»Die zielen auf die Persönlichkeit ab, ob man die Nerven behält, sich ständig in den Vordergrund drängen möchte oder gut im Team zusammenarbeitet.«

»Verstehe. Auf so engem Raum wie einem Raumschiff oder der Raumstation ISS muss man natürlich miteinander auskommen können.« Ihr Vater stand auf und legte ihr feierlich die Hand auf die Schulter. »Ich hol jetzt mal einen Sekt.«

»Ach, Papa, dafür ist es doch zu früh! Wie gesagt, wenn ich aus den USA zurückkomme, stehen mir noch zwei Interviewrunden bevor. Genaue Zahlen kenne ich nicht, aber schätzungsweise sind wir jetzt an die fünfzig übrig gebliebene Bewerber. Die Wahrscheinlichkeit, dass sie sich für einen anderen entscheiden, ist immer noch hoch.«

»Sternchen, du bist von über zweiundzwanzigtausend unter die ersten fünfzig gekommen! Egal wie es im Herbst ausgeht – das allein ist schon ein Grund zum Feiern.«

Ein wenig beschwipst stand Emma eine Stunde später mit ihrer Mutter im Wohnzimmer und räumte die Bücher aus den Umzugskartons in die Regale. In die Schränke kamen Fotoalben, kleine Boxen mit Andenken und Fotos, die noch nicht in Alben geklebt worden waren. Artemis, Emma hatte die Hündin nach der griechischen Göttin der Jagd und des Mondes benannt, passend zu dem neuen Mondprogramm der NASA, lag zwischen ihnen auf ihrer Hundedecke und knabberte an einem Kauknochen.

»Magst du das nicht lieber vorher ausmisten?«, fragte Emma skeptisch und nahm sich den Umzugskarton vor, in dem sich eine Mappe mit krakeligen Kinderzeichnungen, aller möglicher Andenken-Krimskrams und alte VHS-Kassetten befanden. Warum hob ihre Mutter so was auf?

»Das kann ich später immer noch machen. Wirf bitte nichts weg, ich hänge an all den Sachen! Und jetzt habe ich auch gar keine Zeit zum Aussortieren«, sagte ihre Mutter und schob schwungvoll den nächsten Stapel Bücher ins Regal.

Emmas Mundwinkel zuckten. Sie klappte die Mappe auf und starrte auf ein von ihr gemaltes Bild aus der Kindergartenzeit.

»Hinterher wirst du das alles bestimmt nicht mehr anrühren. Sag mal, habt ihr überhaupt noch einen Recorder, um diese alten Kassetten und die hier«, sie hob kopfschüttelnd eine Blechbox mit einer Filmrolle hoch und verdrehte die Augen, »abzuspielen? Was ist denn auf dem Old-Tech Wichtiges drauf, dass ihr es nicht endlich entsorgt?«

»Wir besitzen einen VHS-Recorder. Und auf der Super-8-Rolle ist unsere Hochzeitsfeier. Die hebe ich aus nostalgischen Gründen auf. Wir haben sie inzwischen digitalisieren lassen.«

»Ehrlich? Kann ich sie mir mal anschauen?« Sie deutete auf ein Hochzeitsfoto ihrer Eltern im Regal. »Dein Kleid war so was von Seventies mit der Blümchenspitze und den ausgestellten Ärmeln!«

»Gibt weitaus verrücktere Klamotten, die wir in der Zeit getragen haben.«

»Oh, ja, ich erinnere mich noch gut an das giftgrüne geometrisch gemusterte Minikleid, das du mir zur Schulfaschingsparty ausgeliehen hast.« Emma legte kichernd die Dose mit der Filmrolle beiseite und griff beschwingt nach einer cremefarbenen Schachtel, die mit handbemalten Blümchen verziert war. Als sie sie öffnete, blickte sie auf ein Bündel alter Briefe und vergilbter Schwarz-Weiß-Fotos. In schöner, schnörkeliger Handschrift stand eine *Marie Rosenfeld* in New York als Absender auf mehreren Umschlägen.

»Sag mal, haben wir Verwandte in den USA?«, fragte sie verwundert.

»Nicht dass ich wüsste.« Ihre Mutter blickte ihr jetzt über die Schulter. »Den Namen hab ich noch nie gehört. Da müsstest du Omi Viktória mal fragen. Das ganze Zeug stammt von den

Sachen, die ihre Bekannten in den Neunzigern aus Rumänien mitgebracht haben. Nach Ceauşescus Sturz. Da konnten viele Spätaussiedler das Land endlich legal verlassen.«

»Omi Viktória ist aber mit dir schon früher geflüchtet, oder?«

»In den Sechzigern. Damals war ich neun Jahre alt. Eine abenteuerliche Sache, im Schneetreiben mit dem Schlauchboot über die Donau, mit dem klapprigen Auto eines Fluchthelfers weiter gen Westen und später zu Fuß über die Berge, ständig in der Angst, Grenzsoldaten könnten auf uns schießen.«

Emma sah erschrocken auf. »Davon hast du mir noch nie erzählt.«

Ihre Mutter seufzte. »Weil ich mich selbst kaum an die Flucht erinnere. Vermutlich habe ich als Kind hinterher alles verdrängt. Geblieben sind nur ein paar verschwommene Bilder in meinem Kopf. Frag Omi Viktória, die kann dir bestimmt mehr darüber sagen.« Sie deutete auf den Brief. »Der hier ist an deine Urgroßmutter adressiert. Susanna Keller in Temesvár. Das war Viktórias Schwiegermutter.«

»Dort bist du auch zur Welt gekommen, nicht wahr?« Emma erinnerte sich, den Ortsnamen auf dem Personalausweis ihrer Mutter gesehen zu haben. Allerdings in anderer Schreibweise: Temeswar.

Bisher hatte sie sich nie großartig für die Vergangenheit ihrer Familie interessiert. Dabei hörte sich die Sache mit der Flucht schon spannend an. Ein anderer Umschlag erregte ihre Aufmerksamkeit. Diesmal war der Absender ihre Urgroßmutter Susanna, aber die Briefmarke darauf war scheinbar nie abgestempelt worden. »Was bedeutet denn *magyar kir*?« Sie deutete auf die Marke.

»Magyar Kiraly, königlich-ungarisch. Temesvár gehörte damals nicht zu Rumänien, sondern zum Königreich Ungarn der k.u.k. Monarchie, daher auch die ungarische Schreibweise.

Eigenartig, sie hat ihn scheinbar nie an diese Marie in New York abgeschickt.«

»Kannst du denn noch gut Ungarisch?«

Emma erinnerte sich, dass ihre Mutter manchmal mit Omi Viktória ein paar Sätze auf Ungarisch gewechselt hatte. Meistens hatte sie sich als Kind darüber geärgert, es war, als tauschten sie untereinander etwas aus, das Emma nicht hören sollte. Sie hatte sich ausgeschlossen gefühlt, und besonders freundlich hatten Mutter und Großmutter in jenen Momenten auch nicht geklungen.

Ihre Mutter schüttelte den Kopf. »Nicht mehr. Ein paar Brocken. Daheim haben wir doch immer nur Deutsch gesprochen. Aber zu der Zeit, als deine Urgroßmutter gelebt hat, waren Deutsch und Ungarisch die meistgesprochenen Sprachen in Temeswar. Die Stadt hat zum Banat gehört, einer Gegend, in der damals viele Deutsche gelebt haben.«

Emma hatte nie so recht begriffen, warum ihre Mutter die Großmutter nie Mama, sondern sie immer nur bei ihrem Namen oder in ihrem Beisein *Omi Viktória* nannte. Als sie sie einmal darauf angesprochen hatte, meinte sie nur, das hätte sich eben so ergeben. Aber Emma vermutete, dass ihre Mutter ihr etwas verschwieg, und die Beziehung der beiden war, solange sie sich zurückerinnern konnte, angespannt gewesen.

Sie lugte in den Briefumschlag, aber es steckte kein Schreiben darin, nur ein Foto von zwei Mädchen. Ihr Alter war schwer einzuschätzen, weil sie furchtbar ernst in die Kamera blickten. Sie schätzte sie auf sieben Jahre. Beide trugen ein Kleid mit weitem Rock, das knapp über den Knien endete. Lederstiefel, die ihnen über die Knöchel reichten, waren über den dunklen Wollstrumpfhosen geschnürt. Die bauschigen Ärmel der Kleider mündeten in engen Bündchen mit Streifen, und auf ihren schmalen Schultern wand sich ein breiter gestreifter Kragen, der vorne in einer Schleife endete, was der Kleidung etwas Uniformhaftes verlieh und an einen Matrosenlook erinnerte. Vielleicht war das auch ihre Schuluniform, denn zu ihren Füßen lagen zwei Ledertaschen mit Schnallen und Riemen. Links von ihnen stand ein kleines rundes Tischchen, darauf eine Vase üppig blühender Hortensien. Die Mädchen lehnten mit Schultern und Köpfen aneinander und hielten sich an den Händen. Man hätte sie leicht für Geschwister halten können, aber bei genauerer Betrachtung stellte Emma fest, dass ihre Gesichtszüge doch recht unterschiedlich waren. Eines der Mädchen trug das Haar offen, das von einer riesigen Schleife über dem Hinterkopf aus dem Gesicht gehalten wurde. Bei der anderen waren die dunklen Haare zu einem dicken Zopf gebändigt, der vorne über ihre Schulter hing. Locken sprangen unter dem Band hervor und mischten sich mit den hellen Haaren des Mädchens neben ihr. Etwas an der Mimik der Mädchen fesselte Emma. Sie bemühten sich offenbar redlich, eine ernste Miene aufzusetzen, aber ihre Mundwinkel waren zu einem spitzbübischen Lächeln verzogen, und eine von ihnen besaß niedliche Grübchen.

»Die zwei sehen aus, als ob sie gerade was aushecken!« Sie lächelte und drehte das Foto um. *1904* stand darauf und *li. Susanna, re. Marie*. Ein Stempel des Fotografen wies ihn als *B. Rosenfeld, Hofphotograph und Hofmaler, Temesvár* aus.

»Was habt ihr denn da Schönes?« Ihr Vater lehnte mit einer Tasse Kaffee im Türrahmen.

»Nur alte Fotos und Briefe von meiner Mutter aus dem Banat.« Sie nahm Emma das Bild aus der Hand, legte es zu den anderen und verschloss die Schachtel wieder. »Lass uns weitermachen. Wenn du aus den USA zurückkommst, bringst du das am besten Omi Viktória vorbei und kannst ihr bei der Gelegenheit auch von deinen neuen beruflichen Plänen erzählen.«

Irgendwie wurde Emma das Gefühl nicht los, ihre Mutter hatte ihr absichtlich den Umzugskarton mit der Andenkenschachtel untergejubelt, damit ihr die Aufgabe zufiel, sie demnächst ihrer Großmutter zu bringen. Omi Viktória war nur einen Meter sechzig groß, trotzdem passte auf niemand anderen besser das Attribut »groß«. Sie füllte einen ganzen Raum mit ihrem geradezu einschüchternd scharfen Verstand, analysierte alles und jeden um sich herum und nahm bei keiner Gelegenheit ein Blatt vor den Mund. Sie konnte sich gut vorstellen, dass ihre Großmutter in der Ceauşescu-Diktatur angeeckt und dem Widerstand beigetreten war. An Emma schien sie allerdings einen Narren gefressen zu haben. Sonst war keiner vor ihrem scharfen Blick und Urteil sicher. Emma konnte sich an kein Familientreffen erinnern, an dem es zwischen Omi Viktória und ihrer Mutter an spitzen Bemerkungen bis hin zu großen Gefühlsausbrüchen gemangelt hätte.

4

Marie

Temeswar, 1904

»Herts, ihr Zwa, wann da nit gleich aane Ruh ist wia am Gottesacker, dann kannts ihr was erlebn, was nit aamol der Herrgott zu Christi Himmelfahrt erlebt, wenn er die Erdn verlasst und fir imma in die Wolkn steigt«, rief Frieda ungehalten und stemmte die Hände in die breiten Hüften.

Ihre Schürze war mehlbestäubt, die Wangen gerötet, und ihre hellblauen Augen blitzten aufgebracht. Sie musste ihnen aus der Küche in den Salon hinterhergerannt sein, denn sie keuchte und ein paar Haare hatten sich aus ihrer Haube gelöst. Gut, dass Marie die Frieda schon so lange kannte wie ihre liebste Susanna, sonst hätte sie sich bestimmt erschrocken. Nun schielte sie zu der Freundin hinüber, die ihrer Köchin ein zuckersüßes Lächeln schenkte und erwiderte:

»Ach, liebe Frieda, wir haben uns doch nur ein wenig die Zeit vertrieben, bis Maries Vater endlich die Fotografie von uns macht.«

Aber so leicht ließ sich die Köchin nicht besänftigen. Während sie sich vor Susanna aufbaute, versuchte Marie hastig, die süßen Mehlspeisen, die sie aus der Küche stibitzt hatten und die sie am Rücken versteckt hielt, auf dem runden Tischchen neben sich abzulegen. Von dort schob sie das Gebäck hinter die Vase mit den weißen Hortensien aus Friedas Sichtfeld. Der mit Teppichen ausgelegte Eichendielenboden knarrte unter ihren blank polierten Lederstiefeln, als sie wieder einen Schritt zur

Seite trat. Durch die hohen Fenster fiel das Sonnenlicht in den Raum, brach sich in den geschliffenen Kristallgläsern der Vitrinen und verlieh den lindgrünen Esszimmerstühlen einen seidigen Glanz. Die Familie des Textilfabrikanten Conrad Keller war erst dieses Jahr in das Palais gezogen, wie man die neuen, schicken Stadthäuser in Temeswar nannte, die nach dem Abriss der alten Stadtmauern entstanden waren. Maries Vater hatte sie bei ihrem ersten Besuch auf die geschwungenen Formen und Dekorationen an der Fassade aufmerksam gemacht und ihr erklärt, dass das Haus im Wiener Sezessionsstil erbaut worden war. Wie immer, wenn es bei Benjamin Rosenfeld um das Thema Kunst ging, hatten seine Augen zu leuchten begonnen und waren seine Erklärungen ausschweifend gewesen. Marie war von einem Fuß auf den anderen getreten und hatte ihm nur mit halbem Ohr zugehört, weil sie doch endlich hinein zu ihrer Freundin wollte. Aber auch ihr gefielen die hohen Räume und vor allem Susannas Zimmer, das sie sich nun nicht mehr mit ihrer älteren Schwester Gisela teilen musste. Jede besaß nun ihr eigenes Zimmer, außerdem lebte Gisela seit diesem Sommer bei ihrer Tante in Arad, um ihr Gesellschaft zu leisten und ihr Klavierspiel am Konservatorium zu *vervollkommnen*, wie Susannas Vater sagte. Maries Blick wanderte zu dem glänzenden Fortepiano aus hellem Nussbaumholz vor dem Fenster, auf dem in schnörkeligen Lettern etwas stand. Sie versuchte es zu entziffern. Vor einem Jahr hatte ihre Mutter begonnen, ihr die verschiedenen Buchstaben beizubringen, schließlich sollte sie neben dem deutschen und ungarischen auch das hebräische Alphabet lernen. *Beregszászy* las sie jetzt und erinnerte sich plötzlich an etwas, das ihr Vater zu ihrer Mutter gesagt hatte:

»Auch ein Beregszászy wird Giselas mangelndes Talent nicht ausbügeln können. Ich fürchte, aus ihr wird nie die berühmte Pianistin werden, die Conrad gerne in ihr sehen möchte.«

»Es ist nicht an dir, ihm den Glauben daran zu nehmen«, hatte ihre Mutter ihn gewarnt.

»Natürlich nicht. Schade nur um das schöne Instrument. Wenn ich den neuen Auftrag für das Porträt von Graf Pálffys Sohn bekomme, würde ich gerne auch für Marie ein solches Pianoforte anschaffen. Stell dir vor, der Graf möchte eine Miniatur im alten Stil haben, Aquarell oder Öl auf Elfenbein. Eigentlich ist so etwas längst aus der Mode gekommen. Aber bitte, wenn er es unbedingt so haben will.«

»Ich finde, unser altes Pianoforte erfüllt seinen Zweck für Maries Übungen vollkommen, kein Grund, unnötig so viel Geld auszugeben, nur weil Conrad das tut«, hatte ihre Mutter kopfschüttelnd erwidert und sich über ihr Buch gebeugt.

»Meine Liebe, die Bildung unserer Tochter ist mir jeden Fillér wert!«, hatte ihr Vater geschnaubt. »Das hat mit Conrad nichts zu tun!«

Marie wusste nicht, ob es daran lag, dass ihr Vater den Malauftrag nicht erhalten oder ob er das Geld doch für andere Anschaffungen verwendet hatte. Es war ihr jedenfalls ganz recht, dass sie dieses Jahr kein neues Pianoforte bekommen hatte. Die ewigen Tonleiterübungen und der strenge Hausunterricht bereiteten ihr ohnehin keine Freude, und Susanna hatte ihr verraten, dass auf dem Instrument ihrer Schwester verpatzte Töne grausam laut durchs ganze Haus hallten.

»Bis in Friedas Küche hinunter hört man es, wenn ich mal danebengreife«, hatte sie gejammert. »Und der Herr Studienrat macht dann immer ein Gesicht wie bei einer Zahnextraktion.«

Maries Herz schlug seit einigen Monaten für die Fotografie. Im Frühjahr hatte der Vater ihr das erste Mal erlaubt, ihm in der Dunkelkammer auszuhelfen, auch wenn die Mutter das nicht gerne sah, weil sie befürchtete, die Chemikalien könnten ihrer Lunge schaden oder würden Flecken auf ihren Kleidern hinterlassen. Deshalb trug sie immer eine Schürze, sobald sie den kleinen Raum betrat. Es war, als würde sie durch die Tür in eine fremde Welt schlüpfen. Sie mochte den scharfen Geruch der Lösungen und das geheimnisvolle orangerote Licht, das die Falten auf der Stirn ihres Vaters weicher zeichnete, während er konzentriert die Filmplatten studierte. Alles hier erschien ihr wie ein Wunder. Wenn sie das Fotopapier mit der Zange durch die verschiedenen Flüssigkeiten zog, die ihr Vater zuvor aus den braunen Flaschen mit der Apothekerbalkenwaage angemischt und in die Schalen gefüllt hatte, und sich plötzlich das Weiß dunkel färbte, erste Konturen eines Bildes aufblühten, fühlte sie sich wie eine Zauberin. Meistens roch es auch gar nicht so schlimm, wie ihre Mutter behauptete, nur ein bisschen nach Essigsäure. Am Ende kam das Papier dann in die Fixierlösung. »Die sorgt dafür, dass das Bild nicht so schnell wieder verblasst, wenn es in der Sonne liegt«, hatte ihr Vater erklärt. Marie hoffte sehnsüchtig, dass er ihr irgendwann auch einmal zeigen würde, wie man den Fotoapparat bediente.

»Ja, schämts ihr eich nit?« Friedas laute Stimme holte sie wieder in die Gegenwart zurück. »Tanzts in der Kuchl rum in dene scheene Kleida wia der Leichentoni mit der Holzhackafanni ihra Tochter! Wann die Paradeissuppn auf eich gspritzt wär, wärs heit vorbei gwen mit da Fotografiererei. Na, morgn, wann die Schul anfangt, werdns eich die Flausn scho no austreibn. Scheene Damen seids!«

»Uns ist doch gar kein Malheur passiert!«, versuchte Susanna sie zu beschwichtigen. Aber Frieda war mit dem Schimpfen längst nicht fertig, sie kam gerade erst in Fahrt. Auf den Fotografie-Apparat deutend, der mit seinem Balgen wie ein Akkordeon aus dem Lederkoffer gezogen wurde und nun auf einem Holzstativ in der Mitte des Raumes thronte, rief sie: »Kannts froh sein, dass der bei eirem wuiden Galopp nit zu Schaden kemma is. So aana kost bestimmt a Schippl Geld.«

Schuldbewusst dachte Marie an den Blick der Mutter, als ihr Vater den Apparat von Carl Zeiss mit dem – wie er behauptete – sagenhaften Tessa-Objektiv nach Hause gebracht und ihr versichert hatte, dass seine Bilder nun noch viel besser werden würden und er durch die neuen Aufträge bald abbezahlt wäre. Das hätte noch gefehlt, wenn er wegen ihnen zu Bruch gegangen wäre. In diesem Augenblick erklangen Stimmen vom Gang, und sie atmete erleichtert aus, als ihr Vater mit Conrad Keller zur Tür hereinspazierte, beide gut gelaunt, im Anzug mit Weste und weißem Hemd, den hohen, steifen Kragen mit einer Fliege in Form gehalten. Onkel Conrad schenkte der entrüsteten Frieda ein amüsiertes Lächeln. Eigentlich war er gar nicht Maries richtiger Onkel, aber die beiden Väter kannten sich eine Ewigkeit und hatten zusammen studiert, weshalb sie ihn, solange sie denken konnte, Onkel Conrad und Susanna umgekehrt ihren Vater Onkel Benjamin nannte.

»Was haben unsere Mädel denn diesmal wieder ausgeheckt, Frieda? Sehen sie nicht wie zwei kleine Engel aus?«

Wie zur Bekräftigung stellte sich Susanna brav neben Marie und lächelte treuherzig.

»Wer ist denn der Leichentoni?«, wisperte Marie ihr ins Ohr, der Friedas Bemerkung noch im Kopf herumspukte. Etwa ein Gespenst? Sie schauderte, wenn sie an die gruseligen Geschichten dachte, die die Großmutter ihr manchmal aus dem Schtetl erzählte. Und dennoch bat sie vor dem Schlafengehen immer wieder die Oma aufs Neue: *Nor nokh eyn geshikhte, Bubbe, bite!*

Susanna, die ihre Gedanken offenbar erriet, kicherte. »Doch keine echte Leiche, sie meint nur den Toni Gruber«, raunte sie zurück. »Der spielt bei den Beerdigungen in dem Dorf, wo die Frieda herkommt, immer die Geige am Grab. Deshalb nennen alle ihn den Leichentoni.«

»Freilich, gnädiger Herr«, seufzte die Köchin in diesem Augenblick und warf ihnen einen strengen Seitenblick zu.

»Aber manchmal san selbst die Engl schwerer zu hütn als wia a Sack voller Fleh, und ausgerechnet heit ist die Nanni krank, um mir das abzunehma.«

Während Maries Vater die Vorhänge aufzog, damit mehr Tageslicht in den Raum fiel, drückte Susanna ihre Hand. »Frieda, hier riecht es gerade irgendwie verbrannt, gelt?«, sagte sie laut und schnupperte.

»Jessas, die Angelakipferl!« Friedas Augen weiteten sich vor Schreck, sie machte einen unbeholfenen Knicks in Richtung Susannas Vater und versuchte gleichzeitig, sich zur Tür zu drehen, was natürlich misslang und sie fast das Gleichgewicht verlieren ließ. Marie musste die Lippen zusammenpressen, um nicht laut loszuprusten. Unerwartet behände verschwand Frieda unter einem hastig gemurmelten Gruß durch die Tür. Kurz darauf hörte man sie die Stufen zur Küche hinunterpoltern.

Maries Vater kam auf die Mädchen zu und stellte die beiden nach frischem Lederfett riechenden Tornister neben sie. Marie schluckte. Ein wenig aufgeregt war sie natürlich schon, wie morgen der erste Schultag verlaufen würde. Doch der Vater musterte sie und ihre Freundin wohlwollend.

»Wunderbar, bleibt genau so stehen und legt die Köpfe aneinander, das gibt ein entzückendes Bild für euren großen Tag.« Sein Blick fiel auf den Tisch, und er zwinkerte ihnen zu, als er die Kuchenstücke entdeckte. »Kein Wunder, dass die Frieda so narrisch ist. Deine Mutter wird aber wenig begeistert sein, wenn du vor dem Mittagessen Süßes naschst, wo sie sich doch heute ganz besonders viel Mühe gibt.«

Marie verzog den Mund. Es gab Gefilte Fisch mit Latkes nach einem alten Rezept ihrer Oma Edith. Sie mochte die Fischhackklöße nicht und hoffte, dass ihre Mutter ihr mehr von den Latkes, den kleinen, golden gebratenen Kartoffelpuffern, auf den Teller geben würde. »Ach bitte, Vati! Die sind einfach so lecker. Niemand kann so gute Mehlspeisen wie die Frieda backen.«

»Selbst im Café ›Sieben Kurfürsten‹ nicht«, bekräftigte Susanna feierlich.

»Hört, hört!«, lachte Conrad Keller. »Da haben wir wohl Glück mit unserer Köchin.«

Benjamin Rosenfeld beugte sich über Marie, zupfte ihr liebevoll den Zopf vom Rücken und drapierte ihn neben der Schleife ihres Matrosenkragens. Dann wandte er sich zu Susanna und rückte ihre weiße Haarschleife am Hinterkopf zurecht. Er trat einen Schritt zurück und begutachtete zufrieden sein Werk, bevor er zu dem Tischchen zurücktrat, die Vase verschob, sodass sie die Kuchenstücke vollständig verbarg, und anschließend die Blumen ein wenig anordnete.

»Also gut«, sagte er an seine Tochter gewandt. »Aber erzähl der Mama nichts davon. Und jetzt haltet bitte still und macht ein feierliches Gesicht, wie es sich für zwei junge Fräulein gehört.«

Marie setzte die gewünschte ernste Miene auf, was ihr nicht ganz leichtfiel, da Susanna sie heimlich in die Seite stupste und gluckste. An einem anderen Tag hätte sie sich die Mehlspeisen einpacken lassen und nach dem Mittagessen verspeist. Aber zu ihrer bevorstehenden Einschulung waren Mamas Eltern aus Lemberg zu Besuch gekommen und würden bis Rosch Haschana bleiben. Es sollte nicht ihretwegen vorwurfsvolle Blicke geben, weil der Vati ihr erlaubte, nicht koschere Speisen zu verzehren.

»Und jetzt noch ein paar Einzelaufnahmen.« Die Stimme ihres Vaters riss Marie aus den Gedanken. Susanna trat zur Seite, und sie folgte seinen Anweisungen, nachdem er die Fotoplatte gewechselt hatte. Dann war ihre Freundin an der Reihe. Die beiden atmeten erleichtert auf, als sie endlich auf Susannas Zimmer gehen durften. Im Hinauseilen hörte sie, wie Onkel Conrad ihrem Vater von einem Schiffsunglück in New York erzählte.

»Eine entsetzliche Katastrophe für die deutsche Gemeinde. Mein Bruder ist vor ein paar Tagen als gebrochener Mann ohne Familie nach Temeswar zurückgekehrt.«

»Was ist denn mit der Familie deines Onkels passiert?«, fragte Marie kurz darauf in Susannas Zimmer. Sie saßen auf dem Bett und knabberten an Friedas Kuchen.

Ihre Freundin verzog den Mund und legte das Gebäck beiseite. »Stell dir vor, über tausend Frauen und Kinder sind im Juni in New York ertrunken.«

»Nein! Wie furchtbar! Aber wieso denn nur Frauen und Kinder? Wo waren die Männer?«

»Die haben gearbeitet, weil es doch mitten unter der Woche war. Der Onkel Theo hat erzählt, dass die deutsche Gemeinde von New York einen Schaufelraddampfer gemietet hat, um zum Schuljahresende einen Ausflug zu machen. Sie wollten damit zu einem Erholungspark fahren, zum Picknicken und Spielen.«

Vor Aufregung hatte Marie das Kuchenstück in ihrer Hand ganz vergessen und zu fest zugedrückt. Jetzt wischte sie hastig die Krümel vom Kleid und legte es ebenfalls beiseite. »Und was ist dann geschehen?«

Susanna senkte dramatisch die Stimme. »Mitten auf dem Fluss ist plötzlich Feuer auf dem Schiff ausgebrochen.« Sie hob die Hände und unterstrich die folgenden Sätze mit ausholenden Gesten. »Es loderte und loderte immer stärker, und der Kapitän fuhr immer schneller, um das Ufer zu erreichen, aber dadurch wurde das Feuer vom Fahrtwind immer mehr entfacht und fiel wie ein menschenfressender Riese über den Dampfer her.«

Marie schauderte bei dem Bild, das sich vor ihren Augen auftat. Susanna hatte schon immer eine blühende Fantasie gehabt. Sie wünschte nur, sie würde nicht auch diese Begebenheit so haarklein schildern. Doch ihre Freundin war nun nicht mehr zu halten.

»Frauen und Kinder, sogar Säuglinge, mussten ins Wasser, wenn sie nicht bei lebendigem Leib verbrennen wollten. Und die meisten konnten überhaupt nicht schwimmen und ertranken elendig.«

»Aber ...«, Marie schluckte schwer und fühlte, wie ihr das Herz wild in der Brust schlug, »aber bestimmt gab es doch Rettungsboote? Hat man ihnen denn vom Ufer aus nicht geholfen?«

»Onkel Theo sagt, die Boote hat man erst kurz vorher frisch angemalt und da sind sie dann mit der Farbe einfach am Dampfer festgeklebt gewesen.«

Marie schlug die Hände vor den Mund, doch Susanna fuhr aufgeregt mit den Armen fuchtelnd fort: »Und stell dir vor, der Kork in den Schwimmwesten zerbröselte wie der von Papas alten Weinflaschen.« Jetzt füllten sich auch ihre Augen mit Tränen. »Meine Tante und meine beiden Cousins sind tot an Land gespült worden.«

»Oh, Susanna, das tut mir ganz furchtbar leid!« Marie umarmte ihre Freundin. Minutenlang saßen sie stumm da und versuchten sich zu beruhigen. Durch das geöffnete Fenster hörte Marie die Vögel zwitschern und aus der Ferne dumpfe Stimmen, Lachen und Schritte auf dem Straßenpflaster. Der Klang von Pferdehufen kündigte eine Kutsche an, wurde lauter und verhallte wieder. Plötzlich trieb ein Windstoß das Fenster weit auf, und sie glaubte, den süßen Duft von Rosen zu riechen. Das Palais lag am Franz-Joseph-Park, in dem zur Weltausstellung und dem Besuch des Kaisers ein Rosengarten mit hunderten verschiedener Rosen angelegt worden war. Die meisten waren jetzt schon verwelkt, aber einige blühten ein zweites Mal bis in den Oktober hinein. Sie dachte daran, wie sie mit Susanna im Juli durch dieses Blütenmeer im Park spaziert war und sie den

Blütenschnee nach windigen Tagen aufgehoben und hoch in die Luft geworfen hatten – sehr zum Verdruss ihrer Kinderfräulein.

»Weißt du, mein Großvater redet auch ständig davon, nach Amerika oder nach Palästina auszuwandern. Zum Glück will Vati momentan davon nichts wissen«, murmelte Marie. »Amerika muss ein ganz schreckliches Land sein. So etwas Furchtbares wäre hier doch niemals passiert!«

Susanna drückte sie fest an sich. »Nein, das hätte der Kaiser bestimmt nicht zugelassen. Marie, bitte versprich mir, dass du mich nie, nie verlassen wirst!«

»Niemals! Wir beide bleiben immer zusammen.«

»Genau! Wir suchen uns zwei hübsche junge Männer, heiraten am selben Tag und feiern gemeinsam die schönste Hochzeit, die Temeswar je gesehen hat.«

Marie kicherte bei der Vorstellung und löste sich von ihrer Freundin. Sie lächelten sich liebevoll an und hielten sich an den Händen. Vorbei war die gedrückte Stimmung, doch dann runzelte sie nachdenklich die Stirn. »Aber ich werde unter einer Chuppa heiraten.«

»Und ich vor dem Altar in der Temeswarer Notre-Dame-Kirche. Na und? Das macht doch gar nichts. Wir nehmen einfach die Elektrische und fahren erst zu deiner Trauung und anschließend zu meiner.«

»Susanna, das ist eine herrliche Idee! Wir werden auch bestimmt schrecklich viele Hochzeitsgäste haben, und die Straßenbahn fährt dann nur für unsere Gesellschaft allein. Das wird ein Spaß! Alle anderen müssen an den Haltestellen warten und werden lange Gesichter machen.«

»Und hinterher feiern wir in dem piekfeinen Hotel ›Trompeter‹.« Susannas Augen leuchteten, und Maries Wangen wurden heiß, als sie sich ausmalte, wie sie beide in ihren langen weißen Kleidern aussehen würden. Bestimmt so zauberhaft wie die Kaiserin Elisabeth bei ihrer Krönung zur ungarischen Königin.

5

Emma

Washington, Juli 2022

Emma legte ihren Rucksack in den Fußraum und gähnte, als das Flugzeug am späten Nachmittag landete. In ihrem Bauch machte sich ein Kribbeln breit, was sicherlich nicht nur von dem etwas holprigen Landeanflug auf den Dulles International Airport herrührte, sondern auch Zeichen ihrer Vorfreude war. Washington versprach endlich ein Wiedersehen mit Michael, drei Wochen romantischer Zweisamkeit und ein aufregender Roadtrip entlang der Ostküste winkten. Nichts hätte sie auf das vorbereiten können, was sie tatsächlich erwartete.

Über Lautsprecher gab der Pilot die aktuelle Zeit durch und verkündete warme 28 Grad Celsius und strahlenden Sonnenschein. Der Direktflug von München hätte ein Vermögen gekostet, daher hatte sie sich für eine längere Reisezeit und einen dreistündigen Zwischenstopp in Amsterdam entschieden. Als sie gegen sechs Uhr dann endlich alle Zoll- und Einreisekontrollen hinter sich gebracht hatte, mit dem Aero-Train zur Ankunftshalle gefahren war und ihren Koffer durch die Schiebetüren schob, fiel sie fast um vor Müdigkeit. Sie war froh, dass Michael sie abholen wollte und ihr die Dreiviertelstunde Fahrt mit der Bahn in die Stadt ersparte. Emma hatte vor der Reise schlecht geschlafen, war nun seit über siebzehn Stunden auf den Beinen und wünschte sich nichts mehr als eine heiße Dusche und einen gemütlichen Abend zu zweit bei einem Glas

Rotwein. Über ein halbes Jahr hatte sie ihren Freund nicht gesehen.

Während ihr Blick über die Wartenden hinter der Absperrung glitt, begann ihr Herz unwillkürlich zu flattern und ihre Hände wurden feucht. Dann entdeckte sie ihn etwa zehn Meter von ihr entfernt, telefonierend und lässig an eine weiße Betonsäule gelehnt. Er hatte sich einen Drei-Tage-Bart wachsen lassen und trug die schwarzen Haare anders als gewohnt, seitlich kurz und das Deckhaar dafür umso länger. Es stand ihm gut, ließ ihn ein wenig wie den jungen Keanu Reeves aussehen und bildete einen rebellischen Kontrast zu dem strengen dunkelblauen Businessanzug, der an ihm saß wie maßgeschneidert. Gerade strich er sich eine ins Gesicht gefallene Haarsträhne aus der Stirn und wandte den Kopf in ihre Richtung. Sein Blick traf den ihren, und er lächelte. Emmas Knie wurden weich, und ihr Herz machte einen kleinen Hüpfer. Er sprach etwas in sein Smartphone und steckte es dann in die Tasche seines Sakkos, bevor er mit weit ausgebreiteten Armen auf sie zu eilte. Seinem Outfit nach kam er direkt aus dem Office.

»Endlich!«, rief er zur Begrüßung und umarmte sie fest. »Ich habe schon gedacht, die lassen dich gar nicht mehr raus.«

Emma lehnte ihre Stirn an seine Schulter und genoss für ein paar Sekunden den herben Duft seines Aftershaves, seine Wärme und das Gefühl, von ihm gehalten zu werden.

»Ich hab dich vermisst«, murmelte sie und legte den Kopf in den Nacken. Er beugte sich zu ihr und gab ihr einen Kuss, der viel zu kurz war, um als zärtlich oder gar leidenschaftlich durchzugehen. Ein wenig verwirrt sah sie seinen Lippen nach, während sie die Sehnsucht nach mehr auf den ihren schmeckte. Doch Michael hatte sich schon hinuntergebeugt und nach ihrem Koffer gegriffen.

»Wir müssen uns leider beeilen, Liebling, in der Rush Hour werden wir länger brauchen als sonst, und die anderen sollen nicht ewig auf uns warten. Alle freuen sich darauf, dich kennenzulernen.«

Emma blieb abrupt stehen und sah ihn an. »Alle? Wer sind denn alle?«, echote sie und beeilte sich, Michael wieder einzuholen, der losmarschiert war und gar nicht mitbekommen hatte, dass sie ihm nicht gefolgt war. Erneut hatte er sein Handy aus dem Sakko gezogen, und jetzt konnte sie hören, wie er etwas von Verspätung sagte und dass sie sich beeilen würden.

»Überraschung, mein Schatz! Meine Kollegen laden dich heute Abend zum Essen ins ›Rose's Luxury‹ ein«, erklärte er, nachdem er das Gespräch beendet hatte, und strahlte sie an. »Die beste Küche hier in D.C. Aber man kann nicht vorneweg reservieren. Sie wechseln sich ab und stehen schon seit einer Stunde für uns in der Schlange. Und ich sag dir, die haben dort ein sensationelles Rib-Eye-Steak. Du wirst staunen. Auch die Nachspeisen sind der Wahnsinn.« Er zwinkerte ihr zu. »Schokoladenmousse mit Amaretto-Eiscreme. Na, was sagst du dazu?«

»Ich bin doch Vegetarierin.«

Sein Lächeln gefror, und Emma wünschte, sie könnte den Satz rückgängig machen. Aber sie fühlte sich von dieser Einladung vollkommen überrumpelt und fragte sich, warum er das vergessen hatte.

»Gemüse haben sie sicher auch«, lenkte er ein. Seine gute Laune flaute ab, das sah sie ihm deutlich an. Mist, jetzt fühlte sie sich wie eine Spielverderberin. Während sie auf den Ausgang zuliefen, spiegelten sich ihre Gesichter in den Türen, Emma las in beiden eine stille Enttäuschung.

Sobald sie die Ankunftshalle verlassen hatten, schlug ihnen feuchte Wärme entgegen. Dumpf erinnerte sich Emma daran, dass Washington in der subtropischen Klimazone lag. Sie überquerten die belebte, von Taxis und Reisebussen überfüllte Zufahrtsstraße zu den großen Parkplatzanlagen, und Emmas Bluse klebte nach kurzer Zeit an ihr. Siebzehn Stunden Vollklimatisierung ließen ihre Haut auf die plötzliche Schwüle empfindlich reagieren.

»Fahren wir vorher noch zu dir nach Hause?«, brach sie das Schweigen, das sich unheilvoll zwischen ihnen auftürmte.

Michael wandte im Gehen den Kopf und taxierte sie kurz.

»Dein Outfit ist doch perfekt. Man sieht dir den langen Flug überhaupt nicht an. Ehrlich.« Er schenkte ihr wieder sein gewinnendes Lächeln. »Keine Sorge, der Name ist vielleicht irreführend, aber im ›Rose's Luxury‹ ist Casual Dress und nicht Abendgarderobe angesagt. Wir haben leider keine Zeit mehr, bei mir noch vorbeizufahren, und du möchtest meine Kollegen sicher nicht warten lassen.«

Natürlich wollte sie das nicht. Sie schluckte den Einwand, dass er sie wenigstens vorab hätte fragen können, wieder hinunter. Am besten, sie bestellte sich im Restaurant erst einmal einen doppelten Espresso, dann würde sie diesen Abend schon durchstehen. Schließlich konnte sie morgen ausschlafen, und es war doch auch wirklich nett von Michaels Kollegen, sie gleich bei ihrer Ankunft einzuladen und extra für sie vor einem In-Lokal Schlange zu stehen.

Die Stimme ihrer Mutter klang plötzlich wieder in ihrem Kopf. Emma war neun gewesen, nachts aufgewacht, hatte noch ein Glas Wasser in der Küche trinken wollen und war an der Schlafzimmertür ihrer Eltern hängengeblieben, hinter der sie aufgeregte Stimmen gehört hatte.

»Ich übertreibe überhaupt nicht, Christian. Hier steht es: Knapp die Hälfte aller hochbegabten Kinder hat soziale oder emotionale Probleme.«

»Ich halte das für ein verdammt dummes Vorurteil.«

»Du hast dir die Statistik nicht mal angeschaut!«

»Falls sie stimmt, gehört unsere Tochter eben zu der anderen Hälfte.«

»Natürlich, du weißt ja immer alles besser. Ich will Emma doch nur beistehen und verhindern, dass es so weit kommt.«

»Indem du ständig Spielnachmittage mit anderen Kindern über ihren Kopf hinweg organisierst? Überleg mal, was macht das denn auf ihre Klassenkameraden für einen Eindruck, wenn du ihre Mütter bittest, dass ihre Sprösslinge sich mal mit unserer Tochter treffen? Die fühlen sich doch total bevormundet. Lass Emma ihre Freundschaften besser selbst regeln.«

»Das habe ich versucht. Aber sie igelt sich am liebsten nur mit ihren Büchern in ihrem Zimmer ein.«

»Möglicherweise braucht sie einfach nur ihre Zeit. Himmel, sie ist doch gerade erst ins Gymnasium gekommen. Alles ist neu für sie, und dann ist sie wegen der Klassenüberspringerei auch noch ein oder zwei Jahre jünger als die anderen. Vielleicht hat sie nur noch nicht die richtigen gefunden, mit denen sie sich anfreunden will.«

»Ich habe mich von dir breitschlagen lassen, sie nicht auf ein Internat für Hochbegabte, sondern auf ein musisches Gymnasium zu geben. Aber du kannst mich nicht daran hindern, ihre Entwicklung so zu fördern, wie Experten es vorschlagen. Ich meine es doch nur gut mit ihr!«

Emma war vor der halb geöffneten Schlafzimmertür ihrer Eltern gestanden und hatte fest die Lippen aufeinandergepresst, um nicht aufzuschreien.

»Alles okay?«

Emma fuhr zusammen und registrierte jetzt erst, dass sie vor einer silbernen Limousine stehen geblieben waren. Sie knipste rasch ein Lächeln an.

»Wow. Ist das dein Wagen?«

»Ja, ein Camaro. Gefällt er dir?« Michael öffnete mit der Fernbedienung den Kofferraum und schickte sich an, ihren Koffer hineinzuwuchten.

»Na klar, der sieht richtig toll aus!« Emma interessierte sich für Autos ungefähr so sehr wie für die Ergebnisse der Bundesliga, nämlich gar nicht. Aber Michael hatte einen Narren an Fahrzeugen jedweder Art gefressen. Sie zwang sich zu einer interessierten Mimik. »Fährt er denn gut?«

Während sie einstiegen, zählte er ihr mit Begeisterung die Fahrzeugdaten auf, und sie nickte beipflichtend, während ihre Gedanken wieder zurück in ihre Kindheit wanderten. Auf ein Internat gehen zu müssen war nach jenem belauschten Gespräch lange Zeit wie ein Damoklesschwert über ihr gehangen. Sie hatte nicht von daheim, insbesondere nicht von ihrem Vater getrennt sein wollen. Also hatte sie alles versucht, um ihrer Mutter zu beweisen, dass ihre hochbegabte Tochter keine sozialen Probleme hatte. Emma hatte früh gelernt zu schauspielern. Und genau das würde sie jetzt auch tun, um Michael nicht gleich an ihrem ersten gemeinsamen Abend zu enttäuschen.

»Rose's« stand in geschwungenen, grün leuchtenden Lettern über der weißen Holztür eines Lokals, das auf den ersten Blick erstaunlich unscheinbar wirkte – wäre da nicht eine Warteschlange bis an die nächste Straßenecke gewesen, schlimmer als vor dem P1. »In ist, wer drin ist!«, hatte Michael damals behauptet, während sie sich vor Münchens angesagtem Club bei fünf Grad und Schneeregen die Beine in den Bauch gestanden hatten. Offenbar galt etwas Ähnliches für dieses Restaurant. Ihr Freund hatte das Auto eine Straße weiter geparkt und ihr ein »*die Obamas waren auch schon hier zum Essen*« ehrfürchtig zugeraunt, als sie an den Wartenden vorbeiliefen. Michaels Kollegen waren offenbar schon ins Lokal gelangt. Emma ahnte nichts Gutes. Sie trug einen geblümten Wickelrock und eine marineblaue Bluse. Nicht gerade das perfekte Outfit für ein Lokal, in dem der Ex-Präsident mit seiner Gattin verkehrte. Beim Eintreten wurde sie jedoch angenehm überrascht. Schlichtes Holzmobiliar, von rustikalen Balken herabhängende Grünpflanzen und Laternenlampen über den Tischen, die Wände grob verputzt, es sah einladend und gemütlich aus. Ein kleines, nettes Nachbarschaftslokal, und entsprechend waren auch die Gäste leger angezogen. Michael fiel jedenfalls mit seinem Businesslook mehr aus dem Rahmen als sie. Während sie von einem freundlichen jungen Mann in schwarzer Jeans, T-Shirt und umgebundener grauer Schürze zu ihrem Platz geleitet wurden, entspannte sie sich. Es versprach ein netter Abend zu werden.

Eine Stunde später nippte Emma an ihrem Sauvignon Blanc und unterdrückte ein Gähnen. Sie spürte, wie der Aperitif und der Wein ihr trotz des Espressos zu Kopf stiegen. Im Großen und Ganzen waren Michaels Kollegen in Ordnung, mit einer Ausnahme, und die wandte sich eben an sie.

»Michael hat erzählt, du beschäftigst dich hauptsächlich mit dem Archivieren von Daten. Ist das so eine Art Sekretärinnen-Job?«

Emma blinzelte. Whitneys Tonfall klang die ganze Zeit schon herablassend. Nach der für deutsche Verhältnisse ungewohnt herzlichen Vorstellungsrunde hatten sie sich alle erst einmal über ihren Flug, das Wetter, die geplante Ostküsten-Reise und die von Emma verpassten Feierlichkeiten am vierten Juli unterhalten. Scheinbar fand am amerikanischen Unabhängigkeitstag am Kapitol nicht nur ein gigantisches Feuerwerk statt, auch jede Menge berühmter Musikkünstler gaben ein kostenloses Konzert.

»Michael ist mit mir dort gewesen, weil wir beide Singles …«, Whitney hatte sich unterbrochen und künstlich gelacht, »… sorry, Emma, ich meinte natürlich, *solo* waren. Das war so furchtbar lieb von ihm«, hatte sie ergänzt, die Hand auf seinen Arm gelegt und ihn getätschelt. Dort lag ihre Hand jetzt immer noch, wobei sie sich bei ihrer Frage so zu Emma herüberbeugte, dass das tiefe Dekolleté ihres eng anliegenden Shirts mehr von dem schwarzen Spitzen-BH zeigte, als es verbarg. Ihr entging nicht, wie Michaels Blick daran hängen blieb, während er die Herabwürdigung ihrer Tätigkeit offenbar gar nicht mitbekommen hatte. Emma spürte, wie der Ärger in ihr hochkroch.

»Genau genommen betreiben wir am Deutschen Luft- und Raumfahrtzentrum wissenschaftliche Forschung. Basierend auf den Satellitendaten entwickeln wir weltweit Frühwarnsysteme und Prozessketten für das Katastrophenmanagement, die humanitäre Hilfe und zivile Sicherheit«, entgegnete sie kühl und hatte ihre Antwort bewusst präzise und professionell formuliert.

»Wow, das hat Michael uns gar nicht erzählt«, warf Craig überrascht ein. Er saß Emma gegenüber und musterte sie nun neugierig. Es gab ihr einen Stich, wie Michael mal wieder ihre Arbeit bei seinen Kollegen herabgewürdigt hatte. »Wie spannend! Dann versucht ihr also, über die Daten aus dem Weltall Menschenleben zu retten?«

Craig war ihr gleich bei der Vorstellungsrunde am sympathischsten gewesen. Er hatte ein freundliches Lachen und im Gegensatz zu den meisten seiner Kollegen offenbar nicht das Bedürfnis, sich ständig in den Vordergrund zu drängen. Am stillsten war Estefania, eine aus Griechenland stammende Informatikerin, die sich um die Chartanalyse-Software und das Firmennetzwerk kümmerte.

»Genau. Unsere Auswertungen werden von Hilfsorganisationen beispielsweise bei Naturgefahren wie Hochwasser, Feuer, Vulkanausbrüchen und Erdbeben oder für das rechtzeitige Errichten von Lagern bei unerwartet hohen Flüchtlingsströmen eingesetzt.«

»Nur gut, dass solche Katastrophen nicht allzu häufig vorkommen«, lachte Michael gezwungen. »In der übrigen Zeit steht zum Glück das Archivieren im Vordergrund, oder?«

Einen kurzen Augenblick lang erwog Emma, einfach nachzugeben und es dabei zu belassen. Vermutlich sah sie seine Kollegen nie wieder, es konnte ihr doch herzlich egal sein, was sie über sie dachten. Aber Whitneys Hand lag immer noch besitzergreifend auf Michaels Arm, und sie sah nicht ein, warum sie sich ihm zuliebe kleinmachen sollte.

»Nein. Das Sichern der Daten läuft automatisiert. Wir werten die Datenströme aus und arbeiten in der Zwischenzeit an Problemlösungen für zukünftige Krisen«, sagte sie mit kalter Stimme.

Michael presste die Lippen zusammen, und Emma beantwortete eine neue Frage von Craig. Der Hauptgang wurde serviert, und die Gespräche drehten sich bald wieder um die Aktienmärkte und neue Sterne am Finanzhimmel. Der Kellner schenkte Wein nach, und Emma entspannte sich ein wenig und konzentrierte sich auf ihr Essen, Süßkartoffelgnocchi mit Ricotta-Pilz-Sauce und frischen Kräutern. Es schmeckte köstlich.

Mehrmals versuchte Whitney, das Wort an sich zu reißen. Ihre Stimme klang in ihren Ohren zu schrill, das Lachen affektiert. Aber Michael schien sich aufrichtig über jeden ihrer Witze zu amüsieren. Aus dem Augenwinkel registrierte Emma, dass seine Kollegin exakt dasselbe Menü bestellt hatte wie er. Innerlich rollte sie die Augen.

»Wir müssen dich schrecklich langweilen«, wandte Whitney sich plötzlich wieder an sie. »Für die meisten Leute ist der komplexe Finanzmarkt ein Buch mit sieben Siegeln. Nicht jeder kann so ein Profi sein wie Michael. Du hast ja so ein Glück!« Diesmal landete ihre Hand auf seiner, und während sie sie drückte, schenkte sie ihm ein hinreißendes Lächeln, das er mit errötenden Wangen erwiderte.

Gerade hielt sich Emmas Glücksgefühl ziemlich in Grenzen. Was wurde das hier? Ein Zweikampf um den männlichen Hauptgewinn? Sie hatte ihren Gang beendet, beschloss, sich eine Auszeit zu nehmen, und legte ihr Besteck beiseite.

»Bin gleich wieder da«, sagte sie zu Michael und marschierte zu den Toiletten.

Dort ließ sie erst einmal kaltes Wasser über ihre Handgelenke laufen und hätte sich gerne auch einen Schwall ins Gesicht geschüttet, nur um munter zu werden, wenn das nicht ihr Make-up ruiniert hätte. Sie überlegte, ob sie ihren Lippenstift nachziehen sollte, um wenigstens ein bisschen Farbe hineinzuzaubern, als die Tür sich öffnete und Estefania eintrat. Die Informatikerin schenkte ihr ein freundliches Lächeln.

»Hey«, sagte sie. »Du musst ganz schön erschöpft sein.«

»Sieht man mir das so deutlich an?«, fragte Emma. Hätte sie sich noch mehr an den Gesprächen beteiligen sollen? Aber sie war so müde, es fiel ihr wirklich schwer, sich zu konzentrieren.

Estefania schüttelte den Kopf. »Nein. Aber es wäre nur normal, nach der langen Reise. Ehrlich, ich würde meinem Freund was erzählen, wenn er mich kurz nach meiner Ankunft erst mal zu einem Dinner mit völlig fremden Menschen schleppt.«

Überrascht starrte Emma sie an. Estefania wusch sich nun ebenfalls die Hände, zog dann aus ihrer Handtasche ein Fläschchen heraus und tropfte sich etwas in die Augen. »Sorry, Augentropfen. Die Kontaktlinsen trocknen meine Bindehaut immer so aus«, erklärte sie blinzelnd. »War übrigens Whitneys Idee.«

Emma kam nicht ganz mit. »Die Augentropfen?«

Estefania lachte. »Nein. Dass wir dich gleich am Ankunftstag überfallen.« Sie schraubte das Fläschchen zu und verstaute es wieder in ihrer Handtasche. Dann drehte sie sich zu Emma um, und diesmal war ihre Miene ernst.

»Hör mal, ich will mich nicht einmischen, aber du solltest deinen Freund ein bisschen im Auge behalten. Whitney hängt seit der Trennung von ihrem Ex wie eine Klette an Michael.«

Also hatte ihr Eindruck sie nicht getäuscht. Bevor Emma

noch etwas entgegnen konnte, schwang die Tür erneut auf und ausgerechnet Whitney kam herein. Ihre Blicke kreuzten sich wie zwei Klingen.

»Oh, Girls Party?«, flötete sie. »Hab ich was verpasst?«

»Nur dass Michael sich Herpes eingefangen hat und wir uns leider zur Begrüßung am Flughafen nicht küssen konnten«, erwiderte Emma spitz.

Whitneys Gesichtszüge entgleisten, und Estefania drehte sich mit einem unterdrückten Lachen weg. Hastig ging sie zur Tür, und Emma folgte ihr. Aber sie konnte ihren spontanen Einfall nicht wirklich genießen. Denn Whitney war nicht nur überrascht gewesen, sondern hatte auch blitzschnell im Spiegel auf ihre Lippen gestarrt.

Auf der Rückfahrt zu Michaels Wohnung schob Emma die Rückenlehne ihres Sitzes ein Stück nach hinten und schloss die Augen. Es war immer noch schwül und es dauerte eine Weile, bis die Klimaanlage die Temperatur im Wageninneren abkühlte.

»Müde?«, fragte er. »Früher haben wir die Nächte durchgefeiert.«

Ein schaler Geschmack machte sich in ihrem Mund breit, als sie an ihre Studentenzeit, lange Nächte in Clubs, Kneipen und an Silvesterpartys dachte. Meistens war die Initiative von ihm ausgegangen. Emma dämmerte plötzlich, dass sie sich schon damals öfter seinen Wünschen angepasst und ihre eigenen Interessen hintenangestellt hatte, damit er nur ja nicht ihre soziale Kompetenz in Frage stellte. Umgekehrt hatte sie die Sternwarte und klassische Klavierkonzerte fast immer allein besuchen müssen. Sie fegte die Gedanken rasch beiseite, bevor sie sich in ihrem Kopf verankern konnten, und schob ihre empfindliche Stimmung auf die Erschöpfung zurück. Morgen, nach ausreichend Schlaf, würde sie die Welt bestimmt wieder rosiger sehen und sich auf ihren gemeinsamen Urlaub und alles, was sie unternehmen wollten, freuen.

»Ich glaube, der Jetlag macht sich langsam bemerkbar«, murmelte sie.

Michael seufzte. »Glaub mir, sie wollten dir mit der Einladung wirklich nur eine Freude bereiten.«

Natürlich. Ganz besonders Whitney, die erfolgreich verhindert hatte, dass sie ihren ersten Abend allein mit ihrem Freund verbringen konnte. Emma hob den Kopf und sah ihn von der Seite an.

»Ich mag Craig und Estefania. Arbeitest du viel mit ihnen zusammen?«

»Kaum. Craig kümmert sich hauptsächlich um die Immobilienfonds. Mit Estefania habe ich nur zu tun, wenn was an meinem Rechner nicht läuft. Im Moment arbeite ich am meisten mit Whitney zusammen.«

Na, toll. Emma sah wieder zum Fenster hinaus. Ein imposantes beleuchtetes Gebäude im Renaissancestil war rechts von ihr zu sehen. Es kam ihr bekannt vor. Bevor sie fragen konnte, erklärte Michael: »Die Library of Congress. Stand die nicht auch auf deinem Besichtigungsplan?«

»Hm.« Emma beugte sich vor und erhaschte im Vorbeifahren einen Blick auf die gewaltigen geschwungenen Steintreppen. Allein die Eingangshalle der zweitgrößten Bibliothek der Welt war einen Besuch wert. Fast vierzig Millionen Bücher wurden hier aufbewahrt, und es gab sogar ein unterirdisches Tunnelsystem. Das würde sie sich auf jeden Fall ansehen. Emma war so in Gedanken versunken gewesen, dass sie gar nicht bemerkt hatte, dass ihr Weg sie am Capitol Hill vorbeiführte. Eben wollte sie Michael fragen, ob sie auch am Weißen Haus vorbeifahren würden, als er verkündete:

»Du hättest übrigens ruhig etwas freundlicher zu Whitney sein können. Sie hat sich so viel Mühe gegeben.«

»Womit?«, entfuhr es Emma, und ihre Finger verkrampften sich im Stoff ihres Wickelrocks. »Ständig deine Hand oder deinen Arm zu tätscheln?«

Sein Blick flog kurz zu ihr, bevor er sich wieder auf die Straße konzentrierte. Überraschung und ein Anflug von Belustigung lagen in seiner Miene.

»Bist du etwa eifersüchtig?«

»Habe ich einen Grund dazu?«

Er schüttelte den Kopf. »Natürlich nicht!«

Seine Stimme klang neutral, vielleicht ein wenig genervt, schwer herauszuhören, ob er die Wahrheit sagte. Estefania hatte ihr nicht verraten, ob Michael Whitneys Annäherungsversuche bereits erwidert hatte. *Du solltest ihn ein bisschen im Auge behalten.* Möglicherweise sahen sie beide auch nur Gespenster. Sie bogen nach rechts ab, und Michael fuhr auf einmal langsamer.

»Pass auf, gleich lichtet sich die Allee, dann musst du zu den Seiten sehen.«

Emma schaute sich um. Sie waren gerade quer durch den Park der National Mall gefahren, rollten an dem letzten hohen Laubbaum vorbei, und hinter seinen Ästen öffneten sich die weiten Rasenflächen des Parks. In der Ferne sah sie den weißen Marmorobelisken, das Washington Monument, in den Himmel ragen. Ihm gegenüber auf der anderen Seite thronte das Kapitol. Die illuminierte weiße Kuppel strahlte wie ein Mond vor dem schwarzen Nachthimmel.

»Wow!«, entfuhr es Emma, und sie spürte, wie Michael nach ihrer Hand tastete, sie hochhob und einen Kuss auf ihren Handrücken drückte, ohne den Blick von der Fahrbahn zu wenden.

»Whitney kann dir nicht annähernd das Wasser reichen, Schatz. Wir hatten heute keinen guten Start. Lass es uns den Rest der Nacht besser machen.«

Der Duft von Kaffee kitzelte Emma am nächsten Morgen in der Nase, und sie fühlte das Tageslicht auf ihren Lidern brennen. Jemand berührte ihre Wange, strich zärtlich bis zu ihrem Kinn.

»Michael?« Ohne die Augen zu öffnen, rollte sie sich zur Seite. »Es ist doch noch viel zu früh«, stöhnte sie.

Ein dunkles Lachen. »Elf Uhr, du Schlafmütze! Ich dachte, du wolltest mit deiner Besichtigungstour vor dem Nachmittag starten.«

Emma blinzelte. »Was? Oh, mein Gott. Das muss der Jetlag sein.« Sie stemmte sich im Bett hoch. Verschwommen erinnerte sie sich an die vergangene Nacht, an Küsse, die nach Rotwein schmeckten, seinen warmen Atem, der an ihrem Ohr kitzelte, die langjährige Vertrautheit seines muskulösen Körpers, wie er sich auf ihr bewegte und sie beide kurz nach dem Sex eingeschlafen waren. Irgendwann in den frühen Morgenstunden hatten sie sich erneut geliebt. Emma hatte den fremden Geräuschen von der Straße und dem Ticken der Uhr in der Küche gelauscht und einen fahlen Streifen grauer Dämmerung ins Schlafzimmer kriechen sehen, bevor ihr die Augen wieder zugefallen waren. Sie lächelte glücklich und betrachtete ihren Freund dabei, wie er sich ein frisches Hemd aus dem Schrank holte, hineinschlüpfte und über seiner sandfarbenen Chino zuknöpfte. Jetzt würde sie es ihm sagen. Das war der perfekte Moment.

»Ich habe einen neuen Job in Aussicht.«

Er hielt im Zuknöpfen inne und hob die Augenbrauen. »Ich dachte, du bist rundum glücklich mit deiner *wissenschaftlichen Forschungsarbeit*?«

Sie versuchte, ihre Verärgerung, die bei seiner spöttischen Betonung erneut in ihr aufflammte, zu ignorieren. Was hatte er denn nur für ein Problem? Sie freute sich doch auch für ihn, weil er Karriere machte.

»Bin ich. Aber dieser Job ist besser. Viel besser.« Sie grinste ihn frech an.

»Jetzt machst du mich neugierig.« Er trat zu ihr ans Bett und setzte sich auf die Bettkante. »Also, was ist es?«

»Erst brauche ich einen Kaffee.«

»Du spinnst ja wohl. Sag mir …« Bevor er nach ihr greifen konnte, entwischte sie lachend auf der anderen Bettseite und lief in die Küche.

»Hey! Mach's doch nicht so spannend!«, rief er ihr nach.

Sie hörte seine Schritte auf dem Parkett. Michaels Apartment war modern und geräumig. Außerdem lag es an der Red Line, der Hauptlinie der Metro durch die Washingtoner Innenstadt, was für ihre geplanten Besichtigungstouren durch die City äußerst praktisch war. Emma sah sich in der Küche um. Sie bestand aus einer Zeile mit den wichtigsten Geräten wie Mikrowelle, Backofen, Kaffeemaschine und Gasherd sowie einem XXL-Edelstahlkühlschrank mit Eisspender. Wenn das nicht typisch amerikanisch war! Emma grinste. Gegenüber lag eine Kücheninsel mit Bar, vor der vier hohe Stühle mit Rückenlehne standen. Michael hatte dort bereits Teller und zwei dampfende Kaffeebecher abgestellt. Sie ließ sich mit einem tiefen Seufzer auf einem der Hocker nieder und trank einen Schluck.

»Bagel oder Toast?« Er hatte sie eingeholt und deutete auf zwei Papiertüten.

»Beides. Ich habe einen Mordshunger!«

»Umso besser. Du kriegst sie aber erst, wenn du mir verrätst, welcher Job dir vorschwebt.« Er fuchtelte mit den Tüten vor ihrer Nase herum. Emma lachte, nahm noch einen tiefen Schluck und genoss den belebenden Geschmack.

»Astronautin.«

Michael lachte laut auf. »Schon klar. Also, was ist es?«

»Hab ich dir gerade gesagt.«

Er legte die Tüten vor ihr auf die Theke und starrte sie an. Emma angelte sich rasch einen Bagel heraus, biss ein Stück ab und kaute zufrieden.

»Okay, es stehen noch ein paar Interviews an, hundertprozentig sicher ist mir die Stelle nicht. Die schwierigsten Hürden und Auswahltests habe ich aber bestanden. Na? Was sagst du nun?«

Michael sagte gar nichts. Dafür wechselte sein Mienenspiel von Ungläubigkeit zu Verärgerung. Er verschränkte die Arme vor der Brust und runzelte die Stirn. Erst nach einer langen Pause erwiderte er eisig: »Astronautin. Na, so was. Und das hast du einfach so entschieden, ohne mich vorab zu fragen.«

Der Bagel in Emmas Mund fühlte sich auf einmal staubtrocken an. Sie nahm noch einen Schluck Kaffee und legte dann beide Hände um den Becher. Angenehme Wärme gegen die plötzliche Kälte in ihrem Inneren.

»Na ja, es war doch anfangs vollkommen unwahrscheinlich, dass ich überhaupt in die engere Auswahl komme. Ich wollte dich nicht damit überfallen und hinterher enttäuschen.«

»*Enttäuschen*?« Er lachte erneut auf, aber diesmal war es kein fröhlicher Laut. »Oh, natürlich, wo du doch sonst in deinem Leben *nie* zu den Besten gezählt und immer alles erreicht hast, was du dir in den hübschen Kopf gesetzt hast.« Aus seinem Mund klang es wie eine Beleidigung. Emma zuckte zusammen. »Hast du vielleicht mal daran gedacht, wie anstrengend es ist, mit jemandem zusammenzuleben, der sich immer nur um die eigene Karriere ohne Rücksicht auf den Partner kümmert? Hauptsache, du stehst wieder mal im Rampenlicht, nicht wahr?«

Jetzt war Emma sprachlos. »*Du* bist doch hierher nach Washington gegangen, um Karriere zu machen, und hast dich nicht darum gekümmert, ob mir so eine Fernbeziehung gefallen würde!«, brachte sie schließlich heraus.

»Das ist doch was völlig anderes! Ist dir nie in den Sinn gekommen, dass ich was dagegen haben könnte, dass meine Frau sich auf lebensgefährliche Missionen ins All begibt?«

»Seit wann sind wir denn verheiratet?«

Er machte eine wegwerfende Handbewegung. »Lass die Haarspalterei! Das werden wir in ein paar Jahren sein, und wenn wir eine Familie gründen, wer soll sich denn um unsere Kinder kümmern, während du den Mars erkundest? Wie hast du dir das überhaupt vorgestellt? Soll *ich* dann etwa meinen Job an den Nagel hängen, damit du die gefeierte Berühmtheit bist und Interviews im Fernsehen gibst? Vergiss es! Zu diesen letzten Auswahlrunden brauchst du gar nicht erst anzutreten!«

Seine Hand schoss vor, er griff nach dem Becher und trank seinen Kaffee in einem Zug aus. Dann knallte er ihn lautstark auf die Theke. Emma zuckte zusammen, und ihr Herz raste. Sie hatte immer gehofft, er würde sie irgendwann fragen, ob sie ihn heiraten wollte. Sie war keine überbordende Romantikerin. Aber neben allem anderen, das er ihr gerade an den Kopf geworfen hatte, hätte sie sich nie im Leben ausgemalt, dass sein »Antrag« so ablaufen würde. Und nun wollte er ihr die Teilnahme an den Interviews verbieten?

»Das ist nicht dein Ernst?!«

»Natürlich. Du hättest dir die ganzen Tests sparen können, wenn du nur ein einziges Mal offen und ehrlich mit mir darüber gesprochen hättest.«

»*Du* entscheidest also, ob und welchen Beruf ich ausüben *darf*?« Ihre Stimme zitterte.

»Nein. *Wir* beschließen zusammen, was für *unsere* gemeinsame Zukunft am besten ist, und treffen dann eine Entscheidung. Es sei denn, du bist daran nicht mehr interessiert.«

Emmas Lachen klang mehr wie ein Krächzen. »Du meinst, *du* triffst eine Entscheidung, die für *deine* Zukunft am besten ist.«

»Schon klar, dass dir das umgekehrt lieber wäre. Aber offenbar hast du eine vollkommen verzerrte Sichtweise. Sonst würdest du nicht auf die absurde Idee kommen, einen so gefährlichen Beruf ergreifen zu wollen, ohne mich vorab zu fragen, ob ich damit leben kann und was du unseren Kindern später zumutest. Glaubst du, ich habe Lust, dabei zuzusehen, wie du, wie diese Judith Resnik damals, Sekunden nach dem Start pulverisiert wirst?«

Emma atmete tief durch. »Okay. Michael, du hast bestimmt ein enormes Expertenwissen über den Finanzmarkt, aber wirklich keine Ahnung von aktueller Raketentechnik. Die Challenger-Katastrophe ist inzwischen mehr als dreißig Jahre her. Seither hat sich eine Menge in der Forschung und Entwicklung von Raketen getan. Wenn das deine Befürchtung ist …«

»Wie gesagt, es geht mir auch um unsere gemeinsame Familienplanung.«

»Über die wir noch nie gesprochen haben. Woher willst du denn wissen, ob ich überhaupt Kinder bekommen möchte?«

»Ach, so ist das? Also ein Leben nur für die Wissenschaft und Karriere? Das hättest du mir vielleicht früher sagen können, bevor ich meine Zeit mit dir verschwende!«

Jeder seiner Sätze war wie eine Ohrfeige. Mit aller Kraft versuchte sie, ruhig zu bleiben und nicht in Tränen auszubrechen. »Ich weiß es einfach noch nicht, Michael. Ich weiß nicht, ob ich Kinder haben möchte. Im Moment möchte ich nur diese einmalige Chance ergreifen. Außerdem haben Astronautinnen doch auch Kinder. Was hast du denn gedacht? Dass ich meinen Beruf, gleichgültig welchen, dann vollständig an den Nagel hänge?«

Zwei Stunden später fühlte Emma sich wie nach einem ihrer Auswahltests bei der ESA in Köln. Sie hatte in einem Astronautenanzug in einem Becken mit zehn Meter Tiefe tauchen und Arbeiten in Schwerelosigkeit üben müssen, sich mit Leinen sichern, Werkzeuge benutzen und gleichzeitig den aus dem Nichts auf sie zudriftenden *Weltraummüll* im Auge behalten. Hinterher war Emma erschöpft wie nach einem Marathonlauf gewesen. Das war sie jetzt auch. Sie hatte versucht, einen kühlen Kopf zu bewahren, sich eingeredet, dass Michael überrumpelt war und sich nur so aggressiv verhielt, weil er sich um sie sorgte. Aber er hatte all ihre Bemühungen um eine Aussprache und ihre Bitte, Verständnis für ihre Situation zu zeigen, ignoriert. Geendet hatte ihre Auseinandersetzung am Nachmittag damit, dass Michael die Tür knallend seine Wohnung verließ, nicht ohne ihr vorher sein Ultimatum ins Gesicht zu schreien:

»Überleg dir bis heute Abend gut, ob du unserer Beziehung noch eine Chance geben willst. Ich kann und werde es niemals akzeptieren, dass du Astronautin wirst und dich damit bewusst in Lebensgefahr begibst, nur um dich wieder einmal ins Rampenlicht zu rücken und deinen angeblichen Lebenstraum zu verwirklichen. Die Entscheidung liegt ganz bei dir.«

Sie stand am Fenster und blickte hinaus auf die belebte Straße. Menschen hasteten zur Metro, andere schlenderten vorbei, aßen ein Eis oder unterhielten sich. Und auf einmal kam sie sich schrecklich einsam vor. Es war einer dieser Momente, in denen Emma sich ein Klavier herbeisehnte. Ihr Spiel hatte ihr in der Vergangenheit immer darüber hinweggeholfen, wenn ihre Gefühle aus dem Ruder liefen und sie sich verlassen fühlte, so wie jetzt in diesem Augenblick. Ein Zittern lief durch ihren Körper, sie wollte schreien, die Kaffeebecher, die noch auf der Theke standen, an die Wand schleudern, damit sie in Scherben brachen wie gerade eben ihre Liebe. Ihre Kehle brannte, ihr Atem ging stoßweise. Nein, sie würde nicht wegen Michael und seiner bescheuerten patriarchalischen Ansichten heulen! Stattdessen stand sie still, schluckte gegen die Enge in ihrem Hals an und schloss die Augen. Erste Regel im Weltall: Eine Astronautin musste in jedweder noch so ausweglos erscheinenden Situation einen kühlen Kopf bewahren.

Endlich klopften in ihr die ersten Töne an. Ganz zart, dann ergoss sich in ihren Gedanken das Allegro ma non tanto des dritten Klavierkonzerts in d-Moll von Rachmaninow wie ein Wasserfall. Erster Satz, Mitte. Ihre Finger flogen über die kühle

Fensterscheibe, ihr Herz raste im Takt der Musik, und ganz am Ende woben die Töne in ihr einen Namen, den Michael zu Beginn ihres Streits in den Raum geworfen hatte: Judith Resnik.

Als Teenager hatte sie sich erstmals für Weltraummissionen zu interessieren begonnen und war auf eine Astronautin gestoßen, mit der sie auf geradezu unheimliche Weise zwei Leidenschaften verbanden: die für das Klavierspiel und die für die unendlichen Weiten des Weltalls. Irgendwann musste sie Michael von dieser überraschenden Übereinstimmung erzählt haben, und jetzt hatte er es im Streit gegen sie verwendet. Abrupt hielt Emma inne und riss die Augen auf. Sie schaute auf die Uhr. Noch war es nicht zu spät. Sie würde hier nicht in Michaels Wohnung ausharren und verrückt werden, bis er zurückkam und ihre Auseinandersetzung womöglich erneut begann.

Es war der richtige Moment, Judith einen Besuch abzustatten.

6
Marie

Temeswar, 1904

Immer wenn sie von Susanna zurückkehrte, kam Marie ihr Elternhaus ein Stück kleiner vor, als würde es bei der Erinnerung an das imposante Palais der Kellers schrumpfen.

Neben ihr und ihren Eltern lebten zwei Dienstmädchen und ein Dienstbote in dem barocken Haus in der Innenstadt, nicht weit von der Synagoge entfernt. Es besaß einen Hinterhof mit winzigem Garten, in dem Erbsen, Bohnen und anderes Gemüse und Kräuter angebaut wurden. Als sie noch klein gewesen war, hatte der Vater sie mit einer Laterne in der Hand in Neumondnächten mitgenommen, um die Kiddush Levana, die Heiligung des Mondes, zwischen den Beeten zu zelebrieren. Doch als sie größer wurde, hatte er immer weniger Wert auf die alten Rituale gelegt und auch keinen Abschied mehr vom Schabbat mit dem Löschen der Kerze durch einen Tropfen Wein aus dem Kiddush-Becher genommen. Diese Zeremonien gab es nur noch, wenn die Großeltern zu Besuch waren, so wie in diesen Tagen.

Im Haus roch es schon intensiv nach Fisch, als Marie und ihr Vater von der Familie Keller zurückkehrten. Es blieb kaum Zeit, die Kamera zu verstauen und sich umzuziehen. Marie legte ihr Kleid für den morgigen großen Tag besonders ordentlich zusammen, damit es in der Früh nicht wieder mit dem heißen Eisen geplättet werden musste, dann eilte sie zu Tisch. Der Großvater lobte das traditionelle Essen, das seine Tochter Elise zubereitet hatte, und Marie war froh, dass sie eine größere Portion Latkes auf den Teller bekommen hatte, und stocherte im Fisch herum. Sie aß besonders langsam und wünschte sich, sie könnte das Essen endlos in die Länge ziehen, denn sie wusste, dass unangenehme Gespräche bei Tisch nicht stattfanden – wohl aber hinterher. Der ungehaltene Blick des Großvaters, sobald er ihre Schulkleidung gesehen hatte, war ihr nicht entgangen und betrübte sie.

In den vergangenen Tagen hatte schon Aufregung darüber geherrscht, dass sie zusammen mit Susanna auf die Volksschule der Armen Schulschwestern Notre Dame und nicht auf eine jüdische Elementarschule gehen würde. Kaum war das Essen abgeräumt, griff der Großvater das Thema erneut auf:

»Benjamin, bist du dir wirklich sicher, dass du deiner einzigen Tochter damit etwas Gutes tust?«

Sonst unterhielten sie sich daheim und mit den Dienstboten auf Deutsch oder Ungarisch, doch mit den Großeltern sprachen sie Jiddisch. Marie mochte den melodischen Singsang der jiddischen Sprache, aber nicht an diesem Tag, denn im Streit klangen in ihren Ohren die ch-Laute härter als sonst. Der Vater lehnte sich in seinem Stuhl zurück und verschränkte die Hände ineinander.

»Marie ist klug genug, um später die Höhere Töchterschule zu besuchen. Notre Dame bietet ihr beste Voraussetzungen dafür. Nach der Volksschule und dem Abschluss des Gymnasiums könnte sie sich dort im Anschluss zur Lehrerin ausbilden lassen. Nach dem Besuch einer jüdischen Elementarschule müsste sie ohnehin auf eine nicht jüdische Schule wechseln, du weißt, es gibt keine israelitischen Gymnasien in Temeswar.«

»Ein Umstand, der geändert gehört und für den junge, gebildete Männer wie du sich einsetzen sollten, statt diesen neuen bürgerlich-liberalen Ideen anzuhängen und sich der Magyarisierung hier im Banat widerspruchslos zu beugen!« Maries

Großvater deutete verächtlich auf die ›Temeswarer Zeitung‹, in der er scheinbar den Vormittag über gelesen hatte, und die jetzt auf der Kommode neben Mamas ›Wiener Hausfrauen-Zeitung‹ lag. »Wichtig ist nicht ein einheitlicher Unterricht auf Ungarisch, wie er in diesem Blatt gefordert wird, sondern mehrsprachige höhere Schulen, die unseren Kindern Deutsch, von mir aus Ungarisch, aber vor allem auch Hebräisch beibringen und den Unterricht mit jüdischer Geschichte und Religion ergänzen. Hast du dich inzwischen endlich mit Herzls Schriften auseinandergesetzt?«

»Bitte verschone mich mit deinen zionistischen Ideen! Uns geht es hier doch gut, seit fast vierzig Jahren herrscht Religionsfreiheit, und wir sind rechtlich mit den Ungarn, Deutschen, Serben und Rumänen gleichgestellt. Wir sind längst keine Bürger zweiter Klasse mehr. Viele bedeutende Kaufleute, Fabrikanten, Ärzte und Künstler wie ich sind Juden. Ich bin nicht an einer Auswanderung interessiert, weder nach Amerika und schon gar nicht in einen neu zu gründenden israelitischen Staat. Das Königreich Ungarn ist unsere Heimat, und der Kaiser hält schützend die Hand über uns.«

Marie sah erschrocken zu ihrem Vater, der die Stimme erhoben hatte.

»Also Anpassung wie all die Jahrhunderte zuvor? Das wird uns vor neuen Anfeindungen auf Dauer nicht bewahren. Hör auf mich, Benjamin! Wir hätten die Möglichkeit, einen eigenen Staat aufzubauen. Wir brauchen junge Männer wie dich.«

Doch Maries Vater schüttelte unwillig den Kopf. »Ich bitte dich! Du hast dich in Galizien ebenfalls angepasst und Polnisch gelernt. Und studiert Jakob nicht Rechtswissenschaften in Lemberg? Die Doppelmonarchie vereint friedlich viele Völker, und das kommt auch uns Juden zugute.«

Wie immer, wenn er aufgeregt war, zupfte der Großvater an seinem langen Bart und erwiderte traurig: »Sollst du dich da mal nicht täuschen! Mein Sohn ist dem Hohn und den Feindseligkeiten seiner polnischen Kommilitonen ausgesetzt, und wir Juden wurden vom Kaiser bislang noch nie als eigenständiges Volk anerkannt.«

»Wenn es in Galizien derart schlimm um euch steht, warum zieht ihr dann nicht hierher zu uns? Wie oft haben Elise und ich dir das schon angeboten? In Temeswar herrscht eine ganz andere Geisteshaltung.«

Maries Großvater seufzte. »Du siehst dein Heil in Reformen, in Anpassung, in diesem neologen Gedankengut, ich in der Tradition und im orthodoxen Glauben. Wir haben zu unterschiedliche Vorstellungen, Benjamin. Wenn Edith und ich aus Lemberg wegziehen, dann in ein Land, in dem niemand uns anfeindet, nur weil wir unseren alten Bräuchen nachgehen.«

In diesem Moment traf der Blick ihres Vaters den verängstigten Maries, und seine harte Miene wurde weich. Er ging zu dem alten Mann und legte ihm versöhnlich die Hand auf die Schulter.

»Schau, ich verstehe dich doch, Tate. Aber ich habe nun mal in Budapest und Szeged studiert. Unsere Marie spricht neben Jiddisch und Deutsch auch Ungarisch fließend. Damit erfüllt sie alle Voraussetzungen für eine höhere Bildung, die wir ihr auch gewähren wollen. Was soll sie denn in Palästina? Eine Bäuerin werden? Wer weiß, wohin ihr Weg sie einmal führen wird. Vielleicht sogar zu einem Studium der Philosophie oder Medizin in Budapest oder Wien? Seit drei Jahren steht ihr dieser Weg offen.«

Marie erschrak bei seinen Worten mindestens so sehr wie der Großvater. Sie sollte von daheim weg ins ferne Budapest gehen und Ärztin werden?

»Du willst, dass deine Tochter *studiert*?« Der Großvater wandte sich den beiden Frauen zu. »Edith, hat Elise dir davon erzählt?«

Maries Großmutter schüttelte nur stumm den Kopf, und die Mutter erwiderte: »Die Zeiten ändern sich, Tate. In der Schweiz können Frauen schon viel länger studieren als hierzulande.« Sie hatte auf die ›Hausfrauen-Zeitung‹ am Tisch gedeutet. »Lies selbst, in Paris gibt es inzwischen viele weibliche Doktoren der Medizin, und auch in Deutschland werden immer mehr Frauen an Universitäten zugelassen.«

»Sicher ist keine von ihnen verheiratet, wenn sie sich ihrer natürlichen Rolle als Hausfrau und Mutter verweigern.«

»Ich hätte dich mit Freuden auch als Doktor der Medizin geheiratet«, erwiderte Papa, lächelte seine Frau zärtlich an und legte seine Hand auf ihre. Mama errötete tief.

Aber Marie war traurig, weil sie sich ihretwegen zankten. Sie hätte zu gerne ihrem Großvater verraten, dass er beruhigt sein könne, sie würde niemals Medizin studieren, denn sie konnte doch gar kein Blut sehen.

Nachdenklich sah sie jetzt zu ihrem Vater hinüber. Hoffentlich würden sie sich bis Rosch Haschana, sobald ihr Onkel Jakob zu Besuch kam, wieder vertragen! Am liebsten mochte sie es, wenn die Großmutter Geschichten aus dem Schtetl bei Lemberg erzählte oder die drei Männer abends und an den Festtagen musizierten. Ihr Vater sang dann mit seiner vollen dunklen Stimme, der Großvater spielte Klarinette und Onkel Jakob die Geige. Alle Meinungsverschiedenheiten in der Familie waren in diesen kostbaren Momenten vergessen, und sobald sie einen Freylekhs spielten, tanzten Mama und sie ausgelassen mit, und manchmal konnten sie sogar Bubbe Edith zu ein paar Schritten auf dem Parkett in der guten Stube überreden.

Wie sehr Marie ihr Elternhaus und diese seltenen fröhlichen Stunden mit den Großeltern liebte, sollte sie erst begreifen, als sie beides verlor.

7

Elias

Washington, Juli 2022

Elias flog nicht zum Vergnügen nach Washington und hätte diesen Auftrag nur allzu gerne abgelehnt. Ausgerechnet er sollte in einem Streit vermitteln, der Wissenschaftler und große Teile der Bevölkerung Hawaiis spaltete und dessen Wurzeln weit in die Vergangenheit der Inseln zurückreichten – zumindest was die politischen und religiösen Vorstellungen der indigenen Hawaiianer anbelangte. Auslöser des Konflikts war der geplante Bau eines Riesenteleskops mit einem Durchmesser von dreißig Metern auf dem Mauna Kea, mit 4205 Metern höchster Vulkan Hawaiis. Aufgrund ebendieser Höhe, der geringen Lichtverschmutzung und der stabilen trockenen Wetterbedingungen war der Berg geradezu auserkoren zum Standort für die Weltraumbeobachtung. Es war ein Projekt, das Elias schon während seiner Studienzeit in Berkeley in wissenschaftlichen Publikationen verfolgt und das ihn hellauf begeistert hatte. Der Spiegel des Teleskops würde ein Vielfaches der Leistung des bisherigen Observatoriums haben, das seit den Neunzigern den Gipfel des Mauna Kea zierte. Für die Wissenschaft war das eine Herausforderung und Sensation zugleich. Vierzehn Jahre lang hatten Ingenieure, Astronomen und Astrophysiker aus aller Welt an dem Projekt gearbeitet, es sollte hundertmal empfindlicher als alle Teleskope zuvor die unendlichen Weiten des Universums erforschen.

Elias' Familie besaß auf ihrem Anwesen ein eigenes kleines

Observatorium, in dem er schon als Kleinkind den Nachthimmel beobachtet hatte. Dass ihm jetzt als Ingenieur die Gelegenheit geboten wurde, am Bau dieses einzigartigen Teleskops mitzuwirken, war wie das Knacken des Jackpots gewesen! Natürlich war er sofort von der Insel Maui nach Big Island Hawaii gezogen und hatte sich ehrfürchtig in die Baupläne eingearbeitet.

Vor drei Jahren war Elias eines Morgens voller Enthusiasmus zu seinem neuen Arbeitsplatz aufgebrochen. Weit war er jedoch nicht gekommen. Hunderte von Demonstranten hatten sich auf der Zufahrtsstraße zum Mauna Kea versammelt, um den Baubeginn des Riesenteleskops zu verhindern. Eine bunte Mischung von Schülern und Studenten bis hin zu aufgebrachten Senioren im Rollstuhl schwenkten Plakate mit Aufschriften wie »Schützt unseren Berg« oder »Dieses Land ist heilig« neben hawaiianischen Flaggen und begruben Elias' Traum von einer Mitarbeit an diesem Wahnsinnsprojekt auf unabsehbare Zeit. Innerhalb weniger Tage war die Demonstration aus dem Ruder gelaufen, waren aus den Hunderten Tausende Aktivisten geworden, darunter bekannte Schauspieler und andere Persönlichkeiten, die sich in den Konflikt einmischten. Der Bau des Teleskops war plötzlich ein Symbol für alles Mögliche, von der Missachtung der Rechte der indigenen Bevölkerung und ihren religiösen Empfindungen bis hin zur Zerstörung der Natur. Und das, obwohl es bereits dreizehn Teleskope auf dem Mauna Kea gab. Eines mehr oder weniger spielte in Elias' Augen da auch keine Rolle mehr. Missmutig blickte er auf dem Flug nach Washington aus dem Fenster.

»Du siehst dieser Anhörung nicht gerade freudig entgegen.« Seine Mutter, die auf dem Platz neben ihm saß, schenkte ihm ein wissendes Lächeln, und er verdrehte die Augen.

»Wundert dich das? Ich verstehe immer noch nicht, wer auf die Schnapsidee gekommen ist, ausgerechnet mich als Vermittler zwischen Wissenschaft und obskuren religiösen Fanatikern einzusetzen.«

»So nennst du sie?« Becky Walsh lachte auf. »Ich kann mich noch sehr gut an einen kleinen Jungen erinnern, der begeistert neben seinem besten Freund Kaleo in der Schulbank saß und den mythologischen Erzählungen vom Himmelsvater Wākea und der Erdmutter Papahānaumoku lauschte.«

»Ja, ich weiß, vermutlich haben sie mich aus dem Wissenschaftsteam erkoren, weil ich ein Einheimischer bin, auf Hawaii zur Welt gekommen und meine Kindheit hier verbracht habe. Das wird die Aktivisten aber nicht sonderlich beeindrucken. Sie werden vielmehr ganz schnell herausbekommen, dass Dad einer der Richter am Obersten Gerichtshof von Hawaii war, der seinerzeit die Baugenehmigung für das Teleskop für rechtmäßig erklärt hat. Stellvertretend können sie dann jetzt seinen Sohn dafür hassen.«

Unweigerlich stiegen die Erinnerungen an diese unruhige und schwierige Zeit in Elias hoch. Nur eineinhalb Jahre nach seinem richterlichen Beschluss hatte sein Vater beim morgendlichen Joggen einen Herzinfarkt erlitten. Das Jahr 2019 war daher für Elias mit dem Tod des Vaters, der Krise mit Colleen und dem Verlust des ersehnten Arbeitsplatzes ein Jahr voller persönlicher Katastrophen gewesen. Vielleicht hegte er gerade deswegen so einen unversöhnlichen Groll gegen die Demonstranten, die verhindert hatten, dass der letzte Wunsch von John Walsh, sein Sohn würde am Bau dieses außergewöhnlichen Teleskops beteiligt sein, nicht in Erfüllung gegangen war. Der Ausbruch der Pandemie hatte dem Ganzen dann noch die Krone aufgesetzt und vorübergehend alle weiteren Bauvorhaben auf Eis gelegt.

»Was genau erhofft sich die TMT-Organisation eigentlich von deiner Reise nach Washington?«, fragte seine Mutter nachdenklich.

Elias seufzte und fuhr sich durchs Haar. »Wir wollen mit Regierungsbeamten sprechen und die National Science Foundation auf unsere Seite ziehen.«

»Sehr schlau. Wenn der Konflikt vom Staat Hawaii auf die Bundesregierungsebene verlagert wird und diese den Bau mitfinanzieren möchte, haben die Hawaiianer noch weniger Chancen, das neue Teleskop zu verhindern.«

Er stutzte. »Klingt ja gerade so, als wärst du auf Seiten der Aktivisten.«

Sie legte ihre Hand auf seine. »Ich weiß, was dir das alles bedeutet. Glaub mir, ich würde mich sehr freuen, wenn du dieses Teleskop mitbauen könntest. Aber ich kann die Bedenken der Einheimischen nachvollziehen.«

»Mom, das ist kein Spaß! Mittlerweile geht es nicht mehr nur um das TMT, die Aktivisten stellen plötzlich sämtliche Teleskope auf dem Mauna Kea in Frage. Hast du eine Ahnung, wie wir vor der Welt dastehen? Das Observatorium wird von Universitäten und Institutionen aus elf Nationen betrieben. Es könnte das Ende der gesamten astronomischen Forschung auf Hawaii bedeuten!«

»Hast du dir einmal Gedanken darüber gemacht, dass schon der Bau der ersten Teleskope nicht ganz rechtmäßig vonstattenging? Symbolisch hat man für das Land, auf dem sie errichtet wurden, eine Pacht von nur einem Dollar gezahlt. Pro Jahr!«

»Ich weiß!« Elias schüttelte unwillig den Kopf. »Das war natürlich nicht in Ordnung. In den Siebzigerjahren hat man noch völlig anders gedacht. Aber die neuen Verträge für das TMT sehen gut aus. Die Pacht soll in den Jahren auf über eine Million Dollar steigen. Zusätzlich werden Hawaii hohe Summen für Bildung zur Verfügung gestellt.«

Seine Mutter schmunzelte. »Oh, das hätten die am TMT beteiligten Institutionen doch sicher auch ohne Proteste getan, nicht wahr?«

Langsam verstand Elias, warum seine Eltern sich so oft in die Haare geraten waren. Becky Walsh war nicht nur klug, sondern auch mit einem unbestechlichen Gerechtigkeitsempfinden ausgestattet. Sie hatte nur allzu häufig eine andere Meinung zu Rechtsfällen ihres Mannes vertreten und ihm das zu seinem Missfallen unverblümt an den Kopf geworfen.

»Okay, ich gebe zu, sie hätten sich ohne Proteste bestimmt nicht so großzügig gegeben. Aber was soll man denn jetzt noch zugestehen, damit das alles aufhört und wir endlich mit dem Bau starten können?«

»Das musst du nicht mich fragen. Sprich doch mal mit deinem besten Freund darüber.«

Ein Signalton über ihren Köpfen übertönte das Geräusch, das Elias entfuhr, als er nach Luft schnappte, und die Stimme des Piloten kündigte an, dass sie sich im Landeanflug auf Washington befänden. Während sie sich anschnallten, fragte er:

»Willst du mir etwa gerade schonend beibringen, Kaleo hat sich auch auf die Seite der Aktivisten geschlagen und blockiert demnächst mit einem Lei aus Ti-Blättern auf dem Kopf fahnenschwenkend meinen Wagen, wenn ich zum Observatorium hochfahren will?«

Er kannte Kaleo seit frühester Kindheit. Das letzte Mal hatte er ihn auf der Beerdigung seines Vaters gesehen. Kaleo und er waren wie Brüder als Nachbarskinder aufgewachsen, aber wie das Leben so spielt, hatten sie sich nach der Schulzeit auseinandergelebt. Elias hatte in Kalifornien zu studieren angefangen, Kaleo hatte erst in einem Reisebüro gearbeitet und später als selbstständiger Reiseführer sogenannte »Hidden Treasures«-Wandertouren in abgelegene Gebiete Hawaiis angeboten. Mit fünfundzwanzig war Kaleo bereits verheiratet und hatte eine Familie gegründet. Ein schlechtes Gewissen machte sich plötzlich in ihm breit, als er daran dachte, dass er Kaleos Sohn Nalu seit der Beerdigung seines Vaters und dem Ausbruch der Pandemie nur Geschenke geschickt, die Familie aber nicht mehr zu seinem Geburtstag besucht hatte. Der Kleine musste jetzt schon in die Schule gehen.

»Ich habe keine Ahnung, wie er zu dem Observatorium und dem neuen Teleskop steht.« Die Stimme seiner Mutter riss ihn aus seinen Gedanken. »Aber Kaleo beschäftigt sich nicht nur selbst seit Jahren mit der historischen und spirituellen Vergangenheit seines Volkes, er hat auch Kontakte zu Gott weiß wem. Wusstest du, dass er sogar entfernt mit Lili'uokalani, der letzten Königin Hawaiis, verwandt ist?«

Das brachte Elias zum Lachen. »Nein. Im Ernst? Ich hatte schon immer den Verdacht, hier ist jeder mit jedem über hundert Ecken verwandt.«

Sie nickte. »Gerade deswegen kann es zumindest nicht schaden, dir einmal seine Sichtweise anzuhören. Vielleicht kann er dir einen Kontakt zu den Aktivisten vermitteln.«

»Gib dir keine Mühe, Mom. Sie werden mich nicht von der Wissenschaft zum Aberglauben bekehren!«, spottete Elias.

»Das erwarte ich auch nicht. Aber womöglich findet ihr eine Lösung, wie man wissenschaftliche Interessen und die der Einwohner verbinden kann. Ich könnte mir vorstellen, dass das Observatorium mehr indigene hawaiianische Astronomen braucht, damit die feindselige Stimmung kippt und die Begeisterung für euer Teleskop zunimmt. Ihre polynesischen Vorfahren waren schließlich auch Sternenbeobachter gewesen, um auf hoher See navigieren zu können. Du musst zuhören und Anknüpfungspunkte finden.«

Gar kein dummer Gedanke, überlegte Elias, nachdem er seine Mutter im Hotel abgesetzt hatte und sich mit dem Mietwagen auf den Weg zur National Science Foundation machte. Es gab noch einiges vor der Anhörung zu besprechen. Und vielleicht sollte er demnächst wirklich Kaleo anrufen.

8

Emma

Washington, Juli 2022

F*inde heute deinen Seelenverwandten! Free Online-Dating USA*, las Emma unter dem Foto eines in die Kamera lachenden Paares auf einem digitalen Werbeplakat.

Seelenverwandter. Was für ein esoterischer Unfug!

Statt mit Michael gerade verliebt durch die Stadt zu streifen, saß sie auf dem Weg zum Nationalfriedhof Arlington bedrückt in der Metro und dachte an das kurze Leben der ehemaligen Astronautin Judith Resnik. Vielleicht hatte sie auch kein Glück gehabt bei der Suche nach einem *Seelenverwandten* und wollte deshalb möglichst weit weg zu den Sternen fliegen. Obwohl es für den Feierabendverkehr noch zu früh am Nachmittag war, drängten sich die Menschen im Abteil, und die Sommerhitze sorgte in der nur schwach klimatisierten Bahn für eine Vielfalt an Gerüchen, die Emma sich lieber erspart hätte. Sie war froh, als sie nach nur zwanzig Minuten Fahrt ihr Ziel erreichte und sich zwischen den schwitzenden Leibern ihrer Mitreisenden ins Freie quetschen konnte. Dass Arlington der zweitgrößte Friedhof der USA war, konnte man nicht übersehen. Alles war hier gigantisch, von den Parkplatzanlagen bis zu den Sicherheitsvorkehrungen und der weitläufigen Parklandschaft der hügeligen Anlage. Emma hatte sich am Eingang einen Plan besorgt, um sich zu orientieren. Hier konnte man sich wahrhaft verlaufen. Sie schlenderte auf dem breiten asphaltierten Roosevelt Drive auf das Amphitheater zu, in dem am Veterans' und Memorial Day der Broschüre zufolge Gedenkfeiern stattfanden. Rechts und links von ihr ragten weiße, einheitlich große Grabsteine wie Pilze in symmetrischen Reihen aus dem Boden. Der Tod schien hier ebenso auf dem Reißbrett durchgeplant wie die amerikanischen Städte. Emma konnte der uniformen Steinwüste nichts abgewinnen. Schon bereute sie es, überhaupt hierhergekommen zu sein, als ein paar Kreuzungen weiter ältere Grabsteine das einheitliche Bild ein wenig auflockerten. Emma atmete tief durch, versuchte, die sie überholenden Reisebusse und Autos mit Sondergenehmigung zu ignorieren und sich stattdessen auf das Zwitschern der Vögel und die Schatten spendenden Baumalleen zu konzentrieren und dabei bloß nicht an Michael und ihren Streit zu denken. Es war ein ganz schönes Stück Weg zum Amphitheater, das mit seiner schneeweißen Säulenkolonnade wie ein antiker Göttertempel auf einem Hügel schwebte. Von dem kleinen Springbrunnen darunter hatte man einen guten Ausblick über Washington. Emma tauchte die Hände in das erfrischende Nass und kühlte ihren Nacken. Sie setzte ihren Weg fort, und direkt gegenüber dem Eingang des Amphitheaters hatte sie endlich ihr Ziel erreicht. Sie musste nicht lange nach dem Denkmal suchen. Die bronzene Platte auf dem weißen Stein mit dem siebenzackigen Stern und der darin eingearbeiteten Raumfähre leuchtete golden in der Nachmittagssonne und stach ihr schon von Weitem ins Auge. Eben verließ eine Touristengruppe das mit einer Kette eingezäunte Areal, und Emma schluckte schwer, als sie sich dem Stein näherte.

IN GRATEFUL
AND LOVING TRIBUTE
TO THE BRAVE CREW
OF THE UNITED STATES
SPACE-SHUTTLE CHALLENGER
28 JANUARY 1986

Sieben Gesichter lächelten ihr entgegen. Das von Judith Arlene Resnik schmückte den linken unteren Sternenzacken und wirkte in dem Metall etwas verzerrt, aber Emma erkannte sie sofort. Die Wissenschaftlerin, Astronautin und Pianistin war sechsunddreißig Jahre alt gewesen, als dreiundsiebzig Sekunden nach dem Start eine Explosion dem Flug der Raumfähre Challenger ein Ende gesetzt hatte. Emma war drei Jahre später zur Welt gekommen, und dennoch hatte sie dieses Unglück berührt, sobald sie im Teenageralter darüber gelesen und den dramatischen Start in einer alten Filmaufnahme angeschaut hatte. Per aspera ad astra – ja, es war nicht zu leugnen, dass der Weg zu den Sternen rau und gefährlich war, auch wenn man aus den Fehlern von einst gelernt hatte. Ihr Blick schweifte nach rechts zu einem weiteren Grabstein, auf dem ebenfalls eine Raumfahrtrakete abgebildet war. Er war im Gedenken an die verunglückte Crew der Columbia errichtet worden, deren Raumfähre 2003 beim Wiedereintritt in die Erdatmosphäre auseinanderbrach. Wie bei der Challenger kamen dabei alle sieben Besatzungsmitglieder ums Leben. Diese beiden Unglücke waren die schlimmsten in der Geschichte der Raumfahrt und hatten zur Einstellung des Space-Shuttle-Programms geführt. Hatte Michael also recht mit seinen Bedenken? Es war vielleicht ein Fehler gewesen, ihn nicht schon früher zu informieren, aber hätte sie sich wirklich anders entschieden? Sie biss sich auf die Unterlippe und betrachtete wieder Judith Resniks Gesicht. Judith war begeistert gewesen, als man erstmalig Naturwissenschaftler und Frauen bei der NASA suchte. Das Weltall hatte ihr vollkommen neue Forschungsmöglichkeiten eröffnet. Und Emma empfand nicht anders. Wie wirkte sich die Schwerkraft auf Menschen oder Pflanzen aus? Funktioniert unser Immunsystem noch im All? So viele spannende Fragen, an deren Beantwortung sie teilhaben wollte. Vielleicht gelang es ihr, Michael mit Zahlenmaterial zu beruhigen. Oder aber sie stieg jetzt aus und würde ihm zuliebe auf die allerletzte Hürde, die Interviewgespräche, verzichten. Ihr wurde ganz flau im Magen bei dem Gedanken. Konnte sie das ernsthaft in Erwägung ziehen? Nach allem, was sie schon erreicht und wie hart sie dafür gekämpft hatte? Würde sie nicht ihr Leben lang immer daran denken, was für eine Chance sie verpasst hatte? Durfte man von einem Menschen, den man liebte, verlangen, seine Träume aufzugeben?

Emma spürte, wie ihre Unterlippe zu beben begann und Tränen das Mahnmal mit den Gesichtern der sieben Astronauten vor ihr verschwimmen ließen. Sie blinzelte dagegen an, spürte, wie bereits eine Träne über ihre Wange lief, und erschrak zu Tode, als plötzlich jemand neben ihr sie fragte: »Verzeihen Sie bitte, sind Sie eine Angehörige?«

Emma wirbelte herum und sah sich einer Frau gegenüber, die sie etwas älter als ihre Mutter einschätzte. Sie war einen halben Kopf kleiner als Emma, mit rotblonden Haaren, die, wie der helle Ansatz verriet, gefärbt waren. Ihre Augen in dem leicht gebräunten, fein geschnittenen Gesicht mit zahlreichen Lachfältchen waren von einem intensiven Grün und musterten sie interessiert. Die Sommersprossen gaben ihr etwas jugendlich Freches, und irgendwoher kam die Frau ihr auch vage bekannt vor, aber sie konnte sie nicht einordnen. Emma räusperte sich und fuhr sich rasch mit dem Handrücken über die Wange.

»Nein, ich …«, sie stockte, unschlüssig, was sie dieser Fremden sagen sollte. »Ich bin wegen Judith Resnik hier.« Überraschung zeichnete sich in dem Gesicht der Unbekannten ab, und Emma wurde schlagartig bewusst, dass sie vielleicht eine Verwandte der verstorbenen Astronautin war, weshalb sie rasch hinzusetzte: »Also, ich bin nicht mit ihr verwandt, aber ich fühle mich ihr verbunden, und weil ich gerade in Washington Urlaub mache, wollte ich ihre Gedenkstätte besuchen.«

»Was verbindet Sie denn mit Judy?«

Es lag etwas in der Art, wie sie den Namen aussprach, was Emmas Verdacht, sie könnte sie gekannt haben, bestätigte. Ein Hauch von Zärtlichkeit und Wehmut. Emma betrachtete sie genauer. Die Frau vor ihr war schlank und sportlich, trug eine dunkelblaue Culotte-Hose und eine farblich dazu passende Bluse mit dezentem Blumenmuster sowie Sneakers. Die Kette um ihren Hals sah teuer aus, und ihre Erscheinung war sehr gepflegt. Wieso kam sie ihr nur so bekannt vor? Emma schenkte ihr ein Lächeln.

»Wissen Sie, ich komme aus Deutschland und hoffe selbst gerade auf einen Job als Astronautin bei der ESA. Die Auswahlprozedur läuft noch bis November.«

»Nein! Wirklich?« Ihre Augen blitzten auf, und ein Strahlen glitt über ihr Gesicht. Sie streckte ihr die Hand entgegen, eine Geste, die nach zwei Jahren Pandemie ungewohnt herzlich wirkte. »Davon müssen Sie mir unbedingt erzählen! Becky Walsh. Ich bin Lehrerin und war 1986 als Ersatzfrau für Christa McAuliffe im Teacher-in-Space-Project. Ich habe mit den Sieben hier zusammen trainiert und sie gut gekannt.« Sie nickte Richtung Denkmal, und Emma gab ihr fassungslos und ein wenig ehrfürchtig die Hand.

»Emma Franke. Ich freue mich sehr, Sie kennenzulernen.« Einen Moment lang suchte sie nach Worten. Sprach man nach so langer Zeit noch sein Beileid aus? Sie sagte schlicht: »Möchten Sie vielleicht ein wenig allein mit Ihren Freunden sein? Ich warte gerne drüben im Amphitheater auf Sie.«

»Das ist lieb von Ihnen. Es dauert auch nicht lange. Ich habe Judy und Christa nur einen kleinen Gruß von Hawaii mitgebracht.« Sie griff in ihre Handtasche und zog etwas daraus hervor. Es war eine kleine Muschel in Form einer Jakobsmuschel, aber mit einer ungewöhnlich orangegelben Färbung.

»Die ist aber hübsch«, sagte sie.

»Eine Sunrise-Muschel. Man findet sie nur sehr selten und

auch nur auf Hawaii. Ich denke, sie wird ihnen gefallen – El auf jeden Fall. Ein Sonnenaufgang ist ein Neuanfang. Sie sollen wissen, dass wir nach ihrem Tod nicht verzweifeln, sondern weitermachen.«

Während Emma beklommen zum Amphitheater schlenderte, sah sie sich noch einmal um. Becky Walsh war über die tiefhängende Kette der Absperrung gestiegen und auf das Rasenstück zum Grabstein getreten. Jetzt legte sie die Muschel genau in die Mitte des Steines und beugte sich dann hinunter, um nacheinander die Gesichter der Astronauten zu berühren. Die intime zärtliche Geste bewegte Emma. Im Amphitheater setzte sie sich in der Nähe des Eingangs auf eine der Steinbänke. Dann zog sie ihr Handy aus der Tasche und gab *Teacher-in-Space* ein. Sie fand sie sofort. Becky Walsh, geborene White, saß in der hellblauen NASA-Uniform neben Christa McAuliffe vor der US-Flagge und strahlte mit ihrer Lehrerkollegin um die Wette. So jung war sie damals gewesen! Bestimmt hatte Emma dieses Foto irgendwann einmal gesehen, als sie mehr über das Challenger-Unglück gelesen hatte, und deshalb war Becky ihr bekannt vorgekommen. Wahnsinn, dass sie ihr hier begegnete! Sie folgte dem Link zum Challenger-Unglück und betrachtete eine Weile das Foto der Besatzung. El – damit musste Becky den Hawaiianer Ellis Onizuka gemeint haben. Das Geräusch sich nähernder Schritte ließ sie die App hastig schließen. Becky Walsh setzte sich neben sie und atmete tief durch.

»Ich war seit der Einweihung nicht mehr hier«, seufzte sie und wiegte den Kopf, als wollte sie die Gedanken daran abschütteln. »Aber jetzt erzählen Sie mal ein wenig von sich, wieso fühlen Sie sich von den sieben Astronauten gerade Judy so verbunden? Sind Sie auch Jüdin?«

»Nein. Ich habe mich als Teenager mit den Biografien verschiedener Astronauten beschäftigt. Ich glaube, mich hat es vor allem fasziniert, dass Judy, wie ich, zwei Leidenschaften hatte:

das Klavierspiel und die Naturwissenschaften. Aber Sie haben sie gekannt, stimmt es denn, dass sie gerne Klavier spielte?«

»Oh, ja. Judy hat in jungen Jahren sogar Konzerte gegeben und hätte auf die Juilliard in New York gehen können. Aber sie hat sich dann für das Mathematikstudium und später für Elektrotechnik entschieden. Ich habe sie nur ein halbes Jahr lang gekannt, aber sie war ein ganz besonderer Mensch. Ihre Musik war leidenschaftlich, sie hat einmal zu mir gesagt, sie würde nie etwas Sanftes spielen.«

Emma grinste. »Noch eine Gemeinsamkeit.«

»Unser Missionsspezialist Ron war übrigens Saxophonist. Er hat damals ernsthaft überlegt, ob er das Instrument mit ins All nehmen kann. Aber Mike hat zu ihm gesagt: Du kannst dein Saxophon nicht mitnehmen, sonst müssen wir auch Judys Flügel einpacken. Und der Pilot hat schließlich das letzte Wort.«

»Das hätte die NASA aber sicher auch nicht gutgeheißen!«, lachte Emma. Ein Klavier im All – unvorstellbar! Aber sie fragte sich sofort, welchen Einfluss das auf ihre Anschlagstechnik hätte, wie die Tasten auf die Schwerelosigkeit reagieren würden. Becky riss sie aus ihren Überlegungen.

»Dieses halbe Jahr nach Christas und meiner Wahl zu den Lehrerinnen im All war unglaublich intensiv. Wir haben endlos trainiert, Interviews gegeben und viel Zeit mit den Astronauten verbracht. Judy und ich haben sogar festgestellt, dass unser beider Urgroßmütter Jüdinnen waren und aus Osteuropa kamen. Wir haben sie *Bubbe* genannt, das jiddische Wort für Oma. Sie hielt es übrigens für einen Fehler, Zivilisten mitzunehmen, weil die Raumfahrt noch zu unsicher wäre.«

»Ach! Die Gefahr war ihr also bewusst?«

»Natürlich. Sie war schon seit 1978 im Astronautentraining. Vor dem Start hat die NASA Lebensläufe über uns alle verfassen lassen. Die waren nicht etwa für die Presse während unserer Zeit im Weltraum gedacht, sondern für einen möglichen Nachruf.«

»Wie makaber! Ich dachte immer, es wurden die Gefahren verharmlost.«

»Offiziell schon, vor allem in den Medien und seitens der NASA. Dick, unser Kommandant, hat Christa und mir einmal gesagt, dass die Raumfahrt wahrlich kein harmloser Flug wie mit einem Passagierflugzeug wäre.« Ein Schatten flog über ihr Gesicht. »Wir müssen Ihnen, im Nachhinein betrachtet, furchtbar naiv vorkommen. Aber damals war einfach eine ganz andere Zeit.«

»Der Kalte Krieg und der Wettlauf mit Russland«, mutmaßte Emma.

»Nicht zu vergessen der Vietnamkrieg, Rassenunruhen und die hohe Inflation. Das Space-Shuttle war Kult, die erste gute Nachricht seit Langem, etwas, worauf wir Amerikaner stolz sein konnten. Als 1978 das neue Astronautenteam zusammengestellt wurde, waren erstmals Frauen, Schwarze und Amerikaner mit asiatischen Wurzeln dabei. Das war eine echte Sensation. Ron war ein Landei aus South Carolina. Als Kind durfte er in der Stadtbibliothek aufgrund seiner Hautfarbe kein Buch ausleihen. Er war so stolz darauf, ins All fliegen zu können.«

»Kann ich mir vorstellen! Und wie erging es den Frauen im Team?«

Becky verdrehte vielsagend die Augen. »Judy hat es gehasst, wenn man sie anders behandeln wollte, nur weil sie eine Frau war. Kein Wunder, sie war eine brillante Wissenschaftlerin und bediente den ersten Roboterarm im All.« Becky grinste plötzlich. »Ach, ich erinnere mich noch gut daran, wie sie ausgeflippt ist, weil ihr Bett im Trainingslager mit rosa Bettwäsche bezogen war. Aber so war das damals. In Interviews wurde ihr an den Kopf geworfen, sie sei doch viel zu hübsch für eine Astronautin.«

»Zum Glück haben sich die Zeiten geändert. Bei den meisten

zumindest.« Das war Emma einfach so herausgerutscht, aber Becky hatte ihren Stimmungsumschwung bemerkt und hob die Brauen.

»Lassen Sie mich raten, nicht alle in Ihrem Umfeld sind begeistert über Ihre Berufswahl?«

Wie zur Bestätigung klingelte in diesem Moment Emmas Handy, sie warf einen Blick darauf, drückte Michael kurzerhand weg und schaltete die Anrufe stumm. Aber Becky hatte sein Foto auf dem Display schon gesehen.

»Ihr Mann?«

»Mein Freund.« Und plötzlich brach es einfach aus ihr heraus. »Er hat mir heute Morgen ein Ultimatum gestellt. Entweder ich trete gar nicht erst zur letzten Auswahlphase der ESA an oder wir trennen uns.«

Es war seltsam, dass sie das einer fremden Frau anvertraute und nicht ihre Mutter anrief, um sie um Rat zu fragen. Aber sie ahnte bereits, was sie antworten würde: Michael sei doch so ein toller Mann, sie solle sich das alles noch einmal gründlich überlegen und nicht für ihre beruflichen Ambitionen ihre langjährige Beziehung aufs Spiel setzen. Außerdem hatte ihre Reaktion vor ein paar Tagen deutlich gezeigt, dass sie auf Michaels Seite stand. Und ihr Vater würde ihr wie immer am Ende beipflichten, weil er es hasste, mit seiner Frau zu streiten.

Becky Walsh runzelte die Stirn und sagte: »Tun Sie's nicht. Sie werden es ein Leben lang bereuen, und es wird einen Schatten auf Ihre Beziehung werfen.« Plötzlich war ein harter Zug auf den Lippen der einstigen Lehrerin erschienen. »Glauben Sie mir. Ich spreche aus Erfahrung.«

»Sie waren nach dem Challenger-Unglück nicht mehr im All?«

»Ich hätte einige Jahre später die Möglichkeit dazu gehabt. Aber mein Mann hat mich angefleht, darauf zu verzichten, und aus Liebe zu ihm habe ich nachgegeben.«

»Oh«, entfuhr es Emma überrascht.

»›Oh‹ umschreibt nicht annähernd, was ich inzwischen darüber denke.« Sie sah auf die Uhr. »Langsam wird diese Steinbank ungemütlich und ich bekomme Hunger. Mögen Sie spanisches Essen? Dann erzähle ich Ihnen, warum Sie sich diese Chance nicht entgehen lassen und den Kerl notfalls zum Mond schießen sollten.« Sie zwinkerte ihr zu. »Den vermutlich letzten Ort, zu dem er möchte.«

Emma erhob sich mit einem breiten Lächeln. »Sehr, sehr gerne.«

Die Taxikolonne, die vor dem Ausgang wartete, war endlos, und Becky schlug vor, mit einem Cab zurück nach Washington zu fahren. Unterwegs erzählte Emma ihr von dem Stand ihres Auswahlverfahrens bei der ESA und Michaels Reaktion. Dass sie darüber hinaus den Eindruck hatte, er würde sie mit seiner Arbeitskollegin betrügen, verschwieg sie allerdings. Es fühlte sich trotzdem befreiend an, mit jemandem zu reden. Als Emma sich beim Aussteigen an der Fahrt beteiligen wollte, winkte Becky empört ab.

Trotz der für ein Dinner frühen Uhrzeit – es war erst kurz vor sechs – war das spanische, modern eingerichtete Lokal gut besucht. Nach dem schwülheißen Tag genoss sie die angenehme Kühle der Klimatisierung. Sie setzten sich an einen Tisch für zwei Personen und bestellten sich ein Glas Sherry als Aperitif.

»Auf deine Zukunft als Astronautin!«, erklärte Becky schmunzelnd und bot ihr das Du an. Emma war gerührt.

»Danke, Becky. Was für ein Glück, dass ich dich auf dem Friedhof getroffen habe. Ganz ehrlich, ich wäre sonst bestimmt den ganzen Nachmittag in endlosen Grübeleien versunken.«

»Das hätte noch gefehlt! Ich erzähle dir gleich …« Der Kellner kam mit den Speisekarten, und sie unterbrach sich. »Lass uns erst bestellen, bevor ich loslege. Mit vollem Magen denkt es sich besser.«

Dem konnte Emma nur zustimmen. Sie hatte gar nicht gemerkt, wie hungrig sie inzwischen war, und entschied sich für Patatas Bravas, mit scharfer Tomatensauce angebratene Kartoffeln mit Alioli und sautiertem katalanischem Spinat mit Pinienkernen. Spanische Gitarrenmusik füllte den Raum, und Becky begann zu erzählen.

»Ich war dreißig, also in deinem Alter, und seit zwei Jahren verheiratet, als das Teacher-in-Space-Project von Präsident Reagan im Fernsehen verkündet wurde. Damals habe ich in New York Biologie und Amerikanische Geschichte gelehrt. Über eine Arbeitskollegin hatte ich meinen Mann John kennengelernt, der Rechtsanwalt in einer dieser super erfolgreichen Kanzleien war.« Sie verzog den Mund. »Da waren Überstunden nicht nur unter der Woche normal.«

»Genau wie bei Michael«, seufzte Emma.

»Ist er ebenfalls Jurist?«

»Nein. Fondsmanager.«

»Lass mich raten: Du hast seine beruflichen Ambitionen bislang stets unterstützt, aber er will jetzt nichts von deiner Astronautinnen-Karriere wissen?«

Emma nickte, und Becky schüttelte missbilligend den Kopf.

»Plötzlich war in aller Munde, dass Lehrerinnen und Lehrer sich am Weltraumprogramm beteiligen können, und John hat meine Begeisterung anfänglich geteilt.« Sie grinste. »Meine Abenteuerlust war nichts Neues für ihn.«

»Das Space-Shuttle-Programm war anfangs ja auch ein großer Erfolg«, warf Emma vorsichtig ein.

»Oh, ja. Die NASA ließ es bewusst so aussehen, als könne demnächst jeder ebenso zum Mond wie von New York nach San Francisco fliegen. Auf jeder Cornflakes-Packung leuchtete einem das Space-Shuttle entgegen, und John war stolz auf seine mutige Frau.« Das Essen wurde serviert und duftete köstlich. Becky hatte Lachs mit Kürbispüree bestellt, über dem sie jetzt eine Scheibe Zitrone ausdrückte.

»Ich habe gelesen, dass im Vorfeld des Unglücks viele Beinahe-Unfälle ignoriert wurden.« Emma tunkte nachdenklich ein Stück Bratkartoffel in die scharfe Sauce.

»Das stimmt, aber davon wusste kaum jemand. Beim Jungfernflug der Discovery hatte sich die Farbschicht der Raumfähre entzündet, und einige der Kacheln wurden beschädigt. Das musst du dir mal vorstellen! Die Sauerstoff- und Wasserstofftanks lagen schließlich direkt daneben. Aber es war immer irgendwie gut ausgegangen, und das hat meines Erachtens dazu geführt, dass die NASA-Leute arrogant wurden. Sie haben nicht auf die Ingenieure gehört, die scheinbar schon lange vor dem Start der Challenger vor einem möglichen Unglück wegen der O-Ringe gewarnt haben. Uns wurde das verschwiegen.«

»Ihr hattet alle keine Ahnung von der Temperaturempfindlichkeit der Dichtungsringe?« Die Untersuchungskommission hatte nach dem Unglück herausgefunden, dass die Dichtungen der Feststoffraketen bei kalten Temperaturen spröde wurden und daher dem enormen Druck beim Start nicht standhalten konnten. Emma hatte noch die gruseligen Fotos von bis zu einem halben Meter langen Eiszapfen an der Startrampe am Unglückstag im Kopf.

»Nein. Von dem berüchtigten zweistündigen Telefonat mitten in der Nacht zwischen den Ingenieuren und der NASA haben wir Astronauten natürlich nichts mitbekommen. Ganz ehrlich – keiner von uns hat damals überhaupt mit einem Start am nächsten Tag gerechnet. Es war eiskalt, wir hatten die Heizung aufgedreht. Christa sagte vor dem Zubettgehen noch zu mir, dass das ewige Warten schon enorm frustrierend war.«

»Es gab vorher bereits Verschiebungen wegen des Wetters, nicht wahr?«

»Ja, und die Nerven lagen bei uns allen blank. Wenn ich an Christa zurückdenke …« Becky schloss einen Moment lang die Augen, um sich zu sammeln. »Sie liebte ihren Job. Immer, wenn wir irgendwohin zu einem neuen PR-Termin im Bus unterwegs waren, hat sie geschrieben. Entweder Empfehlungsschreiben für ihre Schüler, die sich an der Uni oder sonst wo bewerben wollten, oder sie hat neue Unterrichtsideen ausgearbeitet. Sie sollte auch Unterrichtsstunden im All über den Kometen Halley abhalten, und es war sensationell, was ihr dazu alles einfiel. Sie hat mich wahnsinnig inspiriert.«

»Ich glaube, dass eine Zivilistin, eine Lehrerin, damals unter den Opfern war, hat die Bevölkerung hinterher besonders aufgewühlt.«

»Natürlich! In vielen Schulen hatte man den regulären Unterricht ausfallen lassen und Fernsehgeräte in die Klassenzimmer geschoben, damit sie den Start live mitverfolgen konnten. Die Kinder saßen beim Abheben der Rakete mit Luftballons und fahnenschwenkend vor den Geräten und feierten.«

»Und mussten dann die Explosion mitansehen, wie all die Familien der Astronauten auf der Tribüne vor Ort! Ich will mir gar nicht ausmalen, wie du dich damals gefühlt hast.«

»Es war furchtbar. Anfangs verstanden wir alle überhaupt nicht, was da passierte. Über Lautsprecher faselten sie irgendwas von einer schwerwiegenden Fehlfunktion. Das war angesichts der Explosion die Untertreibung des Jahrhunderts! Ich wurde mit den Angehörigen im Bus in die Quartiere zurückgefahren. Unterwegs sahen wir Autos am Fahrbahnrand parken, Leute, die dem Start hatten zusehen wollen, saßen darin und weinten. Schlagartig wurde mir klar, dass ich die sieben niemals wiedersehen würde. Mich hat dieses Unglück jedenfalls mein ganzes weiteres Leben lang verfolgt. Ich sehe die Szenen noch heute glasklar vor mir. Christas Eltern und ihre Schwester, ihr Mann und die Kinder, die einander umarmten und sich Halt zu geben versuchten. Dicks Frau, die eine von ihm vorab geschriebene Valentinstags-Karte für sie in seinem Aktenkoffer fand.« Becky hielt einen Augenblick inne, um sich zu sammeln. »Es war eine furchtbare Zeit, und ich habe mich schuldig gefühlt. Weil es meine Crew war, ich mit ihnen trainiert und das Unglück überlebt habe.«

»Das kann ich verstehen.« Emma fühlte einen Kloß im Hals.

»Christa und Judy waren vollkommen unterschiedliche Frauen, aber sie haben mich beide sehr stark beeinflusst. Christa mit ihrer unglaublichen Leidenschaft für den Beruf einer Lehrerin, ihrem Vertrauen und ihrer Menschenfreundlichkeit. Als wir damals im Trainingslager der NASA ankamen, habe ich in meinem Zimmer sofort die Koffer ausgepackt und das Infomaterial durchgelesen. Plötzlich hat es an der Tür geklopft, und da stand sie vor mir mit einem warmen Apfelkuchen zur Feier unseres Einstands. Im Gegensatz zu mir hat sie einfach alles liegen- und stehengelassen und als Erstes für uns alle Kuchen gebacken!« Becky schüttelte lächelnd den Kopf. »Und Judy war Naturwissenschaftlerin durch und durch, immer auf der Suche nach Lösungen für Probleme. Sie war der optimistischste Mensch, den ich je kennengelernt habe. Aufgeben war für sie einfach keine Option.«

»Ich denke, es lebt ein Stück von den beiden in dir weiter«, sagte Emma ernst und griff spontan über den Tisch nach Beckys Hand, die sie kurz drückte.

Der Kellner räumte die Teller ab, und sie bestellten einen Cappuccino. Nachdenklich rührte Emma Zucker in den Kaffee.

»Eins kapiere ich nicht. Warum hatte die NASA es so verdammt eilig?«, sagte sie kopfschüttelnd. »Heutzutage ist es die Regel, dass die Starts so lange verschoben werden, bis die Bedingungen optimal sind. Manchmal um Jahre, wenn es technisch was zu beheben gibt.«

Becky trank einen Schluck Kaffee, bevor sie antwortete. »Ja, vermutlich hat gerade dieses Unglück und das von 2003 ein Umdenken bei den Verantwortlichen bewirkt.«

»Vierzehn Menschen mussten ihr Leben lassen, um das künftiger Astronauten zu retten? Eine traurige Bilanz.«

»So sieht es aus. Was meinst du, wie groß die Empörung unter den Astronauten war, als herauskam, dass es bei der Hälfte von vierundzwanzig Shuttleflügen technische Probleme gegeben hatte, die unter den Tisch gekehrt worden waren.«

»Daher hat dein Mann dich gebeten, deinen Abschied vom Teacher-in-Space-Project einzureichen?«, vermutete Emma.

»Ja. Die Nachrichten schlugen wie eine Bombe ein. In den Zeitungen wurde von nichts anderem mehr berichtet. Das Vertrauen in die NASA war nachhaltig erschüttert worden, und John hatte Angst um mich. Ich kann das auch nachvollziehen. Aber später habe ich meine Entscheidung dennoch bereut.« Becky beugte sich vor und legte ihre Hand sanft auf Emmas. »Versteh mich nicht falsch. John ist vor zweieinhalb Jahren gestorben und war ein wunderbarer Mann. Ich vermisse ihn jeden Tag. Wir haben zwei großartige Kinder, einen Sohn und eine Tochter, und ich habe meine Arbeit als Lehrerin immer geliebt. Nach dem Unglück war ich erst einmal von der Arbeit beurlaubt, und John ist mit mir nach Hawaii geflogen, um mich aus meiner Trauer und dem Schock zu reißen. Ich habe mich in die Landschaft und den nächtlichen Sternenhimmel über den Inseln verliebt. Damals hat er mir versprochen, mit mir dauerhaft nach Hawaii zu ziehen und mir sogar ein eigenes Observatorium zu bauen, wenn ich nur zustimmen würde, nicht mehr ins Weltall zu fliegen. *Ich bringe die Sterne zu dir nach Hause,* hat er gesagt. Und er hat es tatsächlich wahr gemacht, sich einen Job in einer Rechtsanwaltskanzlei auf Hawaii gesucht und mich unser Haus auf Maui nach meinen Vorstellungen gestalten lassen.«

Emma schluckte. Sie konnte schon verstehen, warum Becky

nachgegeben hatte. Ihr Mann musste sie wirklich sehr geliebt haben. Michael würde nie seinen Job für sie aufgeben, geschweige denn ihr solch ein Angebot machen. Wenn sie darüber nachdachte, hatte er immer nur Forderungen an sie gestellt. Und das Ultimatum, mit dem er sie zu einer Entscheidung mit der Androhung ihrer Trennung zwang, war der Gipfel seines bislang gezeigten Egoismus! Von Whitney einmal ganz zu schweigen.

»Meine Sehnsucht, ein einziges Mal nur unsere Erde vom All aus zu sehen, hat es nicht gestillt, aber John hat mich dennoch sehr glücklich gemacht. Deshalb kann ich gut damit leben, diesen Traum nie verwirklicht zu haben.« Sie sah sie eindringlich an. »Emma, ich will mich nicht in deine Angelegenheiten einmischen, aber was ich vielleicht etwas umständlich mit meiner Geschichte sagen möchte: Das, was du mir bisher von deinem Freund erzählt hast, deutet nicht darauf hin, dass er dieses Opfer wert ist. Du bist schon sehr weit im Auswahlprozess gekommen, und deine Begeisterung für die Raumfahrt springt dir geradezu aus dem Gesicht. Vielleicht fliegst du bei der Interviewrunde raus, dann kannst du es nun mal nicht ändern. Aber es nicht wenigstens zu versuchen, halte ich für einen Fehler, den du später bitter bereuen könntest. Und wenn dein Freund dich aufrichtig liebt, kann er nicht von dir verlangen, dass du deinen Traum für ihn aufgibst.«

9

Marie

Ludwigskirchen, 1913

Die Sterne strahlten über dem Dorf so viel heller als in der Stadt. Marie saß dicht neben Susanna und deren Cousine Agnes auf dem niedrigen Dach des Geräteschuppens, den Kopf in den Nacken gelegt, und genoss den Blick auf den nächtlichen Himmel. Der Mond hing satt und rund über den Akazienbäumen und verzauberte den Hof unter ihnen mit seinem silbernen Licht. Kühe und Hühner schliefen schon längst, nur vereinzelt hörte man ein Scharren, Muhen oder Gackern aus dem Stall. In der lauen Luft, die nur wenig Abkühlung nach der Hitze des Tages brachte, duftete es nach frisch gemähtem Heu vom nahe gelegenen Schober, und Grillen zirpten mit den quakenden Fröschen aus dem Bach auf der Gasse um die Wette. Viele Sommer hatte Marie seit ihrer Einschulung hier zusammen mit Susanna verbracht, und es hatte sich jedes Mal angefühlt wie das Eintauchen in eine völlig fremde Welt. Von Jahr zu Jahr war ihr das unterschiedliche Leben in Klein-Wien – wie die Einwohner Temeswar liebevoll nannten – und dem auf dem Land mehr bewusst geworden.

Im Haus von Susannas Großeltern, Besitzer des größten Weingartens der für den Weinanbau seit dem Mittelalter berühmten Gegend, war das Licht schon lange gelöscht worden. Sie hatten das Petroleum in der Stalllaterne nachgefüllt und sich auf Zehenspitzen heimlich aus der Schlafstube, die sie sich zu dritt teilten, nach draußen geschlichen. Mit der Leiter waren sie an dem alten, struppigen Hund vorbeigehuscht und dann aufs Dach geklettert. Es war die letzte Nacht vor Agnes' Hochzeit, und die Braut starb fast vor Aufregung. Ihr Hacklundpackl, die Koffer mit ihren Habseligkeiten und der Mitgift, waren gepackt, ab morgen würde sie auf dem Gestüt ihres Bräutigams, dem Sohn eines wohlhabenden Pferdezüchters aus dem Nachbarort, leben.

»Kommt ihr mich dann auch mal besuchen?«, fragte Agnes zaghaft.

»Ja, freilich, Agnes! Wenn es dein Mann erlaubt«, entgegnete Susanna.

»Der János ist ein feiner Mensch. Ich glaub nicht, dass er was dagegen hat. Aber wie es um die Schwiegermutter bestellt ist, kann ich euch nicht sagen.« Furcht schwang in ihrer Stimme mit, und Marie legte den Arm um die junge Frau, die mit ihren neunzehn Jahren nur zweieinhalb Jahre älter als sie war, ein Gedanke, der sie erschreckte. Aber auf dem Land war es üblich, früh zu heiraten, und Agnes' Bräutigam war bereits vierundzwanzig.

»Sie wird dich ganz bestimmt liebgewinnen«, sagte sie mit einer Überzeugung, die mehr der Hoffnung als dem Wissen entsprang, schließlich würde sie Agnes' Schwiegermutter erst bei der Hochzeit kennenlernen. Es musste wichtig für sie sein, ihre Anerkennung zu erringen. Agnes war Vollwaise, ihre Mutter, Susannas Tante, war bei Agnes' Geburt gestorben und ihr Vater vor wenigen Jahren einem Schlaganfall erlegen.

»Der Schwiegervater hat gesagt, eine Ungarin wäre ihm lieber gewesen«, warf Agnes betrübt ein. »Nur die hohe Mitgift hat ihn versöhnlich gestimmt, weil sie sich neue Nonius-Zuchthengste aus Mezöhegyes für die Kavallerie der kaiserlichen Armee anschaffen wollen. János' Eltern glauben nämlich nicht daran, dass der Frieden auf dem Balkan dauerhaft sein wird. Nach dem Londoner Vertrag hat es auch nur zwei Monate gedauert, bis die Kämpfe wieder losgingen. Sie sagen, dass die Kavallerie bald aufgerüstet wird.«

Marie runzelte die Stirn. Das klang fast so, als wünschten sich Agnes' künftige Schwiegereltern neue kriegerische Auseinandersetzungen, um davon zu profitieren. Wochenlang hatte die ›Temesvarer Zeitung‹ über den Vier-Fronten-Krieg gegen Bulgarien durch Griechenland, Serbien, Rumänien und die Osmanen berichtet. Der neue Waffenstillstand war erst wenige Tage her.

Susanna sah ihre Cousine empört an. »Na hör mal, du sprichst Ungarisch wie deine Muttersprache! Und Ungarn ist für uns Deutsche hier im Banat doch ebenso Vaterland.«

»Ja, mag schon sein. Aber vielleicht macht ihr auch etwas ganz anderes Sorgen. Sie spricht kein Wort Deutsch, der János aber schon.« Ein spitzbübisches Lächeln glitt über Agnes' mondbeschienenes Gesicht.

Das brachte Marie zum Lachen. »So ist das also! Ihr zwei Verliebten habt eine Geheimsprache. Das wird der Schwiegermama natürlich nicht gefallen.«

Vom Obst- und Gemüsegarten her schallte plötzlich ein Fauchen und Rascheln zu ihnen herüber, das sie alle zusammenzucken ließ.

»Die Kater raufen sich um die Minka«, kicherte Agnes. Die schwarze Katze mit den ungewöhnlich goldenen Augen und den hübschen weißen Pfoten hatten sie erst vor ein paar Minuten zwischen den Apfel- und Weichselbäumen im Gras verschwinden sehen.

»Wir müssen im Herbst unbedingt wiederkommen. Ich werde Papa überreden, eins ihrer Jungen mit nach Hause zu nehmen«, beschloss Susanna und reckte den Hals, um über die Dachkante zu spähen. Aber das Gras zwischen den Obstbäumen war viel zu dicht und hoch, um trotz der mondhellen Nacht etwas erkennen zu können.

»Du weißt doch noch gar nicht, ob sie einen ihrer Verehrer erhört«, erwiderte Marie. Sie hätte auch zu gerne ein Kätzchen gehabt, aber Mamas Husten hatte sich verschlechtert, die feinen Haare einer Katze würden sicher nicht gut für sie sein. Der Gedanke an ihre Mutter erstickte ihre fröhliche Stimmung und weckte wieder ihr schlechtes Gewissen, weil sie hier unbeschwert die Sommerfrische verbrachte. In den vergangenen Wochen hatte sie ihre Mutter dabei ertappt, wie sie sich in vermeintlich unbeobachteten Momenten auf dem Tisch oder der Anrichte abstützte. Ihr Gesicht war spitz und blass geworden. Aber von dem Vorschlag des Doktors, zur Kur nach Herkulesbad ins Banater Bergland zu fahren, hielt sie dennoch nichts. Marie hatte angeboten, diesen Sommer daheim zu bleiben, doch das hatte ihre Mutter rundum abgelehnt.

»Kommt überhaupt nicht in Frage! Ich habe die Selma und deinen Vater, wenn ich Hilfe brauchen sollte. Du warst das ganze Jahr über fleißig in der Schule. Genieß den Ausflug aufs Land. Die Hochzeit von Susannas Cousine wird sicher lustig werden, und bis du zurückkommst, geht es mir wieder besser.«

Vielleicht wurde die Mutter im Sommer wirklich gesund, und dann konnte Marie im Herbst auch ein Kätzchen mit in die Stadt nehmen.

»Minka ist bestimmt nicht so abweisend wie ihr beide!«, spottete Agnes und riss sie damit aus ihren trüben Gedanken.

Susanna kicherte und versetzte ihr einen Stoß mit dem Ellenbogen. »Sind wir doch gar nicht! Also ich zumindest nicht.«

»Was soll das heißen?«, empörte sich Marie.

»Den Emil hast du nicht mal angeschaut, als er dir heute die Feldblumen gebracht hat«, warf Agnes belustigt ein.

»Erinnere mich bitte nicht daran! Das war so beschämend«, stöhnte Marie.

Emil war der Sohn des Gastwirts im Dorf und hatte dieses Jahr die Matura abgelegt. Ein hübscher Kerl mit seinen blonden

Haaren und den nussbraunen Augen, aber Marie konnte ihm dennoch nichts abgewinnen. Seit Jahren lief er mal Susanna, mal ihr hinterher, wenn sie bei Susannas Großeltern zu Besuch waren, und daher ging sie ihm lieber aus dem Weg. Hoffentlich würde er morgen nicht auf die Idee kommen, sie zum Tanz aufzufordern. Als könnte er sich mit ihrer Ablehnung nicht abfinden, versuchte er seit ihrer Ankunft ständig, ihren Weg zu kreuzen. Heute hatte er ihr mit einem Strauß frisch gepflückter Feldblumen auf der Gasse aufgelauert, während sie mit Vatis Fotoapparat gerade die Gänse in dem schmalen Bach am Wegrand verfolgt hatte. Sie war so vertieft in ihr Motiv gewesen und er so plötzlich hinter einem Akazienbaum hervorgesprungen, dass sie beinahe rücklings ins Wasser gestolpert wäre.

»Himmel, Emil, hast du mich erschreckt!«, hatte sie gerufen, aber er war nicht dazu gekommen, ihr zu antworten. Ein Gänserich hatte sich aufgeplustert und war dem zurückstolpernden jungen Mann laut schnatternd und flügelschlagend hinterhergejagt. Der Anblick war nicht mit Fillér oder Kronen aufzuwiegen gewesen. Susanna, die gerade aus dem Tor kam, hatte sich vor Lachen gebogen. Und auch die alten Bäuerinnen mit ihren Kopftüchern und die Männer mit Gehstock und Hut, die nur wenige Schritte entfernt auf der Gasse »in der Reih« gesessen hatten, waren in das Gelächter eingestimmt.

»Vielleicht finden wir auf meiner Hochzeit einen weniger furchtsamen Verehrer für unsere liebe Marie«, neckte Agnes und zwinkerte ihr zu. »Die Grünbergs sind schließlich auch geladen.«

»Danke, aber ich habe nicht vor, morgen mein Herz zu verlieren, schon gar nicht an den Samuel! Er ist nur ein guter Freund.«

Die Mädchen kicherten daraufhin vergnügt und wechselten vielsagende Blicke, nur Marie seufzte innerlich. Samuel war bei ihrer Ankunft in der Lugoscher Straße vor dem Gemischtwarenladen seines Vaters gestanden und gerade dabei gewesen, Weinkisten von dem Pferdefuhrwerk zu wuchten und hineinzutragen. Die Ärmel seines Hemds hatte er hochgekrempelt. Ganz schön muskulös war er in dem Jahr, in dem sie sich nicht gesehen hatten, geworden. Nichts erinnerte mehr an den schmalen Jungen von früher. Unter seiner Kippa waren ungezähmt die schwarzen lockigen Haare hervorgesprungen, und er hatte sich einen Bart wachsen lassen. Als sie an ihm mit dem offenen Zweispänner, den der Bräutigam generös zur Abholung der Gäste vom Bahnhof zur Verfügung gestellt hatte, vorbeifuhren, hatte er sich zu ihnen umgewandt, und ein Lächeln war über sein Gesicht gehuscht. Sie hatte ihm durch die aufgewirbelte Staubwolke spontan nachgewunken, bis der entrüstete Blick von Susannas Mutter sie die Hand sinken und sie erröten ließ. Bestimmt würde sie Mama von ihrem unschicklichen Benehmen berichten. Vor fünf Jahren waren die Grünbergs aus Wien aufs Land nach Ludwigskirchen zu Samuels Onkel gezogen. Zu Maries Überraschung vermisste er die Großstadt nicht. Er hatte in Wien eine jüdische Elementarschule und anschließend ein katholisches Institut besucht, an dem er nicht glücklich gewesen war.

»Gleich am ersten Schultag, nachdem meine Mitschüler das Vaterunser rezitiert haben, ließ der Lehrer mich aufstehen und hat die üblichen Daten abgefragt. *Name, Geburtstag, Jahr und Ort … Religion? Mosaisch! Ah so, also a Jud bist du?* Er hat es auf eine Weise betont, als wäre ich Gesindel. Die anderen brüllten vor Lachen und ich habe von da an besonders viel Prügel abbekommen, nicht nur von den Klassenkameraden«, hatte er Marie verraten. Später hatte Samuel sich zusammen mit seinem Banknachbarn, dem Sohn eines Sozialdemokraten, geweigert, die vom Lehrer angepriesenen schwarz-rot-goldenen Bleistifte des *Deutschen Schulvereins* zu kaufen. »Der Josef und ich, wir haben dabei absichtlich nicht mitgemacht, sondern nur noch die roten Bleistifte gekauft und benutzt«, hatte er ihr augenzwinkernd gestanden. »Das hat den Lehrer zur Weißglut getrieben, weil er nichts dagegen unternehmen konnte.«

Natürlich gab es auch missgünstige Mädchen an der Notre-Dame-Schule, die Marie verstohlen böse Blicke zuwarfen, wenn sie beim Vaterunser schwieg. Doch zum Glück machten die Schulschwestern keine Ausnahmen und waren allen Mädchen gegenüber gleich streng.

Die Zeitungen waren ohnehin voll mit Schreckensmeldungen. Verständnislos lauschte sie an manchen Tagen den hitzigen Gesprächen ihres Vaters und Onkel Benjamins über den *kranken Mann am Bosporus*, die *Hohe Pforte* oder die *Orientalische Frage*. An anderen wollte sie lieber gar nichts hören, sobald ihre Unterhaltungen sich um die Völkischen, Judenhass und den Verrat militärischer Geheimnisse durch einen Offizier namens Redl drehten, was die Habsburger Monarchie schon bald in Chaos und Verderben stürzen würde. Wenigstens hatten die ewigen Diskussionen über jüdische Traditionen und Reformen, die ihr Vater mit dem Großvater geführt hatte, ein Ende genommen, seit er, Bubbe Edith und Onkel Jakob ins ferne Palästina aufgebrochen waren. Sie vermisste die Familientreffen dennoch.

»Was für ein Segen, dass es in den Tempeln unserer neuen Heimat keine Orgeln geben wird«, hatte der Großvater sogar noch bei ihrem letzten Besuch erklärt. Seither betrachtete Marie die schöne Orgel in der Innenstadt-Synagoge, deren Klang sie so sehr liebte, mit gemischten Gefühlen.

Sie hatte Samuel nach seinen Schulgeschichten nachdenklich angesehen. »Warum machen alle nur so ein Getue darum, welchem Volk oder welcher Religion man angehört oder wie man zu Gott betet? Susanna und mir ist das doch auch egal. Wir sind trotzdem Freundinnen.«

»Damit seid ihr in der Minderzahl. Meinen Eltern brauche

ich jedenfalls damit nicht kommen«, hatte Samuel mit einem eigenartig bitteren Zug um den Mund gesagt.

»Willst du etwa behaupten, dass du dich nicht freust, den Samuel wiederzusehen?«, riss Susanna sie aus ihren Erinnerungen. »Bei unserer Ankunft hast du ihm doch hinterhergewunken!«

»Natürlich freu ich mich. Aber nicht wie ihr denkt.« Sie sah zu Agnes hinüber. »Weißt du, warum er nicht bei seinem Onkel in der Sparkasse zu arbeiten angefangen hat?«

Das war bei ihrem letzten Treffen sein Herzenswunsch gewesen.

Agnes hob die Schultern. »Keine Ahnung. Vermutlich wollte sein Vater das nicht. Der wird jede Hilfe im Laden brauchen können.«

»Ach, ihr Lieben, wie freu ich mich schon aufs Tanzen morgen!«, rief Susanna. »Daheim ist doch alles so furchtbar streng. Wir sollen mit jungen Herren beim Flanieren im Park nur ja kein Wort, am besten nicht einmal einen Blick wechseln, und auf einen Ball haben meine Eltern mich noch nie mitgenommen. Sei mir nicht böse, liebste Marie, aber auf Dauer sind die Tanzstunden im Lyzeum mit dir als Partnerin doch recht unerquicklich.«

»Freu dich nicht zu früh! Deine Eltern, die Gisela und die Nanni werden dich auch morgen nicht aus den Augen lassen und jedem, der mit dir tanzt, hinterher auf die Finger klopfen«, erwiderte Marie grinsend. »Sei froh, dass die Fanni nicht dabei ist, die würde dazu den Kochlöffel nehmen.«

Susanna hob in gespielter Verzweiflung die Arme zum Sternenfirmament und deklamierte wie bei einem ihrer Schultheaterauftritte: »Oh, ihr Heiligen, hört mich an, bleibt mir auch die süße Frucht der Liebe morgen verwehrt, so schenkt mir zumindest den Genuss unzähliger Torten und Gebäck!«

Marie verschluckte sich fast vor Lachen, und Agnes rutschte

ums Haar vom Dach, sogar der Hund im Hof begann zu bellen, und kurz darauf ging im Haus das Licht an und der Großvater trieb sie schimpfend zurück in ihre Betten.

Kein Wölkchen trübte das Blau des Himmels über den Langhäusern des Dorfes, die mit ihren blitzweiß gekalkten Fassaden und bunten Sockeln in Blau- und Grüntönen in der Sonne um die Wette strahlten. Richtiges Kaiserwetter, fand Marie, die mit Spannung dem Fest entgegensah. Von Weitem konnte man den aufsteigenden Rauch über dem Wirtshaus wahrnehmen. Dort hatten die vielen Helfer draußen vor dem Festsaal sechs Kessel aufgestellt, die mit Maiskolben beheizt wurden. Den Duft der darin garenden Speisen konnte man bis zum Haus von Agnes' Eltern riechen. Über hundert Kilo Bratenfleisch waren beim Bäcker in den großen Holzbackofen geschoben worden. Und für Susannas Naschlust war ebenfalls gesorgt. Denn für die unzähligen geladenen Gäste hatten die Helferinnen in den vergangenen Tagen in der Backstube hundertdreißig Torten und mindestens zwei Dutzend Mehlspeisen gebacken. Das ganze Dorf war wegen der Hochzeit in Aufruhr, und im Haus herrschte hektischer Betrieb. Nanni hatte am Morgen eiskaltes Brunnenwasser in die großen Emaille-Schüsseln am Waschtisch gegossen, und Marie hatte sich in Windeseile gewaschen, bevor sie nach draußen gelaufen war. Als sie vom Abort im Hof in die Stube zurückkehrte, fand sie zu ihrer Überraschung eine todunglückliche Susanna beim Ankleiden vor. Von der Cousine der Braut erwartete man, dass sie, wie alle unverheirateten Mädchen im Dorf, in Tracht erschien und kein herrisches Gwand trug, wie man den Kleidungsstil der Stadt nannte.

»Ich sehe aus wie eine fette Pute!«, jammerte Susanna, die mit ausgebreiteten Armen in der Stube stand und sich von Nanni ins schwowische Festgwand helfen ließ.

»Vazähl doch kaan Schmarren! Schee schaugst aus!«, widersprach Nanni und rückte ihr schon eifrig mit dem nächsten Rock zu Leibe.

Bislang hatte Marie gedacht, dass man es auf dem Land mit der Mode nicht so genau nahm wie in der Stadt, wo es Kleider für jede Tages- und Nachtzeit gab und eine Menge Vorschriften, was für eine junge Dame der Gesellschaft dem Anlass entsprechend schicklich war. Das Umziehen nahm an manchen Tagen gar kein Ende! Doch dies war Maries erste Bauernhochzeit, und deshalb staunte sie nicht schlecht über die sieben in unzähligen Falten über Wochen hinweg aufwendig plissierten und gestärkten, knöchellangen Röcke, die ihrer Freundin nun nacheinander übergezogen wurden. Zur Krönung kam am Ende über all die gefalteten Rockschichten ein Überrock aus glänzendem rosafarbenem Brokat und über das eng anliegende Leibchen mit Puffärmeln überkreuz ein gleichfarbiges Schultertuch aus Seide mit langen Fransen. Susanna sah in dieser voluminösen Aufmachung wahrhaft wie eine Glocke mit den Beinen als Schwengel aus. Marie musste beim Anblick ihres entsetzten Gesichtes ein Lachen unterdrücken.

Eine Woche vor ihrer Fahrt zu Susannas Großeltern hatten sie noch zusammen in der Lloyd-Zeile, wie man den Platz seit der Neueröffnung des mondänen Palais Lloyd in der Temeswarer Innenstadt nannte, die Auslagen der Modegeschäfte bewundert. Die neueste Pariser Mode sah zarte, locker fallende Kleider aus Seide, Chiffon oder japanischem Krepp mit aufgestickten Blumen, antiker Goldspitze, Perlen und orientalischen Mustern vor. Fließende, knöchellange Stoffe nach griechischem Vorbild mit Ornamenten ohne das einengende S-Korsett würden die kommende Ballsaison beherrschen. Schon jetzt deckten die wohlhabenden Damen sich ein, um etwaige Änderungen rechtzeitig vor dem Saisonbeginn im November fertigzubekommen. Susannas schwowisches Gwand dagegen, das ihre Hüften unnatürlich breit erscheinen ließ, konnte nicht weiter von der neuesten Mode entfernt sein als Paris von Ludwigskirchen.

Doch auch das herrische Kleid, das Marie tragen würde, war nicht en vogue. Ihre Mutter hatte es vor neun Jahren für sich in einem Modeatelier anfertigen lassen. Damals waren die Leute noch bereit gewesen, mehr für die Malerei- und Fotografier-Arbeiten ihres Vaters zu zahlen. Seither hatten die Aufträge jedoch abgenommen, die Konkurrenz unter den Künstlern dagegen zu, und ihre Eltern hatten bis auf Selma alle in ihrem Dienst stehenden Männer und Frauen entlassen müssen. Am schlimmsten hatte es ihren Vater getroffen, dass sie vergangenes Jahr in den Stadtteil Fabrik umziehen mussten, wo die Häuser günstiger, aber auch nicht so mondän wie in der Innenstadt waren.

Dennoch stach das weiße, taillierte Batistkleid ihrer Mutter hier auf dem Land unter all den schwowischen Gwändern durch den ihre schlanke Silhouette betonenden Schnitt hervor. Marie schlüpfte hinein, ließ sich von Nanni das Kleid im Rücken schließen und sah kurz darauf zufrieden an sich herab. Blaue Blüten und Blätter rankten in zarten Tüllstickereien über den Stoff, die Puffärmel bildeten einen reizvollen Kontrast zur schmalen Taille, und der Rüschensaum war mit Spitze verziert. Ihre Freundin schielte zu ihr hinüber und seufzte erneut tief.

»Ach, Susa, alle jungen Frauen werden heute auf der Hochzeit so erscheinen«, versuchte sie, Susanna zu trösten, während sie ihre Haare bürstete, bis die dunklen Locken seidig glänzten. »Sei lieber froh, dass du nicht derart aus der Reihe tanzt wie ich.«

Nanni brummte zustimmend und zwinkerte ihr zu, während sie Susannas Haare zu einem schwowischen Nest flocht, wie die Bäuerinnen die Haarkrone nannten.

Tatsächlich kam sich Marie wenige Stunden später wie eine Außenstehende vor und war sich der teils neugierigen, teils kühlen Blicke und des Getuschels der Bäuerinnen bewusst. Die Jungen und im Anschluss die Verheirateten stellten sich paarweise zum Hochzeitszug auf und marschierten unter den Klängen der Blasmusik nach der Trauung zum Wirtshaus. Onkel Conrad hatte darauf bestanden, dass Marie vorne neben Susanna im Zug mitlief, bei den engsten Verwandten der Braut. Sicher hatte er ihrem Vater versprochen, auf sie achtzugeben. Das jungvermählte Paar und seine zahlreichen Gäste erwarteten vor der Schänke mehrere Fässer Bier und Weidenkörbe mit frisch gebackenen Salzkipferln als Brotzeit. Das Paar wurde beglückwünscht und die Angereisten wurden miteinander bekannt gemacht.

»Frau Mutter, Herr Vater, darf ich Ihnen meine Freundin Marie Rosenfeld vorstellen?«, sagte Agnes, als Marie zum Gratulieren an der Reihe war. Sie wunderte sich, dass die Schwiegereltern Susannas Cousine noch nicht das Du angeboten hatten. Aber auf dem Dorf wurden die alten Umgangsformen streng gepflegt.

Ob Agnes mit dieser Schwiegermutter wohl zurechtkommen würde? Marie jedenfalls war erleichtert, als sie nach einigen wenigen ausgetauschten höflichen Worten der verhärmten, streng und hochmütig dreinblickenden Frau, die ganz in Schwarz gekleidet war und die Haare unter einem Seidentuch verbarg, entkommen konnte. Das Streichorchester spielte auf, und das Fest wurde mit einem Wiener Walzer eröffnet. János und Agnes waren ein bildhübsches Paar und blickten einander beim Brauttanz so liebevoll an, dass Susanna ihr ergriffen die Hand drückte. Plötzlich sah Marie aus dem Augenwinkel mit Schrecken Emil auf sie beide zusteuern, da schob sich auch schon Samuel in ihr Blickfeld.

»Wertes Fräulein Marie, gewährt Ihr mir den ersten Tanz?«,

fragte er mit spöttischem Lächeln und deutete eine höfliche Verbeugung an.

Sie lachte über die förmliche Aufforderung, schließlich kannten sie sich seit Jahren, und ließ sich von ihm zu den beschwingten Takten der Musik führen. Neben ihnen wogten Gisela in Tracht und ihr Mann in Uniform vorbei und bald darauf Susanna und Emil. Susannas ältere Schwester hatte in Arad zwar keine Erfolge am Konservatorium gefeiert, aber einen schmucken Offizier bei einem Konzert kennengelernt und vergangenes Jahr geheiratet. Ihr gewölbter Bauch ließ erahnen, dass Susanna bald Tante werden würde. Die Streicher spielten hingebungsvoll und versiert, einige der Musiker kannte Gisela wohl vom Konservatorium in Arad und hatte sie ihrer Cousine für die Hochzeit wärmstens empfohlen. Marie ließ sich in den schnellen Takt fallen, genoss den Rausch aus Bewegung und um sie herumwirbelnden Röcken und Farben, bis Samuels Stimme sie in die Gegenwart zurückholte.

»Hoffentlich hält sich der Theo wenigstens heute vom Schnaps fern«, sagte er und deutete mit einem Kopfnicken zu einem Tisch, an dem Susannas Onkel saß und mit verdrießlicher Miene sein Bier trank. Sein Anzug wirkte fadenscheinig, am Hemdkragen waren Flecken, er war unrasiert und der Blick aus seinen blauen Augen unstet und trüb. Sie erinnerte sich daran, dass er aus Amerika zurückgekehrt war, nachdem seine Familie bei einem Schiffsunglück ums Leben gekommen war. Anfangs hatte Susannas Vater versucht, ihn in seiner Textilfabrik zu beschäftigen. Aber scheinbar hatte es immer wieder Zwischenfälle gegeben, weil er betrunken erschienen war und den Arbeitern falsche Anweisungen erteilt hatte. Conrad musste ihn fortschicken, und seither lebte er auf dem Weingut der Eltern hier im Dorf. Mitleid erfasste Marie mit dem Unglückseligen.

»Trinkt er immer noch so viel?«

»Er ist ein häufiger Gast bei uns im Laden oder hier in der Schenke, seit sie ihm den Schlüssel zum elterlichen Weinkeller abgenommen haben.«

»Wäre er doch nur nie nach Amerika gegangen! Ich verstehe nicht, was die Menschen in dieses ferne Land zieht. Die ›Temesvarer Zeitung‹ ist voll von Anzeigen der Hamburg-Amerika-Linie.«

»Ich kann das nur zu gut nachempfinden.«

Überrascht sah Marie auf. Samuels Gesicht hatte sich verdüstert, die Lippen waren zusammengepresst. Sie folgte bei der nächsten Walzerdrehung seinem flackernden Blick und entdeckte einen bärtigen Mann, der mit einer adretten jungen Frau vorübertanzte. Paula, die Schneiderstochter, trug wie fast alle unverheirateten Frauen hier Tracht und hatte die blonden Haare zu Zöpfen geflochten und zum Nest gesteckt. Kurz begegneten sich ihre Blicke, und Marie sah, wie sie verlegen blinzelte und errötend wegsah, während gleichzeitig Samuels Händedruck so fest wurde, dass sie einen Schmerzenslaut unterdrücken musste.

»Verzeih«, presste er hervor und lockerte sofort seinen Griff. Marie zählte eins und eins zusammen.

»Du und Paula?« Sie lächelte verschmitzt. »Wann darf man denn gratulieren?«

»Überhaupt nicht.« Samuel sah sich bei der nächsten Drehung gehetzt um. »Das muss unter uns bleiben, Marie. Versprich mir, dass du niemandem davon erzählst.«

»Deine Eltern stimmen einer Verbindung nicht zu?«, fragte sie bestürzt.

»Niemals. Für sie kommt nur eine Jüdin in Frage.«

»Und wenn sie konvertiert?«

»Ich bezweifle, dass ihre Eltern das gutheißen würden, und die meinen sicher auch nicht.«

Auf einmal beschlich Marie ein Verdacht, und sie sah ihm fest in die Augen. »Hast du mich etwa deshalb zum Tanz aufgefordert?« Samuel wich ihrem Blick verlegen aus, was Antwort genug war. All die Freude am Tanzen und ihre gute Laune waren mit einem Mal verflogen, und sie war froh, als der Walzer zu Ende ging.

»Was soll das? Ich dachte, wir wären Freunde!«

»Marie, ich wollte doch nur …«

Aber sie blieb stehen und löste sich von ihm.

»Sag deinen Eltern, dass ich kein Interesse daran habe, der ungeliebte Ersatz zu sein.«

Zornig wirbelte Marie herum und lief durch die Menge hinaus aus dem Festsaal, Samuels Rufe ignorierend. Tränen sammelten sich in ihren Augen. Sie hatte natürlich gewusst, dass er kein Interesse an ihr hatte, sie selbst war ja auch nicht in ihn verliebt. Aber sie hatte gedacht, er würde sie aus Freundschaft auffordern und nicht, weil sie Jüdin war und die Eltern es ihm befohlen hatten. Was dachte sich die Familie Grünberg eigentlich? Dass sie dankbar sein musste, es würde sie überhaupt jemand zur Frau nehmen wollen? Ein neuer Schreck durchfuhr sie. Oder hatte ihr Vater sich etwa mit Herrn Grünberg bereits über eine mögliche Vermählung ihrer Kinder unterhalten? Hatte ihre Mutter deshalb unbedingt gewollt, dass sie zu Agnes' Hochzeit fuhr? Sie wurde im Herbst doch erst siebzehn! Marie hatte immer gehofft, selbst entscheiden zu können, wem sie ihr Herz schenkte. Vollkommen außer sich eilte sie durch den Schankraum und riss schwungvoll die Tür zum Hof auf. Gerade als sie tränenblind nach draußen über die Schwelle stolperte, prallte sie gegen jemanden, und zwei Arme fingen sie auf, bevor sie zu Boden ging.

»Vorsicht, schönes Fräulein!«, sagte eine dunkle, angenehme Stimme, und sie sah erschrocken auf, mitten in ein Paar besorgt dreinblickender Augen, so sommerblau wie der Himmel an diesem Tag.

Der junge Mann, in dessen Armen sie unverhofft gelandet war, hatte dichtes, glänzendes Haar wie Rabengefieder und fein geschnittene Züge. Trotz der frühen Stunde trug er einen eleganten Frack, war glattrasiert, und jetzt nahm sie auch einen Hauch von Lavendelseife gemischt mit einem herberen Duft wahr, der sie schwindeln ließ. Plötzlich wurde ihr bewusst, dass sie schon ziemlich lange hier in seinen Armen lag, ihm näher war, als es jedweder Anstand gebot, und ihre Wangen wurden heiß. Hastig versuchte sie, sich von ihm zu lösen und einen Schritt zurückzutreten, stieß dabei aber mit dem Rücken unsanft gegen die offen stehende Tür und verzog schmerzhaft das Gesicht. Nun erwachte auch der Fremde endlich aus seiner Erstarrung, seine Wangen färbten sich rosa, was ihn noch attraktiver aussehen ließ. Er senkte die Arme und trat einen Schritt zur Seite, nicht ohne sie weiterhin besorgt zu mustern.

»Haben Sie sich wehgetan?«, fragte er und strich sich eine widerspenstige Haarsträhne aus der hohen Stirn. Seine Hände waren gepflegt, die Finger schlank. Ein Bauer war er jedenfalls nicht. Marie fand, er sah wie der verwunschene Prinz aus einem ihrer Märchenbücher aus. Sie war sich sicher, noch nie einen schöneren Mann in ihrem Leben gesehen zu haben. In seiner linken Hand bemerkte sie plötzlich einen Violinkasten, aber sie konnte sich nicht erinnern, ihn zuvor unter den Musikern des Streichorchesters wahrgenommen zu haben. Er wäre ihr doch bestimmt aufgefallen!

»Danke, ich bin wohlauf.« Ihre Lippen verzogen sich wie von selbst zu einem Lächeln, und er erwiderte es, wobei ein Glanz in seine Augen trat, der sie noch mehr strahlen ließ. Die Geräusche aus dem Wirtshaus gingen in ein fernes Rauschen über, während sie sich gegenüberstanden, unfähig, etwas anderes zu tun, als einander in die Augen zu sehen. Vielleicht war es auch nur ihr Herz, das auf einmal wild in ihrer Brust trommelte.

»Da bist du ja endlich, Jo!« Eine Stimme zerriss den Zauber

des unsichtbaren Schleiers, der sich schützend über sie gelegt hatte. Giselas Ehemann Friedrich stand plötzlich neben ihr. Ein Schmunzeln glitt über sein Gesicht, während er von einem zum anderen sah.

»Darf ich euch beide bekannt machen?«, fragte er, ganz seiner Ehre als Offizier verpflichtet. »Fräulein Marie ist eine langjährige Freundin meiner jungen Schwägerin Susanna und Tochter des bekannten Malers und Hoffotografen Benjamin Rosenfeld. Herr Johannes Farber ist das aufstrebende Violinentalent am Arader Konservatorium, Gisela wird nicht müde, mir stundenlang von seiner Virtuosität vorzuschwärmen.«

Der junge Mann winkte ab. »Zu viel der Ehre, Ihre Frau Gattin spielt das Piano ebenfalls hervorragend.«

Friedrich gluckste vergnügt. »Zum Glück nicht halb so gut wie Sie die Geige, mein Freund.« Giselas Mann zwinkerte Marie zu. »Kein Wunder, die Musik hat er von seinem Großvater, einem Komponisten und Kirchenmusiker aus Lugosch, praktisch in die Wiege gelegt bekommen.«

Marie machte große Augen. Die Stadt Lugosch an der Temesch war eine der musikalischen Zentren des Banats, ihr Vater hatte erst kürzlich bei Tisch erzählt, dass man an der Lugoscher Synagoge einen jüdischen Chor einrichten wollte.

»Sehr erfreut, Ihre Bekanntschaft zu machen, gnädiges Fräulein.« Der junge Musiker verbeugte sich tief in einer geschmeidigen Bewegung. »Sie wollten das Fest doch hoffentlich nicht schon verlassen?« Sah sie da Enttäuschung in seinen Augen aufblitzen?

»Natürlich nicht!«, kam der Offizier Maries Antwort zuvor, und sie fühlte nur ein Brausen in ihrem Kopf, unfähig, einen klaren Gedanken zu fassen oder etwas zu erwidern. »Ein paar Takte spielen deine Kollegen noch, dann wird erst mal zum Fiddren gegangen.«

Marie erinnerte sich dumpf, dass Agnes von einer Pause gesprochen hatte, in der das Vieh gefüttert und versorgt wurde. Friedrich legte dem jungen Musikanten jovial eine Hand auf die Schulter. »Am Abend kommt dein großer Einsatz, mein Freund, und du darfst in bekannter Manier die Herzen der jungen Damen mit deiner Fidel zum Schmelzen bringen und ihnen heiße Tränen der Sehnsucht in ihre Augen treiben.«

War er vom Bier angeheitert? Marie wusste den spöttischen Tonfall von Susannas Schwager nicht einzuordnen, aber sie war sicher, dass ihr Herz in seinem wilden Galopp bald zerspringen musste, als Johannes ernst, ohne den Blick auch nur eine Sekunde lang von ihr abzuwenden, entgegnete:

»Nichts auf der Welt würde mir eine größere Ehre sein, als mit meinem Spiel Fräulein Rosenfeld zu erfreuen.«

10

Emma

Washington, Juli 2022

I have a dream …

Beckys Abschiedsworte, dass sie ihren Traum nicht aufgeben sollte, spukten auf der Heimfahrt in Emmas Kopf herum und erinnerten sie an Martin Luther King. An seinen Mut und wie unerreichbar fern sein Traum von Freiheit und gleichen Rechten für Schwarze und Weiße in der damaligen Zeit erschienen war. Dagegen erforderte das, was sie vorhatte, lächerlich wenig Mut! Die Metro ratterte in die nächste Station ein, und Emmas Blick wanderte zur Anzeige, um nicht versehentlich die richtige Haltestelle zu verpassen. Aber ihre Sorge war unbegründet, noch zwei Stationen lagen vor ihr. Mit einer festen Umarmung hatten sie sich vor dem spanischen Lokal voneinander verabschiedet, es war bereits Nacht gewesen, und die Straßenlaternen verströmten ein milchig weißes Licht, das in den bunten Neonreklamen der Geschäfte unterging. Während sie nun zurück zu Michaels Wohnung fuhr und verstohlen ihre Mitreisenden auf den speckigen roten Kunstledersitzen musterte, fragte sie sich zum wiederholten Mal an diesem Abend, wie es sein konnte, dass man in dem Heuhaufen einer Großstadt wie Washington zufällig auf einen Menschen traf, mit dem man so viel gemeinsam hatte. Es war schon seltsam, wie das Schicksal manchmal seine Fäden spann. Hätte sie das Challenger Memorial auch besucht, wenn sie nicht mit Michael gestritten und er Judith Resnik erwähnt hätte? Vermutlich nicht.

Und Becky hatte ihr verraten, dass sie vor ihrer Reise von Judy geträumt und sie am Klavier sitzen sehen hatte. Ein Schauer lief Emma über den Rücken. Sie war Wissenschaftlerin und ganz gewiss niemand, der an übernatürliche Phänomene glaubte. Aber faszinierend war es schon, dass ihrer beider Zuneigung für die verstorbene Astronautin sie letzten Endes in Arlington auf dem Friedhof zusammengeführt hatte.

Ein Blick auf die Uhr verriet Emma, dass es nach zehn war. Seit dem Friedhofsbesuch lag ihr Handy stummgeschaltet in der Handtasche, die Zeit war viel zu schnell verflogen. Sie zog es raus. Michael hatte mehrmals versucht, sie anzurufen, aber was sie ihm zu sagen hatte, klärte sie lieber in einem persönlichen Gespräch. Nachdem Becky und sie Telefonnummern ausgetauscht hatten, musste sie ihr versprechen, zumindest kurz von sich hören zu lassen, wie ihr Streit ausging.

»Falls er sich weiterhin wie ein Idiot benimmt und nicht zu schätzen weiß, was er an dir hat, komm doch einfach für die Zeit deines Urlaubs zu mir nach Hawaii«, hatte Becky vergnügt vorgeschlagen. Emma hatte sich daraufhin an ihrem Wein verschluckt und gehustet, weshalb sie einlenkte: »Entschuldige, wahrscheinlich kannst du dir Schöneres vorstellen, als deine freie Zeit mit einer alten Schachtel wie mir zu verbringen …«

»Aber nein!« Emma hatte rasch einen Schluck Wasser gegen ein erneutes Kitzeln im Hals getrunken. »Das denke ich überhaupt nicht. Es kam nur so unerwartet und ist total großzügig von dir. Hawaii … ich meine, wow, das wäre schon ein Traum, aber …« Sie brach verlegen ab.

»Aber du hoffst natürlich immer noch, dass du dich mit deinem Freund versöhnst, ist doch klar. Ich wünsch dir, nein, euch beiden alles Gute und drücke dir die Daumen.«

Ein Rascheln ließ Emma von der dunklen Fensterscheibe der Metro aufblicken. Ihr gegenüber saß ein Anzugträger mittleren Alters, Kopf und Oberkörper fast völlig von der aufgeschlagenen ›Washington Post‹ verschluckt. Eben ließ er die Zeitung sinken, und der Anblick seines blauen Mund-Nasen-Schutzes erinnerte Emma an die Anzeige eines Schweizer Schmuckherstellers im Flugzeugmagazin, der aus den Masken mit hohem Druck unter enormer Hitze blaue Diamanten schuf und zu Schmuck verarbeitete. Emma sah sich um. Die meisten trugen inzwischen keine Masken mehr. Während ihr Gegenüber den bereits gelesenen Zeitungsteil faltete und neben sich auf den freien Platz legte, sprang ihr plötzlich eine Schlagzeile förmlich ins Auge:

Russland verkündet den Rückzug von der Internationalen Raumstation (ISS) nach 2024 und strebt den Bau einer eigenen Raumstation an.

Das war ja ein Ding! Dabei waren die internationale Zusammenarbeit, das Ziehen an einem Strang, um die drängenden Probleme unseres Planeten zu lösen, gerade das, worauf sie sich bei einer möglichen Tätigkeit als Astronautin freute. Verstohlen machte sie ein Foto von der Zeitungsseite und schickte das Bild an Becky. Ihr Posteingang zeigte unzählige ungelesene Nachrichten von Michael und eine ihrer Mutter.

»Hast du das schon gesehen?«, schrieb sie hastig an Becky, ohne die Nachrichten zu beachten, denn in diesem Augenblick fuhr die Metro an ihrer Haltestelle ein.

Michaels Wohnung befand sich in einem dieser modernen Mietshäuser mit Nachtportier hinter einer wuchtigen Theke. Emma musste sich erst ausweisen, bevor sie zum Fahrstuhl gehen konnte. Während sie nach oben fuhr, kramte sie in ihrer Handtasche nach der Schlüsselkarte, die er für sie an der Garderobe gelassen hatte. Es war doch immer dasselbe, dachte sie verärgert. Entweder die Taschen waren so klein, dass man kaum was reinbekam, oder so groß und mit vielen Fächern versehen, dass man niemals das fand, wonach man gerade suchte. Ein heller Ton machte sie darauf aufmerksam, dass sie das Stockwerk erreicht hatte. Emma trat auf den Flur, während sie weiter ihre Tasche durchsuchte, und erstarrte. Mit einem erschrockenen Aufkeuchen zog sie zusammen mit der gesuchten Schlüsselkarte eine Blisterpackung aus den Tiefen des Fachs hervor, und ihr Magen zog sich zusammen. Heilige Scheiße! Sie hatte seit ihrem Abflug von Deutschland vergessen, die Pille einzunehmen! Nein, schlimmer noch! Sie nahm die Pille sonst immer morgens zum Frühstück ein und hatte sie scheinbar im Abreisetrubel bereits am Abflugtag vergessen. Fassungslos starrte sie auf die noch fast volle Packung, in der nur sechs Tabletten fehlten. Emma zwang sich zur Ruhe, atmete tief durch und ging erst einmal den Flur hinunter.

In Michaels Wohnung war es stockdunkel, niemand antwortete auf ihr Rufen, aber schließlich fand sie einen Zettel auf der Bartheke. Er hatte die Worte hastig hingeschmiert, war entweder in großer Eile gewesen oder sehr wütend. Emma tippte auf beides.

Wo zur Hölle steckst du? Geh an dein Handy!

Seufzend ließ sie sich auf den Barhocker sinken und überprüfte ihre Nachrichten. Mehrmals hatte er sie aufgefordert, zurückzurufen. Die letzte hatte er ihr vor gut einer Stunde geschrieben: *Bis morgen!*

Okay. Was sollte das denn jetzt heißen? Doch damit musste sie sich später beschäftigen. Sie öffnete den Browser und gab ein: Pille vergessen, erste Woche.

Das Suchergebnis war niederschmetternd.

Das Vergessen der Pille in der ersten Woche ist am »gefährlichsten«.

Na, großartig! Vielleicht sollte sie einen Screenshot für ihre Mutter machen, wenn sie ihr wieder einmal mit dem ewigen Thema »hochbegabt« kam. Emma schloss die Augen. Wie konnte sie nur so nachlässig sein? Dann las sie den Artikel aufmerksam durch, stand auf, schenkte sich ein Glas Wasser ein und nahm zwei Pillen auf einmal. Selbst wenn sie die »Pille danach« hier in irgendeinem Drugstore auftreiben würde, das leichte Ziehen in ihrem Unterleib verriet ihr, dass ihr Eisprung bevorstand oder schon stattgefunden hatte. Unter diesen Umständen würde diese Pille angeblich nicht mehr wirken. Es blieb ihr also überhaupt nichts anderes übrig, als abzuwarten und zu hoffen, dass die vergangene Nacht mit Michael keine Konsequenzen haben würde. *Mach dich nicht verrückt!* Aber das mulmige Gefühl blieb wie ein dumpfer Kopfschmerz und mischte sich mit dem zunehmenden Ärger auf ihn, sobald sie all seine Mitteilungen am Handy las.

Nicht ein einziges Mal zeigte er sich besorgt über ihr Schweigen. Sie hätte schließlich auch einen Unfall haben und irgendwo in einem Krankenhaus liegen können. Aber für ihren Freund war es offensichtlich, dass sie sich nur nicht bei ihm zurückmeldete, um ihn zu verärgern. Und die Wut darüber sprühte Funken aus jedem seiner Worte.

Emma zermarterte sich das Hirn, wann es angefangen hatte, dass sich alles nur um ihn drehte. War er schon immer so gewesen und sie nur blind vor Liebe, dass sie das nicht erkannte? Und war er jetzt zu seiner Kollegin Whitney gegangen? Wo sonst sollte er die Nacht über stecken? Oder arbeitete er durch? Die Emma, die immer noch auf eine Versöhnung hoffte und den zärtlichen gemeinsamen Stunden nachtrauerte, all den schönen Momenten, die sie miteinander verbracht hatten, wollte daran glauben. Aber ihre innere Stimme riet ihr, nicht so naiv zu sein. Emma scrollte zum nächsten Kontakt und überflog die Nachricht ihrer Mutter, schrieb ihr kurz, dass sie einen tollen ersten Tag in Washington gehabt habe, todmüde sei und demnächst mehr erzählen würde. Wenig später im Bett starrte sie ins Dunkel und lauschte den fremden Geräuschen in der Wohnung. Sie fühlte sich nur noch elend.

Michael erschien erst um kurz nach elf am Samstagmorgen, roch nach Kaffee und frischem Gebäck, hatte also bereits auswärts gefrühstückt. Er sah blendend aus, nicht die Spur eines Mannes, der die Nacht durchgearbeitet hatte oder sich um seine verschwundene Freundin sorgte. Als er die Wohnung aufsperrte, pfiff er sogar fröhlich ein Lied. Sobald er Emma auf der Couch sitzen sah, brach er ab und seine Miene verdüsterte sich.

»Auch schon da?«, fragte er. »Dann können wir ja endlich reden.«

Emma fühlte, wie sich alles in ihr zusammenzog und eine unheimliche Kälte sich bis in die Fingerspitzen ausbreitete. Sein Verhalten machte es ihr leicht. Sie ließ sich nicht dazu herab, ihm eine Szene zu machen und ihn zu fragen, wo er über Nacht geblieben war. Michael setzte sich ihr gegenüber breitbeinig in den Sessel und verschränkte die Hände ineinander.

»Und? Wie hast du dich entschieden?«

Seine siegessichere Miene vertrieb die innere Kälte und brachte etwas in ihr zum Brodeln. Einen Moment lang überlegte Emma, ob sie nicht einfach wortlos aufstehen und gehen sollte. Sie war die halbe Nacht wach gelegen, hatte es vielleicht auf vier Stunden Schlaf gebracht und ihren Koffer seit Sonnenaufgang fertig gepackt. Aber dann dachte sie daran, dass dies vermutlich ihr letztes Gespräch sein würde, und er sollte nach all den gemeinsamen Jahren den Grund erfahren, warum sie sich gegen ihn entschieden hatte.

»Ich habe in den vergangenen Monaten hart dafür gearbeitet, einen Traum zu verwirklichen, den ich bereits als Kind hatte«, begann sie ruhig. Er schnaubte verächtlich, wollte etwas erwidern, aber sie hob die Hand, und ihr fester Blick ließ ihn überrascht innehalten, obwohl er sonst im Streit dazu neigte, sie sofort zu unterbrechen. »Diesen Traum werde ich weder für dich noch für irgendeinen anderen Menschen aufgeben. Auch wenn es dir schwerfällt – die Welt dreht sich nicht nur um dich,

Michael. Aber mir ist gestern bewusst geworden, dass du unsere Beziehung genau so siehst. Es interessiert dich nicht, was ich empfinde, ob ich mir vielleicht übermüdet vom Flug gewünscht hätte, nach mehr als einem halben Jahr Trennung einen zärtlichen Abend zu zweit mit dir zu verbringen statt mit deiner angriffslustigen Kollegin, die *Fick mich, Michael!* auf der Stirn stehen hat.« Der Mund klappte ihm vor Überraschung über ihre ungewohnt vulgäre Wortwahl auf, die im Kontrast zu ihrer ruhigen Stimme stand. »Du bist weder stolz auf meine Arbeit noch meine Erfolge, versuchst mich im Gegenteil immer vor anderen klein zu halten, um nur ja nicht von deinem eigenen Licht abzulenken. Aber weißt du was? Ich bin kein Trabant in deinem Sonnensystem, unfähig, etwas anderes zu tun, als um dich zu kreisen.«

»Jetzt reicht's aber, Emma! Du übertreibst maßlos! Und was Whitney anbelangt, …«

»Hier geht es gar nicht um Whitney. Im Gegenteil. Mir ist heute Nacht plötzlich klar geworden, dass es mir vollkommen gleichgültig ist, ob du mich mit ihr betrügst oder nicht. Das sollte in einer guten Beziehung einfach nicht sein. Ich habe aufgehört, dich zu lieben, verstehst du das?«

Er starrte sie an, Unglauben im Blick. Die Stille fraß begierig die Sekunden zwischen ihnen, bis Michael sich räusperte und im Sessel vorbeugte. »Also gut, wenn dir das mit diesen Auswahltests so wahnsinnig wichtig ist, dann geh halt hin. Wahrscheinlich wirst du sowieso nicht genommen, und dieser ganze Streit hier war vollkommen unnötig.«

Emma glaubte, ihren Ohren nicht zu trauen. Sie erhob sich, und er sprang ebenfalls auf, wollte einen Schritt auf sie zugehen, aber sie wich ihm aus. »Ich würde auch dann nicht mehr mit dir zusammenbleiben, wenn du nichts dagegen hättest, dass ich Astronautin werde«, erwiderte sie kühl, umklammerte den Griff ihres Koffers, der neben der Couch stand, so fest, dass ihre Knöchel weiß hervortraten. Sie ging zur Tür, und Michael eilte ihr nach.

»Spinnst du? Wohin willst du denn jetzt gehen? Emma! Mach keinen Scheiß, okay? Wir können doch noch einmal in Ruhe über alles reden.« Er folgte ihr hinaus auf den Korridor bis zum Aufzug, und sie wunderte sich über den verletzten Blick in seinen Augen. Er war es wirklich nicht gewohnt, auf Ablehnung zu stoßen, zumindest nicht bei ihr. Sie erwartete, er würde ihr nachrufen, dass sie es bestimmt bereuen würde, einen Mann wie ihn zu verlassen. Aber kurz bevor die Türen sich schlossen, sagte er nur mit einer ungewohnt flehenden Stimme:

»Ruf mich bitte an, sobald du dich beruhigt hast!«

Drückende Mittagshitze schlug Emma entgegen, als sie mit ihrem Koffer durch die Glastüren auf den Gehweg trat. Sie wollte nur noch so schnell wie möglich von hier weg. Es war zwar unwahrscheinlich, dass Michael oder einer seiner Arbeitskollegen ihr hier irgendwo über den Weg liefen, doch die Lust auf eine Besichtigung der Hauptstadt war ihr gründlich vergangen. Sollte sie Beckys Angebot wahrnehmen und zu ihr nach Hawaii fliegen? Aber erstens brauchte sie jetzt erst mal ein paar Tage, um sich zu sortieren, und zweitens war ihre neue Freundin noch hier in Washington. Sie würde mit ihrem Sohn, der scheinbar geschäftlich hier zu tun hatte, erst morgen zurückfliegen. Ein Taxi näherte sich. Intuitiv hob Emma die Hand, winkte es herbei und ließ sich zum Flughafen fahren. Wo könnte sie ihre neu gewonnene Freiheit besser feiern als in der Stadt, die zum Symbol für Generationen von Freiheitssuchenden wurde – in New York!

Zwei Tage später lehnte Emma an der orangeroten Reling eines Ausflugsschiffes, das sie von Ellis Island zur Freiheitsstatue brachte, und genoss die frische Brise, die ihr die langen Haare aus dem Gesicht wehte. Was für eine willkommene Abkühlung! Seit sie in New York angekommen war, herrschten Temperaturen über dreißig Grad, und es war schwül, weil es immer wieder zwischendrin regnete. Im Einwanderungsmuseum auf Ellis Island war die Klimaanlage wegen des Besucherandrangs zwar auf Hochtouren gelaufen, aber dicht gedrängt zwischen all den aus der sommerlichen Hitze kommenden Leibern war es trotzdem muffig und stickig gewesen. Wie mochte es da erst den Millionen von Einwanderern ergangen sein, für die die Insel das Vorzimmer Amerikas bedeutet hatte? Bis zu elftausend Menschen waren hier täglich angekommen und von Amtsärzten untersucht worden. Nur wer gesund, arbeitsfähig und -willig war, durfte bleiben. Auf den Schautafeln im Museum hatte Emma gelesen, dass die Diagnosezeit der Ärzte oft nur wenige Sekunden gedauert hatte, bis man einige Unglückliche mit einem L (*lame*) für die Humpelnden, einem H (*heart*) für Menschen, die nur schwer die Treppe hochkamen, oder einem E (*eyes*) für Augenkranke markiert hatte. Wer krank oder altersschwach war, erhielt eine Sonderuntersuchung. Viele wurden abgewiesen und mussten auf Ellis Island ausharren, bis ein Schiff sie wieder zurück nach Europa brachte. Was für eine Tortur! Emma wollte sich lieber nicht ausmalen, welche Dramen sich damals unter den Menschen abgespielt hatten.

Eine Möwe flog dicht an der Reling vorbei. Früher wurden auf Ellis Island Piraten erhängt, bevor sie zum ersten Stopp all der *Müden, Armen und geknechteten Massen, die frei zu atmen begehren,* geworden war – wie es so schön auf dem Sockel der Freiheitsstatue hieß, zu der sie jetzt fuhr. Sie bedauerte, die Statue heute selbst nicht betreten und die Stufen bis zur Krone hochgehen zu können, denn die Tickets dafür waren über Monate ausgebucht. Emma schmunzelte. Statt von geknechteten Massen auf der Suche nach Freiheit wurde New York nach zwei Jahren Corona-Travel-Ban von reiselustigen Touristen überrannt. Zumindest würde sie den Sockel der bronzenen Figur berühren, um sich für immer daran zu erinnern, dass Amerika auch ihr die Freiheit gebracht hatte. Nicht von Hunger, Not oder Unterdrückung. Sondern von einer Beziehung, die sie rückblickend, trotz aller wehmütigen Erinnerungen, toxisch nennen musste. Sie freute sich darauf, im Herbst zu ihrer letzten Auswahlrunde bei der ESA anzutreten, und fieberte den nächsten Wochen entgegen. Becky hatte ihre Einladung nachdrücklich wiederholt, und Emma würde in zwei Tagen nach Hawaii fliegen. Bisher hatte sie es nicht über sich gebracht, ihren Eltern von der Trennung von Michael zu erzählen. Das hatte Zeit, bis sie wieder daheim war.

Während sie sich der mit grüner Patina überzogenen Kupferstatue näherte, fiel ihr plötzlich der alte Briefumschlag aus New York ein, den sie in der Andenkenschachtel von Omi Viktória entdeckt hatte. Dem Poststempel zufolge hatte diese Marie Rosenberg ihn 1914 an ihre Urgroßmutter geschickt, die noch nicht verheiratet gewesen war, denn sie hatte ihn an Susanna Keller, ihren Mädchennamen, adressiert. War damals schon der Erste Weltkrieg ausgebrochen? Das Datum war beim Stempeldruck verwischt worden, nur die Jahreszahl hatte sie entziffern können. Hatte ihre Urgroßmutter der Freundin wegen des Kriegs nicht antworten können, und deshalb war ihr Brief nicht abgestempelt? Aber warum war darin nur das zehn Jahre alte Foto gesteckt, auf dem sie beide als Kinder zu sehen waren, nicht einmal ein paar kurze Zeilen der Erläuterung? Das Ganze war schon sehr rätselhaft. Vielleicht war der dazugehörige Brief auch verloren gegangen? Wenn sie und diese Marie tatsächlich an ihrem ersten Schultag fotografiert worden waren, mussten die Urgroßmutter und ihre Freundin etwa sieben gewesen sein. Das bedeutete aber, Marie war beim Absenden des Briefes aus New York erst siebzehn oder achtzehn Jahre alt. Welchen Grund hatte sie gehabt, ihre Heimat zu verlassen? Emma stellte sich vor, wie die junge Frau bei der Ankunft, genau wie sie eben jetzt, an der Reling eines Schiffes gestanden und auf die Freiheitsstatue geblickt hatte. Wie fremd musste ihr diese Welt erschienen sein. Hatte Marie etwa auch zu den armen Passagieren der Zwischendecks gehört, die oft ein Jahresgehalt für eine Schiffspassage ausgaben und sich zu Hunderten unter katastrophalen hygienischen Bedingungen sechs Wochen und mehr im Schiffsbauch aufhielten? Ein Schauder überlief sie bei der Vorstellung, und ihr Blick wanderte über das aufgewühlte, bis zur Reling hochspritzende Wasser zu der Freiheitsstatue. Wie musste die Freundin ihrer Urgroßmutter sich bei ihrem Anblick gefreut haben, endlich ihr Ziel erreicht zu haben!

11

Marie

Ludwigskirchen, 1913

In vier Stunden schon würde der Hahn sie wecken, aber Marie fühlte sich immer noch kein bisschen müde. Mit gefalteten Händen über der Bettdecke lag sie neben Susanna, starrte in die Dunkelheit und dachte klopfenden Herzens an Johannes. Draußen klang dumpf der Ruf einer Waldohreule, und Marie fragte sich, ob er jetzt wohl auch wach lag und sich vielleicht ein klein wenig an sie erinnerte. Sosehr sie sich bemühte, ihre überschäumenden Gefühle in den Griff zu bekommen – es wollte ihr nicht gelingen, endlich Schlaf zu finden. Womöglich lag es an dem Sekt, den sie zum ersten Mal in ihrem Leben getrunken hatte, und am Tanz, dass ihr so schwindlig war. Wenn sie die Augen schloss, drehte sich alles und glaubte sie erneut, Johannes' Hand auf ihrer Taille zu spüren, als hätten seine Finger, die sie doch so zart berührten, einen Abdruck auf ihrer erhitzten Haut hinterlassen. Selbst hier im Dunkel verfolgten sie seine blauen Augen und sein Lächeln, und in ihrem Bauch summte es wie in einem Bienenstock. Der liebliche Klang seiner Violine ging ihr gar nicht mehr aus dem Ohr, und ihr Herz drohte vor Glück zu zerspringen. Friedrich, Giselas Gatte, hatte mit seinem Spott recht behalten. Johannes war ein Zauberer, der Mädchenherzen zum Schmelzen und sie zum Weinen brachte. Sie seufzte schwer. Ob es ihm wohl gefallen hatte, sich mit ihr zu unterhalten? Oder war er nur Gisela zuliebe höflich gewesen, weil sie ihm die Musikantenstelle für die Hochzeit verschafft hatte?

Vor ein paar Monaten hatten Susanna und Marie die Lektüre ›Die ratende Freundin‹ von Marie von Lindeman geschenkt bekommen und sich mit Eifer dem Kapitel ›Junge Männer und junge Mädchen‹ gewidmet. Sie erinnerte sich noch gut an den einschüchternden Wortlaut.

»Die jungen Männer sind euch meistens an Wissen und oft auch an Charakterbildung sehr überlegen; auch der Sinn an Gesetzmäßigkeit und Gerechtigkeit ist bei ihnen meistens mehr entwickelt als bei Mädchen, und ihr könnt daher in mancher Beziehung von ihnen lernen.«

Sie hatte sich redlich bemüht, Johannes zu beweisen, dass auch sie über Wissen verfügte. Erst hatten sie sich über die Musik von Richard Strauss, dann die Malerei und schließlich über Walter Scotts Gedichte und seinen Roman ›Ivanhoe‹ unterhalten. Plötzlich war Susanna neben ihnen gestanden. Marie drehte sich bei dieser Erinnerung abrupt zu ihrer Freundin im Bett um.

»Sag mal, warum hast du dem Johannes heute bei der Feier gesagt, dass ich eine Jüdin wie die Rebekka in ›Ivanhoe‹ bin?« Susanna schwieg, und Marie versetzte ihr einen kleinen Stoß mit dem Ellenbogen. »Susa! Du hast das zweimal hintereinander ganz komisch betont.«

»Was ist denn?«, stöhnte die Freundin schläfrig, aber Marie wusste genau, dass sie noch nicht geschlafen hatte. Nicht zum ersten Mal übernachteten sie zusammen in einem Zimmer, und der Klang von Susannas gleichmäßigen Atemzügen im Schlaf war Marie zu sehr vertraut, als dass die Freundin sie anschwindeln konnte. Sie wiederholte ihre Frage. Beim Fest war sie von Johannes' Gegenwart gefangen genommen gewesen, doch seit sie hier im Dunklen lagen, erschöpft, mit schmerzenden Füßen vom vielen Tanzen, war ihr schlagartig wieder eingefallen, was die ganze Zeit an ihr genagt hatte wie ein Wurm an einem Apfel.

»Du hast das doch sonst nie gesagt, wenn wir Fremden vorgestellt wurden.«

Susanna schien um eine Antwort zu ringen. »Schau, der Johannes isch doch gar nit fremd, die Gisela kennt den doch gut vom Konservatorium«, nuschelte sie. Sie war nicht mehr ganz nüchtern, und auch ihr alkoholschwerer Atem sprach Bände.

»Ja und?«

»Na, da ist es doch normal, dass ich ihm erzähl, woran du glaubscht.«

Marie war anderer Meinung. Sie wunderte sich, dass Susanna heimlich gleich mehrere Gläser von der Sektbowle getrunken und sie und Johannes mit so einem seltsamen Blick auf dem Fest beobachtet hatte. Das sah ihr überhaupt nicht ähnlich. Natürlich war es nicht zu übersehen gewesen, dass der junge Musiker in den Spielpausen stets ihre Nähe gesucht hatte. Selbst Samuel war das aufgefallen. Er hatte sich im Laufe des Abends bei Marie entschuldigt und dabei so zerknirscht ausgesehen, dass sie ihm verziehen hatte. Schließlich waren seine Eltern schuld daran, dass es zu diesem Missverständnis gekommen war.

»Er hat sich dir doch regelrecht an den Hals geworfen!«

»So ein Unsinn! Ich finde, es klang fast, als wolltest du ihn warnen, sich nicht …«, sie stockte, Hitze flammte in ihr auf, und sie wusste nicht recht, wie sie ihren Satz beenden sollte. *Mit mir zu unterhalten? Für mich zu interessieren? In mich zu verlieben?* Sie schlug die Bettdecke auf, und ihr Herz begann schon wieder in diesem schnellen Galopp zu jagen. »… mit mir abzugeben«, schloss sie mit belegter Stimme.

»Was redest denn da! Ich wollt dich nur vor seiner Zudringlichkeit schützen, damit du keinen Fehler begehscht. Einer muss doch auf dich Obacht gebn. Und jetzt lass mich endlich schlafen!«

Susanna drehte ihr entschlossen den Rücken zu, und Marie schwieg bedrückt. Schätzte sie das Verhalten ihrer Freundin falsch ein? Johannes hatte sich doch anständig benommen, war ihr nicht zu nahegetreten – außer beim Tanz und ihrem unfreiwilligen Zusammenstoß beim Kennenlernen. Lange lag sie wach, fand trotz der Müdigkeit keinen Schlaf, und Susannas verräterischer unregelmäßiger Atem verriet ihr, dass es ihrer Freundin ähnlich erging.

Sonnenlicht stahl sich wie ein Dieb durch die Ritzen der Fensterläden und raubte Marie den Schlaf. Einen Moment blinzelte sie orientierungslos, dann fiel ihr die Hochzeit wieder ein und Johannes' geheimnisvolles Lächeln. Schlagartig richtete sie sich auf. Susanna schlief noch neben ihr tief und fest, und nachdem sie am Vorabend so viel von der Sektbowle getrunken hatte, wollte sie die Freundin lieber nicht wecken. Rasch schlüpfte sie aus dem Bett, goss Wasser aus der Porzellankanne in die Waschschüssel und wusch sich. Dann schlüpfte sie in die wollweiße Bluse mit aufgestickten Streublumen und den grünen Reiserock. Zuletzt bürstete sie ihr Haar, drehte die einzelnen Strähnen zusammen und steckte sie mit einigen Nadeln zu einem lockeren Kranz auf dem Hinterkopf zusammen. Lange würde die Frisur nicht halten, sie war keine Meisterin darin, ihre üppigen wilden Locken zu bändigen, aber bestimmt konnten Susanna oder die Nanni ihr später damit helfen. Auf Zehenspitzen verließ sie den Raum, um sie nicht zu wecken, und zog erst auf dem Gang die Schuhe an.

Die Familie Keller war schon beim Frühstück versammelt, und Marie blieb an der Tür einen Augenblick stehen, um die Gesellschaft zu mustern. Der alte Weingärtner trug einen Anzug, der vom weltmännischen Salonschnitt der Kleidung seines Sohnes weit entfernt war. Susannas Mutter Klara saß stocksteif in gerüschter Bluse und einem eleganten Rock zwischen ihm und Conrad und wurde von der Schwiegermutter mit einem missbilligenden Blick bedacht.

»Nachts? Warum erntet ihr denn nicht bei Tage?«, fragte Conrad seinen Vater eben zerstreut.

»Hast alls vagessn, was ich dir beibracht hab?« Der Winzer schüttelte mit betrübter Miene den Kopf. »Mir ham scho imma zur frihen Morgenstund g'erntet. Bei der Hitzn springt aanem nur die Haut der Rebn auf und sie fanga vorzeitig an zu gärn.«

In diesem Moment hob Susannas Großmutter den Kopf, bemerkte Marie an der Tür und nickte ihr freundlich zu.

»Guten Morgen!«, sagte Marie rasch und ging auf den Tisch zu. Sie hatte die alte Bäuerin noch nie anders als in einem schlichten, schwarzen Kleid und mit unter einem Kopftuch verborgenem Haarkranz gesehen. Selbst auf dem Hochzeitsfoto an der Wand trug sie Schwarz. Susannas Mutter wandte sich um und schenkte ihr ein schmales Lächeln.

»Ist Susanna auch endlich auf?«, fragte sie.

»Nein, sie schläft noch. Das viele Tanzen gestern hat sie wohl sehr erschöpft«, schwindelte sie, denn unter allen Umständen wollte sie vermeiden, den betrunkenen Zustand ihrer Freundin zu erwähnen. In Wahrheit wusste Marie gar nicht, wie oft Susanna getanzt hatte. Sie war zu sehr mit Johannes beschäftigt gewesen. Nachdem sie am Tisch Platz genommen hatte, nahm Susannas Großmutter eine Kanne vom Herd, goss einen Becher mit warmer Milch ein und stellte ihn vor ihr ab. Marie bedankte sich höflich und musterte den neuen Wandschoner über dem Herd. Im Hochzeitstrubel war er ihr gar nicht aufgefallen. Mit rotem Faden gestickt und mit Schnörkeln reich verziert stand um einen Suppentopf aus blauem Garn: *»Guck nie ins Häferl, lieber Mann, die Küche geht dich gar nichts an.«* Sie verkniff sich ein Lachen und fragte sich, was wohl vorgefallen war, dass die Bäuerin den alten Behang mit den Worten *»Hält die Frau die Küche rein, schmeckt dem Mann das Essen fein«* entfernt hatte.

»Fidderst nachha wieder die Hennen?«, fragte Susannas Großmutter schmunzelnd, die ihrem Blick gefolgt war.

»Natürlich! Die Gescheckte wird schon am Verhungern sein, weil ich so spät aufgestanden bin.«

Während ihrer Sommerfrische half Marie gerne im Haus und im Garten. Nicht nur, um sich für die Gastfreundschaft zu bedanken, es war auch eine willkommene Abwechslung zum Stadtleben.

»Ich wecke jetzt Susanna. Gisela ist mit Friedrich schon in aller Früh abgereist, und wir müssen langsam auch aufbrechen.« Klara wollte aufstehen, aber ihr Mann hielt sie mit einer Handbewegung zurück.

»Jetzt lass das Kind doch noch ein wenig schlummern. So eilig haben wir es auch wieder nicht«, entgegnete er und griff nach einer weiteren Scheibe Brot, was seine Frau mit einem wütenden Blick quittierte.

»Verzeih, Conrad, aber Susanna ist kein kleines Kind mehr, sondern eine junge Dame, die sich langsam ihrer Pflichten bewusst sein sollte. Willst du einen Bauerntrampel oder eine verzogene, launische Göre aus ihr machen?«

Die Anspannung war plötzlich greifbar, und das Geräusch, mit dem Marie Butter auf das duftende, frisch gebackene Brot schmierte, kam ihr unnatürlich laut vor. Vor ein paar Tagen hatte Susanna ihr verraten, dass der Großvater sich sorgte, wer denn das Weingut einst übernehmen sollte, da der eine Sohn ein Trunkenbold, der andere Fabrikant war und das Nesthäkchen Agnes sich nun ausgerechnet in einen ungarischen Pferdezüchter verliebt hatte. Die Großmutter stellte einen Krug mit solchem Schwung auf den Tisch, dass Wasser herausschwappte und das laute Geräusch Minka, die gerade zwischen Maries Beinen herumstrich, erschrocken beiseite springen ließ.

»Werst ehm zumindest noch zu End essn lassn!«, zischte sie Klara zu.

Oh, oh. Marie spürte den Streit wie ein Sommergewitter heraufziehen, das sich jeden Moment entladen musste, und beeilte sich, den letzten Bissen Brot in den Mund zu stopfen. Kauend, ohne auf die Etikette zu achten, rief sie: »Darf ich schon jetzt die Hühner füttern gehen?«

Die Bäuerin nickte grimmig, aber sie wusste, dass der Zorn nicht ihr galt. Marie stand auf und beeilte sich, aus der Tür zu kommen, bevor das Donnerwetter losbrach. Schon wurden die Stimmen in der Küche laut, und Marie sprang die drei Stufen in den Hof hinunter, wo ihr von den Blumenrabatten ein süßer Duft entgegenwehte. Eine der Mägde war gerade dabei, Wasser aus dem Brunnen zu schöpfen und die Fleißigen Lieschen zwischen den Dahlien und Gladiolen zu gießen, damit sie in der anbrechenden Sommerglut des Tages nicht die Köpfe hängen ließen. Marie winkte ihr zu und verschwand in der gegenüberliegenden Kornkammer, wo sie mit der Kelle getrockneten Mais und Gerste aus den Säcken in einen flachen Korb schöpfte, durchmischte und damit zum Hühnerhof ging. Ein Knecht kam gerade aus dem Kuhstall und zwinkerte ihr frech zu. Sie errötete, straffte den Rücken, betrat den Hof und schloss sorgsam die Tür hinter sich, denn die neugierige Minka jagte nur allzu gerne das Federvieh. Sofort wuselten die Hühner in Scharen herbei und umringten sie fröhlich gackernd. Marie lachte über den stürmischen Andrang, griff in den Korb und streute, sich einmal um die eigene Achse drehend, die Körner in einem Bogen um sich. Wie emsig die Hühner nach ihnen pickten, freute sie sich. Erst als sie aufsah, bemerkte sie, dass sie beobachtet wurde. Vor Schreck fiel ihr der Korb aus der Hand, und die Hühner stoben zeternd zur Seite.

Hinter dem Zaun stand Johannes, den Blick voller Sehnsucht auf sie gerichtet.

12
Johannes

Ludwigskirchen, 1913

Johannes wagte nicht, sich zu rühren, wagte nicht, zu atmen oder gar zu blinzeln, um nur ja den Moment nicht zu zerstören. Noch nie hatte ihn etwas jenseits der Musik so sehr in seinem Innersten erschüttert wie diese junge Frau. Seit Marie gestern aus dem Wirtshaus gestürmt und mitten in seine Arme gestolpert war, schien die Welt stehen geblieben zu sein, fand er keinen Schlaf, kreisten all seine Gedanken nur noch um sie, wie um eine Melodie, die er einfach nicht mehr aus dem Kopf bekam. Staubpartikel wirbelten jetzt zu Maries Füßen auf und tanzten im Morgenlicht, während sie sich lachend im Kreis drehte, den Weidenkorb in die schmale Taille geklemmt, die fütternde Hand mit den herabrieselnden Körnern weit ausgestreckt. Unter ihr die bunte Hühnerschar, über ihr der blaue Himmel mit ein paar wenigen Schäfchenwolken – es war ein Bild, wie es berühmte Maler festhalten sollten. Die Magd, die ihn beim Tor hereingelassen hatte, kicherte in seinem Rücken, und gerade da blickte Marie auf und ließ erschrocken den Korb fallen. Rasch nahm Johannes den Strohhut ab und verbeugte sich höflich.

»Guten Morgen, Fräulein Marie!«

Ihre Wangen färbten sich rosa, was sie nur noch entzückender aussehen ließ, und sein Herz begann in wildem Takt zu trommeln.

»Grüß Gott, Herr Johannes! Ich wusste gar nicht, dass Sie heute vorbeikommen.«

Sie bückte sich nach dem Korb, hob ihn auf und kam auf ihn zu. Der lange Rock wippte beim Gehen, und Johannes fiel auf, dass er genau die Farbe ihrer Augen hatte. Man konnte sich in ihrem dunklen Tannengrün mit den winzigen bernsteinfarbenen Einschlüssen verlieren wie in einem verzauberten Wald.

Reiß dich mal zusammen und starr sie nicht dümmlich an wie einen Stern, der dir vor die Füße gefallen ist!

Er rang nach Worten, und während Marie das Türchen öffnete und aus dem Hühnerhof schlüpfte, sagte er: »Bitte nennen Sie mich doch Jo, gnädiges Fräulein.«

Im nächsten Augenblick wollte er sich ohrfeigen. Wie konnte er nur so forsch sein, es gehörte sich nicht für ein ehrbares Mädchen, so rasch mit einem jungen Herrn vertraulich zu werden. Überhaupt sollten sie sich nicht in Abwesenheit einer Gouvernante oder einer Verwandten hier allein unterhalten. Doch Johannes kam es vor, als lägen zwischen ihrem letzten Wiedersehen nicht Stunden, sondern Wochen oder gar Monate, er mochte sich einfach nicht von ihr trennen. Zu seiner Erleichterung lag kein Zorn, sondern ein spitzbübisches Lächeln auf ihren Zügen, als sie ihn ansah. Einige ihrer dunklen Locken hatten sich aus ihrer Frisur gelöst und sprangen ihr ins Gesicht, und am liebsten hätte er sie ihr von den Wangen gestrichen.

»Sie schließen schnell Freundschaften, Jo. Ist das nicht bisweilen gefährlich?«

Klug und schlagfertig war sie auch noch, das war ihm schon gestern Abend aufgefallen. »Muss ich mich vor Ihnen hüten, gnädiges Fräulein? Sie scheinen mir keine Hexe zu sein, eher eine Fee.« Und verzaubert hatte sie ihn längst.

Jetzt lachte sie, und ein Prickeln lief ihm über die Haut.

»In eine Hexe verwandle ich mich nur, wenn ich weiterhin von Ihnen gnädiges Fräulein genannt werde. Oder gefällt Ihnen mein Name nicht?«, scherzte sie.

»Ganz im Gegenteil.« Er trat einen Schritt näher. »Es gibt

seit gestern keine schönere Harmonie als Marie in meinen Ohren«, wisperte Johannes nun so leise, dass nur sie und nicht die Magd es verstehen konnte, die nicht weit von ihnen entfernt die Dahlien goss und der Unterhaltung begierig lauschte.

In diesem Moment wurde die Hintertür des Hauses aufgerissen und Giselas jüngere Schwester eilte die Stufen hinab in den Vorgarten und schritt wie eine Königin auf sie zu. Während Johannes sich verbeugte und ihr ebenfalls einen guten Morgen wünschte, fragte er sich irritiert, warum in aller Welt Susanna vormittags hier mitten auf dem Land ein so elegantes Kleid trug? Es war aus hellblauer Seide mit Volants, Spitze und aufgestickten Perlen verziert und umschloss ihre Taille so eng, dass er glaubte, sie müsste darin ersticken. Als sie näher kam, schlug ihm ein Schwall süßes Parfum entgegen.

»Herr Johannes! Wie aufregend, Sie hier zu sehen! Bitte, wollen Sie uns etwas vorspielen?« Sie legte ihre Hand auf seinen Arm und deutete mit einem vielsagenden Kopfnicken zu seinem Violinenkasten, den er neben der Reisetasche am Boden abgestellt hatte.

Ihm war am Abend zuvor schon aufgefallen, dass sie sich ihm einige Male wie zufällig in den Weg gestellt hatte, wenn er Marie zum Tanz auffordern wollte. Ihr aufdringliches Verhalten war ihm ausgesprochen unangenehm, dennoch bemühte er sich um ein freundliches Lächeln, schließlich hatte er ihrer Schwester viel zu verdanken. Aus dem Augenwinkel bemerkte er, dass auch Marie die Freundin irritiert musterte.

»Würden Sie sich das ebenfalls wünschen, Marie?«, fragte er und wandte sich wieder ihr zu.

»Von Herzen gern!« Marie erwiderte unbefangen sein Lächeln. »Aber kommen Sie doch bitte erst ins Haus, sicher werden auch alle anderen mit Freuden Ihrem Spiel lauschen.«

Sie wies ihm den Weg in die Küche, und Johannes unterdrückte ein Grinsen, als er Susannas erschrockenes Gesicht sah.

Hatte er doch richtig geraten. Diese Festtagsaufmachung hatte gewiss nicht ihre Mutter angeordnet.

Mehrere Köpfe drehten sich zu ihm herum, sobald er das Wohnhaus betrat und sich knapp verbeugte.

»Grüß Gott, Johannes!«, rief Susannas Vater überrascht. »Sind Sie extra den weiten Weg hierher marschiert? Wir hätten Sie bei der Heimfahrt auch im Wirtshaus abholen können.«

»Ein Spaziergang am Morgen ist genau das Richtige nach einer Feier, um wieder einen klaren Kopf zu bekommen«, entgegnete er. »Außerdem wollte ich Ihnen keine Umstände machen, Herr Keller, wenn Sie durchaus so freundlich sind, mich nach Temeswar mitzunehmen.«

»Setzens Ihna doch und trinkens noch aanen Kaffee mit uns!«, bot die alte Bäuerin freundlich an, und Johannes nahm das Angebot dankend an. Während er sich auf einem Stuhl niederließ, bekam er mit, wie Frau Keller ihrer Tochter zuflüsterte:

»Wie siehst du denn aus? Zieh dich auf der Stelle um! Wozu hast du überhaupt das feine Kleid in dieses Nest mitgenommen?«

Susanna wurde blass, und es war Marie, die ihre Freundin aus der peinlichen Situation rettete, indem sie ihre Hand ergriff und laut sagte: »Der Herr Farber war so reizend, uns heute ein Konzert anzubieten, gewissermaßen eine private Matinee, deshalb haben wir uns ein wenig herausgeputzt.«

Klara Keller machte ein Gesicht, als hätte sie einen Frosch verschluckt.

»Natürlich nur, wenn es Ihnen allen genehm ist, gnädige Frau«, beeilte sich Johannes zu sagen.

»Aba freilich is uns das *genehm*«, mischte sich die Bäuerin ein und betonte spöttisch das Wort. Er wurde das Gefühl nicht los, in ein Hornissennest gestochen zu haben, aber Susannas Vater legte ihm die Hand auf die Schulter und erklärte freundlich:

»Jetzt trinken Sie erst einmal Ihren Kaffee aus, mein Freund,

und dann spielen Sie uns noch ein bisschen was vor. Schade, dass die Gisela schon abgereist ist. Die hätte sich ebenfalls sehr darüber gefreut.«

»Wir könnten doch auch einen Liederabend mit Herrn Farber daheim veranstalten!«, platzte Susanna heraus, und nun glaubte Johannes wirklich, ihre Mutter würde gleich explodieren. Er nahm schnell einen großen Schluck Kaffee, wunderte sich, dass es richtiger und keiner aus Zichorie war, und verbrühte sich prompt die Zunge. Sein schmerzerfüllter Blick begegnete dem Maries, die ihm gegenüber Platz genommen hatte und nun rasch aufsprang und ihm ein Glas Wasser reichte. Er nickte ihr dankbar zu und leerte es in einem Zug.

Wenig später saß sein Publikum vor ihm in der guten Stube, und Johannes spielte den Rosenkavalierwalzer von Richard Strauss und einige ungarische Bauernweisen von Béla Bártok. Sein Blick streifte immer wieder Marie, die hingebungsvoll den Klängen seiner Violine lauschte, und in diesem Moment fasste er den Entschluss, dass er sie einfach wiedersehen musste. Vielleicht konnte er über Susanna ein gemeinsames Treffen arrangieren. Und falls das misslang – hatte Marie nicht gesagt, ihr Vater wäre Fotograf und Maler? Notfalls würde er all seine Ersparnisse opfern und ein Porträt von sich in Auftrag geben, nur um einen Vorwand zu haben, ihr wieder nahe zu sein.

13

Elias

Maui, Juli 2022

»Du hast WAS getan?«, rief Elias ins Handy und glaubte, sich verhört zu haben. »Mom! Du kennst diese Frau doch überhaupt nicht.«

Er hatte es sich gerade mit einem Bier auf der Veranda bequem gemacht, den Laptop auf dem Schoß, um seine privaten Mails zu checken, als seine Mutter anrief.

Es war ein anstrengender Tag gewesen, Elias hasste es, wenn ein Meeting das nächste jagte. Zu performen und seine Leistungen im besten Licht zu präsentieren, war noch nie sein Ding gewesen. Er war der Meinung, die Ergebnisse seiner Arbeit sollten für ihn sprechen. Am glücklichsten fühlte er sich, wenn er in der Entwicklungsabteilung an Lösungsmöglichkeiten für technische Probleme tüfteln konnte.

»Ich habe dir doch von ihr erzählt. Hast du vergessen?« Bei der Entrüstung in ihrer Stimme verdrehte Elias die Augen. Dunkel erinnerte er sich, dass seine Mutter ihm beim Frühstück in ihrem Washingtoner Hotel von einer jungen Frau aus Deutschland berichtet hatte, die sie tags zuvor am Challenger Memorial getroffen hatte. Er hatte aber nur mit halbem Ohr zugehört und war in Gedanken schon bei seinem zweiten Meeting mit den technischen Beratern der National Science Foundation gewesen.

»Du hast also eine deutsche Astronautin auf dem Friedhof in Arlington getroffen und warst mit ihr zusammen essen, schön und gut. Aber sie jetzt wochenlang in dein Haus einzuladen, ist das nicht ein wenig übertrieben? Ich meine, du lebst auf dem Anwesen allein, du kennst diese Frau doch gar nicht. Ich mach mir einfach nur Sorgen um dich.«

Und um ehrlich zu sein, fand er es auch ganz schön creepy, dass eine junge Frau nichts Besseres in Washington zu besichtigen wusste als einen Friedhof! Irgendwas stimmte da doch nicht. Jetzt war ihm endgültig die Feierabendlaune verdorben, und das Bier schmeckte plötzlich schal.

»Woher willst du wissen, dass sie überhaupt Astronautin ist? Sie könnte dich doch einfach belogen haben, um sich bei dir beliebt zu machen.«

»Elias, mach dich nicht lächerlich. Erstens ist sie noch keine Astronautin, sondern nur Anwärterin. Zweitens, warum sollte sie das erfinden? Und woher sollte sie die Detailkenntnisse über den Auswahlprozess haben, von dem sie mir erzählt hat?«

»Na, um sich bei dir einzuschmeicheln und sich einen kostenlosen Urlaub auf Hawaii zu ergaunern, zum Beispiel.«

»Also wirklich, du klingst jetzt schon genauso argwöhnisch wie dein Vater!«

»Dad hatte mit genug Kriminellen zu tun, um ein gesundes Misstrauen aufzubauen.«

»Kein Grund für dich, in seine Fußstapfen zu treten und überall Verbrecher zu sehen. Ich finde deine Sorge wirklich rührend, aber du musst auch meiner Menschenkenntnis vertrauen.«

Von der hielt Elias leider nicht allzu viel. Seine Mutter war der fürsorglichste Mensch, den er kannte. Sie hatte nicht nur ein offenes Herz für streunende Hunde und Katzen, sondern für alle möglichen Leute in schwierigen Lebensumständen. Und sie war ein Kommunikationstalent. Mom konnte sich mit Obdachlosen in einer Parkanlage ebenso unbefangen unterhalten wie mit den Anwaltskollegen seines Vaters in deren Luxusvillen. Früher hatte er sie für ihre Unvoreingenommenheit bewundert. Dad war schließlich immer die undankbare Aufgabe zugefallen, ein Auge auf Moms spontane Entscheidungen zu haben, und wäre er nicht so überraschend gestorben, hätte er seinem Sohn gegenüber sicher den letzten Wunsch geäußert, in Zukunft auf seine Mutter gut achtzugeben. Elias merkte ja selbst, wie er immer mehr in seine Fußstapfen trat.

»Ich halte es einfach für zu gefährlich. Hast du Jane überhaupt schon davon erzählt?«

»Natürlich. Sie findet es großartig, dass ich für ein paar Wochen Gesellschaft bekomme und mich mit einer jungen Frau über die neuesten Entwicklungen in der Raumfahrt austauschen kann.«

Auch du, Brutus! Hätte er sich denken können, dass seine ältere Schwester ihm wieder einmal in den Rücken fiel. Jane war Tierärztin und lebte auf Big Island, wo sie eine große Praxis unterhielt und sich im örtlichen Tierschutzverein engagierte. Somit fiel es ihm zu, sich auf Maui um ihre Mutter zu kümmern.

»Wenn du dich so sehr darum sorgst, wer mir hier ins Haus flattert, kannst du Emma gerne am Flughafen abholen und zu mir bringen. Dann lernst du sie unterwegs und beim gemeinsamen Abendessen besser kennen. Was hältst du davon?«

Gar nichts, hätte er am liebsten gesagt. Nun sollte er für den unerwünschten Besuch auch noch den Chauffeur spielen? Das hatte seine Mutter mal wieder toll eingefädelt! Doch wenn er sich nun weigerte und erklärte, dass diese Emma sich gefälligst ein Taxi nehmen könne, wenn sie schon einen kostenlosen Urlaub schnorrte, strafte er seine zuvor gezeigte Besorgnis Lügen. Stöhnend fuhr er sich durchs Haar.

»Okay, Mom. Aber ich warne dich. Wenn mir diese Frau eigenartig vorkommt, werde ich sie bitten, sich ein Hotelzimmer zu nehmen. Falls es ihr nur um den Austausch mit dir geht, kann sie dich schließlich auch in einem Café oder Restaurant treffen.«

Er erwartete ihren Protest, aber seine Mutter schien von ihrer Zufallsbekanntschaft wirklich sehr überzeugt zu sein, denn sie sagte nur mit einem geheimnisvollen Lächeln in der Stimme: »Glaub mir, du wirst sie mögen, Elias.«

So kam es, dass er am Mittwochnachmittag früher Schluss machte und zu dem am Fuße des Haleakalā gelegenen Kahului-Airport fuhr. Er hatte keine Lust auf die zweistündige Fahrt zu seinem Elternhaus und noch weniger, die kurvenreiche Küstenstraße nachts wieder zurückfahren zu müssen, nur um tags darauf pünktlich bei der Arbeit zu erscheinen. Am Vorabend hatte er eine leere Müslipackung zerschnitten und daraus provisorisch ein Pappschild gebastelt, auf das er mit schwarzem Edding *Emma Franke* gekritzelt hatte. Es lag nun neben ihm auf dem Beifahrersitz wie ein Platzhalter für seinen ungebetenen Fahrgast.

Groß, braunäugig, langes dunkelblondes Haar – so hatte seine Mutter Emma beschrieben. Als er wenig später pünktlich in der Wartehalle des Flughafens stand, kam er sich mit dem Schild in der Hand wie ein Pfadfinder vor, der darauf wartete, von seiner Gruppe abgeholt zu werden. Die ersten Passagiere des Fluges strömten herein, und Elias' Handy klingelte. Er zog es aus seiner Jeans und sah auf das Display. Es war seine Mutter. Der Hoffnungsschimmer, sie könnte ihre Meinung im letzten Moment geändert haben, beflügelte ihn.

»Hi, Mom.«

»Hallo, mein Schatz. Bist du schon am Flughafen?«

»Ja, warum? Hast du dir deine Einladung noch einmal überlegt?«

»Nein, wie kommst du denn darauf? Ich wollte nur sichergehen, dass alles glattgegangen ist und du pünktlich bist. Die

Gemüselasagne ist schon in Vorbereitung. Was meinst du, passt dazu besser, der Syrah oder ein Chenin Blanc?«

»Dein Chauffeur ist wie immer pünktlich zur Stelle«, erwiderte er und hörte selbst, wie genervt er klang. »Und für mich gerne der Syrah. Ich weiß aber nicht, wie wählerisch dein Gast ist, vielleicht stellst du besser beides kühl?«

Sie überhörte den ironischen Unterton und antwortete fröhlich: »Du hast recht, so mach ich es. Danke dir. Ach, es ist schon so lange her, dass ich Gastgeberin war. Ich bin einfach furchtbar aufgeregt. Bis später, ich freu mich schon auf euch!«

»Bis später, Mom«, erwiderte er mit belegter Stimme.

Ihre Worte gaben ihm einen Stich, und er bereute seinen Tonfall. Es tat seiner alleinlebenden Mutter vielleicht wirklich gut, wieder einmal Besuch zu haben. Jane und er waren beide so in ihre Arbeit eingespannt, dass sie es meist nur schafften, abwechselnd einmal im Monat bei ihr vorbeizuschauen, falls nicht etwas dazwischenkam. Ein Räuspern ließ ihn vom Display mitten in ein Augenpaar sehen, dessen Farbe Elias an goldbraunes Herbstlaub erinnerte.

»Hi!«, sagte die junge Frau vor ihm, und in ihrem Blick lag ein Funkeln, das er nicht ganz deuten konnte. Amüsiert? Verärgert? Vielleicht spielte ihm aber auch nur die Deckenbeleuchtung einen Streich.

»Kann ich Ihnen helfen?«, fragte er mechanisch wie der gut erzogene Junge, der er nun mal war.

»Ich mag auch den Syrah.«

Es dauerte einen Moment, bis der Groschen fiel.

»Oh … Sie sind …« Gerade noch rechtzeitig erinnerte er sich wieder an ihren Namen, bevor er auf dem Schild nachsehen musste. »… Ms. Franke«, sagte er peinlich berührt.

»Emma.« Sie streckte ihm die Hand entgegen, und Elias musste sich eingestehen, dass ihr Lächeln so betörend war wie die Farbe ihrer Augen. Sie brachte ihn damit vollkommen durcheinander. Sein gestammeltes »Hi! Ich bin Elias, Beckys Sohn« musste ihr wie die Antwort eines Holzfällers vorkommen. Aus einem sehr finsteren Wald. Emmas Händedruck war angenehm warm und selbstbewusst. Er räusperte sich.

»Kann ich mit dem Gepäck helfen?«

Während er sich nach ihrem Koffer umsah, nahm er ihre schmale Taille und die langen, schlanken Beine wahr, die unter kurzen marineblauen Paperbag-Shorts hervorlugten. Sie war nur minimal kleiner als er. Dass ihre Zufallsbekanntschaft eine Schönheit war, hatte seine Mutter ihm dezent unterschlagen. Einen kurzen Moment lang schien sie zu zögern, aber dann überließ sie ihm den Trolley und schulterte ihren Rucksack. Nebeneinander steuerten sie auf den Ausgang zu, und er versuchte sich erneut in Smalltalk.

»Wie war der Flug?«

»Angenehm«, antwortete sie knapp.

Sie schien in Gedanken ganz woanders zu sein. Der Duft von frisch frittierten Donuts und Kaffee stieg ihm im Vorbeigehen von einem Coffeeshop in die Nase und erinnerte Elias daran, dass er in der Mittagspause durchgearbeitet und seit dem Frühstück nichts gegessen hatte. Aber er wusste nur zu gut, wie seine Mutter beim Dinner auftischen würde. Dennoch hätte er sich jetzt gerne einen Kaffee geholt. Ein Seitenblick in Emmas verschlossene Miene hinderte ihn jedoch daran, kurz stehen zu bleiben und sie zu fragen, ob sie auch einen möchte. Wie viel hatte sie wohl vorhin von dem Gespräch mit seiner Mutter mitbekommen, und was dachte sie jetzt von ihm?

»Bist du das erste Mal auf Maui? Oder auf Hawaii?«, setzte er erneut an. Sie waren eben aus der klimatisierten Halle auf den Vorplatz getreten. Einige Touristen standen vor einem grell bemalten Bus mit der Aufschrift *Aloha Tours* und bekamen gerade Leis mit bunten Kunststoffblüten umgehängt. Elias schauderte. Mit dem Kitsch und Kommerz auf den Inseln hatte er noch nie etwas anfangen können. Zwei Taxis bahnten sich ihren Weg zwischen den Bussen, und Emma blieb abrupt stehen und berührte seinen Arm.

»Darf ich dich um einen Gefallen bitten, Elias? Ich habe ein ganz schlechtes Gewissen wegen dieser Einladung und mag deiner Mutter keinesfalls zur Last fallen. Bitte sag mir ehrlich, wenn du denkst, dass Becky mein Besuch zu viel wird. Ich kann mir gerne ein Hotelzimmer nehmen und …«

»… und meine Mutter damit furchtbar enttäuschen«, hörte sich Elias zu seiner eigenen Verwunderung sagen. »Sie würde sofort denken, ich hätte es dir ausgeredet.« Verdammt! Was tat er denn da? Das wäre die perfekte Gelegenheit gewesen, sie zum nächstgelegenen Inn zu fahren und Mom gegenüber zu behaupten, dass sie es nicht anders gewollt hatte. Ihr Blick schien mühelos seine bröcklige Höflichkeitsfassade zu durchdringen, und Elias kam ins Schwitzen.

»Also, ich meine, diese Vermutung läge doch nahe.« Ihm wurde bewusst, dass er sich gerade eben in einem äußerst unvorteilhaften Licht präsentiert hatte. Sie hob eine Augenbraue, und ein spöttisches Lächeln zupfte an ihrem Mundwinkel.

»Stimmt. Ehrlich gesagt wäre ich auch skeptisch, wenn sich eine Fremde plötzlich bei meiner alleinstehenden Mutter einquartiert. Aber ich mag weder Becky enttäuschen noch dich bei ihr in Schwierigkeiten bringen. Wollen wir es vielleicht so machen: Wir essen erst einmal gemeinsam zu Abend und sehen dann weiter? Bestimmt kannst du mir auch nach dem Dinner ein Hotel in der Nähe deines Elternhauses empfehlen?«

»Okay, klingt nach einer guten Idee.«

Elias fühlte sich von ihrer Offenheit überrumpelt und beschämt. Es war, als hätte sie ihm einen Spiegel vorgehalten. Und es gefiel ihm ganz und gar nicht, was er darin sah. Gut, dann hatte sie ihn eben durchschaut und wusste jetzt, dass er ein vorsichtiger Mensch war. Er versuchte, sein schlechtes Gewissen mit Geschäftigkeit zum Schweigen zu bringen, marschierte mit langen Schritten zum Parkplatz voraus und wuchtete Emmas Koffer schwungvoll in den Jeep. Bevor er nach vorne eilen und ihr die Tür öffnen konnte, saß sie schon im Wagen. Auch gut. Elias schwang sich auf den Fahrersitz und startete den Motor.

Hatte die Klimaanlage schon immer so lange gebraucht, bis sie ansprang? Elias widerstand dem Impuls, sich die Schweißperlen von der Stirn zu wischen, und drehte stattdessen die Lüftung höher. Die Stille zwischen ihm und Emma dehnte sich unheilvoll aus. Er hatte nach den Erzählungen seiner Mutter fest damit gerechnet, auf der Fahrt zu seinem Elternhaus in einem Redeschwall zu ertrinken. Aber offenbar hatte er sich ein vollkommen falsches Bild von dieser Frau gemacht, und in ihrer Zurückhaltung lag nun ein unausgesprochener Vorwurf. Während er auf dem gut ausgebauten Highway Richtung Hāna fuhr, überlegte er, ob er das Radio anmachen sollte, um dem unangenehmen Schweigen etwas entgegenzusetzen, aber er hatte keine Ahnung, was Emma gerne hörte, und fürchtete, erneut ins Fettnäpfchen zu tappen. Vielleicht war *Aloha Joe* eine gute Alternative, fröhliche Ukulele-Klänge, um sie ein wenig auf Hawaii einzustimmen? Doch er verwarf den Gedanken wieder. Er war doch kein Reiseführer, der seine Touris mit billiger Folklore bei Laune halten musste. Am Ende hielt sie das Gedudel noch für seinen persönlichen Musikgeschmack und ihn für einen hawaiianischen Hillbilly. Auf einmal ärgerte es ihn, dass er sich so viele Gedanken um sie machte. Damit hatte er doch abschließen wollen! Seit dem Aus mit Colleen hatte er sich nicht mehr mit Frauen getroffen, um eben solche Situationen zu verhindern. Die letzten Monate mit seiner Ex-Freundin hatten ihm viel abverlangt. Ständig hatte sich alles nur noch um Colleens extrem schwankende Stimmungen gedreht. Mit Colleen zu leben, war wie das Balancieren am Rande eines aktiven Vulkankraters gewesen. Man wusste einfach nie, wann er ausbrach. Winzige Anlässe genügten.

Er warf seiner Beifahrerin einen kurzen Blick zu. Aber Emma starrte aus dem Seitenfenster und ignorierte ihn. Elias atmete tief durch und versuchte, sich auf den Verkehr zu konzentrieren. Nach einer halben Stunde kamen sie am Hoʻokipa Beach Park vorbei. Die üppige tropische Vegetation wich goldgelbem Sand, und hohe Wellen brachen sich weiß schäumend im türkisblauen Wasser und spuckten einige wagemutige Surfer zurück an den Strand. Elias fiel plötzlich ein, dass Emma ihm noch gar nicht verraten hatte, ob sie schon einmal auf Hawaii gewesen war, und er gab sich einen Ruck:

»Bist du …«

»Surfst du auch?«, fragte Emma zeitgleich. »Oh, sorry, was wolltest du gerade sagen?«

Er winkte ab. »Nur ob du schon mal auf Hawaii warst.« Sie schüttelte den Kopf, und er fuhr fort. »Als Teenager bin ich öfter surfen gegangen. Ich glaube, wenn man auf Hawaii aufwächst, gehört das irgendwie dazu. Aber meine ganz große Leidenschaft ist es nie geworden.«

Sie erwiderte zaghaft sein Lächeln. »Das kenne ich. Wenn man aus München kommt, wird einem praktisch das Skifahren in den Alpen in die Wiege gelegt.«

»Ich bin zwar am Meer aufgewachsen, aber ich liebe die Berge und Trekkingtouren. Skifahren habe ich nur einmal während meines Studiums in Berkeley am Lake Tahoe ausprobiert. Ich fürchte, ich habe damals keine gute Figur abgegeben.«

Er musste grinsen, als er sich daran erinnerte. Zwei Kommilitonen hatten ihn mitgenommen. Bis er es vom Gipfel hinunter ins Tal geschafft hatte, waren sie zweimal wieder mit dem Lift hochgefahren und nach unten gebrettert.

Emma riss ihn aus seinen Gedanken. »Was hast du denn in Berkeley studiert?«

»Luft- und Raumfahrttechnik und Maschinenbau.«

Ihre Augen weiteten sich, und zu seiner Überraschung sah er echtes Interesse darin aufblitzen. Die meisten Frauen, die er kennengelernt hatte, konnten zumindest mit Letzterem wenig anfangen. Vielleicht fanden sie Männer, die Informatik oder Wirtschaftswissenschaften studierten, auch interessanter, weil sie einen künftigen Steve Jobs oder Chase Coleman in ihnen sahen.

»Luft- und Raumfahrttechnik hab ich mir auch mal überlegt, mich dann aber für Geowissenschaften und Klimaforschung entschieden. Und jetzt arbeite ich beim Deutschen Luft- und Raumfahrtzentrum. Schon verrückt.«

»Und möchtest Astronautin werden!«

»Ja.« Sie lachte und hob die Schultern. »Ob das klappen wird, weiß ich natürlich nicht. Zwei Interviewrunden habe ich noch vor mir.«

»Meine Mom scheint fest überzeugt davon zu sein.«

»Becky ist eine Wahnsinnsfrau!«, brach es jetzt ehrlich begeistert aus Emma heraus. »Du hast ja so ein Glück! Deine Mutter hat …« Sie stockte kurz und suchte nach Worten. »… mir bei einer wichtigen Entscheidung den Rücken gestärkt. Nein, das trifft es nicht ganz. Den Schubs in die richtige Richtung gegeben.«

Ein warmes Gefühl machte sich in Elias breit. Vielleicht war er mit Emma völlig falschgelegen und sollte künftig doch mehr auf die Menschenkenntnis seiner Mutter vertrauen. Sie müsste schon eine begnadete Schauspielerin sein, wenn diese Begeisterung vorgetäuscht war.

»Oh ja, das klingt ganz nach meiner Mom.«

14

Susanna

Temeswar, 1913

Der Wind riss die Blätter von den Bäumen, trieb sie in bunten Wirbeln über die Straße und zerrte an den Mänteln vorbeihastender Passanten, die auf der Suche nach Zuflucht vor dem einsetzenden Regen waren. Es war erst drei Uhr am Nachmittag, aber in der letzten halben Stunde hatte sich der Himmel so stark verdüstert, dass die Laternen angezündet wurden. Ihr Licht spiegelte sich in den Pfützen der Straße wie goldene Monde am Nachthimmel. Susanna stand am Fenster ihres Zimmers und achtete nicht auf den kalten Luftstrom, der sich durch die Ritzen im Fensterrahmen seinen Weg ins Innere bahnte und im Kachelofen pfiff und dumpf brauste. Tee und ihre Lieblingsmehlspeisen hatte das neue Dienstmädchen ihr vor wenigen Minuten hochgebracht und neben ihrem Stickrahmen abgestellt, aber Susanna hatte beides unberührt stehen gelassen. Seit Wochen hatte sie keinen rechten Appetit mehr, und ihre Mutter hatte deswegen sogar Doktor Lakatos kommen lassen. Der hatte eine Melancholie diagnostiziert und die Behandlung mit abwechselnd kaltem und warmem Wasser, Bewegung an der frischen Luft und vermehrte Beschäftigung mit Handarbeiten angeordnet. Alle Bücher, die nicht dem Schulunterricht oder als Nachschlagebuch für junge Damen dienten, um sich in den guten Sitten, der Galanterie oder Hauskunde zu bilden, hatte der Arzt aus ihrem Zimmer verbannt.

»Der weibliche Geist darf nicht durch schädliche Literatur verwirrt werden, sonst besteht Gefahr, dass sich aus der Melancholie eine Hysterie entwickelt«, hatte Dr. Lakatos die verängstigten Eltern gewarnt und deshalb auch von Susannas geliebten Theaterbesuchen abgeraten.

Sie hatte ohnehin in den vergangenen Wochen weder Freude am Lesen von Romanen noch Poesie gehabt, kam in fast all diesen Werken doch immer wieder die Liebe vor. Jeder Vers, jeder Gedanke, jedes einzelne Wort war Salz in der offenen Wunde in ihrer Brust. Susanna lehnte die Stirn an die kühle Fensterscheibe und beobachtete, wie ein Automobil durch die Pfützen fuhr, die leuchtenden Monde im Wasser zerstörte und in einem Funkenregen an die Laternenpfähle spritzte.

Ganz so wie mein Herz in den vergangenen Wochen seit Agnes' Hochzeit zersprungen ist und sich dann wieder mühsam zusammengesetzt hat, nur um im nächsten Moment erneut in Stücke zu gehen. Lauter kleine Tode, dachte sie in einem neuerlichen Anflug von Selbstmitleid und kam sich dabei wie eine verzweifelte Figur einer großen griechischen Tragödie vor. Theater spielte sie wahrhaftig jeden Tag, zwang sich zu lächeln, freundliche Worte zu wechseln und das fremde Gefühl zu bezwingen, das ihre Brust neuerdings erfüllte, wenn sie ihre beste Freundin sah. Sie konnte es einfach nicht mehr ertragen:

Maries leuchtende Augen.

Ihr seliges Lächeln.

Ihre rosigen Wangen, wenn sie von Johannes sprach, als wäre er bereits ein Teil von ihr. Sie sah ihn bei der Soiree in ihrem Elternhaus vor sich, die sie mühsam vom Vater erbettelt hatte, nur um dann erleben zu müssen, dass beim Musizieren seine Blicke nicht ihr, sondern Marie gegolten hatten.

Marie, Marie, immer nur Marie! Diese dumme Bauerntracht musste schuld daran gewesen sein, dass er bei Agnes' Hochzeit alle Aufmerksamkeit nur ihrer Freundin geschenkt hatte! Und im Atelier Rosenfeld ging er neuerdings ein und aus und tauschte bei jedem Besuch heimlich Briefchen mit Marie aus. Er hatte ihr sogar in einem Taschentuch mit seinen gestickten Initialen ein Vergissmeinnicht geschenkt, himmelblau wie seine von langen schwarzen Wimpern umkränzten Augen. Marie hütete diese kostbaren Schätze wie ihren Augapfel, und Susanna wünschte sich, sie hätte ihr die Beweise seiner Zuneigung niemals gezeigt. Hätte sie doch nur nie Johannes' schwungvolle, schöne Schrift gesehen, kobaltblau auf elfenbeinfarbenem Papier, Worte, die voller Sehnsucht vom Tannengrün ihrer Augen und der kaum zu ertragenden Unendlichkeit bis zu ihrem nächsten Wiedersehen und einer gemeinsamen Zukunft sprachen. Was wussten denn die beiden schon von unendlicher Sehnsucht, die einen innerlich zerriss und mit der Eifersucht furchtbare Gedanken brachte? Wie den, dass die Krankheit, die Maries Mutter immer mehr dahinraffte, doch endlich auch ihre Tochter befallen würde!

Susanna hob die Hände und drückte die Finger gegen die pochenden Schläfen und versuchte, den Schmerz wegzumassieren. Dabei war Marie ihr doch einst das Liebste auf dieser Welt gewesen, nichts hätte sie je von ihrer Freundin trennen sollen.

Unten auf der Straße hielt ein junger Mann seinen Regenschirm über sich und seine Frau, die sich bei ihm untergehakt hatte. Durch das Mosaik aus Regentropfen, die an der Scheibe in langen Schlieren zum Fenstersims wanderten, konnte Susanna ihre Gesichter nur undeutlich erkennen. Aber sie schienen beide zu lachen, und weder Wind noch Regen konnten ihnen etwas ausmachen. Sofort dachte sie wieder daran, wie es wäre, schritte sie neben Johannes glückselig auf das Elternhaus zu.

Wenn sie ihn doch nur aus ihrem Kopf bekäme! Aber es half nichts. Sie konnte nicht aufhören, von seinen Lippen zu träumen und von seinen Händen, die statt den Saiten der Violine ihre Haut liebkosten. Das alles musste ein Ende haben. Sie hatte mehrfach versucht, Marie zu erklären, wie unmöglich ihre Beziehung war, und hatte auch Johannes nicht von Andeutungen verschont. Aber die beiden schienen blind für ihre Argumente und stürzten sich immer weiter in ihr Unglück. Warum sah Johannes denn nicht endlich ein, dass Marie nicht die Richtige für ihn war? Eine Jüdin, deren Vater kaum noch Malaufträge bekam und sich fast nur mit Hochzeits- und Kinderfotografien über Wasser hielt, die meist seine Tochter anfertigte, weil der hohe Künstler sich dazu zu schade war! Sie hatte das Gespräch ihrer Eltern belauscht, in dem die Mutter gefragt hatte, wie lange ein Umgang mit Benjamin Rosenfeld wohl noch für ihr Haus schicklich war.

»Was fällt dir ein, er ist mein engster Freund! Wie kannst du auch nur daran denken, ihm und Elise gerade in dieser Lage den Rücken zu kehren?«, hatte ihr Vater gepoltert.

»Benjamin wird bald ein mittelloser Künstler sein. Du weißt, ich habe ihn und seine Kunst immer hoch angesehen. Aber seit Elises Krankheit sind seine Bilder wie im Fieberwahn auf die Leinwand gebracht, kein Wunder, dass er nichts verkauft. Bist du denn sicher, dass er nicht längst dem Alkohol verfallen ist?«

»Nicht dass ich wüsste! Und wenn, dann wäre es nur verständlich. Er ist krank vor Sorge, Elise könnte bald nicht mehr unter uns weilen! Dr. Lakatos rät dringend zu einem Kuraufenthalt, doch wovon sollen sie den bezahlen? Und von mir will Benjamin nichts annehmen. Ich verstehe nicht, warum er so stolz ist.«

»Und dennoch lässt er sich von diesen neuen skandalösen Künstlern beeinflussen. Ich bitte dich, Conrad! Bunte Tiere, verschachtelte Formen, die angeblich eine nackte Frau auf einer Treppe darstellen sollen, und erst diese unsäglichen Gemälde voller Kleckse, Linien, Dreiecke und Quadrate, die überhaupt keinen Sinn ergeben. Das sind doch Auswüchse eines wahnhaften Geistes! Er sollte diesen Künstlerkreisen den Rücken kehren. Gerade in seiner Situation! Sei ehrlich, würdest du in unserem Palais dergleichen aufhängen wollen?«

»Verzeih, meine Liebe, aber von Kunst verstehst du wirklich nichts. Benjamin war neuen Entwicklungen gegenüber schon immer aufgeschlossen und experimentierfreudig. Er sagt, dass es die Zukunft der Malerei sein wird, das Innere müsste nach außen gekehrt werden, der realistischen Fotografie würden durch die Malerei Emotionen entgegengesetzt werden müssen, damit sie weiterhin bestehen kann.«

Ein verächtliches Lachen ertönte dumpf durch die Tür. »*Emotionen* löst das Geschmier allerdings aus – nur nicht die, die sich Benjamin erhofft. Und ich verstehe sehr wohl etwas davon, dass du deinem Freund nun schon etliche Male finanziell unter die Arme gegriffen hast, weil er sich seine Experimente überhaupt nicht leisten kann, das aber partout nicht einsehen will.«

»Wie ich dir bereits sagte, er hat sich geweigert, als ich ihm angeboten habe, ihnen Geld für Elises Kuraufenthalt zu leihen«, hob ihr Vater erneut die Stimme.

»Weil er genau weiß, dass er dir das niemals zurückzahlen kann!«, rief Susannas Mutter. »Darf ich dich ebenfalls daran erinnern, dass wir noch eine Tochter haben, für deren Mitgift du aufkommen musst, wenn sie eine gute Partie machen soll? Außerdem werden wir bald Großeltern werden. Auch für Giselas Kind …«

»Was meinst du mit ebenfalls?«, hatte ihr Vater sie unterbrochen. »Hast du Benjamin gegenüber etwa dergleichen erwähnt?«

»Natürlich nicht. Das ist doch nichts, worüber ich mit Benjamin sprechen würde. Aber ich habe mein Herz bei Elise ausgeschüttet.«

»Du hast seiner todkranken Frau, einer langjährigen Freundin, Vorhaltungen gemacht, weil ich ihnen aus freien Stücken Geld geborgt habe? So tief kannst nicht einmal du sinken!« Die

Stimme ihres Vaters war so laut geworden, dass sie über den ganzen Gang schallte. Ein Dienstmädchen hatte erschrocken den Kopf aus einem der Zimmer gesteckt, und Susanna hatte mit rasendem Herzen das Weite gesucht, um nicht beim Lauschen ertappt zu werden. Unter anderen Umständen hätte sie sich wie ihr Vater über das gefühllose Verhalten der Mutter empört. Aber Klara Keller war schon immer pragmatisch gewesen und hatte ihrer Tochter oft ihre Theatralik und unangemessen große Gefühlsausbrüche vorgeworfen.

Nachdenklich kaute Susanna jetzt auf ihren spröden Lippen, bis sie einen metallischen Geschmack spürte. Schnell fuhr sie sich mit der Zunge darüber, bevor es noch mehr blutete. Ihr Gesicht spiegelte sich in der Scheibe, blass, schmal und mit dunklen Schatten unter den Augen. Und auf einmal packte sie eine unbändige Wut. Himmel, was war nur aus ihr geworden? Sie war die Tochter eines der reichsten Fabrikanten der Stadt, dazu anmutig und gebildet. Wo war denn nur ihr Stolz geblieben? Johannes' Großvater mochte ein bekannter Kirchenmusiker und Komponist sein, reich war er mit dem Komponieren aber offenbar nicht geworden, und auch sein Vater verfügte als Schreiner nicht über genügend Mittel, seinem Sohn die Ausbildung an der Musikakademie zu bezahlen. Das wusste sie von ihrer Schwester Gisela, die Johannes in der Gesellschaft immer wieder Auftritte vermittelte, so wie den auf Agnes' Hochzeit, um sein Studium zu finanzieren. Bis er es also schaffen würde, mit seiner Musik genügend Geld zu verdienen, um Marie heiraten zu können, mussten viele Jahre vergehen. Zeit genug, ihm seine sinnlose Schwärmerei für ihre Freundin auszutreiben und ihn davon zu überzeugen, dass *sie* die bessere Partie war und seine musikalischen Interessen mit dem Geld ihres Vaters auch angemessen fördern konnte – im Gegensatz zu Marie. Sie war in den letzten Wochen nur zu ungeduldig gewesen.

Mit einem Ruck wandte sie sich vom Fenster ab, marschierte

zu dem kleinen Tischchen und ließ sich in den Sessel davor fallen. Sie nahm einen kräftigen Schluck von dem bereits lauwarmen Tee und knabberte dann an einem süßen, mit Marillenmarmelade gefüllten Kipferl. Genüsslich schloss sie die Augen. Alles würde sich fügen. Marie würde den Samuel Grünberg heiraten und sie ihren Johannes bekommen. Sie musste es nur klug genug einfädeln.

15

Emma

Maui, Juli 2022

Was für ein Idiot!

Nachdem Emma unfreiwillig das Telefonat zwischen Becky und Elias belauscht hatte, fragte sie sich verärgert, wie eine so warmherzige, weltoffene Frau einen solchen Griesgram zum Sohn haben konnte. Am liebsten hätte sie ihn stehen gelassen und sich ein Taxi genommen. Aber dann riss sie sich zusammen. Das konnte sie Becky nicht antun, wahrscheinlich traf sie ihren Sohn nicht allzu oft und freute sich schon riesig auf ein Wiedersehen und gemeinsames Abendessen.

Der Highway nach Hāna zog sich so unerträglich hin wie die angespannte Stille im Wagen, und Elias schien ebenso wenig Lust auf eine gezwungene Unterhaltung zu verspüren wie sie. Während sie ihn aus den Augenwinkeln immer wieder verstohlen musterte, fragte sie sich, was er wohl von Beruf war. Versicherungsvertreter, Polizist oder Anwalt wie sein Vater? Irgendwas jedenfalls, das sein Misstrauen gegenüber seinen Mitmenschen und die Angst um seine Mutter rechtfertigte. Nun, nach dem Dinner konnte Elias sie gerne in einem Hotel abladen und sich beruhigt auf den Heimweg machen, ohne befürchten zu müssen, sie würde Becky nachts ausrauben. Innerlich verdrehte Emma die Augen.

Und dann kam plötzlich alles anders.

Elias erzählte ihr, dass er an der Planung des neuen Thirty-Meter-Telescope auf Hawaii beteiligt war und der Bau wegen

Protests der hawaiianischen Bevölkerung erst einmal verschoben wurde. Emma konnte gut nachvollziehen, wie enttäuscht er sein musste. Irgendwie begann dadurch das Eis zwischen ihnen zu brechen.

»Hat meine Mom dir gar nicht erzählt, dass ich deswegen in Washington war?«, wunderte sich Elias.

»Nein.« Emma lächelte verlegen und strich sich eine Haarsträhne hinters Ohr. »Wir haben über ihre Vergangenheit als Teacher-in-Space und das Challenger-Unglück gesprochen, und ich glaube, ich habe sie anschließend auch ganz schön mit meinen eigenen Berufsaussichten, Hoffnungen und Problemen zugetextet.«

»Kann ich mir gar nicht vorstellen. Sonst ist es immer Mom, die andere nicht zu Wort kommen lässt«, spottete er. »Darf ich dich was fragen?«

»Nur zu!«

»Wie bist du denn auf die Idee gekommen, nach Arlington zu fahren und das Challenger-Denkmal zu besuchen? War das so eine Art, ich weiß nicht, Bitte darum, dass es dir nicht wie ihnen ergeht, wenn du mal selbst ins All fliegst?«

Emma starrte ihn verblüfft an. »Wie kommst du denn darauf? Nein, so abergläubisch bin ich nicht. Es war mehr ...« Sie zögerte einen Moment. Offenbar hatte Becky ihm nicht erzählt, dass sie sich von ihrem Freund getrennt hatte. Darüber wollte sie jetzt mit Elias auch nicht sprechen. Aber ihr wurde bewusst, wie eigenartig ihr Besuch auf dem Friedhof auf ihn gewirkt haben musste. Hatte er ihr deshalb misstraut?

Elias fasste ihr Zögern falsch auf und winkte ab. »Entschuldige, das war zu persönlich.«

»Alles gut. Ich habe nur eben überlegt, wie ich es am besten erkläre. Als ich angefangen habe, mich für das Weltall und die Raumfahrt zu interessieren, bin ich natürlich auf das Challenger-Unglück gestoßen. Ich war damals fünfzehn oder sechzehn.

Ich habe entdeckt, dass Judith Resnik – wie ich – zwei Leidenschaften hatte, das Klavierspiel und das Weltall.«

»Spielst du richtig ambitioniert?«

Emma nickte und erhaschte im Vorbeifahren einen Blick auf einige grasende braun gefleckte Kühe umringt von Palmen und tropischen Pflanzen. Sie schmunzelte. Kühe verband sie sonst mit einem Voralpenpanorama. Die Straße verlief jetzt nicht mehr unmittelbar an der Küste, sondern im Landesinneren, und ein herrschaftliches Anwesen mit üppig blühenden Tropengewächsen wechselte sich mit dem anderen ab. Hier zu leben, musste wie ein Dauerbesuch in einem Botanischen Garten sein.

»Eine Zeit lang habe ich sogar überlegt, ob ich aufs Konservatorium gehen soll. Das wäre meiner Mutter wesentlich lieber gewesen.« Die Erinnerung fiel auf sie wie ein dunkler Schatten, den sie nie ganz abschütteln konnte. Solange sie denken konnte, hatte sie immer das Gefühl gehabt, es ihrer Mutter niemals recht machen zu können.

»Wenn es nach meinem Dad gegangen wäre, hätte ich Jura studiert«, erwiderte Elias und verzog den Mund.

»Skeptisch genug bist du ja schon mal«, platzte es aus Emma heraus, und sie hätte sich bei seinem verdutzten Gesichtsausdruck am liebsten auf die Zunge gebissen. Aber dann lachte Elias und zwinkerte ihr zu. Ihr fiel eine kleine Narbe an seiner Schläfe auf, und sie fragte sich, wie er sie sich wohl zugezogen hatte.

»Ich vermute mal, das habe ich verdient. Entschuldige bitte wegen vorhin in der Ankunftshalle. Ich bin sonst nicht so paranoid. Es ist nur …«, er seufzte, »… seit Dad gestorben ist, habe ich ständig das Gefühl, mich um meine Mom kümmern zu müssen.«

Er hatte rote Ohren bei den Worten bekommen, und Emma verkniff sich ein Grinsen. Becky hatte wahrlich nicht den Eindruck gemacht, als müsste man auf sie aufpassen. Aber irgendwie fand sie es auch süß, wie er sich so sehr um sie sorgte.

»Und was hast du getan, nachdem das TMT-Projekt erst einmal auf Eis gelegt wurde?«, wechselte sie das Thema, um ihn nicht weiter in Verlegenheit zu bringen.

»Dann bin ich hierher nach Maui zurückgezogen und habe hier am Bau des Sonnenteleskops mitgewirkt.«

Emma fuhr zu ihm herum. »Was? Nein! Etwa das DKIST-Teleskop?«

Er wirkte überrascht, dass sie den Namen kannte. Ein Lächeln glitt über sein Gesicht, und zum ersten Mal seit ihrer Begegnung fiel ihr auf, wie verdammt attraktiv er war. Elias hatte dunkelbraunes, fast schwarzes kurz geschnittenes Haar und trug einen Fünf-Tage-Bart. Unwillkürlich verglich sie ihn mit Michael, aber der war ein ganz anderer Typ. Elias wirkte überhaupt nicht wie ein Macher, der mit Vorliebe andere herumkommandierte, sondern eher wie der nachdenkliche Tüftler. Er hatte definitiv einen gewissen Nerd-Charme, und sie konnte ihn sich gut gedankenversunken vor technischen Konstruktionsmodellen oder Berechnungstabellen vorstellen.

»Ja. War eine ganz schöne Herausforderung und etwas völlig Neues, an dem ich bislang noch nicht geforscht habe.«

»Ich habe die ersten Fotos von der Sonne gesehen, Wahnsinn, wie detailreich die brodelnde Oberfläche darauf zu erkennen ist«, sagte Emma beeindruckt. »Man kann damit auch Sonnenflecken und magnetische Strukturen festhalten, nicht wahr?«

Elias nickte. »Wir können parallel alle möglichen Messungen machen. Ziel ist es unter anderem, gefährliche Sonnenstürme vorherzusagen, die unser Stromnetz gefährden könnten.«

Der Weg veränderte sich, wurde enger und kurvenreicher. Während rechts von ihr Laubbäume, Büsche mit mächtigen Blättern und Farne am Hang wucherten, öffnete sich linker Hand über den Klippen der Blick aufs offene Meer. Emma beugte sich vor und sah an Elias vorbei durch die Seitenscheibe.

»Erinnert mich ein bisschen an die Amalfi-Küste in Italien, nur viel tropischer.«

»Wir kommen bald an einen Aussichtspunkt. Wenn du möchtest, bleib ich kurz stehen.«

»Das wäre toll! Dann kann ich ein paar Fotos machen. Wie hoch ist eigentlich die Auflösung des Solarteleskops?«, überlegte sie.

»Wir können damit Einzelheiten bis zu dreißig Kilometer genau erkennen. Und ja, ich weiß, das klingt jetzt nicht gerade nach viel, aber …«

»Quatsch, das ist der Hammer! Ich meine, die Sonne hat einen Durchmesser von mehr als einer Million Kilometer. Dafür ist das doch irrsinnig scharf.«

Sein Lächeln wurde noch eine Spur breiter, und ein Leuchten zog in seine Augen.

»Ich dachte nur, weil du doch sonst Satellitenbilder der Erde studierst. Mit denen kann unser Sonnenteleskop leider nicht mithalten.«

»Nicht ganz«, gluckste sie. »Die sind etwa dreißig Zentimeter genau.«

»Hunderttausendfach schärfer«, schnaubte Elias in gespielter Verzweiflung.

»Bloß kein Druck, Herr Ingenieur!«

Wieder dieser intensive Blick. Warum war ihr nicht vorher schon aufgefallen, dass er Beckys Augen hatte? Ein tiefes Grün mit bernsteinfarbenen Sprenkeln um die Pupille, wie ein verwunschener Wald, in dem Irrlichter funkelten. Emma ertappte sich erschrocken dabei, dass sie ihn hemmungslos anstarrte, aber da erwiderte er bereits: »Also, wenn du magst, kann ich dich mal mitnehmen.« Sie verstand nicht gleich, was er meinte. Zu dem Aussichtsplatz? »Ich muss natürlich die Erlaubnis meines Chefs einholen, aber dir als Wissenschaftlerin und Kollegin wird er bestimmt eine Sondergenehmigung erteilen.«

Für einen Moment blieb ihr die Luft weg.

»Du meinst, ich dürfte selbst einen Blick durch das weltgrößte Sonnenteleskop werfen?« Emmas Herz machte einen Satz und begann zu rasen. »Oh, mein Gott! Dafür würde ich … ich weiß nicht was geben!«

Das glückliche Lächeln lag noch immer auf ihren Lippen, als Elias wenig später vom Highway Richtung Hāna auf eine schmale Straße nach Ke'Anae abbog. Wilder Hibiskus wucherte zwischen Palmen, Sträuchern und Laubbäumen. Schlingpflanzen mit kleinen gelben Blüten kletterten den Abhang hinunter, und im Vorbeifahren meinte Emma eine Orchidee erspäht zu haben. Und dann lichtete sich plötzlich der tropische Wald und gab den Blick auf eine Bucht und das offene Meer frei. An schwarzen Lavafelsen brachen sich weiß schäumend die Wellen, und Palmwedel bogen sich im Küstenwind. Nur ein paar Meter weiter entdeckte sie hinter einem Parkplatz ein gepflegtes Grundstück mit gemähtem Rasen, das von hohen Sträuchern mit roten Blüten gesäumt war. Zwei Bungalows lagen dahinter. Elias deutete auf ein bunt bemaltes Verkaufsschild.

»Bei *Aunty Sandy* gibt es das beste Bananenbrot der Insel. Geh doch schon mal vor und ich kaufe schnell eins für meine Mom. Sie ist ganz verrückt danach.«

»Kommt überhaupt nicht in Frage! Ich habe gar kein richtiges Gastgeschenk für sie. Lass mich das bitte besorgen.«

Elias hielt auf dem Parkplatz, und sie marschierten zu einem kleinen Häuschen mit Verkaufstheke. Davor stand ein Paar, beide trugen Bermudas und türkisfarbene Shirts. Emma und Elias reihten sich in die Schlange.

»Ho'omaika'i! Genießt eure Flitterwochen!«, sagte die schwarzhaarige Verkäuferin gerade und reichte den beiden eine Tüte über den Tresen.

Als sie sich umdrehten, musste Emma grinsen. Die zwei frisch

Verheirateten waren mindestens Mitte vierzig, aber auf ihren T-Shirts prangten zwei niedliche Wale, die sich küssten und mit ihren Wasserfontänen ein Herz bildeten. Unter den Walfischbäuchen stand *Just Mauied*. Händchenhaltend marschierte das Paar zum Auto. Emma tauschte einen amüsierten Blick mit Elias und konnte sich kaum das Lachen verkneifen.

»Sag nichts!«, murmelte er. »Als Single bist du hier so exotisch wie eine Bananenstaude auf dem Mars.«

Das brachte sie zum Lachen.

»Hi guys, auch in den Flitterwochen?«, fragte die Verkäuferin fröhlich und Emma fühlte, wie sie bis in die Haarspitzen errötete.

»Nein«, erwiderte Elias rasch, »aber auf der Suche nach dem weltbesten Bananenbrot.«

»Dann seid ihr hier richtig«, verkündete sie stolz. »Was darf's denn für euch sein?«

Neugierig betrachtete Emma die Auslage. Der verführerische Duft nach frischem Brot und gebackener Banane zog ihr in die Nase. »Hm. Das fällt einem ja richtig schwer. Ich glaube, ich nehme die beiden: White Chocolate Chip und Macadamia-Nuss.«

»Darf ich dich noch auf einen Eiskaffee einladen?«, fragte Elias.

»Oh ja, sehr gerne!«

Kurz darauf schlenderten sie mit zwei Pappbechern zum Meer. Das noch warme Bananenbrot hatten sie vorab im Auto verstaut. Emma genoss die frische Meeresluft und den Kaffee. Die Wellen brandeten an die dunklen Lavasteine und spülten schwarzen Sand und Kies ans Ufer. Wie ein Fischer sein Netz warf die Nachmittagssonne ihre warmen Strahlen über das Wasser und brachte es zum Funkeln.

»Könnte man die Sonnenkraft nur effizienter nutzen, wären

all unsere Energieprobleme hier auf der Erde gelöst«, überlegte sie laut, während sie versonnen das glitzernde Blau betrachtete.

»Daran forschen eine Menge Leute. Bei Caltech haben sie jetzt spezielle Kacheln entwickelt, die sie im Dezember ins All schicken wollen.«

Sie unterhielten sich angeregt darüber, wie man die so gespeicherte Sonnenenergie mit Mikrowellen zur Erde schicken könnte, und Emma hatte plötzlich das Gefühl, als würden sie sich schon seit Jahren kennen oder zusammen an einem Projekt forschen. Bei ihrer Ankunft am Flughafen hätte sie nicht gedacht, dass es so angenehm werden würde, sich mit Elias zu unterhalten. Während sie zurück zum Auto gingen, wurde ihr bewusst, dass der Spruch *Gegensätze ziehen sich an* zumindest bei ihr und Michael nicht funktioniert hatte. Becky dagegen war mit ihrem Mann glücklich gewesen, trotz aller Unterschiede. Vielleicht hatten die zwei sich mehr bemüht, einander zu verstehen. Oder sie hatten sich einfach stärker geliebt. Schuldbewusst dachte sie daran, dass sie Michael nicht alles, was in ihrer Beziehung schiefgelaufen war, in die Schuhe schieben konnte. Sie hatte ihm aus lauter Angst, ihn zu verlieren, einen Menschen vorgespielt, der sie nicht war. Letztlich hatte er eine Illusion von ihr geliebt, und jetzt, da die Realität sie eingeholt hatte, kam er mit dieser neuen Emma nicht klar.

Ein Vogel mit grauen Flügeln und feuerrot gefiedertem Kopf flog an ihnen vorbei. Emma blickte ihm nach, trank ihren Kaffee aus und warf den Becher in einen Abfallbehälter. Sie musste die Zeit hier nutzen, um Michael aus dem Kopf zu bekommen und sich für die Interviewrunden daheim mental zu stärken.

Sie fuhren auf ihrem Weg zurück ins Landesinnere, und die Pflanzenwelt wurde so dicht, als würden sie durch grüne Wandteppiche pflügen. Wasserfälle versprühten feinsten Nebel, der das Auto im Vorbeifahren einhüllte, und Elias musste immer wieder die Scheibenwischer einschalten, um klare Sicht zu bekommen. Kurz vor Hāna bog er auf eine Seitenstraße ab, die hinunter zur Küste führte. Die Gegend wurde deutlich einsamer. Emma erinnerte sich plötzlich daran, dass Becky von einem eigenen kleinen Observatorium gesprochen hatte, dann machte die Abgeschiedenheit natürlich Sinn. Sie wusste nicht, was genau sie erwartete, aber sobald sie ankamen, verschlug es ihr schon beim Anblick des Tors die Sprache.

16

Marie

Temeswar, 1913

Der süße Hefeteigduft der Sufganiot kroch die Treppe hinauf bis ins Krankenzimmer und machte Maries Herz schwer. Seit dem Frühstück stand Selma mit rot geweinten Augen am Küchentisch und knetete mit festen Griffen den Teig, als gelte es, ihn zu bestrafen. Unmengen von kleinen runden Teigbällchen lagen auf den Backbrettern zum Frittieren bereit, als Marie die Küche betrat, um Mamas Tee zu holen. Aber auf ihren Einwand, ob das nicht zu viel wäre, da dieses Jahr ohnehin niemand Appetit hätte, brach Selma in Tränen aus und erwiderte:

»Ach Kind teires, lass mich bittschön backn, wann mir doch sonst scho nix tun kenna!«

Während Marie ihrer Mutter kurz darauf ein Kissen hinter den knochigen Rücken schob und ihr die Tasse mit dem Lindenblütentee mit Akazienhonig reichte, dachte sie daran, wie ähnlich Selma dem Vater in dieser Hinsicht doch war. Das Dienstmädchen knetete und frittierte süßes Gebäck in Öl, dass man damit ein ganzes Husarenregiment hätte durchfüttern können, und Benjamin Rosenfeld vergrub sich seit Wochen im Atelier und malte wie ein Besessener, als ob er in Aufträgen ersticken würde – was bedauerlicherweise nicht der Fall war. Die Galeristen in Temeswar hielten seine Kunst für zu modern, unausgereift und vor allem unverkäuflich. Papa aber fehlte das Geld, um nach Budapest oder gar Wien zu reisen und seine Werke bei möglicherweise aufgeschlosseneren Kunsthändlern vorzustellen. Sie hatten Onkel Conrad sogar schon um Hilfe bitten müssen, um Maries Schulgeld für das kommende Jahr bezahlen zu können. Während sie sich einen Stuhl neben das Bett ihrer Mutter rückte und sich setzte, wünschte sie sich, sie könnte ihrer Angst und Verzweiflung auch so leicht durch das Hineinstürzen in die Arbeit entkommen.

»Wie das herrlich duftet«, flüsterte Mama unter kleinen Teeschlucken, die Stimme kratzig und das Sprechen nicht mehr gewohnt. Die meiste Zeit über schlief sie, für längere Unterhaltungen war sie schon seit Wochen zu erschöpft. Marie dachte plötzlich daran, wie sehr sie es früher geliebt hatte, wenn ihre Mutter mit ihr an den Festtagen gesungen hatte. Sie schob den Gedanken schnell beiseite, bevor ihre Kehle eng wurde. Das fehlte noch, dass sie vor Mama zu weinen begann, sie hatte sie doch aufmuntern wollen.

»Nicht wahr? Ich freu mich auf heute Abend. Selma übertrifft sich mal wieder.« Marie bemühte sich um einen leichten, fröhlichen Tonfall und hoffte, die Mutter würde ihr nicht anmerken, wie schwer es ihr fiel. »Denk nur, wenn sie so weitermacht, können wir nicht nur jeden Tag eine Kerze anzünden und Sufganiot verspeisen, sondern auch volle acht Tage lang einen Verkaufsstand vor dem Haus eröffnen, so viele Lekvárkiachl stehen in der Küche rum. Man könnte meinen, unsere Selma möchte das Ölwunder auf ihre eigene schwowische Weise mit endlos viel frittiertem Gebäck neu interpretieren.«

Das entlockte ihrer Mutter ein Lachen, und einen kostbaren Augenblick lang zog wieder der alte Glanz in ihre Augen, bevor ein Hustenanfall dem ein Ende bereitete. Schnell nahm Marie ihr die Tasse ab, damit sie den Tee nicht auf der Bettdecke verschüttete.

Lekvárkiachl nannte nur Selma im Haus die mit Marmelade gefüllten und mit Staubzucker bestreuten Sufganiot, die jedes

Jahr zum Chanukkafest in Öl frittiert wurden und früher immer schon verzehrt waren, bevor noch die dritte Kerze am achtarmigen Leuchter brannte.

Doch dieses Jahr war Chanukka kein frohes Fest. Marie würde nicht Selma beim Füllen der Sufganiot helfen und dabei heimlich von der süßen Schwarzkirschmarmelade naschen. Sie würde nicht nach dem Essen lachend mit ihren Eltern und zu Besuch kommenden Freunden den Dreidel drehen, gespannt seine Kreise verfolgen und darauf hoffen, dass der Gimel obenauf lag und sie den ganzen Einsatz gewann, Salonzucker, in bunt glänzendes Stanniolpapier eingewickelte Pralinen, mit denen Selma auch den Tannenbaum in der Stube geschmückt hatte. Unter seinen Zweigen lagen wie jedes Jahr kleine Geschenke für die Dienstboten und für ihre christlichen Freunde, die sie zur Weihnachtszeit besuchen würden.

»Was soll der Schmu, Elise?«, hatte Maries Großvater ihre Mutter einmal gerügt. »Feiert ihr neuerdings Weihnukka?«

»Wir feiern jeden Dezember zusammen mit all unseren Freunden, Juden wie Christen, und ob das Gestrüpp im Salon nun als Weihnachtsbaum oder von mir aus als Chanukkagewächs oder gar Moses' brennender Dornbusch durchgeht, ob unsere Gäste an ein Weihnachtswunder glauben und wir an ein Ölwunder, ist mir herzlich egal. Hauptsache die Lichter brennen am Baum und am Chanukkaleuchter und alle sind glücklich.«

Aber das Glück klopfte im Dezember 1913 an andere Türen. Dafür lag eine diffuse Vorahnung über ihrem Haus wie ein Schatten, den man nicht mehr abzustreifen vermochte. Ein neuer Hustenanfall suchte ihre Mutter heim, und Marie hielt ihr rasch die Schale hin, damit sie ausspucken konnte. Der Auswurf war grün-gelb, manchmal sogar blutig, und ihre Augen fiebrig. Erschöpft sank die Kranke zurück in die Kissen, während Marie die Schüssel beiseitestellte und nach ihren schmalen Händen griff. *Mamas Ehering rutscht ihr schon fast vom Fin-*

ger, dachte sie erschrocken. Sie konnten sich nichts mehr vormachen. Der Arzt hatte es ihnen prophezeit: Elise Rosenfeld lag im Sterben, und es war fraglich, ob sie den Jahreswechsel überhaupt noch erleben würde. Natürlich hatten sie ihr das verschwiegen, sprachen an ihrem Krankenbett davon, was sie im Frühling in ihrem kleinen Garten anbauen und wie sie alle zusammen nächsten Sommer in die Berge fahren würden. Marie lief ein kalter Schauer über den Rücken, als die Mutter mit matter Stimme fragte:

»Gehst du denn morgen Abend auch mit Samuel auf den Ball?«

»Ich wäre wirklich viel lieber bei dir, Mama.« Dunkel wie die nun hereinziehende Dämmerung waren die Ringe unter ihren Augen, und die Haut spannte sich bleich über den Wangenknochen.

»Schmonzes! Du kannst doch nicht immer nur hier bei mir am Krankenbett ausharren. Du bist jung, mach dir einen schönen Abend, sei fröhlich, sonst bereitest du mir nur ein schlechtes Gewissen, und das ist nicht gut für meine Genesung.«

»Ach, Mama! Chanukka mit euch daheim bedeutet mir eben viel.«

Weil es womöglich unser letztes gemeinsames Chanukkafest ist.

Weil ich dich nicht verlieren will.

Weil es noch so viel gibt, was ich dir sagen und dich fragen möchte, und überhaupt nicht weiß, wo und wie ich anfangen soll.

Jetzt schossen ihr doch die Tränen in die Augen. Marie sprang auf und gab vor, das Fenster öffnen zu wollen, um ihrer Mutter den Rücken zu kehren, damit diese ihre nassen Wangen nicht bemerkte.

»Meine Güte, ist das hier stickig«, behauptete sie. »Ich lass nur mal kurz ein bisschen frische Luft rein.«

Draußen roch es nach Schnee und Rauch von den Holzöfen und Schornsteinen der Fabrikhallen. In der Ferne hörte sie eine Eisenbahn rattern und irgendwo ganz nah das Kratzen einer Schneeschaufel auf dem Pflaster. Ein paar Flocken wirbelten ihr ins Gesicht und verschmolzen mit ihren Tränen. Verstohlen wischte Marie sie sich von den Wangen. Während sie beobachtete, wie eine Trambahn vorüberfuhr und blaue Funken über die Oberleitung tanzten, dachte sie an ihren Freund Samuel.

Er war über Chanukka bei Bekannten seiner Eltern in Temeswar zu Besuch und vor zwei Wochen bei ihr vorbeigekommen, um sie zum Makkabäer-Ball einzuladen. Sie hatte ihn kaum wiedererkannt. Unter seinem Bart und den Schläfenlocken fielen die eingefallenen Wangen nicht sofort auf, aber in seinen Augen war eine fiebrige Verzweiflung gelegen, die sie erschreckt hatte. Zusammen mit ihren Eltern hatten sie Tee getrunken, und Marie hatte höflich gesagt, dass sie es sich überlegen wolle, ob sie auf den Ball mitginge, obwohl für sie bereits feststand, dass sie es nicht tun würde. Zum einen, weil ihr angesichts des Zustands ihrer Mutter wahrlich nicht der Sinn nach einem Tanzvergnügen stand. Zum anderen, weil ihr Herz Johannes gehörte. Nachdem aber ihre Mutter nach kurzer Zeit erschöpft eingestanden hatte, sie müsse sich zurückziehen, und der Vater sie nach oben auf ihr Zimmer begleitet hatte, war es Marie gelungen, ein paar Worte mit Samuel allein zu wechseln. Sie waren an der Garderobe gestanden, und er hatte ihr flehentlich zugeraunt:

»Marie, ich bitte dich, um unserer Freundschaft willen, ich habe sonst niemanden, mit dem ich guten Gewissens hingehen kann. Jedes andere Mädchen würde denken, ich machte ihr den Hof. Das bringt mich in eine unmögliche Lage.«

»Wer zwingt dich denn, zu dem Ball zu gehen?«

»Na, wer wohl? Meine Eltern! Nur des Balls wegen durfte ich überhaupt hierher nach Temeswar. Sie wollen, dass ich endlich auf andere Gedanken komme und ein jüdisches Mädchen kennenlerne. Du musst mir einfach helfen!«

»Ach, Samuel, ich kann doch nicht ewig einspringen. Du musst mit deinen Eltern ernsthaft reden. Schau, die Paula ist doch eine liebe Frau, was sollten sie denn gegen diese Verbindung einzuwenden haben? Es kann sich für sie doch nicht alles nur um den Glauben drehen.«

»Hast du denn deinen Eltern schon verraten, dass dein Herz für Johannes Farber schlägt?«

»Pst, nicht so laut!« Erschrocken hatte Marie sich umgesehen, aber der Vater war noch oben bei der Mutter im Schlafzimmer und Selma außer Haus gegangen, um Einkäufe zu machen. »Das ist etwas völlig anderes. Johannes kann nicht offiziell bei meinen Eltern um meine Hand anhalten, solange er Student ist. Wovon sollten wir denn leben?« Sie hatte den Mantel von der Garderobe genommen und ihm gereicht. Dabei war ihr aufgefallen, wie abgetragen er aussah. Hatten die Grünbergs etwa auch Geldprobleme?

Samuel war mit gequältem Gesichtsausdruck hineingeschlüpft. »Ich habe mit meinen Eltern gesprochen. Mehrfach. Mein Besuch hier ist das Resultat. Vater meinte wortwörtlich: Schlag dir diese Schickse aus dem Kopf!« Marie hatte sich die Hand vor den Mund geschlagen. »Ja, jetzt weißt du es, so steht es um uns. Er würde Paula selbst dann nicht als Schwiegertochter akzeptieren, wenn sie zum Judentum konvertierte. Das hat er mir deutlich gesagt. Aber es kommt noch schlimmer. Ich war auch bei ihren Eltern.«

Er hatte die Lippen aufeinandergepresst und tief Luft geholt, und Marie hatte am liebsten gar nicht hören wollen, was geschehen war. »Erst haben sie mich höflich empfangen. Aber als ich mich erklärte und um Paulas Hand bat, hat der Schuster mich aus dem Haus gejagt. Später hat er seiner Tochter befohlen, nicht mehr bei dem Schacherjuden einkaufen zu gehen.«

Samuel hatte seinen Hut vom Haken genommen und ihn grimmig aufgesetzt, während Maries Gedanken durcheinanderwirbelten. *Nur des Balls wegen durfte ich hierher nach Temeswar.*

»Du willst Zeit schinden und dir hier in der Stadt etwas Eigenes suchen, eine Anstellung, von der ihr beide leben könnt«, mutmaßte sie, und Samuel hatte genickt. »Aber der Schuster wird seiner Tochter dennoch keine Einwilligung zu eurer Trauung geben, wenn er so über dich spricht.«

»Paula wird nächstes Jahr einundzwanzig und ist dann volljährig wie ich. Wenn ich ein gutes Auskommen hier in Temeswar habe und für uns beide sorgen kann, wird ihr Vater seine Vormundschaft und die Verweigerung einer Eheschließung bei keinem Richter durchsetzen können.«

Marie hatte ihm mitfühlend die Hand auf den Arm gelegt. »Du meinst, ihr beide müsst dann mit euren Familien brechen? Das tut mir furchtbar leid, Samuel. Natürlich, unter diesen Umständen gehe ich gerne mit dir zum Ball. Ich hoffe nur, dass ihr bis zu Paulas Geburtstag durchhalten könnt. Er ist erst Ende November, nicht wahr?«

»Ja. Bis dahin müssen wir warten und irgendwie weitermachen.« Samuel hatte sie für einen kurzen Moment fest in seine Arme geschlossen. »Ich danke dir, liebe Marie! Du bist wie eine Schwester für mich. Solltest du je Hilfe brauchen, komm zu mir!«

Sie löste sich von ihm und lächelte ihn verschmitzt an. »Ich werde es mir merken, großer Bruder.«

Marie hatte ihm nachgeschaut, bis er im Schneegestöber verschwunden war, eine hohe schmale Gestalt, die dem Sturm trotzte.

Während sie jetzt am Fenster stand, dachte sie darüber nach, wie das Leben sich in den vergangenen Monaten verändert hatte. Es lag plötzlich eine eigentümliche Spannung in der Luft.

Seit den Kriegen auf dem Balkan zählte es auch hier in Österreich-Ungarn auf einmal von Tag zu Tag mehr, welchem Volk man angehörte, und die Presse war voll mit Spekulationen, wer sich mit wem verbünden würde.

»Ich sage dir, der Frieden auf dem Balkan ist nicht von Dauer«, hatte ihr Vater Anfang November düster zu Johannes gesagt, als er sein fertiges Porträt abgeholt hatte und zum Essen geblieben war. »Überall kriselt es. Zwischen uns, den Serben und dem Zarenreich. Jetzt hetzen sogar die französischen Blätter gegen Österreich!«

Johannes und sie hatten nur mit halbem Ohr zugehört und sich verstohlen über den Tisch hinweg angelächelt. Nur in den kostbaren Augenblicken, wenn sie mit ihm zusammen war, konnte sie all ihre Sorgen und Ängste vergessen. Aber das nächste Wiedersehen lag fern, Wochen erschienen ihr wie Jahre, und nur bei Susanna konnte sie ihr Herz ausschütten, nur sie und Samuel wussten von ihrer Liebe. Ach, sie sollte sich nicht beklagen mit so einer guten Freundin an ihrer Seite, die sie unterstützte und ihr heimlich Briefe von Johannes gab! Marie seufzte und schloss das Fenster. Bis Johannes um ihre Hand anhalten konnte, würden noch Jahre vergehen. Sie wusste, dass ihr Vater ihnen keine Steine in den Weg legen würde, aber wie waren wohl Johannes' Eltern gesinnt? Würden sie ebenfalls keine Jüdin akzeptieren? *Kommt Zeit, kommt Rat,* dachte sie. Erst einmal musste sie mit Samuel morgen auf den Ball gehen.

»Darf ich denn dein blaues Kleid anziehen?«, fragte sie ihre Mutter, als sie sich wieder neben sie setzte.

»Welches du willst. Sie gehören alle dir!«

Der Satz spukte ihr noch tags darauf beim Tanzen unheilvoll im Kopf herum, aber sie verscheuchte die düsteren Gedanken.

»Mein Augenstern«, hatte ihre Mutter beim Abschied geflüstert. »Wie bezaubernd du in meinem Kleid aussiehst! Samuel wird der glücklichste Mann heute Abend sein.«

Ihr Vater war in der Tür erschienen, um die Ankunft jenes Glückspilzes zu melden, und sie hatte rasch erwidert: »Der glücklichste Mann heute Abend ist natürlich der Papa, weil er dich hat!«

Mit feuchten Augen hatte er bestätigend genickt und war dann zu seiner Frau ans Bett getreten, um ihr einen Kuss auf die heiße Stirn zu geben. Wie gerne hätte sie den beiden in diesem Moment von Johannes erzählt. Morgen, sagte sie sich spät in der Nacht, nachdem sie mit vom Tanzen schmerzenden Füßen, aber einem Lächeln auf dem Gesicht ins Bett geschlüpft war. Morgen werde ich Mama alles erzählen.

Dichter Nebel wallte am Weihnachtsmorgen von der Bega auf und streckte seine langen Finger durch die Straßen und kleinen Gassen der Stadt. Marie öffnete ihr Fenster und blinzelte hinauf zum Himmel. Kein Sonnenstrahl schaffte es heute durch die graue Wolkendecke, nur feiner Eisregen landete knisternd auf dem Pflaster vor dem Haus. Sie lauschte andächtig in die feiertägliche Stille hinein, die plötzlich von dem Läuten ferner Kirchenglocken unterbrochen wurde. Jetzt geht Susanna zum Gottesdienst, dachte sie. Später würden sie sich treffen, und sie freute sich darauf, ihr von dem Ball zu erzählen. Gerade als sie das Fenster wieder schließen wollte, zerriss Selmas Schrei die Ruhe im Haus. Maries Herz zog sich zusammen, und sie musste sich am Fensterbrett festhalten. Kurz darauf hörte sie die Stimme ihres Vaters, der *Elise* rief, immer wieder *Elise*, und da wusste sie, dass es zu spät war. Sie hatte viel zu lange gezögert, um ihrer Mutter von ihrer großen Liebe zu erzählen.

17

Emma

Maui, Juli 2022

Riesige, aus Metall geschmiedete Blätter und Strelitzien-Blüten ragten mannshoch vor Emma auf und verschmolzen mit dem Garten dahinter. Elias griff in das Fach über der Mittelkonsole und drückte auf einen Sender. Zwei Flügel des Metalldschungels schwangen auf und gaben den Blick auf einen gekiesten Weg frei, der sich zwischen Palmen, Calathea- und Hibiskus-Sträuchern zu einem Haus aus Redwood-Holz schlängelte. Das Gebäude schmiegte sich in die Pflanzenwelt, als wäre es ebenfalls aus dem Boden gewachsen, und über allem schwebte auf der rückwärtigen Seite die metallene Kuppel des Observatoriums wie ein dunkler Mond.

»Wundere dich bitte nicht, das Haus hat meine Mom zusammen mit einer Architektin entworfen, die ganz ähnlich tickte wie sie.«

»Soll heißen?«, fragte Emma amüsiert.

»Sie haben sich mit ihren exzentrischen Einfällen wechselseitig zu übertreffen versucht.« Er grinste. »Mein Dad hat ausschließlich sein Arbeitszimmer selbst gestalten dürfen.«

»Es hat also einen anderen Stil als der Rest des Hauses?«

»Sagen wir mal, es steht an guter alter amerikanischer Tradition dem Oval Office in nichts nach.«

»Oh, mein Gott!« Emma lachte und schnallte sich ab, denn Elias war vor einem Garagentor stehen geblieben. Rechts und links davon ragten schmiedeeiserne Fackelhalter wie Speere aus dem Gras, was dem Eingang etwas Archaisches verlieh. Kaum waren sie ausgestiegen, schwang die Eingangstür neben dem Tor auf, und Becky eilte ihr entgegen. Sie trug ein marineblaues Sommerkleid mit weißen Tupfen, hatte die Arme ausgebreitet und ein breites Lächeln im Gesicht.

»Emma! Wie schön, dass du hier bist!«

Überrumpelt erwiderte Emma die herzliche Umarmung. »War deine Fahrt angenehm?«, fragte Becky laut und fügte leiser hinzu: »Muss ich ihm den Kopf waschen?«

Emma unterdrückte ein Lachen, warf einen kurzen Blick nach hinten zum Jeep, aus dem Elias gerade ihren Koffer wuchtete, und schüttelte den Kopf. »Die Straße nach Hāna war traumhaft. Ich habe dir was von unterwegs mitgebracht.«

Sie eilte zurück zum Wagen und angelte die Tüte mit dem Bananenbrot vom Rücksitz. Währenddessen rollte Elias ihren Koffer vorbei und umarmte seine Mutter.

»Ich hoffe, du magst die Sorten«, sagte Emma und reichte ihr das duftende Brot.

»Oh! Ihr seid bei Sandy vorbeigefahren? Wie lieb von dir, Danke!« Sie schnupperte und verzog genießerisch die Miene. »Es gibt nichts Besseres als dieses Bananenbrot hier auf Maui!«

»Gut zu wissen. Falls das ein Hinweis darauf sein soll, dass dir dein Abendessen misslungen ist, können wir dann immer noch das Brot futtern«, sagte Elias und fing sich von seiner Mutter einen Hieb gegen den Arm ein.

»Das könnte dir so passen! Und jetzt kommt endlich rein!«

Emma gefiel das freche Lächeln, das Elias seiner Mutter schenkte. Ein leises Rauschen war in der Ferne zu hören. Das musste das Meer sein. Im Eingang des Hauses schoss plötzlich etwas an ihren Beinen vorbei, und sie drehte sich erschrocken um. Über den Kiesweg flitzte eine getigerte Katze und verschwand irgendwo zwischen den Büschen.

»Das ist nur Jazzpurr«, erklärte Becky. »Er ist immer beleidigt, wenn ich Besuch bekomme und ihm nicht meine volle Aufmerksamkeit widme. Aber keine Sorge, ihr werdet euch schon anfreunden. Oder hast du eine Katzenallergie?«

Emma drehte sich um und folgte ihr. »Nein. Ich habe zum Glück überhaupt keine …« Sie brach ab und starrte verblüfft in den lichtdurchfluteten, riesigen Raum, dessen bodentiefe Fenster allesamt zum Garten und auf das Meer ausgerichtet waren. Eine helle moderne Sitzgruppe lag wie hingewürfelt zwischen der Küche mit wuchtiger Theke und Esszimmermobiliar auf der einen und einer Bibliothek auf der anderen Seite. Halbmondförmig angelegt schien der Raum das Meer und den Garten davor liebevoll zu umarmen. Neben den maßgenau eingepassten Bücherregalen stand ein weißes Klavier, über dem das Bild eines Mädchens mit langen blonden Haaren hing.

»Du hast mir gar nicht erzählt, dass du auch Klavier spielst«, rief sie.

»Ich habe es leider nie gelernt. Das ist das Instrument meiner Tochter Jane.«

Emma bemerkte auf einmal Elias' seltsamen Blick.

»Manchmal bist du so gnadenlos ehrlich wie Omi Viktória«, hatte ihre Mutter ihr vorgeworfen. *»Die schert sich auch nicht um Höflichkeiten oder gesellschaftliche Konventionen, sondern platzt einfach mit dem heraus, was ihr gerade in den Sinn kommt.«*

Aber das stimmte nicht. Sie wollte niemanden brüskieren, schon gar nicht Becky. Es fiel ihr nur manchmal schwer, angemessen zu reagieren, weil ihre Gedanken sofort weitersprangen, so wie eben jetzt von der traumhaften Einrichtung zu dem Klavier.

»Was für eine wahnsinnig schöne Aussicht!«, beeilte sie sich mit einer Geste zum Garten hin, zu sagen. »Und dein Haus ist ein Traum!«

Becky strahlte sie an. »Nach dem Essen machen wir einen

kleinen Rundgang. Ich bin schon gespannt, was du zu dem Observatorium sagen wirst.«

Eineinhalb Stunden später half Emma, das Geschirr in die Spülmaschine zu räumen, und Elias deckte unterdessen den Tisch mit Desserttellern. Ein Schokoladen-Pie mit Mango stand auf der Theke als Nachtisch bereit, und ihre Gastgeberin kramte in einer Schublade, auf der Suche nach dem Kuchenmesser.

Da vibrierte Emmas Handy, und stirnrunzelnd warf sie einen Blick auf das Display. Bestimmt war das wieder Michael. Sie wollte den Anruf gerade wegdrücken und hielt im letzten Moment inne. Omi Viktória?

»Entschuldigt bitte!«, rief sie. Elias machte sich gerade an der Espressomaschine zu schaffen. »Für mich einen Cappuccino«, raunte sie ihm noch rasch zu und nahm den Anruf an.

»Hallo, Omi! Wie geht es dir?«, fragte sie und ging Richtung Schiebetür, zog sie auf und trat auf die Terrasse, um ungestört zu reden. Schwüle Abendluft schlug ihr entgegen. Die Dämmerung war hereingebrochen, nur noch ein schmaler orangefarbener Streifen am Horizont war vom Tag übrig geblieben, und der Mond und erste Sterne spannen silberne Fäden ins Meer. In den Palmenzweigen flüsterte der Wind und trieb ihr einige Haarsträhnen ins Gesicht.

»Das sollte ich besser *dich* fragen«, erwiderte Viktória amüsiert. »Wie ich hörte, hast du dich von Mr. Business getrennt und bist vom Erdboden verschluckt.«

Vor Schreck rutschte Emma fast das Handy aus der Hand. »Woher weißt du das, Omi?«

»Michael hat heute Morgen bei deiner Mutter angerufen, und Moni hat sofort wie eine aufgescheuchte Glucke bei mir nachgefragt, ob ich etwas davon wüsste.«

Emma sah auf ihre Armbanduhr und rechnete nach. Elf Stunden Zeitunterschied, in München musste es jetzt morgens um acht sein. Sie biss sich auf die Unterlippe. Was fiel ihm ein, von allen Menschen ausgerechnet ihre Mutter zu verständigen, der sie zuallerletzt von der Trennung berichten wollte, wohlwissend, wie hysterisch sie darauf reagieren würde! Da sie nicht sofort antwortete, fuhr ihre Omi mit ironischem Unterton fort:

»Er hat sich ungewohnt besorgt gezeigt und wollte wissen, wo du jetzt steckst.«

Emma verdrehte die Augen. »Bei einer sehr netten Frau auf Hawaii. Sie ist etwa in Mamas Alter und war auch einmal Astronautin.« Der Satz war raus, bevor ihr bewusst wurde, dass Omi Viktória von ihren Weltraumambitionen noch gar nichts wissen konnte. Sie seufzte. »Weißt du, ich dachte, ich erzähle dir das alles in Ruhe, wenn ich wieder zurück bin«, fügte sie kleinlaut hinzu. »Vergangenes Jahr habe ich mich bei der Europäischen Weltraumorganisation beworben, und wie es aussieht, habe ich ganz gute Chancen, dass ich als Astronautin aufgenommen werde.«

»Das hat mir deine Mutter eben erzählt.«

Natürlich. Diese Klatschtante! Konnte sie es nicht ein einziges Mal ihr selbst überlassen, der Großmutter davon zu berichten? Emma schnaubte verärgert.

»Und im Gegensatz zu ihr finde ich es einfach großartig.«

»Wirklich?«, fragte Emma atemlos.

»Natürlich! Lass mich raten, dein Michael war von deinen Plänen nicht angetan?«

»Nein. Er hat mich vor die Wahl gestellt – der Weltraum oder er.«

Omi Viktória lachte leise. »Das wundert mich gar nicht, Liebes. Dann darf ich dich also zu deiner Entscheidung beglückwünschen.«

Ein warmes Gefühl überrollte Emma. Michael war mit ihrer Großmutter nie sonderlich gut ausgekommen. Sie hatte ihm mehr als einmal sehr direkt ihre Meinung gesagt, daher hatte sich der Kontakt zu ihr in den letzten Jahren auf die wenigen Familienfeiern beschränkt. Aber wenn sie sich zurückerinnerte, war ihre Omi in der Vergangenheit immer auf ihrer Seite gestanden, auch gegen die eigene Tochter.

»Es tut mir leid, dass wir uns so lange nicht gesehen haben«, sagte sie mit belegter Stimme. »Ich hätte schon früher …« Sie stockte und rang nach Worten.

»… mit diesem Egoisten Schluss machen sollen?«

Emma grinste. Das war typisch für Omi.

»Magst du darüber reden?«

Ihr Handy vibrierte und zeigte den Eingang eines weiteren Anrufs, den ihrer Mutter. *Auch das noch!* Emma drückte sie entschlossen weg.

»Jetzt nicht. Ich bin hier gerade beim Abendessen. Aber ich rufe dich in den nächsten Tagen bestimmt zurück.«

»Ich werde Moni sagen, dass es dir gut geht und sie dich in Ruhe lassen soll.«

»Zu spät, Mama ruft gerade pausenlos durch«, stöhnte Emma.

»Lass das meine Sorge sein. Genieß du jetzt erst mal deine Freiheit.«

Ein schlechtes Gewissen machte sich in ihr breit. Sie hätte niemals zulassen dürfen, dass Michael einen Keil zwischen sie und ihre Großmutter getrieben und den Kontakt auf das Notwendigste beschränkt hatte.

»Mach ich. Ich hab dich lieb, Omi!« Ein Satz, den sie vermutlich zuletzt als Kleinkind gesagt hatte. Sie blinzelte. Was war denn nur mit ihr los? Weder sie noch Omi Viktória waren sonst so rührselig miteinander. Sekundenlang herrschte Schweigen. Emma wollte sich schon verlegen verabschieden, da erwiderte ihre Großmutter mit belegter Stimme: »Ich dich auch, Kind!«

Sie blieb einen Moment stehen, um sich wieder zu sammeln. Inzwischen war der letzte Lichtstreifen am Horizont verschwunden, und im Haus erloschen die Lampen über der Küchentheke. Nur die Kerzen am Esstisch schimmerten in sanftem Licht durch das Fensterglas. Den Kopf in den Nacken gelegt sah Emma hinauf in den Nachthimmel. So viele Sterne! Es war gar nicht so einfach, die Sternbilder in dieser ungewohnten Vielzahl auszumachen. Sie dachte daran, wie sie früher die Ausflüge zur Sternbeobachtung mit ihrem Vater genossen hatte, als es plötzlich neben ihr raschelte. Mit klopfendem Herzen schwenkte sie die Handytaschenlampe in die Richtung, aus der das Geräusch kam, und traf auf ein empört funkelndes Augenpaar. Beckys Kater schlüpfte lautlos zwischen den Blättern hervor und stolzierte mit hoheitsvoller Miene an ihr vorbei über den Rasen zur Terrassentür. *Schlimmer als ein Hund, der sein Revier verteidigt,* dachte sie, folgte ihm und schob schmunzelnd die Tür auf, damit er vor ihr ins Wohnzimmer schlüpfen konnte.

»Glaub mir, der Unterdrucktank, die Zentrifuge und das Überlebenstraining am offenen Meer waren nicht das Schwierigste in der Ausbildung. Noch nicht mal der Kotzbomber, also der Parabelflug«, sagte Becky wenig später zu ihrem Sohn beim Nachtisch und rührte so energisch einen Löffel Zucker in den Cappuccino, dass der Kaffee fast überschwappte.

Elias lachte. »Mom, willst du Emma etwa Angst einjagen?«

Becky setzte eine leidende Miene auf. »Das Schlimmste waren die unzähligen Schalter und Knöpfe im Shuttle und die technischen Notfallszenarien, die wir auswendig lernen mussten, um im Ernstfall richtig reagieren zu können. Und wir Teacher-in-Space-Mitglieder wurden nur in einem Bruchteil dessen ausgebildet, was bei den professionellen Astronauten auf dem Plan stand, wie Andock- oder Landemanöver, Raumfahrt- und Elektrotechnik. Meine Güte, waren die alle ehrgeizig! Judy hat endlos mit diesem störrischen Roboterarm trainiert.«

»Den Parabelflug finde ich auch spannend«, erwiderte Emma und erntete ein Kopfschütteln von Elias. »Im Ernst, darauf freue ich mich besonders. Ein Astronaut in Köln hat mir erzählt, wie das abläuft. Man fliegt mit dem Flugzeug erst einmal auf 7500 Meter Höhe. Dort startet es dann mit enormem Schub in zwanzig Sekunden auf 8700 Meter. Der Pilot drosselt die Triebwerke, der Jet steigt noch ein Stück und fällt anschließend frei in einer parabelförmigen Bahn zur Erde. Für die Passagiere bedeutet das dreißig Sekunden lang Schwerelosigkeit. Das Ganze wird dann mehrmals hintereinander wiederholt.«

»Bis auch noch der Letzte zu kotzen anfängt?«, fragte Elias mit hochgezogenen Augenbrauen.

»Keine Sorge, die Tüten werden vorab kostenlos ausgeteilt. Das hat man mir zugesichert.« Sie grinste.

»Und am Ende rast der Jet dann in einem Fünfundvierzig-Grad-Winkel zur Erde, bis der Pilot ihn abfängt.« Becky strahlte ihren Sohn an. »Man kann einen Parabelflug inzwischen auch als Privatperson buchen. Soll ich dir einen zum Geburtstag spendieren?«

»Nein danke, Mom! Ich fühle mich hier auf der Erde wirklich ausgesprochen wohl.« Elias trank seinen Espresso in einem Zug aus und stellte die Tasse eine Spur zu heftig ab.

Emma lachte und schob sich ein Stück Schokoladen-Pie in den Mund.

»Wir lernen auch, wie man in Notsituationen eingreifen kann, wenn die Technik versagt. Brände oder giftige Gase auf der Raumstation bekämpfen, Überleben im Falle einer Notlandung auf dem Wasser oder in der Wildnis bei minus zwanzig Grad. Die Ausbildung ist unglaublich vielseitig, sie zeigen uns, wie man aus einem Rettungsfallschirm ein provisorisches Zelt baut, Wunden näht oder Zahnfüllungen setzt, solche Sachen.«

»Sich in der Wildnis durchschlagen ist auf jeden Fall spannend. Dazu muss man noch nicht mal Astronaut sein.«

»Elias liebt Trekkingtouren«, erklärte Becky. »Er hat inzwischen bestimmt schon ganz Maui zu Fuß durchquert.«

»Du übertreibst, Mom!«

»Von wegen. Du und Kaleo wart früher ständig irgendwo unterwegs.«

»Mein bester Freund aus Kindertagen«, erklärte er Emma. »Seine Eltern wohnen nicht weit weg von hier, aber er ist inzwischen zu seiner Frau nach Big Island gezogen und veranstaltet auf allen Inseln Trekkingtouren in die abgelegensten Gebiete.«

»Beneidenswert! Kann er davon denn leben?«, fragte Emma.

Elias zuckte die Schultern. »Soweit ich weiß, läuft das Geschäft ganz gut. Hawaii ist ja ein ziemlicher Tourismusmagnet.« Er sah Emma an. »Aber sag mal, abgesehen von der Ausbildung – was reizt dich am Weltraum am meisten?« Seine Augen waren voll offener Neugier auf sie gerichtet, und Emma musste plötzlich an Michaels spontane Ablehnung denken. Er hatte sich nicht einmal die Mühe gemacht, sie zu fragen, warum sie ins All wollte, sondern ihr nur diesen Plan sofort ausreden wollen.

»Hm, ich denke, die Klimaforschung und all die Experimente, die man auf der Internationalen Raumstation durchführt.«

»Ich dachte immer, ihr Astronauten wollt vor allem andere Planeten erkunden. Aber deckt sich die Forschung nicht mit dem, was du am Deutschen Luft- und Raumfahrtzentrum beim Auswerten der Satellitendaten machst?«

»Das ist doch nicht dasselbe, Elias!«, empörte sich Becky. »Denk nur, was für ein unvergleichliches Gefühl es sein muss, unsere Welt aus dem All zu sehen und …«, sie unterbrach sich und grinste, »jetzt hätte ich ums Haar gesagt *Weltraumluft zu schnuppern*!«

Alle lachten.

»Keine gute Idee, Mom. Was für ein Glück, dass du nicht dort oben warst. Dir hätte ich zugetraut, dass du vor lauter Neugier draußen einfach den Helm abnimmst.«

Becky drohte ihm mit dem Kaffeelöffel, und Emma warf ein: »Theoretisch dürfte man im luftleeren Raum nichts hören und riechen können. Trotzdem behauptet Matthias Maurer, es dufte im Weltall nach abgebrannten Wunderkerzen, und die Weltraumtouristin Anousheh Ansari meinte, das Aroma verbrannter Mandelkekse in der Nase gehabt zu haben.«

»Ich bin jetzt schon gespannt, was du riechen wirst. Angekokeltes Popcorn? Lass es uns unbedingt wissen, sobald du dort oben warst.« Sein Gesicht hob sich im Kerzenschein hell vom dunklen Zimmer ab und wirkte auf einmal unheimlich anziehend. Sie war gefangen von seinem Lächeln, das sich in den geheimnisvollen grünen Augen wiederfand, und den Grübchen, die sich auf seinen Wangen bildeten. Emmas Atem ging schneller.

Dass er sich so für ihre beruflichen Ambitionen interessierte, obwohl er sie kaum kannte, brachte etwas in ihr zum Klingen. Emma räusperte sich und versuchte, wieder einen klaren Kopf zu bekommen.

»Es gibt noch viele andere Forschungsgebiete, wie Pflanzen in Schwerelosigkeit wachsen oder medizinische Experimente. Langweilig wird mir bestimmt nicht werden.«

»Irgendwo habe ich gelesen, dass man sogar an degenerativen Erkrankungen des Gehirns wie Alzheimer und Demenz forscht«, erklärte Becky.

»Weil man im All schneller altert?« Elias beugte sich hinunter und hob Jazzpurr auf seinen Schoß. Der kleine Kater ließ sich von ihm genüsslich am Hals kraulen und gab ein tiefes entspanntes Schnurren von sich, während er Emma immer noch misstrauisch unter halb geschlossenen Lidern fixierte.

»Ja, genau.« Emma erwiderte schmunzelnd Jazzpurrs Blick. Kaum zu glauben, wie zutraulich der Kater bei Elias war.

Elias sah zu seiner Mutter. »Ich glaube, Dad hatte damals eine Heidenangst, ich könnte ebenfalls ins All wollen, als ich zum Studieren nach Berkeley ging und mich für den Bau von Teleskopen interessiert habe. Er hat nicht nur mit Opa deswegen gestritten, sondern mir auch gesagt, Astronauten wären nur ein Haufen abenteuerlustiger Draufgänger, die ihr Können besser anderweitig einsetzen sollten.«

Becky lachte schallend auf. »Oh Gott, das sieht John ähnlich!«

»Hatte dein Opa auch was mit Raumfahrt zu tun?«, fragte Emma neugierig.

»Nein, aber Ian war Flugzeugmechaniker bei Boeing«, antwortete Becky an seiner statt. »John hat sich lange nicht damit abfinden können, dass Elias mehr nach seinem Vater kam und sich für alles Technische begeisterte statt für Jura.«

»War einfach nicht mein Ding«, erklärte Elias schulterzuckend.

»Meine Mutter wollte unbedingt, dass ich aufs Konservatorium gehe«, gab Emma zu. »Ich liebe die Musik, aber am Ende habe ich mich dann doch für ein naturwissenschaftliches Studium entschieden.«

»So gut spielst du Klavier?« Becky lächelte. »Oh, bitte, würdest du uns etwas vorspielen?«

Da hatte sie sich was eingebrockt! Aber einen Rückzieher konnte sie jetzt auch nicht mehr machen.

18

Johannes

Temeswar, Januar 1914

Johannes klopfte sich den Schnee von Hut und Mantelkragen und trat die Stiefel ab, bevor er den Arader Kulturpalast betrat. Ein Gefühl von Ehrfurcht überkam ihn beim Betreten des monumentalen Inneren. Erst im Oktober vergangenen Jahres war der Prachtbau feierlich eröffnet worden, ein architektonisches Meisterwerk hatte die ›Neue Arader Zeitung‹ geschrieben. Er verstand leider nichts von Architektur, aber auf ihn wirkte die breite Treppe mit den Säulen vor dem Portal wie der Eingang zu einem antiken Tempel. Doch er war sicher, Maries Vater würde aus dem Schwärmen gar nicht mehr herauskommen, wäre er nicht seit dem Tod seiner geliebten Frau ein gebrochener Mann.

Johannes seufzte und schritt über den blank polierten Marmorboden des Foyers zur Garderobe, um Mantel und Hut abzugeben. Er hatte die traurige Nachricht vor einer Woche von Gisela erfahren, nachdem Elise Rosenfeld bereits beerdigt worden war, denn die Weihnachtsfeiertage und Neujahr hatte er bei seiner Familie in Lugosch verbracht und dem Vater anschließend noch ein paar Tage in der Schreinerei ausgeholfen. Es war eine fröhliche Zeit gewesen. Aus dem Annerl, seiner kleinen Schwester, war in dem Dreivierteljahr, in dem er sie nicht gesehen hatte, ein richtiger Backfisch geworden. Ihren vierzehnten Geburtstag hatten sie einen Tag vor seiner Abreise gefeiert, und so war er frohgemut zurückgekehrt und von der traurigen

Kunde umso schlimmer überrascht worden. Das Studium hatte wieder begonnen, und es war ihm nicht möglich gewesen, Marie und ihrem Vater persönlich sein Beileid auszusprechen. Nur eine Kondolenzkarte hatte er ihnen schreiben können und Gisela einen vertraulichen Brief an sie mitgegeben, den ihre Schwester Susanna ihr heimlich aushändigen sollte.

Eine Gruppe von Jungen in Schuluniformen mit Matrosenkragen lief lachend an ihm vorbei, ermahnt von ihrem Erzieher, der ihnen schnellen Schrittes folgte und dabei eine säuerliche Miene machte. Im Kulturpalast waren auch die Stadtbibliothek und das Museum untergebracht, die Philharmonie befand sich ein Stockwerk darüber. Johannes hatte gerade den ersten Treppenabsatz erreicht, da hörte er von oben aufgebrachte Stimmen.

»Aber alle großen Opernhäuser haben den Parsifal neu ins Programm genommen, jetzt da er endlich außerhalb von Bayreuth aufgeführt werden darf, nicht nur in Budapest war er ein Riesenerfolg. Ich verstehe überhaupt nicht, was du dagegen einzuwenden hast. Allein das Vorspiel zum ersten Akt ist von fast überirdischer Schönheit!«

Johannes sah hoch zur Kuppel. Trübes Winterlicht fiel durch die Jugendstilfenster und vermochte den gemalten Sternbildern und dem Halleyschen Kometen nicht den üblichen strahlenden Glanz zu verleihen. An der Brüstung aus rotem Marmor standen der Intendant des Hauses und sein Chefdirigent.

»Überirdisch?«, rief Letzterer mit gerunzelter Stirn. »Reihst du dich jetzt etwa auch in die Wagner-Jünger ein, für die seine Opern Religion sind? Soll unser Kulturpalast zu einem Zufluchtsort nationaler Reaktionäre verkommen?«

»Das kann doch nur ein Jud sagen!«, donnerte der Intendant, und Johannes hielt im Gehen erschrocken inne. »Wenn du dich weigerst, werde ich eben einen Gastdirigenten für das Stück engagieren.«

In diesem Augenblick drehte sich der Chefdirigent um und

nahm ihn auf den Stufen wahr. Sein Gesicht war zorngerötet, als er sich zurück zu dem Intendanten beugte und ihm in leisem Tonfall etwas sagte, das er wegen der Entfernung nicht verstand. Der Intendant wandte sich nun ebenfalls der Treppe zu, und Johannes beeilte sich, weiterzugehen, weil er nicht den Eindruck erwecken wollte, er wäre absichtlich stehen geblieben, um sie zu belauschen. Es war nicht das erste Mal, dass er die beiden im Streit angetroffen hatte. Einen derart zornigen Wortwechsel hatte er bislang allerdings nicht mitbekommen.

»Ah, der hoffnungsvolle Nachwuchs!«, rief der Intendant und winkte Johannes näher, der, bei ihnen angelangt, die Männer ehrerbietig begrüßte. »Sie kommen wegen des neuen studentischen Streichquartetts?«

Er nickte eingeschüchtert.

»Dann überlasse ich Sie jetzt der Planung.« Mit einem stechenden Seitenblick zum Dirigenten und einem »Wir sprechen uns hinterher« verabschiedete er sich und eilte mit langen Schritten davon.

»Das Streichquartett ist die Königsdisziplin der Kammermusik«, dozierte der Dirigent wenig später. »Sie sind der jüngste Musikschüler, den wir in unser Ensemble aufnehmen, ich erwarte von Ihnen absolute Präzision und Hingabe.«

»Ich bin mir der Ehre durchaus bewusst und werde mein Bestes geben«, versicherte Johannes und fühlte, wie seine Wangen heiß wurden. Die anderen drei Studenten waren zwischen fünfundzwanzig und achtundzwanzig Jahren alt und viel konzerterfahrener als er. Ihm standen anstrengende Wochen unermüdlichen Übens bevor, wenn er mit ihnen mithalten wollte.

»Für das erste Konzert haben wir das ›Quartetto serioso‹ von Beethoven und das ›Amerikanische Quartett‹ von Antonín Dvořák gewählt, zwei einzigartige Werke, die gegensätzlicher nicht sein könnten. Wir werden …«

Während der Dirigent die Pläne für die nächsten Wochen erläuterte, schweiften Johannes' Gedanken wieder zu dem unwillentlich belauschten Streit und zu Marie. Waren sie und ihr Vater auch Anfeindungen wegen ihres mosaischen Glaubens ausgesetzt? Er hatte von einem Kommilitonen aus Wien erfahren, dass immer öfter Flugblätter umgingen, in denen jüdische Musiker aufgefordert wurden, *ihre dreckigen Finger von den Meisterwerken deutscher Komponisten zu lassen.* Wer etwas an der Oper und anderen Konzerthäusern werden wollte, war gezwungen, zum christlichen Glauben zu konvertieren. Aber bislang hatte er nicht bemerkt, dass derartige Gesinnungen sich auch hier im westlichen Banat breitmachten.

»Können Sie das bis Ende des Monats schaffen, Herr Farber?«

Erschrocken zuckte Johannes zusammen. Er musste aufhören, ständig an Marie zu denken, und sich besser auf seine Arbeit konzentrieren. Je fleißiger er war, umso schneller würde er die finanziellen Mittel aufbringen, um Benjamin Rosenfeld um ihre Hand zu bitten. Aber Marie in diesen schweren Zeiten nicht beistehen zu können, brach ihm das Herz. Hoffentlich hatte sie wenigstens seinen Brief von Susanna erhalten. Er hatte ganz besondere Worte für sie finden wollen, mehrere Anläufe gebraucht und zwischendrin immer wieder die Seiten zerrissen und neu begonnen, bis er zufrieden war. Die letzten Zeilen des Briefes kannte er daher auswendig.

Liebste, ich denke Tag und Nacht an dich. Ich sehe deine Augen im Immergrün der Tannen, die das Ufer der Mieresch säumen. Und wenn du lächelst, glänzen sie wie die Sterne, zu denen ich jede Nacht emporschaue, unendlich weit weg wie du, während mein Herz dem deinen doch so nah ist, als schlüge es gleich neben mir.
In tiefer Sehnsucht auf ein Wiedersehen mit dir wartend,
Dein dir treu ergebener J.

Endlos zogen die Wochen ins Land, bis Johannes Mitte Februar überraschend mit dem Streichquartett nach Temeswar reisen konnte, um ein Konzert am Städtischen Theater zu geben. Die ursprünglich geplante Aufführung musste aufgrund einer Erkrankung zweier Musiker ausfallen. Sein Herz raste im Takt der ratternd am Bahnhof einfahrenden Eisenbahn. Auf seinen Brief hatte er keine Nachricht von Marie erhalten, und er befürchtete das Schlimmste. War sie etwa auch erkrankt? Oder war sie nur vor Trauer nicht in der Lage, ihm zu schreiben? Kaum hatte er seine Reisetasche und die Violine im Hotelzimmer verstaut, machte er sich auf den Weg ins Fabrikviertel, um Marie zu besuchen. Doch bei der neuen Adresse der Rosenfelds angekommen, waren die Fenster dunkel, und er erfuhr von Selma, dass es dem gnädigen Herrn nicht gut ginge und seine Tochter außer Haus wäre und erst am Abend zurückkehren würde. Unschlüssig, was er nun tun sollte, beschloss er, der Familie Keller seine Aufwartung zu machen und später wiederzukommen.

19
Marie

Temeswar, Februar 1914

»Ich verstehe das einfach nicht!«

Marie sah von dem ›Rechenbuch für höhere Töchterschulen‹ auf und ließ ihren Blick aus dem Fenster schweifen. Dicke Schneeflocken schwebten vor dem Keller'schen Palais vom Himmel, sammelten sich auf dem steinernen Sims und hatten der Laterne auf der gegenüberliegenden Straßenseite eine riesige weiße Haube aufgesetzt. Die Eiszapfen darunter funkelten wie geschliffene Edelsteine, aber Marie konnte dem Anblick ebenso wenig abgewinnen wie den lilienförmigen Eisblumen am Fensterrand. Sie fühlte sich vollkommen erstarrt, wie die Welt draußen. Aus dem Augenwinkel nahm sie wahr, dass Susanna den Bleistift, an dessen Ende sie seit einiger Zeit knabberte, aus dem Mund zog und neben das Schulheft legte.

»Also, wenn *du* das schon sagst, fange ich gar nicht erst mit dieser Aufgabe an!« Sie schlug die Seiten des Buches um und las spöttisch aus dem Vorwort des Verfassers: »*Die Vermittlung mathematischen Wissens trägt nicht nur dazu bei, die weibliche Natur zur Exaktheit des Denkens zu erziehen, sondern auch, dass die Frau den geistigen Interessen des Mannes nicht fremd und gleichgültig gegenübersteht.*« Sie verdrehte die Augen. »Als ob wir mit unseren künftigen Ehemännern über Algebra reden würden!«

»Die Aufgaben meine ich doch gar nicht!« Verzweifelt schüttelte Marie den Kopf. »Ich verstehe nicht, warum Johannes mir seit dem Tod von Mama nicht geschrieben hat.« Ihre Lippen begannen zu zittern, und sie blinzelte gegen die Tränen an, die sich in ihren Augen sammeln wollten. »Hat die Gisela dir denn gar nichts von ihm mitgeschickt?«

Susanna überging die Frage. »Was meinst du? Du selbst hast mir die Kondolenzkarte gezeigt.«

»Ja, aber die war doch nur ganz förmlich gehalten, ohne vertrauliche Worte. Er hat darin Papa und mir sein Mitgefühl ausgesprochen.«

»Vielleicht weiß er nur nicht, was es sonst noch dazu zu sagen gibt.«

Marie starrte ihre Freundin entgeistert an. »Meine liebste Mama ist gestorben, und alles, was ihm einfällt, ist eine kurz gefasste, förmliche Karte, wie wir sie zu Dutzenden von Bekannten bekommen haben?«

»Was weiß denn ich? Bestimmt ist er mit Lernen und Üben eingespannt. Du solltest dich besser auch auf unsere Abschlussarbeiten und nicht auf den Johannes konzentrieren! Wenn du die Prüfungen vermasselst, kannst du hinterher nicht auf die Lehrerinnenbildungsanstalt.«

»Ich weiß eh nicht, ob ich das machen soll«, platzte es aus Marie heraus.

Susanna stieß einen überraschten Laut aus und rückte ihren Stuhl herum, sodass sie ihr gegenübersaß.

»Was? Hat der Samuel dir einen Antrag gemacht?«

Marie starrte sie verblüfft an und zog die Stirn in Falten. »Warum kommst du mir nur immer mit dem Samuel? Ich habe dir doch erzählt, dass er wie ein Bruder für mich ist!« Sie hatte ihm schwören müssen, niemandem von seinen Heiratsplänen mit Paula zu erzählen. Viel zu groß war die Gefahr, dass seine oder ihre Eltern davon Wind bekamen und ihr Vater versuchen würde, seine Tochter vor ihrer Volljährigkeit zu verheiraten. Deshalb hatte sie auch Susanna nicht eingeweiht.

»Na, ich dachte doch nur …«

»Schau, wenn der Johannes und ich heiraten werden, kann ich gar keine Lehrerin mehr sein.«

»Wegen des Zölibatgebots, das eine Ehe von Lehrerinnen verbietet? Aber du weißt noch gar nicht, ob das mit der Hochzeit jemals klappen wird.«

Susannes Worte versetzten ihr einen Stich. »Wie meinst du das? Hat Gisela dir etwas von ihm verraten?« Sie griff nach den Händen ihrer Freundin. »Bitte, du musst mir sagen, wenn du was von ihm weißt. Warum er mir nicht mehr schreibt. Ich will die Wahrheit wissen.«

Susanna wand sich unter ihrem forschenden Blick. »Die Gisela hat mir nur erzählt, dass er jetzt in einem Streichquartett mitspielt und mächtig viel zu tun hat.« Marie atmete auf. »Aber du weißt ja, wie die Musiker sind.«

»Wie sind sie denn?«

Die Freundin entzog ihr die Hände und zupfte an den Rüschen ihres Kleides. »Na, sie kommen mit ihren Konzerten eben viel herum und haben jede Menge Bewunderer, vor allem weibliche.«

Es fühlte sich an, als würde sie in ein Korsett geschnürt, das Susanna Wort für Wort enger anzog. Marie rang nach Luft.

»Du denkst, er hat … ein anderes Mädchen gefunden?« *Dem er Briefe schreibt und seine Küsse schenkt.* Der erste heimlich ausgetauschte Kuss im Flur der Wohnung brannte immer noch süß auf ihren Lippen. Jedes Detail scharf wie eine Fotografie – ihre Hand in seinen schwarzen Locken, der zärtliche Blick aus seinen Augen, wie er die langen Wimpern über ihr Blau senkte, ihr Kinn, das an seinen Bartstoppeln rieb, der Pomadenduft seines Haars und seine Hand an ihrer Taille. Oh, Himmel, sie sehnte sich so sehr nach seiner Nähe, dass jeder Gedanke an ihn wie tausend Nadelstiche auf ihrer Haut brannte. Das Zimmer drehte sich plötzlich, und Marie klammerte sich an die

Tischkante. In letzter Zeit wurde ihr immer öfter schwindlig. Vielleicht lag es auch nur daran, dass sie zu wenig aß.

Susanna hob abwehrend die Hände. »Marie, ich weiß gar nichts. Ich finde nur, du solltest jetzt keinen Fehler machen und wegen ihm die Lehrerinnenausbildung sausen lassen. Ihr seid doch noch nicht mal verlobt!«

Einen Moment lang schloss sie die Augen und versuchte, sich zu beruhigen. Dass Johannes ihr nicht schrieb, konnte viele Gründe haben. Sie wünschte, sie hätte ihrer Mutter von ihm erzählen und sie jetzt um Rat fragen können. Und dann war da auch noch die Sorge um Papa. Er schloss sich Tag und Nacht im Atelier ein und kam nicht einmal zu den Mahlzeiten heraus. Sie und Selma mussten sich allein um den Haushalt kümmern. Aber so konnte es nicht weitergehen. Ihre Ersparnisse waren so gut wie aufgebraucht, das Dienstmädchen hatte für diesen Monat sogar auf ihren Lohn verzichten müssen, und das Essen wurde täglich karger. Tränen stahlen sich unter ihren Lidern hervor und liefen ihr über die Wangen, als Marie die Augen wieder aufschlug.

»Ach, Marie!« Susanna beugte sich vor und nahm sie in den Arm. »Alles wird gut werden! Soll ich … Papa bitten, euch Geld zu leihen?«

Brüsk löste sie sich von ihr und schüttelte den Kopf. Sie wusste, dass Klara ihrer Mutter Vorwürfe deswegen gemacht hatte. »Nein. Wir kommen schon zurecht.« Marie atmete tief durch, straffte die Schultern und strich sich die Tränen von den Wangen. »Ich werde versuchen, neben dem Fotografieren in einem Modeatelier eine Anstellung als Näherin zu bekommen.«

Susanna schlug die Hände zusammen. »So schlimm steht es um euch? Aber du wirst einen furchtbar geringen Lohn erhalten! Unser Stubenmädchen hat sich mit der Fanni darüber unterhalten, dass ihre Freundin nur unwesentlich mehr verdient als sie, zwanzig Kronen im Monat, und dass sie zumindest hier in der Küche mitessen kann, jetzt, wo die Lebensmittel immer teurer werden! Mama hat gestern erst darüber geklagt, dass sie mehr Haushaltsgeld braucht, weil wegen der Balkanwirren die Mehl- und Fleischpreise gestiegen sind. Stell dir vor, ein Kilogramm Zucker kostet schon eine Krone. Vom Nähen allein könnt ihr nicht leben.«

Marie dachte daran, dass sie sich den Luxus von Zucker schon sehr lange nicht mehr leisten konnten, und sie froh war, wenn genug Geld vorhanden war, um Erdäpfel und Brot zu kaufen. Aber damit wollte sie ihre Freundin nicht belasten. Susanna würde sich nur noch mehr Sorgen machen.

»Das lässt sich nun mal nicht ändern«, erklärte sie daher. »Wer weiß, vielleicht kommen wieder bessere Zeiten, Papa verkauft seine Bilder endlich an eine berühmte Galerie, und ich studiere in Budapest Medizin und werde eine Frau Doktor.«

»Das wolltest du doch nie werden!«

Marie seufzte. »Ich möchte damit sagen, es ist nicht alles verloren, nur weil ich keine Lehrerin werden will, ich …«

Ein Klopfen an der Tür unterbrach sie. Eines der Dienstmädchen streckte den Kopf zur Tür herein und verkündete:

»Die Frau Mutter lässt Sie und Fräulein Rosenfeld in den Salon bitten. Ein junger Herr ist zu Besuch.«

Susanna zog die Augenbrauen hoch. »Wer soll das sein?«

»Das weiß ich leider nicht, gnädiges Fräulein.«

»Ist gut, wir kommen gleich.«

»Hilde ist erst seit ein paar Wochen bei uns«, erklärte Susanna entschuldigend, nachdem das Dienstmädchen die Tür wieder hinter sich geschlossen hatte.

»Erwartest du jemanden?«, fragte Marie verwundert.

»Nein. Aber ich kann mir denken, wer das ist.« Sie verdrehte die Augen.

»Jetzt spann mich doch nicht so auf die Folter! Ein junger Herr …« Marie gab ihrer Freundin einen Stupser, froh, von etwas anderem reden zu können als Johannes und ihren Geldnöten. »Hast du einen heimlichen Liebsten? Glaub nicht, dass mir entgangen ist, wie verträumt du manchmal im Unterricht aus dem Fenster schaust.«

Susannas Wangen färbten sich rosa. »Unfug! Ich sage dir, wen ich im Salon vermute. Den Schmidt Emil.«

»Ach! Was macht denn der in der Stadt?«

»Soweit ich weiß, möchte seine Familie das Wirtshaus neu mit Mobiliar, Wäsche und Geschirr ausstatten. Sie haben einen Anbau gemacht und nennen es jetzt großspurig ›Hotel zur goldenen Gans‹.«

Marie lachte laut auf. »Ausgerechnet! Der Emil ist doch vor einem wütenden Gänserich im Sommer ausgerissen!«

»Du sagst es. Auf die Idee kam seine Mutter, weil ihr Gänsebraten – wie sie selbst behauptet – der beste weit und breit ist.«

»Und sie haben auf dem brachen Land so viele Gäste, die sich diesen weltberühmten Gänsebraten nicht entgehen lassen wollen? Dann wollen wir den Herrn Hotelier mal nicht zu lange warten lassen.«

Susanna gab zustimmend einen schnatternden Laut wie den einer Gans von sich, und sie sprangen auf und liefen kichernd mit fliegenden Zöpfen zum Salon. Kurz klopfte Marie an, und schwungvoll öffnete die Freundin die Tür. Im nächsten Augenblick wich alle Farbe aus Susannas Gesicht.

20
Elias

Maui, Juli 2022

Elias konnte sich noch mit Schaudern an den Klavierunterricht seiner Schwester erinnern. Jane besaß viele Talente, sie hatte ihn im Kirschkernweitspucken übertroffen, konnte länger tauchen als er und würde, ohne mit der Wimper zu zucken, in das Löwengehege eines Zoos marschieren, wenn es dort eine Raubkatze zu verarzten gäbe. Klavierspielen gehörte nicht zu ihren Stärken. Ihr Unterricht hatte mit fünf Jahren begonnen. Damals war Elias zwei gewesen, ein Alter, an das man eigentlich kaum Erinnerungen hatte. Janes verzweifelte Wutausbrüche an den Tasten hatten sich Elias jedoch nachhaltig eingeprägt. Deshalb hatte er die Aufforderung seiner Mutter, Emma solle etwas spielen, mit gemischten Gefühlen aufgenommen.

Doch nun saß sie an ebenjenem Klavier, das früher seine Nerven überstrapaziert hatte, und verwandelte sich vor seinen Augen in einen völlig anderen Menschen. Um die nächtliche Stimmung und den Zauber der aufgehenden Sterne draußen über dem Meer nicht durch Kunstlicht zu zerstören, hatten sie die Kerzen in den Windlichtern vom Tisch mitgenommen und auf das Instrument gestellt. Im warmen Schein ihrer Flammen waren Emmas schlanke Finger zunächst über die Tasten geglitten, als wollte sie das Elfenbein liebkosen. Elias hatte sich in die Musik fallen lassen und war wenig später aufgeschreckt. Emmas Hände jagten in fliegender Hast von einem zum anderen Ende der Klaviatur. Fasziniert sah er, wie sich ihr Körper erst sanft wiegte, dann anspannte und heftig zuckte. Emmas Mimik war so entschlossen wie ihr Spiel, ihre Haare fielen ihr ins Gesicht und schimmerten golden im Schein des flackernden Lichts. Elias war wie elektrisiert. Wo zur Hölle war die beherrschte junge Frau geblieben, die man nur aus der Reserve locken konnte, sobald es um das Thema Weltraum ging? Hier, an Janes ehemaligem Klavier, gab sich Emma nicht nur der Musik, sondern auch ihren Emotionen hin und spielte, als hinge ihr Leben davon ab. Ihr schmaler Rücken erbebte im Crescendo ihrer Finger, und Elias fragte sich, was geschehen würde, wenn sie sich mit derselben Leidenschaft anderen Bereichen des Lebens widmete. Die Musik wurde im nächsten Augenblick wieder sanft, doch sein Herz raste mit den letzten Takten davon. Als seine Überlegungen an dem Punkt angelangt waren, an dem ihre Finger über seine Brust streichen und quälend langsam abwärts wandern würden, zwang er sich, den Kopf zu heben und die Windlichter auf dem Klavier zu fixieren. *Du hast zu viel Wein getrunken und schon zu lange mehr keinen Sex gehabt*, sagte er sich. Aber er ahnte, dass das wohl nicht der einzige Grund war, warum Emma ihn so aufwühlte. Hier, in ihrem fieberhaften Spiel, erinnerte sie ihn auf beunruhigende Weise an Colleen. An die guten Zeiten mit ihr, die Leidenschaft, die sie geteilt hatten, bevor sie alles um sich herum in Brand gesteckt hatte. Und an Kaleo, der mit ihm nach der Beerdigung seines Vaters zusammen ans Meer gewandert war und mit ihm hinaus in diese verdammte, unendliche Weite geschaut hatte, die keine Antworten auf all seine Fragen hatte.

»Du hast dich verändert«, hatte Kaleo gesagt.

»Dad ist gerade beerdigt worden, erwartest du, dass mich das kaltlässt?« Er hatte die Krawatte gelockert und den obersten Hemdknopf aufgeknöpft. Es war schwül gewesen, und in dem schwarzen Anzug hatte er das Gefühl gehabt, zu ersticken.

»Das meine ich nicht. Du bist nicht derselbe, seit du mit Colleen zusammen bist.«

Lautes Klatschen riss ihn weg von dem Strand, an dem er damals noch lange gestanden hatte, unfähig, seinen Blick vom Horizont zu lösen. Selbst dann nicht, nachdem seine Schuhe und der Hosensaum von den anbrandenden Wellen schon völlig durchnässt gewesen waren.

Wie aus der Ferne hörte er seine Mutter sagen: »… wundervoll, nicht wahr, Elias?«

Sein Blick traf den Emmas, die sich eben vom Klavierhocker erhob und ihre Finger knetete.

»Sorry, so lange hatte ich gar nicht spielen wollen.«

Sie hatte seinen finsteren Gesichtsausdruck offensichtlich falsch gedeutet.

»Nein, es war großartig. Ich hätte noch ewig zuhören können.«

Ihre Miene sprach Bände. Sie nahm ihm das nicht ab, und er konnte ihr schlecht erklären, dass er gerade an seine Ex gedacht hatte. Emma sah auf ihre Armbanduhr.

»Aber du musst heute noch den ganzen Weg wieder zurückfahren, und es ist schon spät.« Eine Aufforderung lag in ihrem Blick. »Wolltest du mir nicht …?«

Schlagartig wusste er, was sie meinte. Ob es ihm lieber wäre, dass sie ein Hotelzimmer nahm. Rasch beeilte er sich zu sagen: »… das Observatorium zeigen. Natürlich! Mom, gehst du schon mal mit Emma voraus, und ich trage noch ihren Koffer ins Gästezimmer?«

Sie zog die Augenbrauen hoch, lächelte und folgte dann seiner Mutter in den Garten. Elias sah ihnen nach. Das Observatorium war das geheime Refugium seiner Mutter, ein Ort, an den sie sich immer zurückzog, wenn ihr alles zu viel wurde. Es würde Emma bestimmt gefallen. Die wohlhabenden Nachbarn der Umgebung hatten ihre Villen mit Fitnessräumen voller Hightech-Geräten und die Gärten mit Pools und Bars zum Cocktailmixen ausgestattet. Damit konnte seine Mutter nichts anfangen.

»Wozu soll das gut sein?«, hatte sie gesagt. »Wenn ich laufen will, geh ich vors Haus, wenn ich schwimmen will, hinunter zum Meer. Ich werde einen Teufel tun, mich auf einer Luftmatratze mit Cocktailbechereinsatz stundenlang durch eine Chlorbrühe treiben zu lassen.«

Es war vorhersehbar gewesen, dass Mom bei den Nachbarn aneckte, zumal sie zu Dads Leidwesen auch nicht einsah, ihre Meinung für sich zu behalten.

Elias stieg mit Emmas Koffer die Treppe hinauf und betrat das Gästezimmer. Seine Mutter hatte angenehm duftende Blumen aus dem Garten auf die Frisierkommode gestellt. Er stellte den Koffer ab und erhaschte im Hinausgehen einen Blick auf ein gerahmtes Familienfoto, das an der gegenüberliegenden Wand neben Dads Büro hing. Es waren oft ganz unscheinbare Dinge im Alltag, die ihn an Dad erinnerten. Wenn er sich die Krawatte auf die Weise band, die er ihm beigebracht hatte. Oder oben am Visitor Point Väter ihre Kinder auf die Schultern nahmen, damit sie besser sehen konnten. Jeder struppige Hundewelpe, dem er unterwegs begegnete, erinnerte ihn an Flint. Der Border-Collie-Mischling war das schönste Geschenk gewesen, das er ihm je gemacht hatte. Während er die Treppe hinunterging, flogen seine Gedanken wieder zurück zu Dads Beerdigung.

»Colleen und ich machen eine schwierige Zeit durch, das ist alles«, hatte er damals zu Kaleo gesagt, der sich gewundert hatte, dass sie ihn nicht begleitet hatte. In Wahrheit hatte sie ihm gesagt, dass Beerdigungen einfach nicht ihr Ding wären und Dad sie ohnehin nie habe ausstehen können. Es hatte ihn mehr verletzt, als er vor Kaleo zugeben wollte.

»Träum weiter!« Kaleo hatte eine Muschel aufgehoben und mit Schwung ins Meer geworfen. »Weißt du was, Elias? Du bist immer noch der kleine Junge, der die geschlüpften Schildkrötenbabys tagsüber am Strand vor den Möwen beschützt und nachts ins Meer begleitet.«

»Soweit ich mich erinnere, hast DU mir früher immer dabei geholfen, und ich hab keine Ahnung, was du mir jetzt damit sagen willst.«

»Wir konnten nie alle retten.«

Elias hatte geschnaubt und sich abgewandt, aber Kaleo hatte ihm die Hand auf die Schulter gelegt.

»Du hast mir selbst erzählt, dass Colleen damit gedroht hat, sich umzubringen, wenn du sie verlässt, nur weil du vor ein paar Wochen zum ersten Mal nach Jahren endgültig die Schnauze voll hattest und deine Koffer gepackt hast.«

»Das war doch nur … Verzweiflung. Ich glaube nicht, dass sie wirklich …«

»Das war Erpressung! Sie weiß ganz genau, wo sie bei dir ansetzen muss! Elias, der sich für alles verantwortlich fühlt. Der alles richten will. Der stundenlang geduldig mit Opa Ian in der Werkstatt sitzt und jedes kaputte Ding wieder zum Laufen bringt. Die Zeiten sind vorbei, und Colleen ist kein verdammtes Werkstück! Vielleicht kannst du sie nicht *reparieren*! Vielleicht will sie gar nicht *in Ordnung* gebracht werden, weil sie *Ordnung* gar nicht mag, sondern lieber Chaos und alles um sich herum kaputt schlagen?«

»Spar dir deine Küchenpsychologie für deine Touriegruppen auf. Mit ein bisschen hawaiianischer Folklore ausgeschmückt, kommt das bestimmt supergut an!«

Kaleo hatte seinen Zynismus einfach überhört.

»Wie oft hast du schon deinen Stolz runtergeschluckt, wenn sie nächtelang angeblich nur spontan bei ihren *Freundinnen* geblieben ist oder ihre cholerischen Anfälle hatte? Wie oft hast du Scherben zusammengekehrt und versucht, sie zu einer Paartherapie zu überreden?«

»Herrgott noch mal, sie hat einfach Angst vor Psychotherapeuten! Schlechte Erfahrungen aus ihrer Kindheit. Ich kann sie doch nicht dazu zwingen!«

»Sie befürchtet nur, dass sie die Kontrolle über dich verliert.«

»Bullshit! Colleen ist eben impulsiv. Aber hinterher tun ihr ihre spontanen Aktionen immer leid.«

»So nennst du das also?« Er hatte ihn traurig angesehen. »Wie egoistisch sie ist, müsste dir doch spätestens heute klar sein, wenn sie dir nicht einmal bei der Beerdigung deines Vaters beisteht. Tu mir bitte einen Gefallen: Sprich selbst mit einem Therapeuten. Hör dir an, was er zu eurer Beziehung zu sagen hat. Versprich es mir.«

Als Elias hinaus in den nächtlichen Garten ging, erkannte er plötzlich, warum er sich all die Zeit nicht mehr bei Kaleo gerührt hatte. Es war nie angenehm, wenn man die Wahrheit ungeschönt unter die Nase gerieben bekam. Aber war es nicht genau das, was gute Freunde taten?

Süß drang der Duft der Frangipani-Blüten ihm in die Nase, während er auf den Turm zuschritt, in dessen mit Metall verkleideter Holzkuppel sich gerade auf einer Seite die Luke nach oben schob, um Platz für die Beobachtung des nächtlichen Himmels zu machen. Elias schob jeden weiteren Gedanken an Colleen und den Tag der Beerdigung beiseite und atmete tief durch, bevor er eintrat. Im Innenraum der kleinen Sternwarte brannte gedämpftes Licht. Beide Frauen standen neben dem Teleskop, aber Emmas Blick war auf die Wände gerichtet. Sie sah auf, als er die Tür hinter sich schloss.

»*Das* habt ihr als Kinder ganz allein gemalt?«

Elias folgte ihrem Blick zu den in rotbraunen Farben gehaltenen steinzeitähnlichen Darstellungen von Pferden, Bisons und

Strichmännchen-Jägern. Zwischen ihnen tauchten immer wieder hawaiianische Maori-Motive wie die Koru-Spirale, Schildkröten, Speere und Wellen auf. Er lachte verlegen und strich sich die Haare aus der Stirn.

»Na ja, wie alt waren wir damals, Mom?«

»Du und Kaleo? Zwölf oder dreizehn. Jane muss fast fünfzehn gewesen sein.«

Elias deutete um sich. »Meine Schwester ist die wahre Künstlerin, die das hier geschaffen hat. Sie hat einen Bildband über die Höhle von Altamira und andere steinzeitliche Malereien angeschleppt und die Umrisse der Tiere vorgezeichnet. Kaleo und ich mussten sie nur ausmalen«, gab er zu. »Er war auch für die Symbole verantwortlich. Seine Großmutter hat ihm einige auf Papier gemalt.« Elias ging zu einer Ecke der Wand und betrachtete die farbigen Abdrücke von drei Händepaaren. »Die hier stammen von mir. Und die daneben mit der Koru-Spirale von Kaleo.«

»Wofür steht denn das Symbol?«, fragte Emma neugierig, die ihm gefolgt war.

»Oh, für eine ganze Menge! Eine neue Lebensphase, die Entwicklung der eigenen Persönlichkeit, Harmonie, glückliche Partnerschaft und das Finden innerer Stärke.«

Über ihr Gesicht huschte ein seltsamer Ausdruck, dann wandte sie rasch den Kopf und deutete nach oben.

»Und wie seid ihr drei jungen Künstler da raufgekommen?«

Elias folgte ihrem Blick und grinste. »Dad hat extra ein Gerüst aufstellen lassen, damit wir einen Nachthimmel mit Sternen in die Holzkuppel malen konnten. Aber nicht, weil er von unserer Genialität so überzeugt war, sondern weil er uns auf diese Weise die Ferien über beschäftigen konnte.«

»Magst du Emma das Teleskop erklären?«, unterbrach seine Mutter. »Elias hat es nämlich selbst gebaut und mir erst vor ein paar Jahren zum Geburtstag geschenkt. Es ist sagenhaft, ich kann dir morgen einige außergewöhnliche Fotos zeigen, die mir damit gelungen sind!«

Peinlich berührt von dem vorauseilenden Lob trat er neben Emma und gab ihr eine kurze Anleitung. Da klingelte Moms Handy.

»Oh, es ist Jane!«, rief sie erfreut und winkte ihnen zu. »Fangt schon mal an, ich komme gleich wieder.«

Im Hinausgehen löschte seine Mutter das Licht, zog die Tür hinter sich zu und ließ sie allein. Die plötzliche Stille zwischen ihnen fühlte sich aufgeladen an, wie vor einem Sommergewitter. Elias versuchte, seine Aufmerksamkeit auf den Sternenhimmel zu lenken. Doch Emma stand viel zu nah, ihr Gesicht leuchtete marmorgleich im Mondschein, während sie durch das Teleskop sah, und er roch nun deutlich ihr Parfum, frisch, aber unaufdringlich, vermischt mit der ihr eigenen Note. Schon lange hatte er sich nicht mehr so nervös in Gesellschaft einer Frau gefühlt. Er räusperte sich.

»Wenn du Hilfe brauchst …«

Emma winkte ab. »Ich versuche nur gerade, mich zu orientieren, und starte erst einmal mit der kleinsten Vergrößerung«, murmelte sie. »Die Sternbilder sind natürlich anders als von daheim gewohnt.«

Elias zog sein Handy heraus. »Magst du Skyview zur Unterstützung?«

Emma hob den Kopf vom Okular, drehte sich um und schenkte ihm einen empörten Blick. »Ich will Astronautin werden und soll mir von einer App die Himmelskörper erklären lassen? Ernsthaft?«

Er hob abwehrend die Hände und lachte. »Schon gut, ich sag nichts mehr.«

Grinsend wandte sie sich wieder dem Teleskop zu. »Wäre ja noch schöner, wenn ich ins All fliegen will und mich nicht mal vom Boden aus orientieren kann. Okay … da ist der Polarstern in Verlängerung zum Großen Wagen im Norden. Und hier … Jupiter und Saturn … Sagittarius.«

»Pīmoe«, korrigierte Elias.

»Wie bitte?«

»So nennen die Hawaiianer das Sternbild des Schützen. Für sie ist es ein riesiger Ulua-Fisch, nach dem der Halbgott Māui seinen magischen Angelhaken auswarf.«

Sie sah nicht auf, aber er konnte das Lächeln sehen, das ihre Lippen umspielte. »War er denn wenigstens erfolgreich beim Angeln?«

»Wie man es nimmt. Die Legende wird unterschiedlich erzählt. In einer Version sollte er die Inseln zu einem Land mit der Angel zusammenziehen. In einer anderen erhielt er Unterstützung durch seine Brüder beim Fischen. Die rühmten sich damit, viel geschicktere Jäger zu sein. Doch sie angelten nur Haie. Als Māui seine Leine auswarf, verschluckte der Fischgott Pīmoe den Haken. Die Erde begann zu beben, so kräftig zog er, aber es gelang ihm nicht, ihn einzuholen. Zwei Tage lang währte ihr Kampf, dann wollte ihm einer seiner Brüder helfen. Doch dabei riss die Leine, und Pīmoe flog mitsamt Haken in den Himmel.«

»Warte! Der Haken ist im hawaiianischen Sternenhimmel dann das, was wir als Sternbild des Skorpions mit dem gebogenen Hinterleib kennen?«

»Ganz genau. Und das Beben, das die Brüder gehört hatten, war das Land, das sie aus dem Wasser gehoben und hinter ihren Kanus hergezogen hatten. So entstanden der Legende nach die Inseln Hawaiis und die Mānaiakalani-Sternenkonstellation, die Angelschnur des Häuptlings.«

»Die Griechen sahen darin den Skorpion, der Orion töten sollte.«

»Ich erinnere mich, ein Love-Triangle-Showdown zwischen Artemis, Apollon und Orion in unserem Sternenhimmel!«, spottete Elias.

»Ehrlich gesagt gefällt mir die hawaiianische Mythologie auch besser.«

»Weniger Hollywooddrama und mehr Seemannsgarn«, stimmte er lachend zu.

Und plötzlich wünschte er sich, er könnte ebenfalls über Nacht bleiben und mehr Zeit mit ihr verbringen.

Elias meinte immer noch den Angelhaken am Firmament leuchten zu sehen, als er eine Stunde später über die Landstraße zurück Richtung Kahului fuhr. Er fühlte sich so gut wie seit Langem nicht mehr. Um diese Uhrzeit war nicht viel los auf der Straße. Wie die Polynesier vor tausend Jahren in ihren Kanus war auch er auf dem Weg nach Hause und wäre doch lieber geblieben. Ihn leiteten zwar nicht die Sterne, sondern das Navi, aber dennoch genoss er den Ausblick auf das vom Mond beschienene Meer. Was für eine Nacht! Elias drehte das Radio lauter und trommelte im Takt der Musik aufs Lenkrad. Plötzlich ertappte er sich dabei, wie er in den Refrain ›*I need you to stay*‹ einstieg. Erschrocken hielt er inne. Was hatte diese Emma bloß mit ihm angestellt, dass er jetzt fucking Justin Bieber mitgrölte? Rasch drückte er die Taste für den Senderdurchlauf und atmete auf, als die harten Beats von Airbourne das Fahrzeuginnere zum Vibrieren brachten. ›*I was born to run*‹ … Schon viel besser!

21

Susanna

Temeswar, Februar 2014

Nicht ohnmächtig werden!, hämmerte es in Susannas Kopf. Aber ihre Knie waren ganz weich, sie hielt sich am Türrahmen fest, und der Boden unter ihr wankte. Mühsam zwang sie sich, weiterzuatmen und ein Lächeln aufzusetzen. Vor ihr, auf einem der seidenbespannten Stühle im Salon, saß nicht wie erwartet Emil Schmidt ihrer Mutter gegenüber, sondern ausgerechnet Johannes Farber. Wo kam der denn so plötzlich her? Bei ihrem Eintreten sprang er auf, und Susanna konnte nur noch an eines denken: *Jessas Maria! Jetzt wird alles auffliegen.*

Musste er denn just an dem Tag unangekündigt vorbeikommen, an dem Marie bei ihr zum Lernen war? Ihre Freundin schob sich an ihr vorbei und stand jetzt neben ihr, mit bebenden Lippen und sich rötenden Wangen angesichts des Mannes, den sie eben noch herbeigesehnt hatte. Johannes sah aber auch wieder einmal blendend aus in seinem dunklen Anzug mit weißem Hemd und einer Krawatte im selben Blau seiner Augen. Der Kristallleuchter über dem Esstisch warf einen schimmernden Glanz auf sein schwarzes Haar, und eine Strähne fiel ihm jetzt in die Stirn, während er schwungvoll auf sie zuging. Herrgott, würde er doch nur ein einziges Mal sie auf diese Weise ansehen! Aber wie immer hatte er nur Augen für Marie. Johannes verbeugte sich knapp, murmelte eine Begrüßung und sagte dann mit betroffener Miene an ihre Freundin gewandt:

»Verehrtes Fräulein, mein aufrichtiges Beileid zum Tod Ihrer lieben Frau Mutter. Ich wünsche Ihnen und Ihrem Vater viel Kraft in dieser schweren Zeit der Trauer.«

Marie stand wie vom Donner gerührt da, unfähig, etwas zu erwidern, und da nahm er ihre Hand so vorsichtig in seine, als wäre sie aus Porzellan, und wisperte, nur für Susanna und sie vernehmbar: »Ich bin sicher, deine Mama wird in deinem treuen Herzen immer weiterleben, liebste Marie.«

Das war ja nicht zum Aushalten! Susannas Blut rauschte in den Ohren, und ihre Brust schmerzte von dem Stachel der Eifersucht, der sich tief in sie bohrte. Vielleicht mochte Maries Mutter in ihrem Herzen weiterleben, ihres würde bestimmt jeden Moment in tausend Scherben zerspringen!

Maries Augen füllten sich mit Tränen, sie blinzelte und erwiderte laut: »Ich danke Ihnen für Ihr Mitgefühl, Johannes. Auch für Ihren Brief.«

Das ließ Susanna aufhorchen. Marie schien viel zu aufgewühlt, um ihre Wortwahl zu überdenken, und die Kondolenzkarte, für die sie sich eben bedankt hatte, war gewiss in einem Briefumschlag verschickt worden. Doch der kurze dankbare Seitenblick, den Johannes jetzt Susanna zuwarf, verriet ihr, dass er annahm, sie hätte seine zärtlichen Worte an Marie weitergeleitet. In Wahrheit verwahrte sie seinen Brief in einer Hutschachtel versteckt auf ihrem Kleiderschrank.

»Wie schön, dass Sie uns besuchen kommen!«, brachte sie daher mit zittriger Stimme hervor und nickte ihm, seine Vermutung bekräftigend, zu. Vielleicht wurde doch noch alles gut und ihr Verrat kam nicht ans Licht.

»Verzeihung, gnädige Fräulein.« Hinter ihnen erschien das Dienstmädchen beladen mit einem Tablett voll Gebäck und Tee. Sie machten ihr Platz und folgten ihr zum Tisch, an dem ihre Mutter mit kühler Miene wartete. Ihr gefiel Johannes' Besuch augenscheinlich weniger. Offenbar befürchtete sie, Susannas ältere Schwester Gisela würde dem jungen Musikstudenten nicht nur Konzertaufträge verschaffen, sondern ihm auch finanziell unter die Arme greifen, und womöglich wollte er jetzt von ihren Eltern selbst eine Unterstützung erbetteln. Wie falsch schätzte sie ihren stolzen Johannes doch ein! Nicht Gisela, Susanna hatte ihm gegenüber mehrmals angeboten, ihm jederzeit in einer Notlage beizustehen, woraufhin der junge Mann tief errötet war und ihre Hilfe dankend abgelehnt hatte, sie nur gebeten hatte, seine Briefe an Marie weiterzuleiten. Marie! Immer nur Marie! Doch von alledem wusste ihre Mutter natürlich nichts. Je mehr ihr Vater mit seiner Textilfabrik verdiente, umso verbissener verteidigte ihre Mutter jeden Fillér und jede Krone.

»Verweilen Sie länger hier in Temeswar?«, fragte Marie hoffnungsvoll und riss sie mit dieser Frage aus ihren Gedanken.

»Leider nur zwei Tage. Morgen Abend gibt unser Streichquartett ein Konzert, und danach geht es auch schon wieder zurück nach Arad. Ich würde mich wirklich sehr geehrt fühlen, wenn Sie es besuchen würden.«

Letzteres hatte er mit einem Rundumblick an sie alle gerichtet, aber Susanna wusste nur zu gut, über wessen Teilnahme er sich am meisten freuen würde. Verzweifelt grub sie ihre Fingernägel unter der Tischplatte in ihre Handflächen.

»Wie bedauerlich, doch ausgerechnet morgen Abend sind wir nicht abkömmlich«, erwiderte ihre Mutter spitz.

Susanna sah sie zornig an. Ihr war kein Umstand bekannt, der sie daran hindern sollte, zu dem Konzert zu gehen, aber unter dem strengen Blick von Klara Keller klappte sie ihren Mund wieder zu. *Wage es bloß nicht!*, las sie in ihrer Miene. Da hörte sie Marie leise sagen:

»Ich möchte von Herzen gerne kommen, aber ich muss vorab meinen Vater um Erlaubnis fragen.«

Susanna betrachtete Marie von der Seite, die ganz blass geworden war und auf ihre Hände sah. Ein Schatten war über ihr

Gesicht gefallen, und da verstand sie und frohlockte innerlich. Die Rosenfelds hatten kein Geld für Konzertbesuche übrig. Vor einer Woche erst hatten sie Marie zum Eislaufen und anschließend zum Aufwärmen ins Café und Kinematografen-Theater mitgenommen. Susannas Vater hatte alles bezahlt, und Marie hatte ihr im Saal zugeflüstert, dass sie seit über einem Jahr nicht mehr ausgegangen war. Leider hatte der Besuch in einem Debakel geendet. Das Programm war kurzfristig geändert worden, und es wurde die neue amerikanische Komödie ›Mabel in peinlicher Lage‹ aufgeführt. Zum ersten Mal seit der Beerdigung hatte Susanna Marie lachen hören. Doch Susannas Mutter war hinterher empört gewesen über diese Sittenlosigkeit.

»Du kannst sagen, was du willst, früher wäre so etwas zu Recht zensiert worden!«, hatte sie gewettert.

»Komm, Klara, ich fand es lustig und die Mädel auch, gelt, Susanna?«

»Oh, ja, Papa! Ganz besonders den betrunkenen Vagabunden, der ständig vom Stuhl fiel«, hatte sie eingewandt, um ihre Mutter von der leicht bekleideten Schauspielerin abzulenken, die sich, ausgesperrt aus dem eigenen Zimmer, unter fremden Hotelbetten versteckt hatte.

»Diesen Charlie Chaplin musst doch auch du gemocht haben«, hatte er sich versöhnlich an seine Frau gewandt, aber Klara hatte nur die Nase gerümpft.

»Ich bevorzuge Kultur, mein Lieber, und ich kann dich nur bitten, unsere Tochter künftig nicht derartigem Sittenverfall auszusetzen.«

»Was werden Sie denn bei dem Konzert spielen?«, fragte ihre Mutter Johannes und riss Susanna damit aus ihren Gedanken. Sie schob sich ein nach Vanille duftendes Gebäckstück in den Mund und folgte seiner Aufzählung der einzelnen Werke nur mit halbem Ohr. Gut, dass Marie nicht zum Konzert kommen konnte. Aber wie sollte es *ihr* bloß gelingen, ihn allein zu sprechen? Morgen hatte sie am Nachmittag mit ihrer Mutter einen Termin im Modeatelier, um ihre Frühlingsgarderobe auszuwählen. Es lag nicht weit vom Theater entfernt, vielleicht gelang es ihr, sich zwischendrin davonzustehlen.

»Wie schade, dass Conrad heute erst spät nach Hause kommt«, klagte ihre Mutter nach einer Weile. »Er hätte sich sicher ebenfalls über Ihren Besuch gefreut. Auch in seinem Namen wünsche ich Ihnen für das große Ereignis morgen viel Erfolg.«

Johannes verstand die indirekte Aufforderung zu gehen sofort. »Herzlichen Dank, gnädige Frau. Das ist sehr liebenswürdig von Ihnen.« Er sprang auf und wandte sich beim Verabschieden an Marie. »Ich hoffe, wir sehen uns morgen.«

Das Dienstmädchen begleitete den Gast zur Tür, und nachdem er gegangen war, stieß ihre Mutter einen lauten Seufzer aus.

»Zumindest hat er den Anstand, einen nicht unnötig lange aufzuhalten. Gisela hat einen Narren an diesem jungen Musikanten gefressen. Ich kann nur hoffen, dass sie ihre Fürsorglichkeit nach der Niederkunft mehr auf den eigenen Nachwuchs konzentriert.« Da erst schien ihr einzufallen, dass Marie anwesend war. Sie fasste sie streng ins Auge. »Du siehst erschöpft aus, Mädchen. Möchtest du noch eine Tasse Tee zur Stärkung?«

»Nein, danke, Tante Klara. Susanna und ich sind mit dem Lernen fertig, und ich mag Vati nicht zu lange allein lassen.«

Susannas Herz krampfte sich zusammen. Sie waren lange noch nicht fertig! Wollte Marie sich etwa früher davonstehlen, um Johannes heimlich draußen abzufangen? Das musste sie unter allen Umständen verhindern!

»Kann der Tamás sie nicht nach Hause fahren?«, fragte sie rasch. »Sieh doch nur, wie bleich die Marie ist, Mama!«

Mit einem verzweifelten Ausdruck im Gesicht wandte ihre Freundin sich zu ihr um und zwinkerte ihr zu, aber Susanna stellte sich dumm, stand auf und erklärte: »Du solltest wirklich noch einen Schluck Tee trinken, und ich packe derweil im Zimmer rasch deine Schulbücher zusammen und bringe sie dir.«

»Aber das ist doch nicht nötig«, versuchte Marie zu protestieren, doch Susanna eilte bereits zur Tür.

Das Dienstmädchen kam ihr entgegen, und Susannas Mutter wies sie an, dem Fahrer Bescheid zu geben, dass er das Automobil, vorfuhr. Der dunkelgrün lackierte Wagen der Firma Gräf und Stift mit dem Löwen als Kühlerfigur war Papas neueste Errungenschaft und sein ganzer Stolz.

In ihrem Zimmer angelangt, lehnte Susanna sich mit dem Rücken an die Tür. Ihr Herz raste. Das war gerade noch einmal gut gegangen! Ein dumpfer Schlag ertönte, sie schrie erschrocken auf und hob den Blick. Etwas fiel von der Scheibe aus ihrem Sichtfeld. Sie stürzte zum Fenster, riss es auf und starrte hinunter. Eisige Luft schlug ihr entgegen, und Schneeflocken schmolzen an ihren heißen Wangen. Mitten in dem winterlichen Weiß unter ihr lag ein kleiner Spatz. Das winzige Federbündel sah wie ein Schmutzfleck aus, über den sich der unablässig herabrieselnde Schnee barmherzig wie eine Decke legte. Und Susanna begann zu schluchzen. Zunächst leise, dann immer heftiger. Ihr ganzer Körper wurde durchgeschüttelt, und sie schlug die Hand vor den Mund und versuchte verzweifelt, sich zu beruhigen, während sie von einem Schuldgefühl überwältigt wurde, das sie sich überhaupt nicht erklären konnte. Doch der Tränenstrom ebbte erst ab, als von dem unglücklichen Tier nichts mehr zu sehen war.

Im Modeatelier ging es am folgenden Tag zu wie in einem Bienenstock. Halb Temeswar schien den Frühling und luftige leichte Stoffe herbeizusehnen. Normalerweise hätte Susanna diesen Tag genossen. Es war eine der wenigen gemeinsamen

Unternehmungen mit ihrer Mutter, der sie etwas abgewinnen konnte. So sparsam sie sonst war, bei der Ausstattung ihrer Tochter zeigte sich Klara Keller stets generös. *Kleider machen Leute* war einer ihrer Lieblingssprüche, und sie verband die Wahl der Garderobe gerne mit einem anschließenden Besuch im Café Wien des noblen Palais Lloyd, um sich von den Strapazen des Einkaufs zu erholen. Doch heute konnten Susanna all die herrlichen Stoffe und Accessoires gestohlen bleiben, denn ihre Gedanken kreisten nur um Johannes. Nachdem die Schneiderin von ihr Maß genommen hatte, Susanna, entgegen ihrer sonstigen Gewohnheit, jeden ihrer Stoffvorschläge sofort akzeptiert und mehrere Kleider in Auftrag gegeben hatte, legte sie ein Paar Spitzenhandschuhe laut seufzend zur Seite und zog ein leidendes Gesicht. Endlich schien auch ihrer Mutter aufzufallen, dass etwas nicht stimmte.

»Geht es dir nicht gut, Kind? Soll man dir ein Glas Wasser bringen?«

Sie sah sich bereits nach der Schneidergehilfin um, aber Susanna winkte rasch ab. Ihre Mutter hatte ihr den Vortritt gelassen, und nun war die Schneiderin gerade dabei, bei ihr Maß zu nehmen. Sicher würde sie sich nicht so schnell für Stoff und Schnitte entscheiden können, wie sie.

»Meine Kopf- und Bauchschmerzen bringen mich um, Mama!«, wisperte sie. »Wie immer an diesen Tagen.«

Ihre Mutter verstand und sah sie mitfühlend an.

»Möchtest du dich setzen und ausruhen?«

»Bitte sei mir nicht böse, ich würde lieber beim Apotheker ein Päckchen Aspirin holen und ins Lloyd vorausgehen. Es ist doch nur wenige Schritte entfernt. Die frische Luft und der Kaffee werden mir sicher gut tun.«

Klara Keller runzelte die Stirn. »Ich werde hier aber noch eine Weile brauchen, und den Tamás habe ich fortgeschickt. Der kommt uns erst in zwei Stunden abholen. So ganz allein möchte ich dich ungern ins Café gehen lassen. Dort soll sich neuerdings allerhand zwielichtiges Volk herumtreiben.«

Damit meinte sie vermutlich die Schriftsteller und Journalisten, für die das Café ein beliebter Treffpunkt geworden war. Susanna winkte lächelnd ab.

»Geh, Mama, der Ober und fast alle Bedienungen kennen mich dort persönlich. Niemand wird es wagen, sich zu mir zu setzen oder gar mich zu belästigen.« Was nicht gelogen war, denn sie kehrten mit ihrem Vater mehrmals im Monat im Café Lloyd ein und Conrad Keller hinterließ stets ein großzügiges Trinkgeld – sehr zum Missfallen seiner Gattin.

»Also gut, ausnahmsweise. Man sieht dir ja wirklich an, dass du dich nicht wohlfühlst«, erklärte sie mitfühlend, zückte ihre Geldbörse und reichte ihr vier Kronen. »Gib gut darauf acht!«, ermahnte sie ihre Tochter. Susanna unterdrückte ein Augenrollen. Sie war doch kein Kleinkind mehr! Nächsten Monat würde sie achtzehn werden.

»Danke, Mama! Bis gleich. Ich versuche, einen Platz am Fenster zu ergattern.«

Kaum hatte sie das Modeatelier verlassen, eilte sie zur Apotheke. Natürlich waren die Schmerzen nur ein Vorwand gewesen, aber damit ihre Lüge nicht aufflog, musste sie das Aspirin besorgen. Susanna hatte Glück. Gerade war keine Kundschaft da, und so konnte sie, das Pulver hastig in ihrem Täschchen verstauend, weiter zum Theater laufen. Im Foyer empfingen sie hohe Violinentöne gefolgt von dem tieferen Klang einer Bratsche. Sie hatte sich nicht getäuscht, die Musiker waren um diese Zeit bei der Generalprobe. In Windeseile huschte sie zu einem der Eingänge und hatte bereits ihre Hand auf den Türgriff gelegt, als sie plötzlich jemand am Arm packte. Erschrocken fuhr sie herum. Vor ihr stand ein junger, schlaksiger Mann in grüner Livree mit Messingknöpfen.

»Verzeihung, gnädiges Fräulein, aber in die Probe dürfen sie nicht einfach hineinplatzen.«

Susannas Gedanken überschlugen sich. Was sollte sie dem Platzanweiser nur sagen, damit er eine Ausnahme machte und sie zu Johannes ließ? Und dann kam ihr die rettende Idee.

»Ich bitte Sie, lassen Sie mich nur kurz hinein. Mein Bruder, der Violinist Farber, leidet den ganzen Tag über schon unter furchtbaren Kopfschmerzen, und ich habe ihm eben ein Aspirin besorgt, damit er das Konzert heute Abend nicht vermasselt.« Sie öffnete ihr Täschchen und ließ zum Beweis ihrer Worte den Livrierten einen Blick auf die Packung werfen. Der zog dennoch skeptisch die Augenbrauen hoch.

»Geben Sie mir das Packerl, ich werde es ihm in der Pause aushändigen.«

»Nein!«, entfuhr es Susanna lauter als beabsichtigt, und sie schloss rasch das Täschchen, bevor er hineingreifen und ihr die Medizin wegnehmen konnte. Leiser fügte sie hinzu: »Mama hat mir aufgetragen, es nur persönlich zu überreichen. Sie wollen doch sicher nicht, dass ich daheim Schelte bekomme?«

Sie setzte ein so flehentliches Lächeln auf, dass es seine Wirkung nicht verfehlte. Schokoladenbraune Augen musterten sie nun interessiert, dann zog der junge Mann seine Taschenuhr aus dem Uniformrock und erklärte nach einem flüchtigen Blick auf das Ziffernblatt unter dem matt geriebenen, verkratzten Glas:

»In fünf Minuten ist Pause. Ich lasse Sie rein, aber Sie müssen mir versprechen, bis dahin ganz still zu sein.«

»Mucksmäuschenstill!«, versprach Susanna, legte zur Bekräftigung ihren Zeigefinger an die Lippen und schlüpfte durch die von ihm einen Spalt breit geöffnete Tür, bevor er es sich anders überlegen konnte. Atemlos verharrte sie im Dunkel, die Hände wie zum Gebet gefaltet, und hatte auf der Stelle nur noch Augen für Johannes. Er stand auf der beleuchteten Bühne mit zur Seite geneigtem Kopf und halb geschlossenen Lidern und ließ den Bogen andächtig über die Saiten gleiten. Alle Zweifel und Gewissensbisse, ob sie das Richtige tat, waren auf einen Schlag verflogen, und ihr Herz klopfte wild in ihrer Brust.

»Susanna! Was machst du denn hier? Kommt ihr doch noch zum Konzert?«, fragte Johannes wenig später verblüfft und mit erfreut aufblitzenden Augen.

Er war in der Pause von der Bühne geeilt, sobald er sie entdeckt hatte, und nun saßen sie zusammen in einer der hinteren Reihen des Parketts, weit genug von den anderen Musikern und dem Dirigenten entfernt, um nicht belauscht zu werden. Sie warfen ihnen dennoch neugierige Blicke zu. Es war skandalös, dass sie sich hier ganz allein mit Johannes im Halbdunkel herumtrieb, aber was blieb ihr denn auch anderes übrig, wenn sie ein paar vertrauliche Worte mit ihm wechseln wollte?

»Ich habe beim Platzanweiser behauptet, dass ich deine Schwester bin und dir ein Aspirin gegen deine Kopfschmerzen vorbeibringe«, flüsterte sie.

»So?« Johannes grinste. »Dann werden mich jetzt alle um meine hübsche Verwandtschaft beneiden.«

Seine Worte ließen ihren Puls hochschnellen und machten ihr Mut für das Folgende. »Ich muss dir etwas sagen, wozu ich bei deinem letzten Besuch leider keine Gelegenheit hatte. Marie ist …«

»Zu der gehe ich gleich nach der Probe«, fiel ihr Johannes mit leuchtenden Augen ins Wort. »Vielleicht kann ich ihren Vater dazu überreden, sie ins Konzert mitzunehmen. Sie kann doch nicht ewig trauern, das hätte ihre Mutter sicher nicht gewollt. Er muss das einsehen.«

Susanna schluckte schwer und berührte seinen Arm. »Es liegt gar nicht an ihrem Vater, dass Marie nicht sogleich zugesagt hat.«

Sein Lächeln gefror. »Wie meinst du das?«

»Ach, Jo, ich habe schon einmal versucht, dir das begreiflich zu machen, aber Marie ist meine beste Freundin, und deshalb fällt es mir nicht leicht.«

»Ja, was ist denn nur mit ihr? Sie hat sich doch für meinen Brief bedankt.«

»Du musst gemerkt haben, wie verlegen sie deswegen war. Und dass sie ihren Vater um Erlaubnis fragen muss, ist nur ein Vorwand. Was sollte Onkel Benjamin denn gegen den Besuch eines Konzerts haben? Marie durfte schließlich auch nach dem Trauermonat mit uns zum Eislaufen und in das Kinematografen-Theater gehen.«

»Du meinst, sie ... sie mag mich nicht mehr?« Seine Miene verzog sich voller Schmerz. »Oh, Gott, ich hätte ihr öfter schreiben sollen! Oder ist sie mir böse, weil ich nicht auf der Beerdigung war? Ich habe es viel zu spät erfahren, weil ich über die Feiertage bei meinen Eltern war!«

»Du trägst überhaupt keine Schuld. Schau, Marie ist schon so gut wie verlobt mit dem Samuel Grünberg. Stell dir vor, sie ist sogar mit ihm in der Zeit auf einem Ball tanzen gegangen, als ihre Mama noch schwer krank war. Und in derselben Nacht ist Elise dann auch gestorben.«

Johannes' Gesicht versteinerte. Er starrte hinunter auf seine zitternden Hände, die er jetzt auf seinem Schoß so fest zusammenballte, dass die Knöchel weiß hervortraten. »Ich kann nicht glauben, dass sie mir die ganze Zeit etwas vorgespielt hat. Das muss ein furchtbarer Irrtum sein!«

»Marie hat mir den Ball in allen Einzelheiten geschildert. Und sie spielt dir nichts vor, sie mag dich gern, aber sie war eben schon immer ein wenig ... wankelmütig.« Die Lüge ging ihr so glatt von der Zunge, als hätte sie ihre beste Freundin nie anders erlebt. Ein Anflug von Reue streifte sie wie ein kalter Lufthauch, doch jetzt war es zu spät, um einen Rückzieher zu machen. »Sie meint es bestimmt nicht böse. Aber ihr Vater hält eben große Stücke auf den Samuel, er ist schließlich auch mosaischen Glaubens, und vielleicht weiß Marie nur nicht, wie sie dir das nun erklären soll.«

Johannes atmete tief durch. Es fiel ihm sichtlich schwer, sich wieder zu sammeln. »Ich danke dir für deine Offenheit, Susanna, auch wenn sie mich schmerzt«, presste er mühsam hervor.

Sie griff nach seinen Händen, die ganz kalt waren und leicht zitterten, und drückte sie fest. »Ich bin immer für dich da, Jo! Es tut mir so leid, dass du es von mir erfahren musstest. Aber ich konnte einfach nicht mehr länger mit ansehen, wie du dir Hoffnungen machst. Marie ist meine liebste Freundin, doch du … bedeutest mir auch sehr viel.«

Sie fühlte, wie Schamesröte bei diesem Geständnis ihre Wangen überzog, aber Johannes schien ihre Worte gar nicht wahrzunehmen. Da rief der Dirigent auch schon nach ihm, und er fuhr zusammen.

»Entschuldige, ich muss weitermachen.« Er stand auf, und Susanna erhob sich ebenfalls.

»Kann ich noch irgendetwas für dich tun?«, fragte sie beklommen. »Soll ich Marie etwas ausrichten?«

Johannes schüttelte den Kopf und rang sich ein trauriges Lächeln ab.

»Nein. Ich werde das selbst regeln. Auf Wiedersehen, Susanna.«

»Mach's gut, Jo, und viel Erfolg heute Abend bei deinem Konzert!«

Er hatte sich schon abgewandt und ging mit hängenden Schultern auf die Bühne zu wie ein alter Mann. Das wird sich alles wieder einrenken, dachte Susanna und zwang sich, den Konzertsaal zu verlassen. Doch auch nachdem sie schon mit ihrer Mutter bei einem Stück Dobos-Torte und Kaffee im Palais

Lloyd saß, ließ sie sein letzter Satz nicht los. *Ich werde das selbst regeln.* Würde er Marie einen Brief schreiben? Oder plante er, bei ihr vorstellig zu werden? Ein falsches Wort von einem der beiden konnte das mühsam von ihr errichtete Kartenhaus ihrer Lügen zum Einsturz bringen und den Verrat an der Freundin auffliegen lassen.

22
Emma

Maui, August 2022

Emma ging leicht in die Knie, federte vom Felsen ab und sprang. Das Wasser umarmte sie so kalt, dass es ihr kurz den Atem raubte. Sie tauchte unter, lauschte Stimmen und Gelächter nach, die nur noch gedämpft an ihr Ohr drangen, und verharrte reglos treibend in dem Gefühl von Schwerelosigkeit, nahm es in sich auf wie einen süßen Vorgeschmack auf das Weltall. Pflanzen umschmeichelten ihre Beine, und ihre Zehen streiften einen aus dem Schlick ragenden spitzen Stein. Als sie zur Seite wich, spürte sie einen Schmerz am rechten Fußballen. Der Sauerstoff drohte ihr auszugehen, sie streckte die Finger aus und pflügte vorwärts, fühlte den Wasserfall hart über ihre Hände, Arme, den Kopf und schließlich den Rücken donnern. Kitzelnder Sprudel überall und Sprühnebel, sobald sie dahinter wieder auftauchte, nach Luft rang und sich an die steilen, glitschigen Felswände presste. Emma kniff die Augen zusammen und spähte in dem ohrenbetäubenden Brausen durch das vor ihr herabrauschende Weiß, hinter dem sich Farne und andere tropische Pflanzen nur verschwommen erahnen ließen. Es war unmöglich, Becky am Ufer auszumachen. Sie hatte Gänsehaut auf ihren Armen und war müde von den anstrengenden Besichtigungen seit Sonnenaufgang, aber glücklich. Die Insel, etwa sechsmal so groß wie München, hatte in den letzten Tagen ihr Herz im Sturm erobert. Eine Landschaft, die vom tropischen Regenwald über steppenähnliche Gebiete bis hin zu Wüsten und schwarzen Lavafelsen reichte, jede Nacht Sternbeobachtungen in Beckys privatem Observatorium und das Gefühl, angekommen zu sein. Denn, so seltsam das auch war, sie hatte mit Becky in der kurzen Zeit ihres Aufenthalts tiefgreifendere Gespräche geführt als mit ihrer Mutter in den vergangenen zwanzig Jahren. Anfangs nur zögernd, hatte sie sich ihr immer mehr geöffnet und ihr auf ihren Besichtigungstouren irgendwann auch von ihrer Kindheit erzählt, der Einsamkeit, dem inneren Zwang, stets Höchstleistungen erbringen zu müssen und es doch niemandem recht machen zu können. Am wenigsten sich selbst. Sie konnte sich auch nicht erklären, wie es dazu kam, dass sie Becky all das anvertraute. Die Trennung von Michael hatte offenbar nicht nur einen Stein, sondern gleich eine ganze Lawine ins Rollen gebracht. Es gab mehr aufzuarbeiten als ihre verkorkste Beziehung. Becky war die geduldigste und aufmerksamste Zuhörerin, die sie je kennengelernt hatte. Sie war ihr im Laufe der Woche ans Herz gewachsen wie die erfahrene Freundin, die sie bei ihrer eigenen Mutter immer vergeblich gesucht hatte.

»Hast du denn nie mit ihr über deine Gefühle gesprochen?«, hatte Becky sie stirnrunzelnd vor ein paar Tagen gefragt. Sie saßen am Strand von Mākena auf einer Picknickdecke und aßen Poké Bowls, die sie sich von einem Imbiss mitgenommen hatten, riesige Schüsseln mit Salat, Kichererbsen, Mango, Kokosstreifen, Avocado und Erdnüssen.

Emma hatte nachdenklich den goldgelben Sand durch ihre Finger rieseln lassen und die Kinder beobachtet, die ungeachtet der bereits tief am Horizont stehenden rot glühenden Sonne noch immer ausgelassen im Meer tobten. »Ich habe schon früh gemerkt, dass dann alles nur schlimmer wird.«

»Inwiefern?«

»Für sie war ich nie nur ihre Tochter. Es hat sich angefühlt, als wäre ich für sie eine heilige Mission. Wenn ich ihr beispielsweise gesagt habe, dass ich nicht mehr Tennis spielen möchte, hat sie mich nicht wie andere Mütter einfach vom Verein abgemeldet. Sie hat die Schuld in dem Trainer gesucht und stundenlang herumtelefoniert, um einen besseren ausfindig zu machen.«

»Sie hat dich also gezwungen, weiterzumachen?«

»Selbst wenn ich mich durchgesetzt habe, wie im Fall von Tennis, hat sie sich sofort auf die Suche nach einer anderen Sportart gemacht.«

»Klingt anstrengend.«

»Oh, ja! Nahezu jedes Wochenende war verplant mit Museumsbesuchen, Veranstaltungen oder Wandertouren. Einfach nur mal daheim herumhängen entsprach nicht ihrer Vorstellung von der idealen Förderung eines Kindes. Je älter ich wurde, umso schwieriger wurde es. Ich hatte das Gefühl, über jede verdammte Minute meines Tages Rechenschaft ablegen zu müssen, ob ich sie sinnvoll genutzt habe.«

»Solche Mütter und Väter habe ich während meiner Arbeit als Lehrerin auch erlebt. Bei den meisten Kids wurde der Druck irgendwann zu hoch und sie rebellierten. Für ihre Eltern brach dann eine Welt zusammen, weil sie ihr ganzes Leben auf sie ausgerichtet hatten.«

»Als ich in letzter Sekunde meinen Platz am Konservatorium aufgab, flippte Mama vollkommen aus.«

»Sie hat nicht akzeptiert, dass du in ihren Augen *versagst*?«

»Schlimmer noch! Ich glaube, sie hat in sich selbst die Versagerin gesehen, wenn mir etwas misslang. Denn an *mir* konnte es doch nicht liegen, *ich* war ja schließlich *hochbegabt*!« Emma hatte das Wort wie Gift ausgespuckt, aber Becky hatte die Stirn in Falten gezogen. »Und obwohl ich auf sie sauer war, hat sie mir dann leidgetan, ich erkannte ja, wie sehr sie darunter litt, in meiner Erziehung alles richtig machen zu wollen! Der Druck war für sie sicher ebenso groß wie für mich.«

»Ich finde, du schiebst eure Probleme etwas zu sehr auf diesen Hochbegabtentest. Damit fühlst du dich für ihr Verhalten verantwortlich oder weist dir insgeheim eine Mitschuld zu. Das ist falsch, Emma. Wie gesagt, ich habe im Laufe meiner Lehrtätigkeit viele Eltern kennengelernt, die sich ganz ähnlich auf ihr Kind fokussiert haben. Es waren oft Einzelkinder wie du, aber die meisten von ihnen waren nur durchschnittlich begabt. Das Verhalten deiner Mutter hat mit deiner Hochbegabung nichts oder nur ganz am Rande zu tun. Wie hat eigentlich dein Vater auf all das reagiert?«

»Der hat viel gearbeitet, und ich habe ihn praktisch nur am Wochenende gesehen. Ich komme mit ihm besser klar als mit meiner Mutter. Aber ich konnte ihm auch nie alles anvertrauen, weil er es ihr sofort erzählt hat und sie dann obendrein verletzt war, dass ich nicht zuerst mit ihr darüber gesprochen habe.«

Becky hatte ihr stumm den Arm um die Schultern gelegt und sie eine Weile nur gehalten. Nachdem der Wind Emmas Tränen getrocknet hatte, hatte sich auch der Kloß in ihrem Hals gelöst. Und plötzlich war ihr klar geworden, dass es genau das war, diese Lücke, die niemand bislang in ihrem Leben gefüllt hatte: einfach nur da zu sein, Halt zu geben, ohne etwas zu fordern oder ihr sofort Lösungen zu präsentieren. Ihre Schwächen zu akzeptieren wie ihre Glanzleistungen. Weder ihre Eltern noch Michael hatten ihr je dieses Gefühl vermittelt, und Omi Viktória hatte sie viel zu selten gesehen. Wenn sie sich trafen, war immer ihre Mutter anwesend gewesen, und die beiden waren ständig in Streit geraten. Plötzlich hatte Emma ein schlechtes Gewissen. »Sorry, dass ich dich mit meinem persönlichen Kram vollquatsche. Das wollte ich gar nicht.«

Becky hatte nur gelächelt und ihr zugezwinkert. »Dafür sind Freunde doch da.«

Emma spürte auf einmal eine Bewegung im Wasser, und kurz darauf tauchten zwei junge Mädchen durch den Wasserfall vor ihr auf, und sie beschloss, wieder zurückzuschwimmen, um ihnen Platz zu machen. Von Weitem sah sie Becky am Ufer auf einer Picknickdecke sitzen. Sie hatte ihren Sonnenhut tief ins Gesicht gezogen und war vertieft in ein Buch. Gestern Abend hatten Elias und Emma telefoniert, und er hatte angeboten, ihr am Samstag den Westen der Insel mit der Hauptstadt Kahului zu zeigen. Und für Sonntag wollte er eine Tour durch den Haleakalā National Park mit ihr machen. Das würde sie sich keinesfalls entgehen lassen, immerhin machte der Vulkan zwei Drittel der Insel aus. Becky war zwar fit, aber die Route, die Elias und ihr vorschwebte, erforderte eine ausgezeichnete Kondition, die Wanderung würde etwa sieben Stunden dauern und über schwieriges Terrain verlaufen. Dafür hatten ihr die spektakulären Fotos des Trails, die Elias ihr aufs Handy geschickt hatte, den Atem verschlagen, und sie freute sich schon wie verrückt darauf.

Mach dir nichts vor, schalt sie sich innerlich. *Du freust dich vor allem darauf, mehr Zeit mit ihm zu verbringen.*

»Kalt?«, fragte Becky und legte das Buch beiseite, sobald Emma neben ihr auftauchte, nach dem Handtuch griff und sich abtrocknete.

»Erfrischend! Magst du nicht auch reinspringen?«

Etwas brannte an ihrem rechten Fuß, und als sie mit dem Handtuch darüberfuhr, entdeckte sie Spuren von Blut. Hawaiis Lavasteine konnten äußerst scharfkantig sein. Zum Glück war die Schnittwunde nicht tief.

»Heute nicht mehr, die Sonne geht bald unter, und wir wollten später doch nach Hāna zum Essen fahren.«

»Eine Zumutung, dass der Sonnenuntergang so früh ist!«, verkündete Emma, zog einen Erste-Hilfe-Beutel aus ihrem Rucksack und ließ sich auf die Decke fallen, um ihren Fuß zu verarzten. »Hier gibt es so viel zu erleben, und um sieben wird es schon dunkel.«

»Beschwer dich nicht, Māui hat sein Möglichstes getan!«

»Du meinst den Halbgott, von dem Elias mir schon erzählt hat? Was hat er denn mit der Sonne angestellt?«

»Der Legende nach ist die Sonne anfangs noch viel früher untergegangen, und Māui ist auf den Vulkanberg geklettert, hat sich dort versteckt und sie bei Sonnenaufgang mit einem Lasso eingefangen. Sie musste ihm versprechen, länger zu scheinen, erst dann ließ er sie frei. Daher stammt auch der Name des Vulkans, Haleakalā, Haus der Sonne.«

»Wie schön, dass die alten Mythen und Legenden auf Hawaii lebendig gehalten werden.«

Becky lächelte. »Und mich freut es, dass Elias dir von Māui erzählt hat. Das habe ich nicht erwartet. Zurzeit sind hawaiianische Traditionen ein rotes Tuch für ihn.«

»Weil der Bau des Thirty-Meter-Telescope wegen der Proteste auf Eis gelegt wurde?«

Seine Mutter nickte. »Ich bin gespannt, wie dieser Streit ausgehen wird.«

»Als Wissenschaftlerin kann ich ihn schon verstehen. Es muss wahnsinnig frustrierend sein, ein Projekt, an dem man so lange gearbeitet hat, nicht verwirklichen zu können.«

»Dahinter steckt leider noch mehr. Sein Vater war einer der Richter, die für den Bau des Teleskops gestimmt hatten. Ich fürchte, er sieht es nun als seine Pflicht, diesen vermeintlich letzten Willen meines Mannes zu erfüllen, auch wenn John das vermutlich nie von ihm gefordert hätte.« Sie seufzte. »Sein plötzlicher Tod und die Trennung von seiner Freundin waren nicht einfach für Elias.«

Dann hatte Elias also auch erst vor Kurzem eine gescheiterte Beziehung hinter sich. Emma wollte nicht so indiskret sein und Becky fragen, warum sie sich getrennt hatten. Sie hatte den Eindruck, es war seiner Mutter einfach herausgerutscht. Aber bei der Erwähnung des plötzlichen Todes ihres Mannes meldete sich bei Emma das schlechte Gewissen. Es war nicht fair, ihre Eltern so lange im Ungewissen zu lassen, wie es ihr nach der Trennung von Michael erging. Inzwischen hatte sie genug Abstand gewonnen und Kraft gesammelt, um sich dem Gespräch zu stellen.

»Wärst du sehr enttäuscht, wenn wir uns heute nur von unterwegs etwas zum Essen mitnehmen und erst nächste Woche nach Hāna ins Restaurant gehen?«

»Nein, gar nicht. Bist du zu müde?«, fragte Becky überrascht.

»Das auch. Scheinbar habe ich mich immer noch nicht vollständig an das Klima hier gewöhnt. In letzter Zeit fühle ich mich ständig müde. Aber ich muss für morgen packen, wenn Elias mich abholt, und ich wollte später mit meinen Eltern telefonieren und ihnen das mit Michael erklären.«

»Tu das. Bestimmt machen sie sich Sorgen. Wirst du auch mit deiner Mutter über alles andere reden?«

»Nein.« Sie merkte selbst, wie schnell die Antwort ihr über die Zunge kam.

Becky sah sie aufmerksam an, und wieder fiel Emma auf, wie faszinierend ihre Augenfarbe war, das Grün mit bernsteinfarbenen Sprenkeln um die Pupille, das sie an Elias vererbt hatte.

»Du meinst, ich sollte endlich reinen Tisch machen?«

»Nicht heute Abend am Telefon. Aber irgendwann, sobald du wieder daheim bist und dich bereit dazu fühlst. Darf ich ehrlich sein?«

»Bitte!«

»Ich glaube, dass die Erfahrungen in deiner Kindheit einen großen Einfluss auf die Beziehung zu deinem Freund hatten.«

Verblüfft sah Emma sie an. »Inwiefern denn das?«

»Das klingt jetzt wahrscheinlich wie Küchenpsychologie, aber ich habe den Eindruck, dass du gelernt hast, deine wahren

Gefühle zu unterdrücken und Konflikte zu scheuen, weil du nicht wolltest, dass deine Mutter die Problemlösung für dich übernimmt. In der Beziehung verhältst du dich genauso. Kein Wunder, dass dein Freund den Eindruck bekommen hat, dass er allein für Entscheidungen zuständig ist, weil du sie selbst nicht triffst.«

Emma war perplex. Sie fühlte sich, als hätte Becky ihr gerade eine Ohrfeige verpasst. »Aber ich …«, begann sie und brach dann ab.

Dutzende Situationen mit Michael schossen ihr durch den Kopf, die Beckys Worte bestätigten. Zuletzt der desaströse Abend nach ihrer Ankunft am Flughafen.

Becky beugte sich vor und griff nach ihrer Hand. »Du hast nicht nur Schule und Studium exzellent abgeschlossen, sondern leistest auch nach allem, was du erzählt hast, hervorragende Arbeit in deinem Job, und glaub mir, ich kenne die Anforderungen der Auswahlprüfungen für Astronauten. Was ich sagen will, Emma: Du bist eine intelligente, durchsetzungsfähige und willensstarke junge Frau – solange es nicht um dein Privatleben geht.«

So hatte Emma das noch gar nicht gesehen, und die Erkenntnis, wie recht Becky hatte, überrollte sie mit ganzer Wucht.

»Ich kann dir nicht sagen, wie froh ich bin, dass ich dir beim Challenger Memorial begegnet bin«, gestand sie leise und erwiderte ihren Händedruck.

»Ach, Emma, mir geht es ebenso. Wenn wir schon so ehrlich miteinander sind, muss ich dir auch etwas gestehen: Nach Johns Tod habe ich mich aus dem Leben zurückgezogen. Elias und Jane gegenüber habe ich nach wie vor die unternehmungslustige, fröhliche Mom gespielt, aber in Wahrheit habe ich mich in meiner Trauer in meinem Haus vergraben, und das sieht mir gar nicht ähnlich.«

23
Marie

Temeswar, Februar 1914

In den kleinen Läden am Kossuth-Lajos-Platz brannte noch Licht, und Kinder in fadenscheinigen Mänteln drückten sich die Nasen an den Schaufenstern platt. Es war kein leichtes Unterfangen für den Chauffeur der Kellers, sich einen Weg durch die Menschenmenge und vorbei an den Pferdekutschen zu bahnen. Die Fahrt wurde immer holpriger. Im Gegensatz zur Innenstadt, deren Hauptstraßen bereits mit Basaltsteinen gepflastert waren, bestanden die Straßen in Fabrikstadt vielfach noch aus unebenen Bruchsteinen. Auch Trottoire für die Fußgänger waren rar. Auf dem Hauptplatz mit seinem Obelisken herrschte wie immer buntes Treiben. So unterschiedlich die Nationalitäten der einzelnen Händler – neben Juden besaßen hier vor allem Deutsche, Ungarn, Serben und Rumänen einen Laden –, so vielfältig war auch das Warenangebot. Marie liebte es, einen Blick in die Schaufenster zu werfen, doch heute hatte sie sich auf der Fahrt nur den Hals verrenkt, um jedem hochgewachsenen Mann im dunklen Mantel auf der Straße nachzusehen. Aber in keinem von ihnen hatte sie Johannes erkannt. Das Stadtbild veränderte sich, die auffälligen Palais mit Stuck, Ornamenten und Zierbögen wichen geduckten ein- bis zweistöckigen Häusern, die sich aneinanderschmiegten, als wollten sie sich in der bitteren Kälte gegenseitig wärmen. Sie hatten das Schtetl Temeswars erreicht. In den meisten Mietshäusern gab es mehrere Quartiere, und in den verhältnismäßig kleinen

Wohnungen lebten viele Menschen dicht gedrängt. Tamás lenkte den Wagen am Tandlmarkt vorbei, wo vormittags Schuhe, Stiefel, Kleidung und Hausrat verkauft wurden. Jetzt waren die Auslagen mit Brettern verschlossen, und Kinder tollten zwischen den Buden im Schnee. Während Marie einer Gruppe Jungen und Mädchen nachsah, die einen Schneemann errichteten, dachte sie daran, was ihr Selma von den Arbeiterquartieren erzählt hatte, wo Familien in einem einzigen Zimmer hausten und eine Schlafstatt auch noch an einen oder zwei Bettgeher untervermieteten, die sich die Schichtarbeiter teilten. »Ich habe geschaut, dass ich rauskomme«, hatte Selma zugegeben und ihr Gesicht angewidert verzogen. »Ein Gestank war das nach Schweiß, Petroleum und anderen Dingen, die ich dir gar nit vazähln mecht!«

Der Wagen hielt abrupt an, Marie bedankte sich bei Tamás für die Heimfahrt und bahnte sich durch den unaufhörlich rieselnden Schnee einen Weg auf den Eingang eines schmalen Hauses mit herabblätterndem Putz zu. Bald würden sie es sich nicht mehr leisten können, dachte sie. Zumindest nicht, solange ihr Vater weiterhin keine Malaufträge erhielt. Wenn er sich doch wenigstens eine Anstellung bei einem der Hoffotografen suchen würde. Doch davon wollte er nichts wissen, so weit kommt es noch, dass er für die Konkurrenz arbeitet! Seit er sein eigenes Studio verkaufen musste, kaum dass man Mama beerdigt hatte, ging er vormittags zum Beten und dem Studium der Tora in die Synagoge und vergrub sich den Rest des Tages in seinem kleinen Malatelier unter dem Dach. Marie wusste nicht, wie sie ihn aus seiner Trauer um Mama herausreißen sollte. Er hatte sein Lachen und die fröhliche Zuversicht verloren, die sie früher so an ihm bewundert hatte, und war stark abgemagert, trank zu viel und hustete nachts schon so laut, dass sie befürchtete, er würde Mama bald ins feuchte Grab folgen.

Eine schmale Stiege führte von dem Atelier weiter hinauf bis unter den Dachfirst, wo Tauben zwischen den Dachbalken nisteten. Der Raum war lang, aber so niedrig, dass Marie ihn nur gebückt betreten konnte. Selma meinte, die Vormieter hätten die kleine Luke im Giebel und die hölzernen Nistplätze nur angelegt, um die Vögel in der Suppe zu kochen. Sie glaubte viel lieber daran, dass früher Brieftauben hier ein Zuhause gefunden hatten, und ab und zu saß sie auf der obersten Stiege, sah den Tauben zu, wie sie ein und aus flatterten, und stellte sich vor, sie würden ihre Gedanken zu ihrer Mutter tragen. Bei der Beerdigung hatte eine Nachbarin zu ihr gesagt, der Schmerz würde vergehen, aber das stimmte nicht, sie vermisste Mama mit jedem Tag mehr. Das Flügelschlagen der Tauben war wie Engelsrauschen, wenn sie sich um sie drängten, weil sie Körner vom Markt mitbrachte und über den Holzboden verstreute. Marie fegte regelmäßig den Verschlag, streute frisches Stroh in die aus Holz gezimmerten Nistplätze und freute sich schon auf das Frühjahr und die Brutzeit, darauf, bald Küken schlüpfen sehen zu können. Aber Selma schimpfte, wenn sie sich um die *unnützen Schmarotzer* – wie sie die Vögel nannte – kümmerte.

Wie sollte sie das alles nur Johannes erklären? Wie sollte sie ihm sagen, dass sie unmöglich sein Konzert besuchen konnte, wo sie doch nichts lieber täte, als seiner Musik zu lauschen und ihn auf der Bühne zu sehen? Vielleicht war es gut so, dass ihre herzensliebe Susanna in ihrer Sorge um sie darum gebeten hatte, dass man sie mit dem Automobil nach Hause fuhr. Hätte sie Johannes unterwegs abgefangen, hätte Marie sicher nicht den Mut gehabt, ihm zu gestehen, in welche Notlage ihre Familie geraten war. Nein, es half nichts, wenn schon ihr Vater sich der Wirklichkeit verschloss, so musste sie einen kühlen Kopf bewahren und sich möglichst schnell eine Lösung überlegen. Sie waren verarmt, ihre Ersparnisse würden bald aufgebraucht sein, und die Scham darüber trieb ihr die Röte in die Wangen.

Mit einem tiefen Seufzer trat Marie den Schnee von den Stiefeln ab, zog den Schlüssel aus ihrem Täschchen und öffnete die Tür. Im Eingang war es nicht viel wärmer als draußen, weil sie Holz und Kohle sparten und nur noch die Küche und abends in den Zimmern heizten. Dennoch war ihre Bettwäsche morgens klamm, und sie fror erbärmlich, wenn sie aus dem Bett schlüpfte. Marie hängte Mantel, Schal und Mütze an die Garderobe und zog die Stiefel aus, die sie schon seit Winterbeginn an den Zehen drückten. Im nächsten Jahr würde sie sich neue besorgen müssen. Aber bis dahin hatte sie die Schule beendet, und sie war fest entschlossen, sich um eine Anstellung im Modeatelier zu bemühen. Wehmütig dachte sie an die Zeit, in der sie selbst mit ihrer Mutter als Kundin das Geschäft betreten hatte. In diesem Augenblick hörte sie Stimmen aus der Küche. Sie erkannte die ihres Vaters und – zu ihrer Überraschung – die des Rabbiners der Innenstadtsynagoge. Seit ihrem Umzug in das Viertel Fabrikstadt lag zwar der hiesige deutsche Tempel viel näher, aber der Anteil der traditionalistisch eingestellten Juden war hoch, die orthodoxe Synagoge mit einer Mikwe – dem Ritualbad – und einem koscheren Schlachthaus ausgestattet. Bei ihrem ersten Besuch war Marie von dem süßlichen Geruch frischen Blutes aus dem Innenhof, wo die Tiere zum Ausbluten hingen, schlecht geworden, und ihrem Vater hatte die Predigt nicht gefallen. Also waren sie weiterhin mit der Elektrischen zum Schabbat in die Innenstadt gefahren. Zuletzt hatte der Rabbiner des Innenstadttempels kurz nach der Beerdigung von Mama bei ihnen vorbeigeschaut. Warum war er heute hier?

Marie schlüpfte nicht in die Hauspantoffeln, sondern schlich mit klopfendem Herzen auf Zehenspitzen näher. Es gehörte sich natürlich nicht, zu lauschen, aber eine innere Stimme sagte ihr, dass etwas Ungewöhnliches im Gange war.

»Ich werde nicht bei ihm zu Kreuze kriechen und ihn in seinem Atelier um Arbeit anbetteln! Jahrelang hat er mir die Kunden abgeworben und mich schließlich in den Ruin getrieben«, drang die Stimme ihres Vaters dumpf durch die Tür.

»Ich fürchte, du tust Josef unrecht. Er hat sich nur auf das Fotografieren konzentriert, während du dich nie ganz von der Malerei trennen konntest.«

»Das werde ich auch niemals tun! Das Malen ist für mich wie die Luft zum Atmen, wie für dich das Gebet, die Zwiesprache mit Gott.«

»Dann beschwere dich nicht, dass er nun die Früchte für seine Zeit und Mühe in seinem Fotoatelier erntet und dir den Rang abläuft. Man kann eben nicht auf zwei Hochzeiten tanzen.«

»Bist du nur gekommen, um mir Vorwürfe zu machen?«, fragte ihr Vater verbittert, und in Maries Augen sammelten sich Tränen beim erschöpften Klang seiner Stimme.

»Du weißt, warum ich hier bin«, entgegnete der Rabbi sanft. »Niemand kennt dich besser als ich, dein Stolz war stets so groß wie deine Großzügigkeit. Wann immer jemand Hilfe benötigte, warst du für ihn da. Jetzt bist du derjenige, der Hilfe bedarf. So kann es nicht weitergehen. Früher hat deine Frau dir ins Gewissen geredet, nun muss ich das übernehmen.«

»Bitte lass Elise da raus!«

»Sie wäre die Erste, die dich auffordern würde, etwas zu unternehmen. Glaub mir, ein Neuanfang ist das Beste für dich und Marie. Ich kenne Rabbi Moses persönlich, er ist ein liberaler, toleranter Mensch, ein Reformer durch und durch, der aus der Provinz Posen stammt und auf Deutsch predigt. Du wirst dich ausgezeichnet mit ihm verstehen.«

Marie zermarterte sich den Kopf, in welcher Synagoge von Temeswar ein Rabbi Moses tätig sein sollte, doch die nächsten Worte ihres Vaters brachten ihr Herz zum Stolpern.

»Das glaube ich dir gerne, aber Marie wird nicht begeistert von deinem Vorschlag sein. Und wovon sollen wir überhaupt die Überfahrt bezahlen?«

»Gerade um ihre Zukunft solltest du dir Gedanken machen. Um das Geld sorge dich nicht. Die Gemeinde ist dir für deine Restaurationsarbeiten im Tempel noch immer sehr verbunden, und Rabbi Moses würde sich über ein neues Gemeindemitglied freuen, das ihn bei der Instandhaltung der Zentralsynagoge unterstützt. Denk nur, welche Möglichkeiten sich dir zudem für deine Malerei …«

»Ich werde nicht die Gemeinde um Almosen anbetteln, nur um nach New York fahren zu können! Wem hast du denn schon von dieser unerhörten Idee erzählt?«, unterbrach ihn ihr Vater. Seine Stimme war laut geworden und übertönte sogar das Rauschen in ihren Ohren. Amerika? Wie kam der Rabbi nur auf den Gedanken, sie würden auswandern wollen? Und was sollte dann aus ihr und Johannes werden? Sie würde alles verlieren, ihre Liebe, die vertraute Heimat, ihre beste Freundin Susanna! Marie hatte plötzlich das Gefühl, etwas schnürte ihr die Luft ab, und sie musste sich an die Wand lehnen, weil ihr auf einmal ganz schwindlig wurde.

»Beruhige dich, Benjamin! Ich habe nur wenige Mitglieder unserer Gemeinde eingeweiht, nicht mal eine Handvoll. Sie haben für dich zusammengelegt, wollen aber anonym bleiben. Schau mich nicht so an! Ich habe Elise vor ihrem Tod versprochen, mich um euch zu kümmern.«

»Indem du uns fortschickst?«

»Es wäre nicht das erste Mal, dass unser Volk sein Heil im Aufbruch in ein neues Land suchte.« Milder Spott klang in den Worten des Rabbiners mit, als spräche er mit einem störrischen Esel.

Marie fröstelte. Einen Augenblick lang überlegte sie, ob sie die Küche betreten und sagen sollte, wie wenig sie von diesen Plänen hielt. Doch was konnte sie schon dagegen einwenden? Ihre Liebe zu Johannes war geheim, und dass sie ihre Freundin nicht verlieren wollte, würde der Rabbi sicher mit einem milden Lächeln abtun und sagen: »Du wirst neue Freundinnen in New York finden.« Als ob es jemals irgendwo auf der Welt wieder jemanden wie Susanna gäbe! Außerdem würde dann auffliegen, dass sie an der Tür gelauscht hatte! Nein, sie musste erst einmal abwarten, wie ihr Vater sich entschied, und später mit ihm allein sprechen. Wie benommen drehte Marie sich um und schlich auf Zehenspitzen zur Treppe. Eine der Stufen knarzte, während sie nach oben lief, aber zum Glück war jetzt wieder gedämpftes Gemurmel aus der Küche zu hören, und niemand kam heraus, um nach ihr zu sehen. Oben in ihrem Zimmer kroch sie unter die Decke und ließ ihren Tränen freien Lauf. Unmöglich, in dieser Situation den Vater zu bitten, ein Konzert zu besuchen! Doch was würde Johannes von ihr denken, wenn sie nicht auftauchte? Sollte sie Susanna fragen, ob sie ihr das Geld für eine Eintrittskarte lieh? Aber sie erinnerte sich noch gut an Mamas versteinerte Miene, als sie nach ihrem letzten Treffen mit Klara sagte:

»Benjamin, ich weiß, Conrad ist dir ein guter Freund, aber nach diesem Besuch möchte ich nie wieder, dass wir uns von den Kellers Geld borgen.«

Nein, es käme ihr wie ein Verrat an ihrer verstorbenen Mutter vor, wenn sie nun einknickte.

24
Johannes

Temeswar, Februar 1914

Uninspiriert und fantasielos«, hatte der Dirigent nach dem Konzert gewettert, »ohne jede Emotion. Ich habe mehr von Ihnen erwartet, Herr Farber! Wir sind doch keine Dorfmusikkapelle! Ist's Lampenfieber beim Auftritt oder waren Ihre Gedanken bei dem schönen Fräulein, das Sie heute in der Probe gestört hat? Ihre Schwester! Dass ich nicht lache!«

Tatsächlich hatte Johannes die Noten nach all dem Üben zwar, ohne auf den Dirigenten zu achten, fehlerfrei heruntergespielt, hatte sich dabei aber regelrecht betäubt, wie eine Marionette gefühlt. Marie war nicht gekommen. Nur daran konnte er denken. Er hatte sich während der Aufführung die Augen nach ihr ausgeschaut und hinterher auf die Pause gehofft, sie überall im Foyer gesucht. Und dann an Susannas Worte gedacht. *Schau, Marie ist schon so gut wie verlobt mit dem Samuel Grünberg.* Nach dem Konzert war er an die Hotelbar gegangen, hatte sich mit Slibowitz betrunken und war später irgendwie auf seinem Zimmer gelandet. Wahrscheinlich hatte der Bratschist ihn hinaufgebracht. Er würde sich nachher bei ihm bedanken müssen, gerade jetzt konnte er sich nicht erlauben, es sich auch noch mit seinen Kollegen zu verscherzen. Bitterkeit stieg in ihm hoch. Er hatte die einmalige Chance, die ihm der Dirigent gegeben hatte, vermasselt und konnte froh sein, wenn er ihn nicht aus dem Streichquartett warf. Sein Genick schmerzte, und sein Kopf fühlte sich an, als würde er jeden Augenblick zerspringen.

Stöhnend richtete Johannes sich im Bett auf und ließ vorsichtig Schultern und Kopf kreisen. Das schmerzhafte Pochen verstärkte sich. Er trug noch immer den eleganten Frack, der jetzt vollkommen verknittert war und nach Schweiß und Alkohol roch. Die Morgendämmerung schickte zwischen den schweren bordeauxfarbenen Samtvorhängen milchige Sonnenstrahlen über den Teppichboden, und er stand auf und wankte zum Fenster, schob den Vorhang beiseite und öffnete es. Wohltuende Kälte schlug ihm entgegen und brachte ihn langsam wieder zur Besinnung. In der Ferne läuteten die Glocken der Katharinenkirche zum Sonntagsgottesdienst. Kinderlachen drang zu ihm herauf, und er entdeckte ein paar Jungen in dicken Mänteln, die Mützen tief in die Stirn ihrer rotwangigen Gesichter geschoben. Sie bewarfen sich mit Schneebällen und stoben kreischend davon, als ein alter Mann mit einem Dackel an der Leine im Vorbeigehen drohend seinen Stock hob. Johannes zog seine Taschenuhr aus dem Frack. In drei Stunden würde der Zug zurück nach Arad gehen. Er musste Marie zuvor unbedingt noch einmal wiedersehen!

Frisch gewaschen und umgekleidet verließ er wenig später das Hotel. Johannes beschloss, nicht die Elektrische ins Viertel Fabrikstadt zu nehmen, sondern zu Fuß zu gehen. Die eisige Schneeluft tat ihm gut. Sein Weg führte ihn über einige Brücken und Stege, um die Bega und ein Wirrwarr an Wasserkanälen zu überqueren. Nicht umsonst wurde Temeswar auch Klein-Venedig genannt. In Italien war Johannes noch nie gewesen, aber vielleicht würde ihn eines Tages seine Musik dorthin bringen. Wenn er sich endlich zusammenriss und sich keine weiteren Fehler erlaubte. Nein, er konnte nicht, durfte nicht versagen! So ein Reinfall wie gestern Abend würde ihm nie wieder passieren.

Verkatert wie er war, hatte er gleich nach dem Aufstehen

nichts heruntergebracht und auf sein Frühstück verzichtet. Doch sobald er jetzt, gestärkt durch die frische Luft und den Spaziergang in Fabrikstadt, an den zahlreichen Cafés vorüberlief, aus denen der Duft von süßen Backwaren und Kaffee verführerisch über die Straße zog, knurrte ihm der Magen. Es konnte nicht schaden, sich vor dem Gespräch mit Marie ein wenig aufzuwärmen und zu stärken. Kurz entschlossen blieb er vor einem kleinen Kaffeehaus stehen und trat ein. Die Stube war erstaunlich voll, es roch nach nassen Mänteln, Kaffee, Gebäck und billigem Tabak. Aus dem Hinterzimmer drang lautes Lachen und Gejohle durch die verschlossene Tür zu ihm herüber. Dort schien eine muntere Gesellschaft zu feiern. Johannes bestellte bei dem Kellner am Tresen, setzte sich dann an einen kleinen Tisch am Fenster und blickte hinaus über den Platz. Gegenüber, auf den Stufen einer Kirche, hatte sich ein Mann in einem schäbig aussehenden Militärmantel mit seinen Krücken niedergelassen und bettelte die Kirchheimgänger mit dem Hut in der Hand um Almosen an. Durch die beschlagene Scheibe konnte er sein Gesicht nicht deutlich sehen. Johannes wischte mit dem Zeigefinger über das Glas und erkannte, dass der Bettler nicht viel älter als er selbst war und sein rechtes Bein verloren hatte. Er erschauderte.

»Das ist der Matija«, sagte plötzlich jemand neben ihm, und er sah auf. Der Kellner stellte den Milchkaffee und eine Scheibe Mohnstrudel vor ihm ab und deutete zum Fenster. »Der hat auf dem Balkan sein Bein geopfert und lebt jetzt hier verarmt bei seinem Onkel. Verdammter Krieg!« Er zog die Stirn in Falten.

Johannes nickte gerade bestürzt, da flog die Tür zum Hinterzimmer auf, und ein Mann rief nach dem Kellner. Lauter Gesang und Beifallklatschen schallten aus dem Raum. Er verstand zwar kein Serbisch, aber der Refrain *»Zsivió nas kralj Petar!«* sagte ihm etwas und der Gruppe Männer, die ihm in der Ecke gegenübersaßen, offenbar auch, denn Unmut brach unter ihnen aus. ›Hoch lebe König Peter!‹ Er dachte an die Zeitungsberichte der vergangenen Monate. Wenn es nach dem serbischen König ginge, stünde Serbien schon lange im Krieg gegen Österreich-Ungarn. Nur Russlands Weigerung, ihm als Verbündetem beizustehen, war es wohl zu verdanken, dass sich der Kriegsschauplatz auf dem Balkan nicht hierher ausgeweitet hatte. König Peter in einem Café Ungarns hochleben zu lassen war ein Eklat. Johannes beeilte sich, seinen Kaffee auszutrinken, um dem sich anbahnenden Konflikt aus dem Weg zu gehen, da sprang bereits einer der Männer in der Ecke auf und rief laut: »Halt dein serbisches Maul! Das ist Aufwiegelung gegen die Nationalitäten! Ruft die Polizei!«

Höhnisches Gelächter aus dem Hinterzimmer antwortete ihm, und ein erneutes Hochleben von König Peter. Nun erhoben sich schimpfend alle Männer am Ecktisch, und Johannes unterdrückte einen Fluch und tat es ihnen gleich, freilich nicht, um sich ihnen anzuschließen. Er zog hastig ein Taschentuch aus seinem Anzugrock, wickelte den Kuchen darin ein und legte das Geld für das Frühstück auf den Tresen des Ausschanks. Dann lief er zur Garderobe, um sich seinen Mantel überzuziehen. Gerade noch rechtzeitig, denn aus dem Hinterzimmer erklangen nun wechselseitige Beleidigungen, und einer der Männer, die im Eck gesessen hatten, lief an ihm vorbei aus der Tür, vermutlich, um die Polizei zu rufen. Johannes schaute, dass er davonkam. Was war denn nur mit der Welt los? Jedes Wort wurde neuerdings auf die Goldwaage gelegt. Die Zeitungen berichteten mal von Kriegsgräueln auf dem Balkan und dass Österreich-Ungarn eingreifen müsse, um sein Ansehen als Großmacht zu wahren, mal warnten sie vor einem dadurch drohenden Krieg, bei dem sich gar *Millionenheere* gegenüberstehen würden und die Folgen moderner Kriegstechnik nicht absehbar wären. Johannes schüttelte unwillig im Hinausgehen den Kopf. Überall schien die Stimmung zum Zerreißen gespannt, und in den Kaffeehäusern wurde Politik so heiß diskutiert wie nie. Immer diese Übertreibungen! Er verabscheute all diese Aufwiegler. Für ihn zählte nur die Musik.

Draußen pfiff immer noch der Wind, und er schlug den Mantelkragen gegen die Kälte hoch. Den Kaffee hatte er zu schnell getrunken und sich die Zunge verbrannt. Gerade wollte er in eine Seitengasse abbiegen, da fiel ein letztes Mal sein Blick auf den unglückseligen Matija. Er zuckte zusammen, denn der Veteran hatte ihm sein Gesicht zugewandt und schien ihm geradewegs ins Herz zu sehen. Johannes wandte in einem Reflex den Kopf ab und presste die Lippen aufeinander. Ein Schritt. Noch einer. Er blieb stehen. *Ach, zum Teufel!* Ruckartig drehte er sich um und lief zu ihm zurück. Die Wangen des jungen ehemaligen Soldaten waren bleich und eingefallen, seine Lippen blutleer und schon ganz blau vor Kälte. Johannes vermied es, seinen Beinstumpf anzusehen, sondern beugte sich schnell zu ihm hinunter, um ihm eine Handvoll Fillér in den Hut zu legen. Dann griff er in seine Manteltasche und hielt ihm den eingewickelten Kuchen hin. Einen Augenblick lang schien der Mann zu zögern. Misstrauisch musterte er ihn aus tief liegenden dunklen Augen.

»Mohnstrudel«, erklärte Johannes verlegen. »Mögen Sie den? Er ist auch noch ganz warm, frisch aus dem Ofen.«

Plötzlich kam er sich furchtbar albern vor. Der Mann war kaum älter als er, und er sprach zu ihm wie zu einem Kind. Ein Automobil rumpelte vorbei und spritzte ihnen mit dem Schneematsch den Dreck der Straße gegen die Hosenbeine. Johannes fluchte innerlich und wollte das Taschentuch gerade wieder wegpacken, da schossen zwei Hände vor, eine nahm zittrig das Kuchenstück, die andere schloss sich fest um sein Handgelenk.

»Die armen Teifl gehn an die Front und die Reichn machn zaus sich aan Vamegn. Wannst dort bist, musst kriechn, nur immer kriechn im Feld!«, flüsterte der Veteran mit fiebrigen

Augen. »Und ja nit den Helden spieln. Wann's dich aamal derwischt, hast nix mehr vom Heldentum.«

»Ich … ich werd's mir merken!«, stotterte Johannes, trat schaudernd einen Schritt zurück, und der junge Mann ließ ihn endlich los.

Eine Viertelstunde später hatte er Maries Haus erreicht und glaubte immer noch, die dürren Finger um sein Handgelenk zu spüren. Die letzten Meter ging er langsam, um sich zu sammeln. Dann betätigte er den Türklopfer. Selma öffnete ihm, wie schon vor zwei Tagen, und für einen kurzen Moment befürchtete er, sie würde ihn wieder unverrichteter Dinge fortschicken. Doch da erschien Marie im Flur, und ihre Augen weiteten sich, als sie ihn sah. Das Lächeln, das sie ihm schenkte, fegte all seine Zweifel davon. Susanna musste sich einfach täuschen!

»Jo! Wie schön, dass du vorbeischaust. Wie war dein Konzert? Ach, komm doch erst einmal herein. Selma, gibst du bitte Vati Bescheid, dass Herr Farber uns besuchen gekommen ist?«

Das Dienstmädchen nickte und stieg die Treppe hinauf. Sie war kaum außer Sichtweite, da trat er hastig einen Schritt näher, bis er ganz dicht vor Marie stand. Sie sah erschöpft aus, und ihre Augen waren gerötet. Er fragte sich, ob sie immer noch wegen ihrer Mutter weinte, und es tat ihm weh, sie so leiden zu sehen. Aber er brauchte endlich Gewissheit.

»Marie!«, wisperte er und griff nach ihren Händen, ganz schmal und zart waren sie in den seinen.

»Ich wollte so gerne zu deinem Konzert kommen, aber ich …«, flüsterte sie, und er fragte zeitgleich:

»Sag, ist es wahr? Warst du wirklich mit dem Samuel tanzen, ausgerechnet in der Nacht, in der deine Mutter starb?«

Sie sah ihn an, als hätte er sie geschlagen, und verstummte. Er hatte nicht so mit der Tür ins Haus fallen wollen, aber Selma konnte jeden Augenblick mit Benjamin Rosenfeld zurückkehren, wie sollte er dann noch vertraulich mit ihr sprechen? Ihre grünen Augen füllten sich mit Tränen, sie schlug die Wimpern nieder und nickte stumm. Johannes schluckte schwer. Also doch! Ihr Vater hatte sie Samuel versprochen.

»Warum hast du es mir denn nicht gesagt?«, brachte er mühsam hervor, während der Schmerz ihn innerlich zerriss. »Du hättest mir doch schreiben können!«

Sie wich seinem Blick aus, sah an ihm vorbei zur Tür, und ihre Hände zitterten jetzt in seinen. »Ich … ich habe mich so dafür geschämt«, hauchte sie.

Johannes starrte sie an, und ein wildes Gefühl von Wut schoss in ihm hoch. Sie hatte sich geschämt? Was bedeutete das? Hatte sie ihm nichts von ihrer bevorstehenden Verlobung erzählen wollen, damit nicht aufkam, dass sie sich bereits geküsst hatten? Denn offenbar fügte sie sich dem Willen ihres Vaters, sonst wäre sie nicht mit Samuel tanzen gegangen. Noch dazu, während ihre Mutter todkrank im Bett lag! Diese Verbindung musste für die Rosenfelds ja wirklich außerordentlich wichtig sein, dachte er bitter.

Schritte erklangen auf der Treppe, und Johannes ließ ihre Hände abrupt los. Am liebsten hätte er auf dem Absatz kehrtgemacht und wäre aus dem Haus gestürmt. Es kostete ihn alle Kraft der Welt, den Anstand zu wahren, seinen Rücken durchzudrücken und ihrem Vater sein Beileid auszusprechen. Die anschließenden Gespräche in der Küche bei einer Tasse Tee wirbelten an ihm vorbei wie die Schneeflocken vor dem Haus, und er konnte hinterher nicht mehr genau sagen, worum sie sich gedreht hatten. Irgendwann hatte Benjamin Rosenfeld von Amerika geschwärmt, welche Museen es in New York gab und wie aufgeschlossen die Galeristen den neuen künstlerischen Entwicklungen gegenüberständen. Johannes hielt es nicht mehr aus, berief sich auf den Zug, den er erwischen musste, bedankte sich für die Gastfreundschaft und verabschiedete sich hölzern.

Selma führte ihn zur Tür, und Marie folgte ihr wie ein schmaler Schatten.

Erleichtert trat er ins Freie. Noch einmal sah er sich nach ihr um, ja, er verstand es wirklich gut, sich selbst zu quälen, sich zu wünschen, nur ein einziges Mal seine Hände auf diese zarten Wangen zu legen und ihren halb geöffneten, lieblichen Mund mit seinen Lippen zu verschließen. Er wollte den süßen Duft ihres Haars einatmen und nicht daran denken, dass sie bald einem anderen gehören würde. Aber was half es, vorbei war vorbei, und so wandte er sich um, und mit einem dumpfen Laut fiel die Tür hinter ihm ins Schloss.

25

Emma

Maui, August 2022

Es war ein Fehler, ihre Mutter am Abend anzurufen. Bevor Emma überhaupt dazu kam, ihr zu erzählen, was zwischen Michael und ihr vorgefallen war, hatte sie sich erst einmal geschlagene zehn Minuten lang anhören müssen, wie sie aus allen Wolken gefallen war, weil er bei ihr anrief. Wie viele Sorgen sie sich seither gemacht hatte und dass sie verdammt noch mal kein Kind mehr wäre, das einfach weglaufen konnte, ohne zu sagen, wohin. Während Emma überlegte, dass doch genau das ein Zeichen von Erwachsensein sein sollte, dass man eben niemandem mehr Rechenschaft schuldig war, schon gar nicht seinem Ex, hörte sie im Hintergrund die vergeblichen Beschwichtigungsversuche ihres Vaters, der immer wieder »Jetzt beruhige dich doch, Moni!« einwarf.

»Wie denn, wenn sie mir nicht einmal Bescheid gibt, wo sie gerade steckt! Es hätte ihr weiß Gott was passieren können, und ich wüsste zumindest gerne, auf welchem *Kontinent* sie sich aufhält!«

Emma hatte die Augen gerollt, geschwiegen und versucht, ihre Stimme auszublenden. Irgendwann war die Stille ihrer Mutter aufgefallen.

»Hallo? Bist du noch dran?«

»Mir geht es übrigens gut. Nur für den Fall, dass du dir tatsächlich Sorgen um mich machst.«

»Natürlich mache ich mir Sorgen!«

»Du fragst aber gar nicht, warum wir uns getrennt haben!«

»Das hat mir dein Michael doch schon erzählt! Weil du darauf beharrst, lieber im Weltall herumzufliegen, statt mit ihm eine Familie zu gründen.«

An diesem Punkt überlegte Emma, ob sie eine Störung im Mobilfunknetz vortäuschen und einfach auflegen sollte. Aber sie hatte keine Lust, in den nächsten Tagen von ihr pausenlos angerufen zu werden.

»Hör zu, Mama. Ich muss jetzt Schluss machen, weil ich morgen früh raus muss. Ich komme ja bald wieder nach Hause, und dann erzähle ich euch gerne ausführlich meine Version, falls die euch überhaupt noch interessiert.«

»Ach, Emma, sei doch nicht immer gleich eingeschnappt! Natürlich will ich von dir hören, was passiert ist. Es ist schließlich nicht meine Schuld, dass dein Freund mich vor meiner eigenen Tochter anruft, um mir von eurer Trennung zu berichten.«

»Tja, dann ist es ja gut, dass er so fürsorglich ist«, entfuhr es ihr sarkastisch. »Wie gesagt, du kannst beruhigt schlafen, mir geht es gut, und wir sprechen einfach über alles daheim, okay?«

Wenn sie nicht wüsste, dass er genau diese Reaktion mit seinem Anruf bei ihrer Mutter provozieren wollte, hätte sie jetzt am liebsten Michaels Nummer gewählt und ihm die Meinung gesagt. Aber diese Genugtuung gönnte sie ihm nicht. Sein Kontakt war auf ihrem Handy stummgeschaltet, und es machte ihn vermutlich wahnsinnig, dass er sie nicht erreichen konnte.

»Wo bist du denn jetzt überhaupt?«, fragte ihre Mutter ein wenig ruhiger.

»Bei einer Freundin auf Hawaii. Ich habe sie in Washington beim Challenger Memorial kennengelernt. Sie war früher Lehrerin und Astronautin.«

»Und sie hat dich anschließend einfach so für Wochen zu sich ins Haus eingeladen? Sie kennt dich doch gar nicht!«

»Offenbar habe ich nicht den Eindruck einer Serienmörderin auf sie gemacht.« Emma hörte ihren Vater im Hintergrund lachen.

»Das ist nicht lustig, Christian«, sagte ihre Mutter.

»Becky ist eine wohlhabende Witwe und freut sich einfach, einige Tage Gesellschaft zu haben, weil ich mich für den Weltraum ebenso begeistere wie sie.«

»Kannst du mir ihre Adresse geben? Nur für alle Fälle.«

Emma zögerte einen Moment. Das war wieder typisch, wann würde ihre Mutter ihr jemals vertrauen? »Von mir aus«, gab sie schließlich nach.

Anschließend konnte Emma kaum einschlafen und wälzte sich eine halbe Ewigkeit im Bett hin und her. Ihr graute vor der Auseinandersetzung, die ihr in München bevorstand. Im Grunde hatte sie nur zwei Möglichkeiten: entweder den Kontakt mit ihren Eltern noch weiter einzuschränken, vielleicht sogar abzubrechen – was sie insbesondere ihrem Vater zuliebe nicht tun wollte – oder ihrer Mutter begreiflich zu machen, was sie fühlte und dass sich ihre Beziehung grundlegend ändern musste. Die meisten fochten diesen Kampf als Teenager aus. Wahrscheinlich war sie damals überhaupt nicht dazugekommen, zu rebellieren, weil sie von ihrer Mutter ständig beschäftigt worden war, um nur ja ausreichend gefördert zu werden. Warum hatte sie nur so eine Angst davor, mit den beiden Menschen, die sie auf ihre Weise am meisten auf der Welt liebten, ein Gespräch auf Augenhöhe zu führen? So konnte es nicht weitergehen. Es war an der Zeit, auch bei ihren Eltern klare Linien zu ziehen. Durch das geöffnete Fenster drang der Ruf einer Eule, und Emma meinte, das Rauschen von Flügelschlägen zu hören. Oder es war die Brandung des Meeres. Auf jeden Fall hatte es etwas Beruhigendes, ihr fielen endlich die Augen zu, und schon halb im Schlaf dachte sie: *Vielleicht ist Mut nur ein Paar Flügel, um der Angst in unserem Herzen davonzufliegen.*

Elias kam gut gelaunt zum Frühstück und brachte Zimtschnecken, Blaubeercookies und Schokoladencroissants mit. *Baked on Maui* stand auf den Tüten der Bäckerei, aus denen es herrlich duftete.

»Wer soll das alles essen?«, fragte Emma lachend, während sie Becky half, den Frühstückstisch zu decken und sich nicht anmerken zu lassen, wie nervös seine Anwesenheit sie machte.

»Natürlich du. In meinem Alter verträgt man nicht mehr so viel Zucker, und wer weiß, was Elias mit dir hinterher noch vorhat.«

Die Zweideutigkeit ihrer Bemerkung war Becky offenbar gar nicht bewusst. Für einen kurzen Moment trafen sich seine und Emmas Blicke, und Elias schenkte ihr ein freches Grinsen, das ihr die Hitze in die Wangen trieb. Rasch nahm sie zwei Becher Kaffee von ihm entgegen, während er sich umdrehte und sich erneut an der Maschine zu schaffen machte. Ihr Blick fiel auf seine kräftigen Unterarme und die schmalen Hände, die routiniert mit der Espressomaschine hantierten, das Sieb entleerten und sekundenschnell neu einsetzten. Sie dachte daran, wie er ihr den Aufbau des Teleskops erklärt hatte. Verdammt, sie würde ihm wirklich gerne einmal bei der Arbeit über die Schulter schauen.

Wenig später saßen sie am Tisch, Emma knabberte an ihrem Cookie und blickte in den tropischen Garten mit seinen vielen bunten Blüten und dem aufgewühlten Meer dahinter. Heute präsentierte es sich stürmisch. Weiße Wellenspitzen brachen sich an den schwarzen Lavafelsen, und es hatte eine dunkle Farbe angenommen. Vor ein paar Tagen hatte es noch glatt wie ein See ausgesehen und war türkis, nein eher grün wie Elias' Augenfarbe gewesen. Sie wusste selbst nicht, warum an diesem Tag ständig ihre Gedanken zu ihm wanderten. Von den süßen Köstlichkeiten, die er mitgebracht hatte, musste sie einfach jede einzelne probieren. Hinterher war ihr ein wenig schlecht. Ganz entgegen ihrer sonstigen Gewohnheit verzichtete sie daher lieber auf den Kaffee.

»Das hatte ich total vergessen, Jane nimmt sich ein paar Tage in der Praxis frei und würde sich wahnsinnig freuen, dich morgen Abend kennenzulernen, Emma.«

»Wie lange bleibt sie denn?«, fragte Elias und stellte seinen Kaffeebecher ab. »Ich habe sie auch schon ewig nicht mehr gesehen.«

»Bis Mittwoch. Sie möchte in der Mālama-Tierklinik in Wailuku vorbeischauen.«

»So, so!«, sagte Elias gedehnt und hob die Augenbrauen. Becky warf ihm einen strengen Blick zu. Das war irgendein Insider über seine Schwester, den Emma nicht verstand. Gespannt sah sie von einem zum anderen.

»Es geht nur um eine größere Aktion für heimatlose Katzen und Straßenhunde!«

»Selbstverständlich.« Elias' Augen funkelten vergnügt. »Ich bin auch überzeugt davon, dass es rein gar nichts mit Dr. Delgado zu tun hat.«

Becky seufzte und wandte sich an Emma. »Er ist der Leiter einer Tierklinik hier auf Maui. Takeshi Delgado und meine Tochter waren während ihrer Studienzeit einmal sehr verliebt ineinander gewesen.«

»Eine typische On-off-Beziehung«, warf Elias ein.

»Jetzt übertreibst du aber!«, sagte Becky und zog die Stirn in Falten.

Elias beugte sich zu seiner Mutter und tätschelte ihre Hand. »Keine Sorge, ich weiß, dass sie wieder zusammenkommen werden und du deinen Wunschschwiegersohn erhältst.« Er zwinkerte Emma zu. »Takeshi könnte sich jederzeit für den Titel des ›sexiest man alive‹ bewerben.«

»Du vermittelst Emma ein völlig falsches Bild von ihm!«, stöhnte Becky. »Er ist ein wirklich feiner Mensch!«

»Und erobert – wie du an meiner Mom unschwer erkennen kannst – alle Frauenherzen im Sturm. Nur an meiner eigensinnigen Schwester beißt er sich seit Jahren die Zähne aus. Ehrlich, er tut mir von ganzem Herzen leid!«

»Hör nicht auf ihn, du wirst Jane mögen!«

»Davon bin ich überzeugt«, erwiderte Emma schmunzelnd.

Diesmal fuhr Elias nicht die Ostküste entlang wie bei ihrer Ankunft auf der Insel, sondern nahm die westliche Route Richtung Kahului. Emma hatte für die Übernachtung bei ihm einen Rucksack gepackt, den sie am nächsten Tag auch für ihre Trekkingtour einsetzen konnte. Becky zufolge wohnte ihr Sohn in einem kleinen Cottage mitten im Wald am Fuße des Haleakalā. Er hatte es von einem Aussteigerehepaar gemietet, das ganz in der Nähe eine kleine Farm mit Hühnern und einer Kuh betrieb, und sie könne sich auf noch weitaus exotischere Tiere gefasst machen. Emma platzte vor Neugier. Gerade kamen sie an den Wailua Falls vorbei, die sie schon mit Becky besichtigt hatte, und sie fragte:

»Wie bist du eigentlich auf die Idee gekommen, in den Wald zu ziehen? Deine Mom meinte, du wohnst recht abgelegen.«

»Ach, was heißt auf einer so kleinen Insel schon *abgelegen*? Zur Arbeit brauche ich nur wenig länger als von der Stadt, etwa eine Dreiviertelstunde. Klingt vermutlich seltsam für einen Stadtmenschen wie dich, aber ich mag die Stille und nur Naturgeräusche um mich herum. Vogelzwitschern, das Prasseln von Regen auf den Blättern und den Holzdielen meiner Veranda, Neos tippelnde Schritte.«

»Wer ist Neo? Dein Hund?«

»So was Ähnliches.« Seine Mundwinkel zuckten. »Neo ist ein Chamäleon, das mich immer wieder mal besucht. Wobei Sam, der Golden Retriever von der Farm nebenan, auch öfter bei mir vorbeischaut.«

Elias' Stimme hatte einen warmen Tonfall angenommen, der

tief in ihre Seele drang, und je länger er von seinem Zuhause sprach, umso weicher wurden seine Gesichtszüge. »Für mich steckt an diesem Ort einfach das, was wir hier *Mana* nennen. Er gibt mir neue Lebenskraft und Energie. Die Hawaiianer glauben, dass nichts leben kann, in dem nicht Mana ist.« Elias' Augen leuchteten, und sein schiefes Lächeln brachte ihr Herz zum Flattern, als er kurz den Kopf zu ihr wandte: »Du hältst mich jetzt bestimmt für einen esoterischen Spinner.«

»Nein. Überhaupt nicht!«

Sie wollte ihm gerne sagen, wie sehr sie jede Unterhaltung mit ihm genoss, seit sie sich begegnet waren. Und sie hätte gerne zugegeben, dass sie die vergangenen Jahre an der Seite eines Mannes verschwendet hatte, der ihr genau das entzog: Lebenskraft und Energie. Dass sie sich einsam gefühlt hatte, ohne es zu begreifen. Die letzten Tage an Beckys Seite und der gemeinsame Abend mit Elias hatten sich dagegen wie ein Geschenk angefühlt. Sie fühlte sich ihm auf unerklärliche Weise verbunden, als würden sie sich schon lange kennen. Aber alles, was sie heiser herausbrachte, war:

»Ich beneide dich darum. Ich habe so einen Ort bisher nicht gefunden. Mana gab es für mich nicht mal in meinem Elternhaus.«

Sie presste die Lippen aufeinander. Der letzte Satz war ihr einfach herausgerutscht, und sie bereute ihn sofort. Doch Elias bedauerte sie nicht, sondern erwiderte:

»Selbst wenn du in deiner Kindheit Mana gehabt hättest, wäre es dir mit dem Erwachsenwerden verloren gegangen.«

»Du meinst, wie bei Peter Pan? Die Kinder, die nicht mehr nach Nimmerland zurückkehren können?«, fragte sie lächelnd.

Er nickte. »Als ich klein war, habe ich mich daheim sehr wohlgefühlt. Als Teenager wollte ich nur noch weg. Dann kam Berkeley, die WG, neue Freunde. Auch diese Zeit ging vorbei. Kein Mensch kann ewig Student bleiben, Partys feiern, Kiffen und nach Herzenslust forschen. Wahrscheinlich hat man im Laufe seines Lebens verschiedene Orte, die einem Kraft geben. Genau betrachtet, ist Mana deshalb gar nicht nur ein Ort, sondern ein Platz zu einer ganz bestimmten Zeit in unserem Leben.«

Eine nachdenkliche Falte war auf seiner Stirn erschienen, und Emma fragte sich, ob Mana nicht vielmehr der Zauber war, der in den Menschen steckte, die einen umgaben.

Gegen Mittag erreichten sie Kahului. Emma musste Elias insgeheim zustimmen. Die Stadt war nicht gerade ein Highlight. Einzig schön war die Aussicht auf den Haleakalā, der mächtig wie ein dunkler Schatten hinter der Küstenstadt aufragte. Kein Wunder, dass er von hier hatte wegziehen wollen. Das Straßenbild zeichnete sich vor allem durch viel Industrie und Shopping Malls aus, und Elias erzählte ihr, dass um die Stadt herum Zuckerrohrplantagen lagen.

»Wenn der Zucker während der Erntezeit gebrannt wird, ziehen riesige Rauchschwaden über das Land und der Regen aus Asche setzt sich überall auf den Wegen, Autos und Häusern ab. Deshalb wird er von den Bewohnern zynisch *Hawaiianischer Schnee* genannt.«

»Klingt nicht gerade verlockend. Müssen wir denn ausgerechnet hier zu Mittag essen?«

»Nein. Wir können auch zur Küste weiterfahren, wenn sich dein Hunger in Grenzen hält.«

»Nach dem Frühstück auf jeden Fall.« Emma stutzte. »Jetzt durchschaue ich deinen Plan! Deshalb hast du uns heute Morgen so viele Leckereien vom Bäcker gebracht. Du hattest gar nicht vor, in Kahului essen zu gehen.«

Seine Ohren wurden rot, und er sah sie ertappt an, wie ein Schuljunge, den man beim Schummeln erwischt hatte. »Zumindest habe ich gehofft, dass du bis Lāhainā durchhältst.«

Die Landschaft veränderte sich erneut, sobald sie sich der Westküste näherten, aus üppigen Wiesen und Weinanbaugebieten wurde eine karge Küstenlandschaft, wie Emma sie aus Südspanien kannte.

»Ich sehe schon, ich muss unbedingt noch einmal hierherkommen.«

»Das würde uns sehr freuen!« Uns? Ihr Blick flog zu ihm und ihr wurde heiß. »Nicht nur meine Mom. Auch mich.« Sie hielten gerade an einer Ampel, und er sah sie so intensiv an, dass sie erst merkten, wie sie den Verkehr blockierten, als der Fahrer hinter ihnen hupte.

Lāhainā besaß eine historische Altstadt mit nostalgischen Holzbauten und ein Dutzend hübsche Kunstgalerien, durch die sie nach dem Essen schlenderten. Auf einer Tafel im Hafen las Emma, dass Melville sich in dem ehemaligen Walfängerdorf zu seinem Roman ›Moby Dick‹ hatte inspirieren lassen. Ihr fiel ein buntes Plakat ins Auge.

»Was bedeutet eigentlich Lū'au? Ist das ein Volkstanz? So was wie Hula?«

Elias schüttelte den Kopf. »Nein, das ist eine Feier mit Festessen und Tanz. Mit dem Hula haben die Tänzer früher alte Mythen und Legenden überliefert. Auf Hawaii wird jede größere Familienfeier, ob Schulabschluss, Hochzeit oder Geburtstag, als Lū'au bezeichnet«, fuhr Elias fort. »Bei Kaleos Familie habe ich einige miterlebt. Ich habe nämlich das Glück, zu seiner *Ohana* zu gehören. Damit meinen die Hawaiianer *Familie*, aber der Begriff ist bei ihnen viel weiter gefasst als bei uns. *Ohana* sind alle Menschen, mit denen man sich tief verbunden fühlt und für die man Liebe empfindet, gleichgültig, ob man blutsverwandt ist oder nicht.«

Der Gedanke berührte Emma. »Daran sieht man wieder einmal, dass die Sprache ein Spiegel der Gesellschaft ist.«

»Apropos Sprache«, er grinste und deutete auf einen Verkaufskiosk, der für Schnorchel-Touren warb. »Wie würdest du das aussprechen?«

Emma trat näher. »Was meinst du?«

»Den Namen des Nationalfischs von Hawaii.« Sie folgte mit dem Blick seinem Finger, der auf einen Fisch mit weißem Bauch, gelb-blauem Rücken und hellblauen Flossen tippte. Darunter stand:

Discover the famous Humuhumunukunukuāpua'a.

»Das ist ein Witz, oder?«

»Keineswegs«, gluckste Elias. »Der Name bedeutet ›Fisch mit einem Maul wie ein Schwein‹. Versuch es mal!«

Er verschränkte die Arme über der Brust, lehnte sich lässig an die Holzwand des Kiosks und beobachtete sie amüsiert, wie sie sich vergeblich an der Aussprache des Wortes abmühte.

»Humunu muhu … nein, warte. Humuhumu nukunu mu …« Sein Grinsen wurde breiter. Schließlich gab sie auf.

»Also, sag schon, was ist der Trick?«

Elias grinste gutmütig. »Du musst den Namen zerlegen, damit es einfacher wird. So: Humu–humu–nuku–nuku–āpu–a'a.«

Sie versuchte es: »Humuhumunukunukuāpua'a.« Ein wenig holprig klang es noch, aber zumindest schaffte sie das lange Wort überhaupt bis zum Ende.

Der Kioskbesitzer streckte den Kopf heraus, reckte grinsend den Daumen nach oben und rief: »Perfekt!«

»Auf keinen Fall!«, widersprach Elias empört. »Das schafft sie noch viel schneller! Wir machen das jetzt zu dritt im Chor!«

Emma konnte sich hinterher nicht erinnern, wann sie zuletzt so sehr gelacht hatte.

Als die Sonne unterging, geisterte der Name des Fisches immer noch in ihrem Kopf herum. Die Zeit mit Elias war viel zu schnell verflogen. Nach dem Mittagessen in einem asiatischen Nudelrestaurant waren sie weitergefahren und später barfuß über den weißen Sand von Kā'anapali Beach geschlendert. Sie hatten Mangoeis in Kapalua gegessen und waren an den gepflegten Golfplatzanlagen an der nördlichen Spitze der Insel vorbeigekommen, bis sie Nakalele Blowhole erreichten, wo sich die Gischt meterhoch an schwarzen Lavafelsen brach. An der Ostküste mit spektakulärer Aussicht aufs Meer ging es wieder zurück Richtung Kahului und von dort auf den Weg ins Landesinnere, zu Elias' Cottage.

»Müde?«, fragte er, als sie zum wiederholten Male gähnte und ihren Kopf an das Seitenfenster lehnte.

»Nur ein bisschen«, log sie.

»Sollen wir noch Abendessen gehen oder uns was mitnehmen?«

»Gibt's hier denn einen guten Take-Away?«

»Einen Mexikaner in der Nähe meiner ehemaligen High School.«

»Du warst hier auf der Schule?«, fragte Emma verwundert. »Aber das ist doch ein ganz schönes Stück von deinem Elternhaus entfernt, oder?«

»Gut zwei Stunden. Der Nachteil, wenn man sein Traumhaus so abgelegen baut. Ich war unter der Woche auf dem Schulcampus von *Seabury Hall* untergebracht.« Ein Schatten war über sein Gesicht gehuscht, und Emma fragte vorsichtig: »Hast du deine Familie vermisst?«

Er seufzte und bog an der nächsten Kreuzung ab. Doch erst als der Mexikaner mit bunten Schildern vor ihnen auftauchte und er geparkt hatte, gab er zu: »Nicht nur sie. Vor allem war ich unglaublich sauer, dass ich nicht mit Kaleo die staatliche High School besuchen durfte. Seabury ist eine kostspielige Privatschule, die sich Kaleos Eltern nicht leisten konnten. In der Grundschule in Hāna und nahezu jeden Nachmittag waren wir beide zusammen gewesen. Er war wie ein Bruder für mich. Ich war unheimlich wütend, weil mein Dad auf Seabury Hall bestanden hatte. Also begann ich zu rebellieren«, er grinste, »und habe mir einige Verweise eingehandelt. Dad war natürlich stinksauer, und es gab jede Menge Streit deswegen.«

»Du hast gehofft, du fliegst von der Schule?«

Elias nickte und fuhr sich durchs Haar. »Ich hätte das damals auch gnadenlos bis zum Rauswurf durchgezogen. Aber Kaleo nannte mich einen kompletten Spinner. Er meinte, wenn sein Dad ihm so eine Chance bieten würde, würde er sich anstrengen und versuchen, Klassenbester zu werden. Erst da hab ich aufgegeben.«

»Er scheint wirklich ein guter Freund zu sein. Siehst du ihn noch oft?«

Elias zog den Zündschlüssel ab und öffnete die Tür. »Nein«, sagte er in einem Tonfall, der Emma davon abhielt, weiter zu fragen.

Die Nacht war angebrochen, als sie endlich über kurvige Straßen und einen abenteuerlichen Waldweg zu Elias' Cottage gelangten. Es war in die natürliche Vegetation des Waldes eingebettet und strahlte eine gemütliche Blockhüttenatmosphäre aus. Nachdem Elias den Motor ausgeschaltet hatte, das Scheinwerferlicht erlosch und sie ausstiegen, umfing sie der würzige Duft von Kiefern, die in dieser Höhe bereits den Regenwald ablösten. Er mischte sich mit der süßen Note tropischer Blumen, die vor der Veranda blühten, und mit Elias' Duft, der ihr nun ganz nahestand. Emma fielen sofort die Stille, die nur von dem Gurgeln eines Baches in der Ferne unterbrochen wurde, und der Sternenhimmel auf, der sich hell und klar über den Baumwipfeln abzeichnete.

»Hast du es schön hier!«, murmelte sie ergriffen und legte den Kopf in den Nacken. Sie konnte seinen Blick auf sich fühlen, versuchte, das Kribbeln in ihrem Bauch zu ignorieren, und dachte dann doch darüber nach, was für ein perfekter Moment das war, um ihn zu küssen. Aber dann fehlte ihr der Mut, und sie trat einen Schritt zurück, genau in dem Moment, als er einen auf sie zumachte. Ihre Blicke trafen sich. Im Mondschein war es schwer, seine Miene zu deuten, aber sie meinte, den Anflug von Bedauern in seinem attraktiven Gesicht zu erkennen, bevor er sein Handy hob, die Taschenlampe aktivierte und ihr den Weg die Holztreppe hinauf zu seiner Veranda leuchtete.

26

Susanna

Temeswar, März 1914

Susanna fuhr mitten in der Nacht aus dem Schlaf. Die Luft war vom warmen Kachelofen stickig, und sie rang nach Atem. Barfuß tappte sie über den Dielenboden zu den schweren Vorhängen, zog sie beiseite, machte das Fenster auf und erschauerte, als die Kälte unbarmherzig unter ihr Nachthemd fuhr. Eine ganze Weile stand sie so da und starrte auf die Sterne, als könnten sie eine Antwort auf ihre Frage geben. Hatte sie richtig gehandelt, als sie Johannes in der Konzertprobe all diese Lügen über Marie erzählt hatte? Erst als sie vor Kälte mit den Zähnen klapperte und ihre Hände klamm waren, schloss sie das Fenster wieder und schlüpfte zurück ins Bett.

Den ganzen Sonntag über fühlte sie eine seltsame innere Unruhe. Sie zankte mit ihrer Kammerzofe beim Einkleiden, wurde von der Mutter gerügt, weil sie bei Tisch nicht gerade saß, und in der Kirche zwickte es sie im Bauch, als der Pfarrer von der Barbarei auf dem Balkan sprach und dass man Lügnern und Verleumdern nicht glauben dürfe, die das Ansehen des Kaisers beschmutzten. »Du sollst nicht lügen!«, rief er laut von der Kanzel, und Susannas Härchen auf dem Arm stellten sich auf. »Denn schlimmer als ein Dieb ist ein Mensch, der lügt! Aber zuletzt kommen sie beide an den Galgen.«

Am Montag darauf erschien Marie zu spät zum Unterricht, was, solange Susanna denken konnte, noch nie vorgekommen war. Kreidebleich, mit verweinten Augen saß sie neben ihr in der Bank, wurde von der Lehrerin gerügt und kippte in der dritten Schulstunde so plötzlich zur Seite, dass Susanna nicht mehr nach ihr greifen konnte. Marie schlug mit einem dumpfen Laut am Boden auf, und Blut rann ihr aus der Nase und über die Schläfe. Ein Aufschrei ging durch die Klasse, und einen schrecklichen Moment lang glaubte sie, ihre Freundin wäre tot.

»Marie!«, schrie Susanna außer sich und fiel neben ihr auf die Knie, griff nach ihrer Hand und begann, laut zur Heiligen Jungfrau Maria zu beten. Die Lehrerin eilte mit einem Fläschchen Riechsalz herbei und tätschelte Maries Wangen, bis sie rot aufblühten wie der Bluterguss an ihrer Schläfe. Es dauerte fünf ›Ave Maria‹, bis ihre Lider endlich flatterten, sie die Augen wieder aufschlug und Susanna nur noch schlimmer weinte, weil sie nicht wusste, wie sie ihrer Gefühle Herr werden konnte. Zwei Wochen vergingen, und Marie trug weiterhin dunkle Schatten unter den Augen, die Haut spannte sich straff über ihre Wangenknochen, und Susannas Gewissensbisse waren zu einem gewaltigen Berg angewachsen. Marie aber war verstummt.

Sie wirkte völlig abwesend, sprach nur das Notwendigste, tauschte Höflichkeitsfloskeln mit ihr und den anderen Schülerinnen aus, aber sie besuchte Susanna nicht mehr zum gemeinsamen Lernen, sondern schützte Erschöpfung und Arbeit daheim vor. Vorbei war alle Vertrautheit. Ihr Schweigen machte Susanna wahnsinnig. Sie malte sich aus, dass Jo bei ihr gewesen war und Marie nun von ihrem Verrat wusste. An anderen Tagen überlegte sie, ob irgendjemand sonst ihr verraten haben könnte, dass sie die Konzertprobe besucht hatte. Eine zufällig am Theater vorbeigehende Schulfreundin oder der Platzanweiser. Hatte Gisela jemandem von seinen Briefen, die sie nicht weitergeleitet hatte, erzählt? Ihr Verstand malte sich die aberwitzigsten Szenarien aus und beschäftigte sich mit allem, nur nicht dem Lernen auf die bald anstehenden Prüfungen. Sollte sie ihrer

Freundin die Wahrheit gestehen und sie um Verzeihung bitten? Was, wenn Marie womöglich ernsthaft krank wurde, vielleicht sogar starb? Mit dieser Schuld würde sie nicht leben können! Und überhaupt war doch ganz und gar ungewiss, ob Johannes sich nun, da er sich von Marie abgewandt zu haben schien, auch für Susanna interessieren würde. Die Angst zerriss sie, überlagerte immer mehr ihre starken Gefühle für Johannes, und bald bereute sie, die beiden auseinandergebracht zu haben. Sollte sie Gisela anrufen, die in Arad Kontakt zu ihm hatte? Ihre Schwester war ihre letzte Hoffnung, die Einzige, die sie jetzt um Rat fragen konnte.

Susanna starrte auf ihre abgekauten Fingernägel und fasste einen Entschluss. Zum Glück besaßen ihrer beider Familien den Luxus eines Telefonapparats, und sie brauchte nicht aufs Amt zu gehen, um mit Gisela zu sprechen. Der Apparat stand in Vaters Arbeitszimmer, und da er um diese Uhrzeit noch nicht aus der Textilfabrik zurück war, musste sie schnell handeln. Hoffentlich lief ihr niemand vom Personal oder gar ihre Mutter über den Weg! Susanna lugte aus der Zimmertür, fand den Gang leer vor und huschte hinaus. Doch beim Arbeitszimmer angekommen, hörte sie zu ihrer Enttäuschung aufgebrachte Stimmen hinter der Tür. Scheinbar war ihr Vater früher als gewöhnlich zurückgekehrt und stritt wieder einmal mit ihrer Mutter.

»Worüber beschwerst du dich eigentlich, Klara? Die Textilfabrik läuft so gut wie nie. Wir arbeiten sechzehn Stunden durch, Wollwäscherei, Spinnerei und Kämmerei kommen ja kaum nach, den Webern genügend Material zu liefern. Keine andere Fabrik im Umkreis bietet neben den Stoffen für Uniformen und den Damen- und Herrenbekleidungen auch Velours- und Paletotstoffe sowie Strümpfe an. Außerdem haben wir die modernste Färberei weit und breit!«

»Und doch könnten wir mehr verdienen, wenn du dich nicht

immerzu als großzügiger Wohltäter gebärden würdest! Dein Säuglingsheim auf dem Fabrikgelände kostet uns jährlich Unmengen von Kronen.«

»Wo sollen denn die Arbeiterinnen während der Arbeitszeit ihre Säuglinge unterbringen? Etwa in den Werkshallen?«

»Keine Ahnung! Irgendein altes Mütterchen wird daheim schon auf sie aufpassen, wenn sie in die Fabrik gehen.«

»Du bist selbst Mutter! Muss ich dich daran erinnern, dass Säuglinge gestillt werden? Nicht jede Frau hat den Luxus, eine Amme zu haben wie du.«

»Ach, das wirfst du mir nun vor?«

»Keineswegs, aber ich verbitte mir, dass du dich in meine Geschäfte einmischst und insgeheim meine Bücher durchsiehst!« Ein lautes Klatschen folgte seinen Worten, und Susanna, die lauschend an der Tür lehnte, fuhr erschrocken zusammen. Es klang, als hätte ihr sonst so besonnener Vater ein schweres Buch auf den Tisch geworfen.

»Dann sag mir nur noch eins. Wozu spenden wir dem Rabbi der Innenstadtsynagoge solche Unsummen? Willst du jetzt etwa zum Judentum konvertieren?«

Eisige Stille folgte ihren Worten.

»Das geht dich nichts an«, antwortete ihr Vater endlich mit mühsam beherrschter Stimme.

»Ich bin nicht dumm, Conrad. Willst du Benjamin nun über diesen Umweg weiterhin unterstützen? Weil er genügend Anstand hat, dich nicht anzubetteln.«

»Benjamin hat mich noch nie *angebettelt*!«, brüllte ihr Vater. »Sieh dieses Geld als eine einmalige Spende an die jüdische Gemeinde. Mehr wirst du von mir nicht erfahren. Und nun geh bitte deinen häuslichen Pflichten nach und überlass mich meinen Geschäften!«

Rasch drehte Susanna sich um und hastete in ihr Zimmer zurück. Was hatte das zu bedeuten? Wenn ihr Vater Benjamin

Rosenfeld eine größere Summe über den Rabbi zukommen ließ, musste etwas geschehen sein. War Marie womöglich ernsthaft krank? War das Geld für einen Arztbesuch oder einen Kuraufenthalt gedacht? Ihre Kehle schnürte sich vor Sorge um die Freundin zu, und sie wartete atemlos hinter der Tür, bis sie das Stoffrascheln des Kleides ihrer Mutter und ihre Schritte auf der Treppe hörte. Dann lief sie wieder zurück zum Arbeitszimmer. Ohne anzuklopfen, betrat sie das Zimmer. Ihr Vater stand mit verschränkten Armen am Fenster und fuhr bei ihrem Eintreten überrascht herum. Sein finsteres Gesicht hellte sich auf, als er sie sah.

»Susanna! Ist etwas geschehen?«

Sie eilte zu ihm und warf sich ihm wortlos in die Arme. Die Anspannung der vergangenen Wochen brach sich plötzlich Bahn, und sie konnte ihre Tränen nicht mehr zurückhalten. Unbeholfen strich er ihr über den unter Schluchzern bebenden Rücken.

»Ja, Kind! Was ist denn nur mit dir?«

Sie versuchte sich zu beruhigen, atmete tief durch und wischte sich mit dem Handrücken die Tränen von den Wangen.

»Verzeih mir, Papa! Ich wollte vorhin zu dir kommen und habe versehentlich dein Gespräch mit Mama belauscht.«

Das Gesicht ihres Vaters verschloss sich, und eine steile Falte erschien auf seiner Stirn. Bevor er zornig werden konnte, sprach sie schnell weiter:

»Ich habe nicht viel verstanden und bin auch gleich wieder gegangen, nur, dass Mama vermutet, du hättest Onkel Benjamin Geld zukommen lassen. Und jetzt mache ich mir furchtbare Sorgen, weil die Marie doch so verändert ist.«

»Was meinst du damit?« In seinen Augen flackerte Besorgnis. Susanna wusste, dass er sich für ihre Freundin ähnlich wie ein Patenonkel verantwortlich fühlte.

»Ach Papa, sie ist ganz furchtbar dünn geworden, ihre Finger sind knochig und die Wangen eingefallen. Vor zwei Wochen ist sie im Unterricht sogar in Ohnmacht gefallen.«

Seine Augen weiteten sich. »Ja, warum hast du mir das denn nicht gleich gesagt?«

Weil ich glaube, dass ich daran schuld bin, dachte Susanna verzweifelt. Laut erwiderte sie: »Ich dachte, Onkel Benjamin hat dir davon erzählt. Und du hast ihm deshalb das Geld gegeben. Sag, ist Marie krank? Hat sie jetzt auch die Schwindsucht?«

Ihr Vater seufzte tief und strich sich mit der Hand durch das Haar. Ihr fiel auf, dass es nicht mehr so dicht wie früher war und die grauen Strähnen in den vergangenen Jahren zugenommen hatten.

»Das bleibt jetzt aber unter uns, Susanna. Versprich mir, dass du nichts von dem, was ich dir nun verraten werde, deiner Mutter oder gar Marie erzählst.«

»Natürlich nicht, Papa!«

»Manchmal brauchen Erwachsene eine neue Umgebung, um nach einem schweren Schicksalsschlag wieder neu anfangen zu können«, begann er und Susanna nickte eifrig.

»Du willst dafür sorgen, dass sie aus diesem schrecklichen kleinen Haus ausziehen können«, fiel sie ihm ins Wort.

»Ich fürchte, damit ist es nicht getan«, seufzte er. »Benjamins Kunst ist grandios, findet aber hier keine Abnehmer. Ich habe dem Rabbiner Geld gegeben, um ihn darin zu bekräftigen, auszuwandern und sich in New York zusammen mit Marie ein neues Leben aufzubauen.«

Susanna stolperte zurück, als hätte ihr Vater ihr einen Stoß versetzt. Amerika?

»Aber Papa! Marie ist doch meine beste Freundin!«, stieß sie hervor. »Du kannst sie mir nicht einfach wegnehmen!«

»Benjamin ist auch mein engster Freund. Glaub mir, ich wünschte, ich könnte die Zeit zurückdrehen und Elise wieder lebendig machen. Schau, wahre Freundschaft bedeutet, dass man nicht nur an sich selbst denkt, sondern daran, was für den Freund oder die Freundin am besten ist. Dass man Opfer bringt. Ich werde unter dem Verlust von Benjamin ebenso leiden wie du unter der Trennung von Marie, und deshalb bitte ich dich, stark zu sein, mein kleiner Engel. Wie es aussieht, scheint er ja nicht einmal mehr genug Geld für Lebensmittel zu haben. Willst du, dass Marie und er bei der Armenspeisung enden?«

Sie schüttelte entsetzt den Kopf und dachte daran, dass Marie plante, nach dem Schulabschluss Näherin zu werden, um Geld zu verdienen. Vielleicht war sie überhaupt nicht wegen Johannes traurig und hatte ihn längst vergessen? Das würde auch erklären, warum sie nicht mit ihr darüber sprach. Sie schämte sich, dass sie nicht genug zu essen hatten. Ihr fielen Maries vielfach gestopfte Strümpfe ein und dass sie die Kleider ihrer Mutter auftrug, die gar nicht mehr der Mode entsprachen. Wie hatte sie nur so blind sein können! Ob ihr Vater ihr schon von Amerika erzählt hatte? Vielleicht wusste sie es längst und fand nur nicht die richtigen Worte, um mit ihr darüber zu reden?

»Ich bin überzeugt, dass Benjamin in Amerika sein Glück finden wird. Du und Marie könnt euch schreiben, und in einigen Jahren werden wir sie über den großen Teich besuchen fahren. Würde dir das gefallen?«

»Ach ja, Papa! Versprichst du es mir?«, flüsterte Susanna, ihre Gedanken überschlugen sich, und sie sah sich schon auf einem luxuriösen Schiff, die Hand an der Reling und über das weite Meer schauend. Sie hatte so viel von diesen Dampfern gehört.

»Du hast mein Wort!« Er nahm sie fest in die Arme. Susanna drückte ihre Wange an seine Brust und atmete den vertrauten Geruch von Zigarrenduft und Seife ein. Sie wollte noch nicht daran denken, wie ein Leben ohne Marie an ihrer Seite werden würde. Aber nun hing alles davon ab, wie Onkel Benjamin sich entschied. Und ein Gutes hatte die Sache. Wenn

Marie ohnehin auswanderte, gab es für Susanna auch gar keinen Grund mehr, den Verrat an der Freundin und ihre Lügen aufzudecken. Marie würde einen neuen Mann in Amerika finden, und Johannes war frei. Für sie. Sie musste ihn jetzt nur noch davon überzeugen.

27

Marie

Ludwigskirchen, April 1914

Noch nie hatte sich der Frühling so hinterrücks angeschlichen wie in diesem Jahr. Wochen waren vergangen, seit Marie Johannes zuletzt gesehen hatte und die Zeit für sie innerlich stehen geblieben war. Wenn sie auf die Haustür zuging, glaubte sie, ihn wieder dahinter vorzufinden. Wie er sich schwungvoll ein letztes Mal umwandte, auf der Gasse stand und ihr diesen verletzten Blick aus seinen sommerblauen Augen zuwarf. Um sie herum lief die Zeit jedoch unbarmherzig weiter. Wenn sie die Tür öffnete, sah sie Krokusse und Tulpen im Vorgarten blühen, Vögel zwitscherten vor ihrem Fenster, und die Tauben unter dem Dach hatten Eier in die sorgsam von ihr mit Stroh gefüllten Nistplätze gelegt. Selbst die tot geglaubten Scherenschnitte der Bäume kleideten sich neu in ihr weißes Frühlingskleid. Statt Schneeflocken blies der Frühling ihr nun duftende Blüten ins Haar – und Marie konnte nichts tun, um all das aufzuhalten. Es fühlte sich falsch an, als hätte die Natur sich gegen sie verschworen, denn mit jedem weiteren warmen Sonnenstrahl rückte der Tag näher, an dem sie Johannes für immer verlieren würde.

Wäre sie doch nur nie mit Samuel zu diesem Ball gegangen! Gleich nach Mamas Tod hatte sie bittere Tränen geweint, dass sie in ihrer furchtbaren letzten Nacht nicht bei ihr gewesen war. Ja, sie schämte sich, und Johannes hatte wirklich allen Grund, sie dafür zu verachten. Woher auch immer er es erfahren hatte.

Aber sie hatte Samuel geschworen, niemandem von ihm und Paula zu erzählen.

Und zu alledem bestürmte ihr Vater sie seit dem Besuch des Rabbi immerzu, endlich in die Auswanderung nach Amerika einzuwilligen. Er war wie ausgewechselt, seit er dieses neue Ziel vor Augen hatte, und sie fühlte sich schuldig, dass sie seine Begeisterung nicht teilen konnte und seinen Optimismus dämpfte. Alles hing jetzt von ihrer Entscheidung ab, denn er würde Temeswar nicht ohne sie verlassen. Wenn sie doch nur mit Susanna darüber reden könnte. Aber sie wagte nicht, ihr zu erzählen, dass Johannes sie verachtete und dass sie beide bald für immer getrennt auf verschiedenen Kontinenten leben würden. Alles war wie ein Albtraum, der mit dem Tod ihrer Mutter seinen Anfang genommen hatte. Sie aß wenig, schlief kaum und lernte wie besessen auf die bevorstehenden Abschlussprüfungen, um sich abzulenken. Und dann kam an einem Schabbat-Morgen Selma in die Küche gelaufen, ein Papier in der Hand schwenkend, und verkündete: »Ein Brief aus Arad ist angekommen.«

Maries Herzschlag setzte aus, sie sprang mit zittrigen Knien auf und riss Selma regelrecht den Umschlag aus der Hand. Doch ein Blick auf den Absender genügte, um grenzenlos enttäuscht zu sein.

»Von wem ist er?«, fragte ihr Vater neugierig. Er hatte sich heute besonders fein angezogen und war schon bereit zum Aufbruch in die Synagoge.

»Von Gisela«, sagte Marie und musste sich zwingen, den Umschlag zu öffnen. Sie überflog den Inhalt stirnrunzelnd. »Eine Einladungskarte zur Taufe ihres kleinen Jungen. Sie soll …«, ihre Stimme stockte kurz, weil die Erinnerungen an ihre erste Begegnung mit Johannes sie übermannten, »… auf dem Dorf bei ihren Großeltern stattfinden. Wir sind beide herzlich eingeladen.«

Sie hatte sich wieder an den Tisch gesetzt, und ihr Vater beugte sich vor und legte seine Hand auf ihre. Sanft sagte er: »Wäre das nicht eine gute Gelegenheit für uns, Conrad und Susanna endlich von unseren Auswanderungsplänen zu erzählen?«

Von *deinen* Plänen, hätte sie am liebsten geschrien. Aber sie konnte ihm diese Hoffnung, an die er sich wie an einen Rettungsring klammerte, nicht nehmen. Was, wenn er wieder in seinen selbstzerstörerischen Zustand verfallen würde wie nach Mamas Tod? Und wovon sollten sie hier auch leben?

»Ich will dich nicht drängen, Kind. Doch spätestens nach deinem Schulabschluss müssen wir uns entscheiden.«

Vielleicht, so dachte Marie verzweifelt, würde bis dahin noch ein Wunder geschehen.

Aber Wunder waren launisch und ließen gerade dann auf sich warten, wenn man sie am meisten brauchte. Am Tag der Taufe hatte Agnes ihnen eine Droschke geschickt, die sie frühmorgens zur Feier aufs Dorf und am Abend wieder nach Hause bringen würde. Marie saß in einem dunkelgrünen Kleid ihrer Mutter neben ihrem Vater und wünschte sich weit weg. Ihre dichten Haarlocken hatte Selma ihr mit seidenbezogenen Kämmen in derselben Farbe hochgesteckt und das Kleid in der Taille ein wenig enger genäht. Ende April konnte das Wetter launisch sein, aber der kleine Ferdinand hatte sich für seine Taufe einen strahlenden Sonnentag ausgesucht. Geradezu frühsommerlich warm war es, und Marie war froh, Mamas Sonnenschirm mitgenommen zu haben. Nicht nur das ganze Dorf, jede Menge Freunde und Verwandte von Gisela und ihrem schmucken Offiziersgatten Friedrich waren erschienen, weshalb die Taufzeremonie nicht in der kleinen Dorfkirche, sondern im Freien vorgenommen wurde. Mädchen in Rüschenkleidern mit bunten Schürzen sprangen mit den Buben zwischen den Bäumen herum und spielten Fangen, bevor sie von ihren Eltern ermahnt wurden, still zu sein, als der Pfarrer erschien und die Predigt begann. Marie fiel auf, wie viele Jungen Kinderuniformen trugen, obwohl sie sicher noch zu klein für die Kadettenschule waren. Sie verliehen ihnen eine seltsam militärische Strenge, die nicht recht zu ihren jugendlichen Gesichtern passen wollte. Der kleine Ferdinand hielt sich tapfer und gab keinen Mucks von sich, als ihm das Wasser über das blonde Köpfchen gegossen wurde.

Da Marie und ihr Vater nicht zur Gemeinde gehörten, hielten sie sich zusammen mit Samuel und seinen Eltern ein wenig abseits, und Marie ließ ihren Blick über die Menschenmenge schweifen. Ganz vorne, neben ihrer glücklich strahlenden Schwester Gisela, stand Susanna, die in ihrem hellblauen Kleid wie eine vornehme Dame aussah und als Taufpatin voller Stolz den kleinen Ferdinand in den Armen hielt. Ein wehmütiges Lächeln stahl sich auf Maries Lippen. Sie hatte immer gehofft, sie und Susanna würden einmal zur selben Zeit Mütter werden und ihre Erfahrungen teilen. Ihre Kinder sollten zusammen spielen, so wie sie und Susanna es getan hatten. Würden sie sich je wiedersehen, wenn sie nach Amerika auswanderte? Ihr Blick glitt weiter, über Klara und Conrad und die Großeltern, bei denen sie so viele schöne Sommer verbracht hatte. Kurz blieb er an Emil hängen, der nicht weit entfernt stand und ihre Freundin anstarrte, wie einen vom Himmel herabgestiegenen Engel. Ein wenig weiter entdeckte sie Samuels große Liebe, die hübsche Paula. Dann hörten die bekannten Gesichter auf, und erst, als sie mitten in ein Paar blauer Augen sah, die sie unverhohlen fixierten, erkannte sie ihn. Johannes!

Maries Knie wurden auf einen Schlag weich, und sie musste sich am Arm des Vaters festhalten, um nicht den Boden unter den Füßen zu verlieren. Sie hatte überhaupt nicht damit gerechnet, dass auch er zur Taufe kommen würde, dabei hätte sie es sich angesichts der großen Menge an geladenen Gästen denken können! Das Herz schlug ihr bis zum Hals, und alle unterdrückten Gefühle für ihn überschwemmten sie wieder mit voller Wucht.

»Geht es dir nicht gut?«, raunte der Vater ihr zu.

»Es ist nichts, nur die unerwartete Hitze heute«, flüsterte sie zurück. »Mir ist ein wenig schwindlig.«

Samuel, der neben ihr stand und ihre Unterhaltung mitangehört hatte, bot sich sofort an, sie ein Stück zu einer Bank zu begleiten, und ahnte nicht, dass er Marie damit alles andere als einen Gefallen tat. Ihren Einwendungen zum Trotz schob ihr Vater sie zu ihm hin, und so blieb ihr nichts übrig, als Samuels Arm zu nehmen und sich unter Johannes' aufmerksamem Blick fortführen zu lassen.

»Du siehst ja furchtbar aus«, sagte er zu ihr, kaum dass sie allein auf der Bank saßen. Er betrachtete sie besorgt.

Marie verdrehte die Augen. »An deiner Galanterie musst du noch feilen, wenn du dir Paulas Herz erhalten willst.«

Samuel grinste. »Geh, sei mir nicht böse, Marie! Wir waren immer ehrlich zueinander. Sag schon, was liegt dir auf dem Herzen?« Er wurde ernst. »Fehlt dir deine Mutter noch so sehr?«

»Das auch. Aber …« Sie zögerte.

»Du weißt, dass du mir vertrauen kannst. Niemand außer dir weiß von Paula und mir.«

Und da erzählte sie ihm, was alles zwischen ihr und Johannes seit der Beerdigung ihrer Mutter geschehen war und dass ihr Vater nach Amerika auswandern wollte. Samuels Miene wechselte von Überraschung zu Bestürzung und schließlich zu Wut.

»Was bildet sich der Schmock eigentlich ein, so mit dir umzugehen, nur weil du auf einem Ball mit mir warst!«, zischte er und reckte den Kopf, um ihm einen bösen Blick zuzuwerfen, aber zum Glück konnte Marie ihn in der Menge nicht mehr ausmachen. War er schon gegangen? »Dem werde ich was erzählen!«

»Das lässt du schön bleiben! Es ist nicht seine Schuld, dass ich mit dir Tanzen war und Mama im Sterben lag.«

Unwillig schüttelte Samuel den Kopf. »Sie war lange Zeit davor krank, niemand konnte wissen, dass sie ausgerechnet in dieser Nacht von uns gehen würde. Glaubst du wirklich, sie würde wollen, dass du dich dafür marterst?«

Marie schluckte. Sie dachte an den letzten Abend mit ihr und wie sie ihr zugeredet hatte, mit Samuel den Ball zu besuchen. Vielleicht hatte ihre Mutter es geahnt und wollte sie noch einmal fröhlich wissen, bevor ihr Tod nahte. Langsam schüttelte sie den Kopf. »Ich schäme mich dennoch!«, murmelte sie. »Jedermann denkt …«

»Ach, der Herr Jedermann!« Seine Stimme wurde eindringlich. »Die Leute suchen immer etwas, worüber sie reden können. Was meinst du wohl, wird erst los sein, wenn Paula und ich gegen den Willen unserer Eltern heiraten werden? Was kümmert uns ihr Geschwätz? Wichtig ist doch nur unsere Liebe, und die ist wahrhaftig! Ob dieser Johannes die deine erwidert, wage ich zu bezweifeln.«

»Sag das nicht!«, entgegnete Marie unglücklich.

»Warum? Damit du dich weiterhin in deiner angeblichen Schuld suhlen kannst?«

»Samuel!«

»Ist doch wahr!«

»Ich glaube, dass du ihm unrecht tust.«

»Dann sprich dich nachher mit ihm aus. Sollte ich recht behalten, freu dich auf ein neues Leben in New York. Ich würde dir mit Paula lieber heute als morgen folgen, wenn ich die Möglichkeit dazu hätte.«

»Wie läuft es denn mit deinen Plänen, in Temeswar eine Anstellung zu finden?«

Er verzog das Gesicht. »Nicht gut. Außer meiner Schulzeit und der Tätigkeit im Laden meines Vaters kann ich keine Qualifikation nachweisen. Ich habe jetzt meine Eltern überredet, nach Arad auf die Handelsschule zu gehen. Dort lerne ich Englisch, Buchführung, Kaufmännisches Rechnen und Handelsgeografie. Mein Vater glaubt, ich möchte hinterher sein Geschäft erweitern.«

»Er wird sehr wütend auf dich sein, wenn er dir erst die Schule zahlt und du dann nicht dein Wort hältst«, warf Marie stirnrunzelnd ein.

»Glaub mir, ich werde ihm jede Krone, die er dafür ausgibt, zurückzahlen, sobald ich eigenes Geld verdiene. Und er wird ohnehin mit mir nicht mehr sprechen wollen, wenn ich die *Schickse* – wie er Paula nennt – geheiratet habe.« Seine Miene hatte sich verdüstert, und Marie beeilte sich, das Thema zu wechseln.

»Aber warum Arad? Bei uns in der Stadt gibt es doch auch eine Handelsschule?«

»Ein Vetter meines Vaters arbeitet dort im Kontor der Spiritusfabrik. Er hat versprochen, mir bei den Aufgaben zu helfen. Schließlich kennt er sich mit kaufmännischen Angelegenheiten gut aus. Sein Sohn ist in der Kadettenschule in Temeswar aufgenommen worden, und jetzt hat er sein Bett für mich frei.« Der einsetzende Gesang der Taufgemeinde setzte ihrem Gespräch vorerst ein Ende.

Das »Hotel zur goldenen Gans«, wie das Wirtshaus der Schmidts sich neuerdings nannte, war um einen Anbau erweitert und weiß gekalkt worden. Die Flügel der hohen Fenster standen an diesem frühsommerlich warmen Tag weit offen und der Duft von Braten und frisch gezapftem Bier schlug ihnen schon auf halbem Wege entgegen. Marie hatte sich nach dem Beglückwünschen der jungen Eltern schnell bei Susanna untergehakt, um ihrem Vater zu entfliehen. Aber bislang hatte sie keine Gelegenheit gefunden, sie auf Johannes anzusprechen, da sich in dem Gedränge der Gäste, die nach der Taufe zum Wirtshaus strömten, immer jemand in ihrer Nähe befunden hatte. Jetzt zog sie ihre Freundin vor dem Eingang der Wirtsstube beiseite, um endlich mit ihr allein reden zu können. Vom Festsaal waren Gelächter, die Blaskapelle und Akkordeonklänge zu vernehmen, und Marie raunte der sie verwundert ansehenden Susanna zu:

»Ich wusste gar nicht, dass Gisela den Johannes eingeladen hat.«

»Das habe ich auch erst bei unserer Ankunft gestern Abend erfahren. Ich hätte es dir ansonsten doch gleich erzählt.« Ihr besorgter Blick tat Marie gut. Sie hatte ihr immer noch nicht gestanden, dass er sie nach dem Konzert aufgesucht und ihr den Ballabend mit Samuel vorgeworfen hatte. Aber natürlich wusste sie, dass Johannes ihr nicht mehr schrieb, und hatte sich bestimmt schon ihre eigenen Gedanken darüber gemacht.

»Ich möchte ihn gerne allein sprechen und weiß nicht, wie ich das anstellen soll.«

»Ach, Marie! Was soll das denn bringen? Es wird dich nur weiter quälen. Schlag ihn dir lieber aus dem Kopf. Frag Gisela, wie leichtlebig diese Musiker sind.«

Eine Gruppe Jungen und Mädchen eilte lachend aus dem Wirtshaus. Ganz in der Nähe fassten sie sich an den Händen und spielten Ringelreihen. Susanna zog Marie ein Stück weiter zu einer Holzbank am Hauptplatz, die unter einem Akazienbaum stand. Der honigsüße Duft der Blüten stieg ihr in die Nase, sobald sie sich darauf niederließen.

»Ich weiß. Aber gerade eben hat er mich so seltsam angeschaut. Ich werde aus seinem Verhalten nicht schlau.«

»Warum ist er dann nicht zu dir gegangen? Weißt du, ich glaube, du machst dir nur etwas vor.«

Marie knetete ihre Finger. »Weil der Samuel mit mir zusammenstand.«

Susanna zog die Augenbrauen hoch.

Blasmusikfetzen aus dem Wirtshaus vermischten sich mit dem Gesang der Kinder auf dem Platz. ›Goldne, goldne Brücke, wer hat sie denn gebrochen? Der Goldschmied, der Goldschmied mit seiner jüngsten Tochter …‹

»Guck nicht so! Er ist wirklich nur ein guter Freund! Susanna, ich bitte dich, kannst du den Johannes nachher nicht nach draußen locken, damit ich kurz mit ihm reden kann?«

›Den letzten wolln wir fangen mit Spießen und mit Stangen!‹

Ein Windstoß riss einige Blüten aus den Ästen über ihnen. Susanna zögerte mit der Antwort und zupfte sie langsam einzeln von ihrem Rock und strich ihn hinterher glatt.

»Du würdest mir wirklich einen großen Gefallen damit tun!«, bedrängte Marie sie.

Sie seufzte und sah auf. »Na gut. Aber erst, wenn das Festmahl vorbei ist und zum Tanz geblasen wird. Ich möchte nicht, dass meine Mutter mich dabei erwischt, wie ich mit ihm fortgehe, und sich wer weiß was dabei denkt.«

28

Johannes

Ludwigskirchen, April 1914

Johannes war nur in dieses elende Dorf gekommen, um Marie zu sehen, und nun saß er eingepfercht zwischen einem ohne Unterlass auf ihn einredenden Stabführer der Regimentsmusik und Giselas sich besinnungslos zusaufenden Onkel an der langen Festtafel und wünschte sich zurück in seine Studentenbude. Er hatte sich gesagt, dass es unhöflich wäre, die Einladung auszuschlagen, nachdem Gisela ihm schon mehrfach private Soireen und Auftritte auf Hochzeiten vermittelt hatte. Als er erfahren hatte, dass Marie auch eingeladen war, hatte er in sich gehorcht. Der brennende Schmerz bei dem Gedanken an sie war einem dumpfen Pochen gewichen. Zeit, sich wie ein erwachsener Mann zu benehmen und der Tatsache offen ins Auge zu sehen, dass sie nun mal einem anderen versprochen war.

Und dann hatte Maries Anblick ihm den Boden unter den Füßen entzogen. Die Predigt, die Leute um ihn herum, einfach alles verblasste, und er konnte sie nur noch anstarren und Samuel zum Teufel wünschen. Jede ihrer Regungen trank er wie ein Verdurstender. Die Art, wie sie den Kopf neigte, die widerspenstigen Locken, die aus ihrer Frisur sprangen, ihr seliges Lächeln beim Anblick von Susanna mit dem kleinen Ferdinand. Der Moment dehnte sich aus, wie ein Ton, der in einem leeren Konzertsaal verhallte. Als Marie ihn in der Menge erkannte, sich ihre Augen erschrocken weiteten und Samuel sie beiseitezog, fühlte er sich ohnmächtig vor Wut. Sein Zug zurück nach

Arad würde erst am Abend gehen, und er fragte sich, wie er diesen Nachmittag überstehen sollte, ohne vor Sehnsucht nach ihr wahnsinnig zu werden oder dem Grünberg kurzerhand einen Stuhl über den Schädel zu ziehen.

»Mir war'n auch so frehlich gwen, bei da Taufn von meina Kleena«, lallte Giselas Onkel gerade und fixierte ihn mit seinen blutunterlaufenen Augen. »Aba dann ham's unbedingt auf das verfluchte Schiff gehn missn! Alle sans dasauft wia di Ratzn. Iberall am Ufer san die Leichn angschwemmt wordn. Mir san gar nimma nachkemma mit dem raufziahn auf die Böschung. Und all die klane Kinda. Die unschuldige Kinda!« Er fuhr sich mit der Hand über das Gesicht und kippte sein Glas hinunter.

Johannes ließ sich daraufhin ebenfalls von dem Slibowitz nachschenken. Gisela hatte ihm von dem Untergang der ›General Slocum‹ in New York erzählt, ein schwerer Schlag für die deutsche Auswanderergemeinde, bei dem ihr Onkel seine gesamte Familie verloren hatte. Er wusste nicht, was er darauf sagen sollte, und war froh, dass er keine Antwort zu erwarten schien. Die Musikkapelle bereitete die Instrumente für den anschließenden Tanz vor, dem Himmel sei Dank, war er heute nur als Gast hier und musste nicht spielen. Aufgewühlt wie er war, hätte er keinen Ton getroffen. Während er vorgab, dem Stabführer zuzuhören, der über den neuen Fürsten von Albanien und einen möglichen Krieg mit Griechenland schwadronierte, legte sich plötzlich eine Hand auf seine Schulter. Süßer Rosenblütenduft umfing ihn, er wandte den Kopf und sah Susannas verschwörerische Miene. Sie beugte sich zu ihrem Onkel hinunter und schob sein Glas Schnaps ein wenig beiseite. Als sie »Jo, komm bitte in den Obstgarten, ich muss dir unbedingt etwas sagen« raunte, musste es für die anderen Gäste so aussehen, als spräche sie zu ihrem Onkel und nicht zu ihm. Ein Blinzeln, dann verschwand sie. Johannes unterdrückte den Impuls, ihr nachzusehen. Susannas Onkel starrte weiterhin stumpfsinnig auf sein Glas und schien ihre kurze Anwesenheit gar nicht bemerkt zu haben.

»… oder denken Sie etwa, der Fürst ist Manns genug, der Misere Herr zu werden?«, fragte der Stabsoffizier in diesem Moment.

»Ganz und gar nicht!«, entgegnete Johannes, der keine Ahnung hatte, wovon der Mann sprach, und überhaupt, was ging ihn der Fürst von Albanien an? Er entschuldigte sich, dass er einmal austreten müsse, sprang auf und machte sich, ein wenig schwindlig von dem Bier und dem Schnaps, auf den Weg in den Garten.

Die Sonne brannte heute mit erstaunlicher Kraft. Johannes lockerte seinen Kragen und hätte am liebsten auch seinen Rock ausgezogen. Aber es kam ihm unschicklich vor, Susanna nur in Hemd und Weste zu begegnen, und er beneidete die kleinen Jungen, die mit hochgekrempelten Hemdsärmeln an ihm vorbeiliefen. Eine Weile irrte er auf seiner Suche zwischen anderen Taufgästen und spielenden Kindern umher, bis er Maries Freundin einsam im hinteren Teil des Gartens bei den Weichselbäumen fand. Ihm war zuvor gar nicht aufgefallen, wie hübsch sie heute aussah. Das hellblaue Kleid betonte ihre schmale Taille und ließ unter zarter weißer Spitze am Ausschnitt und den Ärmeln ihre Haut verführerisch durchschimmern. *Kein Wunder, du hast dich immer nur auf Marie konzentriert und kein anderes Mädchen mehr wahrgenommen!* Ein Leuchten trat in ihre blauen Augen, und er musste ihr anziehendes Lächeln einfach erwidern. Sie legte ihre Hand sanft auf seinen Arm.

»Wie geht es dir?«, fragte sie, und ehrliche Sorge schwamm in ihrer Stimme mit.

Die Frage verwirrte ihn. Er hatte damit gerechnet, dass sie ihm irgendetwas von Marie erzählen würde.

»Ich …« Er räusperte sich und fragte dann: »Du meinst wegen Marie und Samuel?«

Ein Schatten huschte über ihr schönes Gesicht.

»Das auch. Aber vor allem mit deinem Studium und den vielen Proben. Sicher bist du furchtbar beschäftigt, und deine Familie erwartet von dir, dass du in die Fußstapfen deines Großvaters trittst. Das wird nicht einfach für dich sein.«

Er seufzte. Ihre Anteilnahme tat ihm gut. »Die schwierigsten Prüfungen stehen mir in den nächsten Wochen bevor. Wenn es nur das Spielen wäre, aber wir müssen auch eine Menge Musiktheorie und -geschichte lernen.«

»Das erfordert bestimmt viel Disziplin und Fleiß. Ich bin aber sicher, dass du es schaffen wirst. Du bist so unglaublich begabt, Jo! Noch nie habe ich jemanden wie dich musizieren hören. Ich könnte dir stundenlang lauschen.« Ihre Wangen röteten sich, und sie kam einen Schritt näher, viel näher, als es schicklich war, denn der Saum ihres Kleides wogte jetzt gegen seine Beine. »Du ahnst gar nicht, was es mit mir anstellt, wenn du auf der Violine spielst.«

Johannes starrte sie an, unfähig sich zu bewegen. Das Blut rauschte in seinen Ohren, und in seinem Kopf drehte sich alles, während ihr süßer Duft auf einmal überall war.

»Jo!«, raunte sie, und ihr zärtlicher Tonfall brachte etwas tief in ihm zum Vibrieren, eine unerfüllte Sehnsucht schoss heiß in ihm empor, und er sah, wie ihr Blick an ihm vorbeiglitt, ihre Augen sich weiteten und sich dann wieder ihm zuwandten. Aus heiterem Himmel ging alles ganz schnell, viel zu schnell für seinen alkoholvernebelten Verstand, um zu begreifen, was gerade geschah. Ihre Lippen trafen ungestüm auf die seinen, und zugleich fühlte er ihre Hände auf seiner Brust, die ihn am Hemd näher zogen und zärtlich hinunter zu seinem Bauch strichen. Susannas Mund öffnete sich und liebkoste ihn ein wenig ungeschickt mit der Zungenspitze und erbat zwischen seinen Lippen

Einlass. Das musste der Augenblick gewesen sein, als sein Körper die Führung übernahm und sein Verstand endgültig versagte. Denn auf einmal lagen seine Arme um ihre schlanke Taille, seine Zunge umspielte die ihre, sie wich rückwärts, und er folgte, als zöge ein unsichtbares Band ihn, bis sie mit dem Rücken an den Stamm des Kirschbaums stieß. Ein tiefes Stöhnen entfuhr ihm, er drückte sich näher an sie, wollte immer mehr von ihrem süßen Mund schmecken, sie ganz und gar in sich aufnehmen.

Ein heftiger Stoß gegen seine Brust ließ ihn unerwartet zurücktaumeln. Susanna schlüpfte wie der Blitz unter seinen Armen hindurch und lief mit fliegenden Röcken quer durch den Garten, vorbei an den Aprikosenbäumen, zwischen denen Johannes gerade noch eine Gestalt in Grün verschwinden sah. Er rang nach Atem und machte ein paar unsichere Schritte hinter ihr her.

»Susanna! Warte!« Seine Stimme klang heiser und fremd.

Bevor er noch irgendetwas unternehmen konnte, war sie schon aus dem Garten verschwunden. Alles drehte sich in seinem Kopf, und erst jetzt rührte sich sein Verstand, begriff er, dass er gerade eben Maries beste Freundin geküsst hatte. Marie! Großer Gott! War sie das eben gewesen? Hatte sie gesehen, wie er Susanna gegen den Baum gedrängt hatte? Jemand anderes? Was war denn nur in ihn gefahren? Er stützte sich an den Stamm und versuchte nachzudenken. Aber es fühlte sich an, als schlüge jemand mit dem Hammer unentwegt auf seinen Kopf. Poch. Poch. Nein, es konnte nicht sein, dass sie ihn zuerst geküsst hatte. Warum hätte sie ihn dann wegstoßen sollen? Und was sollte er jetzt nur tun? Nachdem sein Atem sich einigermaßen wieder beruhigt hatte, beschloss er, zurückzugehen und nach Susanna zu sehen, um sich zu entschuldigen. Doch im Festsaal konnte er sie nirgends ausfindig machen.

Ebenso wenig wie Marie und ihren Vater.

Sie waren alle plötzlich verschwunden.

Jemand klopfte ihm gutmütig auf den Rücken. »Na, junger Kamerad, Sie sehen aus, als hätten sie einen Geist am Abort gesehen und könnten einen Slibowitz vertragen!« Der Regimentsmusiker lachte dröhnend, und wie betäubt ließ sich Johannes von ihm zurück auf seinen Platz ziehen und das Glas nachschenken.

Jetzt ist's auch schon egal, ob ich mich noch mehr betrinke, dachte er bitter. *Schlimmer kann der Tag gar nicht mehr werden.*

Darin sollte er sich allerdings täuschen.

29

Elias

Maui, August 2022

Die Schatten der Nacht klebten noch wie Schuppen am Horizont, aber die Wolken über ihnen hatten sich bereits rosa gefärbt, und die Sonne pflügte mit ihren Strahlen durch ihre dichten Reihen.

»Wir haben Glück. Die Prognosen für den Haleakalā sind heute gut«, sagte Elias und sah von seinem Handy auf. »Das Wetter kann in dieser Höhe nämlich schnell umschlagen.«

Emma saß neben ihm am Terrassentisch mit seinem Lieblingsbecher in der Hand, dem mit der Aufschrift *Schrödinger's Cup – it's both full and empty until you look inside.* Ein Geschenk von Kaleo zu seinem bestandenen Master. Die Schrift war von dem vielen Spülen schon ganz blass geworden. Aber irgendwie hing er daran und fand es passend, dass sie heute aus der Tasse trank. Da war dieser Moment gestern Abend gewesen, gleich nach ihrer Ankunft, und Elias versuchte immer noch, daraus schlau zu werden. Irgendetwas hatte sich zwischen ihnen verändert. *Und du wirst es nie erfahren, solange du nicht hineinschaust!* Aber was, wenn da nichts war? Wenn er sich das, was er zu fühlen glaubte, alles nur einbildete, Emma einfach nur ein paar nette Urlaubstage mit ihm verbringen wollte, um darüber hinwegzukommen, was auch immer in Washington geschehen war? Die Bemerkung seiner Mutter vor der Abfahrt, während Emma noch kurz auf der Toilette war, ging ihm nicht mehr aus dem Kopf.

»Sei nett zu ihr, Elias, ich sage dir das im Vertrauen: Sie hat sich in Washington von ihrem langjährigen Freund getrennt. Sie kann eine Ablenkung ganz gut gebrauchen.«

Und überhaupt war das doch gerade mal erst knapp zwei Wochen her. Wenn er eines ganz sicher nicht sein wollte, dann eine Ablenkung. Außerdem würde Emma bald zurück nach Deutschland fliegen, und dann lagen Kontinente zwischen ihnen! All das waren keine idealen Voraussetzungen für eine wie auch immer geartete Beziehung, falls sie überhaupt dasselbe empfand wie er. Und selbst über seine eigenen Gefühle war er sich noch nicht im Klaren. Er hatte sich schon einmal zu schnell auf eine Frau eingelassen und die ganz große Liebe vermutet. Inzwischen war er ernüchtert, was das anbelangte, und vorsichtig geworden.

Ein Safranfink ließ sich auf der Brüstung nieder, wo er zuvor ein paar Körner ausgestreut hatte, und brachte ihn dazu, seinen Blick von Emmas Lippen zu lösen. Der kleine Vogel legte den Kopf schief, beäugte sie erst misstrauisch und begann dann zu picken.

Ihm fiel plötzlich auf, dass Emma gar nichts gesagt hatte, sondern etwas in der Ferne fixierte. »Ist das Neo?«, raunte sie, als er ihrem Blick folgte. Und tatsächlich, farblich gut getarnt, kauerte das Chamäleon in einem Ohiabaum, dessen feuerrote Blüten geschickt von ihm ablenkten.

»Ja. Magst du rübergehen?«

Emma schüttelte den Kopf. »Ich will ihn nicht erschrecken. Vielleicht kommt er von selbst näher, wenn wir ihn nicht beachten.«

»Wir könnten ein wenig nachhelfen«, entgegnete Elias, schnitt ein Stück von seiner Mango ab und warf es auf die Holzplanken in der Nähe des Baumes. Doch nichts geschah.

Jetzt wandte sich Emma ihm zu, und ihre Augen glänzten wie dunkler Bernstein. Schon wieder fühlte er seinen Puls in die Höhe schnellen.

»Ich kann es immer noch nicht fassen, dass ich wirklich bald Science City besuchen werde! Du musst mir unterwegs unbedingt alles über das Sonnenteleskop und die anderen Observatorien erzählen! Ich will mich schließlich nicht vor deinen Kollegen blamieren!« Sie zwinkerte ihm zu, und er musste lachen.

»Keine Sorge, die werden dir eher Löcher zu deiner Astronautenbewerbung in den Bauch fragen, seit ich ihnen erzählt habe, dass du ihnen demnächst von der ISS aus zuwinken könntest.«

»Oh, nein! Das ist doch noch gar nicht durch!«

»Ich bin eben optimistisch.«

Sie schüttelte den Kopf. »Auf den Sonnenaufgang über dem Haleakalā freu ich mich auch schon! Schade, dass wir heute zu spät dran sind.«

Die Nachricht von seinem Chef und dessen Vorgesetzten war gestern Abend eingegangen, und er hatte ihr gleich nach dem Aufstehen verraten, dass ihr Besuch nächste Woche genehmigt worden war. Sie hatte ihn so glücklich angesehen, als hätte er ihr einen Heiratsantrag gemacht. Verdammt, was dachte er denn nun schon wieder! Um sich von seinem Gefühlschaos abzulenken, und weil ihr dankbares Lächeln ihn ganz verlegen machte, schaute er auf seine Armbanduhr.

»Der wird nächste Woche ebenso schön sein. Aber jetzt müssen wir los.« Er wollte gerade aufstehen, da hielt sie ihn am Arm fest.

»Pst! Warte!«, flüsterte sie mit einem Kopfnicken zur Terrasse.

Ha! Hatte er es sich doch gedacht. Vielfraß Neo hatte seinen Beobachtungsposten aufgegeben und bewegte sich nun in dem für ihn typischen wiegenden Gang auf das Mangostück zu.

Emma kicherte leise. »Jetzt weiß ich, was du mit *Moonwalk* gemeint hast.«

Eine Stunde später standen sie auf der Aussichtsplattform des Pu'u'ula'ula-Gipfels. Vor ihnen erstreckte sich eine rote Wüstenlandschaft mit bizarren Felsformationen, und in der Ferne konnte man zwischen den tiefhängenden Wolken die anderen Hawaiiinseln wie grün schimmernde Perlen im Indigoblau des Ozeans aufblitzen sehen.

»Welcome to Mars«, sagte Emma kopfschüttelnd, während sie Sonnencreme auf ihr Gesicht auftrug und ihre Sonnenbrille aufsetzte. Sicherheitshalber hatte er Emmas Ausrüstung inspiziert. Doch sie schien bei ihren Touren in den Alpen Erfahrung gesammelt zu haben. Ihre Trekkingschuhe hatten einen hohen Schaft und waren ebenso robust und zweckmäßig wie ihre Kleidung. Sie trug über ihrem T-Shirt eine Fleecejacke und darüber eine regenfeste Jacke. Außerdem hatte sie ein Stirnband und eine Sonnencap dabei. Der Haleakalā war über dreitausend Meter hoch, und gerade eben blies ihnen ein empfindlich kalter Wind entgegen.

Elias war diesen Trail schon öfter gegangen. Es gab viele beeindruckende Wanderrouten im Haleakalā-Gebiet, aber der Keoneheehee Trail mit den Sliding Sands war in seinen Augen einer der spektakulärsten. Anfangs war es noch etwas voll, und sie mussten sich in die Schlange von anderen Parkbesuchern regelrecht einreihen. Doch seiner Erfahrung nach hielten sie nicht lange durch, und tatsächlich kehrten auch die meisten schon nach wenigen Kilometern um. Emma bewältigte das anspruchsvolle Terrain ohne Schwierigkeiten. Sliding Sands hieß der Trail nicht von ungefähr. Bei den Steigungen rutschte man auf der Vulkanasche immer ein wenig zurück. Bei jeder Kehre überraschte die Landschaft dafür mit neuen Aussichten. Es gab helle Kraterkegel, die einer Mondlandschaft glichen, dann wiederum schwarzgrüne Kegel, zwischen denen weiße Nebelschleier wallten und in der immer stärker werdenden

Sonne zerfaserten. Ockerfarbene dünenartige Sandhaufen und rotes marsähnliches Felsgestein wechselten sich mit blauen Hügeln in der Ferne ab.

»Du hast hoffentlich genügend Speicher?«, fragte er belustigt, als er sah, wie viele Fotos sie schoss.

»Mach dich nur lustig, du kannst das ja jederzeit wieder erleben. Ich muss es konservieren für all die langweiligen Regentage in Deutschland.« Emma klang ein wenig außer Atem, vielleicht machte ihr die Höhenluft doch zu schaffen. Elias schlug vor, eine kurze Rast zu machen. Sie packten die Sandwiches und Trinkflaschen aus. Er hatte darauf bestanden, dass jeder von ihnen drei Liter Wasser mitnahm.

»Fühlst du dich noch fit genug für den Halemauu Trailhead? Der Rückweg wird bergauf beschwerlicher werden.«

»Klar! Ich kann das hier«, sie deutete mit ausgestrecktem Arm um sich, »gar nicht in Worte fassen. Atemberaubend trifft es nicht annähernd!«

»Den schönsten Ausblick hat man aber erst nachher am Pele's Painting Pot.«

»Noch mehr Farben für das Element Erde?«

»Die Einheimischen sagen, die Feuergöttin Pele wäre hier geboren worden, und die Gegend sieht aus, als hätte sie händeweise Farbpigmente darübergestreut.«

»Und du fragst mich ernsthaft, ob ich noch durchhalte, um mir das anzusehen?« Emmas Blick schweifte ab, und sie deutete auf etwas hinter ihm. »Hey, ist das eine Silberschwertpflanze?«

Er drehte sich um und entdeckte ein Stück des Wegs voraus die kugelförmige Pflanze mit langen, silbrig behaarten Blättern, die es nur auf Hawaii gab. »Ja. Sieht aber eher wie ein silbernes Stachelschwein aus.«

»Ich sehe schon, zum Poeten taugst du nicht!«, gluckste Emma.

»Ein Schwert stelle ich mir jedenfalls anders vor.«

»Silberner Seeigel würde auch passen.«

»Und das ist dann poetischer?«, fragte er grinsend.

Sie zuckte die Schultern und wechselte das Thema. »Du hast mir bisher noch gar nichts von deiner Arbeit am Sonnenteleskop erzählt.«

Elias zögerte erst. Colleen hatte sich nie für seine Arbeit interessiert, und er wollte Emma nicht langweilen, doch nach kurzer Zeit waren sie schon in die Details vertieft. Er war überrascht, sie musste sich schon intensiv mit Teleskoptechnik befasst haben. Sie waren inzwischen weitergewandert, und bei einer besonders in die Einzelheiten führenden Nachfrage von ihr musste er auflachen.

»Sag mal, warum hast du denn nicht Luft- und Raumfahrttechnik oder einen anderen technischen Studiengang gewählt? Du hättest deinen Prof ganz schön ins Schwitzen gebracht.«

Ihre Wangen wurden rot, und sie wich seinem Blick aus. »Na ja, ich finde alles Mögliche spannend, und für irgendwas muss man sich doch entscheiden.«

Dann wandte sie sich ab und marschierte weiter. Hatte er etwas Falsches gesagt? Elias holte sie ein, und eine Weile liefen sie schweigend nebeneinander her. Es war, als hätte er versehentlich eine Tür zugeschlagen. Aber warum? Er hatte sich in ihrer Gesellschaft doch gerade so wohlgefühlt und gedacht, dass sie ebenso empfand. Unangenehme Erinnerungen an Colleen stiegen in ihm hoch. Auch bei ihr hatte er oft nicht gewusst, woran er war.

»Bereust du es inzwischen?«, wagte er vorsichtig einen Schuss ins Blaue.

Sie schüttelte den Kopf. Und plötzlich sagte sie etwas, das ihm die Sprache verschlug: »Sorry, Elias, ich wollte mich gerade eben nicht ins Rampenlicht drängen.« Sie strich sich eine verschwitzte Haarsträhne hinters Ohr, starrte aber weiterhin geradeaus. »Das passiert mir manchmal, wenn mich Sachen besonders faszinieren, dann rede ich viel, bohre nach und … na ja. Ich wollte dir deine Fachkenntnis jedenfalls nicht absprechen oder dich mit meinen Fragen in Verlegenheit bringen. Tut mir leid, wenn das so rüberkam.«

Er blieb wie angewurzelt stehen, während Emma erst einige Schritte weiter stoppte und sich zu ihm umwandte. In ihrer Miene flackerte Unsicherheit. Sie waren allein auf dem Trail, die wenigen, die bis hierhin durchgehalten hatten, außer Blickweite.

»Emma, ich habe …«, er rang nach Worten.

»Nein, sag nichts, es tut mir ehrlich leid.«

»Was? Dass du mehr kluge Fragen zu meinem Job stellen kannst, besser als so mancher meiner Kollegen?« Mit wenigen Schritten war er bei ihr und sah ihr fest in die Augen. »Das eben war ein gutes Gespräch. Ein richtig gutes! Eins, wie ich es schon sehr lange nicht mehr geführt habe. Und das Einzige, wofür du dich entschuldigen musst, ist, dass du es jetzt einfach abgebrochen hast, nur weil du glaubst, dich damit ins Rampenlicht zu stellen. Wer hat dir denn so einen Quatsch eingeredet?«

Der letzte Satz war ihm einfach so herausgerutscht, und an der Art, wie ihre Miene sich verschloss, erkannte er die Antwort, bevor sie sie aussprach.

»Mein Exfreund.« Sie schluckte und sah so traurig aus, dass er sie am liebsten in die Arme genommen hätte. Aber es fühlte sich falsch an, ihre Verletzlichkeit in diesem Moment auszunutzen. Verdammt! Er war nicht gut in diesen Dingen. Elias kratzte sich am Hinterkopf, überlegte kurz und beschloss dann, ehrlich zu sagen, was er dachte: »Okay. Kann es sein, dass dein Ex unter einem beachtlichen Minderwertigkeitskomplex leidet?«

Ihre Mundwinkel zuckten. »Im Gegenteil. Michael tritt ausgesprochen selbstsicher auf.«

Michael. So hieß der Arsch also. Elias schüttelte den Kopf. »Das sagt noch gar nichts.« Und plötzlich fand er es nur fair, ihr auch von Colleen zu erzählen. »Meine Ex-Freundin hat mich nie nach meiner Arbeit gefragt, und wenn ich es wagte, etwas zu erzählen, meinte sie, ich könne ebenso gut Chinesisch sprechen. Ich finde, wir sollten die beiden zusammenbringen. Sie würden bestimmt ein großartiges Paar abgeben!«

Ihr Lächeln brachte den Glanz zurück in ihre Augen, und Elias atmete innerlich auf. »Also, wo waren wir gerade bei der Gregory-Anordnung der Spiegel stehengeblieben?«, fragte er.

»Wie ihr den perfekten schiefen Winkel berechnet habt, in dem die zwei Spiegel zueinander stehen müssen, damit das Streulicht minimiert wird und man die Corona der Sonne besser einfangen kann.«

»Das war eine ganz schöne Herausforderung.« Er ging langsam weiter, und sie nahm wieder den Platz neben ihm ein. Das Lächeln lag noch in ihren Augen, und der konzentrierte Gesichtsausdruck mit der kleinen nachdenklichen Falte auf der Stirn war zurückgekehrt. Elias ertappte sich dabei, wie er ihr Mienenspiel beobachtete, während er weitersprach und sich wünschte, der Trail würde nicht so bald enden.

30

Johannes

Arad, Mai 1914

»Herzlichen Glückwunsch, Herr Farber.« Der Direktor der »Musikalischen Academien« schüttelte ihm auf dem Podium jetzt schon seit einer gefühlten Ewigkeit die Hand, statt ihm endlich sein Zeugnis zu überreichen. Sein Händedruck war feucht wie seine Aussprache, und es kam Johannes vor, als hielte er einen glitschigen Frosch in seiner Hand. Er musste sich überwinden, sie ihm nicht zu entziehen und zurückzuweichen, sondern stattdessen ernst und feierlich dreinzusehen.

»Sie haben im vergangenen Jahr sowohl durch ihre Fertigkeit im Violinspiel überzeugt als auch in der Elementar- und Harmonielehre, der Formenlehre und der Musikgeschichte Ihr Können bewiesen. Man kann nicht absprechen, dass Ihnen ein gewisses Talent von dem Herrn Großpapa in die Wiege gelegt wurde.« Er zwinkerte ihm aus kleinen blassblauen Augen zu. »Nur am Piano müssen Sie sich noch ein wenig mehr ins Zeug legen, wie's scheint. Aber das wird schon, junger Mann.«

Johannes ließ sich von dem gönnerhaften Ton nicht die Freude schmälern und erst recht nicht von dem Verweis auf den Großvater, der ihm bislang keine Unterstützung – weder finanzieller noch fachlicher Natur – angeboten hatte, obwohl er wusste, dass sein Enkelsohn sich der Musik verschrieben hatte. Der allseits gefeierte Kirchenmusiker und -komponist, dessen Tochter gegen seinen Willen einen einfachen Schreiner geehelicht hatte, rechnete nicht damit, dass Johannes am Konservatorium aufgenommen wurde und schon gar nicht mit einem Abschluss. Nach der Hochzeit seiner Eltern hatte der Großvater der jungen Familie lange Zeit den Rücken gekehrt. Erst als Johannes' Schwester Annerl auf die Welt kam, hatte er sich versöhnlich gegeben und öfter bei ihnen vorbeigeschaut. Damals hatte Johannes den Großvater erstmals kennengelernt. Er erinnerte sich noch an seine buschigen weißen Augenbrauen und den durchdringenden Blick und daran, wie er verächtlich behauptet hatte, er habe Schreinerhände wie sein Vater. Aber nun hatte er das erste Jahr am Konservatorium erfolgreich bestanden, ganz aus eigener Kraft und Anstrengung, und den Stolz darauf konnte ihm an diesem Tag niemand nehmen.

Die Fortsetzung seines Studiums war ihm gewiss, solange er es schaffte, auch künftig die Schulgebühren aufzubringen. Mit einer kleinen Unterstützung der Eltern und seinen eigenen Bemühungen, abends durch Unterricht oder Auftritte Geld zu verdienen, war es hart, aber nicht unmöglich. Während er mit dem Zeugnis in der Hand die Stufen des Podiums hinunterstieg, für den nächsten Kommilitonen Platz machte und sich zurück in die Bank setzte, hatte er das Gefühl, ein Mühlstein würde von seinen Schultern fallen. Endlich konnte er wieder frei atmen. Der Direktor schwadronierte von dem Genie, das nicht vom Himmel fiel, und wie wichtig der eigene Fleiß wäre, aber er hörte nicht mehr richtig hin. Zum ersten Mal seit der Taufe des kleinen Ferdinand dachte er plötzlich wieder an Marie. Allein ihr Name brachte etwas in ihm zum Schwingen, wie eine Melodie, die man einfach nicht aus dem Kopf bekam. Vielleicht sollte er es mit dem Komponieren versuchen und ihr sein erstes Stück widmen. Nicht wenige Musiker hatten sich durch eine unglückliche Liebe inspirieren lassen. Doch viel lieber würde er seinen Triumph mit ihr teilen und sie fragen, wie ihre Prüfungen gelaufen waren. Dass sie den Schulabschluss geschafft hatte, stand für ihn fest. Aber hatte sie auch die Hürde für die Aufnahme an das Lehrerinnenkolleg gemeistert? Zumindest ihre Freundschaft hätten sie sich erhalten können, wenn er sich nicht so kindisch verhalten hätte, damals in ihrem Elternhaus, als er nur noch fortwollte. Mit den Gedanken an Marie kehrte aber auch der Schmerz des Verlustes, brennender Hass und Eifersucht auf Samuel Grünberg zurück – und ein tiefes Gefühl von Scham. Seit der Taufe hatte er keinen Tropfen Alkohol mehr angerührt. Zum Teufel! Hätte er doch auch davor die Finger davon gelassen! Dann müsste er jetzt nicht Gisela Keller aus dem Weg gehen und könnte Susanna schreiben und sie einfach nach Marie fragen.

Er spürte einen Kloß in seinem Hals, sobald er an Giselas jüngere Schwester in ihrem blauen Kleid dachte, und verschwommene Bilder stiegen in ihm hoch. Er konnte sie nicht einordnen, nicht zwischen Traum, Fantasie und Wirklichkeit unterscheiden. Recht gut erinnerte er sich nur daran, dass er Susanna am Nachmittag im Garten geküsst hatte und sie vor ihm geflohen war. Und dass ihm der Regimentsmusiker einen Slibowitz nach dem anderen eingeschenkt und bei jedem Glas gegrölt hatte:

»Welches ist der beste Witz? Der Slibowitz!« Und jedes Mal hatte er sich hinterher mit dröhnendem Lachen auf die Schenkel oder ihm auf den Rücken geklopft.

Irgendwann war Johannes speiübel geworden, und auf einmal war Giselas Mann Friedrich neben ihm gestanden und hatte den Uniformierten angeherrscht, er solle aufhören, den jungen Kerl abzufüllen. Seine Stimme hatte entsetzlich laut in seinen Ohren gehallt und sich wie Paukenschläge in seinem Kopf angefühlt. Friedrich musste ihn nach draußen vor die Wirtschaft gezerrt haben, denn in seiner nächsten Erinnerung kniete Johannes im schlammigen Gras am Bach vor den Häusern und übergab sich, bis er nur noch bittere Galle hervorwürgte. Dann war er in einem Zweispänner gesessen, einen Becher Kaffee in der Hand und Friedrich mit grimmigem Gesicht neben ihm. Anschließend musste er eingenickt sein. Es fühlte sich an, als hätte man ihm einige Momente seines Lebens geraubt, seine Gedanken an diese Nacht waren ein Netz mit Löchern so groß wie Scheunentore. Später war da dieser Zug, dessen Lichter sich in der unendlichen Dunkelheit verloren, sein keuchender Atem, ein leerer Bahnhofsplatz und kein Zweispänner mehr weit und breit. Johannes hatte gewartet. Stunden? Minuten? Schwer zu sagen. Irgendwann war er zu Fuß zurück ins Dorf gewankt, eine Allee von Bäumen mit weiß gekalkten Stämmen entlang, die im Mondlicht hell leuchteten und ihm den Weg wiesen. Ein Fuchs war aus dem hohen Gras geschlüpft und hatte seinen Weg gekreuzt. Vielleicht hatte er ihn sich aber auch nur eingebildet. Die weißen Stämme hatten vor seinen Augen geflimmert und gar kein Ende mehr genommen, und dann hatte er sich nur ein wenig ausruhen wollen.

Hier klaffte wieder ein Loch in seiner Erinnerung. Doch auf einmal war Susanna bei ihm gewesen. Der Mond spann einen leuchtenden silbernen Kranz über ihr Haar. Sie war so schön. Er hatte sie angestarrt, unwirklich, wie ein rettender Engel war sie ihm erschienen, hatte seinen Arm um ihre Schultern gelegt und ihm aufgeholfen. Was sie zu ihm gesagt hatte, ob sie überhaupt gesprochen hatte, daran konnte er sich beim besten Willen nicht mehr erinnern. Nur dass der Himmel über ihnen plötzlich verschwunden war, es nach frischem Heu duftete und alles so weich und warm war, ganz besonders Marie, die auf einmal neben ihm lag und sich an ihn schmiegte. Da hatte er ihr gestanden, wie sehr er sie liebte, hatte seinen Kopf in ihrem Haar vergraben und ihren Hals geküsst. Sie hatte seinen Namen geflüstert, ihre Hände unter sein Hemd geschoben, und er war unter ihren sanft kreisenden Berührungen erschauert. Schwerer Atem, Haarspitzen, die seine Haut kitzelten, ein nackter

Schenkel über seinem, ihre perfekten kleinen Brüste in seinen Händen, flehendes Stöhnen. »Johannes!« Fingernägel, die sich in seinen Rücken gruben. »Johannes!«

Donnernder Applaus riss ihn aus seinen Erinnerungen, und Johannes wischte sich beschämt den Schweiß von der Stirn. Herrgott noch mal! Jetzt gab er sich schon tagsüber diesen elenden Träumen hin! Denn nichts anderes konnte es sein! Oder hatte Susanna in dieser Nacht Marie verständigt und sie zu ihm geführt? Er erinnerte sich nur noch an seinen Namen auf ihren Lippen und wie er ihren Mund mit seinem verschloss, an den Geschmack von Erdbeerwein auf ihrer Zunge und Tränen auf ihren Wangen, an bleierne Schwere, die seinen ganzen Körper erfasste. Das Krähen eines Hahns und die Kälte hatten ihn am nächsten Morgen geweckt, und er hatte eine Weile gebraucht, um sich zu orientieren. Sein Kopf hatte sich angefühlt, als hätte ihn jemand mit den Beinen an einem Fuhrwerk festgebunden und anschließend über Pflastersteine hinter sich hergezogen. Benommen hatte er seine Hose hochgezogen und mit vor Kälte zitternden Fingern das Hemd zugeknöpft, als er feststellte, dass er halb nackt in einem Heuschober lag. Sobald er sich das Stroh vom Gewand geklopft und aus den Haaren gezupft hatte, war er zum Tor gegangen. Sein Gehrock hing nur wenige Schritte entfernt fein säuberlich an einem Nagel. In der Innentasche fand er den Geldbeutel – überfallen hatte ihn also offenbar niemand, was ihn bei dem Brummen seines Schädels nicht gewundert hätte. Aber wie war er dann nur hierhergekommen? Und wo überhaupt war er? Er hatte den Gehrock übergestreift, das Tor aufgezogen und nach draußen gespäht. Ein Nebelstreifen war über einem Hof gelegen, und der lilablaue Himmel hatte sich bereits zartrosa gefärbt. Erneut hatte der Hahn auf dem breiten Holzstumpf am Zaun gekräht, und da war es ihm wie Schuppen von den Augen gefallen: Er befand sich auf dem Gut von

Susannas Großeltern! Erste Erinnerungen an die vorangegangene Nacht hatten sich in sein Gedächtnis geschlichen, und Johannes war voller Schreck und Scham geflohen, so als könnte er vor dem, was auch immer in dieser Nacht geschehen war, einfach davonlaufen.

»Na, kommst du mit zum Feiern ins Kaffeehaus am Andràssy-Platz?«, fragte ihn ein Kommilitone.

Warum nicht? Das würde ihn zumindest auf andere Gedanken bringen.

Geradezu sommerlich warm war es, als sie in einer Gruppe von vielleicht zehn Musikstudenten das Konservatorium verließen und zum Kaffeehaus liefen. Überall schmückten Blumen die Plätze, und Händler hatten ihre Waren vor die Läden gestellt. Es war Mittagszeit, reges Treiben herrschte in den Straßen, von überallher wehte ihm der Duft von Essen entgegen. Johannes' Magen begann zu knurren, und er freute sich schon auf eine warme Mahlzeit. Das Kaffeehaus schien auf den ersten Blick durch die Scheiben wie alle Lokale um diese Uhrzeit gut besucht, und er fragte sich bei dem Gedränge an der Tür, ob sie noch einen Platz bekommen würden. In diesem Moment trat ein junger Mann heraus und rempelte im Vorbeigehen gegen ihn.

»Verzeihung«, sagte er auf Deutsch, ein Ungar konnte es also nicht sein, und weil ihm die Stimme irgendwie bekannt vorkam, blieb Johannes stehen und drehte sich um. Der Mann in einem dreiteiligen Anzug mit Nadelstreifen war ebenfalls stehen geblieben und sah ihn an. Sein Gesicht verfinsterte sich sofort. Es war der verächtliche Ausdruck seiner Augen, an dem er ihn erkannte, denn er hatte sich den Bart rasiert und die Schläfenlocken geschnitten. Heiße Wut schoss in ihm hoch, als Samuel Grünberg sich stirnrunzelnd ohne einen Gruß umwandte und ging.

»Ich komme gleich nach!«, rief Johannes seinen Kameraden zu und lief ihm, von einem inneren Zwang getrieben, hinterher. Was genau er ihm überhaupt sagen wollte, wusste er auch nicht. Kaum hatte er ihn eingeholt, packte er ihn am Arm, und Samuel fuhr zu ihm herum.

Sekundenlang taxierten sie sich, und dann kamen ihm die Worte wie von selbst über die Lippen. »Wann ist die Hochzeit?«

Kurz meinte er Angst in seinen Augen aufblitzen zu sehen.

»Von wem?«, erwiderte Samuel eisig.

»Stell dich nicht dumm! Von Marie und dir natürlich!«

»Marie?«

»Ach, hast du etwa noch anderen Mädchen deine Hand versprochen?«

»Ich bin mit keinem Mädchen verlobt.«

Das wurde ja immer schöner! Der Kerl meinte es noch nicht einmal ernst mit ihr. Er dachte an die Tränen auf ihren Wangen in jener Nacht. Hatte sie deshalb geweint?

»Ich werde nicht zulassen, dass du Marie und ihren Vater weiterhin zum Narren hältst! Ich werde zu ihm gehen und …«

Samuel schüttelte seine Hand ab. »Marie und Benjamin sind Anfang Mai auf ein Schiff nach Amerika gestiegen. Wenn du also endlich deine Gefühle für sie entdeckt hast, kommst du damit reichlich spät, Farber! Zu spät.«

Seine Worte fühlten sich an wie Faustschläge ins Gesicht.

»Du lügst! Sie kann nicht … ich habe sie doch erst vor ein paar Wochen auf der Taufe des kleinen Ferdinand gesehen.«

»Ich weiß, ich war dabei, schon vergessen?«

Natürlich nicht. Samuels Anwesenheit und wie er mit Marie vertraut zusammengesessen war, waren schließlich der Grund gewesen, warum er sich haltlos betrunken hatte.

»Und ich lüge auch nicht. Sie sind von Bremen aus mit der ›George Washington‹ nach New York abgefahren. Marie hat mir die Schiffskarten gezeigt.«

»Ja, aber warum? Und so überstürzt?«

Jetzt schlug Samuels Verachtung offenbar in Zorn um, denn er trat einen Schritt näher und zischte in wütendem Ton: »Das fragst du mich, Farber? Mich? Denk noch mal darüber nach!«

Zum zweiten Mal seit ihrer Begegnung glaubte Johannes, dass ihm der Boden unter den Füßen entglitt. Unscharfe Bilder von verschwitzter Haut und verschlungenen Körpern schossen wieder in ihm empor. Eine zärtliche Stimme. *Johannes.* Tränen auf ihren Wangen. *Johannes. Ich lieb dich so.* Aber war das wirklich Maries Stimme gewesen? Er schauderte, und als er nicht antwortete, raunte Samuel, wohl damit die Umstehenden, die inzwischen neugierig zu ihnen herüberblickten, ihn nicht verstanden:

»Nachdem du nichts Besseres zu tun hattest, als gleich nach der Taufe im Garten über ihre beste Freundin herzufallen, hat Marie mit Benjamin überstürzt die Feier verlassen. Aber dem feinen Herrn ist das gar nicht aufgefallen, nicht wahr? Hast dich lieber weiter besoffen wie ein Schwein. Also spiel jetzt nicht das Unschuldslamm, dem sein Mädchen davongelaufen ist.«

Er wandte sich um, aber Johannes packte ihn erneut am Ärmel seines Gehrocks.

»Fass mich nicht an, Schmock!«

Johannes ignorierte die Beleidigung, aber ließ seine Hand sinken. »Bitte, du musst mir sagen, wann sie von der Taufe abgefahren ist? Gleich nach dem Mittagessen?«

Samuel zog die Stirn in Falten. »Warum ist das wichtig für dich?«

»Das kann ich dir nicht sagen, aber ich schwöre dir, ich habe nicht ... ich wollte niemals ... ich liebe Marie doch!« Er war zu laut geworden, und Samuel packte ihn nun seinerseits am Ärmel und zog ihn in eine Nebengasse.

»Was auch immer du im Garten getrieben hast, Marie wollte sich dort eigentlich auf meinen Rat hin mit dir aussprechen.

Aber dann ist sie vollkommen aufgelöst zu mir gelaufen und hat behauptet, dass du Susanna geküsst hast. Sie hat sich dann von der Familie Keller unter dem Vorwand, es ginge ihr nicht gut, verabschiedet – was nicht einmal gelogen war. Was hast du denn erwartet, wie sie auf diesen Kuss reagiert? Von wegen, *ich liebe sie doch*! Du weißt gar nicht, was Liebe ist und wie sehr sie darunter gelitten hat, dich auch nur anzusehen!«

Er machte eine Pause und fixierte ihn verächtlich. Dann holte er noch einmal aus.

»Nur wegen dir hat Marie sich endlich einverstanden erklärt, mit ihrem Vater nach New York zu gehen.«

Seine Worte trafen Johannes wie ein Messer und gruben sich in sein Herz. Er taumelte, versuchte zu atmen, sich irgendwie zu sammeln und das Durcheinander in seinen Gedanken zu sortieren. So viele einzelne Teile ergaben nun einen Sinn. Er erinnerte sich jetzt wieder an Benjamin Rosenfelds Gerede über die Galerien in New York. Großer Gott, warum hatte er denn nicht besser zugehört! Und wenn es stimmte, was Samuel sagte, wer war dann das Mädchen in der Scheune gewesen? Und war sie überhaupt da gewesen und nicht reine Wunschfantasie? Eine Ahnung stieg eiskalt in ihm auf, aber darum konnte er sich jetzt nicht kümmern, denn er musste Samuel noch etwas anderes fragen.

»Aber Marie und du, ihr seid doch verlobt! Warum bist du denn nicht mitgereist?«

»Wer hat dir denn den Unsinn erzählt?«

»Susanna. Sie hat behauptet, dass Marie mit dir auf einem Ball war.«

Sekundenlang herrschte Stille, und Überraschung zeichnete sich auf Samuels Miene ab. »Susanna Keller hat zu dir ausdrücklich gesagt, wir seien verlobt? Bist du sicher? Du hast dir das nicht nur wegen dieses Ballbesuchs selbst zusammengereimt?«

»Ich schwöre dir, sie sagte: *Samuel und Marie sind so gut wie verlobt*. Und dass ich sie mir aus dem Kopf schlagen müsse. Als ich anschließend von dem Ball erfuhr, …«

»Ich liebe Marie wie eine kleine Schwester! Aus reiner Freundschaft hat sie mich zu dem Ball begleitet, weil ich sie darum gebeten habe, aus Gründen, die dich nichts angehen. Es fiel ihr nicht leicht, und als ihre Mutter starb, hat sie sich bittere Vorwürfe deswegen gemacht und ich mir ebenfalls.« Er schüttelte den Kopf. »Aber was du da von Susanna erzählst, das hätte ich nicht erwartet. So eine falsche Schlange!«

Johannes fühlte sich wie betäubt. Unbändige Wut auf Giselas jüngere Schwester kroch in ihm hoch und Verzweiflung darüber, dass Marie unendlich weit weg auf einem Schiff war, dass sie ihn geliebt und er sie aus eigener Dummheit verloren hatte. Nein. Noch war es nicht zu spät. Er ballte die Hände zu Fäusten. Er würde ihr so bald wie möglich nachreisen und Susanna, die das alles eingefädelt hatte, zur Rede stellen.

31
Emma

Maui, August 2022

Eine sanfte Berührung an ihrer Schulter riss Emma aus dem Schlaf. Es war dunkel, und sie brauchte einen Moment, um sich zu orientieren. Sie musste auf der Rückfahrt von ihrem Ausflug mit Elias im Nationalpark eingeschlafen sein, denn durch die Windschutzscheibe erspähte sie jetzt das Tor von Beckys Einfahrt. Die Laternen auf den Torpfeilern spendeten goldenes Licht, und gerade schoben sich die kunstvoll geschmiedeten Torflügel gemächlich auf. Peinlich berührt setzte sie sich auf und sah zu Elias. Was er jetzt wohl von ihr dachte?

Alles hatte mit diesen seltsamen Kopfschmerzen begonnen. Anfangs nur dumpf, hatten sie sich immer mehr verstärkt. Dabei hatte ihre Wanderung durch den Nationalpark sie gerade zu Pele's Painting Pot geführt, der sie vollkommen verzaubert hatte. Eine farbenprächtige opulente Landschaft wie aus einer Filmkulisse, ein bizarrer Mix aus ›Dune‹, ›Star Wars‹ und dem ›Marsianer‹ hatte sich vor ihr ausgebreitet. Und Emma hatte sich gefragt, ob sie wirklich noch auf dem Planeten Erde war. In Schattierungen von Rötlichbraun bis Orange, Schwarzgrün bis Türkisgrau, Ocker bis Sandfarben erstreckten sich Krater und Aschehügel, so weit ihr Auge reichte. Sie hätte das alles viel mehr genießen können, wäre ihr nicht mit einem Mal schwindlig geworden und hätte sie nicht bei jedem Schritt dieses unerträgliche Pochen im Kopf gespürt. Ein wenig kurzatmig war sie noch dazu gewesen. Sie hatte in ihrem Rucksack nach ihrem

Erste-Hilfe-Kit gekramt und zwischen Desinfektionsmittel und Verbandszeug die Kopfschmerztabletten herausgezogen. Nur eine Tablette war noch im Blister, die sie mit reichlich Mineralwasser hinuntergespült hatte.

»Alles okay?«, hatte Elias gefragt.

»Nur Kopfschmerzen. Wahrscheinlich habe ich zu wenig getrunken.«

Er hatte sie besorgt gemustert. »Kann auch an der Höhenluft liegen, Emma. Die äußert sich bei vielen erst nach einigen Stunden Wanderung.«

Sie hatte empört abgewunken. »Mach dir keine Sorgen. So dramatisch ist es nicht. Außerdem hatte ich beim Bergwandern in den Alpen früher nie Probleme mit der Höhenluft.«

Was stimmte. Aber es war dennoch eigenartig. Und der Rückweg hatte sich, obwohl sie durch das vorbereitende Training für die ESA-Auswahlprüfungen körperlich ausgesprochen fit war, als schwierig herausgestellt. Er verlief bergauf, sie war immer wieder auf der Asche abgerutscht, und an einigen Stellen hatte sie sich sogar von Elias helfen lassen müssen. Emma war heilfroh gewesen, als sie endlich den Parkplatz erreicht hatten. Zurück im Jeep auf der Heimfahrt hatte sie ihn gebeten, bei der nächsten Apotheke anzuhalten. Während er im Auto gewartet hatte, war sie hineingegangen, um Schmerzmittel nachzukaufen. Die Apothekerin hatte sich zu dem Regal umgedreht, und da waren Emma plötzlich die Kondompackungen und Schwangerschaftstests in einem kleinen Regal neben der Kasse ins Auge gefallen. Ihr war heiß und kalt zugleich geworden. *Ach du Scheiße!* Daran hatte sie gar nicht mehr gedacht! Sie hatte die Pille in den vergangenen Tagen regelmäßig genommen und noch zwei Tabletten übrig. Sicher war es falscher Alarm und sie hatte nur Probleme mit der Höhenluft oder dem veränderten Klima. Dennoch konnte es nicht schaden, einen Test zu machen.

Zurück im Auto musste sie dann auf der Straße nach Hāna eingenickt sein.

»Ich hoffe, es war nicht zu anstrengend heute für dich«, sagte Elias jetzt. Er schenkte ihr ein Lächeln, in dem so viel fürsorgliche Zärtlichkeit lag, dass sie ein Flattern in der Magengegend spürte. Noch schlaftrunken und von seinem Anblick im Halbdunkel des Wagens gefangen, fehlten ihr die Worte. Stattdessen wanderte ihr Blick von seinen Lippen zu dem sehnigen Hals, der pochenden Ader und zurück zu den geheimnisvollen Augen, dunkel, nahezu schwarzgrün im gedämpften Licht und im Schatten seiner langen Wimpern. Die Stille dehnte sich aus, und Emma konzentrierte sich auf jede Regung in seiner Miene. Sie atmete zittrig ein, gefangen von der Mischung aus zitronigem Deodorant und seinem ihm eigenen herben männlichen Duft. Ein sehnsüchtiges Ziehen durchfuhr ihren Unterleib, und im nächsten Moment hob er die Hand und strich ihr eine Haarsträhne aus der Stirn. Gänsehaut prickelte von der zarten Berührung über ihren ganzen Körper, und sie vergaß zu atmen. Sein Gesicht kam ihrem jetzt so nah, dass Emma einzelne Bartstoppeln wahrnehmen konnte, sie öffnete den Mund und wünschte sich nichts sehnlicher, als dass er ihn mit seinen Lippen wieder verschließen würde. Ein schrilles Klingeln im Wageninneren ließ sie auseinanderfahren und nach Luft schnappen. Auf dem Display am Armaturenbrett erschien *Mom* und Beckys Handynummer. Elias stieß ein verärgertes Schnauben aus und nahm den Anruf auf der Freisprechanlage entgegen. »Hi, Mom, wir fahren eben zum Tor rein.«

»Ach, Gott sei Dank. Ich hatte mir schon Sorgen gemacht, wo ihr so lange bleibt. Bis gleich, Schatz.«

»Ja, bis gleich«, erwiderte er augenrollend, fuhr in den Hof und parkte neben einem weißen Toyota.

Der Zauber des Moments war verflogen, aber Emmas Herz klopfte ihr immer noch bis zum Hals. Empfand er dasselbe wie sie? Emma grub die Finger in den Stoff ihrer Hose und kam sich wie ein Teenie beim ersten Date vor. *Himmel, reiß dich mal zusammen!* Elias stellte den Motor ab und wandte sich ihr wieder zu, und sie legte rasch ihre Hand auf seinen Arm.

»Danke. Das waren zwei wirklich einzigartige Tage.« Sie wollte noch mehr sagen, wollte ihn wissen lassen, wie sehr sie jede Sekunde mit ihm genossen hatte, doch da flog schon die Eingangstür auf, und eine Frau in ihrem Alter mit langen blonden Haaren und einem breiten Grinsen auf dem Gesicht erschien im Türrahmen. Sie trug eine ausgefranste Jeans und ein weißes Oversized-Shirt.

»Meine Schwester«, erklärte Elias mit einem schiefen Lächeln, und dann beugte er sich rasch zu ihr und raunte: »*Einzigartig* würde ich sehr gerne wiederholen, Emma.«

»Ich auch«, flüsterte sie zurück, öffnete die Tür und stieg mit wackligen Knien aus.

Im Haus duftete es würzig nach Abendessen, und Emma merkte jetzt erst, wie hungrig sie von den Anstrengungen des Tages war. Die Kopfschmerzen waren endlich verflogen, aber trotz ihres kurzen Schläfchens im Auto fühlte sie sich müde. Sie tunkte ihre Süßkartoffel in Orangen-Whiskey-Sauce und hörte Jane nur mit halbem Ohr zu, die von einer Notoperation in ihrer Tierarztpraxis erzählte. Sie musste wieder daran denken, wie nah Elias und sie sich eben gekommen waren. Auch jetzt saß er neben ihr, und seine Knie berührten fast die ihren. Als sie nach ihrer Serviette griff, streifte sie versehentlich seine Hand. Die flüchtige Berührung traf sie wie ein elektrischer Schlag, und ihre Blicke verhakten sich ineinander. Für einige kostbare Sekunden versanken die Tischgespräche in dem Rauschen in ihren Ohren. In seinem Gesicht lag ein Ausdruck, den sie nicht deuten konnte, sie fühlte, wie ihre Lippen sich zu einem Lächeln verzogen, das er erwiderte. Mein Gott, hatte dieser Mann faszinierende Augen!

»Wie hat dir denn der Ausflug in den Nationalpark heute gefallen?«, riss Becky sie aus der Betrachtung ihres Sohnes, und Emma fühlte sich ertappt. Hitze stieg ihr in die Wangen.

»Wahnsinnig gut!«, beeilte sie sich zu sagen, und dann erzählten sie abwechselnd von ihrer Tour am Haleakalā, und hinterher fragte Jane sie nach der Weltraumorganisation und den bevorstehenden Interviews.

»Wie bist du denn auf Veterinärmedizin gekommen? Ich glaube, als Kind wollte ich auch irgendwann einmal Tierärztin werden. Vermutlich, weil ich mir immer einen Hund gewünscht habe und meine Mutter nie einen erlaubt hat.«

Und jetzt hat sie sich nach meinem Auszug diesen Traum plötzlich selbst erfüllt, dachte sie bitter, trank ihren Wein aus und nickte zustimmend, als Elias ihr nachschenken wollte.

Jane grinste. Die Geschwister sahen auf den ersten Blick sehr unterschiedlich aus: Jane mit langem blondem Haar und blauäugig, Elias dunkelhaarig und mit den grünen Augen seiner Mutter. Aber seine Schwester hatte dasselbe freche Augenzwinkern, das ihr an ihm so gut gefiel, und ebenso charmante Grübchen, wenn sie lachte.

»Mit dem Klischee kann ich leider nicht dienen. Klar habe ich Tiere schon immer gemocht. Wir hatten auch viele Katzen und eine Weile einen Hund.« Sie zwinkerte ihrem Bruder zu. »Elias hat Flint, egoistisch wie er ist, aber vollkommen für sich beansprucht.«

»Flint fand mich eben einfach interessanter«, gab er schulterzuckend zurück. »Vielleicht hast du damals auch zu sehr nach Terpentin gestunken.«

Seine Schwester lachte auf. »Danke! Aber gut möglich!« Sie wandte sich wieder an Emma. »Ich wollte ursprünglich Kunst studieren, und als Flint zu uns kam, war ich gerade am Experimentieren mit Ölfarben.«

»Das Observatorium hast du wahnsinnig schön gestaltet. Was ist denn aus deinen künstlerischen Ambitionen geworden?«

»Das, was den meisten passiert. Ich habe meine Bewerbungsmappen bei verschiedenen Kunstakademien eingereicht und bin nicht angenommen worden.«

»Du hast dich aber auch nur bei den berühmtesten beworben«, gab ihre Mutter zu bedenken.

»Ach, was, Mom! Selbst an drittklassigen Unis hätte ich keine Chancen gehabt. Es war hart, und ich habe viele Tränen deswegen vergossen, aber ich musste mir irgendwann eingestehen, dass ich die Kunst liebe, verglichen mit den Arbeiten anderer Bewerber aber einfach nur mittelmäßig talentiert bin. Dad kam anschließend auf die glorreiche Idee, ich solle stattdessen Jura studieren.«

»Das hat er mir auch einzureden versucht«, stöhnte Elias.

»Wir waren bestimmt eine furchtbare Enttäuschung für ihn.«

»Unsinn! Euer Vater war immer stolz auf euch, aber er war eben Jurist mit Leib und Seele und besessen von der Vorstellung, dass er mit seinen Urteilen die Welt ein Stück gerechter machen könnte. Dass außer ihm sich niemand in der Familie dafür begeistern konnte, war für ihn schwer nachzuvollziehen.«

»Ja, ich weiß. Auf jeden Fall hat er mich so lange mit der Idee angefixt, dass ich es ein Semester lang probiert habe. Dann war ich kuriert und wechselte zu Politikwissenschaften. Das war schon eher meins. Wir Studenten waren auf den Grünflächen am Campus oder in Kneipen gesessen und haben stundenlang debattiert.«

»Dann ist sie rausgeflogen, weil sie niemanden mehr zu Wort kommen ließ«, warf Elias ein.

»Hör nicht auf ihn! Ich habe mich einer Gruppe Klimaaktivisten angeschlossen. Wir waren auf verschiedenen Demos, haben in Washington gegen die Keystone-XL-Pipeline von Kanada nach Texas protestiert und sind Mitglieder im Sierra Club geworden. Bei einer Aktion zum Schutz von Walen durch die Veränderung von Schiffsrouten habe ich Takeshi kennengelernt.«

Ihr Tonfall änderte sich bei den letzten Worten, Bedauern und Sehnsucht lagen darin, und Emma erinnerte sich an Elias' Worte vom »sexiest man alive«. Sie unterdrückte ein Lächeln.

»Er studierte Ozeanologie, war aber gerade dabei, sich umzuorientieren. Na ja, wir haben uns ineinander verliebt und uns im Wintersemester beide für Veterinärmedizin eingeschrieben. Das war die beste Entscheidung, die ich je getroffen habe.«

»Finde ich auch. Takeshi ist schon ein toller Kerl. Wenn ich auf Männer stehen würde …«

»Fang jetzt nicht wieder an, Elias! Es ist nun mal vorbei!«, unterbrach sie ihn scharf und verzog ihr Gesicht zu einer verzweifelten Grimasse. »Sorry, Emma. Aber keiner in der Familie ist damit klargekommen, dass ich mich später von ihm getrennt habe.«

»Manchmal klappt es eben nicht«, versuchte sie ihr beizustehen und erntete von Elias ein Kopfschütteln, das seiner Schwester nicht entging.

»Wir sind einfach zu unterschiedlich«, rechtfertigte sie sich. »Wie Feuer und Wasser.« Jane hob in gespielter Verzweiflung die Hände.

»Also, ich finde das sehr passend für zwei Menschen, die aus Hawaii stammen. Lava und der Ozean haben schließlich dieses wunderbare Paradies hier geschaffen«, warf Becky ein.

»In weniger poetischen Worten: Mom stellt sich gerade vor, was für hübsche Enkelkinder ihr beiden produzieren würdet«, goss Elias Öl ins Feuer.

Emma verschluckte sich fast vor Lachen, und Jane explodierte. Feuer war wirklich ein passendes Element für seine Schwester.

Es war spät, als Elias sich auf den Weg machte, und Emma beneidete ihn nicht um die lange Heimfahrt. Sie war zum Umkippen müde. Beim Verabschieden drückte er erst Becky und dann seiner Schwester einen flüchtigen Kuss auf die Wange. Als er sich umdrehte, um sich auch von ihr zu verabschieden, war sie sicher, er müsste ihren rasenden Herzschlag hören. Emmas Hände wurden ganz feucht, und sie lächelte ihn nervös an.

»Bis Mittwoch! Ich freu mich darauf, dir die Observatorien auf dem Haleakalā zu zeigen.« Er blieb vor ihr stehen, und sie sah wie gebannt in seine Augen, die stumm nach ihrem Einverständnis fragten. Im nächsten Moment spürte sie auch schon seine warmen Lippen auf ihrer Wange. Ihr Herz stolperte, und sie brachte keinen Ton heraus. Erst als er sich zum Gehen wandte und den Blick auf Becky freigab, die sie aufmerksam und mit einem wissenden Lächeln musterte, gelang es ihr, sich zu räuspern und ihm nachzurufen:

»Ich freu mich auch! Bis dann, Elias!«

Seine Berührung war federleicht gewesen, der Kuss wirklich nur gehaucht, aber sie meinte immer noch, seine zärtlichen Lippen auf ihrer Haut zu spüren, als sie längst im Bad stand und sich die Zähne putzte. Dabei ärgerte sie sich über sich selbst. *Emma Franke, was soll das werden? Ein lockerer Urlaubsflirt? Du bist doch gar nicht der Typ für so was!* Ja, sie war nach ihrer Trennung frei, konnte tun und lassen, was ihr gefiel! Aber sie hatte Michael während des Studiums kennengelernt, er war ihr erster und einziger Freund gewesen. Dadurch war sie bequem geworden und hatte sich darauf verlassen, dass das zwischen ihnen von Dauer sein würde. Und jetzt war sie über dreißig und stellte fest, dass sie sich so unsicher und unerfahren wie ein junges Mädchen fühlte, das mit ersten Flirtversuchen kämpfte. In einer Woche schon war ihr Urlaub zu Ende, sie würde abreisen und Elias vermutlich nie mehr wiedersehen. Emmas Verstand riet ihr, ihm besser gar nicht erst zu viele Gefühle entgegenzubringen und sich auf gar keinen Fall ernsthaft zu verlieben. Ein ganzer Ozean lag schließlich zwischen ihnen, und sie verfolgten beide ehrgeizige berufliche Pläne, die sie an verschiedene Orte banden, an eine feste Beziehung war also gar nicht zu denken. Und vielleicht täuschte sie sich auch, ordnete sein Verhalten völlig falsch ein und er wollte gar nichts von ihr, sondern einfach nur nett sein. Noch ein halbes Dutzend weiterer Argumente kamen ihr in den Sinn.

Ihr Gefühl dagegen reagierte mit nur einem Wort: JA!

Sehr laut und erschreckend fordernd. Denn wenn schon seine flüchtige Berührung ihrer Wange sie völlig aus der Bahn warf, wie würde es dann erst sein, sobald er ihren Körper erkundete, seine Lippen über ihren Hals zu ihrem Schlüsselbein hinunterglitten und … *Himmel, denk nicht einmal daran!*

Zornig pfefferte Emma die Zahnbürste in den Becher und ging zu ihrem Bett. Dort fiel ihr Blick auf den Nachttisch, wo die Packung aus der Apotheke lag.

Nur eine Viertelstunde später saß sie im Bad auf dem Klo und starrte auf das Teststäbchen am Waschbeckenrand. Sie war außer sich und kurz davor, sich zu übergeben. Das durfte doch nicht wahr sein! Die Packungsbeilage in ihrer Hand zitterte so sehr, dass sie die winzig gedruckten Buchstaben kaum entziffern konnte. Vierzehn Tage nach dem Eisprung versprach der Test ein Ergebnis mit einer Wahrscheinlichkeit von 95 Prozent. Schwanger vom Ex!

Verdammt! Verdammt! Verdammt! So etwas passierte doch nur in irgendwelchen abgeschmackten Hollywoodfilmen!

Emma warf den Test und die Anleitung in den Abfalleimer, sprang auf und lief verstört zurück ins Zimmer. Ihre Gedanken prasselten unkontrolliert wie ein Blitzlichtgewitter auf sie ein.

Ich will kein Kind von Michael bekommen! Muss ich die Schwangerschaft der ESA melden? Kann ich dann überhaupt noch Astronautin werden? Was werden Mama und Papa sagen? Soll ich abtreiben? Bis wann muss ich mich dafür entscheiden? Was bedeutet das für künftige Schwangerschaften? Sie hatte immer konsequent verhütet und sich nie mit den Folgen eines Schwangerschaftsabbruchs beschäftigt. Ungewollt schwanger zu sein war für sie etwas gewesen, das niemals ihr passieren würde, sondern immer nur den anderen Frauen. Jetzt schämte sie sich für ihre Naivität. *Und wenn du es behältst? Konnte sie es Michael einfach verschweigen? Nein, das war weder ihm noch dem Kind gegenüber fair. Es würde irgendwann nach seinem Vater fragen. Aber ein Vater wie Michael, der sich überall einmischte und alles besser wusste? Nein danke! Dann lieber alleinerziehend!*

Stöhnend rieb sich Emma die Schläfen, und neue Gedanken kamen ihr in den Sinn. *Ist das Baby überhaupt gesund? Verdammt, du hättest keinen Alkohol trinken dürfen! Kopfschmerztabletten hast du auch noch genommen. Und Elias? Oh, Gott, Elias!*

Das verstörende Gewitter in ihrem Kopf wich plötzlicher Stille, und dann spürte sie einen tiefen, unerträglichen Schmerz in ihrer Brust. Die Tränen liefen ihr unaufhaltsam über die Wangen. Vor wenigen Minuten noch hatte sie sich einzureden versucht, dass sie sich nicht in ihn verlieben durfte. Jetzt erkannte sie, dass es bereits geschehen war. Sie hatte ihr Herz verloren, und ihre ungewollte Schwangerschaft setzte so vielen Dingen ein Ende, bevor sie überhaupt richtig beginnen konnten. Dem Traum vom Flug ins Weltall. Dem, was auch immer sich gerade zwischen ihr und Elias anbahnte. Sie würde über das Kind ihr Leben lang weiterhin mit Michael verbunden bleiben, dabei hatte sie ihn nie wieder sehen wollen.

32
Susanna

Temeswar, Juni 1914

Nimm die Hand aus dem Zopf, Susanna!«, befahl die Mutter. »Warum hast du dir das Haar heute Morgen denn nicht hochstecken lassen? Du bist doch kein Backfisch mehr!«

Susanna hatte gar nicht bemerkt, dass sie gedankenverloren an ihrem Zopfende gezwirbelt hatte.

»Verzeih, Mama, ich bin nicht rechtzeitig aufgestanden. Die Nanni wird sich gleich nach dem Frühstück um meine Frisur kümmern.«

»Sie soll sich sputen. Ich möchte nicht, dass wir zu spät zum Gottesdienst kommen, nur weil die werte Dame morgens nicht aus den Federn kommt.«

Susanna bemühte sich, die Schultern zu straffen und eine aufrechte Position am Frühstückstisch einzunehmen. Das fiel ihr leichter als noch vor wenigen Monaten, denn das Korsett, in das sie sich neuerdings schnürte, drückte zwar furchtbar, sorgte aber für die Haltung, die ihre Mutter sonst immer an ihr bemängelt hatte, und verbarg ihr kleines Geheimnis. Doch Mama fand jederzeit etwas, was sie an ihr aussetzen konnte, und Susanna war im Moment so übel, dass sie sich nicht auch noch auf Grabenkämpfe mit ihr einlassen konnte. Ihr Vater blickte stirnrunzelnd hinter der Zeitung auf.

»Sei doch nicht so streng mit ihr, Klara«, bat er in sanftem Ton. »Schau sie an, sie wagt es gar nicht mehr, etwas zu essen.«

»Umso besser. Wenn sie schon in der Schule versagt, muss sie sich zumindest ihre schöne Figur erhalten, damit sie eine gute Partie macht«, erwiderte ihre Mutter eisig und schenkte ihr einen verächtlichen Blick.

Susanna schlug die Augen nieder und atmete flach aus halb geöffnetem Mund, damit der Geruch der Eier mit Speck nicht zu sehr in ihre Nase drang. Ungerührt hob ihre Mutter eine Gabel voll zu ihrem Mund, und Susanna musste den Blick abwenden. Oh, Gott, gleich würde sie sich übergeben.

»Darf ich bitte aufstehen?«, wisperte sie. »Ich habe so schreckliche Kopfschmerzen heute, Papa.«

»Aber natürlich«, antwortete er rasch, bevor ihre Mutter noch zu einer gegenteiligen Erwiderung ansetzen konnte.

Klara runzelte dennoch die Stirn. Im Hinausgehen hörte Susanna, wie sie zu ihm sagte: »Dein ständiges Verwöhnen und Nachgeben sind schuld daran, dass sie so einen schwachen Charakter hat, durch die Prüfungen gefallen ist und wiederholen muss. Marie Rosenfeld hat sie alle mit Auszeichnung bestanden. Und das, obwohl sie ganz bestimmt keinen Deut klüger ist als unser Kind und auch noch den Tod ihrer Mutter verkraften musste. Eine Schande ist das! Aber Benjamins Tochter hat einfach mehr Ehrgeiz beim Lernen an den Tag gelegt. Und du ...«

Den Rest ihrer Worte verschluckte die zufallende Tür, und Susanna rannte auf dem Flur los, stieß beinahe die Kammerzofe um und schaffte es gerade noch rechtzeitig in ihr Zimmer, wo sie sich in die Waschschüssel erbrach. Ihr war elend zumute. Sie wünschte, sie könnte mit irgendeinem Menschen darüber sprechen, was für einen gewaltigen Fehler sie begangen hatte.

Susanna hatte sie sich ganz anders vorgestellt, diese Sache, über die sich Mägde und Zimmermädchen kichernd hinter vorgehaltener Hand unterhielten und worüber ihre Cousine Agnes ihr mit glühenden Wangen im Garten zugeflüstert hatte. Weniger blutig und schmerzhaft, und vor allem hatte sie geglaubt, dass Johannes, wenn sie ihm das Kostbarste schenkte, das sie besaß, nämlich ihre Unschuld, sie doch endlich lieben würde. Aber in seinen alkoholtrüben Augen hatte sie in jener verhängnisvollen Nacht in der Scheune ihrer Großeltern kein Erkennen gesehen. Während der Schmerz in ihrem Unterleib tobte, und sie dennoch immer wieder seinen Namen geflüstert und beteuert hatte, wie sehr sie ihn liebte, hatten der zärtliche Ausdruck, der sich auf seiner Miene breitmachte, und seine Küsse nicht ihr gegolten.

»Marie«, hatte er ihr bei jedem Stoß ins Ohr geraunt. »Liebste Marie.«

Hinterher war er zur Seite gekippt und einfach eingeschlafen. Susanna war mit tränenüberströmtem Gesicht schluchzend im Stroh gelegen und hatte sich wund, beschmutzt und vollkommen leer gefühlt. Als hätten die wenigen Minuten sie ihrer ganzen Kraft und Liebe beraubt. Irgendwann war sie zurück ins Haus geschlichen und hatte sich gewaschen, war ins Bett gekrochen und hatte die halbe Nacht lang geweint. Sie musste immerzu an die Trauer in Maries Augen denken, als sie sich bei der Tauffeier von ihr verabschiedet hatte, an das, was sie ihr angetan hatte.

»Ich kann doch nichts dafür«, hatte sie ihr scheinheilig ins Ohr gewispert. »Der Johannes ist einfach über mich hergefallen im Garten und hat mich geküsst. Er hat mich vollkommen überrumpelt.«

Natürlich hatte Marie ihr die Lüge abgenommen, sie fest an sich gedrückt und geflüstert: »Das weiß ich doch, liebste Susanna. Du hattest von Anfang an recht mit ihm.«

Nichts hatte sie durch ihre schändlichen Lügen gewonnen. Ihre beste Freundin war unendlich weit entfernt, und in ihrem Leib wuchs Johannes' Kind heran, obwohl er keine Liebe für sie empfand. Sie war so dumm gewesen! Susanna hatte gleich geahnt, was die morgendliche Übelkeit und ihr zunehmender Bauchumfang bedeuteten, und fragte sich nur, wie lange sie ihren Zustand mit dem eng geschnürten Korsett noch vor den Eltern verheimlichen konnte. Und was geschehen würde, sobald es herauskam. Seit Tagen quälte sie sich mit dem Gedanken, dass sie einen Weg finden musste, mit Johannes unter vier Augen zu sprechen. Betrunken, wie er in jener Nacht gewesen war, hatte er vermutlich gar keine Erinnerung mehr an das, was in der Scheune geschehen war. Vielleicht stritt er auch alles ab? Was sollte sie dann tun? Eine gute Partie machen? Sie lachte bitter auf. Ihre Mutter ahnte überhaupt nicht, wie unmöglich diese Vorstellung war und dass sie froh sein konnte, falls Johannes sich zu dem Kind bekannte.

All die Zeit über hatte sie sich wie in einem Fieberwahn nach ihm verzehrt, doch jetzt spürte sie bei dem Gedanken an ihn nur noch ein verzerrtes Echo ihrer einstigen Leidenschaft. Aber es half nichts. Sie musste mit ihm reden und darauf vertrauen, dass er sich wie ein Ehrenmann verhielt und sie heiratete. Dass diese Ehe glücklich werden könnte, wagte sie gar nicht mehr zu hoffen.

Gleich nach dem Kirchgang fragte sie die Mutter, ob sie für ein paar Tage ihre Schwester Gisela in Arad besuchen dürfe, um den kleinen Ferdinand zu sehen. Zu ihrer Überraschung stimmte sie sogleich zu.

»Eine ausgezeichnete Idee. Du kannst ihr ein wenig zur Hand gehen, lernst, wie man einen Haushalt mit Kindern führt, und der Friedrich kennt bestimmt einige Offizierskollegen, mit denen er dich bekannt machen kann. Schau nicht so, Susanna. Es ist langsam an der Zeit, dass du in die Gesellschaft eingeführt wirst, du kannst nicht ewig Kind bleiben, dich hinter deinen Büchern verschanzen und dich mit den abenteuerlichen Fantasien eines Herrn Karl May beschäftigen.«

»Du hast ja recht, Mama. Ich werde mich bemühen, von der Gisela zu lernen.«

»Gut.« Zum ersten Mal seit Langem wirkte ihre Mutter zufrieden. »Ich sage deinem Vater, dass er deinen Besuch bei ihr und Friedrich ankündigen soll, und gebe deiner Zofe Bescheid, dass sie die Kleider aufbügelt und vorbereitet.«

Die musste Susanna natürlich selbst heraussuchen, denn einige passten ihr gar nicht mehr, was Mama nicht entdecken durfte. Zum Glück kannte die Nanni sie schon seit frühester Kindheit, stammte aus dem Dorf ihrer Großeltern und hegte eine Abneigung gegen Klara. Sie würde sie bei der Mutter sicher nicht anschwärzen. So kam es, dass sie am späten Nachmittag mit ihrer Zofe gerade beim Sortieren ihrer Wäsche war, als es klopfte und das Dienstmädchen mit einem Tablett in der Tür stand.

»Verzeihung, gnädiges Fräulein, hier ist der Tee, den Sie verlangt haben.«

Susanna hatte nichts dergleichen getan und wollte das Mädchen, das in ihrem Alter war, gerade zurechtweisen, als sie ihr heimlich zublinzelte.

»Danke. Stellen Sie es bitte hier auf den Tisch.« Das Mädchen tat wie geheißen und verließ den Raum. Susanna drehte sich zu ihrer Zofe um. »Nimm das grüne und das blaue und bügle es schon einmal auf. Ich brauche jetzt eine kleine Pause.«

»Aba nit zu lang. Die Frau Mama mecht heit no alle Kleida fir die Fahrt gepackt wissn, Susarl.«

Kaum war sie mit den Kleidern abgezogen, eilte Susanna zu dem Teetablett. Sie hob Tasse und Kanne an, konnte jedoch nichts entdecken. Erst als sie die Stoffserviette auseinanderfaltete, entdeckte sie einen winzig zusammengelegten Zettel. Mit klopfendem Herzen faltete sie ihn auseinander und erkannte die Schrift sofort. Susanna musste sich setzen. Die schön geschwungenen Lettern waren ihr noch von seinen Briefen an Marie vertraut. Sie formten nur einen einzigen Satz:

Triff mich im Park am Bega-Ufer.

Hatte Johannes den Zettel dem Mädchen persönlich zugesteckt? Falls ja, würde das die knappen Worte ohne Absender erklären, und dennoch war es gefährlich. Was, wenn sie der Mutter das heimliche Treffen verriet? Sie sprang auf und lief unruhig zum Fenster und sah hinaus. Der Park mit verschlungenen Wegen, Pavillons und Rosenspalieren lag direkt gegenüber. Ein guter Treffpunkt, um nicht so rasch entdeckt zu werden. Oder wartete dort ein Bote auf sie mit einem weiteren Brief? Und wenn er es persönlich war, was wollte Johannes dann von ihr? Marie war nach Amerika unterwegs, das musste er inzwischen erfahren haben. Erinnerte er sich an das, was in der Scheune in der Nacht von Ferdinands Taufe geschehen war? Sie biss sich auf die Unterlippe und blieb stehen. Sie musste das Risiko eingehen. Sie war viel zu neugierig, was es mit diesem Zettel auf sich hatte, und außerdem war dies womöglich die einzige Gelegenheit, ihn persönlich zu sprechen. Wer wusste schon, ob sich ihr tatsächlich eine neue bei ihrem Besuch in Arad bieten würde? Vielleicht schleppte Gisela sie auch auf Geheiß ihrer Mutter von einem Nachmittagstee zum anderen, damit sie sich einen Offizier aussuchte, der viele Jahre älter als sie war! Schaudernd nahm Susanna den Sonnenhut vom Frisiertisch, kniff sich in die Wangen, um ein wenig rosiger zu wirken, und verließ das Zimmer. Sie hatte Glück. Es begegnete ihr niemand auf dem Korridor und der Treppe, aber sobald sie aus dem Haus schlüpfte, kam ihr der Tamás im Hof entgegen. Er tippte sich grüßend an die Mütze und musterte sie verwundert. Susanna setzte ein fröhliches Lächeln auf.

»Grüß dich, Tamás, holst du den Papa ab?«

»Ja, gnädiges Fräulein.«

»Das ist fein. Ich mache nur einen kurzen Spaziergang im Park. Wir haben doch heute so schönes Wetter.«

»Etwa allein?«

»Geh, Tamás, natürlich nicht! Die Nanni wartet drüben schon auf mich.«

Sie musste überzeugend gewirkt haben, denn der Chauffeur nickte und ging zum Wagen, ohne ihr weiter Beachtung zu schenken, während sie durch das Tor lief und die Straße zum Park überquerte.

Immer am letzten Sonntag im Monat traf ihr Vater sich in einem Herrenclub mit Direktoren der »Temesvarer Sparkassa« und der Lloyd-Gesellschaft, Kolonialwarenhändlern, anderen Fabrikanten und dem Chefredakteur der ›Temesvarer Zeitung‹. Die Herren tauschten sich über Politik sowie das Ansehen und Gemeinwohl ihrer Stadt aus und darüber, wie man beides sinnvoll fördern könnte. Susannas Mutter waren diese Treffen ein Dorn im Auge.

»Die setzen dir noch mehr Flöhe ins Ohr! Wofür zahlen wir Steuern? Sollen wir jetzt etwa alles, was du mühsam erwirtschaftest, zum Aufbau der Stadt spenden?«

Susanna lief mit klopfendem Herzen an Blumenrabatten und üppig blühenden Rosenbögen vorbei. Der süße Duft lag schwer in der drückenden Sommerschwüle, kein Lüftchen regte sich, und Schweißtropfen lagen auf ihrer Stirn, als sie, von dem Lauf erhitzt, endlich das Bega-Ufer erreichte. Das Korsett drückte ihr die Luft ab, und sie musste sich kurz an einem Baumstamm abstützen, um wieder zu Atem zu kommen. Ihr Blick schweifte umher, und auf einer Parkbank unter einer Linde sah sie ihn. Johannes sprang auf, sobald er sie entdeckt hatte, und kam ihr schnellen Schrittes entgegen. Plötzlich waren all die Gefühle wieder da, die sie seit Wochen vermisst hatte, und überrollten sie mit ungeahnter Heftigkeit. Sein Gang war federnd, das schwarze Haar glänzte im Sonnenschein, und er hatte den Gehrock ausgezogen und trug ihn in der Hand. Die Erinnerung daran, wie sie in jener Nacht sein Hemd aufgeknöpft und über seine Brust gestrichen hatte, trieb ihr noch mehr Hitze in die

Wangen und machte sie für einen Moment unaufmerksam. Deshalb traf sie sein kalter, abweisender Gesichtsausdruck beim Aufblicken mit voller Wucht. Ihr Lächeln erstarb. Sekundenlang starrten sie sich nur an, und Susanna fühlte sich wie ein Reh, das auf einer Lichtung von einem Jäger aufgeschreckt worden war.

»Du hast mich belogen!« Seine Worte waren schneidend wie sein Blick. »Mich und Marie. Nur wegen dir ist sie jetzt nach Amerika geflohen.«

Also ging es ihm immer noch nur um sie. Susanna fühlte einen Stich in der Brust und den Anflug von Übelkeit in sich aufwallen und atmete tief durch.

»Das stimmt nicht«, begann sie leise, aber Johannes unterbrach sie sofort.

»Wage es nicht, mich erneut zu belügen! Samuel hat mir alles erzählt. Marie hat es ihm vor ihrer Abfahrt anvertraut.«

»Aber es ist nicht wahr, dass sie wegen dir ausgewandert ist. Onkel Benjamin war bankrott. Er brauchte einen Neuanfang, und den hat mein Vater heimlich finanziert, weil er nicht mitansehen konnte, wie die beiden immer mehr verarmten.«

Johannes runzelte die Stirn. »Mir wurde zugetragen, dass die jüdische Gemeinde dafür aufgekommen ist.«

»Vielleicht haben sie zusätzlich für ihn zusammengelegt, was weiß ich! Aber mein Vater hat dem Rabbi der Innenstadtsynagoge einen hohen Betrag gespendet, um Onkel Benjamin und Marie zu unterstützen. Er hat es mir selbst gesagt, ich lüge nicht.«

Eine Familie mit kleinen Kindern blieb ganz in ihrer Nähe stehen, und Johannes packte sie unsanft am Arm und zog sie ein paar Schritte weiter zu einer Parkbank im Schatten einer Weide, deren herabhängende Äste sie vor Passanten abschirmte. Susanna setzte sich, rieb ihren schmerzenden Arm und unterdrückte die Tränen, die in ihre Augen traten.

»Das mag sein. Aber du hast mich im Garten bei Ferdinands Tauffeier geküsst und dafür gesorgt, dass Marie das sieht.«

In seinen Augen loderte so viel Wut.

»Ja«, gab sie leise zu, denn welchen Sinn hätte es jetzt noch, das zu leugnen.

Johannes presste die Lippen aufeinander und schien alle Kraft zu brauchen, um sich zu sammeln. Sein Blick wanderte an ihr vorbei zum Fluss.

»Warum, Susanna?«, fragte er etwas ruhiger. »Sie ist deine beste Freundin seit Kindertagen! Marie hat von dir immer so liebevoll gesprochen wie von einer Schwester. Sie hat dir vertraut. Ich habe dir vertraut und Gisela meine Briefe übergeben, damit du sie weiterleitest. Hast du das überhaupt getan?«

Susanna schluckte schwer und sah auf die Hände in ihrem Schoß. »Nicht alle.«

Johannes zog scharf die Luft ein. »Wie konntest du ihr, uns beiden das nur antun? Wieso hast du im Theater behauptet, sie und Samuel wären so gut wie verlobt? Was hat dir Marie denn getan, dass du sie derart hasst?«

»Ich hasse sie doch gar nicht!«, rief sie unglücklich. »Das alles geschah doch nur, weil … weil ich mich in dich verliebt hatte.« Jetzt kamen sie doch, die Tränen, die sie unbedingt zurückhalten wollte.

Er schnaubte nur verächtlich und sah weiter stur geradeaus.

»Du wirst mir ihre Adresse in New York geben, sobald sie dir schreibt. Falls du dich weigerst, werde ich sie von Samuel besorgen. Ich überlasse es dir, ob du ihr vorab die Wahrheit gestehen willst. Aber ich werde ihr auf jeden Fall schreiben, dass ich sie liebe, niemals aufgehört habe, sie zu lieben, und dass du uns beide hintergangen hast.«

»Johannes …«, flehte Susanna und fühlte, wie sich ihr Magen verkrampfte und Magensäure die Speiseröhre hochstieg. Aber er sprach schon weiter.

»Sobald ich meinen Abschluss am Konservatorium gemacht habe, reise ich ihr nach. Ich kann nur hoffen, dass sie sich noch einen Funken Zuneigung für mich bewahrt hat nach all deinen bösen Verleumdungen und dass sie auf mich wartet.«

Seine Stimme klang jetzt so verzweifelt, wie sie sich fühlte. Er stand auf und zog seinen Rock über die Weste. Er würde jetzt doch nicht einfach gehen?

»Schick mir ihre Adresse, sobald du sie hast. Ich möchte dich nie, nie mehr wieder sehen. Leb wohl.«

Und tatsächlich wandte er sich ab, doch Susanna sprang rasch auf und hielt ihn am Arm fest. Johannes fuhr herum, eine Zornesfalte zwischen den dichten Augenbrauen. »Was denn noch? Sei froh, dass ich niemandem von deinem abscheulichen Verhalten erzähle!«

Sie schluckte. Öffnete den Mund. Atmete zittrig ein und sah sein geliebtes Gesicht nur verschwommen unter all den Tränen.

»Ich erwarte ein Kind von dir.«

Johannes taumelte rückwärts, als hätte sie ihn geschlagen. Seine Augen weiteten sich, die Pupillen riesige schwarze Tintenkleckse in dem hellen Blau, und er schüttelte den Kopf und ballte die Fäuste. »Das ist nicht wahr«, keuchte er. »Nur eine weitere Lüge, um …«

»Bitte, Jo, hör mich an! In der Nacht nach der Tauffeier waren wir zusammen in der Scheune und …«

»SEI STILL!«, rief er so laut, dass einige Enten im Fluss schnatternd aufflatterten und davonflogen. Susanna sah sich gehetzt um. Aber zum Glück schien gerade niemand in ihrer Nähe gewesen zu sein. Entschlossen wischte sie sich mit dem Ärmel die Tränen aus den Augen und straffte die Schultern.

»Ich habe das alles so nicht gewollt. Es war dumm und rücksichtslos, aber das habe ich zu spät erkannt, und jetzt tut es mir aufrichtig leid. Glaub mir, wenn ich die Zeit zurückdrehen und alles wieder rückgängig machen könnte, würde ich es sofort tun. Ich dachte doch nur, wenn Marie ohnehin auswandern wird, könntest du mich liebgewinnen. Ich hätte nie gedacht, dass du ihr bis nach Amerika folgen würdest. Woher sollte ich das denn ahnen?«

Johannes legte den Kopf in den Nacken und begann zu lachen. Das Geräusch jagte Susanna einen kalten Schauer über den Rücken. Es war ein bitteres, hilfloses Lachen, das am Ende in einen nach Luft ringenden Verzweiflungslaut überging.

»Bitte, Jo, was soll ich denn jetzt tun?« Sie legte ihre Hände auf ihren Bauch, und er folgte ihnen mit seinem Blick und erschauderte. Jede Farbe wich aus seinem Gesicht.

»Ich weiß es nicht. Ich …« Er brach ab, schüttelte den Kopf, drehte sich um und ging.

Susanna schnappte nach Luft. »Johannes!«, rief sie. »Du kannst mich jetzt doch nicht einfach alleinlassen!«

Aber er rannte nun schneller, floh geradezu, und hinter der nächsten Baumgruppe war er bereits aus ihrer Sichtweite verschwunden. Sie presste die Hand auf den Mund, um ihren Schrei zu unterdrücken. *Was hast du erwartet? Dass er sich freut, vor dir auf die Knie sinkt und dir auf der Stelle einen Heiratsantrag macht? Nach all dem, was du ihm angetan hast?* Am ganzen Körper zitternd sank sie zurück auf die Bank. Jetzt war alles aus. An wen konnte sie sich noch wenden? Ihre Mutter? Ausgeschlossen! Ihrem Vater würde sie das Herz brechen. Gisela? Sie würde sofort alles der Mutter berichten. Die Agnes! Sie musste zur Oma ins Dorf und mit der Agnes sprechen. Vielleicht wusste ihre Cousine einen Rat.

Es dauerte eine halbe Ewigkeit, bis Susanna sich so weit beruhigt hatte, dass sie sich imstande sah, zurückzugehen. Im Hof stand das Automobil, Papa war mit Tamás also schon angekommen. Sie wusste nicht, was sie sagen sollte, wo sie so lange gewesen war, und ging fieberhaft alle möglichen Ausreden in ihrem Kopf durch. Doch als sie das Haus betrat, herrschte eine eigenartige Stille. Susanna stieg die Treppe hinauf und vernahm ein unterdrücktes Schluchzen aus dem Salon. Verwundert lugte sie durch die halb geöffnete Tür. Die Eltern und die Dienerschaft hatten sich in der Mitte des Raumes versammelt. Nanni hielt sich ein Taschentuch vor das verweinte Gesicht. Oh, nein! Susanna fasste sich ein Herz und trat ein. Betroffene Mienen blickten ihr entgegen. Bestimmt hatte man bereits nach ihr gesucht. Ihr Vater ging schwerfällig, mit versteinerter Miene auf sie zu und nahm sie fest in die Arme. Susannas Kehle schnürte sich zu. Wenn ihr Vater ahnte, welche Schande sie bald über die Familie brachte! Sie öffnete den Mund, um zu einer Entschuldigung für ihr Fernbleiben anzusetzen, aber er kam ihr zuvor.

»Etwas Furchtbares ist geschehen, Susanna. Der Chefredakteur der ›Temesvarer Zeitung‹ hat während unseres Treffens eine Depesche bekommen. Heute Mittag hat ein hinterhältiger Attentäter den österreichischen Thronfolger und seine Gattin in Sarajewo auf offener Straße ermordet.«

33
Emma

Maui, August 2022

»Guten Morgen! Gehörst du auch zu den Frühaufstehern?« Emma zuckte zusammen und sah von einer alten Fotografie auf, die zwei kleine Mädchen in Schuluniformen zeigte. Sie kauerte auf dem Teppich, neben sich eine Schatulle, die sie versehentlich umgestoßen hatte, weil sie Beckys vorwitzigem Kater Jazzpurr ausgewichen war. Vor ihr stand, wie aus dem Boden gewachsen, Elias' Schwester in Flip-Flops, weißen Shorts und einem dunkelblauen Shirt mit der Aufschrift *Save the Oceans*. Eigentlich hatte sie nur rasch ihre Schuhe holen wollen, um zum Meer hinunterzugehen. Die letzte Nacht war furchtbar gewesen, nach dem positiven Schwangerschaftstest hatte sie kaum Schlaf gefunden und wusste immer noch nicht, was sie jetzt tun sollte. Sie war zu den Klippen gelaufen und hatte auf das Meer hinausgeschaut, als würde irgendwo in dieser Unendlichkeit eine Antwort auf all ihre Probleme stehen. Dann hatte sie die Schildkröten am Ufer entdeckt. Und nun das! Wieso besaß Becky eine Fotografie ihrer Urgroßmutter?

Jane musterte sie mit verschränkten Armen und hochgezogenen Augenbrauen.

»Emma? Geht es dir gut?«

Sie blinzelte, und einen Moment lang hoffte sie, dass diese vollkommen irrwitzige Situation nur ein Traum sein konnte, aus dem sie gleich erwachen würde. Becky würde natürlich kein Foto von ihrer Urgroßmutter haben, das war schließlich total verrückt, und es hätte dann auch nie einen Schwangerschaftstest gegeben. Dummerweise löste sich Jane nicht in Luft auf, sondern wirkte im Gegenteil sehr real, als sie jetzt neben ihr in die Hocke ging.

»Du siehst aus, als hättest du einen Geist gesehen!«, erklärte sie und linste auf das Foto in Emmas Hand.

Okay. Wäre auch zu schön gewesen.

»Guten Morgen! Entschuldige, ich habe furchtbar schlecht geschlafen und stehe gerade total neben mir. Sag mal, kennst du die zwei Mädchen auf diesem Bild?«

Jane nahm ihr das Foto aus der Hand, drehte es um, las die Inschrift und betrachtete dann die Kinder darauf stirnrunzelnd. »Nicht wirklich. Aber es könnte sein … warte, ich glaub, Mom hat mal erzählt, dass meine Urgroßmutter aus Europa stammt.«

Emma traf diese Aussage mit voller Wucht. »Sie hieß nicht zufällig Marie Rosenfeld?«

Überrascht sah Jane von der Fotografie auf. »Doch. Woher weißt du das?«

»Weil das Mädchen daneben meine Urgroßmutter ist. Susanna Keller.«

»Nein! Aber das ist ja unglaublich! Bist du sicher?«

»Völlig.«

»Wow! Das ist … ich fasse es nicht! Wir müssen das gleich Mom erzählen, sobald sie aufwacht.«

Emma nickte, hob die Schatulle hoch, stand auf und stellte sie zurück auf das Sideboard. »Sorry, ich habe sie vorhin versehentlich umgestoßen, als Jazzpurr mir in den Weg gesprungen ist«, erklärte sie verlegen und hoffte, dass Jane ihr glaubte und sie nicht verdächtigte, im Haus herumgeschnüffelt zu haben. Aber im Gegensatz zu ihrem Bruder schien sie weit weniger misstrauisch zu sein.

»Der springt einem wirklich ständig zwischen die Füße. Ich bin auch schon einige Male fast über ihn gestolpert.«

»Ich habe den Verdacht, er mag mich nicht«, entgegnete Emma seufzend.

»Denk dir nichts. Der ist auf jeden eifersüchtig, der Mom in Beschlag nimmt. Nur Elias darf ihn kraulen. Scheint so ein Männerding zwischen den beiden zu sein.« Sie nickte Richtung Küche. »Magst du auch einen Kaffee?«

»Oh ja, sehr gerne.«

Emma folgte ihr und betrachtete erneut das Foto, während Jane die Kaffeemaschine bediente. »Ist das nicht total irre? Ich habe einen identischen Abzug dieses Fotos erst kurz vor meiner Abreise bei meinen Eltern gesehen. Sie sind umgezogen, und ich habe ihnen beim Ausräumen der Kartons geholfen. Dabei ist mir ein Brief aus New York von einer Marie Rosenfeld in die Hände gefallen, zusammen mit diesem Foto.«

»Und dann begegnest du anschließend meiner Mom in Arlington auf dem Friedhof! Mensch, jetzt krieg ich richtig Gänsehaut, Emma. Als wäre es vorherbestimmt gewesen!« Jane hatte sich zu ihr umgedreht und reichte ihr kopfschüttelnd einen der Kaffeebecher mit aufgeschäumter Milch.

»Elias hätte mir das sicher nicht abgenommen«, rutschte es Emma heraus, und seine Schwester lachte laut auf.

»Ach, du hast Dads argwöhnische Seite schon an ihm kennengelernt? Und ich dachte, er hätte sich gebessert. Ihr habt gestern Abend so … », sie stockte kurz, »… vertraut miteinander gewirkt.«

Emma wurde heiß, aber sie fing sich schnell. »Anfangs dachte er wohl, dass ich deine Mutter nachts überfallen und ausrauben möchte.«

»Sieht ihm ähnlich! Wobei das auch nicht nur an Dad liegt.« Sie seufzte. »Ich sollte dir das vermutlich gar nicht verraten, aber … ach, was soll's! Er hat eine echt miese Beziehung hinter sich und seither nicht die beste Meinung von Frauen. Seine frühere Freundin hat ihn belogen, betrogen und es irgendwie geschafft, dass *er* sich anschließend dafür schuldig gefühlt hat. Sie war eine Meisterin im Tatsachenverdrehen.«

»Das tut mir leid«, erwiderte Emma betroffen.

»Na ja, er scheint endlich darüber hinwegzukommen.« Jane musterte sie aufmerksam. »Zumindest hat er nach dem Ausflug mit dir sehr glücklich gewirkt.«

Das war ich ebenfalls bis gestern Abend. Emma wich ihrem Blick aus, ging zum Brotkasten und nahm sich eine Scheibe Bananenbrot heraus. »Magst du auch eines?«, fragte sie und versuchte, den Kloß in ihrer Kehle hinunterzuschlucken und nicht ständig an den Schwangerschaftstest zu denken. Sie sollte sich später noch einen besorgen oder besser gleich bei einem Gynäkologen vorbeifahren.

»Natürlich. Am besten schmeckt es mit Erdnussbutter und Kakao bestreut«, unterbrach Jane ihre düsteren Gedanken.

Kurz darauf saßen sie auf der Terrasse beim Frühstück. Emma verspürte vor Anspannung kaum Appetit und musste sich regelrecht zum Essen zwingen.

»Sag mal, könnte ich mir später dein Auto leihen und nach Hāna fahren?«, fragte sie zögernd.

»Klar. Aber wir können auch zusammen losziehen. Ich wollte dort heute bei einer Freundin vorbeischauen und muss noch zum Friseur. Was hast du vor?«

»Nur ein wenig shoppen. Souvenirs für die Familie und Arbeitskollegen besorgen«, schwindelte Emma.

Jane sah auf ihre Armbanduhr. »Ist es okay für dich, wenn wir gegen zehn fahren?«

Das war Emma nur recht. Dann konnte sie vorab nach einer gynäkologischen Praxis googeln, die kurzfristig einen Termin frei hatte.

»Wollen wir am Nachmittag einen Kaffee trinken gehen? Bei ›Hāna Farms‹ haben sie einen sensationellen Cheesecake.«

Bevor Emma antworten konnte, hörte sie Beckys Stimme in ihrem Rücken.

»Nanu, ihr seid heute aber schon früh auf den Beinen!«

»Guten Morgen, Mom! Magst du auch Kaffee und Bananenbrot?« Jane stand auf und gab ihr einen Kuss.

»Gerne, Schatz!«

Während sie zurück ins Haus ging, um ihrer Mutter ein Frühstück zu holen, setzte sich Becky neben Emma auf den Liegestuhl und lächelte ihr zu. Dann fiel ihr das Foto auf dem kleinen Beistelltisch ins Auge.

»Was habt ihr denn da Schönes? Hat Jane dir von meiner Großmutter erzählt?«

»Wir sind noch gar nicht richtig dazu gekommen, aber wir haben etwas anderes festgestellt, das wird dich umhauen!« Emma stellte ihren leeren Teller ab, wischte die kakaobepuderten Hände an einer Serviette ab, beugte sich vor und deutete auf das Mädchen mit den hellen Haaren. »Das hier ist meine Urgroßmutter Susanna.«

Becky hob den Blick von dem Foto und starrte Emma mit offenem Mund an. »Du machst Witze!«

Eine halbe Stunde später saßen sie zu dritt im Wohnzimmer auf der Couch und betrachteten die alten Fotos aus der Schatulle. Insgeheim war Emma froh über die Ablenkung. So kreisten ihre Gedanken wenigstens nicht mehr ständig nur um das Ergebnis des Schwangerschaftstests. Während Becky mit Jane noch beim Frühstück saß, hatte sie vorgegeben, mit einer Arbeitskollegin telefonieren zu müssen, und nach kurzer Suche im Internet einen Termin im Hāna Health Center ausgemacht. Vielleicht stellte sich auch heraus, dass der Test falsch war und die ganze Aufregung umsonst. Emma zwang sich, sich zu beruhigen und erst einmal abzuwarten. Jane fuhr mit dem Zeigefinger gedankenverloren über das dunkle Wurzelholz der Schatulle.

»Die habe ich seit einer Ewigkeit nicht mehr gesehen. War die nicht früher in Dads Büro auf dem Regal?«

»Von dort habe ich sie auch erst vor ein paar Wochen heruntergeholt, weil ich aufgeräumt habe. Dachte, es wäre mal wieder interessant, Grannys alte Andenken zu durchstöbern. Deshalb stand sie auf dem Sideboard.«

»Ist das Marie in jungen Jahren?«, fragte Emma und betrachtete neugierig das Schwarz-Weiß-Foto einer außergewöhnlich schönen Frau in einem langen weißen Kleid, die an einem Baum lehnte, den Kopf in den Nacken gelegt und die Augen geschlossen. Unter dem Bild stand *Central Park 1915*. »Sie sieht irgendwie traurig aus.«

»Stimmt.« Jane musterte das Foto. »Das muss ein Jahr nach ihrer Ankunft in New York entstanden sein, oder, Mom?«

»Ja genau, sie ist mit ihrem Vater im Mai 1914 eingewandert. Granny hat mir erzählt, dass die erste Zeit schwierig für sie war. Alles wirkte fremd, sie musste die englische Sprache lernen und vermisste ihre Heimat und die alten Freunde fruchtbar.«

»Dann muss sie gerade mal siebzehn oder achtzehn gewesen sein. Als ich in New York war, habe ich mir vorgestellt, was für ein glücklicher Moment es für die Einwanderer wohl war, vom Schiff aus die Freiheitsstatue zu sehen. Die Überfahrt muss die Hölle gewesen sein.«

»Auf jeden Fall. Wobei Granny das Glück hatte, dass sie und ihr Vater nicht in Massenunterkünften reisen mussten. Sie hat mir einmal erzählt, dass sie eine Kabine dritter Klasse gebucht hatten. Dort teilten sie sich zwar die Waschräume mit anderen Passagieren, aber es war überhaupt kein Vergleich zu den unhygienischen Bedingungen im Zwischendeck, von denen man heute so schreckliche Geschichten hört.«

»Ich finde, sie sieht auf dem Foto wie eine Filmdiva aus den ersten Stummfilmen aus«, meinte Jane und nahm Jazzpurr auf den Schoß, der neben ihr auf die Couch gehüpft war. Er begann unter ihren kraulenden Fingern sofort laut zu schnurren.

»Oh ja.« Ein zärtlicher Ausdruck stahl sich auf Beckys Gesicht. »Granny war auch im Alter noch eine sehr schöne Frau. In ihrer Jugend muss sie hinreißend ausgesehen haben. Nonno hat mir verraten, dass er sich gleich bei ihrer ersten Begegnung geschworen hatte: diese oder keine!«

Jane lachte. »Na, dann hatte er aber mächtig Glück, dass sie ihn erhört hat! Ich wusste gar nicht, dass mein Urgroßvater so ein Romantiker war. Ziemlich ungewöhnlich für einen Mann, der sich sonst nur mit Zahlen beschäftigt hat.«

»Nonno?«, fragte Emma. »Ist das nicht Italienisch für Opa?«

Becky nickte. »Er war der Sohn italienischer Einwanderer.« Sie beugte sich über den Tisch und nahm eine Brosche aus der Schatulle. »Das war das erste Geschenk, das er Granny gemacht hat.« Es war ein Schmuckstück im Jugendstil. Goldene Blätter, die sich um kleine weiße Perlen und dunkle Smaragde rankten. »Damals war er selbst noch sehr jung und arm gewesen. Sie hat ihn fast seine ganzen Ersparnisse gekostet. Aber er hat behauptet, die Steine hätten Maries Augenfarbe.«

Jazzpurr hatte genug vom Streicheln und sprang wieder vom Sofa.

»Hatte Marie auch grüne Augen, so wie du und Elias?«, fragte Emma, während sie sich hinunterbeugte und dem frechen Kater über den Rücken strich. Zu ihrer Überraschung hielt er inne und ließ es sich gefallen, bevor er Richtung Klavier weiterstolzierte. Na, so was.

»Wir scheinen sie von ihr geerbt zu haben«, erwiderte Becky und reichte die Brosche an Emma weiter.

»Nur ich habe Dads langweilige dunkelblaue Augen abbekommen«, jammerte Jane, beugte sich vor und nahm die Spitzenhandschuhe aus dem samtbezogenen Kästchen. »Granny hat vielleicht schmale Hände gehabt! Da würde ich gar nicht reinkommen.«

»Beschwer dich nicht. Takeshi hat mir vor ein paar Monaten verraten, dass die Farbe deiner Augen ihn an die Bucht von Kealakekua erinnert, wo er in seiner Kindheit immer Tauchen war.«

Emma unterdrückte ein Lachen bei der steilen Falte, die sich zwischen Janes Augenbrauen gebildet hatte.

»Das hat er gesagt? Vor ein paar Monaten? Wieso warst du überhaupt bei ihm? Und warum hast du mir nichts davon erzählt, Mom?«

»Warum sollte ich? Du behauptest doch immer, er würde dir nichts mehr bedeuten. Er hat nur Jazzpurr geimpft«, erwiderte Becky unschuldig, ohne von dem Stapel Fotos aufzusehen, die sie aus der Schatulle genommen hatte und jetzt sortierte.

»Wie bitte? Du hast den armen kleinen Kerl zwei Stunden im Auto bis Wailuku gekarrt, nur weil du meinen Ex wiedersehen wolltest? Als ob es hier in Hāna keine Tierärzte gäbe!«

»Natürlich nicht!« Empört sah Becky auf. »Takeshi kommt regelmäßig einmal im Jahr zum Impfen vorbei. Schau mich nicht so an! Das war seine Idee, nicht meine. Ich kann es ihm doch nicht verbieten.«

Jane schüttelte sprachlos den Kopf und warf die Spitzenhandschuhe deutlich verärgert zurück in die Schatulle. Emma wollte sich gar nicht vorstellen, wie sie darauf reagieren würde, wenn Michael ihre Mutter regelmäßig besuchen würde. Sollte sie tatsächlich ein Kind von ihm erwarten, war das gar nicht so abwegig. Ein bitteres Gefühl machte sich in ihr breit, weil sie daran dachte, wie die beiden kein gutes Haar an ihrer Kindererziehung lassen würden. Aber dann verwarf sie den Gedanken sofort wieder. Damit wollte sie sich erst beschäftigen, wenn das Testergebnis sicher war, und so schlimm konnte es bei Jane nicht sein, sonst würde sie Takeshi nicht freiwillig in den nächsten Tagen treffen wollen.

»Wann möchtest du denn in seine Tierklinik fahren? Heute?«, fragte Becky ihre Tochter.

»Nein, ich schau morgen bei ihm vorbei. Emma und ich wollten nachher nach Hāna fahren. Du musst dir keine Mühe mit Mittagessen machen, wir kommen bestimmt erst gegen Abend zurück.«

»Viel Spaß euch beiden! Ich werde in der Zwischenzeit mal in den alten Fotoalben nachsehen, ob ich noch Bilder von deiner Urgroßmutter finde, Emma.«

34

Marie

New York, Juni 1914

Marie wünschte sich nichts mehr, als zum Hafen zu laufen, auf das nächste Schiff zu steigen und wieder nach Hause zu fahren. Vor ihr ragte die Fassade des Hunter College auf, ein imposantes Gebäude mit hohen, kathedralenartigen Fenstern, schlanken Säulen und Bögen, ein bisschen wie ein Märchenschloss, völlig unwirklich und wie aus der Zeit gefallen. Ihr Vater drückte ihr aufmunternd die Hand, sagte etwas von *Tudorgotik* und *sieh nur, die Türmchen,* und seine Augen bekamen einen ganz entrückten Glanz. Und Marie, die ihn früher für seine Begeisterung, was Architektur und Kunst anbelangte, geliebt hatte, beherrschte sich nur mit Mühe, ihn nicht anzuschreien. Denn es war doch völlig gleichgültig, welchen Baustil das Gebäude hatte, offensichtlich konnte sie diese Schule unmöglich besuchen, er musste endlich aufhören, zu träumen, und der Realität ins Auge sehen. Aber da stand sie in ihrem schönen Kleid, eines aus der Garderobe ihrer Mutter, neben ihm, und sein bleiches, von den vergangenen Wochen ausgezehrtes Gesicht und die dunklen Schatten unter seinen Augen schnürten ihr die Kehle zu, und sie schwieg. Vielleicht tat ihr Vater das einzig Richtige, um in dieser lauten, pulsierenden und alles verschlingenden Stadt zu überleben. Er verfolgte seine Träume einfach immer weiter, gab nicht auf und glaubte stets daran, dass sie irgendwann wahr wurden, selbst wenn einem das Wasser bis zum Hals stand und man sich jeden Morgen um die Zukunft sorgte. Zornig starrte Marie zu den märchenhaften Zinnen der Türmchen empor, als wären sie für alles, was ihr bislang in New York widerfahren war, verantwortlich. Sie hasste es, wie klein und unbedeutend sie sich fühlte, wie das feine Kleid, das sie trug, nicht annähernd ihre aktuellen Vermögensverhältnisse widerspiegelte, es war die Aufmachung einer Hochstaplerin! All ihre Hoffnung auf einen guten Neuanfang in diesem fremden Land hatte sie bereits in den ersten Wochen verloren. Sie waren ein Albtraum gewesen, den sie wie einen finsteren Schatten seither nicht mehr abschütteln konnte, schlimmer als ihre Träume von Johannes, die sie Nacht für Nacht quälten und morgens auf einem nass geweinten Kissen aufwachen ließen. Ihr Blick wanderte über die geöffneten Fenster, aus denen auf einmal das fröhliche Lachen junger Frauen und Mädchen schallte. Es erinnerte sie schmerzlich an daheim, an das, was sie verloren hatte, an ihre gemeinsame Zeit mit Susanna, die sie so unendlich vermisste, und ihr Herz wurde schwer.

Mitte Mai waren sie in New York angekommen, vor eineinhalb Monaten. Die Überfahrt war gut verlaufen, keiner von ihnen hatte unter Seekrankheit gelitten, und Marie konnte sogar die Fotos, die sie mit Vatis Kamera gemacht hatte, in den schiffseigenen Dunkelkammern für Amateurfotografen auf der »George Washington« entwickeln. Sie hatte sich darauf gefreut, sie Susanna bald schicken zu können, als sie die Freiheitsstatue in der Ferne aufragen sah und ihr Herz freudig zu hüpfen begann.

Jetzt bezweifelte Marie, dass sie sich in New York jemals heimisch fühlen würde. An der fremden Sprache lag es nicht, denn sie hatte an der Notre-Dame-Schule früher Englisch gelernt, und hier gab es viele Einwanderer aus allen möglichen Regionen der Welt, deren Sprachkenntnisse schlechter waren als die ihren. Aber gegen New York wirkte ihr geliebtes Temeswar wie ein heimeliges Dorf, und nachdem sie das Schiff verlassen hatten, waren sie zuerst in der Lower East Side einquartiert worden. Marie kannte die Geschichten vom Elend im galizischen Schtetl von Bubbe Edith, aber sie hätte niemals damit gerechnet, ähnliche Zustände hier in Amerika vorzufinden. Noch nie hatte sie so viele Menschen auf einem Haufen gesehen. In Manhattan herrschte ein unerträglicher Lärm, die Pflaster stanken nach Pferdedung und Unrat, der aus den Fenstern geworfen wurde. Überall trieben sich unbeaufsichtigte Kinder herum, weil ihre Eltern arbeiten gehen mussten, Automobile bahnten sich haarscharf zwischen Passanten ihren Weg, und in den dunklen Treppenhäusern roch es nach Kohl, Zwiebeln und Fisch. Die Wohnung, die ein Mitarbeiter des American Jewish Committee ihnen bei ihrer Ankunft zugewiesen hatte, war heruntergekommen und winzig klein gewesen. Vati hatte versprochen, sich gleich am nächsten Tag nach einer anderen Bleibe umzusehen. Doch morgens war er nicht aus dem Bett gekommen.

»Lass mich nur noch ein Stündchen ausruhen«, hatte er gesagt und war auf der Stelle wieder eingeschlafen.

Aber als er auch gegen Mittag nicht aufstand, hatte Marie ihre Hand auf seine Stirn gelegt und einen Aufschrei unterdrückt. Seine Haut war glühend heiß gewesen, und sein ganzer Körper hatte vom Schüttelfrost gezittert. Zwei Wochen lang hatte die mysteriöse Krankheit, die er sich auf dem Schiff bei der Überfahrt eingefangen hatte, angehalten, sein Hals war immer mehr zugeschwollen, und am Ende hatte er nur noch röchelnd geatmet. Marie war erst verzweifelt, dann ängstlich und zuletzt voller Panik gewesen. Sie hatte nicht gewagt, irgendjemanden um Hilfe zu bitten, weil sie befürchtete, man würde sie sofort auf eines der Schiffe zurück nach Europa stecken.

So war ihr nichts anderes übrig geblieben, als ihre Ersparnisse dazu zu verwenden, bei den Straßenhändlern Lebensmittel und in einer Apotheke Medizin gegen das hohe Fieber zu kaufen. Sie hatte ihren Vater mit kalten Wickeln gepflegt, ihm Wasser und dünne Suppe eingeflößt und um sein Leben gebangt. Nachdem eine Gruppe Halbwüchsiger von einer der Lower-Eastside-Gangs sie bei einer ihrer Besorgungen bedrängt und bis zur Haustür verfolgt hatte, hatte sie sich kaum mehr auf die Straße hinausgewagt. Trotz der schweren Truhe, die sie vor die Tür der winzigen Wohnung geschoben hatte, war sie die halbe Nacht lang wach gelegen. Panik, sie würden sie in der Dunkelheit überfallen, hatte ihr die Kehle zugeschnürt.

In diesen finsteren Stunden hatte Marie begonnen, verzweifelte Briefe an ihre Freundin Susanna zu schreiben, um sich nicht so allein zu fühlen und halb wahnsinnig vor Angst zu werden. Was sollte nur aus ihr werden, falls der Vater starb? Wenn doch nur Selma sie begleitet hätte! Aber ihr Dienstmädchen hatte einen Mann gefunden und war in Ungarn geblieben. Sie hätten es sich ohnehin nicht leisten können, sie zu bezahlen.

Den Gang hinunter, zwei Wohnungen weiter, hatte Marie tagsüber und bis spät in die Nacht hinein das Rattern einer Nähmaschine gehört und sich irgendwann ein Herz gefasst und angeklopft. Sie hatte gedacht, Heimarbeit als Näherin zu finden. In Mamas seidenem Nachmittagskleid, die Haare kunstvoll hochgesteckt, hatte sie gehofft, ordentlich und fleißig zu wirken. Eine dünne Frau mit schmalen Lippen und dunklen Augenringen hatte ihr geöffnet. Hinter ihrem mehrfach geflickten, fleckigen Rock hatten sich zwei kleine Kinder gedrängt, und über ihre Köpfe hinweg hatte Marie gesehen, dass der ganze Boden mit halb fertigen Kleidern und Schnittmustern bedeckt war. Die Frau, ebenfalls eine Jüdin aus Osteuropa, sprach mit ihr Jiddisch.

»Ich geb dir einen Rat, Maydele: Zieh dir was Schlichtes an, falls du hier nicht auffallen willst wie Vanderbilts Tochter auf dem Weg zu ihrem Palast nach Rhode Island. Und such dir lieber eine andere Arbeit oder besser noch einen Mann, der für dich sorgt. Wenn du magst, mache ich dich mit ein paar jungen Herren in der Nachbarschaft bekannt. Nähen kann hier fast jeder, selbst die Zwölfjährigen schuften in den Sweatshops und behaupten, volljährig zu sein.«

»Das ... das wusste ich nicht, ich dachte ...«, hatte Marie erschrocken gestammelt.

»Reich wirst du dabei nicht. Die Fabrikanten zahlen dir für ein Dutzend Hosen nur siebzig Cent.«

Wie sollte sie denn davon leben? Damit konnte sie sich nicht einmal die monatliche Miete selbst in diesem schäbigen Loch leisten, wenn sie Tag und Nacht arbeitete! Aber heiraten? Sie konnte sich nicht vorstellen, jemals wieder einen anderen Mann als Johannes lieben zu können.

Marie seufzte tief bei der Erinnerung an die furchtbaren ersten Wochen und ließ ihren Blick über die helle Kalksteinfassade des Schulgebäudes schweifen. Sie konnte den Optimismus ihres Vaters nicht teilen.

»Schau nicht so, Marie. Ich habe ein gutes Gefühl bei dieser Einrichtung. Du wolltest doch immer Lehrerin werden«, sagte er aufmunternd und deutete zum Eingang des Hunter College. Rabbi Moses zufolge war es die einzige Universität, die Frauen in New York kostenlos zu Lehrerinnen ausbildete.

Es war Marie wie ein Wunder erschienen, als sich ihr Vater Anfang Juni von seiner Krankheit schrittweise erholt hatte. Sobald er wieder auf den Beinen stand, hatte er Rabbi Moses in der Zentralsynagoge besucht. Ihm hatten sie es zu verdanken, dass sie in eines dieser *brown houses*, der Stadthäuser aus braunem Sandstein, nach Williamsburg in Brooklyn umziehen konnten. Marie wusste, dass allein die Höflichkeit dem Rabbi gegenüber gebot, seinen Rat zu befolgen und sich am Hunter College zu bewerben, das er ihr wärmstens empfohlen hatte, und doch zögerte sie.

»Wie sollen wir denn über die Runden kommen, wenn ich nicht arbeite, sondern aufs College gehe, Vati?«, fragte sie. Die Miete für ihre Wohnung war so hoch, dass ihre Ersparnisse in wenigen Monaten aufgebraucht sein würden. Sie hatte sich geschworen, nie wieder an die East Side zurückzukehren. Das dreistöckige Haus in Brooklyn war nicht luxuriös, aber einfach und sauber, wie überhaupt die ganze Gegend. Während sich in Manhattan die Hochhäuser in die Höhe schraubten, wuchs Brooklyn in die Breite und wirkte mit seinen weit verzweigten Straßen vertraut und fast wie ein Stück Heimat auf sie.

»Mach dir keine Sorgen, Liebes. Rabbi Moses hat versprochen, mir in der Synagoge Arbeit zu verschaffen, und ich werde wieder beginnen, zu malen und meine Werke bei den Galeristen vorstellen.«

»Der Rabbi kann dich nicht jahrelang mit Renovierungsarbeiten beschäftigen, und wenn es mit den Galerien nicht klappt …«

»… wird mir etwas Neues einfallen.« Ihr Vater beugte sich vor und gab ihr einen Kuss auf die Stirn. »Komm, lass uns reingehen.«

Zögernd folgte Marie ihm durch das Portal und war überrascht, weil ihr gleich beim Eintreten ein Mädchen ein Heftchen in die Hand drückte, dessen Seiten mit einer goldenen Kordel zusammengefasst und am Ende mit einer gehäkelten Rose liebevoll verziert waren. Auf der Vorderseite stand in kalligraphischen Lettern *Hunter College June 1914*. Glockenblumen und Blätter zierten die verschnörkelte Schrift.

»Die Veranstaltung findet dort drüben, den Gang hinunter, statt. Sie sollten sich beeilen«, riet sie freundlich. »Gleich fängt es an.«

Verwundert sahen Marie und ihr Vater sich an, dann betrachtete sie das Heftchen näher. »Ich glaube, wir haben einen schlechten Tag für die Anmeldung erwischt, Vati«, raunte sie ihm zu. »Heute findet die Abschlussfeier für die Absolventinnen statt, lass uns lieber ein andermal wiederkommen.«

Aber Benjamin Rosenfeld ahnte wohl, dass er seine Tochter so schnell nicht wieder hierher bewegen würde, denn er nahm sie am Arm und zog sie augenzwinkernd mit sich in die Richtung, die das Mädchen ihnen gewiesen hatte. »Umso besser, das sehen wir uns doch gleich mal an.«

Wenig später fanden sie sich in einem festlich geschmückten Saal wieder, in dem feierliche Reden geschwungen und junge Damen einzeln auf ein Podium gebeten wurden, wo man ihnen ihr Zeugnis überreichte. Der Raum war brechend voll, alle Stühle bis auf den letzten besetzt, und viele mussten sogar stehen. Marie hatte ihrem Vater, der immer noch geschwächt war, trotz seines Protests ihren Sitzplatz überlassen und sich zu anderen Anwesenden an die Seite gesellt. Von hier aus konnte sie ungehindert alles beobachten. Jetzt war sie froh, dass sie das weiße Seidenkleid ihrer Mutter mit den kornblumenblauen Blüten angezogen hatte. Jung und Alt waren festlich gekleidet, die jüngeren unter ihnen lugten immer wieder sehnsüchtig zum Büfett hinüber, wo es Sandwiches mit Lachs, Shrimps und Huhn gab, Früchte, Käsekuchen und Kaffee. Man konnte ihnen förmlich ansehen, wie sehr die Reden sie langweilten. Nachdem alle jungen Frauen auf dem Podium versammelt waren, sangen sie laut mit glücklichen Mienen ›*The Good Ship Alma Mater*‹, das im Programmheft als Abschiedslied aufgeführt war. Plötzlich ertappte sie sich dabei, wie sie erst zögernd, dann mit vollem Herzen in das Lied mit einstimmte. *We're hopeful for the future, we're grateful for the past.* Die Abschiedsfeier an der Notre-Dame-Schule in Temeswar hatte sie wegen ihrer überstürzten Abreise nicht mehr besuchen können. Jetzt fühlte es sich gut an, wieder Teil einer Gemeinschaft zu sein, und sei es auch nur für dieses eine Lied. Marie stellte fasziniert fest, wie unterschiedlich die Mädchen aussahen. Sie schienen aus aller Welt eingewandert zu sein, aus dem hohen Norden, aus Mittelmeerländern, China und einige aus Afrika. An der Kleidung sah man, dass manche wohlhabender waren als andere, und dennoch hielten sich hier auf dem Podium alle an den Händen und sprachen zum Abschied das Schulmotto: »Mihi cura futuri – Mir liegt die Zukunft am Herzen.«

Während die Absolventinnen fröhlich lachend das Podium verließen, zu ihren Familien eilten und das Büfett eröffnet wurde, fühlte Marie auf einmal in dem einsetzenden Tumult, dass sie beobachtet wurde. Ein junger Mann mit schwarzem lockigem Haar musterte sie von der gegenüberliegenden Seite des Raumes so intensiv, dass ihre Wangen heiß vor Verlegenheit wurden. Rasch wandte sie sich ab und ging zu ihrem Vater, der aufgestanden war und sich gerade mit einem älteren Herrn mit weißem Bart unterhielt.

»Ach, da kommt sie schon!«, rief er und winkte ihr zu.

»Marie, das ist Mr. Davis, der Präsident des Hunter College.«

»Freut mich, Sie kennenzulernen, Miss Rosenfeld«, sagte der ältere Herr freundlich und sah sie durch seine randlose Brille aufmerksam an. »Ihr Vater hat mir gerade von Ihrem ausgezeichneten Abschluss auf der Notre-Dame-Schule in Tem…«, er blickte ein wenig hilfesuchend, und Marie, deren Herz bis zum Hals klopfte, ergänzte: »… in Temeswar. Das liegt in Ungarn, Mr. Davis.«

»Ja, richtig. Die Donaumonarchie.« Er wiegte nachdenklich den Kopf. »Die heutigen Nachrichten müssen Sie beide sehr aufgewühlt haben.«

Verwirrt wechselte Marie einen Blick mit ihrem Vater, der ebenso ratlos schien wie sie, aber der Schulleiter fuhr schon fort:

»Sie haben natürlich recht, unsere Abschlussfeier ist denkbar unpassend, um so ein trauriges Thema anzuschlagen, verzeihen Sie.« Er zupfte sich den Bart und räusperte sich. »Jedenfalls habe ich gehört, dass Sie gerne Lehrerin werden möchten?«

»Das würde mir wirklich große Freude bereiten«, erklärte Marie.

»Dann schlage ich vor, Sie kommen am Freitagnachmittag noch einmal vorbei, und ich werde Mrs. Gray bitten, Ihnen einige Aufgabenblätter zum Bearbeiten zu geben, um besser einschätzen zu können, ob und in welcher Klasse wir Sie aufnehmen könnten. Sind Sie damit einverstanden?«

»Natürlich. Vielen herzlichen Dank, Mr. Davis.«

Sie wechselten noch ein paar Worte, dann verabschiedete sich der Schulleiter, um sich mit anderen Gästen zu unterhalten. Vor Aufregung knurrte Maries Magen.

»Magst du etwas vom Büfett probieren?«, fragte ihr Vater, und Marie zuckte ertappt zusammen.

»Gehört sich das denn? Wir sind doch gar nicht eingeladen«, flüsterte sie.

»Du musst schließlich kosten, was dich bei deinem Abschluss hier erwartet«, erwiderte er lächelnd, und da hakte sie sich bei ihm unter und ließ sich in das Gedränge vor den Tischen führen. Die Sandwiches schmeckten einfach köstlich, und langsam entspannte sie sich. Vielleicht würde doch alles gut werden und ihr Vater genug Arbeit bekommen, um ihr diese Ausbildung zu ermöglichen.

»Ich hole uns noch was zu trinken«, sagte er und verschwand in der Menge.

Plötzlich schob sich eine junge Frau mit schwarzen hochgesteckten Haaren und fröhlichen braunen Augen vor sie. Marie erkannte in ihr eine der Absolventinnen vom Podium.

»Verzeihung, sind Sie auch eine Schülerin?«, fragte sie.

Marie schluckte ihr Sandwich hinunter, tupfte ihren Mund

mit einer Serviette ab und räusperte sich. »Ich bin gerade dabei, mich hier zu bewerben. Können Sie diese Schule denn empfehlen?«

»Was möchten Sie werden? Seit diesem Jahr werden völlig neue Studiengänge angeboten, über die ich noch nicht viel sagen kann. Biologie, Chemie und andere Naturwissenschaften. Neuerdings kann man hier sogar Kunst studieren. Ich hätte das gemacht, wenn es früher möglich gewesen wäre.«

»Ich interessiere mich mehr für den Beruf der Lehrerin. Auch wenn mein Vater nichts gegen Kunst einzuwenden hätte, er ist selbst ein Maler.«

Ihr Gegenüber lachte. »Dann sind Sie hier bestens aufgehoben. Ich habe die Zeit hier genossen und bin gerne Lehrerin. Im Vertrauen, ich hoffe, dass ich irgendwann als Teil des Lehrkörpers zurückkehren werde.« Sie streckte ihr die Hand entgegen. »Entschuldigung, ich rede wie ein Wasserfall und habe mich noch gar nicht vorgestellt. Federica Lombardi.«

Ein Lächeln glitt über Maries Gesicht, als sie ihren Händedruck erwiderte. »Marie Rosenfeld.«

»Woher kommen Sie?«

»Aus dem Königreich Ungarn in Osteuropa. Und Sie?«

»Sizilien«, sagte eine dunkle Männerstimme in Maries Rücken, und sie drehte sich um. In ihren Ohren begann das Blut zu rauschen, als sie in dem jungen Mann vor ihr den schwarzhaarigen Fremden erkannte, der sie schon vorab so intensiv gemustert hatte. Von Nahem betrachtet war er nicht viel älter als sie, und doch besaß er eine ungewöhnlich tiefe Stimme. Sein Kinn war breit, die Wangenknochen hoch und sein Kiefer kantig geschnitten. Ein Muttermal prangte auf seiner linken Wange. Aber seine Lippen waren voll und weich, geradezu sinnlich, wie die einer Frau.

»Liebste Federica, magst du mich deiner neuen Freundin nicht vorstellen?«, fragte er und schenkte ihr ein Lächeln, das seine dunklen Augen zum Strahlen brachte. Marie fühlte, wie sie bis unter die Haarwurzeln errötete.

Die Absolventin verzog spöttisch den Mund. »Miss Marie Rosenfeld, dieser neugierige junge Herr hier ist mein kleiner Bruder und wurde auf den Namen Enrico getauft, was so viel wie Herrscher bedeutet, und entsprechend führt er sich auch seit seiner Geburt auf.«

Marie verschluckte sich fast in ihrem Bemühen, nicht laut aufzulachen.

»Rica!«, schimpfte Enrico, legte die Stirn in Falten und verzog den Mund. »Was soll das denn? Und klein? Du verstehst es wirklich, meine Vorzüge bei hinreißend schönen jungen Damen anzupreisen.«

Er war tatsächlich nur wenig größer als sie. Bei seiner beleidigten Miene musste sie nun doch grinsen. In diesem Augenblick kam ihr Vater mit zwei Gläsern vom Büfett zurück, und die Stimmung wurde sofort befangener. Marie entging nicht, wie er Enrico sofort prüfend musterte. Aber Federica versprühte so viel natürlichen Charme, dass sein misstrauischer Blick bald schwand.

»Ich habe mich sehr gefreut, Sie kennenzulernen, Marie«, sagte Federica nach einer Weile. »Ich lebe noch bei meinen Eltern in Brooklyn. Wenn Sie möchten, würde ich Sie und Ihre Eltern gerne zu einer Tasse Kaffee einladen, und wir beide können uns dann ausführlicher über die Lehrerinnenausbildung hier am Hunter College unterhalten. Wollen Sie uns besuchen kommen?«

Marie sah ihren Vater fragend an.

»Meine Frau ist leider verstorben, aber meine Tochter und ich nehmen Ihr Angebot sehr gerne an, wenn es Ihnen und Ihren Eltern keine Umstände bereitet.«

»Überhaupt nicht! Mama freut sich bestimmt. Sie liebt die Malerei und wird begeistert sein, einen echten Künstler in ihrem Haus willkommen zu heißen.«

Ein Zucken um Enricos Mundwinkel verriet Marie, dass seine Schwester wohl gerade sehr dick auftrug. Diese schnelle spontane Einladung kam ihr eigenartig vor. Sie hatten sich doch eben erst kennengelernt. Aber in Amerika schienen andere gesellschaftliche Regeln zu gelten, und ihr Vater fand es offenbar auch nicht merkwürdig. Im Gegenteil, man sah ihm an, wie geschmeichelt er sich fühlte.

»Danke schön, das ist sehr freundlich von Ihnen. Wir wohnen ebenfalls in Brooklyn.«

»Wie wunderbar!« Federica zog einen Bleistift aus ihrem Handtäschchen und schrieb ihre Adresse auf Maries Programmheft mit der Bitte, doch am nächsten Sonntag nachmittags vorbeizukommen. Dann verabschiedeten sich die Geschwister höflich von ihnen und gesellten sich zu den anderen Gästen, nur Enrico warf immer wieder Blicke zu ihr herüber.

»Das ist doch mal ein guter Anfang«, sagte ihr Vater beschwingt und trank sein Glas Sekt aus. »Dieses Fräulein Lombardi scheint mir eine reizende junge Dame zu sein. Vielleicht könnt ihr Freundinnen werden, was meinst du?«

»Ja, sie ist wirklich sehr nett.« Marie konnte sich natürlich nicht vorstellen, jemals eine so gute Freundin wie Susanna zu finden, aber sie wollte ihrem Vater nicht die gute Stimmung verderben, und Federica war auch ihr sympathisch gewesen. Sie hakte sich bei ihm unter und verließ hoffnungsvoller als erwartet das Hunter College.

Draußen brannte die Sonne auf die Stadt herunter, und Marie setzte ihren Hut auf. Sie waren gerade erst wenige Schritte die Lexington Avenue zur nächsten Straßenbahnhaltestelle gelaufen, als ihr Vater an einem Zeitungskiosk stehen blieb und mit einem Mal jede Farbe aus seinem Gesicht wich.

»Großer Gott!«, murmelte er, löste sich von ihr und suchte mit zitternder Hand nach der Geldbörse in seinem Gehrock.

Verwundert folgte Marie seinem Blick und sah die Schlagzeile der ›New York Times‹. Sie schnappte nach Luft.

Österreichischer Thronfolger und seine Gemahlin von bosnischem Jugendlichen ermordet, um die Eroberung seines Landes zu rächen.

35

Johannes

Arad und Lugosch, Juli 1914

Der Sommer zeigte sich von seiner schönsten Seite mit einem seidenblauen Himmel, dem üppigen Grün der Bäume und Büsche in den Parkanlagen der Stadt und einem Blumenmeer in den Rabatten. Es war angenehm warm, nicht zu schwül und nicht zu heiß. Die Kinder freuten sich auf die Ferien und Johannes' Musikkollegen auf die Sommerfrische, auf Konzerte in fernen Kurhäusern und -parks, Tändeleien mit von ihrem Spiel hingerissenen jungen Damen und den Lohn, den sie für ihre musikalische Darbietung erhalten würden. Johannes hatte kurzentschlossen alle ihm angebotenen Aufführungen abgesagt. Seither kursierten an der Akademie die wildesten Gerüchte über seine unglückliche Verliebtheit zusammen mit dem Ratschlag, dass er sich nur nicht vor lauter Gram das Leben nehmen solle, schließlich hätten auch noch andere Mütter hübsche Töchter. Johannes schwieg zu mildem Spott ebenso wie zu ernsthafter Besorgnis. Nicht einmal seine engsten Freunde konnte er in das, was bei Ferdinands Taufe geschehen war, einweihen.

Wochen waren seit dem Treffen mit Susanna vergangen, und er fühlte sich immer noch wie betäubt. Von Samuel hatte er sich Maries Adresse in Amerika geben lassen und ihm gesagt, dass er ihr schreiben würde. Tag und Nacht dachte er an Marie und daran, dass ausgerechnet die Frau, die ihn und seine Liebste hintergangen hatte, der er all sein Leid verdankte, nun sein

Kind erwartete. Konnte er ihr überhaupt Glauben schenken? Womöglich hatte ein anderer Mann sie geschwängert? Aber ein dumpfes nagendes Gefühl und verschwommene Erinnerungen an jene verhängnisvolle Nacht sagten ihm, dass Susanna zumindest in diesem Punkt die Wahrheit gesagt hatte. Oh, der verfluchte Slibowitz! Hätte er nicht bereits zuvor geschworen, keinen Tropfen Alkohol mehr anzurühren, würde er es spätestens jetzt tun. Dabei wünschte er sich sehnlichst, er könnte seine Verzweiflung in Schnaps ertränken.

Die Nachricht vom Mord an dem österreichischen Thronfolger und seiner Gattin, die zu den Manövern nach Bosnien gefahren waren, erreichte ihn bei seiner Ankunft am Bahnhof von Arad. Eine Menschentraube hatte sich dort vor der eilig angeschlagenen Depesche versammelt. Aufgewühlt, wie er an diesem Tag gewesen war, erschien ihm die Gräueltat wie die logische Fortführung seines ganz persönlichen Albtraums. Nun geriet nicht nur seine, sondern die gesamte Welt aus den Fugen. Seine Hoffnung, Marie nach Beendigung des Konservatoriums nachzureisen, hatte sich mit Susannas Schwangerschaft in Luft aufgelöst. Er hatte ihr in einem Brief erklären wollen, dass alles nur ein furchtbarer Irrtum war. Dass ihre falsche Freundin ihm im Garten den Kuss nur aufgezwungen und er zudem geglaubt hatte, Marie sei mit Samuel verlobt. Doch wie sollte er jetzt ein gemeinsames Kind als Missverständnis abtun? Sie würde nicht ihm, sondern Susanna Glauben schenken und sie zutiefst bedauern. Tatsächlich hatte Giselas jüngere Schwester bei ihrem Treffen im Park furchtbar ausgesehen, und er glaubte ihr auch, dass sie ihre Intrige mittlerweile bereute. Trotzdem:

Susanna hat sich diese Suppe selbst eingebrockt, soll sie doch zusehen, wie sie sie wieder auslöffelt.

An anderen Tagen wiederum überwog sein Ehrgefühl. Sein Anstand, seine gesamte Erziehung geboten ihm, bei ihrem Vater um Susannas Hand anzuhalten. Was würden seine Eltern nur von ihm denken, wenn er eine junge Frau sich selbst überließ, nachdem er sie geschwängert hatte? Und konnte er es mit seinem Gewissen vereinbaren, dass sein Kind unter all diesen Fehlentscheidungen, die sowohl Susanna als auch er getroffen hatten, litt? Johannes hatte sich von seinem Vater immer geliebt gefühlt und mochte sich nicht ausmalen, wie es wäre, als Bastard aufzuwachsen. Womöglich täuschte Susanna auch einen Kuraufenthalt vor, brachte das Kind zur Welt und gab es dann fremden Menschen. Er hatte schon davon gehört, dass wohlhabende Familien sich auf diese Weise des Problems unehelicher Kinder entledigten, um den gesellschaftlichen Skandal zu vermeiden. Sollten etwa Fremde seinen Sohn oder seine Tochter aufziehen? Mit jedem verstreichenden Tag, an dem er sich nicht bei ihr meldete, brachte er sie dieser Lösung näher. Daran, dass sie womöglich gar zu einer Engelmacherin gehen würde, wollte er gar nicht erst denken. Welche Schuld würde er auf sich laden, wenn sie durch den Eingriff einer Pfuscherin starb! Zu alledem fühlte er sich Susannas Schwester Gisela in höchstem Maße verpflichtet. Ohne ihre unermüdlichen Empfehlungen und ihre Förderung hätte er sich sein Studium nicht finanzieren können. Er konnte ihr das doch nicht damit danken, dass er ihre schwangere Schwester ihrem Schicksal überließ! Dennoch war die Aussicht, für den Rest seines Lebens an eine Frau gebunden zu sein, die er verachtete, unerträglich. Innerlich zerrissen flüchtete er daher nach Hause zu seiner Familie. Dort stürzte er sich in die Arbeit in der väterlichen Schreinerei, hobelte, drechselte und nahm jede körperliche Mühe auf sich, die ihn vom Nachdenken und einer endgültigen Entscheidung abhielt.

»Was hast denn aufm Herzn, Johannes?«, fragte sein Vater schließlich Ende Juli, als sie zusammen an einer Kommode arbeiteten, bei der aufwendige Intarsienblüten einzulegen waren. »Mechst mir nit verratn, was es is? So hab ich dich noch gar nit erlebt. Hast Ärger an deina Musikschul?«

Johannes glitt der Stechbeitel aus der Hand und fiel scheppernd zu Boden. Er hätte sich denken können, dass sein Vater etwas bemerken würde. Fieberhaft überlegte er, was er ihm sagen sollte, da fuhr der Vater auch schon fort:

»Oder ist's das Ultimatum, dass du so verdrießlich dreinschaugst?« Er legte das Stemmeisen weg und strich sich die verschwitzten Haare aus der Stirn. »Ich versteh ach nit, warum auf aamol so an Zinnober um den Franz Ferdinand gmacht wird. Mege seine arme Seel in Friedn ruhn, aba so richtig gmocht ham den die Leit nit. Nit aamol der Kaiser höchstselbst. Sonst hätt er ihn gwiss in der Kapuzinergruft beisetzn lassn, auch wann sane Frau nur ane Gräfin Chotek war. Um den Rudolf ham mir damals alle viel mehr gtrauert.«

Dazu konnte Johannes nichts sagen. Der tragische Selbstmord des Kronprinzen und die Spekulationen darüber, was in Mayerling geschehen und ob die blutjunge Baroness Mary Vetsera freiwillig mit ihm gestorben war oder der Kronprinz sie umgebracht hatte, hatten vor seiner Geburt stattgefunden. Aber er hatte auch nicht feststellen können, dass in den vergangenen Wochen außergewöhnlich um Franz Ferdinand und seine Gattin getrauert worden wäre. Die Leute plauderten wie gewohnt in den Cafés, gingen tagsüber ihren Geschäften nach und abends zum Tanz, und wenn die Zeitungen nicht plötzlich einvernehmlich fordern würden, dass der Mord des vom Volk ach so geliebten Thronfolgers gesühnt werden müsse, hätten die meisten ihn wahrscheinlich schon längst vergessen und sich auf den jungen Erzherzog Karl als neuen Thronfolger gefreut.

»Denkst du denn, es wird Krieg geben, wenn Serbien sich nicht auf die Forderungen des Kaisers einlässt?«, fragte Johannes, dankbar, auf diese Weise von seinen eigenen Sorgen ablenken zu können.

Am Vortag waren seitens der österreichischen Regierung verschiedene Forderungen an Serbien gegangen, um weitere Eskalationen zu vermeiden. Tagelang fanden in Wien Demonstrationen vor dem Gebäude der serbischen Gesandtschaft statt, zuletzt mit der lächerlichen Begründung, das schwarze Trauerband an der Fahne wäre nicht breit genug. Ein ungarisches Boulevardblatt schrieb, die Stadt wäre eine einzige zusammengeschweißte Begeisterung und hätte keine Minute Angst vor einem Krieg. Nur dieser Unruhezustand machte die Leute nervös, nichts wäre schlechter als der versumpfende Frieden. Offiziell drohte bei Ablehnung der Forderungen nur der Abbruch der diplomatischen Beziehungen, von einem Krieg war noch nicht die Rede. Als Johannes mit seiner Mutter und Annerl in der Stadt war und ihnen geholfen hatte, die Einkäufe zu tragen, hatte er allerdings gehört, wie sich zwei Männer auf dem Marktplatz unterhielten.

»Ich sag dir, die Serben haben so viel Dreck am Stecken, die lassen niemals zu, dass österreichische Beamte auf serbischem Boden gegen die Drahtzieher des Attentats ermitteln«, hatte einer gesagt. »Das endet in den höchsten Regierungspositionen.«

»Wenn du mich fragst, ist es an der Zeit, die Serben am Schlafittchen zu packen. Das Maß ist längst voll«, hatte ein anderer geantwortet.

Voll waren auch die Zeitungen mit Spekulationen, wie Serbien nun reagieren würde. Johannes' Vater wiegte nachdenklich den Kopf.

»Mir machen nit die Serbn Angst, sondern der Russ.«

Aber so recht wollten weder Johannes noch sein Vater an einen Krieg glauben.

»Werst scho sehn, am End bleibt doch alls wieda beim Alten«, hatte er verkündet.

Doch dann überschlugen sich mit einem Mal die Meldungen. Der russische Zar äußerte sich proserbisch, und Serbien lehnte die Forderung einer Untersuchung des Attentats durch österreichische Beamte vor Ort ab. Johannes traf sich von nun an täglich mit anderen jungen Männern im brechend vollen Café. Dort herrschte eine aufgekratzte Stimmung, und über Neuankömmlinge und das Telefon strömten ständig neue Nachrichten ein. Die Cafés und Gaststätten waren neben den Anschlagtafeln vor den Zeitungshäusern die ersten Anlaufstellen, um Neuigkeiten zu erfahren.

»Wenn der Kaiser gegen Serbien mobilmacht, bin ich dabei«, rief Hans, der mit ihm in die Schule gegangen war, euphorisch. Er war Journalist bei der Lugoscher Zeitung, und zu Johannes' Erstaunen verkündete er: »Ich melde mich freiwillig.«

»Du willst doch nur die Mädchen mit einer Uniform von deiner schmalen Brust ablenken«, spottete sein Kollege. »So einen Marsch hältst du keine zwei Tage durch.«

»Die Ermordung des Thronfolgers ist ein Überfall auf unser Vaterland«, hatte Hans beleidigt geantwortet. »Jeder ist ein Feigling, der zögert, seine Heimat zu verteidigen. Wir haben in der Redaktion heute die Nachricht bekommen, dass sie in Budapest zu einem musikalischen Zapfenstreich die Kapellen mehrerer Infanterieregimenter aufmarschieren und den Radetzky-Marsch, den Prinz-Eugen-Marsch und den Rákóczi-Marsch spielen lassen.«

Johannes hob die Augenbrauen. »Klingt ganz so, als käme in der Hauptstadt niemand mehr zum Schlafen.«

Die anderen lachten, und Hans entgegnete aufgebracht: »Im Gegensatz zu euch reagieren die Budapester eben, wie es sich gehört. Sie öffnen die Fenster, schwenken Tücher und rufen *Nieder mit den Serben!* und *Es lebe Franz Joseph!*«

Am Dienstag erschien eine Bekanntmachung des Kaisers an seine Völker in einem Extrablatt:

»Die Umtriebe eines hasserfüllten Gegners zwingen Mich, zur Wahrung der Ehre Meiner Monarchie, zum Schutze ihres Ansehens und ihrer Machtstellung, zur Sicherung ihres Besitzstandes nach langen Jahren des Friedens zum Schwerte zu greifen.«

Nun war es also so weit, Österreich hatte Serbien den Krieg erklärt. Während ein unvergleichlicher Jubel ausbrach, Menschen auf den Straßen feierten, junge Rekruten in Uniformen zum Bahnhof marschierten und fahnenschwenkend mit Blumen und Musik verabschiedet wurden, kehrte in Johannes' Gedankendurcheinander plötzlich Ruhe ein, stand das wirbelnde Karussell widersprüchlichster Emotionen endlich still. Der Kriegsausbruch erschien ihm wie die ersehnte Antwort auf all seine Fragen und seine ungelösten Probleme. Johannes setzte sich am Abend des 28. Juli an den Schreibtisch und schrieb zwei Briefe. Einen an Susanna, den anderen an ihren Vater.

Susanna,
ich bitte dich, mir zu verzeihen, dass ich mich noch nicht bei dir gemeldet habe. Dringende Angelegenheiten haben mich im Juli zu meiner Familie nach Hause reisen lassen, und nun ruft mich unerwartet die Pflicht und meine Vaterlandsliebe zu den Waffen. Sei versichert, dass ich nach meiner Rückkehr von der Front zu dir stehen möchte. Ich lege meinen Brief an deinen Vater, in dem ich um deine Hand anhalte, diesen Worten bei, und so mögest du den richtigen Zeitpunkt wählen, ihm meinen Antrag vorzulegen.
Mit den besten Wünschen für deine Gesundheit und euer aller Wohlergehen in diesen schweren Zeiten,
Dein Johannes

Den förmlichen Heiratsantrag, den er an Susannas Vater geschrieben hatte, faltete er und legte ihn zusammen mit dem Brief an sie in ein Kuvert, das er an Susanna Keller adressierte. Johannes sah auf die Uhr. Noch hatte das Postamt geöffnet. Er sprang auf und eilte los. Vor dem Gebäude, das mit Blumenkästen mit hübschen Geranien auf den Fensterbänken geschmückt war, wartete eine erstaunliche Menge an Leuten. Offenbar war er nicht der Einzige, den die Nachricht des Kriegsausbruches zum Briefeschreiben bewegt hatte. Einen Augenblick lang hatte er überlegt, ob er auch einige Zeilen an Marie senden sollte, es aber dann verworfen. Seine Entscheidung stand fest. Er würde zu seinem Kind stehen, das nicht seine Fehler ausbaden sollte. Für Marie, der seine wahre Liebe, sein ganzes Herz gehörte, konnte er nur noch eines tun: dafür sorgen, dass sie ihn weiterhin für einen treulosen Schuft hielt und ihn genug verachtete, um mit einem anderen Mann ihr Glück zu finden.

Erleichtert atmete Johannes auf, als er das Postamt verließ und über die Eisenbrücke zur römisch-katholischen Kirche schlenderte. Gedämpftes Licht und der an den steinernen Wänden klebende Duft von Weihrauch empfingen ihn. Es war noch zu früh für die Abendandacht, nur einige alte Mütterchen knieten in den Bänken, versunken im Gebet. Er ging vor zum Altar und wandte sich nach rechts zu dem Bildnis der Gottesmutter Maria mit ihrem Kind. Eine Weile betrachtete er das Ölgemälde, das im sanften Schein der Flammen darunter glänzte. Dann warf er ein paar Fillér in den Münzstock, zündete selbst drei Kerzen an und betete. Eine für seine liebste Marie, die zweite für Susanna, die dritte für ihr ungeborenes Kind.

Zum ersten Mal seit langer Zeit fühlte er sich wieder im Einklang mit sich und der Welt. Gleich morgen würde er sich als Kriegsfreiwilliger melden und sein Leben in Gottes Hand legen.

36
Susanna

Ludwigskirchen, August 1914

Die Droschke, die Susanna zu ihren Großeltern brachte, hielt unterwegs dreimal, weil sie sich übergeben musste. János' junger Kutscher warf ihr vielsagende, ja geradezu unverschämte Blicke zu, die sie mit hoch erhobenem Kopf und eisiger Miene erwiderte. Sollte er doch hinterher reden, man würde ihm ohnehin kein Wort glauben. Susanna hielt sich das mit Lavendelöl betupfte Taschentuch an die Nase und hoffte, dass ihr revoltierender Magen sich bald beruhigte. Ihrer Zofe Nanni, die sie begleitete, erzählte sie, dass es an dem Fisch läge, den sie zum Mittag gegessen hatte. Sie konnte zum Glück nicht wissen, dass Susanna so gut wie nichts angerührt hatte. Es war ihr gelungen, ihre Mutter davon zu überzeugen, dass Gisela nun angesichts des Kriegsausbruchs lieber die letzten Tage mit ihrem Mann allein verbringen wollte und sie deshalb erst einmal zu den Großeltern aufs Land fahren würde.

»Schau dir die jungen Männer doch an, liebe Mama. Die haben nur noch den Krieg im Kopf und nicht eine Verlobung.«

Dem musste die Mutter wohl oder übel zustimmen. Es war Susanna nur recht, dem Kriegstaumel der Stadt zu entfliehen. Ganze Infanterie-Regimenter mit Rekruten zogen unter Marschmusik und dem Jubel von Schaulustigen zum Bahnhof, und auch im Hause Keller wurde über nichts anderes mehr als den Krieg gesprochen. Ihr Vater sorgte sich um die Fabrik, weil ihm zu viele Arbeiter für die Aufrechterhaltung der Produktion entzogen wurden.

»Ich muss das Warenangebot umstellen«, hatte er am Vortag bei Tisch gesagt und die Stirn in Falten gezogen. »Wir werden künftig vermehrt Uniformstoffe und Decken produzieren. Wenn wir als kriegswichtiger Betrieb eingestuft werden, kann ich vielleicht verhindern, dass mir ein Großteil der Belegschaft zum Dienst an der Waffe abgezogen wird.«

Susannas Mutter hatte verächtlich den Mund verzogen. »Ich bitte dich, Conrad, übertreib mal nicht. Der Krieg wird nicht lange andauern. Die Maschinen umzustellen, wird dich eine Menge Geld kosten, und spätestens bis Weihnachten ist der ganze Spuk wieder vorbei.«

»Hoffen wir, dass du dich da mal nicht täuschst«, hatte ihr Vater düster erwidert.

»Auch wenn du die Produktion umstellst, wirst du nicht verhindern können, dass sich jeder junge Mann mit nur einem Funken Ehrgefühl und Vaterlandsliebe freiwillig meldet.«

Daran hatte Susanna auch schon denken müssen und sich zum wiederholten Male gefragt, wie es Johannes wohl gerade erging und warum er nicht mehr von sich hören lassen hatte. Hatte er womöglich bereits seinen Einberufungsbefehl erhalten? Mit neunzehn Jahren galt er schließlich als wehrtauglich. Oder hatte er sich freiwillig gemeldet? Aber dann sagte sie sich, dass er, gleichgültig wie er zum Krieg stand, sich längst gerührt hätte, wenn er von ihr etwas wissen und ihr gemeinsames Kind nicht leugnen wollte. Schweren Herzens hatte Susanna im Essen herumgestochert.

»Nicht alle sind kriegsbegeistert«, hatte ihr Vater behauptet. »Viele Arbeiter denken an ihre Familien und wie sie ohne sie zurechtkommen sollen.«

»Komm bloß nicht auf die Idee, ihnen unter die Arme zu greifen! Selbst die Sozialdemokraten und Gewerkschaftsführer haben sich mittlerweile für den Krieg ausgesprochen und stehen hinter dem Kaiser! Jeder von uns muss eben Opfer bringen.«

Ihr Vater hatte seine Serviette abgenommen, auf den Tisch fallen lassen und seiner Frau einen scharfen Blick zugeworfen. »Und welche sollen das bei dir sein?«

Susanna war unendlich froh gewesen, den ständigen Streitereien der Eltern und den bevorstehenden pompösen Feierlichkeiten zum Geburtstag des Kaisers in der Stadt zu entfliehen. Auf dem Dorf ging es doch wesentlich ruhiger zu, sie musste endlich eine Lösung für sich und das Kind finden und sich so bald wie möglich mit Agnes treffen.

Die Gelegenheit dazu ergab sich ein paar Tage nach ihrer Ankunft. Agnes' Mann János war vor einer Woche einberufen worden, und nachdem sie erfahren hatte, dass die Cousine bei den Großeltern verweilte, lud Agnes sie zu sich auf das Gestüt ein. Susanna erschrak, als sie die junge Frau wiedersah. War sie schon bei Ferdinands Taufe ungewöhnlich schweigsam gewesen, so erkannte sie jetzt in dem blassen, mageren Geschöpf, das von der Schwiegermutter im eigenen Haushalt herumkommandiert wurde, die einst so fröhliche, lebenslustige Cousine kaum wieder. Susanna ertrug nur mit Mühe den herablassenden Tonfall von János' Mutter und musste sich mehrmals beherrschen, um nicht einzugreifen. Nur Agnes' flehender Blick hinderte sie daran. Sobald die Schwiegereltern zu Bett gegangen waren, schlichen die beiden jungen Frauen sich hinaus zu den riesigen Stallungen des Gestüts. Agnes schmiegte sich zärtlich an den Kopf einer weißen Stute und kraulte sie liebevoll hinter den Ohren. Zum ersten Mal an diesem Tag sah sie richtig glücklich aus. Der Schimmel schnaubte ihr ins Haar und blickte mit großen, treuen Augen zu Susanna hinüber, die sich auf einem Heuballen niedergelassen hatte und vor Wut innerlich kochte.

»Warum lässt du dir das alles gefallen?«, platzte es aus ihr heraus. »Steht denn der János überhaupt nicht zu dir? Himmel, Agnes, du hast eine große Mitgift in diese Familie eingebracht. Allein deswegen können sie es sich nicht erlauben, auf diese Weise mit dir umzuspringen. Warum gibst du nicht dem Großvater Bescheid, dass er für Ordnung sorgt.«

Agnes' Miene wurde traurig, und sie flüsterte: »Ach, Susa! Der Großvater kann da auch nichts machen. Anfangs hat der János schon zu mir gehalten. Aber dann ... dann ist halt nichts passiert. Und da ist es der Schwiegermutter gelungen, ihn gegen mich aufzubringen.«

Susanna starrte sie an und verstand kein Wort. »Was meinst du?«

Agnes' Wangen wurden rot vor Scham, und ihre Augen füllten sich mit Tränen. Sie sah hinunter zu ihren Füßen und murmelte kaum vernehmlich: »Ich schaff es nicht, ihm ein Kind zu schenken.«

»Was? Ich kann dir eins abgeben«, brach es bitter aus Susanna heraus.

Agnes' Kopf schoss hoch, und einen Augenblick lang war es so still, dass sie nur das Schnauben der Pferde und raschelndes Stroh unter ihren Hufen hörten, während die Cousine sie mit offenem Mund ansah. War das zu glauben? Sie wusste nicht, wie sie das Kind loswerden sollte, und Agnes wünschte sich sehnlichst eines? Was war das Schicksal doch für ein Ungeheuer!

Agnes ließ den Kopf der Stute los, stürzte zu ihr und setzte sich dicht neben sie auf den Heuballen. »Nein!«, hauchte sie. »Ist's wahr?«

Diesmal füllten sich Susannas Augen mit Tränen, und sie nickte.

»Aber wer ...«

»Johannes. In der Nacht von Ferdinands Taufe. Er war sturzbetrunken, und ich habe … oh, Gott, ich habe einen furchtbaren Fehler gemacht, Agnes!«

Und dann begann sie zu weinen, obwohl sie doch stark bleiben wollte, und sie erzählte ihr alles, was geschehen war. Agnes nahm sie in den Arm und wiegte sie wie ein kleines Kind.

Lange Zeit später saßen sie immer noch fest umschlungen da und schwiegen. Endlich löste Agnes sich von ihr und sah sie ernst an.

»Du bist nicht etwa hergekommen, damit ich dich zu jemandem schicke, der es dir wegmacht?«

Ertappt zuckte Susanna zusammen und presste die Lippen aufeinander. Agnes schüttelte den Kopf und nahm ihre Hände in die ihren.

»Susa«, sagte sie liebevoll, »tu das nicht. Wenn der Johannes nicht zu dir steht, dann such dir einen anderen Mann. Falls etwas dabei schiefgeht, Himmel, du könntest sterben oder krank werden und nie wieder Kinder kriegen. Vielleicht wirst du es dein Leben lang bereuen. Irgendwann stehst du da wie ich, und dein Mann, der dich einst so geliebt hat, beginnt dich zu verachten.«

Sie verzog schmerzerfüllt das Gesicht, und ein abenteuerlicher Gedanke schoss Susanna durch den Kopf. »Und wenn wir zusammen wegfahren? Ich kann Papa bestimmt zu einem Kuraufenthalt überreden, und sobald ich das Kind bekommen habe, gibst du es einfach als deines aus und …«

Agnes lachte bitter auf, beugte sich vor und strich ihr zärtlich eine Haarlocke aus der Stirn. »Ach, liebste Susa, was bist du doch noch für ein Kindskopf! Das geht natürlich nicht.«

»Aber warum nicht? Wir müssen es nur geschickt anstellen, und alle unsere Probleme wären gelöst«, ereiferte sie sich, denn die Idee gefiel ihr immer besser.

Jetzt wurde ihre Cousine ernst. »János und ich hatten in den vergangenen Monaten eine schwierige Zeit. Mein Mann hat lange nicht das Bett mit mir geteilt. Ich vermute, er hatte eine Geliebte. Erst vor ein paar Tagen, zum Abschied war er bei mir, und wir haben uns ausgesprochen und versöhnt. Ich hoffe, es wird alles wieder gut werden, wenn er zurückkehrt. Ich liebe ihn. Nur deshalb ertrage ich das Benehmen meiner Schwiegereltern, sonst wäre ich längst zu den Großeltern zurück aufs Weingut gegangen.«

»Ja, aber wir beide können doch trotzdem …«

»Nein, Susanna«, sagte sie bestimmt. »Ich werde den János nicht belügen. Am Ende würde er nachrechnen und denken, ich wäre ihm untreu gewesen. Falls nicht er, dann wird die Schwiegermutter mir das unterstellen. Ich habe mit ihm vereinbart, auf eine Kur zu gehen, wo man mir helfen kann, im nächsten Frühling, wenn der Krieg vorbei ist.«

Susanna schluckte. Agnes hatte recht. Sie war im vierten Monat schwanger, es war unmöglich, dass sie das Kind als ihres ausgab, wenn sie davor nicht mit ihrem Mann zusammen war. So wie ihre Schwiegermutter Agnes herumkommandierte, war das Risiko viel zu groß. Sollte auch nur der geringste Verdacht eines Verrats oder gar der Untreue auf sie fallen, würde Agnes ihn verlieren. Sicher ließ sich der János dann von ihr scheiden.

»Aber was soll ich denn jetzt tun? Mama ist doch schon außer sich, weil ich meinen Abschluss nicht geschafft habe und ein Jahr länger zur Schule gehen muss. Wenn sie von der Schwangerschaft erfährt, wird sie mich verstoßen.«

»Das wird dein Vater nicht zulassen.« Agnes legte die Stirn in Falten und dachte nach. In der Ferne hörten sie den Schrei eines Waldkauzes. »Was ist eigentlich mit dem Schmidt Emil?«

»Oh, nein! Du meinst nicht etwa …«

»Die Männer stehen nicht gerade Schlange, wenn es darum geht, sich ein Kind andrehen zu lassen. Zuletzt, auf Ferdinands Taufe, hat er dich mit seinen Augen regelrecht verschlungen.«

»Ich weiß nicht.« Susanna sah auf ihre Hände. »Seine Schwärmerei für mich wird sich auf der Stelle in Luft auflösen, wenn er erfährt, dass ich ein Kind erwarte. Wie stellst du dir das überhaupt vor? Soll ich ihm einfach davon erzählen? Es wird im Dorf sofort die Runde machen.«

Agnes blickte lächelnd auf ihren Bauch. »Lange wirst du es nicht mehr verheimlichen können. Emil hat sich in den vergangenen Monaten sehr verändert. Er ist ein ernsthafter junger Mann geworden.«

Susanna verzog zweifelnd die Miene, aber Agnes fuhr fort:

»Der Ausbau der Gastwirtschaft zu einem Hotel war allein seine Idee. Er hat so ziemlich alle Abläufe im elterlichen Betrieb umgekrempelt, einen neuen Koch eingestellt und ist nach Budapest und Szeged gereist, um es bekannt zu machen.«

»Im Ernst?« Susanna dachte an den schüchternen Jungen, der vor dem Gänserich davonlief, und konnte das Bild, das Agnes gerade von ihm aufwarf, überhaupt nicht damit in Einklang bringen.

»Ich finde, du solltest dich mit ihm treffen, und dann kannst du immer noch entscheiden, ob du ihm von deiner misslichen Lage erzählst. Oder hoffst du, der Johannes entscheidet sich am Ende doch für dich?«

Ihr Brustkorb schnürte sich eng zusammen, und sie schüttelte den Kopf, während sie gegen die Tränen kämpfte. Himmel, früher hatte sie nur selten geweint, das musste die Schwangerschaft sein. Sie hasste es, sich so schwach und angreifbar zu fühlen, gab sich einen Ruck und straffte die Schultern.

»Nein. Johannes hätte sich längst gerührt, wenn er zu mir stehen wollte. Und ehrlich gesagt, weiß ich nicht, ob ich an seiner Stelle nicht ebenso handeln würde. Immerhin habe ich ihm seine Liebe geraubt, ihn belogen und gegen seinen Willen verführt.«

»Susa …«, warf Agnes mitleidig ein und strich ihr über das

Haar. »Du bist doch noch so jung und warst halt verliebt in ihn. Sei nicht so streng mit dir.«

»Ich war gedankenlos und selbstsüchtig. Das Schlimmste ist, dass ich Maries Glück ebenfalls zerstört habe.« Sie atmete tief durch. »Das werde ich mir nie verzeihen, ich wage nicht einmal, ihr zu schreiben vor lauter Scham. Aber du hast recht, ich werde in den nächsten Tagen den Emil aufsuchen und mit ihm reden. Hoffentlich hat er nicht schon seinen Einberufungsbefehl erhalten. Was auch immer dann geschieht, liegt in Gottes Hand.«

Die Gelegenheit, Emil zu treffen, ergab sich am 18. August, dem Geburtstag des Kaisers, zu dessen Anlass der Pfarrer vormittags einen Gottesdienst unter freiem Himmel veranstaltete. Anschließend sollte im neuen »Hotel zur goldenen Gans« der Schmidts gefeiert werden. Nanni war ungewöhnlich schweigsam an diesem Morgen, als sie Susanna in ihr Kleid half. Es war aus zarter Naturseide und hatte die Farbe gelber Narzissen. Sie hatte es kurz vor ihrer Abreise gekauft, denn der Schnitt ließ das Oberteil locker über den Rock fallen, sodass ihr trotz des Hungerns zunehmender Bauchumfang nicht sofort auffiel. Das Dekolleté war mit weißer Spitze gesäumt und brachte ihre Brust, die ebenfalls größer geworden war, hervorragend zur Geltung. Passend zu dem Kleid hatte Susanna statt eines Hutes einen Sonnenschirm im gleichen Gelbton erworben und wies Nanni nun an, ihr Haar mit gelben Rosenblüten hochzustecken. Während sie sich im Spiegel betrachtete, nahm sie Nannis mürrische Miene wahr.

»Was ist mit dir? Gefällt es dir nicht?«, fragte sie und schrie gleich darauf auf, als Nanni besonders heftig an einer Haarsträhne zog.

»Herst, Susarl, wie lange mechst uns alle noch zum Narrn halten?«

Susannas Herz wurde schwer. Also hatte Nanni die Veränderung ihres Körpers doch bemerkt. Kein Wunder, sie war seit vielen Jahren ihre Zofe, und sie sollte es ihr hoch anrechnen, dass sie bislang geschwiegen und der Mutter nichts verraten hatte.

»Wirst du's weitererzählen?«, fragte sie vorsichtig.

»Gott behiete! Das is dei Sach. Ich mecht den Zorn deina Mutta nit auf mich ziehn.«

»Ich dank dir von Herzen, Nanni!«

Die Zofe schnaubte nur, aber ihr Blick wurde milder. »Mechst mir nit verratn, wer …?«

Susanna schüttelte den Kopf, sodass die Frisur verrutschte, und Nanni fluchte. Ihre Gedanken überschlugen sich. Noch wusste außer Agnes niemand, dass das Kind von Johannes war.

»Ich muss erst mit ihm reden.«

»Wann er nit zu dir steht, missn mir es aba deinem Vata sagn, Susarl. Der wird dem feina Herrn schon den Marsch blasn. So ane Schand!« Sie schüttelte missbilligend den Kopf. »Mein Seel, was hast dir nur dabei gdenkt! Oder …«, ihre Miene wurde mitfühlend, »hat dir der Lackl etwa Gewalt angetan?«

»Nein, und ich bin sicher, alles wird gut werden«, erwiderte Susanna ausweichend, ohne selbst davon überzeugt zu sein. »Bitte lass mich nur machen und verrate es niemandem vorab.«

»Aba sput dich! Lang werst es nit mehr verbergn kenna.«

Nun auch noch Nanni, dachte Susanna verzweifelt. Als ob nicht schon Agnes sie darauf aufmerksam gemacht hätte.

Eine Stunde später ließ sie im Gottesdienst wie zufällig ihren Blick zu Emil schweifen, der schräg gegenüber zusammen mit seinen Eltern und Großeltern in der Kirchenbank saß. Er trug sein blondes Haar neuerdings militärisch kurz und sah in seinem dunklen Anzug zweifelsohne gut aus. Seine Haltung war selbstbewusster als im vergangenen Sommer. Dennoch löste er nicht annähernd die Gefühle in ihr aus, die sie Johannes entgegenbrachte. In diesem Moment wandte er ihr den Kopf zu, und sie schenkte ihm ein strahlendes Lächeln. Emils Wangen bekamen hektische rote Flecken, als er es erwiderte, bevor er zurück nach vorne zum Pfarrer blickte. Der rief von der Kanzel, dass Gott das Vaterland seinem Volke gegeben habe und es daher die heilige Pflicht jedes Einzelnen sei, an des Kaisers Seite dasselbe zu verteidigen. *Unser Kampf ist ein gerechter, ein heiliger Kampf!* Susanna fragte sich, was diese Predigt noch mit dem Geburtstag des Kaisers zu tun hatte, den er nur zu Beginn erwähnt hatte, und sie war froh, als sie die Kirche endlich verlassen konnte. Draußen lenkte sie den Großvater, an dessen Arm sie ging, möglichst unauffällig in Richtung der Familie Schmidt.

»Mir wurde zugetragen, dass Ihr Lokal ein wahres Schmuckstück geworden ist. Ich freue mich schon darauf, es zu sehen«, sagte sie nach der Begrüßung, und Emils Mutter lächelte erfreut und legte ihre Hand auf den Arm ihres Sohnes.

»Des ham mir … haben wir nur unserem guten Bu … Jungen zu verdanken. Also die Idee zum Ausbau der Wirtschaft, ich meine, des Hotels. Er ist gschäftlich bis nach Wien gfahrn«, erklärte sie mit sichtlichem Stolz und verzweifelt darum bemüht, Herrisch zu sprechen, was ihr nicht wirklich gelang. Immer wieder schlich sich die Mundart ein. »Reisende aus aller Welt kommen nun zu uns in das neue Hotel.«

Susanna verkniff sich ein Lächeln, denn das war natürlich maßlos übertrieben. Auch Emil schien peinlich berührt.

»Ich bitt dich, Mama, übertreib nicht.« Er wandte sich an sie. »Einige Weinhändler wollen sich hier in der Gegend mit gutem Wein eindecken, unter anderem bei deinem Herrn Großvater. Ich habe ihnen lediglich eine Ansichtskarte der Wirtschaft dagelassen, falls sie auf der Suche nach einer Übernachtungsmöglichkeit sind.«

Seine Bescheidenheit und Ehrlichkeit gefielen ihr. Bevor seine

Mutter, der das weit weniger zusagte, etwas erwidern konnte, erklärte sie lächelnd: »Das ist wirklich eine ausgezeichnete Idee und für unsere beiden Familien zum Vorteil, findest du nicht, Großvater?«

Der nickte wohlwollend und klopfte Emil auf die Schulter. »Mir sint alle stolz auf dir. Mechst mir von dene Ansichtskartn welche abgebn? Mir schicken sie gern a an unsere Weinkäufa weita.«

Emil nickte erfreut.

»Zeigst du mir nachher den neuen Anbau, Emil?«, fragte Susanna und hakte sich vertraut bei ihm unter. Zum ersten Mal sah sie Misstrauen in den Augen seiner Mutter aufblitzen.

»Natürlich! Sehr gerne.«

Bis zur Besichtigung und den erhofften ungestörten Momenten zu zweit musste sie leider eine ganze Weile warten, denn Emil hatte auf der Feier zu Ehren des Kaisers alle Hände voll zu tun. Immer wieder huschte sein Blick entschuldigend zu ihr, wenn er am Zapfhahn stand oder die Kellner zur Eile antrieb, und Susanna schenkte ihm jedes Mal ihr schönstes Lächeln.

»Du esst ja gar nit«, sagte plötzlich jemand neben ihr, und sie zuckte erschrocken zusammen. Emils Mutter hatte es aufgegeben, Herrisch zu reden, stand mit einem Bier für ihren Großvater in der Hand vor ihr und musterte stirnrunzelnd ihren noch halb vollen Teller. Susanna hatte bereits eine Scheibe Fleisch heimlich dem Großvater zugeschoben und bislang nur ein kleines Stück vom Knödel gegessen. Zum einen fürchtete sie, es könnte ihr wieder schlecht werden. Zum anderen war ihr vor lauter Aufregung, wie Emil wohl auf ihr Geständnis reagieren würde, der Appetit vergangen.

»Daran is nur die Klara schuld!«, schimpfte ihre Großmutter unverhohlen auf die Schwiegertochter und rettete damit Susanna aus der Verlegenheit einer Erklärung. »Ihr werds schon sehn, was ihr davon habts. Am End werst vor lauta schee und dinn sein no ganz krank.«

Die Wirtin stimmte dem sofort zu, setzte sich einen Moment zu ihrer Großmutter, und die beiden begannen eine hitzige Diskussion über die modischen Launen der Städter. Susanna hörte nur mit halbem Ohr hin und stand schließlich auf, um zum Abort zu gehen. Anschließend machte sie einen kleinen Abstecher in den Obstgarten. Etwas zog sie zu dem Baum, an dem sie Johannes vor Monaten geküsst und das Verhängnis überhaupt erst in Gang gesetzt hatte. Seufzend lehnte sie sich an den sonnenwarmen Stamm und schloss die Augen. Bienen summten in den Blüten der Brombeersträucher, und es duftete nach reifen Äpfeln. Sie wünschte, sie hätte sich damals anders entschieden. Vielleicht wäre ihre liebste Marie dann noch bei ihr, und sie hätte sich zusammen mit ihr mehr auf das Lernen konzentriert und den Abschluss geschafft. Nun hatte sie alles verloren.

»Denkst an den Johannes, nicht wahr?« Susanna stieß einen Schrei aus und riss erschrocken die Augen auf. Emil stand mit verschlossenem Gesichtsausdruck vor ihr, und in seinen braunen Augen meinte sie Schmerz zu lesen. »Daran, wie du ihn hier geküsst hast.«

Susanna zuckte zusammen. Dass außer Marie noch jemand anderes sie an diesem verhängnisvollen Tag beobachtet haben könnte, war ihr bislang nicht bewusst gewesen. Sie wollte schon widersprechen, doch dann entschied sie sich dagegen. All das Lügen und Ränkeschmieden hatte sie überhaupt erst in diese Lage gebracht. Damit musste jetzt Schluss sein.

»Ja«, gestand sie, und als sie sah, wie er die Lippen aufeinanderpresste, fügte sie schnell hinzu, »und daran, was für eine dumme Gans ich doch damals war.«

Seine Augen weiteten sich, aber er wartete ab, und Susanna überlegte, wie sie beginnen sollte. »Ich war eifersüchtig, weil der Johannes sich in Marie verliebt hatte. Damals, bei Ferdinands Taufe, wusste ich schon, dass sie mit Onkel Benjamin auswandern würde. Also hab ich mir gedacht …«, sie stockte und rang nach Worten. Schon wieder spürte sie, wie sich diese dummen Tränen in ihren Augen bildeten. »Ich dachte, er würde sich in mich verlieben, sobald sie abgereist waren. Daran habe ich ganz fest geglaubt. Inzwischen weiß ich, dass er sie so sehr liebt, dass er ihr sogar nach Amerika nachfahren und alles hier aufgeben würde, die Heimat und seine Familie. Ich habe ihn nicht für mich gewonnen und die beste Freundin für immer verloren. Denn er wird ihr alles sagen.«

Emil trat jetzt einen Schritt näher und reichte ihr sein Taschentuch. Es war gebügelt, mit blauem Faden waren seine Initialen eingestickt, und als sie es auseinanderfaltete, duftete es nach einer Mischung aus Lavendel- und Akazienblüten. Susanna tupfte sich die Tränen von der Wange und atmete den Duft tief ein. Immer noch sprach er kein Wort, sondern betrachtete sie mit diesem seltsamen ernsten Ausdruck. Sie versuchte, sich zu sammeln, bevor sie das Unaussprechliche sagte.

»Johannes hat auf der Tauffeier viel zu viel getrunken. Gisela hat zu ihrem Mann gesagt, er soll sich um ihn kümmern und ihn zum Bahnhof fahren. Aber irgendwas muss schiefgelaufen sein. Scheinbar hat er den Zug nicht erwischt und ich … ich habe …« Die Kehle schnürte sich ihr zu, und wieder liefen ihr Tränen über die Wangen. Emil schloss die Lücke zwischen ihnen, nahm ihr das Taschentuch sanft aus den Händen und tupfte sie ihr vom Gesicht. In seinen Augen las sie eine Mischung aus Entsetzen und Mitleid.

»Ich bin schwanger«, hauchte sie.

Jetzt war es raus. Sie erwartete, dass er zurückschrecken würde, aber in Emils Miene las sie nur Bedauern. Susanna atmete zittrig ein und kam sich auf einmal schäbig vor. Was dachte sie sich eigentlich dabei, nun auch noch sein Leben zu ruinieren? Hatte sie nicht schon genug angerichtet? Maries und

Johannes' Liebe zerstört? Emil konnte ein anderes Mädchen finden, eines, das ihn aufrichtig liebte und sein Leben mit ihm teilen wollte.

»Entschuldige. Ich hätte niemals hierherkommen dürfen. Vergiss bitte, was ich dir erzählt habe.« Sie machte Anstalten, sich an ihm vorbeizudrücken, aber er griff nach ihrem Arm und hielt sie fest.

»Warum hast du es mir erzählt?«

Hitze stieg ihr in die Wangen. Sie hatte Emil in vielfacher Hinsicht unterschätzt und ahnte plötzlich, dass er sie von Anfang an durchschaut hatte, vermutlich schon, als sie ihn in der Kirche ganz entgegen ihrer sonstigen Gewohnheit angelächelt hatte.

»Das war Agnes' Idee. Sie meinte, du hättest mich gern, und vielleicht würdest du … Aber ich mag dich nicht auch noch unglücklich machen.«

Susanna wollte sich losreißen, doch zu ihrer Überraschung erklärte er ruhig: »Ich weiß, wie der Johannes sich fühlt.«

»Verraten? Hintergangen?« Ihre Stimme bebte.

Emil schüttelte den Kopf. »Das sicher auch, aber das meine ich nicht. Ich weiß, wie es sich anfühlt, wenn man so sehr liebt, dass man bereit ist, alles für einen anderen Menschen zu tun.«

Sein intensiver Blick traf sie unvorbereitet, und Susanna wagte nicht zu atmen.

»Die Agnes hat schon recht«, fuhr er fort. »Damals am Bach, als der Gänserich mir nachgejagt ist«, er lächelte traurig. »Die Blumen waren gar nicht für Marie, sondern für dich gewesen. Seit Jahren schlägt mein Herz für dich, Susanna. Die Frage ist nur: Hast du mich auch gern? Zumindest ein bisschen?«

Das Blut rauschte ihr in den Ohren, und schließlich nickte sie stumm. »Ich werd's lernen, Emil«, flüsterte sie. »Dich lieb zu haben. Ich verspreche es dir ganz fest.«

Widerstreitende Gefühle huschten über seine Miene. Dann

ließ er ihren Arm los und nahm etwas ungelenk ihre Hand in seine. Seine Finger waren schweißnass vor Aufregung, aber sie konzentrierte sich auf die Zärtlichkeit in seinen braunen Augen, als er förmlich, mit fester Stimme fragte: »Susanna Keller, möchtest du meine Frau werden?«

Es war, als hätte er ihr einen Mühlstein von den Schultern genommen. »Ja, Emil, das will ich von Herzen gern«, antwortete sie erstickt und ließ sich von ihm in die Arme ziehen.

37

Emma

Maui, August 2022

Das Hāna Health Center war ein mit dunklen Natursteinen verkleidetes Gebäude mit modernem, in Weiß- und Grüntönen gehaltenem Inneren. Im Eingangsbereich stand ein üppiges Gesteck aus tropischen Pflanzen, eine Klimaanlage spendete angenehme Kühle, und die junge Frau am Empfang schenkte Emma ein freundliches Lächeln. Sie schickte sie in ein Wartezimmer den Flur hinunter, wo Emma neben einer älteren Dame Platz nahm. Ihr gegenüber saß eine junge Mutter, die ihr Baby neben sich auf einem Stuhl in einer Autobabyschale wiegte. Das Kleine – Emma konnte unmöglich sagen, ob es ein Junge oder ein Mädchen war – spielte mit einer Rassel, die an dem Tragegriff der Babyschale befestigt war. Es patschte unbeholfen mit seinen kleinen Händchen nach dem Spielzeug, und jedes Mal, wenn die Mutter zu ihm sprach, stieß es glucksende Laute aus und schenkte ihr ein breites zahnloses Lächeln. Bei diesem rührenden Anblick zog sich etwas in Emma zusammen, und sie war erleichtert, dass Mutter und Baby wenig später aufgerufen wurden und das Wartezimmer verließen. Als die Ärztin, eine ältere Frau mit randloser Brille und kurzen, von grauen Strähnen durchzogenen Haaren, sie ins Arztzimmer rief, fühlten sich ihre Knie weich an. Die Untersuchung dauerte nicht lange, und das Ergebnis war niederschmetternd und beruhigend zugleich. Emma war schwanger, daran bestand nun kein Zweifel mehr. Im Augenblick sah der Ärztin zufolge aber alles bestens aus. Für einen Moment schloss Emma die Augen und versuchte, die Nachricht zu verdauen.

»Sie hätten sich lieber ein anderes Ergebnis gewünscht?«, fragte die Ärztin und betrachtete sie mitfühlend.

»Es kommt nur gerade etwas ungelegen«, antwortete sie ausweichend, denn sie verspürte keine Lust, ihre Situation zu erklären.

Ein Lächeln huschte über das Gesicht der Ärztin. »Das sagen viele zu mir, besonders die jungen Frauen, die gerade dabei sind, sich beruflich etwas aufzubauen. Ich verrate Ihnen was: Meine Mutter entdeckte, dass sie mit mir schwanger war, wenige Tage nachdem mein Vater im Vietnamkrieg gefallen war. Sie verstand sich nicht mit ihren Eltern und hatte keine abgeschlossene Berufsausbildung. Man konnte wirklich nicht behaupten, dass ich gelegen kam. Später war sie dennoch glücklich, sich für mich entschieden zu haben. Nehmen Sie sich ruhig ein paar Tage Zeit und sprechen Sie offen mit Ihrem Partner über Ihre Bedenken.«

Alles, bloß das nicht, dachte Emma. Es war klar, dass die Frau ihr nur Mut machen wollte. Aber auch wenn sich die Lage, in der sich die Mutter der Ärztin damals befunden hatte, furchtbar anhörte, war sie doch nicht mit ihrer vergleichbar. Sie hatte das Kind eines Mannes erwartet, den sie liebte, war vielleicht sogar froh, dass nach seinem Tod etwas von ihm geblieben war – das konnte Emma von sich nicht sagen. Sie wollte weder, dass Michael sich in ihr künftiges Leben einmischte, noch Erziehungsratschläge ihrer Mutter ertragen, nur damit sie nicht allein das Kind großziehen musste. Andererseits konnte sie auch ihren Traum, Astronautin zu werden, nicht einfach aufgeben. Und zu allem Überfluss war sie auch noch dabei, sich in einen Mann zu verlieben, der sie so viel besser verstand und sich für den Weltraum und die Sterne begeisterte wie sie selbst. Sie fühlte sich Elias mit jeder Faser ihres Körpers verbunden, was völlig verrückt war, weil sie sich doch erst so kurze Zeit kannten. Entschlossen stand sie auf, verabschiedete sich und verließ nach dem Bezahlen der Rechnung geradezu fluchtartig das Health Center.

Draußen schlug ihr die mittägliche Hitze entgegen, und sie war dankbar, dass gerade ein Taxi einen neuen Patienten brachte. Emma wartete, bis der Mann ausgestiegen war, dann ließ sie sich von dem Taxifahrer zurück zu der Shopping Mall fahren, bei der Jane sie zuvor abgesetzt hatte. Eigentlich war ihr überhaupt nicht nach Einkaufen zumute. Lustlos stöberte sie in einigen Läden nach etwas, das sie ihren Eltern oder ihrer Arbeitskollegin Ronja als Souvenir mitbringen konnte, wurde aber nicht fündig. Alles kam ihr entweder kitschig oder unpassend vor, und schließlich ließ sie es sein, setzte sich in ein Café und bestellte einen Cappuccino. Während sie an dem Kaffee nippte, recherchierte sie auf ihrem Handy, welche Möglichkeiten ihr zu einem Schwangerschaftsabbruch zur Verfügung standen. Zögernd machte sie einen Termin für Montag in einer Woche bei einer Schwangerschaftskonflikt-Beratungsstelle aus. Drei Tage nach so einem Beratungsgespräch konnte sie, wenn sie sich dafür entscheiden sollte, den Abbruch vornehmen.

Erleichtert fühlte sie sich danach nicht. Am liebsten würde sie diesen Zustand der Unsicherheit endlich beenden. Andererseits müsste sie Becky bei einer überstürzten Abreise erklären, was los war, und Elias hatte sich bei seinen Vorgesetzten so sehr für einen Besichtigungstermin des Observatoriums eingesetzt, dass sie ihn nicht enttäuschen wollte. Emma seufzte und sah einer Gruppe Teenager nach, die schwatzend in der Mall an ihr vorbeizogen. Außerdem hatte sie sich selbst wahnsinnig auf den Besuch von Science City gefreut. Vielleicht war es besser, die nächsten Tage noch in vollen Zügen zu genießen und Kraft zu tanken für all die unangenehmen Gespräche, die ihr in

Deutschland bevorstanden. Sie dachte an die letzte verhängnisvolle Nacht mit Michael, wie sehr sie damals an ihre Liebe hatte glauben wollen, obwohl ihr doch schon lange hätte klar sein müssen, dass sie beide nicht zusammenpassten und sie sich ständig für ihn verbog. Dann kamen ihr wieder die Worte der Ärztin in den Sinn. *Sprechen Sie mit Ihrem Partner.* Ach verdammt! Sosehr es ihr davor graute und wie auch immer sie sich am Ende entschied, ob sie das Kind behalten oder abtreiben würde, sie konnte ihm die Schwangerschaft nicht einfach verschweigen. In jener Nacht hatten sie einvernehmlich miteinander geschlafen, es war schließlich nicht so, dass er ihr Gewalt angetan hatte. Sobald sie zurück in Deutschland war, würde sie ihn anrufen. Wie auf ein Stichwort klingelte ihr Handy, und sie zuckte zusammen. Aber es konnte nicht Michael sein, den hatte sie stummgeschaltet.

»Hi, Emma, bist du schon fertig mit Shoppen?«, fragte Jane.

»Kann man so sagen«, erwiderte Emma.

»Ach, super. Meine Freundin hat gerade eine Nachricht von ihrem Sohn erhalten. Sein Auto hat einen Platten, und jetzt soll sie ihn und seine Surfclique vom Strand abholen. Ich dachte mir, wir könnten noch zusammen in der Mall Mittagessen, falls du nicht was anderes vorhast.«

»Na klar, gerne.«

Sie einigten sich auf ein italienisches Restaurant, das in den oberen Stockwerken der Mall gelegen war und von seinen Fensterplätzen aus einen schönen Ausblick über die Küste bot. Als der Kellner Emma ein Glas Wein oder Sekt zu ihrer Pasta al Arrabiata vorschlug, lehnte sie dankend ab und bestellte stattdessen ein Mineralwasser.

»Was hast du denn Schönes für deine Lieben daheim gefunden?«, erkundigte sich Jane neugierig und nippte an ihrem Prosecco.

Emma verzog den Mund. »Gar nichts.«

Elias' Schwester lachte auf. »Oh, das kenne ich nur zu gut! Kitsch und Krempel, wohin man schaut. Warum guckst du dich nicht im Souvenirshop des Observatoriums um? Vielleicht findest du dort eher etwas Ansprechendes. Deine Kollegin arbeitet doch auch im Luft- und Raumfahrtzentrum, oder?«

»Ja, und das ist eine ausgezeichnete Idee! Ich freu mich schon sehr auf den Besuch.« Und auf deinen Bruder.

»Na, dann seid ihr schon zu zweit«, Jane zwinkerte ihr verschwörerisch zu, als hätte sie ihre Gedanken gelesen. »Ich habe eben mit Elias telefoniert. Er hat extra einen weiteren Tag Urlaub eingereicht und mich gefragt, ob du am Freitag schon was vorhast. Hast du?«

Emma fühlte, wie ihr Herz schon bei der Vorstellung, noch einen Tag mehr mit ihm zu verbringen, zu rasen begann. Oh, dieses dumme Herz! Sie sollte Nein sagen, sollte ihm und sich die Enttäuschung hinterher ersparen, sie konnten doch unmöglich eine gemeinsame Zukunft haben. Aber stattdessen hörte sie sich antworten: »Nur Packen, aber das ist in einer Stunde locker erledigt. Was hat er denn vor?«

»Das musst du ihn schon selbst fragen. Mir wollte er nichts verraten, nur, dass er dich dann am Samstag gerne auch zum Flughafen fahren würde.« Jane grinste breit. »Er ist wie ausgewechselt, seit er dich kennengelernt hat.«

Verlegen sah sie auf ihren Teller hinunter. Wie gerne hätte sie seiner Schwester gestanden, dass sie ebenfalls jede Sekunde genoss, die sie mit ihm verbrachte. In die peinliche Stille hinein, in der Jane sie aufmerksam musterte, summte plötzlich ihr Handy, und an ihren aufflammenden Wangen ahnte Emma, wer anrief.

»Hi, Takeshi! Wie geht es dir?«

Es war faszinierend, wie sich Janes Miene während des Telefonats mit ihrem Ex-Freund veränderte. Sie schien geradezu von innen heraus zu strahlen, und Emma fragte sich, was wohl zu dem Zerwürfnis der beiden geführt hatte. Es war offensichtlich, dass er ihr immer noch sehr viel bedeutete, auch wenn sie das – zumindest ihrer Mutter gegenüber – vehement leugnete.

»Im Ernst? Na, dagegen müssen wir doch etwas tun!«, sagte Jane und lachte.

Der Kellner kam mit zwei dampfenden Tellern. Emma hatte gar nicht gemerkt, wie hungrig sie war, und begann mit dem Essen, während Jane weiter telefonierte.

»Na, klar, dann komme ich am Mittwoch vorbei, und wir besprechen alles in Ruhe. Du, mein Essen ist gerade serviert worden, ich sitze hier mit einer Freundin beim Italiener. ... Ja, danke, das wünsche ich dir auch. Bis Mittwoch!« Sie beendete das Gespräch und blickte noch einen Moment versonnen auf das Display, wo vermutlich ein Foto von Takeshi zu dem Kontakt hinterlegt war.

»Guten Appetit«, sagte Emma schmunzelnd. »Die Penne sind wirklich lecker.«

Elias' Schwester zuckte zusammen. »Entschuldige bitte, ich wollte nicht unhöflich sein, aber ich habe schon den ganzen Vormittag versucht, ihn zu erreichen. Er war in einer Not-OP und ...«

Emma winkte rasch ab. »Alles gut. Ich finde es toll, dass ihr beide euch noch so gut versteht.«

Jane errötete, schob sich einen Löffel Nudeln in den Mund und verzog genießerisch das Gesicht. »Die sind wirklich gut.« Sie betrachtete Emma nachdenklich. »Takeshi und ich versuchen eben, Freunde zu bleiben. Ich weiß, dass das selten nach einer Trennung gelingt, außer Kinder sind im Spiel. Wie sieht das denn bei dir und deinem Ex-Freund aus? Ist vermutlich noch alles zu frisch, aber glaubst du, ihr beide ...«

»Nein«, unterbrach Emma rasch. Bei der Erwähnung von Kindern bekam sie einen bitteren Geschmack im Mund, den sie schnell mit einem Schluck Mineralwasser hinunterspülte. »Ich fürchte, bei mir und Michael ist es eher wie bei Elias und Colleen.«

»Oh, das tut mir leid. Habt ihr in Deutschland denn noch eine gemeinsame Wohnung?«

»Ja, und ich wünschte, das wäre alles schon geregelt. Michael und ich müssen dem Vermieter Bescheid geben, dass ich ab jetzt die alleinige Mieterin bin. Seine Sachen werde ich in Umzugskartons packen, und er kann sie gerne abholen, sobald er wieder in Deutschland ist. Keine Ahnung, ob er auch eine Entschädigung für die Wohnungseinrichtung haben will, die wir gemeinsam bezahlt haben, das muss ich noch mit ihm klären. Mir graut schon vor den ganzen Diskussionen, vor allem, weil Michael aktuell noch nicht begreifen will, dass es aus ist.«

Jane sah sie verständnisvoll an. »Das wird nicht einfach.«

Emma nickte und fand, dass es an der Zeit war, das Thema zu wechseln. »Wann hast du eigentlich deinen Friseurtermin?«

»Oh Gott, gut, dass du mich daran erinnerst!« Sie sah erschrocken auf die Uhr. »In einer Viertelstunde. Aber das schaffe ich, er ist gleich hier in der Mall im Erdgeschoss. Ich hoffe, es macht dir nichts aus, so lange auf mich zu warten?«

»Nein, gar nicht, ich überlege, ob sie nicht auch einen Termin für mich frei haben.«

»Keine Ahnung, wir können gerne mal nachfragen. Aber um diese Uhrzeit unter der Woche ist nicht viel los. Was willst du machen, die Spitzen schneiden lassen?«

Emma schüttelte den Kopf und schob energisch ihr Kinn vor. »Ich möchte einen Pixie Bob Cut.«

Jane riss die Augen auf und starrte sie ungläubig an. »Nein! Das war ein Witz, oder?«

»Mein voller Ernst. Ich wollte das schon vor Jahren ausprobieren. Leider hielt Michael nichts von kurzen Haaren.« Sie sah an sich hinunter. Die Spitzen ihrer Haare reichten fast bis zur

Taille. »In Zukunft lasse ich mir so was nicht mehr von einem Mann vorschreiben.«

Jane grinste. »Krasse Entscheidung, ein bisschen wie *princess turns badass.*«

Das brachte Emma zum Lachen. »Eine Prinzessin, die ihn bedingungslos anhimmelt, würde tatsächlich besser zu Michael passen.«

Zwei Stunden später saßen sie in Janes Wagen, und Emma musste sich beherrschen, nicht ständig in ihr kurzes Haar zu greifen. Der Friseur hatte dreimal nachgefragt, ob sie auch wirklich sicher war, diese Haarpracht seiner Schere zu opfern. Dann hatte er sich seufzend an die Arbeit gemacht. Das Ergebnis hatte Emma am Ende ebenso verblüfft wie den Maestro selbst. Ihre Haare waren jetzt an den Seiten und im Nacken kurz, das Deckhaar hingegen lang. An den Spitzen kringelte es sich ganz leicht nach innen, scheinbar hatte sie eine Naturwelle, die ihr bislang entgangen war. Sie verlieh dem Schnitt eine selbstbewusste Note. Insgesamt wirkte ihr Gesicht jetzt viel schmaler, und sie hatte den Eindruck, dass ihre Augen besser zur Geltung kamen.

»Wahnsinn!«, sagte Jane zum wiederholten Male und schüttelte den Kopf. »Ich glaube, das probiere ich nächstes Mal auch aus. Wie fühlt es sich denn an?«

»Total ungewohnt! So unglaublich leicht. Ich liebe es.«

»Du siehst wie ein Filmstar aus.« Emma lachte. »Nein, ehrlich! Wie Audrey Hepburn, nur dunkelblond. Weißt du was? Zur Feier des Tages gönnen wir uns jetzt noch bei ›Hāna Farms‹ den Cheesecake mit Ananasglasur.« Schwungvoll lenkte sie den Wagen bei der nächsten Ausfahrt vom Highway.

Die Sonne ging bereits unter, als sie wieder daheim bei Becky ankamen, die ebenfalls begeistert von Emmas neuer Frisur war.

Zu dritt machten sie sich ans Abendessen. Während Jane und Emma Salat und Gemüse für einen Caesar Salad schnippelten, bereitete Becky das Dressing vor und erzählte ihnen, was sie im Laufe des Tages über die Verbindung von Marie und Susanna in Erfahrung gebracht hatte.

»Ich habe noch weitere Fotos und einige Briefe auf Deutsch gefunden, die ich leider nicht entziffern kann«, sagte sie aufgeregt. »Aber in ihnen kommt der Name deiner Urgroßmutter, Susanna, vor. Der Absender ist ein gewisser Samuel Grünberg aus Temeswar. Sagt dir der Name etwas?«

Emma schüttelte den Kopf und schob die klein gehackten Tomaten mit dem Messer vom Schneidbrett in die Salatschüssel. »Noch nie gehört. Aber das will nichts heißen. Ich weiß so gut wie gar nichts über meine Urgroßmutter, noch nicht einmal besonders viel über meine Omi. Die Briefe musst du mir unbedingt zeigen. Ich rufe Omi Viktória später an und frage sie, wer dieser Samuel war.«

Nach dem Abendessen hatten sie es sich auf der Couch bequem gemacht, und Emma betrachtete die neu entdeckten Fotos, die Susanna und Marie zusammen zeigten. Eines war auf einer Hochzeitsfeier entstanden, ein anderes musste von einer Taufe stammen. Es waren Gruppenaufnahmen, und die beiden waren nur klein inmitten der anderen Gäste zu erkennen. Die Umgebung wirkte auf beiden Bildern ländlich. Becky hatte die Briefe von Samuel Grünberg an Marie vorab nach Datum sortiert. Sie griff nach einem, der im Juli 1914 aufgegeben worden war.

»Und?«, fragte Jane neben ihr neugierig. »Was schreibt er denn?«

»Das ist gar nicht so leicht zu entziffern«, stöhnte Emma. »Was für eine furchtbare Schrift! Er fragt, wie es ihr in New York geht, und es ist von einer Paula die Rede, dass er es kaum erwarten kann, sie zu heiraten. Der Name sagt mir leider auch nichts.« Emma überflog stirnrunzelnd die Zeilen, bis sie dort angelangt war, wo der Name Susanna das erste Mal fiel. »Hier steht etwas zu meiner Uroma, Moment, ich übersetze es euch:

Du fragst, wie es deiner lieben Freundin Susanna geht und warum sie deine Briefe nicht beantwortet. Ich sage nur, sie wird ihre Gründe haben und »lieb« ist keine Eigenschaft, die ich ihr nach allem, was ich gehört habe, zuschreiben möchte. Hat denn der Johannes sich noch nicht bei dir gemeldet? Ich bin ihm Ende Mai begegnet, und er war außer sich, als er von deiner Abreise erfuhr. Es gibt einiges, was er dir über Susanna zu erzählen hat, hab bitte Geduld, sein Brief wird sicher bald bei dir eintreffen.«

Emma ließ das leicht vergilbte Papier sinken und sah Becky und Jane bestürzt an. »Na, das klingt ja nicht gerade schmeichelhaft für meine Uroma.«

»Aber spannend!« Janes Augen funkelten. »Was wohl dahintersteckt? Und warum will dieser Samuel ihr nicht selbst verraten, was er von Susanna hält, wenn er es schon weiß, sondern schiebt diesen Johannes vor? Alles sehr mysteriös. Steht vielleicht mehr in den anderen Briefen dazu?«

»Die sind viele Monate später angekommen«, warf Becky ein. »Ich nehme an, wegen des Ausbruchs des Ersten Weltkriegs. Bis dahin hat sie vermutlich längst den Brief von diesem Johannes erhalten. Ich konnte ihn allerdings in ihren Unterlagen nicht finden. Hast du den Namen schon einmal gehört?«

Emma schüttelte den Kopf. »Ein gemeinsamer Freund vielleicht? Im Krieg sind bestimmt viele Briefe verloren gegangen«, überlegte sie. »Gab es damals nicht auch eine Seeblockade?«

Sie versuchte, sich an ihr Wissen aus dem Geschichtsunterricht zu erinnern, und nahm den Brief, der im Dezember 1914 geschrieben worden war, aber laut Poststempel erst im März des darauffolgenden Jahres ankam. Er trug einen Stempel mit der Aufschrift *K.u.K. Telegramm- und Briefzensurkommission.* Scheinbar waren Briefe ins Ausland im Krieg zensiert worden. Einige Zeilen am Anfang waren auf Hebräisch. Jane versuchte, sie mit einer Übersetzungsapp zu entziffern, während Becky und Emma das Bild, das dem Brief beilag, betrachteten. Es zeigte ein junges Brautpaar, er im dunklen Anzug mit Hemd und Fliege, sie in einem überraschend modern wirkenden weißen Kleid, das aufgrund des schlichten Rocks und dem über die Hüften reichenden, eng taillierten Blazer mit schwarzem Gürtel eher einem Reisekostüm glich. Auf dem Kopf trug die Braut keinen Schleier, sondern einen breitkrempigen Hut, ebenfalls mit dunklem Band, unter dem helle Haarlocken hervorlugten. Damals war es noch üblich, ernst und streng in die Kamera zu blicken, trotzdem sah man den beiden an, wie glücklich sie waren. Emma drehte das Foto um. *Samuel und Paula Grünberg, 30.11.1914,* stand auf der Rückseite zusammen mit dem Stempel eines Fotoateliers in Arad.

»Ich hab's«, rief Jane in diesem Moment. »Das sind frohe Chanukka-Wünsche und die Hoffnung, dass bald Frieden einkehren möge. Übersetzt du uns, was er auf Deutsch schreibt?«

Emma nickte und nahm die dicht beschriebenen, pergamentdünnen Seiten von ihr entgegen.

»Liebste Marie,
nun sind Paula und ich endlich Mann und Frau. Vor zwei Tagen ist sie zum Judentum konvertiert, und gestern hat der Rabbiner der Innenstadtsynagoge in Temeswar uns getraut. Unsere Familien sind außer sich vor Zorn und wir außer uns vor Glück, ich finde, bessere Voraussetzungen für eine glückliche Ehe kann es gar nicht geben.«

Jane kicherte, und Emma sah auf und musste ebenfalls grinsen. »Ich mag ihn«, sagte sie.

»In diesem Sinne hoffe ich für Susanna nur das Beste, denn auch ihr und Emil ist der Zorn beider Elternteile beschieden. Ja, du liest richtig. Deine ehemalige Freundin hat im September Emil Schmidt geehelicht. Was sie zu diesem unerwarteten Schritt bewogen hat, darüber wird viel im Dorf getratscht, und es sind wahrlich keine wohlmeinenden Zungen.«

Leider war das auch schon alles, was er zu ihrer Urgroßmutter geschrieben hatte. Es folgte ein Bericht über seine Arbeit in einem Kontor und Paulas Ausbildung zur Krankenschwester.

»Die ›Ungarländische Jüdische Zeitung‹ wird nicht müde zu betonen, dass wir jungen Männer unsere patriotische Pflicht dreifach erfüllen müssten und für die Ehre unseres Vaterlandes und unseres Glaubens kämpfen sollten. Jede Heldentat eines jüdischen Soldaten sei ein sorgsam bewahrtes Beweismittel gegen die feindseligen Beschuldigungen des Antisemiten. Aber weißt du was, liebe Marie, wenn ich daran denke, Paula gerade jetzt alleinzulassen, wo sie mit ihrer Familie gebrochen hat und niemand ihr beistehen kann, ist mir nicht wohl dabei. Ich bin weiß Gott nicht feige und liebe unser Vaterland, aber ich habe beschlossen, meinen Einberufungsbefehl abzuwarten und das Schicksal nicht herauszufordern. Wir werden …«

Emmas Handy klingelte und sie legte den Brief beiseite. »Meine Omi!«, sagte sie zu Becky und Jane. Sie hatte ihr vor dem Abendessen eine kurze Nachricht geschrieben, dass sie sie später sprechen wollte, und die musste sie gelesen haben.

»Alles in Ordnung bei dir?«, fragte Omi Viktória nach der Begrüßung besorgt.

»Ja, alles bestens«, log sie. Eine ungewollte Schwangerschaft war nichts, was man eben mal so am Telefon besprach. »Ich habe hier eine sensationelle Entdeckung gemacht.«

In kurzen Worten schilderte sie ihr die Freundschaft zwischen ihrer Urgroßmutter Susanna und der Großmutter ihrer Gastgeberin, Marie Rosenfeld.

»Aber das ist ja unglaublich!«, rief Omi Viktoría. »Ich fürchte nur, ich muss dich enttäuschen. Susanna war weiß Gott keine Frau, die offen über ihre Vergangenheit gesprochen hätte, schon gar nicht mit mir. Ich war nicht gerade ihre Wunschschwiegertochter, wenn du verstehst, was ich meine. Vielleicht hat sie früher deinem Opa Anton etwas von dieser Freundin in Amerika erzählt? Ich höre von dir diesen Namen zum ersten Mal.«

»Wie schade.« Ihr Opa konnte ihr keine Auskunft mehr geben. Er war deportiert worden und aus der russischen Gefangenschaft nicht zurückgekehrt, sollte er etwas gewusst haben, war es für immer verloren. »Gibt es sonst jemanden, der mehr über Susanna und Marie weiß? Einige Briefe stammen von einem gewissen Samuel Grünberg.«

»Die Grünbergs? Natürlich, die kenne ich gut. Vor allem ihre Tochter Ava. Sie hat mir erzählt, dass Susanna ihr und ihren Eltern vor der Eisernen Garde das Leben gerettet hat.«

»Wer war denn die Eiserne Garde?«, fragte Emma verwundert.

»Eine faschistische Bewegung im Königreich Rumänien. Aber ich glaube, das ist eine längere Geschichte. Zu lang für ein Telefonat. Irgendwo habe ich auch noch Avas Telefonnummer. Wir haben schon ewig nicht mehr voneinander gehört. Sie lebt inzwischen mit ihrer Familie in Budapest. Wenn du magst, rufe ich sie an und frage sie, ob sie Marie gekannt hat und weiß, warum ihr Vater so geringschätzig über deine Urgroßmutter Susanna geschrieben hat.«

»Oh, das wäre toll, wenn du das herausfindest. Am Samstag fliege ich zurück. Können wir uns am darauffolgenden Wochenende vielleicht treffen?«

»Sehr gerne, Emma, du weißt, ich freue mich immer, wenn du bei mir vorbeischaust.«

Sie beendeten das Gespräch, und Emma erzählte den beiden Frauen, was sie gerade erfahren hatte. Becky zog nachdenklich die Stirn in Falten.

»Jetzt bin ich noch neugieriger, was es mit deiner Urgroßmutter auf sich hatte und warum sie diesem Samuel geholfen hat, obwohl er doch so schlecht auf sie zu sprechen war.«

»Ich werde es euch wissen lassen, sobald ich das Geheimnis in Deutschland gelüftet habe«, versprach Emma.

38

Johannes

im Feld, August 1914

Johannes schlang das karge Frühstück hinunter und sprang auf. Gleich war Appell. Er klopfte seinem Freund auf die Schulter.

»Mach schon, sonst kommst du wieder zu spät, und du kriegst Ärger!«

Hans verzog das Gesicht, stand aber ebenfalls auf. Beim letzten Mal hatte er zur Strafe für sein Zuspätkommen die Latrinen schrubben müssen. Er hatte sich das Kasernenleben an seinem Schreibtisch in der Zeitungsredaktion sicher abenteuerlicher und weniger anstrengend vorgestellt, aber Johannes genoss jede Minute seit ihrer Ankunft. Er hatte sich mit dem Journalisten, neben dem er in der Kindheit die Schulbank gedrückt hatte, am selben Tag als Kriegsfreiwilliger gemeldet. Mit seiner zivilen Kleidung legte er sein bisheriges Leben und all seine Sorgen ab und sah den schwarzen Haarlocken, die unter der flinken Schere des Militärbarbiers am ersten Tag zu Boden fielen, nicht mit Bedauern nach. Die Uniform bedeutete für ihn Freiheit, erlaubte ihm seit Langem wieder durchzuatmen. Während andere den Drill, die Ausbildung am Gewehr und Bajonett und das Erlernen militärischer Denk- und Verhaltensweisen als Zwang empfanden, ermöglichte ihm die tägliche Routine in seinem neuen Leben, sich auf das Einfache zu konzentrieren. Johannes Farber gab es nicht mehr, er war nur noch einer von vielen im uniformen Militäralltag. Der gesamte Tagesablauf einschließlich der Essens- und Schlafenszeiten war ab jetzt durchorganisiert, und niemand erwartete mehr von ihm, selbstständige Entscheidungen zu treffen, ganz im Gegenteil.

»Ich werde euch verwöhnte, verbildete Städter stählen, euch euren Standesdünkel austreiben und euch in todesgetreuer Kameradschaftlichkeit einen!«, hatte ihr Ausbilder am ersten Tag gebrüllt. »Hier gibt es kein Hoch und Niedrig, kein Jung und Alt, nur Mannesmut und Todesverachtung, mit der ihr euch dem Feind entgegenstellen, den Tod unseres geliebten Thronfolgers rächen und die Heimat vor drohendem Unheil schützen werdet. Das Vaterland, ja die ganze Welt schaut auf euch, und Millionen erwarten, dass ihr seid, was eure Ahnen waren: Helden!«

Für einen künftigen Helden hielt sich Johannes freilich nicht, auch wenn er, im Gegensatz zu dem unglücklichen Hans, der bei den zahlreichen Übungen zur Körperertüchtigung kaum mithalten konnte, vermutlich eher das Zeug dazu gehabt hätte.

Am 24. August war es endlich so weit, bewaffnet und ausgerüstet in Feldgrau marschierten sie gen Temeswar, wo sie in eines der Bataillone des 61. Infanterieregiments eingegliedert werden sollten, die in Transportzügen nach Russland rollten. Am Bahnhof hatte sich eine gewaltige Menschenmenge versammelt, nahezu die ganze Stadt schien auf den Beinen zu sein. Johannes sah in all die freudigen, stolzen Gesichter und dachte daran, wie er von seinen Eltern Abschied genommen hatte. Seine Mutter hatte ihn fest umarmt und wollte ihn gar nicht mehr loslassen. Dann war sie ins Schlafzimmer geeilt und hatte ihren Rosenkranz in einer kleinen Blechdose als Glücksbringer mitgebracht. Seine Schwester weinte bitterlich und ließ sich nur von ihm beruhigen, als er versprach, er würde ihr ganz viele Ansichtskarten von unterwegs schicken, damit sie wusste, dass es ihm gut erging.

»Warum redst denn nix?«, hatte seine Mutter dem Vater vorgeworfen.

»Der Johannes is ka Kind mehr, der wird scho wissn, was er tut.«

Aber er hatte ihn anschließend vors Haus begleitet, die Hände auf seine Schultern gelegt und ihm zugeraunt:

»Schaug, ich mecht nur, dass du ans waßt: Mir sint stolz auf dir, wannst nur heil wieda heimkimmst. Musst nit umasonst den großen Heldn spieln.«

Johannes hatte sich an den einbeinigen, bettelnden Veteranen erinnert, mit dem er Monate zuvor in Temeswar gesprochen hatte, und für einen kleinen Moment hatte sich ein mulmiges Gefühl in ihm breitgemacht. Doch dann hatte er den Gedanken rasch beiseitegewischt. Für Reue war es zu spät, es galt, stark zu sein und das Vaterland zu verteidigen.

Jetzt, in der allgemeinen Hochstimmung am Bahnhof, ertappte er sich plötzlich dabei, wie er nach Susanna Ausschau hielt. Sie musste seinen Brief doch längst erhalten haben, und es konnte ihr nicht entgangen sein, dass die Truppen über Temeswar nach Russland verlegt wurden. Aber sosehr er sich auch anstrengte, er konnte sie nirgends unter den Jubelnden ausmachen. Nun bereute er es, nicht persönlich mit ihr gesprochen zu haben. Einige der Soldaten in ihrem Waggon hatten von ihren Gefechten im Süden berichtet und den ersten Gefallenen bei der Besetzung von Semendria in Serbien. Er dachte an ihr gemeinsames Kind, das vaterlos aufwachsen würde, wenn er fallen würde, und daran, dass seine Eltern überhaupt nichts von ihrem Enkelkind wussten. Er ärgerte sich über sein Zaudern. Was, wenn sie den Brief gar nicht erhalten hatte? Johannes gab sich einen Ruck und sprach bei seinem Vorgesetzten vor, der ihm nach langem Überreden schließlich einen Freigang von einer Stunde genehmigte. Doch nachdem er atemlos am Palais der Kellers angekommen war, erfuhr er, dass sich niemand von den Herrschaften zu Hause befand. Es war Montag, Susannas Vater steckte im Kontor seiner Textilfabrik, Susanna war zur Sommerfrische zu ihren Großeltern aufs Land gereist, und ihre Mutter besuchte die ältere Tochter Gisela in Arad. Unverrichteter Dinge musste er wieder zu seinen Kameraden zurückkehren, die ihn johlend und aufgekratzt empfingen und ihn mit seinem Stelldichein in letzter Sekunde aufzogen.

Die ersten Tage ihrer Fahrt durchs eigene Land verliefen wie ein Siegeszug. Alle Bahnstationen waren mit Blumengirlanden und rot-weiß-grünen Trikoloren geschmückt, Jubel brandete auf, kleine Kinder liefen ihnen winkend, mit leuchtenden Augen und lachenden Gesichtern auf den Feldern hinterher. In den größeren Bahnhöfen, an denen sie haltmachten, um neue Soldaten aufzunehmen, wurden sie reich mit Obst, Gebäck, selbstgebranntem Schnaps oder Zigaretten beschenkt. Johannes ließ sich von der heiteren Stimmung mitreißen, die ihn wie eine Woge in die Ferne trug. Dann ging es über die Karpaten weiter, und die Nachricht, dass Russland in Galizien vordrang, traf ein. Johannes' Bataillon verließ den Waggon und marschierte, Soldatenlieder schmetternd, Richtung Chodorow. Als sie sich dem Ziel näherten, erstarb der fröhliche Gesang. Hunderte von Flüchtlingen kamen ihnen entgegen, Alte, Kranke, weinende Kinder und Frauen, teils auf Karren, teils zu Fuß, nur notdürftig bekleidet mit ihren wenigen Habseligkeiten, die in aller Eile in Bündel gestopft worden waren. Ein Verwundetentransport zog wie ein Gespensterzug an ihnen vorüber, und es ging die Kunde, dass die Kosaken immer weiter vorrückten. In der Ferne konnte Johannes eine schwarze Rauchsäule sehen, die sich unheilvoll in den Himmel schraubte.

»Sie haben alles niedergebrannt!«, schluchzte eine humpelnde Frau mit einem in einem Tuch umgebundenen Säugling.

»Die werden noch ihr blaues Wunder mit uns erleben!«, verkündete Hans kampflustig, während er mit forschem Schritt neben Johannes weitermarschierte.

Doch tags darauf standen sie in einem Regen von Granaten und Schrapnellen der feindlichen Artillerie vor Rohatyn, sie explodierten in weißen Wolken um sie herum. Blau wölbte sich nur der Himmel über ihnen, und von einem Wunder war weit und breit nichts zu sehen. Statt fröhlicher Soldatenlieder erklangen nur Todes- und Schmerzensschreie, die von dem unheimlichen Bass des Dröhnens der Geschütze übertönt wurden. Die Erde erbebte unter ihrem Beschuss, das Herz trommelte laut in Johannes' Brust, während er vorwärtsstolperte und sich wie in einem Hexenkessel fühlte, aus dem es kein Entrinnen gab. Noch ehe der Abend ihrer Feuertaufe anbrach, sank Hans neben ihm mit von Granatensplittern zerfetzter Kehle zu Boden, die Augen ungläubig aufgerissen, die Wangen voller Blut. Rote Bläschen drangen aus seinem Mund, und Johannes konnte in dem Getöse noch nicht einmal mehr seine letzten Worte verstehen. Der Krieg hatte für seinen einstigen Schulkameraden keine ganze Woche gewährt. Sie hatten ohne Unterbrechung stundenlang gekämpft, und als das Bataillon abends siegreich in die vormals besetzte Stellung marschierte, fühlte sich Johannes wie betäubt. Nur langsam ebbte die Aufregung ab und normalisierte sich sein Puls. Im Lager wurden sie mit Hurra-Rufen und Glückwünschen empfangen, die teilnahmslos über ihn hinwegfegten. Die Fahrküchen waren aus unerfindlichen Gründen nicht mehr auffindbar, keiner wusste, ob sie gestohlen worden waren oder die Köche die Flucht ergriffen hatten, sodass der Befehl ausgegeben wurde, die zweite Reserveportion zu verzehren. Johannes gehorchte mechanisch und stopfte das Essen in sich hinein, ohne wahrzunehmen, was es überhaupt war, als mit einem Mal Granaten mitten unter ihnen einschlugen. Alle sprangen schreiend auf, griffen erneut zu den Waffen und brachten sich in Sicherheit. Pferde scheuten hinter den Linien, und zwei von ihnen rissen sich los und stoben laut wiehernd davon. Danach herrschte eine gespenstische Stille, bis sie endlich von Spähern erfuhren, dass das wohl der »letzte Gruß« ihres Gegners gewesen war, der sich in den Wald zurückgezogen hatte.

Johannes stand auf, stolperte ein Stück abseits des Lagers, ließ sein Gewehr fallen und erbrach seine zweite Essensration ins Gras.

Noch Wochen später sollte er an dieses erste Gefecht denken, an die Todesangst, die ihn fest im Griff gehabt hatte, an seine zitternde Hand am Gewehrabzug, an Menschen, die er getötet hatte und um die jetzt irgendwo in Russland jemand trauerte. Er konnte nicht aufhören, an Hans' starre blaue Augen und das Blut in seinem noch kindlich runden Gesicht zu denken, wie er ihm in seinen letzten Sekunden die blutverschmierte Hand gehalten und »Alles wird gut, Hans!« zugerufen hatte. Was für eine erbärmliche Lüge! Nichts würde gut werden! Er hatte sich das alles ganz anders vorgestellt. Die Gefechte geisterten durch seinen Kopf wie Maries verlorenes zärtliches Lächeln und Susannas sich überschlagende Stimme, die wie ein Echo durch seine Gedanken hallte: »Johannes! Du kannst mich jetzt doch nicht einfach alleinlassen!«

Er hatte gedacht, es würde sich mit der Zeit im Kampf eine Routine einstellen und er würde abgebrühter werden. Das Gegenteil war der Fall. Seine Nerven lagen blank, er schlief kaum, Todesangst ergriff ihn bei jedem unerwarteten Geräusch. Im Gefecht glaubte er, jeden Augenblick von einer Granate zerfetzt zu werden, in den ruhigen Momenten fürchtete er einen Hinterhalt. Während um ihn herum Kameraden fielen oder schwer verletzt ins Feldlazarett gebracht wurden, erkannte er plötzlich klar und deutlich, was er zuvor nicht hatte begreifen wollen: dass Leben und Glücklichsein nicht etwas waren, das man planen, erringen und dann für immer besitzen konnte. Man musste Tag für Tag darum kämpfen, sie sich zu bewahren.

Wir sind wie Feuer, das in einem Moment hell auflodert und im anderen ausgelöscht werden kann. Marie war so ein Leuchtfeuer für ihn gewesen, und seit sie fort war, glaubte er, ziellos in Dunkelheit umherzuirren. Aber vielleicht kam es im Leben gar nicht darauf an, dass jemand für einen leuchtete, sondern dass man selbst jemandes Licht war. Maries Liebe hatte er mit Susannas Schwangerschaft endgültig verloren, wie einen abgeschnittenen Faden, den er endlich loslassen musste. Aber er konnte zu einem neuen greifen, um ein anderes Muster in seine Zukunft und für sein Glück zu weben, wenn er nur wollte. Johannes hatte Gott die Entscheidung darüber überlassen wollen, ob er starb oder seine unangenehme Pflicht, Vater zu sein, erfüllte. Jetzt, mitten im Schmutz des Unterstandes und Chaos des Schlachtfeldes fragte er sich, wie er so verdammt dumm hatte sein können. Daheim erwartete ihn keine furchtbare Strafe, sondern eine junge, hübsche Frau aus gutem Hause, die ihn liebte und ein Kind von ihm erwartete, weil sie aus lauter Liebeskummer und Verblendung einige furchtbare Fehler gemacht hatte. Aber hatte er sich nicht ebenfalls idiotisch verhalten, als er vor blinder Eifersucht auf Samuel fast wahnsinnig geworden war? Wer war er denn, Susanna Keller zu verurteilen! Johannes nahm sich fest vor, sie bei seinem nächsten Heimaturlaub für seine überstürzte Flucht um Verzeihung zu bitten und ganz offiziell bei ihrem Vater um ihre Hand anzuhalten. Noch gehörte sein Herz Marie, aber vielleicht würde es irgendwann lernen, für Susanna zu schlagen.

39

Susanna

Temeswar, August, 1914

Überall wurde die Ernte eingebracht, Garben trockneten ordentlich gebündelt in der Sonne, Mohnblumen säumten die stoppelkurzen Felder, und in der flirrenden Luft schwirrten Mücken. Schon die Kleinsten bückten sich nach den Ähren, die vom Wagen heruntergefallen waren, und im Vorbeifahren entdeckte Susanna zwei Mädchen, die am Wegrand mit ihren Kukuruz-Puppen spielten. Sie hatten die Mais-Lieschen in Streifen hinuntergebogen, sodass sie von den goldgelben Kolben wie Ballettröckchen abstanden. Der Maisbart bildete die Puppenhaare, und auf die Körner darunter hatten sie Augen und Mund gemalt. Susanna dachte daran, wie sie mit Marie früher mit dem Puppenhaus gespielt hatte, und die Schuldgefühle übermannten sie. Immer wieder hatte sie sich vorgenommen, ihr zu schreiben, und dann doch das Papier zerrissen. Dafür kannte sie jede Zeile aus Maries Briefen bald auswendig. Johannes schien Marie nichts von ihrer gemeinsamen Nacht erzählt zu haben, vielleicht hatte er ihr überhaupt noch nicht geschrieben oder sein Brief war verloren gegangen. Susanna presste die Lippen aufeinander und zwang sich, nicht an ihn, sondern an das, was vor ihr lag, zu denken. Die Droschke holperte zurück Richtung Temeswar, und wenn alles nach Plan lief, würde sie in zwei Wochen zurückkehren und vor der Weinlese ihres Großvaters verheiratet sein. Den ganzen Nachhauseweg lang versuchte sie, die richtigen Worte zu finden. Viel zu schnell verflog die Zeit, schon fuhren sie im Hof des Palais Keller ein, und sie wusste immer noch nicht, wie sie es ihren Eltern am geschicktesten sagen sollte. Nanni, die als Einzige eingeweiht war, drückte ihr aufmunternd die Hand. Susanna schenkte ihr ein nervöses Lächeln und dachte an den vorhergehenden Abend zurück.

Emil hatte bei ihren Großeltern vorbeigeschaut und sich von ihr verabschiedet und ihr heimlich ein Briefchen zugesteckt, in dem er ihr mitteilte, dass er in zwei Tagen nach Temeswar kommen und bei ihrem Vater förmlich um ihre Hand anhalten werde.

»Der Emil is a fescher Bursch gwordn, gelt?«, hatte die Großmutter hinterher neckend zu ihr gesagt. »Hast ihn inzwischen a an bissl gern?«

Ihr Großvater hatte die Pfeife aus dem Mund genommen und ihr einen strengen Blick zugeworfen. »Setz dem Mädel keine Flausen in den Kopf. Die Klara würd einen vom Land nie und nimma als Schwiegersohn akzeptieren.«

Damit hatte er nicht unrecht. Umso schwerer würde dieses Gespräch werden. Seufzend stieg Susanna vom Wagen und eilte ins Haus, während Nanni Anweisungen für das Gepäck gab. In der Eingangshalle roch es nach Möbelpolitur und einem Strauß Blumen, der in einer hohen Vase neben der Treppe stand. Sie machte sich rasch frisch und begab sich dann in den Salon.

»Da bist du ja wieder, mein Augenstern!« Susannas Vater legte die Zeitung weg und stand vom Sessel auf. Dunkle Ringe lagen unter seinen Augen, aber er lächelte seine Tochter bei ihrem Eintreten zärtlich an und breitete die Arme aus. Susanna ignorierte ihre Mutter, die auf dem gegenüberliegenden Diwan wesentlich näher zur Tür saß und stickte, und stürzte sich erst einmal in die Arme ihres Vaters. Sie roch den vertrauten Geruch von Tabak und Seife aus der Wäscherei der Textilfabrik und schloss die Augen, während er ihr liebevoll den Rücken tätschelte. Gleich musste sie ihm sehr weh tun, und sie wünschte, sie könnte den Moment noch ein wenig hinauszögern. »War's schön bei den Großeltern?«

»Oh, ja, Papa! Alle lassen euch ganz lieb grüßen.« Sie wandte sich um und ging zu ihrer Mutter, die sie über ihre Stickarbeit hinweg kühl musterte.

»Grüß Gott, Mama. Wie geht es denn der Gisela und dem kleinen Ferdinand?« Susanna beugte sich vor und hauchte der Mutter einen Kuss auf die Wange.

»Ausgezeichnet. Sie ist mächtig stolz, dass ihr Mann als Offizier pflichtbewusst und im Herzen voller Vaterlandsliebe gegen die Russen gezogen ist, um unsere Heimat zu verteidigen.«

»Ja, das kann ich mir denken«, erwiderte sie. Ihr entging nicht der missbilligende Blick, den ihre Mutter dem Vater an ihr vorbei zuwarf. Wünschte sie sich etwa, er würde sich freiwillig melden? Papa war doch schon fünfundvierzig Jahre alt, galt er überhaupt noch als wehrtauglich? »Warum bist du denn so früh zurückgekommen?«, fragte ihre Mutter misstrauisch.

»Geh, Klara, das klingt ganz so, als würden wir uns nicht darüber freuen, dass sie wieder daheim ist!« Ihr Vater lachte, und Susanna wurde noch schwerer ums Herz. Es half nichts, besser, sie brachte es gleich hinter sich. Sie ließ sich auf dem Diwan neben ihrer Mutter nieder, straffte die Schultern und sah zu, wie ihr Vater sich zurück in den Sessel setzte.

»Ich muss euch etwas sagen«, begann sie. Papa ließ die Zeitung, die er gerade wieder hochgehoben hatte, überrascht sinken und sah sie erwartungsvoll an.

»Ich habe mich verlobt.«

In die unheilvolle Stille nach ihren Worten platzte das Dienstmädchen, das an der Tür klopfte und, weil es keine Antwort hörte, eintrat:

»Möchte das gnädige Fräulein auch eine Tasse Tee?«

»Nein!«, rief ihre Mutter ungehalten. »Geh und störe uns nicht, bis ich wieder nach dir rufe!«

Es war das Mädchen, das Susanna heimlich Johannes' Nachricht zugesteckt hatte, als er sie im Park treffen wollte. Hastig knickste sie, drehte sich um, verließ den Raum und schloss die Tür hinter sich. Susanna würde ihren neuen Seidenhut darauf wetten, dass sie dahinter lauschte.

»Hast du jetzt vollkommen den Verstand verloren?«, zischte ihre Mutter, warf die Stickarbeit auf den Beistelltisch, sodass sie um ein Haar im Teegeschirr landete, und funkelte sie zornig an.

Susannas Vater räusperte sich unbehaglich. »Jetzt lass sie doch erst einmal erklären.«

»Wem hast du dich versprochen?«, schnitt die Mutter ihm das Wort ab. »Kann man dich denn überhaupt nicht mehr alleine lassen?«

Susanna konnte ihrem Vater nicht in die Augen sehen, sondern blickte auf ihre im Schoß ineinanderverschränkten Hände und sagte leise: »Ich habe dem Emil Schmidt mein Wort gegeben, dass ich ihn heiraten werde. In zwei Tagen wird er kommen und bei Papa förmlich um meine Hand anhalten.«

»Susanna!«, rief ihr Vater schockiert, und ihre Mutter lachte gehässig auf.

»Hab ich dir nicht immer gesagt, du sollst sie nicht so oft zu deinen Eltern aufs Land lassen? Das haben wir nun davon. Weder die Agnes noch dein versoffener Bruder und erst recht nicht du werden das Weingut übernehmen. Jetzt haben sie ein neues Opfer gefunden, das zu ihnen ins Dorf ziehen soll.«

»Nein«, widersprach Susanna erschrocken und blickte auf. »So ist es ganz und gar nicht. Die Großeltern wissen noch überhaupt nichts von dem Emil und mir.«

Ihr Vater erhob sich, ging zum Diwan und blieb vor ihr stehen. Mit ernster, bleicher Miene betrachtete er sie, und sie wagte kaum zu atmen.

»Susa, ich weiß wohl, dass der junge Schmidt dir immer wieder Blicke zugeworfen hat, aber bei Ferdinands Taufe hatte ich nicht den Eindruck, dass du seine Gefühle erwidern würdest. Wie kommt's, dass du ihm eigenmächtig Versprechen gibst, ohne mit mir vorab zu reden? Du benötigst immer noch mein Einverständnis.«

»Das dein Vater dir niemals geben wird!«, keifte ihre Mutter.

»Natürlich nicht!«, stimmte er zu. »Wir werden dem jungen Mann erklären, dass du noch viel zu jung bist und zur Schule gehst.«

Susanna fühlte sich scheußlich. Nun musste sie die Eltern belügen, denn, das hatte sie Emil versprechen müssen, niemand sollte je erfahren, dass es nicht sein Kind war, das in ihr heranwuchs. Es war die einzige Bedingung, die er ihr gestellt hatte, und sie würde sich ihm und dem Kind zuliebe daran halten.

»Ich habe damals nur so getan, als würde ich ihn nicht lieb haben«, flüsterte sie. »In Wahrheit gehört ihm schon lange mein Herz.«

»Du lügst!« Klara war nun ebenfalls aufgesprungen und stellte sich neben ihren Mann.

»Nein, Mama.«

»Conrad, ich habe genug! Wenn du jetzt kein Machtwort sprichst ...«

»Wie gesagt, ich werde dieser Vermählung nicht zustimmen, Susanna«, erklärte ihr Vater ruhig. »Du bist zu jung und magst dich verliebt haben, doch du kannst die Konsequenzen deines Handelns noch nicht begreifen, wie es scheint.«

»Papa, ich kann aber nicht ...«

»Nein, Susanna!«, unterbrach der Vater sie streng. »Du weißt, ich will immer dein Bestes und habe oft genug nachgegeben und deine Launen hingenommen. Emil Schmidt ist kein standesgemäßer Ehemann für dich. Ich habe nicht diese Fabrik aufgebaut, dir eine gute Ausbildung ermöglicht und mich um Kontakte zu den besten Kreisen bemüht, damit du nun den Sprössling eines Wirtshausbesitzers ehelichst. Diesmal werde ich nicht nachgeben und deinen Galan gar nicht erst empfangen. Ab sofort fährst du nicht mehr ohne mich oder deine Mutter zu den Großeltern. Unerhört, dass sie nicht eingeschritten sind, als ...«

»Ich erwarte ein Kind von ihm.«

Sie hatte es gefasst und laut ausgesprochen, um die Ansprache ihres Vaters zu beenden, und im nächsten Moment fühlte sie einen brennenden Schmerz auf der Wange und sah in das wutverzerrte Gesicht ihrer Mutter. Dann wurde es laut, und spätestens jetzt wusste Susanna, dass die gesamte Dienerschaft mitbekam, was im Salon vor sich ging.

Eine Stunde später saß sie in ihrem Zimmer, das sie erst wieder verlassen durfte, wenn sie dazu aufgefordert werden würde. Selbst durch die geschlossenen Türen hörte sie die aufgebrachten Stimmen ihrer Eltern, auch wenn sie deren Worte nicht verstand. Die Dienerschaft huschte auf Zehenspitzen durchs Haus, Nanni hatte ihr nur einen mitleidigen Blick zuwerfen können, bevor ihre Mutter sie wegscheuchte. Susanna trat ans Fenster und blickte hinaus in den Park. Noch nie hatte sie sich so unglücklich gefühlt. Die Rosen waren fast alle verblüht, und Gärtner kehrten mit Reisigbesen welke Blätter zusammen und luden sie auf Schubkarren. In den Rabatten jäteten sie Unkraut und gossen die Geranien, die purpurn und rot zwischen den gelborangen Blüten der Ranunkeln leuchteten. Wehmütig dachte sie an ihr Treffen mit Johannes, sah wieder sein schwarzes, glänzendes Haar, die sommerblauen Augen und den Schmerz darin bei ihrem Geständnis. Er war nicht zurückgekehrt, hatte ihr noch nicht einmal geschrieben. Emil war ihre einzige Chance, der Schande, ein uneheliches Kind zu bekommen, zu entgehen. Sie konnte nur hoffen, dass der Vater das am Ende einsehen würde.

Die Sonne war bereits untergegangen, als ihr Zimmer aufgesperrt wurde und er mit gebeugten Schultern eintrat wie ein um Jahre gealterter Greis.

»Papa!«, rief Susanna und sprang auf.

»Schweig und hör mir zu!« Noch nie hatte er sie auf diese Weise angesehen. Seine Haut war fahl, und die Enttäuschung hatte tiefe Furchen in seine Miene gegraben. »Da du jedweden Anstand vergessen zu haben scheinst und mit deinem schamlosen Handeln das Ansehen der gesamten Familie aufs Spiel gesetzt hast, sollst du deinen Willen bekommen. Dein *Liebhaber*«, er spuckte ihr das Wort geradezu ins Gesicht, und Susanna wich einen Schritt zurück, weil sie fürchtete, er würde sie nun ebenfalls schlagen wie die Mutter, »wird dieses ehrbare Haus niemals betreten. Du wirst heute noch deine Sachen packen. Wir beide fahren morgen zu ihm, damit ich mich mit ihm und seinen Eltern unterhalte und deine Mitgift aushandele. Bis zu deiner Vermählung wirst du bei deinen Großeltern leben. Deine Mutter möchte dich hier nie wieder sehen.«

Susanna fühlte, wie ihr Tränen über die Wangen liefen, aber sie nickte tapfer.

»Morgen melde ich dich bei der Schule ab. Unter den gegebenen Umständen wirst du keinen Schulabschluss erlangen können. Du hattest deine Chance und hast sie verwirkt. Mein Gott, du hattest alles, Susanna, alles!« Er fuhr sich müde durch das schüttere Haar und atmete schwer, bis er sich wieder beruhigte und leiser fortfuhr: »Wir werden deine Hochzeit in aller Stille und ohne Feier vollziehen. Weder deine Mutter noch deine Schwester oder Agnes werden zugegen sein. Denn es gibt nichts zu feiern, nur zu beten, dass dieser elende Lump wenigstens bereit ist, zu seinem Kind zu stehen.«

»Bitte, Papa, sei dem Emil nicht bös. Er kann …«

»Genug! Ich will nichts mehr hören! Du hast mich über alle Maßen gekränkt.« Mit diesen Worten wandte er sich ab, verließ mit schnellen Schritten ihr Zimmer und warf die Tür hinter sich zu.

Kaum war sie ins Schloss gefallen, brach Susanna auf dem Boden zusammen und weinte bitterlich. Sie konnte nicht sagen, wie viel Zeit vergangen war, bis irgendwann erneut die Tür geöffnet wurde und Nanni zu ihr ins Zimmer huschte.

»Na na na, Kind, zuckasißes, beruhig di doch. Des wird scho alles wieda werdn«, murmelte sie und nahm sie in die Arme.

Aber Susanna war überzeugt davon, dass der Vater ihr niemals verzeihen und den Emil akzeptieren würde, der doch für all das gar nichts konnte. Und das verletzte sie noch mehr als die Tatsache, dass Johannes sie und ihr gemeinsames Kind im Stich gelassen hatte.

40

Marie

New York, Oktober 1915

Kühler Wind pfiff durch die Häuserschluchten, als Marie den Central Park erreichte, und ließ sie in dem sommerlichen weißen Kleid frösteln. Es war für die Jahreszeit viel zu dünn, aber Federica und sie hatten sich darauf geeinigt, heute unbedingt weiß zu tragen.

»Wir müssen schließlich Farbe bekennen und uns solidarisch zeigen«, hatte Federica gesagt.

Eineinhalb Jahre waren seit ihrem Kennenlernen vergangen und hatten sie und die junge Lehrerin Freundinnen werden lassen. Auch wenn ihre Freundschaft nicht mit dem innigen Gefühl vergleichbar war, das sie und Susanna fünfzehn Jahre lang verbunden hatte. Federica hatte nach ihrem Abschluss eine Lehrstelle an einer Grundschule nur zwei Häuserblocks vom Hunter College entfernt angenommen, lebte aber noch bei ihren Eltern in Bushwick, einem von Italienern bevorzugten Stadtteil Brooklyns. So ergab es sich, dass sie morgens gemeinsam von Brooklyn mit der Bahn über die Williamsburg Bridge nach Manhattan fuhren. Marie mochte die Atmosphäre dieses Viertels mit seinen kleinen Nudelfabriken, Gemischtwarenläden und Trattorien. Es war wie ein Eintauchen in eine völlig andere Welt. Daheim in Williamsburg siedelten sich zunehmend chassidische osteuropäische Juden an, ultraorthodoxe Thoraschulen und koschere Lebensmittelgeschäfte schossen wie Pilze aus dem Boden, und das Stadtbild wurde immer mehr von einem uniformen züchtigen Kleidungsstil bestimmt.

»Wenn das so weitergeht«, hatte Maries Vater an diesem Morgen beim Frühstück gesagt, »würde dein Großvater sich hier wohler fühlen als in unserer angeblich ›unvergesslichen historischen Heimat‹, die inzwischen eher einem Pulverfass und nicht der friedlich schaukelnden Wiege unseres Volkes gleicht. Der Krieg macht bestimmt auch vor Tel Aviv nicht halt. Ich hoffe nur, es geschieht deinen Großeltern und deinem Onkel nichts.«

»Das hoffe ich auch! Aber fang jetzt bitte nicht wieder damit an, dass du nach Manhattan umziehen möchtest!«, hatte Marie geantwortet. Sie erinnerte sich immer noch schaudernd an ihre erste Zeit in New Yorks Lower East Side und wollte Brooklyn nicht so schnell wieder den Rücken kehren. Hier fühlte sie sich sicher, hier hatte sie neue Freunde gefunden, Brooklyn vermittelte ihr eine Geborgenheit, die ihr die schillernde Stadt jenseits des East River nicht bieten konnte.

»Verrate unseren konservativen Nachbarn lieber nicht, wohin du heute in dieser Aufmachung gehen willst«, hatte ihr Vater neckend geantwortet und dann ernst hinzugefügt: »Und seid vorsichtig, bleibt bitte immer zusammen.«

»Natürlich, Vati!«

Federicas Freundschaft half Marie darüber hinweg, dass Susanna keinen ihrer Briefe beantwortete. Auch den letzten von Susannas Vater an ihren hatten sie vor mehr als einem Jahr erhalten. Damals hatte Conrad sich Sorgen wegen des Kriegsausbruchs gemacht und von seinen Veränderungen in der Textilfabrik berichtet.

»Wenn ich all die jungen Männer sehe, die mit frohen Gesichtern in diesen Krieg ziehen und kundtun, dass sie mit den ersten fallenden Blättern siegreich zurückkehren werden, wird

mir angst und bang, lieber Freund. Doch das kann ich niemandem außer dir sagen, selbst im eigenen Haus werde ich der Feigheit bezichtigt, sobald ich dergleichen ausspreche. Ich vermisse unsere Gespräche, aber es macht mich glücklich, dass du nun bei einem Galeristen unter Vertrag stehst und Marie am Hunter College studiert. Sie wird bestimmt eine gewissenhafte Lehrerin werden, und ich wünsche ihr alles Glück der Welt. Um meine Töchter sorge ich mich. Hoffentlich kommt Giselas Friedrich heil aus dem Feld zurück und macht sie nicht zur jungen Witwe. Susanna ist zur Sommerfrische zu meinen Eltern aufs Land gefahren, in letzter Zeit kommt sie mir recht blass und traurig vor. Ich denke, sie vermisst deine liebe Tochter wirklich sehr.«

Wenn das stimmte, warum hatte sie dann all ihre Briefe unbeantwortet gelassen? Der Krieg behinderte natürlich einen regelmäßigen Briefwechsel, aber von Samuel und sogar von Selma erreichte sie immer wieder mal ein Schreiben aus der alten Heimat, wenn auch viele Wochen oder gar Monate nach dem Absenden.

»Ich fürchte, Conrad hat inzwischen ebenfalls den Einberufungsbefehl erhalten«, hatte Maries Vater überlegt. »Der Kaiser hat das Alter der Wehrpflichtigen Ende April erweitert, selbst Fünfzigjährige werden jetzt eingezogen. Und Klara würde ich zutrauen, dass sie meine Briefe in Conrads Abwesenheit einfach verbrennt.«

»Denkst du, sie hat das auch mit meinen Briefen an Susanna getan?«, hatte Marie entsetzt gefragt.

»Ich habe keine Ahnung, wie weit sie gehen würde. Sie hat die Nase schon früher sehr hoch getragen, selbst den eigenen Schwiegereltern gegenüber. Denk nur daran, wie sie deine Mutter behandelt hat! Es tut mir sehr leid, dass deine Freundschaft mit Susanna darunter leiden muss. Vielleicht hat Klara sich auch eine bessere Partie in höherer Gesellschaft für ihre Tochter ausgemalt und schämt sich nun, weil Susanna den Emil Schmidt geheiratet hat.«

»Und deshalb will sie unseren Briefwechsel unterbinden?« Marie hatte den Kopf geschüttelt. »Ehrlich gesagt, Vati, kann ich mir überhaupt nicht vorstellen, wie der Samuel auf diese Hochzeitsnachricht kommt. Susanna hat sich doch immer über den Emil lustig gemacht. Vielleicht liegt hier eine Verwechslung vor.«

Samuels letzter Brief war im März angekommen, obwohl er ihn bereits im Dezember geschrieben hatte. So viel war in der Zwischenzeit geschehen. Ein deutsches U-Boot hatte im Mai den Passagierdampfer »Lusitania« vor der Südküste Irlands versenkt. Fast tausendzweihundert Menschen, darunter viele Frauen und Kinder sowie einige prominente Amerikaner wie Alfred Vanderbilt und Frederick Pearson, waren dabei ums Leben gekommen. Seither war die Stimmung auch gegenüber den Deutschen und Deutschsprachigen in New York umgeschlagen. Und es gab nicht wenige, die den Eintritt der USA in den Krieg forderten.

Sie hatte Samuel zu seiner Vermählung gratuliert und ein handgewebtes Seidentuch für Paula, das sie in einem italienischen Geschäft in Bushwick gekauft hatte, als Geschenk beigelegt. Außerdem hatte sie ihn gebeten, ihr zu schreiben, was er über Conrad und Susanna in Erfahrung bringen konnte, weil sie keine Briefe von ihnen erhalten hatten. Nach Johannes erkundigte sie sich nicht. Samuel sollte nicht wissen, dass sie noch an ihn dachte. Was wohl aus ihm geworden war? Ob er sein Musikstudium weiterführen konnte? Die Erinnerungen an ihn fühlten sich wie eine frisch verheilte Wunde an. Sie musste sich ablenken, wollte sie sie nicht wieder aufreißen. Aber Susanna würde sie nach Johannes fragen, sobald sie ihr schrieb.

All das ging Marie durch den Kopf, während sie schneller

durch den Park lief, damit ihr ein wenig warm wurde. Wie fern sie von all denen, die sie einst geliebt hatte, doch war! Sie umrundete das Sir-Walter-Scott-Denkmal, das sie erneut an ihre Freundin in der Heimat und deren Begeisterung für den schottischen Dichter erinnerte, und verließ den Weg. Das Gras dämpfte ihre Schritte, sobald sie über die Wiese zu einem Baum mit ausladender Krone weiterlief, unter dem sie im Sommer in der Mittagspause gepicknickt hatten und an dem sie sich treffen wollten. Wie an jedem Samstag waren alle Parkbänke besetzt, und auf den großen Rasenflächen tummelten sich viele Kinder. Kindermädchen und junge Eltern schoben Wagen mit ausklappbarem Lederverdeck zum Schutz der Kleinsten vor Wind und Sonne über die Wege, und in der Ferne konnte man schon den Klang von Sprechchören vernehmen. Wenn Federica sich nicht beeilte, würden sie zu spät zur Parade kommen. Blätter raschelten in den Zweigen, und für einen Moment lehnte sie sich an den Baumstamm, der sie vor dem kühlen Herbstwind schützte, und sah hinauf in das leuchtende Rot und Gelb des Laubs, zwischen dem blaue Tupfen eines wolkenlosen Himmels hervorlugten. Ihre Sicht verschwamm zu einem impressionistischen Farbreigen, als ihre Augen feucht wurden, weil sie plötzlich wieder an Johannes' sommerhimmelblaue Augen denken musste, an all die zärtlichen Blicke, die so viel versprochen und nichts gehalten hatten. Marie schloss die Lider, ganz eng wurde es ihr in der Brust, und sie hoffte, dass Federica sich beeilte, um sie aus ihren traurigen Gedanken zu reißen. Pünktlichkeit war leider keine ihrer Stärken, dafür ließ sie sich viel zu leicht von all den aufregenden Dingen, die in Manhattan passierten, ablenken. Ihr erging es oft nicht anders. New York war geschäftiger als Temeswar, mit einer pulsierenden Energie, der auch sie sich nicht mehr entziehen konnte. Überall wurde gebaut, entstanden neue Hochhäuser und Transportmittel, um die weiten Wege zu bewältigen. Nach den Hochbahnen kamen die Untergrundbahnen, und immer mehr Automobile beherrschten das Stadtbild. Am Times Tower gab es ein Nachrichtenband der Zeitung, auf dem fünfzehntausend Lämpchen Wörter aufleuchten ließen, sodass man sogar im Dunkeln die Nachrichten lesen konnte. Elektrisch beleuchtete Schriftzüge und bunte Werbetafeln erblühten im Garten technischer Wunder am Broadway, während es in den Auslagen der Geschäfte so viel Unbekanntes und Aufregendes aus aller Welt zu bestaunen gab. Sosehr Brooklyn für sie ein Zuhause geworden war, so sehr fand sie das Treiben in Manhattan faszinierend, einen Rummelplatz voller Wunder, die einen immer aufs Neue zum Staunen brachten. Und Marie gestand sich ein, dass diese Mischung ihr ganz gut gefiel.

Ein Kichern ließ sie die Augen aufreißen. Nur wenige Schritte von ihr entfernt auf dem Weg standen Federica und ihr Bruder Enrico, der an einer Kamera hantierte und ihr jetzt ein verschmitztes Lächeln schenkte. Hatte er sie etwa gerade fotografiert?

»Sieh mal, wer uns heute begleitet!«, rief Federica fröhlich und kam beschwingten Schrittes auf sie zu.

Hitze stieg in Marie auf, und in ihrem Bauch fühlte sie ein angenehmes Kribbeln bei Enricos Anblick. Seit sie und ihr Vater Federicas Einladung angenommen und die Familie Lombardi besucht hatten, verging keine Woche, in der Federicas Bruder nicht ihre Nähe suchte und ihr offen seine Zuneigung zeigte. Nach ein paar Monaten hatte Federica sie eines Morgens auf ihrem gemeinsamen Weg nach Manhattan ganz unverblümt gefragt:

»Sag mal, Marie, gehört dein Herz schon einem anderen Mann?«

Da hatte sie ihr von Johannes erzählt und dass sie ihn einfach nicht vergessen konnte, obwohl er sie so sehr enttäuscht hatte.

»Aber ganz und gar zuwider ist dir mein Bruder nicht? Sag es ruhig ehrlich.«

»Nein, natürlich nicht.« Marie wäre am liebsten im Boden versunken vor Scham. »Es tut mir leid, wenn ich diesen Eindruck bei dir oder ihm erweckt habe. Ich mag Enrico wirklich gern. Es ist nur …«

»Du brauchst mehr Zeit.«

»Ja. Vermutlich. Ach, ich weiß auch nicht. Aber mach ihm bitte keine Hoffnungen. Ich möchte nicht seinem Glück im Wege stehen, wenn er eine andere junge Frau findet, die er lieb haben kann und die seine Gefühle erwidert.«

Marie hatte zudem bemerkt, dass Federicas und Enricos Eltern nicht begeistert darüber gewirkt hatten, dass sie Jüdin war. Doch diesen Umstand verschwieg sie ihrer neu gewonnenen Freundin, um sie nicht zu verletzen.

Federica hatte jedoch nur den Kopf geschüttelt und schmunzelnd gesagt: »Im Vertrauen, Marie, ich habe Enrico noch nie so verliebt erlebt. Er hat mir verraten, dass er schon nach eurer ersten Begegnung im Hunter College nicht mehr aufhören konnte, an dich zu denken. Glaub mir, mein Bruder kann sehr stur sein, sobald er sich etwas in den Kopf gesetzt hat. Wenn dir seine Nähe also zu viel wird oder ich ihn in seine Schranken weisen soll, gib mir bitte Bescheid.«

Doch das war nicht nötig gewesen. Ob es daran lag, dass Federica ihm von Johannes erzählt hatte oder Enrico selbst so feinfühlig war, sie nicht zu drängen, wusste sie nicht. Er zeigte ihr seine Zuneigung in kleinen Gesten und Geschenken. Wenn sie zusammen waren, brachte er sie mit Geschichten über seine zahlreichen Cousins zum Lachen oder er berichtete ihr von seiner Arbeit in der Banca Stabile, die ihm viel bedeutete.

Nach und nach war Maries vorsichtige Haltung Enrico gegenüber einer Freundschaft gewichen, und in den vergangenen Wochen hatte sie sich immer wieder dabei ertappt, wie seine Anwesenheit ihr Herz schneller schlagen ließ und ihr Dinge an ihm auffielen, die sie früher nicht wahrgenommen hatte.

Wie lang seine schwarzen Wimpern waren, wie gepflegt seine Hände. Dass so viel Wärme in seinen Augen lag, wenn er sie ansah und dass er jedem, mit dem er sprach, schon nach kurzer Zeit ein Lächeln entlockte. Mit ihm zusammen zu sein fühlte sich an, als würden ihrem gebrochenen Herzen wieder Flügel wachsen, und Marie fragte sich insgeheim, wann es bereit sein würde zu fliegen. Sie zog die Augenbrauen hoch und schenkte Enrico einen strengen Blick.

»Du hast doch nicht etwa eine Fotografie von mir gemacht?«, rief sie, während sie den Geschwistern entgegenging und in gespielter Empörung die Hände in die Hüften stemmte.

»Warum nicht? Ich könnte mir kein schöneres Motiv vorstellen.« Er schraubte den Kameradeckel auf das Objektiv, und Marie kam nicht umhin, einen neugierigen Blick auf den Apparat zu werfen. Sie vermisste das Fotografieren mit Vatis Kamera.

»Du hättest mich zumindest um Erlaubnis fragen können, Enrico Lombardi. Oder ist es in Italien Sitte, Damen ohne Zustimmung abzulichten?«

»Wer redet denn von Damen?«

Einen Moment lang entgleisten Maries Gesichtszüge, und Federica gab ihm einen Klaps auf den Arm, bevor er den Kopf hob und grinsend fortfuhr: »Ich bin hier, um streitbare Amazonen zu porträtieren, die für ihre Rechte kämpfen.«

Marie verdrehte die Augen. »Sieh einer an, mir war gar nicht bewusst, dass du dich so sehr für das Frauenwahlrecht begeisterst. Willst du vielleicht selber mitmarschieren? Ich übernehme dann das Fotografieren.«

»Ha! Es juckt dich doch nur in deinen hübschen Fingern, diese neue Kodak in die Hände zu bekommen«, erwiderte Enrico und zwinkerte ihr wissend zu.

»Woher hast du sie überhaupt?« Er hatte ihr erst vor ein paar Wochen geklagt, dass er sich zu gerne einen Fotoapparat anschaffen würde, ihm aber das Geld dazu fehlte.

»Von meinem Chef. Seine Enkelin begeistert sich zum Leidwesen der gesamten Familie für die Suffragetten-Bewegung, und da sie heute nicht selbst zur Parade erscheinen kann, hat er mich gebeten, einige Aufnahmen für sie zu machen.«

»Warum kommt er denn nicht selbst?«

Enrico lachte laut auf. »Also wirklich! Er hat natürlich Angst, jemand könnte ihn erkennen und mit den ›aufmüpfigen Weibern‹ – wie so manche seiner Kunden sie nennen – in Verbindung bringen.«

»Dann musst du dich aber beeilen, wenn du den Auftrag erfüllen willst«, warf Federica ungeduldig ein, und tatsächlich erklangen die Sprechchöre schon viel lauter.

Die Wahlrechtsparade, zu der politische Frauenrechtsorganisationen aufgerufen hatten, war schon vor einigen Wochen angekündigt worden. Eine Lehrerin hatte einen Aushang am Hunter College gemacht, und als Marie Federica davon erzählt hatte, war sie sofort Feuer und Flamme gewesen.

»Lass uns auch weiße Kleider anziehen und ihnen zujubeln! Die haben jeden Beistand nötig.«

Seit über sechzig Jahren kämpften die Frauen in Amerika für ein Stimmrecht. »Suffrage«, das Recht zu wählen, stand schließlich in der Verfassung der Vereinigten Staaten.

»Es ist ungeheuerlich, dass zwanzig Millionen Frauen in diesem Land das Wahlrecht verweigert wird«, hatte Federica erklärt.

Früher hatte Marie sich nie Gedanken über Politik gemacht, aber seitdem der Krieg in ihrer Heimat ausgebrochen war, fragte sie sich, ob er hätte verhindert werden können, wenn kein Kaiser herrschen würde und in einer Demokratie Frauen mitbestimmen könnten. Zu dritt eilten sie zur Fifth Avenue, wo sich zu beiden Seiten der Straße die Menschen vor den Geschäften drängten und dem Zug gespannt entgegenblickten.

Enrico hatte neben Marie die Kamera mit dem Stativ aufgebaut und berührte nun sanft ihren Arm.

»Möchtest du das Fotografieren übernehmen?«, fragte er lächelnd.

Sie hatten in den ersten Wochen in Brooklyn Vatis Kamera verkaufen müssen, um über die Runden zu kommen, und seither nicht genug sparen können, um sich eine neue zu kaufen. Zudem hatte ihr Vater sich neben seiner Arbeit für den Rabbiner wieder mehr auf die Malerei verlegt. Er hatte sich einer Gruppe namens *Ash Can* angeschlossen, die nicht die Reichen und Gutbürgerlichen porträtierten, sondern die armen Leute in ihrem Großstadtalltag. Ihr Vater hatte wieder seine Zuversicht zurückgewonnen, auch wenn Marie sich fragte, wer ihm diese Gemälde jemals abkaufen sollte. Enricos Vorschlag, ihr die Kamera zu überlassen, rührte sie daher sehr.

»Ist es dir ernst? Magst nicht lieber du die Bilder machen?«

»Du hast doch viel mehr Erfahrung als ich, und ich möchte meinen Chef nicht enttäuschen. Außerdem sehe ich dir an der Nasenspitze an, wie sehr es dir gefallen würde.«

Marie wurde rot. Sie trat vor den Apparat, und Enrico kam näher und beugte sich zu ihr, um ihr den Mechanismus zu zeigen, was unnötig war, denn er wich nicht wesentlich von Vatis Kamera ab. Doch sie ließ ihn gewähren. Plötzlich stieg ein Gefühl in ihr auf, das so neu und aufregend war, dass alles um Marie herum in den Hintergrund trat. Sie hörte nicht mehr das Hufgetrappel der Gruppe von Frauenrechtlerinnen, die hoch zu Ross den Marsch anführte. Sie achtete nicht auf den Jubel, der aufwogte, und die vereinzelten Buhrufe von strengen Herren in Anzügen, die voller Verachtung den Ankommenden entgegenblickten. Sie sah nicht, wie Federica ihren Bruder und sie mit einem Lächeln beobachtete. Marie fühlte nur noch Enricos Nähe, war völlig eingenommen von seinem herben Duft und genoss die Wärme, die er in ihrem Rücken ausstrahlte. Vor ihr rauschten die Suffragetten in ihren langen weißen Kleidern und grimmig entschlossenen Mienen wie streitbare Engelscharen vorbei, doch als seine Finger zärtlich ihre Hand umschlossen und sie über den Balgen nach vorne bewegten, um das Objektiv scharfzustellen, durchfuhr es sie wie ein elektrischer Schlag. Sie vernahm kaum die Worte, die er ihr ins Ohr flüsterte. Harmonisch flossen ihre Bewegungen im Umgang mit der Kamera ineinander, wie zufällig berührte Enrico dabei immer wieder ihren Handrücken oder ihre Finger und fixierte sie zärtlich mit seinen dunklen Augen. Ein sehnsüchtiges Zittern lief durch ihren Körper. Nachdem die letzte Kämpferin in Weiß aus ihrem Blickfeld verschwunden war, nahm sie kurzentschlossen Enricos Hand, hielt sie fest und drehte sich zu ihm um.

»Danke«, wisperte sie und wusste nicht, ob er sie über den Lärm hinweg überhaupt verstand. Aber da legte er schon seine Hand um ihre Taille, sein Gesicht kam näher, und einen Augenblick lang dachte sie, dass er sie jetzt küssen wollte, ausgerechnet hier, inmitten all der fremden Menschen.

»Extrablatt!«

Der Schrei des Zeitungsjungen, der dem Zug gefolgt war, ließ sie auseinanderfahren. Federica, die ein Stück abseits stand, beugte sich vor und kaufte dem Jungen eine Zeitung ab. Später, als sie sich in der Hochbahn gegenübersaßen, las sie stirnrunzelnd aus der ›New York Times‹ vor, die eindringlich warnte, dass die Frauen sich und die Gesellschaft in ein wahres Durcheinander stürzen würden, sobald sie das Recht zu wählen bekämen:

> »Sie würden all die Rechte einfordern, die das Wahlrecht impliziert. Unmöglich, sich Frauen als Soldaten und Matrosen, Polizisten oder Feuerwehrmänner vorzustellen. Himmel, denken Sie nur an das Chaos!«

Doch Marie hörte ihrer aufgebrachten Freundin nur mit halbem Ohr zu und erwiderte mit klopfendem Herzen Enricos intensiven Blick.

Wenige Tage später klingelte Enrico nachmittags an ihrer Haustür. Marie war nicht da, und er sagte ihrem Vater, er wolle nicht stören, sondern nur ein Geschenk für sie abgeben, das er von dem Geld, das er für ihre Fotografien erhalten hatte, gekauft hätte. Marie, die gerade Besorgungen gemacht hatte, fiel aus allen Wolken, als sie zurückkam und das in grünes Seidenpapier eingeschlagene Kästchen auf dem Küchentisch öffnete. Auf schwarzem Samt lag darin eine Brosche gebettet, so außergewöhnlich schön, dass sie die Augen aufriss. Zwischen fein gearbeiteten goldenen Blätterranken schimmerten weiße Perlen und grüne Edelsteine. Ein kleiner Zettel mit einer kunstvoll geschwungenen Handschrift lag dabei:

»Verzeih mir, Marie, ich habe vergebens gesucht. Aber kein Smaragd der Welt kommt dem Glanz deiner Augen gleich.«

»Na, so was«, sagte ihr Vater, als er das Schmuckstück sah, und seine Mundwinkel zuckten. »Ich habe, scheint's, meine Kamera zu früh verkauft, wenn man eine solche Kostbarkeit von einem Nachmittag Fotografieren erwerben kann.«

Maries Wangen glühten. Die Brosche musste Enrico ein Vermögen gekostet haben.

41

Elias

August, 2022

An diesem Mittwochmorgen ging einfach alles schief. Erst schüttete sich Elias Kaffee über das Hemd und musste sich noch einmal umziehen. Als er gerade in seinen Jeep steigen wollte, erschien Noah wie aus dem Nichts und fragte, ob er ihm nur mal kurz helfen könne, einen Rohrschaden in seiner Küche zu reparieren. Der Klempner hätte erst nächste Woche Montag einen Termin frei, und seine Frau würde vollkommen ausflippen, weil sich die Schwiegereltern fürs Wochenende angekündigt hätten. Also schrieb Elias Emma eine SMS, dass es später werden würde, weil er seinem Nachbarn noch kurz das Leben retten musste. Leider hatte Noah das falsche Ersatzteil besorgt, sodass sie ein weiteres Mal in den Baumarkt fuhren, bevor sie überhaupt mit der Reparatur loslegen konnten. Es war fast elf, als Elias mit nassen, schmutzigen Klamotten zurück ins Cottage kam, um sich zu duschen und umzuziehen. Emma hatte ihm in der Zwischenzeit geantwortet, dass es kein Problem sei und sie mit seiner Mutter gerade Mittagessen machen würde. Erleichtert atmete er auf, weil sie ihm die Verspätung nicht übel nahm, als sein Handy klingelte und auf dem Display ein Gesicht erschien, das er schon eine ganze Weile nicht gesehen hatte. Genau genommen nicht mehr seit der Beerdigung seines Vaters. *Oh, nein, nicht ausgerechnet jetzt!* Er fühlte sich nicht bereit für dieses Gespräch. Also drückte er den Anruf mit einem gewissen Unbehagen weg und lief zu seinem

Jeep. Kaum hatte er den Rucksack auf den Rücksitz geworfen und den Motor gestartet, klingelte es erneut. Stöhnend aktivierte er die Freisprechanlage und fuhr los.

»Hi, Kaleo. Es ist gerade wirklich ungünstig, ich bin unterwegs.«

Er bereute seine Begrüßung, kaum dass er sie ausgesprochen hatte. Verdammt, Kaleo war sein bester Freund, und er hatte ihn seit Tagen anrufen wollen, um ihm zu sagen, wie leid ihm sein blödes Verhalten bei der Beerdigung tat.

»Ich halte dich auch nicht lange auf«, klang es entsprechend kühl aus den Lautsprechern. Ohne Umschweife fuhr Kaleo fort: »Mir ist gesagt worden, dass du die TMT-Organisation in Washington bei der National Science Foundation unterstützt hast, um den Konflikt auf Bundesebene zu verlagern.«

Ihm schwante nichts Gutes. »Ja. Und?«

Ein abfälliges Schnauben in der Leitung. »Ich hatte es nicht glauben wollen.«

Elias bog auf den Highway Richtung Hāna und fragte sich, was wohl an diesem Tag noch alles passieren würde.

»Ich habe monatelang an der Entwicklung dieses Teleskops mitgearbeitet, du kannst es mir nicht übel nehmen, dass ich den Bau befürworte. Es wird großartig werden, eine unglaubliche Bereicherung für die Wissenschaft und für Hawaii. Was hast du denn mit der ganzen Sache überhaupt zu tun?«

»Ich habe mich mit einigen Leuten der Lālākea Foundation zusammengetan, die es sich zur Aufgabe gemacht hat, die Kultur und Tradition unseres hawaiianischen Erbes zu bewahren. Wir haben Regierungsmitglieder für uns gewinnen können, die eine Gesetzesvorlage erarbeitet haben, über die in den nächsten Wochen abgestimmt wird. Wenn das Gesetz durchgeht und der Gouverneur von Hawaii es abzeichnet, verliert die Universität von Hawaii ihre Rolle als alleinige Aufsichtsbehörde über das Gebiet des Mauna Kea.«

Elias fühlte sich, als hätte Kaleo ihm gerade die Faust in den Magen gerammt. »Super. Das habt ihr ja wirklich toll hingekriegt«, sagte er süffisant. »Und wer soll dann für den Wissenschaftskomplex zuständig sein? Ein unorganisierter Haufen Hula-tanzender Spinner, die keine Ahnung von Technik und Astronomie haben?«

»Interessante Sichtweise, mein Freund.«

»Ich bin Wissenschaftler, verdammt noch mal!«

»Und Hawaiianer! Eli, du bist auf Maui geboren, wir sind zusammen aufgewachsen! Ich erkenne dich nicht wieder und kann nicht glauben, dass es dir völlig gleichgültig ist, wie wir hier auf dem Berg abgezockt werden.«

Elias stöhnte und fuhr sich durchs Haar. »Hast du mich angerufen, um mich an meine Wurzeln zu erinnern? Ich fürchte, du überschätzt meinen Einfluss auf die TMT-Organisation.«

»Nein. Ich wollte dich eigentlich für unsere Sache gewinnen und musste dann erfahren, dass du bereits auf der Gegenseite stehst. Wir sind keine Spinner. Wir wollen das Gebiet nur künftig mit einem mehrköpfigen Gremium verwalten, das aus verschiedenen Interessengruppen besteht, darunter auch Astronomen und Wissenschaftler. Ich hatte vor, dich für den Wissenschaftsjob vorzuschlagen.«

Stille herrschte nach seinen Worten, und in Elias tobte ein Sturm von Gefühlen. Noch vor ein paar Wochen hätte er es rundum abgelehnt, überhaupt darüber zu sprechen. Aber die Begegnung mit Emma hatte etwas in ihm ausgelöst. Er hatte sich nach der Trennung von Colleen von allen Freunden, von allem, was Gefühle in ihm auslösen könnte, abgeschottet, war stur seinem Job nachgegangen, um nur bloß nicht wieder verletzt zu werden. Ausgerechnet hier, auf der Küstenstraße, mit dem Blick auf die unendliche Weite des Meeres, wurde ihm auf einmal bewusst, wie falsch er damit gelegen hatte. So funktionierte das nicht. Wenn er keine Gefühle zuließ, konnte er auch nicht glücklich werden. Er war doch kein Roboter. Kaleo war *Ohana*, seine Familie, es wurde Zeit, dass er sich mit ihm aussöhnte oder ihn zumindest anhörte. Womöglich gab es ja eine Möglichkeit, zusammen und doch jeder auf seine Art etwas Großartiges für den heiligen Berg Hawaiis zu schaffen.

»Ihr habt also nicht vor, das Teleskop rundweg abzulehnen?«, fragte er ruhiger.

»Nein. Wir suchen nur einen Kompromiss, der alle Anschauungen berücksichtigt. Wie genau der aussehen wird, kann ich dir noch nicht sagen. Aber ich dachte, du hättest vielleicht Interesse, daran mitzuwirken, weil du beide Seiten kennst und verstehst. Scheinbar habe ich mich in dir getäuscht. Entschuldige, dass ich dich mit meinem Anruf aufgehalten habe.«

»Nein, warte!« Elias umklammerte das Lenkrad fester. »Es tut mir leid. Alles. Ich meine … ich habe ziemlich viel Mist in der Vergangenheit gesagt. Und mich eine Ewigkeit nicht mehr bei dir gemeldet. Aber ich würde dich gerne einmal wiedersehen und ein Bier mit dir trinken. Dann können wir über das alles in Ruhe reden. Also, wenn du das auch noch möchtest«, sprudelte es aus ihm heraus.

Wieder herrschte Stille. Als Kaleo sprach, klang seine Stimme belegt.

»Du bist *Ohana*, Eli! Ich bin nicht derjenige, der das in den vergangenen Jahren vergessen hat.«

»Ich weiß. Hör zu, am Samstag bringe ich eine Freundin zum Flughafen. Anschließend könnte ich einen Flug nach Big Island nehmen und euch besuchen kommen.«

»Okay. Willst du bei uns übernachten? Das, was wir zu besprechen haben, wird nämlich länger dauern.«

Elias lächelte. »Wenn ich dir nicht zur Last falle?«

»Das wird sich zeigen«, erwiderte Kaleo, aber seine Worte klangen härter als sein Tonfall.

»Wie geht es eigentlich Nalu?«, wechselte Elias das heikle Thema.

»Frag nicht. Der hat noch mehr verrückte Ideen im Kopf als wir beide früher zusammen. Es vergeht kein Tag, an dem ich nicht zwischen Ich-platze-vor-Vaterstolz und Ich-bekomme-gleich-einen-Herzinfarkt schwanke.«

»Hm, vielleicht kann ich ihm noch ein paar coole Tipps geben, um deinen Blutdruck anzuregen?«

»Untersteh dich!«

Er sah Kaleos Gesicht vor sich und hörte das verhaltene Lächeln in seiner Stimme. »Dann bis zum Wochenende.«

»Ja, bis dann.«

Elias war erleichtert über den Verlauf des Telefonats. Sie hätten viel früher miteinander reden sollen. Das Gespräch ermutigte ihn außerdem, darüber nachzudenken, wie er heute Nacht Emma unter dem Sternenhimmel seine Gefühle gestehen wollte. Denn er konnte nicht zulassen, dass sie am Samstag zurück nach Deutschland flog und für immer aus seinem Leben verschwand. Es war verrückt, aber er hatte trotz der kurzen Zeit, die sie miteinander verbracht hatten, das Gefühl, endlich den einen Menschen gefunden zu haben, der ihn verstand und mit dem er sich eine Zukunft und ein gemeinsames Leben vorstellen konnte. War es denn verwunderlich, dass er dieses Leben so schnell wie möglich beginnen wollte? Wie sie das über Ozeane und berufliche Ambitionen hinweg schaffen sollten, konnte er auch noch nicht sagen. Aber wenn sie ebenso empfand wie er, würden sie bestimmt einen Weg finden.

Schwungvoll fuhr Elias eineinhalb Stunden später vor die Garage seiner Mutter, stieg aus und schlug die Autotür zu. Als er sich umdrehte, um zum Eingang zu gehen, kam ihm jemand aus dem Garten entgegen. Ihm fiel fast der Autoschlüssel aus der Hand.

»Emma!«, rief er und starrte sie verblüfft an.

Sie war beim Friseur gewesen und hatte ihr langes Haar radikal kurz geschnitten. Die Frisur brachte ihre schmalen Schultern, den schlanken Hals und ihre schönen Gesichtszüge zur Geltung. Unter dem schräg ins Gesicht fallenden Pony erschienen ihre Augen noch größer, wie die eines Rehs, und Elias war so fasziniert, dass er zunächst gar kein Wort herausbrachte. Erst als sie vor ihm stand und er ihren verlegenen Gesichtsausdruck und die Unsicherheit darin bemerkte, kam er wieder zu sich. Er hatte die langen Haare gemocht. Aber das hier …

»Emma«, wiederholte er mit rauer Stimme, »du siehst einfach unglaublich aus!«

42

Emma

August, 2022

An diesem Mittwochmorgen hatte sich Emma fünf Mal umgezogen, bevor sie ein Outfit gefunden hatte, mit dem sie einigermaßen zufrieden war. Ihre Wahl war am Ende auf eine dunkelblaue Dreiviertel-Hose gefallen, die oben figurbetont geschnitten und unten weit war. Dazu hatte sie ein enges Shirt mit marineblauen Streifen und einem U-Ausschnitt gewählt. Eine halbe Ewigkeit hatte sie anschließend vor dem Spiegel im Bad damit zugebracht, ihre ungewohnte Frisur zurechtzuzupfen und mit ein wenig Stylingcreme in Form zu bringen, wie sie es in dem Tutorial auf ihrem Handy zu dem Haarschnitt gesehen hatte. Dabei war ihr aufgefallen, dass die junge Frau in dem Video einen knalligen Lippenstift trug, und sie beschloss, sich zur Abwechslung auch ein wenig kräftiger zu schminken. Als Elias' Nachricht einging, dass er seinem Nachbarn das Leben retten müsste, war sie kurz verunsichert gewesen. Doch dann hatte sie ihre Zweifel beiseitegeschoben. Er hätte sie bestimmt nicht gefragt, ob sie sich heute schon von Becky und Jane verabschieden und die restliche Zeit mit ihm verbringen wollte, wenn er ihre Gesellschaft nicht wünschte.

Jane war gleich nach dem Frühstück zu ihrem Ex-Freund Takeshi aufgebrochen, und nachdem Emma ihren Koffer gepackt hatte, half sie Becky beim Tischdecken und Gemüseschneiden und anschließenden Grillen im Garten. Wehmütig blickte sie zum Observatorium und weiter hinaus über das Meer.

»Ich werde dich und das alles hier furchtbar vermissen, Becky«, gestand sie leise.

»Du wirst mich doch hoffentlich wieder besuchen?«

»Natürlich! Und du bist jederzeit von Herzen eingeladen, nach München zu kommen. Ich habe zwar nur eine Wohnung, aber …«

Becky winkte ab, legte die Grillzange beiseite und umarmte sie fest. »Ich besuche dich gerne, und wenn es bei dir zu beengt ist, nehme ich mir einfach ein Hotelzimmer.«

Emma wollte gerade etwas erwidern, als sie von der Straße her Motorengeräusche hörte. Sofort machte ihr Herz einen Satz.

»Das wird Elias sein«, rief sie und eilte ihm entgegen.

Sie war nervös, denn sie wusste nicht, was er von der neuen Frisur halten würde. Tatsächlich starrte er sie sekundenlang an, dann trat ein Leuchten in seine grünen Augen. »Emma, du siehst einfach unglaublich aus«, sagte er, und auf einmal fühlte sie, dass etwas in ihr seinen Platz fand. Seine Worte schienen die letzte Bestätigung gewesen zu sein, die ihr Herz noch gebraucht hatte. Sie war verliebt.

Nein, das traf es nicht annähernd, das war das, was sie in der ersten Zeit gegenüber Michael empfunden hatte. Das, was sie jetzt empfand, war viel intensiver und ging tiefer. Sie liebte. Jede Faser in ihr fühlte sich zu ihm hingezogen, und sie ertrug kaum die Vorstellung, dass sie in drei Tagen von ihm getrennt sein sollte. Oder dass er vielleicht nichts mehr von ihr wissen wollte, wenn sie sich für ihr Kind entschied. Jetzt stand sie ganz dicht vor ihm. Sie hob die Hand. Sie musste ihn einfach berühren, doch gerade als ihre Finger seine Brust erreichten, zuckte sie zurück, weil sie Becky rufen hörte:

»Da bist du ja endlich, Elias! Was gab es denn bei Noah so Dringendes zu tun? Wir müssen uns jetzt mit dem Essen ganz schön sputen, wenn du Emma heute noch das Sonnenteleskop vorführen willst.«

Sie erreichten den Wissenschaftskomplex auf dem Haleakalā tatsächlich erst eine gute Stunde vor Sonnenuntergang. Emma hatte sich eine Fleecejacke übergezogen und sogar eine Mütze und eine weitere Jacke mitgenommen, denn auf über dreitausend Metern Höhe würde die Nacht empfindlich kalt werden. Schon bei ihrem ersten Ausflug auf den Vulkan am vergangenen Wochenende hatte sie das riesige vierzig Meter hohe Gebäude des DKIST, wie die Wissenschaftler das Sonnenteleskop-Observatorium abgekürzt nannten, bewundert. Die Kuppel war nur einen Spalt breit geöffnet, und bevor Emma und Elias den Laborkomplex betreten konnten, mussten sie spezielle Schutzkleidung mit Haube, Handschuhen und Mundschutz überziehen. Die empfindlichen optischen Instrumente durften keinen Staubpartikeln ausgesetzt werden. Zu diesem Zweck sorgte auch ein konstantes Belüftungssystem für eine nahezu staubfreie Umgebung. Beeindruckt starrte Emma auf die riesige weiße Teleskopkonstruktion, die den ganzen Tag über rotierte, um dem Lauf der Sonne zu folgen.

»Als ich Jane das erste Mal von dem Projekt erzählt habe, dachte sie, im DKIST würde es ähnlich wie in Moms Observatorium aussehen, nur ein wenig größer, und man könne mit bloßem Auge durch ein Teleskop mit Schutzfilter direkt in die Sonne schauen«, sagte Elias, und seine Augen über dem Mundschutz glitzerten belustigt.

»Na ja, mit diesen Dimensionen«, Emma deutete mit einer ausholenden Handbewegung um sich, »rechnet vermutlich niemand, der nicht vom Fach ist. Ich gestehe, so krass habe ich es mir auch nicht vorgestellt.« Sie sah nach oben zu der schmalen Öffnung und dem oberen Spiegel des Teleskops mit gigantischen vier Metern Durchmesser. »Wie verhindert ihr denn, dass der Spiegel nicht einfach unter der ständigen Sonneneinstrahlung schmilzt?«

»Eine wassergekühlte Metallblende lässt nur drei Prozent

des Sonnenlichts durch, und der Spiegel wird zusätzlich aktiv von der Rückseite mit eiskalter Luft gekühlt.«

»Und das Licht, das dann auf den unteren Spiegel trifft, reicht trotzdem noch für diese ultrascharfen Bilder aus?«, fragte Emma ungläubig.

»Kaum zu glauben, nicht wahr? Der zweite Spiegel muss natürlich auch gekühlt werden. Hier ist die Hitzeentwicklung immerhin noch so groß, dass du eine Tüte Popcorn in drei Sekunden aufploppen lassen könntest.«

Emma grinste. »Gut zu wissen. Ich liebe Popcorn.«

»Süß oder salzig?«

»Natürlich salzig!«

Elias nickte. »Das merke ich mir für unseren nächsten Filmabend.«

Er hatte es bestimmt nur so dahergesagt, aber Emma konnte plötzlich seinen technischen Erläuterungen nur noch schwer folgen.

»Tausendfünfhundert Aktuatoren passen den Spiegel ständig an und …« *Was, wenn er wirklich dasselbe für mich empfindet?* »… rotiert mit einer Präzision von drei zehntausendstel Grad …« *Will er deshalb den morgigen Tag mit mir verbringen, um es mir zu sagen?* »… ist geringer als die Dicke eines Haares …« *Wie er dann wohl darauf reagieren wird, wenn er erfährt, dass ich schwanger bin?* »… verschiedene Wellenlängen korrespondieren mit den unterschiedlichen Schichten der Atmosphäre und …« *Ich muss es ihm ja nicht gleich auf die Nase binden, sondern kann erst einmal den Beratungstermin in Deutschland abwarten.* »… mit den Spezialkameras, die auf vier Instrumenten am Teleskop befestigt wurden. Magst du das Ergebnis mal sehen?«

»Hm?« Emma schreckte aus ihren Gedanken auf. Elias stand ganz nah bei ihr. Sie blickte über die medizinische Maske in seine grünen Augen, die voller Begeisterung für dieses Wunderwerk der Technik leuchteten. Emma legte ihre Hand so vorsichtig auf seinen Arm, als befürchtete sie, einen elektrischen Schlag zu bekommen. »Wahnsinnig gerne!«

Elias führte sie zu den Monitoren im Labor, wo sie ein Livevideo der Sonne betrachten und verschiedene Einstellungen vornehmen konnten. Goldgelbe bis nahezu weiße Strukturen mit dunklen Rändern zeichneten sich auf dem Bildschirm ab. »Also ich finde, die Sonnenoberfläche sieht ein bisschen wie pulsierende Bienenwaben aus«, bemerkte Emma fasziniert. »Und was ist mit den hellen Flecken hier?« Sie deutete auf einige Bereiche, die sich wie gleißende Adern zwischen den Plasmawaben zu schlängeln schienen.

»Hi, ich bin Asuka. Elias hat uns schon viel von dir erzählt«, hörte sie plötzlich eine Stimme hinter sich. Sie sah auf und drehte sich um. Vor ihr stand eine Frau in ihrem Alter. »Willkommen am DKIST! Gefällt es dir hier?«

»Ja, und wie! Ich bin so glücklich, dass ich die Gelegenheit bekommen habe, mir alles hier anzusehen. Danke!«

»Ach was, wir freuen uns, dass du hier bist. Wie aufregend, dass du Astronautin werden möchtest. Ich liebe den Sternenhimmel seit meiner Kindheit, aber den Mut, zu ihnen zu fliegen, hätte ich nicht.« Sie deutete wieder auf den Monitor. »Die hellen Flecken da sind magnetische Hotspots. Wir vermuten, dass von ihnen energiegeladene Teilchen Richtung Erde schießen können.«

»Als Sonnenwind oder Sonnensturm?«

»Genau. Solange nur Polarlichter dadurch entstehen, können wir uns zurücklehnen und das Schauspiel genießen. Wir versuchen aber, die Sonnenstürme zu erforschen, um bessere Vorhersagen über dramatischere Szenarien wie vereinzelte Stromausfälle oder den totalen Blackout treffen zu können.«

Sie unterhielt sich noch eine ganze Weile mit Asuka und lernte einige andere Kollegen von Elias kennen. Viel zu schnell verflog die Zeit, und sobald die Sonne unterging, verließen sie das DKIST, um zu den kuppelförmigen Gebäuden der beiden Pan-STARRS-Observatorien hinüberzuwandern, von wo aus sie den Sternenhimmel beobachten würden.

Emma trat ins Freie und blieb wie angewurzelt stehen. Der Anblick verschlug ihr den Atem. Wie ein dunkler Scherenschnitt breitete sich die Vulkanlandschaft des Haleakalā vor ihr aus, während der Himmel dahinter von Farben regelrecht geflutet wurde. Dort, wo die Sonne in der Wolkendecke verschwand, die über den Bergkuppen schwebte, gingen hellgelbe Strahlen in ein kräftiges Orangerot über, das sich zu den Seiten hin in purpur- und lilafarbenen Wolkenbänken verlor. Dazwischen färbte sich das Tintenblau des Himmels nachtdunkel. Emma stellte sich an die Brüstung und betrachtete das Schauspiel. Kühler Wind blies ihr ins Gesicht, und im Rücken fühlte sie Elias' Wärme. Er stand ganz dicht hinter ihr, so nah und doch unendlich weit entfernt, falls sie nicht bald die richtigen Worte fand.

»Schön, nicht wahr? Ich bin jeden Tag, wenn ich Feierabend mache, gefesselt von diesem Anblick. Alle Welt ist verrückt nach dem Sonnenaufgang, in der Früh rücken hier ganze Heerscharen von Touristen an, das wirst du morgen erleben«, sagte er. »Versteh mich nicht falsch, der Sonnenaufgang ist auch toll. Doch die Stimmung abends ist viel intensiver. Und bald werden auch die ersten Sterne am Himmel aufleuchten.«

Emma fühlte seinen warmen Atem in ihrem Nacken, und etwas in ihr zog sich sehnsüchtig zusammen. Sie atmete tief ein.

»Macht es dir was aus, wenn wir noch eine Weile hier draußen bleiben, bevor wir zu dem anderen Observatorium gehen?«

»Nein, gar nicht. Ein bisschen Zeit haben wir. In einer Stunde habe ich in der Lodge unten einen Tisch für uns reserviert. Vor der Sternenbeobachtung möchte ich dich gerne zum Dinner einladen. Wir haben ja noch die ganze Nacht vor uns, und du sollst hinterher nicht sagen, dass ich dich verhungern lasse.«

Sie hatte das Restaurant beim Hochfahren gesehen, es sah teuer aus. Es war wirklich lieb, dass er sie einladen wollte, aber gerade wünschte sie sich nichts mehr, als eine Weile mit ihm ganz allein zu sein. Mit flatterndem Herzen drehte Emma sich um. Sein Gesicht war in das goldene Licht der untergehenden Sonne getaucht, das seinen Augen einen warmen Glanz verlieh. Ein Lächeln umspielte seinen Mund. Sie starrte auf seine Lippen, und plötzlich trieb eine Windbö eine Haarsträhne in seine Stirn. Emma hob die Hand, strich sie ihm aus dem Gesicht, verharrte an seiner Schläfe und ließ ihre Fingerspitzen dann langsam über die Bartstoppeln seiner Wange hinunter zu seinem Hals wandern.

»Ich würde gerade viel lieber mit dir hierbleiben, nur wir zwei allein, und die Sterne über uns.«

Er schluckte schwer und kam noch etwas näher heran. Seine Hände griffen rechts und links von ihr an das Geländer, als wollte er Halt finden oder verhindern, dass sie ihm entkam.

»Was immer du willst, Emma«, flüsterte er, während ihre Hand wie von selbst von seinem Hals in den Nacken wanderte. Emma kam nicht mehr dazu, ihn zu sich heranzuziehen. Im nächsten Moment beugte er sich vor, und seine Lippen trafen ungestüm auf die ihren. Ein Keuchen entfuhr ihrem Mund, als seine Hände das Geländer losließen, ihre Taille umfassten und sie fest an sich zogen. Sein Kuss vertiefte sich, und es war, als hätte sie ihr Leben lang auf diesen innigen Moment gewartet. Hungrig erwiderte sie das Spiel seiner Zunge, schlang die Arme um seinen Nacken und schloss die Augen. Ihr Puls sang in ihren Ohren, und sie verlor sich in dem Geschmack seines Mundes und dem herben Duft seiner Haut. In diesem Augenblick hörten sie Stimmen und die Tür des Observatoriums zufallen, und sie fuhren auseinander. Elias' Kollegen verließen das

DKIST, winkten ihnen zu, und Emma biss sich verlegen auf die Unterlippe.

»Ich habe eine Decke im Jeep«, raunte Elias, sobald sie gegangen waren. »Wenn du magst, können wir uns auch drüben im Visitor Center was zu essen besorgen und uns ein ruhiges Plätzchen hier draußen suchen.«

Sie schmiegte sich zurück in seine Arme. »Viel besser, als zum Dinner in die Lodge hinunterzufahren.«

Es fühlte sich völlig natürlich an, zusammen Hand in Hand zum Auto zurückzugehen, so, als hätten sie das schon immer getan. Emma fragte sich, warum es ihr nie zuvor aufgefallen war, wie angespannt sie in Michaels Gegenwart früher gewesen war, wie sie ständig das Gefühl gehabt hatte, nicht zu genügen, zu viel oder zu wenig zu reden oder etwas Falsches zu sagen, womöglich nicht interessant genug zu sein. Neben Elias fühlte es sich auch gut an, einfach nur zu schweigen und den eigenen Gedanken nachzuhängen, ohne dafür Schuldgefühle zu haben. Sie wünschte so sehr, sie hätte sich früher von Michael getrennt und diese letzte gemeinsame Nacht wäre niemals geschehen. Aber vermutlich musste all das genau so passieren, damit sie sich kennenlernten und sie den Willen aufbrachte, sich von Michael zu trennen. Rasch verdrängte sie den Gedanken an all die schweren Entscheidungen, die ihr noch in Deutschland bevorstanden, und betrat mit Elias kurz vor Ladenschluss das Visitor Center, wo die Mitarbeiter gerade am Aufräumen waren.

Eine Stunde später saßen sie dicht aneinandergeschmiegt in der Nähe eines Felsens unterhalb der Absperrung im Schutz der Dunkelheit auf Elias' Decke. Sie hatten ihre Jacken angezogen und die Mützen aufgesetzt, dennoch war es empfindlich kalt, und Emmas Finger, mit denen sie das letzte Stück ihres Sandwiches hielt, waren ganz klamm. Elias hatte seinen Arm um sie gelegt, und sie lehnte an seiner Brust.

»Weißt du«, flüsterte er dicht an ihrem Ohr, »du bist mir heute Abend mal wieder zuvorgekommen. Ich wollte dir doch ursprünglich bei einem Candlelight Dinner in der Lodge sagen, dass ich seit Tagen nicht mehr aufhören kann, an dich zu denken und dass ich mich die ganze Zeit frage, wo und wann wir uns nach deinem Urlaub wiedersehen können und ob du das möchtest.«

Emma schluckte den Bissen ihres Sandwiches hinunter und drehte sich zu ihm um. »Ich will am liebsten gar nicht erst abreisen, Elias. Aber ich habe meinen Job und so viel in diese Bewerbung bei der ESA investiert …«

»Natürlich! Ich weiß doch, was dir diese Astronautenbewerbung bedeutet. Versteh das bitte nicht falsch, ich überlege doch nur …«

»Ich weiß.« Sie küsste ihn zärtlich. »Mir gehen auch seit Tagen tausend Gedanken durch den Kopf.« *Und einen davon wage ich dir im Augenblick gar nicht zu sagen.* »Ich war so glücklich, als du mich gefragt hast, ob ich die letzten beiden Tage mit dir verbringen möchte und dass du extra auch am Freitag Urlaub eingereicht hast. Warten wir doch erst einmal die nächsten Wochen ab. Du weißt noch nicht, ob der Bau des Teleskops in absehbarer Zukunft wieder aufgenommen wird und du dann nach Big Island ziehst. Ich habe keine Ahnung, ob ich die letzten Hürden für die Astronautenauswahl bewältigen kann. Und ich muss daheim eine Menge in Ordnung bringen.«

»Mit deinem Freund?«, fragte er, und seine Stimme klang belegt.

»Mit meinem Ex-Freund, ja. Ich muss klären, ob er die Wohnung behalten will oder auszieht, muss mir vielleicht selbst etwas Neues suchen. Und dann sind da noch einige andere Themen, die ich mit ihm und meinen Eltern durchkauen muss und viel zu lange aufgeschoben habe. Im Grunde hat mir deine Mom den Anstoß dazu gegeben.«

Er lachte leise. »Das kann sie gut.«

Ein grüner Lichtstrahl schoss plötzlich in den nächtlichen Himmel. »Was war das denn?«, fragte Emma verdutzt.

»Sie haben neuerdings ein Lasersystem installiert. Es dient als Hilfe, wenn das Teleskop den Fokus verliert.«

Elias verlagerte sein Gewicht und rutschte auf der Decke nach vorne, sodass sie jetzt im Liegen in den Sternenhimmel schauten.

»Auf dem Haleakalā fühlt man sich wirklich der Unendlichkeit so nah«, murmelte Emma und versuchte, die einzelnen Sternbilder in dem funkelnden Lichtermeer über ihr auszumachen. »Als müsste man nur die Hände ausstrecken und könnte nach den Sternen greifen.«

»Dabei ist der nächste vierzig Billionen Kilometer entfernt, unfassbar weit.«

Emma fühlte, wie die Kälte ihr immer mehr unter die Jacke kroch und sie bereits am ganzen Körper zitterte, aber sie wollte diesen Augenblick mit ihm hier so lange wie möglich auskosten, ihn irgendwie konservieren. Mit jeder Sekunde, die sie mit Elias verbrachte, glaubte sie, ihn noch ein Stückchen mehr zu lieben.

»Wollen wir nicht besser aufbrechen?«, fragte er nach einer Weile und beugte sich über sie.

»Du hast recht.« Seufzend stand sie auf. »Dann zeig mir mal, was die Pan-STARRS-Teleskope zu bieten haben.«

Als sie bei Sonnenaufgang den Haleakalā-Gipfel verließen, lag eine Nacht voller Wunder, Sterne und anregender Gespräche hinter ihnen. Elias lenkte den Jeep die Serpentinen talwärts, und Emma saß nachdenklich neben ihm. Noch nie hatte sie sich darüber Gedanken gemacht, ob es irgendwo auf der Welt einen Sehnsuchtsort für sie gab. Sie hatte ihn immer nur in den Weiten des Weltalls vermutet und jetzt ganz unverhofft auf der

Erde gefunden, genau hier, auf dieser kleinen Insel im Pazifik, an der Seite dieses wundervollen Mannes. Wenn sie mit ihm zusammenleben wollte, und das wollte sie irgendwann auf jeden Fall, kam es gar nicht in Frage, dass er zu ihr zog. Sie würde ihm in dieses Paradies folgen, sie musste nur herausfinden, wie sie das möglich machen konnte.

Wehmütig betrachtete Emma die karge Vulkanlandschaft, über der noch der lilafarbene Schleier der Nacht lag, während am Horizont bereits das orangerote Feuer der Sonne aufloderte. Elias hatte recht behalten. Der Sonnenaufgang war traumhaft schön, aber kein Vergleich zu der Atmosphäre am Abend zuvor. Sie musste daran denken, dass sie in dieser Nacht beschlossen hatte, nicht nur Michael von ihrer Schwangerschaft zu erzählen. Sobald sich die Gelegenheit ergab, würde sie Elias einweihen. Sie wollte nicht, dass am Anfang ihrer Liebe eine Lüge stand. Emma dachte an all die vielen Momente, in denen sie Michael nicht gestanden hatte, was sie fühlte, nur weil sie ihre Beziehung nicht hatte gefährden wollen. Auch jetzt verfolgte diese Angst sie wie ein dunkler Schatten. Was, wenn Elias nach ihrem Geständnis sofort einen Rückzieher machte? Aber wenn sie es nicht einmal versuchte, wie konnte sie dann jemals wissen, ob seine Liebe auch Krisen und schwierige Entscheidungen überstehen würde?

Nebelbänke lagen über der Straße und erschwerten die Sicht. Sie sah aus der Seitenscheibe und entdeckte oben am Hang die eigentümlichen hellgrauen Stacheln einer Silberschwertpflanze. Das erinnerte sie an ihre gemeinsame Wanderung. Sofort sammelten sich wieder die Tränen in ihren Augen. *Oh, diese verdammten Hormone!* Sie wollte nicht gehen.

»Müde?« Elias' Stimme riss sie aus ihren Gedanken und sie wandte den Kopf. Er tastete nach ihrer Hand und drückte sie, während er einhändig die nächste Kurve nahm. Emma lächelte und blinzelte die Tränen fort.

»Ein bisschen«, gab sie zu und musste wie zur Bestätigung gähnen. Grinsend hob er die Augenbrauen, ohne die Fahrbahn aus den Augen zu lassen. »Okay«, korrigierte sie sich, »sehr müde. Aber glücklich und traurig zugleich, weil ich bald all das hier zurücklassen muss. Ich weiß gar nicht, wie ich das beschreiben soll. Zu viel Input?«

Jetzt lachte er und sah kurz zu ihr hinüber. Es waren nur Sekunden, in denen aber seine Augen so viel Zärtlichkeit ausstrahlten, dass ihre Brust ganz eng wurde.

»So fühlt sich gerade mein Herz an, Emma. Viel zu viel Input für einen nüchternen Wissenschaftler wie mich.«

Elias drehte den Kopf zurück, gleißendes Licht flackerte plötzlich über sein Gesicht, und schlagartig gefror das Lächeln auf seinen Lippen. Mehrere Dinge geschahen gleichzeitig. Aus dem Augenwinkel nahm Emma wahr, dass die Nebelbank vor ihnen aufriss. Die tiefstehende Morgensonne goss ihre Strahlen über die Fahrbahn, und etwas Dunkles bewegte sich mit rasender Geschwindigkeit direkt auf sie zu. Elias zog seine Hand von ihr weg und riss in der nächsten Sekunde das Lenkrad herum. Emma wurde in den Sitz gepresst und zur Seite geschleudert. Sie schrie auf, spürte, wie ihr der Gurt in die Schulter schnitt, und im nächsten Moment erschütterte ein Schlag den Jeep. Sie hörte das Kreischen von Metall, und ihr Oberkörper wurde nach vorne katapultiert. Etwas Weißes prallte so brutal auf ihr Gesicht, dass sie glaubte, ihre Nase brechen zu hören, Panik raubte ihr den Atem. Blut sammelte sich in ihrem Mund, sie sah Sterne vor den Augen, und alles drehte sich. Eiseskälte packte sie mit einer Wucht, als die Welt sich zur Seite neigte und nur noch aus Klirren, metallischem Scheppern, einem Schleifen und aufheulenden Motorengeräuschen bestand. Der widerliche Gestank von Rauch und verbranntem Gummi ließ sie würgen. Emma wusste nicht mehr, wo oben oder unten war, der Jeep bewegte sich immer weiter und kam einfach nicht zum

Stehen. Ein gellender Schrei sirrte in ihren Ohren. Dann wurde ihr Körper zurückgeschleudert, und sie krachte mit dem Hinterkopf gegen etwas Hartes. Ein gleißender Schmerz schoss in ihrem Nacken die Wirbelsäule hinunter, ihr Magen verkrampfte sich, und die roten Flecken auf dem weißen Gebilde vor ihr versanken wie Blutstropfen im Schnee. Sie sah dunkle Schatten unscharf an den Rändern aufziehen, und dann war alles um sie herum in unendliche Finsternis getaucht.

Epilog

Da ist ein Schimmern.

Es wogt auf und schwindet, gleich einem Leuchtfeuer fern am Horizont, kaum wahrnehmbar. Wortbruchstücke treiben wie verirrtes Strandgut auf mich zu, ein Wispern, ein Name.

Mein Name.

»Elias!«

Ich kenne diese Stimme. Ein Gesicht formt sich in meinen Gedanken, Augen wie Bernstein, ein sanft geschwungener Mund, ihr süchtig machender Geschmack auf meiner Zunge, der Duft ihres Haares. Die Worte werden plötzlich klarer, fügen sich wie Puzzleteile aneinander, und endlich verstehe ich sie.

»Elias, wach auf! Bitte komm zu mir zurück!«

Ich versuche ihr zu antworten, aber es geht nicht, ich bin gefangen in diesem Kokon aus Schwärze und Schwerelosigkeit, ich weiß nicht, wo ich bin. Ihre Worte zerfasern einfach in einem Rauschen.

»… liebe … dich.«

Im nächsten Augenblick ballt die Dunkelheit sich zusammen, reißt mich wieder in ihre Arme, und meine Erinnerungen versiegen wie Schaum, der an den Strand gespült wird.

Nachwort

Liebe Leserin, lieber Leser,

fühlen Sie sich auch manchmal einem Menschen ganz nah, obwohl Sie gerade räumlich unendlich weit entfernt sind, und von einem anderen trennen Sie Welten, während Ihre Hände sich berühren? Emmas und Elias' Familiengeschichten sind voll von Episoden dieser Art, voll von Träumen, Zielen und Hoffnungen, die sich am Ende zerschlagen oder auf ganz andere Weise erfüllen als von ihnen gedacht.

Dies ist eine Geschichte über Auswanderung und Reisen ins Unbekannte – in neue Berufe, fremde Länder, Kontinente, sogar das Weltall. An den Weggabelungen entscheiden meine Figuren dabei sehr oft aus Liebe oder aus der Angst heraus, ebendiese zu verlieren.

In diesem Roman stecken, neben der intensiven Recherche, viele persönliche Erinnerungen, teils meine eigenen, teils die von Familienmitgliedern und guten Bekannten. Dennoch sind die Figuren und Ereignisse fiktiv und wurden miteinander und mit dem historischen Kontext verwoben, um ein möglichst realistisches Bild der jeweiligen Zeit und ihrer Menschen zu zeichnen. Aus dramaturgischen Gründen habe ich mir bisweilen die künstlerische Freiheit genommen, einen Eingriff in die Fakten vorzunehmen. Die konkreten Prüfungen bei der Auswahl von Astronauten werden von der ESA aus verständlichen Gründen geheim gehalten, daher habe ich mich an den zur Verfügung gestellten Materialien und Astronauten-Interviews über das Training orientiert. Statt Becky Walsh, die ich fiktiv als Ersatzfrau für Christa McAuliffe im Teacher-in-Space-Project auftreten lasse, war die Lehrerin Barbara Morgan am Challenger-Programm beteiligt. Sie flog zwölf Jahre nach dem Absturz des Space-Shuttle Challenger als Educator Mission Specialist ins All und hat nicht wie meine Becky auf Drängen ihres Mannes die Raumfahrt aufgegeben. Protestaktionen der indigenen Bevölkerung Hawaiis gegen den Bau des Thirty-Meter-Telescope gab es bereits schon früher als im Roman erwähnt. Ludwigskirchen im Banat ist ein fiktiver Ort, den ich im Hügelland am rechten Bega-Ufer angedacht habe. Hinsichtlich des schwowischen Dialekts im Banat habe ich widersprüchliche Quellen gefunden, was nicht verwunderlich ist, da die Siedler im großen Schwabenzug aus allen möglichen Gebieten Deutschlands kamen, Dialekte sich vermischt haben und auch durch österreichische Mundart oder ungarische Begriffe beeinflusst wurden. Ich habe mich bemüht diesem Umstand dadurch gerecht zu werden, dass verschiedene Personen unterschiedliche Dialekte sprechen.

Ein besonderes Dankeschön geht an meine unglaublich engagierte und inspirierende Lektorin Karoline Adler, die nicht in Panik ausbrach, als sie in Erwartung eines Einzelromans diese umfangreiche Familiensaga auf den Tisch bekam, mit einem Wissenschaftspaar in zukunftsorientierten Berufen auf der einen und einem gewagten Sprung zu meinen Figuren und deren Denkweise vor dem Ersten Weltkrieg auf der anderen Seite. Mehr Kontrastprogramm kann man sich kaum vorstellen. Ich danke Barbara Laugwitz, Tim Müller und all den anderen wunderbaren Leuten im dtv-Team, die hinter meinen Büchern stehen und es überhaupt erst möglich gemacht haben, dass Sie diese Geschichte nun in Händen halten. Meiner Agentin Christine Härle gilt mein herzlicher Dank für all die schönen und motivierenden Gespräche und Frau Dr. Gähler für die Bereitstellung von Informationen und Videos zur Visualisierung der Abläufe im ZKI des Deutschen Luft- und Raumfahrtzentrums. Mein Beruf wäre sehr einsam, stünden mir nicht meine großartigen Kollegen und Kolleginnen unter anderem aus den Autorenvereinigungen der Writing Sassenachs und der Vereinigung deutschsprachiger Liebesromanautorinnen und -autoren DELIA mit Rat, Hilfe und dem Feiern unserer jeweiligen kleinen und großen Erfolge zur Seite. Wie schön, dass es euch gibt!

Natürlich gebührt größter Dank meiner Familie, die mich in all meinen Projekten unterstützt, ihr seid einfach die Besten! Robert, du hast mein Leben gerettet, als du in einer nächtlichen Aktion meine verloren geglaubten Dateien wiederhergestellt hast. Marina – ich danke dir für all deine lieben motivierenden Worte. Sarah – mit niemandem kann ich so über das Schreiben und die faszinierende Welt der Bücher sprechen wie mit dir. Stefan – ich werde diese Nacht auf dem Haleakalā unter dem Sternenhimmel niemals vergessen! Mami und Papi – ihr habt mir so viel von früher erzählt und seid mit mir zu euren Wurzeln gereist, ohne euch würde es diese Geschichte gar nicht geben. Oma – ich wünschte, ich könnte dir noch einmal sagen, wie sehr ich all die lustigen Anekdoten vom Dorf als Kind geliebt habe, mindestens so sehr wie deine einzigartigen Mehlspeisen, die du für mich gemacht hast. Oma R. – ich denke oft zurück an die schlüpfenden Küken in der Holzkiste in deiner Küche, an gurrende Tauben im Dachstuhl, an goldfunkelnden Salonzucker am Baum und das duftende Brot aus dem Holzofen. Maria – du bist mit siebzehn Jahren 1912 allein auf ein Schiff nach New York gestiegen, ich kann gar nicht glauben, wie mutig du warst!

Ich danke all den Buchhändlerinnen und Buchhändlern, die meine Romane in die Welt hinaustragen, und euch, liebe Leserinnen und Leser, für eure Treue und all die wunderbaren Rückmeldungen zu meinen Büchern.

Theresa Kern

Glossar

Arad	Stadt im Banat (heute im Westen Rumäniens), die seit 1833 über ein Konservatorium und ein philharmonisches Orchester verfügte, das Komponisten wie Franz Liszt, Johann Strauss (Sohn) oder Béla Bartók in Arad konzertieren ließ.
Balkankriege	Die Balkankriege waren zwei Kriege der Staaten der Balkanhalbinsel in den Jahren 1912 und 1913 im Vorfeld des Ersten Weltkriegs. Als Folge wurde das Osmanische Reich in Europa bis in die heutigen Grenzen der Türkei verdrängt und musste große Gebiete an die Nachbarländer abtreten.
Balkanländer	Der Begriff bezeichnet summarisch mehrere Länder (Bosnien, Herzegowina, Bulgarien, Serbien, Albanien etc.), die jahrhundertelang im Spannungsfeld zwischen Österreich, Russland und dem Osmanischen Reich standen. Aufgrund der häufigen kriegerischen Auseinandersetzungen, Gebietsveränderungen, Umsiedlungen und Vertreibungen wurde der Staat als Repräsentant wechselnder Fremdherrscher gesehen.
Bubbe	Jiddisch: Großmutter
Challenger-Unglück	Am 28. Januar 1986 brach die NASA-Raumfähre (das Space-Shuttle) Challenger 73 Sekunden nach seinem Flug auseinander. Alle sieben Besatzungsmitglieder starben.
Chanukkafest	Das jüdische Lichterfest ist ein acht Tage dauerndes Fest zum Gedenken an die Wiedereinweihung des zweiten Tempels in Jerusalem (164 v. Chr.) nach dem erfolgreichen Makkabäer-Aufstand der Juden.

Chanukkia	Acht- bzw. neunarmiger Leuchter. Jeden Tag wird am Chanukkafest eine Kerze mehr angezündet, bis am Ende alle acht brennen. Hintergrund ist die Überlieferung des Ölwunders, demzufolge nach dem Makkabäer-Aufstand nur ein Krug geweihtes Öl gefunden wurde, um die siebenarmige Menora im Tempel leuchten zu lassen. Wie durch ein Wunder hielt der Vorrat jedoch für acht Tage, bis neues geweihtes Öl hergestellt werden konnte.
Deutscher Schulverein	Name eines sogenannten Schutzvereins der Deutschen in allen Kronländern der Österreichischen Reichshälfte. Ab 1899 passte der Deutsche Schulverein sich dem antisemitischen Zeitgeist an.
DKIST	Daniel K. Inouye Solar Telescope, weltweit größtes Sonnenteleskop auf dem Haleakalā
DLR	Deutsches Luft- und Raumfahrtzentrum, Forschungszentrum der Bundesrepublik Deutschland für Luft- und Raumfahrt
Dreidel	Kreisel mit vier Seiten, der von europäisch-jüdischen Kindern während des achttägigen Lichterfestes Chanukka im Spiel gedreht wird. Jede Seite zeigt einen anderen hebräischen Buchstaben. Beim Gimel gewinnt man den gesamten Kasseninhalt.
ELT	Extremely-Large-Telescope, ein im Bau befindliches optisches Teleskop für die Europäische Südsternwarte und bei der geplanten Fertigstellung 2024 größtes optisches Teleskop der Welt
EOC	Erdbeobachtungszentrum (Earth Observation Center) am DLR in Oberpfaffenhofen, erkundet mit Hilfe von Satelliten etwa Klimaveränderungen oder die Folgen von Naturkatastrophen
ESA	European Space Agency / Europäische Weltraumorganisation, koordiniert und fördert die Entwicklung der europäischen Raumfahrt

Fiddren (banat-deutsch)	Vieh füttern und versorgen
Fillér	In der ungarischen Reichshälfte der Donaumonarchie Österreich-Ungarn entsprachen 100 Fillér einer Korona (Krone), welche die Goldwährung bis 1918 darstellte.
General Slocum	Raddampfer, der am 15. Juni 1904 auf dem New Yorker East River in Brand geriet und sank. Dabei kamen 1021 Personen, überwiegend Deutschamerikaner, ums Leben. Es ist bis heute die größte zivile Schiffskatastrophe in den USA. Sie gilt als Hauptgrund für die Auflösung des New Yorker Deutschenviertels Kleindeutschland in den Folgejahren.
Gimel	Hebräischer Buchstabe, eine der Seiten des Kreisels »Dreidel«
Hacklund-packl (österr.)	Hab und Gut
Herrisch(er)	Im Donauschwäbischen die Bezeichnung für einen Menschen, der die bäuerliche Tracht abgelegt hat und in die Stadt gezogen ist. Meist wird damit auch ausgedrückt, dass er höhergestellt, ein Intellektueller (»Studierter«) ist und Hochdeutsch spricht.
Ho'omaika'i! (hawaiia-nisch)	Genießt eure Flitterwochen!
Korona / Krone	Goldwährung der ungarischen Reichshälfte der Donaumonarchie Österreich-Ungarn bis 1918. Der im Rahmen des Goldstandards festgelegte Wechselkurs gegenüber der Mark des Deutschen Kaiserreiches betrug 1912: 1,176 Kronen.
Kukuruz	Mais
Lekvárkiachl	Mit Marmelade gefüllte kleine Kuchen

Londoner Vertrag (Balkankriege)	Der Londoner Vertrag wurde am 30. Mai 1913 geschlossen und beendete den Ersten Balkankrieg. Vertragsschließende Staaten waren einerseits die im Balkanbund zusammengeschlossenen Staaten – Serbien, Griechenland, Bulgarien und Montenegro –, andererseits deren Kriegsgegner, das Osmanische Reich.
Lower East Side	Arbeiterviertel und der Teil von Manhattan in New York City, der am südöstlichen Ende der Insel am East River liegt. Bis 1915 machten jüdische Einwanderer, vor allem aus Osteuropa, fast 60 Prozent der Bevölkerung der Lower East Side aus.
Lugosch (Lugoj, rumänisch)	Stadt im Banat (heute im Westen Rumäniens), die zu den musikalischen Zentren des Banats zählte
Makkabäer	Anführer eines jüdischen Aufstandes gegen das Seleukiden-Reich und die von diesen unterstützten einheimischen Gruppierungen
Marillen	Aprikosen
Matura (österr.)	Hochschulreife
Māui	Māui ist in der hawaiianischen Mythologie ein Halbgott.
Menora	Siebenarmiger Leuchter, eines der wichtigsten Symbole des Judentums
Mosaisch	Die jüdische Religion basiert auf den Überlieferungen des jüdischen Volkes und wird, da sie auf den Propheten Moses zurückgeht, auch als mosaische Religion bezeichnet.
National Science Foundation	Unabhängige Institution in Arlington, die wissenschaftliche Projekte prüft und der Regierung Empfehlungen ausspricht, welche Vorhaben zukunftsträchtig sind und finanziell unterstützt werden sollten
Palais	Mehrstöckige mondäne Stadthäuser, die in Temesvár nach dem Abriss der militärischen Befestigungsmauern Anfang des 20. Jahrhunderts erbaut wurden

Papahānau-moku	In der hawaiianischen Mythologie die Erdmutter
Parabelflug	Besonderes Flugmanöver, bei dem das Flugzeug eine zur Erdoberfläche geöffnete Wurfparabel beschreibt. Der Zweck dieses Manövers ist das Erreichen von Schwerelosigkeit oder die Simulation einer verminderten Schwerkraft.
Paradeiser (österr.)	Tomaten
Salonzucker (Saloncukor)	Eine mit Weihnachten verbundene Süßigkeit aus Ungarn und traditionelle Weihnachtsbaumdekoration. Die Pralinen sind in buntes Stanniolpapier gewickelt und hängen wie Girlanden am Baum.
Schickse (jidd. schikse)	Leichtlebige, nichtjüdische Frau (Schimpfwort)
Schmock (jidd. shmok)	Tölpel, unangenehmer Mensch (Schimpfwort)
Schmonzes (jidd. shmontse)	Geschwafel, Geschwätz
Schmu (jidd. schmuo)	Ein kleiner Betrug
Schtetl	Siedlung mit hohem jüdischem Bevölkerungsanteil in Osteuropa vor dem Zweiten Weltkrieg
Schwowisch	Auch Banat- oder Donauschwäbisch, eine Mundart, die im Siedlungsgebiet der Donauschwaben im südöstlichen Teil Europas, dem Banat, gesprochen wurde und zum Teil noch wird. Sie umfasst eine Vielzahl von Dialekten, je nach den Mundarten der verschiedenen Herkunftsgebiete der deutschen Einwanderer im 18. Jahrhundert.
Science City	Bezeichnung der wissenschaftlichen Einrichtungen und Observatorien auf dem Haleakalā (Maui, Hawaii)

Silberschwert	Korbblütengewächs, kommt nur am Pu'u Kukui, dem höchsten Berg Westmauis, sowie am Haleakalā-Krater in Höhenlagen zwischen 2100 und 3100 Metern vor und ist vom Aussterben bedroht.
Space-Shuttle-Programm	Das Space-Shuttle-Programm war das vierte bemannte Raumfahrtprogramm, das von den USA von 1972 bis 2011 durchgeführt wurde.
Suffragetten	Suffragetten (engl./franz. Suffrage »Wahlrecht«) waren zu Beginn des 20. Jahrhunderts Frauenrechtlerinnen in Großbritannien und den USA, die für ein allgemeines Frauenwahlrecht eintraten.
Sufganiot/ Sufganiyah (jidd.)	Mit Marmelade gefülltes und in Öl frittiertes Hefeteiggebäck, das an Chanukka gegessen wird
Tate	Jiddisch: Vater
Teacher-in-Space-Project	Ein von der NASA 1984 bis 1990 betriebenes Programm, um bei den Schülern das Interesse an Mathematik, Naturwissenschaften und Weltraumforschung zu wecken. Dabei sollten Lehrer als »Nutzlastspezialisten« (Nicht-Astronauten) in den Weltraum gebracht werden und ihren Schülern anschließend von ihren Erfahrungen berichten.
Temesvár	Dt. Temeswar, heute: Timişoara (rumänisch) ist eine Stadt im heutigen Westen Rumäniens, die in der Zeit der Donaumonarchie zu Ungarn gehörte. Ausgewanderte Deutsche, die »Donauschwaben«, stellten in der Banater Stadt bis zum Zweiten Weltkrieg die größte ethnische Gruppe neben den Ungarn dar. Ursprünglich eine Festung, erlangte die Stadt im 19. Jahrhundert eine wirtschaftliche und kulturelle Blüte und wurde Klein-Venedig oder Klein-Wien genannt. 2023 war sie Kulturhauptstadt Europas.
TMT	Thirty-Meter-Telescope, kontrovers diskutiertes Spiegelteleskop mit 30 Meter Spiegeldurchmesser, das auf dem Mauna Kea auf Hawaii gebaut werden soll

Wākea	In der hawaiianischen Mythologie der Himmelsvater
Weichseln (österr.)	Sauerkirschen
Weihnukka	Kofferwort aus Weihnachten und Chanukka, das die Synthese beider Feste durch säkulare Juden bezeichnet. Weihnukka entstand in Deutschland zunächst innerhalb des gutbürgerlichen Judentums des 19. Jahrhunderts. Nach dem Zweiten Weltkrieg wurde Weihnukka besonders in den Vereinigten Staaten beliebt, wird aber auch in anderen Ländern begangen.
Wiener Sezessionsstil	Bezeichnung der Wiener Variante des Jugendstils (Art nouveau), einer kunstgeschichtlichen Epoche an der Wende vom 19. zum 20. Jahrhundert
ZKI	Im Zentrum für satellitengestützte Kriseninformation werden Erdbeobachtungsdaten wie Satelliten-, Luftbilder und andere Geodaten beschafft, analysiert und daraus aktuelle Lageinformationen vor, während oder nach Katastrophen- und Krisensituationen sowie bei planbaren Großereignissen erstellt.

Große Gefühle

in den schottischen Highlands

ALLE LIEFERBAREN TITEL, INFORMATIONEN UND SPECIALS
FINDEN SIE ONLINE

Auch als eBook

www.dtv.de dtv

Das Leben kann gefährlich sein -

manchmal auch die Liebe

ALLE LIEFERBAREN TITEL, INFORMATIONEN UND SPECIALS
FINDEN SIE ONLINE

Auch als eBook

www.dtv.de dtv

Wie wird man die,
die man sein will?

ALLE LIEFERBAREN TITEL, INFORMATIONEN UND SPECIALS
FINDEN SIE ONLINE

Auch als eBook

www.dtv.de dtv